## *En 2018, Harlequin fête ses 40 ans !*

*Chère lectrice,*

*Comme vous le savez peut-être, 2018 est une année très importante pour les éditions Harlequin qui célèbrent leur quarantième anniversaire. Quarante années placées sous le signe de l'amour, de l'évasion et du rêve… Mais surtout quarante années extraordinaires passées à vos côtés ! Azur, Blanche, Passions, Black Rose, Les Historiques, Victoria mais aussi HQN, &H et bien d'autres encore : autant de collections que vous avez vues naître, grandir et évoluer, avec un seul objectif pour toutes – vous offrir chaque mois le meilleur de la romance. Alors merci à vous, chère lectrice, pour votre fidélité. Merci de vivre cette formidable aventure avec nous. Les plus belles histoires d'amour sont éternelles, et la nôtre ne fait que commencer…*

Le goût de la vengeance

Une mère pour Amy et Adele

Cet amour entre nous

JOANNE ROCK

# Le goût de la vengeance

*Traduction française de*
MARIE MOREAU

Passions

HARLEQUIN

*Collection :* PASSIONS

*Titre original :*
THE MAGNATE'S MARRIAGE MERGER



**HARPERCOLLINS FRANCE**
83-85, boulevard Vincent-Auriol, 75646 PARIS CEDEX 13
Service Lectrices — Tél. : 01 45 82 47 47

www.harlequin.fr

ISBN 978-2-2803-8338-7 — ISSN 1950-2761

# - 1 -

— Alors, tu l'as retrouvée ?

Installé derrière son bureau au siège du groupe McNeill Resorts, au cœur du quartier financier de New York, Ian McNeill regarda fixement le détective privé qui se tenait devant lui.

Ian était rentré aux États-Unis depuis moins de vingt-quatre heures quand il avait reçu le message qu'il attendait tant. Enfin, l'enquête commencée deux mois plus tôt avait abouti. Elle avait débuté quand Quinn, le frère aîné de Ian, lui avait demandé son aide pour démasquer une entremetteuse anonyme de Manhattan qui avait voulu unir leur petit frère Cameron à une célèbre danseuse classique. Cette affaire aurait été anodine si la fiancée potentielle n'avait pas tout ignoré de la rencontre romantique à laquelle elle était censée participer. Ce malentendu avait entraîné un véritable scandale.

Dès le lendemain, la mystérieuse organisatrice responsable de cet échec avait brusquement cessé son activité. Ian n'avait pas tardé à découvrir qu'elle avait exercé sous un pseudonyme, en empruntant le nom de son assistante pour ne pas dévoiler sa véritable identité. Jusque-là, les recherches qu'il avait menées pour la retrouver avaient été vaines.

Mais apparemment, il y avait enfin du nouveau.

— C'est elle.

Bentley, le détective privé, pointa l'index vers le dossier posé sur le bureau de Ian. Ian avait partagé une chambre avec lui à l'université et lui faisait entièrement confiance.

Bentley était spécialisé dans les enquêtes numériques, mais il lui arrivait d'aller sur le terrain pour certaines affaires particulièrement intéressantes ou, comme dans ce cas précis, quand un ami lui demandait son aide. Avec sa barbe rasée de près, ses lunettes à monture d'acier et son treillis délavé, il ressemblait plus à un adolescent passionné de jeux vidéo qu'à un entrepreneur prospère.

— Ce n'est pas étonnant qu'elle ait utilisé un pseudonyme pour son agence matrimoniale, commença Bentley. Elle est déjà célèbre à Manhattan sous son vrai nom.

Ian attira vers lui le dossier encore fermé et le tapota du bout des doigts.

— La presse à scandale new-yorkaise a passé tout l'hiver dernier à essayer de découvrir sa véritable identité, ajouta Bentley. Un sujet qui a fait vendre beaucoup de papier. Après tous les couples qu'elle avait formés dans les hautes sphères de la société, on ne parlait plus que d'elle dans les soirées mondaines. Tout le monde voulait savoir qui elle était.

S'enfonçant dans son grand fauteuil en cuir rouge foncé, Ian prit le dossier et le regarda avec curiosité. Le soleil était éclatant en cette fin de matinée et faisait scintiller la surface du fleuve qu'il apercevait par la grande baie vitrée.

Il respira profondément avant d'ouvrir le dossier.

En grand format, sur papier brillant, une photo de la femme avec qui il avait vécu une liaison passionnée un an plus tôt frappa son regard.

Lydia Whitney.

Son sourire était aussi envoûtant que lorsqu'il l'avait rencontrée. Il était tombé profondément amoureux d'elle, avant qu'une dispute terrible la fasse brusquement disparaître de sa vie.

Son sang se figea.

Se redressant d'un bond, il agita la photo en direction de son ami.

— Si c'est une plaisanterie, lâcha-t-il, elle est de mauvais goût.

Il n'avait jamais parlé à Bentley de sa brève aventure avec

Lydia, mais son ami n'avait pas son pareil pour trouver des informations sur Internet. Il avait sûrement découvert le lien qui les avait unis.

— Comment ça ? demanda Bentley avec un air surpris.

Il se pencha et regarda le dossier, comme pour s'assurer que Ian regardait la bonne photo.

— C'est bien elle, confirma-t-il en relevant ses lunettes sur ses cheveux bruns hirsutes. Lydia Whitney. C'est la fille illégitime de ce milliardaire collectionneur d'art et de la sublime infirmière qu'il avait engagée à la fin de sa vie. La mère de Lydia a poursuivi la famille en justice pendant des années pour obtenir une part de l'héritage.

Ian sentit ses épaules se nouer.

— Je sais qui elle est, dit-il en clignant nerveusement des yeux.

*Bon sang.* Le seul fait de contempler cette photo de Lydia, de revoir sa bouche sublime, ses fossettes irrésistibles, ses cheveux bruns et brillants comme de la soie, suffisait à réveiller les émotions enfouies au fond de lui. C'était avec cette femme au regard couleur de jade qu'il avait passé les plus belles semaines de sa vie.

— Ce que je te demande, ajouta Ian, c'est pourquoi il y a une photo d'elle dans ce dossier.

— Ian, dit Bentley en rangeant ses lunettes dans la poche de sa chemise kaki. Tu m'as demandé d'identifier l'entremetteuse qui travaillait sous le nom de Mallory West. La femme qui se cachait derrière un pseudonyme pour diriger Mates, la prestigieuse agence de rencontres de Manhattan. Eh bien, c'est elle.

Ian regarda fixement Bentley. C'était un homme franc et direct, et de toute évidence, il ne plaisantait pas le moins du monde.

Ian baissa de nouveau les yeux et tourna finalement la page sur laquelle s'affichait la photo pour voir ce que le dossier comportait d'autre. Le premier document était un tableau chronologique des événements qui s'étaient déroulés en février dernier, au moment où « Mallory West » avait cru bon de faire de Cameron McNeill et de la danseuse classique Sofia Koslov un couple à marier. Une note indiquait que Kinley, l'assistante de Mallory, avait reconnu que sa patronne utilisait un pseudonyme, tout en refusant de divulguer sa véritable identité.

En continuant à feuilleter le dossier, Ian découvrit d'autres notes sur Kinley, ainsi que des photos qui la montraient avec Lydia à divers endroits de l'Upper East Side. Le quartier qui, Ian le savait, était celui où habitait Lydia.

— Lydia Whitney est la mystérieuse entremetteuse ? demanda-t-il une fois de plus.

Avec Lydia, il avait vécu la relation la plus passionnée de sa vie. Mais elle l'avait brusquement quitté le jour où elle avait découvert le profil et la photo de Ian sur un site de rencontres. Il avait compris qu'elle soit en colère sur le moment, mais il avait cru à tort qu'elle écouterait les explications très sensées qu'il avait eues à lui donner. Il n'avait pas créé ce profil. Il avait seulement accepté de façon hâtive, à la suite d'une dispute avec son grand-père, que l'assistante de celui-ci s'en charge. Le sujet n'avait plus jamais été évoqué par la suite.

Malcolm McNeill, le grand-père de Ian, voulait tellement voir ses petits-fils se marier qu'il avait depuis lors intégré cette condition à son testament. Aucun d'eux n'aurait droit à son héritage, à savoir un tiers de la firme familiale, à moins d'avoir été marié pendant au moins douze mois. L'hiver dernier, à l'apparition de cette clause, Cameron avait fait appel à une agence matrimoniale. Et cela avait conduit au désastre avec Sofia Koslov. Mais la pression de leur grand-père avait commencé bien plus tôt, au point que Ian avait cédé dans un moment de lassitude et accepté que son profil soit mis en ligne sur un site de rencontres.

Cependant, Lydia n'avait rien voulu entendre. Furieuse, elle avait rompu tout contact en l'accusant de trahison. Avait-elle décidé de se lancer dans cette nouvelle activité, en travaillant précisément pour l'agence de rencontres choisie par Malcolm, dans le seul but de se venger de Ian ?

Au cours des mois qui avaient suivi leur rupture, il avait en effet reçu de curieuses propositions de rencontres qu'il avait à chaque fois ignorées. Était-ce Lydia qui avait tout manigancé ? Cette seule idée le rendit fou de rage.

Mais comment nier qu'il éprouvait bien autre chose que de la colère en repensant à Lydia ?

— Moi aussi, dit Bentley en marchant vers la fenêtre, j'ai été surpris. J'imaginais que Mallory West était une femme plus âgée, une mondaine de Park Avenue.

L'enquêteur s'appuya contre le châssis de la baie vitrée, à côté de la bibliothèque remplie de guides de voyage.

Bien sûr, Ian avait accès aux cartes de tous les pays sur son téléphone portable quand il partait en voyage d'affaires. Mais cela ne remplaçait pas le papier à ses yeux. Dans l'avion, avant d'atterrir pour superviser des travaux de rénovation ou de nouvelles constructions dans des lieux de vacances du monde entier, il aimait déplier ses cartes et feuilleter ses guides.

— Elle était architecte d'intérieur, dit Ian en laissant nonchalamment tomber le dossier sur son bureau. Sais-tu si elle exerce toujours ce métier ?

Malgré sa confiance en Bentley, il ne voulait surtout pas lui révéler sa relation passée avec Lydia. Personne n'était au courant de ce qui s'était passé entre eux et c'était mieux ainsi.

D'autant qu'il devait encore réfléchir à la façon dont il allait réagir à cette révélation. Il avait eu l'intention de dévoiler la véritable identité de Mallory West au père de Sofia, Vitaly Koslov, qui était bien décidé à la poursuivre en justice pour ce qu'elle avait fait subir à sa fille. Mais maintenant qu'il savait que Mallory West n'était autre que Lydia ? Il ne pouvait pas prendre de décision avant d'avoir mené de son côté une enquête plus approfondie.

— Oui, répondit Bentley. Durant toute l'année où elle a travaillé pour cette agence de rencontres, elle a en partie poursuivi son activité de décoratrice. Elle s'y consacre de nouveau à plein temps, mais elle continue à s'investir bénévolement pour le groupe de mères célibataires dont je parle dans mon rapport.

— Un groupe de mères célibataires ?

Interloqué, Ian rouvrit le dossier pour le parcourir de nouveau.

— Mom's Connection, précisa Bentley. Elle donne beaucoup d'argent aux banques alimentaires et fait des dons de produits d'hygiène pour les bébés. En tout cas, conclut-il, le mystère est élucidé. Je suis désolé, j'ai un rendez-vous en centre-ville et je ne voudrais pas être en retard. Tu permets que je te laisse ?

— Bien sûr. Je chargerai mon assistante de te faire parvenir le paiement.

Reposant les documents, Ian se leva pour serrer la main de son ami.

— Merci pour ton travail et ton efficacité.

— Je t'en prie, répondit Bentley. Et je te ferai volontiers grâce du paiement si tu m'obtiens un rendez-vous avec ton frère Cameron.

— Cam ? s'étonna Ian, pensant que son ami faisait erreur. C'est mon autre frère, Quinn, qui gère le fonds spéculatif. Aurais-tu envie d'investir ?

— Non, non, c'est bien Cameron que je voudrais rencontrer. J'ai entendu dire qu'il travaillait sur un nouveau jeu vidéo et j'ai quelques idées techniques pour améliorer les graphismes. Je préférerais travailler avec un indépendant…

— C'est d'accord.

Ian n'était pas prêt à se lancer dans une conversation pleine de jargon technologique, mais il savait que son petit frère saurait parler le même langage que Bentley. En plus du rôle qu'il jouait au sein de McNeill Resorts, Cameron se vouait à sa passion depuis qu'il avait créé son entreprise de jeux vidéo.

— Je vais lui dire de t'appeler, ajouta Ian.

Après le départ de Bentley, Ian retourna voir la photo de Lydia Whitney qu'il avait laissée sur le rebord de la fenêtre. Une fois de plus, le seul fait de la regarder lui fit l'effet d'un coup de poing. Il fallait qu'il lui parle en personne pour tirer cette affaire au clair. Lorsqu'elle l'avait quitté au printemps dernier, il avait cru ne jamais la revoir. Mais elle allait devoir lui fournir quelques explications.

S'approchant de son bureau, il appuya sur le bouton de l'Interphone pour appeler sa fidèle assistante. Mme Trager, qui travaillait pour l'entreprise familiale depuis de longues années, apparut sur le pas de sa porte quelques secondes plus tard.

— Oui, monsieur ? dit-elle, sa tablette à la main.

— J'ai besoin de me faire engager temporairement comme consultant sur un projet d'aménagement. Peu importe la rémunération ou le lieu. Tout ce que je veux, c'est être intégré à un projet sur lequel Lydia Whitney travaille comme décoratrice.

Sans relever l'aspect pour le moins insolite de sa demande, Mme Trager prit des notes en tapotant sur son écran.

— Justement, dit-elle en se gardant de lui poser la moindre question, je viens de lire dans une revue d'architecture que Mme Whitney avait été récemment choisie par Singer Associates dans le cadre d'une rénovation d'hôtel à South Beach.

— Parfait.

Ian connaissait bien Jeremy Singer, dont l'activité consistait à racheter des propriétés d'exception pour y aménager de grands établissements gastronomiques.

— J'appellerai Jeremy moi-même, ajouta-t-il. Une fois que je me serai organisé avec lui, je vous dirai pour quelle date il me faut un billet d'avion.

— Entendu, répondit Mme Trager. Je viens de vous envoyer un article sur le projet.

Une fois seul, Ian retourna s'asseoir dans son grand fauteuil en cuir. Son plan commençait à prendre forme.

Il avait rencontré Lydia un peu plus d'un an auparavant, alors qu'ils travaillaient sur le même site. Leur étroite collaboration les avait amenés à passer de longues et délicieuses heures ensemble. En découvrant qu'elle allait de nouveau devoir côtoyer Ian, Lydia aurait sûrement envie de fuir. Mais elle était bien trop professionnelle pour abandonner les Singer à la naissance d'un nouveau projet.

Ian disposait donc de quelques jours au moins pour résoudre l'énigme qu'elle représentait.

Manifestement, elle avait exercé une vengeance personnelle contre lui sous couvert d'anonymat, et il avait bien l'intention de lui demander des comptes. Il devait donc commencer par se rapprocher d'elle en toute discrétion, de manière à ce qu'elle ne se doute de rien. Une fois au pied du mur, elle serait plus vulnérable et il pourrait obtenir une revanche à son tour, même s'il ignorait encore laquelle.

Il n'avait jamais imaginé faire du chantage à une femme pour obtenir ses faveurs. Mais après une telle trahison, sa colère contre Lydia était si ardente qu'il n'excluait encore aucune option.

La tête légèrement rejetée en arrière, Lydia profitait du soleil de Miami. La température était idéale à 8 heures du matin, avant que l'humidité et la chaleur écrasante ne s'installent. Assise à la terrasse du News Café, sur Ocean Drive, Lydia sentait l'air de la mer lui caresser le visage. Une tasse à la main, elle savourait ce moment de détente avant de rejoindre South Beach pour participer à la première réunion de travail de son nouveau projet professionnel.

Le bruissement des vagues se mêlait au murmure du vent dans les feuilles des palmiers, créant une douce musique de fond. En ce mois de juin, la période touristique commençait tout juste et seuls quelques promeneurs allaient et venaient sur les trottoirs. Voyant que les deux tables situées de chaque côté de la sienne étaient libres, Lydia prit son temps pour finir son petit déjeuner. Personne n'attendait sa place. Elle pouvait boire tranquillement son café et feuilleter son magazine pour se tenir au courant des derniers événements mondains de Manhattan.

Peut-être n'était-elle pas assez consciencieuse et aurait-elle dû prendre la peine d'étudier les récentes rénovations d'hôtels de South Beach pour s'assurer qu'elle allait proposer une décoration personnelle et originale à son client ? Tant pis ! Elle préférait arriver sur le site avec l'esprit libre et se laisser inspirer par le cadre et les plans qu'on lui présenterait.

Elle se replongea donc dans sa lecture pour découvrir qui était nouvellement célibataire et qui annonçait ses fiançailles. Ces informations lui étaient précieuses, puisque secrètement, elle espérait continuer à organiser des rencontres pour les célibataires les plus en vue de Manhattan. Impossible de renoncer à cette activité, même après l'abandon de l'agence haut de gamme qu'elle avait dirigée sous le pseudonyme de Mallory West.

Après le scandale qui avait éclaté l'hiver dernier, Lydia avait été contrainte de s'éloigner de Manhattan et de se faire discrète pendant quelque temps. Redoutant plus que tout de faire parler d'elle, elle qui avait tant souffert des coups d'éclat médiatiques de sa mère, elle s'était entièrement consacrée à son travail de décoratrice durant plusieurs mois. Au cours de cette période, elle avait dû prendre sur elle pour ignorer les spéculations de la presse à scandale sur la véritable identité de Mallory West, mais aussi pour se passer du revenu complémentaire qu'elle reversait intégralement à une association qui lui tenait particulièrement à cœur.

— Madame, désirez-vous un peu plus de café ?

Une jeune serveuse souriante se tenait à côté d'elle, une cafetière à la main.

— Non, merci, répondit Lydia. J'ai fini. Vous voulez bien m'apporter l'addition ?

Mieux valait arriver en avance à sa réunion. Elle devait beaucoup à Singer Associates, le groupe qui avait fait appel à elle pour concevoir la nouvelle décoration du bâtiment historique du Foxfire Hotel. Cela faisait des années qu'elle travaillait régulièrement pour cette entreprise. Comment oublier que c'était l'un de ses projets qui l'avait amenée à rencontrer Ian McNeill ? C'était peut-être le seul mauvais souvenir qu'elle gardait de ses collaborations avec Singer

Associates, et pour cause. Ian lui avait brisé le cœur et, après leur rupture, elle avait souffert comme jamais.

Mais Jeremy Singer n'y était pour rien.

Tout en prenant sa dernière bouchée de brioche, elle s'accorda encore quelques instants puis ramassa son grand sac en cuir posé à côté d'elle. Après avoir réglé sa note, elle prit le chemin du Foxfire Hotel en contemplant les bâtiments art déco que les touristes prenaient en photo. S'il y avait un endroit où les teintes roses et jaunes de ces murs en stuc étaient à leur place, c'était bien ici, où la lumière des levers et des couchers de soleil les mettait si bien en valeur. Le Foxfire Hotel avait un peu perdu de sa grandeur à chaque fois qu'on avait maladroitement cherché à le moderniser. Au fil des ans, ses anciens propriétaires avaient commis l'erreur de dissimuler les ornements architecturaux qui faisaient son charme, mais le contrat que Lydia avait signé avec Singer Associates stipulait qu'il faudrait dans la mesure du possible remettre ces éléments en valeur. Tout en marchant, Lydia composa le numéro de son assistante restée à New York.

— Bonjour, Kinley, c'est Lydia.

Kinley, sa jeune assistante qui était aussi devenue son amie, lui répondit avec son enthousiasme habituel. Elle était toujours à son poste dès le petit matin. Lydia appréciait cette habitude, qui était facilitée par leur arrangement puisque Kinley sous-louait pour un montant dérisoire une partie de l'appartement de Lydia à Manhattan.

— Tu as besoin de quelque chose pour ta réunion de ce matin ? demanda Kinley.

— Non merci, j'ai tout ce qu'il me faut. Mais je me suis dit que je pourrais profiter de mon séjour ici pour retrouver quelques contacts, dans le cadre de notre seconde activité, ajouta Lydia. Penses-tu pouvoir me dire qui, parmi nos relations, se trouve actuellement à South Beach ? Et peut-être m'obtenir quelques invitations à des soirées ?

— Dois-je comprendre que nous allons recommencer à former de beaux couples ? demanda Kinley.

— Oui. Je crois que nous sommes restées assez longtemps en retrait.

Elle avait cessé de travailler pour la plus grande agence de rencontres de New York quand Kinley avait voulu unir un client important à une danseuse qui ne savait même pas que son nom avait été inscrit dans les fichiers de cette agence.

Kinley n'était en rien responsable de cette débâcle. C'était l'entremetteuse engagée par la danseuse qui avait enregistré le profil de sa cliente dans la mauvaise base de données. Quoi qu'il en soit, l'incident avait occupé les pages mondaines de la presse new-yorkaise, dénonçant « Mallory West » comme la responsable potentielle. Plutôt que d'attiser les rumeurs et les commérages, Lydia avait préféré se retirer de l'agence de rencontres, notamment parce que le client important n'était autre que Cameron McNeill, le petit frère de Ian. Elle n'avait pourtant pas voulu attirer l'attention de son ex-petit ami au moment où elle commençait enfin à se remettre de leur rupture.

Et de la fausse couche dont elle ne lui avait jamais parlé. Le seul fait d'y repenser lui serrait encore le cœur, même si la douleur devenait peu à peu plus supportable avec le temps.

— Quelle heureuse nouvelle ! s'exclama gaiement Kinley. J'ai maintenu nos fichiers à jour en attendant ce moment, pour que nous soyons prêtes dès que tu me donnerais ton feu vert.

— Parfait. Dans ce cas, je te laisse regarder les soirées prévues à South Beach. Je te rappellerai après ma réunion, ajouta Lydia en regardant sa montre.

— Entendu, répondit Kinley. Bonne chance.

Arrivée devant le Foxfire, Lydia entra dans le bâtiment où ses yeux mirent quelques instants à s'habituer à la soudaine obscurité. L'hôtel, déjà en chantier, était fermé depuis son changement de propriétaire. Un peu plus loin, le hall était éclairé.

— Par ici, madame, dit un homme d'une cinquantaine d'années vêtu d'un jean impeccable et d'un casque jaune.

Il désigna le fond du hall, où un passage avait été aménagé avec des planches disposées sur le sol couvert de sciure.

— J'imagine que vous venez pour la réunion avec le nouveau propriétaire, ajouta-t-il.

Comme Lydia acquiesçait, il lui serra la main en se présentant.

— Je suis Rick, le chef de chantier.

— Enchantée, Rick. Je me présente, Lydia Whitney. L'architecte d'intérieur.

Elle avait intérêt à instaurer dès le départ de bons rapports avec lui. Son expérience lui avait appris que pour voir ses idées de décoration réalisées au mieux, elle devait davantage compter sur l'équipe technique que sur n'importe quel directeur chargé du projet.

— Nous avons installé une table dans la cour, reprit Rick en lui montrant tout au fond une grande porte vitrée, qui donnait sur un espace extérieur pavé et orné de superbes plantes.

— Merci beaucoup, répondit-elle, un peu décontenancée.

À vrai dire, elle ne s'était pas attendue à trouver l'hôtel dans un tel état. Les gros travaux semblaient à peine commencés…

— C'est une belle journée pour travailler dehors, ajouta-t-elle.

— Encore pendant une heure, peut-être, répondit Rick en riant. Vous les New-Yorkais, vous appréciez tous la chaleur, jusqu'au moment où vous devez passer plusieurs jours ici en plein été.

Soit. Il n'avait sans doute pas complètement tort. Elle allait probablement fondre cet après-midi.

Après l'avoir remercié, elle se dirigea vers la droite et sortit dans la cour en avisant un siège en osier au bout de la grande table en fer forgé. Elle avait bien fait d'arriver en avance, cela lui épargnerait de passer toute la réunion assise sur l'une des chaises en métal qui entouraient la table.

Une petite fontaine distillait un agréable bruit de fond. En rebondissant sur la pierre, l'eau projetait une légère brume avant de s'écouler dans un bassin bordé de plantes exotiques. Des palmiers nains mêlés à divers arbres plus imposants formaient un petit jardin d'où s'élevaient les cris de deux perroquets verts. Plus haut, fixée au mur de l'hôtel, une marquise amovible atténuait la lumière du soleil.

— Lydia.

Elle sursauta et se retourna brusquement en reconnaissant la voix de baryton qui venait de prononcer son nom. Cela faisait plus d'un an qu'elle ne l'avait pas entendue. Et pourtant, elle ne pouvait pas se tromper.

— Ian ?

Sa gorge nouée par l'émotion l'empêcha de parler davantage. Ian McNeill se tenait à l'entrée de la cour, à côté d'une table roulante sur laquelle étaient disposés des seaux à glace en argent contenant des boissons fraîches. Les bras croisés, il la fixait de ses yeux bleu azur. Son teint mat et ses cheveux bruns, hérités de sa mère brésilienne, faisaient ressortir son regard perçant. Dans son costume sombre impeccable, il lui parut soudain plus beau et plus imposant que jamais.

Ian McNeill. L'homme qui lui avait brisé le cœur. Qui avait laissé son profil sur un site de rencontres tout en entretenant une relation avec elle. Au début, c'était par pur esprit de revanche qu'elle avait voulu travailler pour une agence matrimoniale, dans le seul but d'envoyer vers Ian des femmes qui n'étaient pas du tout faites pour lui. Mais après la perte de leur bébé, son stupide désir de vengeance s'était dissipé. Elle n'avait pas souhaité ce scandale impliquant la danseuse et le frère de Ian. C'était arrivé par erreur.

Que savait Ian de toute cette histoire ?

— Quel plaisir de te revoir, dit-il en avançant vers elle de sa démarche souple et athlétique. Et de travailler de nouveau avec toi.

Elle resta sans réaction, paralysée, comme captive de son regard. Comment s'était-elle retrouvée sur le même projet que lui ?

— Je ne savais pas..., balbutia-t-elle finalement. Je veux dire, Jeremy Singer ne m'avait pas dit...

— Lui et moi avons récemment décidé de visiter l'un pour l'autre, au hasard, quelques sites en construction. Cela incite nos maîtres d'œuvre à être encore plus rigoureux, et cela nous permet à tous les deux de bénéficier d'un regard extérieur sur nos projets en cours.

Sur ces mots, Ian posa une bouteille d'eau sur la grande table et regarda Lydia en lui avançant le fauteuil en osier.

— J'ai été heureux d'apprendre que tu étais engagée sur ce chantier, dit-il. Nous travaillons si bien ensemble, toi et moi.

Les yeux fixés sur elle, il attendait en tenant le dossier de son siège.

Elle resta immobile, le cœur battant la chamade. Elle ne pouvait pas accepter un poste qui la placerait sous les ordres de Ian.

Malgré elle, les souvenirs de leur dernière collaboration la submergèrent et elle sentit ses joues s'empourprer. Un léger sourire se dessina sur ses lèvres sensuelles. Un sourire qui lui fit comprendre qu'elle n'était pas là par hasard. Elle ignorait encore pourquoi, mais l'expression de son visage ne laissait pas de place au doute.

Elle voulut protester. Lui assurer qu'elle ne travaillerait avec lui sous aucun prétexte. Mais à cet instant, l'ingénieur poussa la porte vitrée et pénétra dans la cour, suivi de Rick, le chef de chantier qu'elle venait de rencontrer. Ils étaient accompagnés de deux femmes que Lydia voyait pour la première fois et qui parlaient ensemble de l'histoire du Foxfire en comparant leurs notes sur la taille de son enseigne originelle en forme d'étoile.

Lydia regarda Ian. Il était trop tard pour lui dire ce qu'elle pensait de ses manœuvres. Elle n'avait plus d'autre choix que d'endurer cette réunion avant de s'adresser directement à Jeremy Singer pour mettre les choses au clair.

Bien sûr, elle ne pouvait pas se permettre de renoncer à

cette mission. Mais il était hors de question qu'elle accepte de travailler avec l'homme qui l'avait trahie.

Même si elle venait de découvrir qu'après des mois de séparation, elle était toujours aussi troublée par lui.

# - 2 -

En lutte pour ne pas se laisser distraire par la vue des superbes jambes effilées de Lydia, Ian faisait son possible pour se concentrer sur le contenu de la réunion. Il remerciait intérieurement Jeremy Singer de lui avoir permis d'intégrer ce projet à la dernière minute. En retour, il tenait à apporter tout ce qu'il pourrait à la rénovation du Foxfire. Ayant souvent travaillé avec Jeremy, il connaissait ses attentes et souhaitait lui apporter un regard extérieur tout en tenant compte de la politique de Singer Associates. Il n'avait pas l'habitude de cet exercice, lui qui créait désormais ses propres établissements de luxe en parallèle de son poste au sein de McNeill Resorts Corporation, l'entreprise de son grand-père. Mais pour lui, participer au travail d'une autre grande firme était très intéressant. Cela lui permettait de découvrir d'autres perceptions, mais aussi de passer du temps sur le terrain, ce qu'il avait peu l'occasion de faire en tant que chef d'entreprise.

Certes, cela représentait un effort de se libérer pour intégrer ce projet, mais c'était un sacrifice bien mince au regard de la compensation qu'il allait recevoir.

Alors que la réunion touchait à sa fin, il se tourna vers Lydia pour l'observer à la dérobée. Assise à l'autre bout de la table, elle était en pleine conversation avec la femme qui serait chargée de la qualité de l'air intérieur du site. Elles semblaient bien se connaître, sans doute pour avoir déjà travaillé ensemble. La cour était remplie de personnes qui ne joueraient qu'un rôle marginal dans la rénovation de l'hôtel, mais Ian avait tenu à être présent dès la première réunion afin de donner de l'élan au projet.

Il s'autorisa enfin à contempler la robe turquoise de Lydia, ses formes discrètes qui apparaissaient sous la soie légère et sa taille fine mise en valeur par une ceinture ornée d'une délicate boucle en écaille. Sa robe était coupée juste au-dessus du genou, dévoilant ses mollets et ses pieds fins chaussés de sandales à talons dorées. Ses cheveux bruns cascadaient sur ses épaules et dansaient au rythme de ses mouvements de tête.

Essayerait-elle de partir en évitant de le croiser de nouveau ?

Sans doute pas. Cela ne lui ressemblait pas de fuir ou de se cacher. Elle devait avoir des choses à lui dire, et s'il l'avait prise au dépourvu en arrivant ici par surprise, elle avait sûrement profité des deux heures qui venaient de s'écouler pour choisir ses mots.

L'idée d'un tête-à-tête avec elle lui plaisait beaucoup plus qu'elle ne l'aurait dû. Elle l'avait quitté. Pire, elle s'était immiscée dans ses affaires personnelles. Il aurait pourtant pu lui pardonner cela. Mais comment avait-elle osé étendre sa vengeance à sa famille en voulant unir son frère à une danseuse du New York City Ballet qui n'avait pas eu la moindre idée de ce qui lui arrivait ? Leur rencontre ainsi que la demande en mariage irréfléchie de Cameron au milieu d'un aéroport privé avaient été filmées par un magazine de danse qui préparait un numéro spécial sur la jeune artiste. Après cela, Quinn, leur frère aîné, avait dû se démener pour apaiser à la fois l'emballement des médias et la colère du père de la danseuse.

Tout était arrivé par la faute de Lydia et Ian n'était pas près de l'oublier. Heureusement, les choses avaient pris un tour aussi inattendu qu'heureux quand Quinn était lui-même tombé fou amoureux de la charmante ballerine. Ils étaient à présent fiancés et comblés de bonheur.

Après avoir échangé quelques civilités avec le chef de

projet, Ian laissa le groupe regagner le bâtiment principal et resta dans la cour. Bientôt, il fut seul avec Lydia.

Un silence pesant emplissait maintenant l'atmosphère, comblé seulement par le doux murmure de la fontaine. Ian contourna la grande table en fer forgé pour rejoindre Lydia, qui rangeait ses affaires dans sa besace en cuir.

— Il faut que je te parle en privé, dit-elle en mettant son sac sur son épaule.

Comme elle fixait ses yeux couleur de jade sur les siens, il la regarda avec fascination tandis que des souvenirs lui revenaient malgré lui. Il se revit avec elle dans une grande piscine donnant sur le Pacifique, au-dessus d'une plage de Rangiroa, au nord de Tahiti. Ce jour-là, il avait remarqué que le vert de son regard était assorti à celui de la mer.

Beaucoup d'idées folles lui étaient venues à l'esprit à cette époque. Mais il ne commettrait pas la même erreur.

— Je m'en doutais, répondit-il. Ma voiture est dehors.

En la voyant se mordiller la lèvre, il essaya de deviner le fond de ses pensées. Était-elle hésitante ? Réticente ?

Ou tentée ?

— Autant travailler tout en discutant, ajouta-t-il pour éviter qu'elle se fasse de fausses idées.

Le temps où il l'avait emmenée loin de tout, après de longues et ennuyeuses réunions pour passer des moments de volupté, était bel et bien révolu.

— Il ne devrait pas y avoir trop de circulation à cette heure-ci, poursuivit-il. Nous pourrions aller voir les hôtels dont souhaite s'inspirer Singer pour la rénovation du Foxfire.

— D'accord, répondit-elle en le précédant vers la sortie. Allons-y.

En la suivant, il ne put s'empêcher d'admirer le délicieux balancement de ses hanches et le mouvement de ses cheveux, qui étaient un peu plus longs qu'avant et lui arrivaient au milieu du dos. Elle était toujours aussi belle, aussi sensuelle. Ils avaient vécu des moments si intenses ensemble… Pendant toute la durée de leur relation, ils n'avaient pu échanger un seul regard sans brûler de désir l'un pour l'autre. Avant de la connaître, il n'avait même pas imaginé qu'une telle passion pouvait exister.

Comme ils allaient sortir dans la rue, il avança pour lui tenir la porte. Ils se retrouvèrent sous le soleil éclatant de Miami. Il faisait si chaud à présent qu'il desserra machinalement sa cravate et déboutonna son col de chemise.

— Par ici, dit-il en désignant le service de voiturier de l'hôtel voisin.

L'employé qui se tenait derrière le guichet l'avait déjà vu sortir du Foxfire et venait d'envoyer un jeune homme chercher sa voiture dans le parking. La BMW décapotable qu'il avait louée serait donc là d'une minute à l'autre.

En guidant Lydia vers le bord du trottoir, il ne résista pas à l'envie de poser la main au bas de son dos pour sentir la chaleur de son corps. South Beach était magnifiquement exotique avec son luxe, ses palmiers et sa mer bleu turquoise. Mais Ian n'avait d'yeux que pour Lydia.

— Tu t'es retrouvé à Miami comme par enchantement ? demanda-t-elle en se tournant brusquement vers lui, comme si elle libérait enfin sa colère contenue pendant deux heures. Pour une mission qui n'a rien à voir ni avec McNeill Resorts ni avec ta société d'exploitation ?

Il respira son parfum, dont la senteur exotique se mêlait à la haie d'hibiscus qui s'étendait derrière elle.

— Je suis ici pour te voir, répondit-il sans chercher à dissimuler ses intentions. Je me suis rendu compte récemment que nous avions encore des choses à régler toi et moi.

— Tu n'avais qu'à prendre ton téléphone, lâcha-t-elle d'une voix à la fois ferme et calme. Ce n'était pas la peine de faire deux mille cinq cents kilomètres en avion pour me tendre une embuscade sur mon lieu de travail.

— *Notre* lieu de travail, rectifia-t-il sans lui faire remarquer que le terme d'embuscade était quelque peu excessif. Et cela aurait été absurde de t'appeler puisque tu fais tout pour te cacher depuis que nous avons quitté Rangiroa.

Son comportement l'avait rendu fou de rage. Après l'avoir quitté, elle avait disparu, ne lui avait plus jamais adressé la parole et avait même bloqué son numéro de téléphone. Il aurait pu la retrouver et la forcer à le voir s'il l'avait vraiment voulu, mais à quoi bon ? Cela ne lui ressemblait pas d'insister auprès d'une femme qui ne voulait pas de lui.

— Tu savais combien je redoutais les scandales.

En la voyant serrer les bras devant elle comme pour se protéger, il ne put contenir un élan d'empathie à son égard. Avec un père très célèbre et une mère qui n'avait eu de cesse de courir après l'énorme fortune qu'il possédait, Lydia avait été trop souvent sous le feu des projecteurs pendant son enfance et son adolescence. Ses parents avaient offert au public un spectacle dont les médias s'étaient délectés. Elle en avait beaucoup souffert et d'après ce qu'elle lui avait confié, sa mère n'avait réussi qu'à détruire les rapports de Lydia avec la famille de son père.

— Tu n'avais aucune raison de penser que je ferais de notre histoire un scandale. Tu me connais suffisamment, ajouta-t-il au moment où sa Z4 sortait du parking souterrain.

— Je croyais te connaître, Ian, mais je me trompais.

Elle n'avait pas besoin d'en dire davantage, songea-t-il alors qu'ils marchaient vers la voiture. Cette phrase constituait en elle-même une accusation assez claire. Il avait eu des sentiments réels et profonds pour elle, et il était certain qu'elle avait éprouvé la même chose pour lui. Manifestement, la douleur de leur rupture les avait laissés tous les deux aussi pleins de ressentiment.

Mais ce n'était pas en cédant à cette amertume qu'il obtiendrait ce qu'il voulait. Il n'était ici que dans un seul but : découvrir ce qui avait poussé Lydia à prendre un pseudonyme pour jouer les entremetteuses et s'immiscer dans la vie privée des McNeill.

— Ça t'ennuie si je laisse la capote ouverte ? lui demanda-t-il quand ils furent assis en voiture.

Un an plus tôt, ils avaient visité Rangiroa en jeep, les cheveux au vent. Mais la personne assise à présent sur le siège passager, avec son visage fermé et ses épaules raidies, ressemblait peu à la femme drôle et enjouée avec qui il avait vécu les jours les plus romantiques de sa vie.

— Non, non, répondit-elle tout en nouant ses cheveux. Un peu d'air nous aidera peut-être à garder notre sang-froid pendant cette conversation.

— À moins que la chaleur de Miami fasse encore plus monter la pression, répondit-il en s'engageant sur Ocean Drive.

Allaient-ils brûler de colère ou de désir ? Il le saurait bientôt. Mais pour l'instant, le seul fait de la regarder arranger sa coiffure lui rappelait des souvenirs sensuels qu'il aurait préféré ignorer.

— Je préfère rester optimiste, dit-elle en se calant au fond de son siège. Alors, où allons-nous ? Il me semble que les meilleurs exemples de bâtiments art déco se trouvent vers le sud, dans la direction opposée à celle que tu viens de prendre.

— Peut-être, répondit-il, mais pour commencer, j'ai en tête un endroit qui nous offrira une vue dominante sur les environs.

Il avait besoin d'être seul avec elle. À l'écart de tout ce qui pourrait le distraire de leur conversation.

— Une vue dominante ? La Floride n'est pas vraiment célèbre pour ses montagnes.

— Mais pour ses tours élevées et ses grands appartements, si, répondit-il en ralentissant à mesure que la circulation se densifiait.

Elle se tourna brusquement vers lui.

— Un grand appartement ? Tu plaisantes.

— Il va te plaire, crois-moi.

— Ce n'est pas *ton* appartement, j'espère ?

Il crut percevoir une pointe de nervosité dans sa voix. Était-ce en lui ou en elle-même qu'elle n'avait pas confiance ?

— J'ai réservé la Penthouse Suite au dernier étage de l'hôtel Setai, annonça-t-il en lui montrant la façade du palace qui se dressait devant eux. Elle comporte une terrasse et une piscine privatives. Nous pourrons discuter là-haut tout en profitant de la vue sur le quartier art déco.

— Tu es logé dans la Penthouse Suite du Setai ? demanda-t-elle tandis qu'il se garait le long du trottoir, devant le voiturier. L'une des dix suites les plus chères du monde ?

— Ah bon ? s'étonna-t-il en toute sincérité.

Il n'avait pas l'habitude de faire ce genre de folies quand il voyageait, mais ce séjour n'était pas comme ceux qu'il effectuait d'ordinaire pour son travail.

— Dans ce cas, poursuivit-il, sa conception devrait intéresser une architecte d'intérieur telle que toi.

Elle aurait sans doute refusé de le suivre si tout le personnel ne s'était pas précipité pour les accueillir sur le tapis rouge. La location de la suite n'allait pas sans une myriade de services, et Lydia était trop polie pour repousser les grooms qui se précipitaient pour porter son grand sac à main et lui demandaient si elle avait besoin de quoi que ce soit.

Quelques secondes plus tard, ils se trouvaient dans l'ascenseur privé qui menait directement au quarantième étage, là où ils seraient enfin seuls.

*Lydia, tu as perdu la raison.*

Distraite par l'accueil cinq étoiles que lui avait offert le personnel du célèbre palace, elle avait suivi Ian sans opposer la moindre résistance. Certes, il n'avait pas menti et la suite qu'il avait louée représentait un intérêt pour elle sur le plan professionnel. Mais hélas, ce n'était pas la seule raison pour laquelle elle se trouvait maintenant dans cet ascenseur. Sans qu'elle ait pu s'y préparer, Ian s'imposait de nouveau dans sa vie. Manifestement, il avait décidé de s'approprier non seulement le nouveau projet sur lequel elle travaillait, mais aussi son temps libre.

Oui, elle avait voulu lui parler en privé. Mais pas ici,

pas dans ces conditions ! Un tête-à-tête dans cet endroit d'exception… cela n'avait aucun sens !

— Ian.

Elle prit une profonde inspiration et se tourna vers lui. Mais à cet instant, la porte de l'ascenseur s'ouvrit, dévoilant le plus beau décor qu'elle aurait pu imaginer. Des tentures et des meubles de style oriental décoraient une immense pièce, dont les baies vitrées offraient une vue panoramique sur l'Atlantique.

Elle ne put retenir un soupir d'admiration.

Passionnée par le monde de l'architecture et de la décoration, elle avait lu de nombreux articles sur cette suite d'exception. Elle avait aussi vu des photos du Steinway qui trônait dans l'entrée et savait que chaque détail, chaque couleur et chaque matière avaient été longuement réfléchis pour créer l'harmonie parfaite. Avec son double salon, sa salle à manger pour dix personnes et ses quatre chambres, la suite devait dépasser les neuf cents mètres carrés.

Bouche bée, les yeux grands ouverts, elle laissa ses pas la guider vers les différentes pièces de cette merveille d'élégance et de sobriété. Chaque nouvelle découverte la fascinait. Elle se promena ainsi un moment, jusqu'à ce que son regard s'arrête sur la terrasse privée qui surplombait la plage.

Sans qu'elle s'en aperçoive, Ian était sorti et parlait maintenant avec une équipe de serveurs qui avait disposé des plats en argent sous une petite tente. Au-dessus des fauteuils d'extérieur, la pergola avait été tendue de soie blanche, offrant une ombre salvatrice à cette heure de la journée.

Au milieu de ce cadre exotique, d'une beauté à couper le souffle, Lydia réalisa que c'était Ian qui retenait toute son attention. Dans son costume sur mesure, son corps puissant et élancé lui paraissait plus irrésistible que jamais. Elle avait déjà vu des photos de sa mère, cette sublime Brésilienne qui avait quitté le père de Ian après avoir perdu confiance en lui. Le couple qu'ils avaient formé autrefois avait fait rêver le public. Liam McNeill, le père de Ian, avait hérité des yeux bleus et des cheveux bruns de ses ancêtres écossais et les avait transmis à ses fils. Mais parmi eux, Ian était le seul à avoir le teint mat de sa mère.

Et comme si ces atouts ne suffisaient pas, il avait aussi le corps sculpté d'un sportif complet. Elle l'avait vu surfer, nager et faire de la voile pendant leur séjour en Polynésie française. Comment oublier le plaisir qu'elle avait eu à caresser les muscles de ses bras, de ses jambes, de son torse…

S'efforçant de chasser ces souvenirs sensuels de son esprit, elle se rapprocha du parapet vitré en respirant profondément l'air iodé. Les yeux fixés au loin, elle luttait pour recouvrer son sang-froid.

Mais elle ne put ignorer longtemps la présence de Ian. Dès qu'il eut libéré les serveurs, elle le sentit approcher derrière elle.

— Tu avais raison, reconnut-elle en scrutant l'horizon. Je veux dire, tu as bien fait de m'amener ici. C'est splendide. C'est bien plus qu'un appartement ou une suite. Je n'ai jamais vu un endroit aussi exceptionnel.

— Cela m'a plu de voir ta réaction en entrant, dit-il en s'accoudant à la balustrade à côté d'elle. À force d'avoir un regard technique sur nos projets, de nous battre pour surmonter tous les obstacles qui se présentent au cours de la conception, nous en venons parfois à oublier pourquoi nous aimons ce que nous faisons. Des lieux comme celui-ci nous permettent de nous émerveiller à nouveau. Ils nous rappellent que le rêve n'a pas de limite.

— Oui, approuva-t-elle. Mais combien de gens auront la chance d'en profiter ?

— Pas assez. Néanmoins, rien ne nous empêche de nous inspirer de ce travail pour amener le Foxfire au maximum de son potentiel. Ce sera un établissement accessible à un public beaucoup plus large, que nous avons le pouvoir de faire rêver.

Sur ces mots, il se redressa et fit un geste en direction de la tente où les attendait le buffet.

Quelques minutes plus tard, elle était installée à l'ombre de la tenture en soie, sur un canapé en U entourant une table basse en granit, avec une assiette de fromage et de crudités sur les genoux. Ian prit la bouteille de Prosecco posée à côté de la carafe d'eau fraîche et servit le vin italien dans deux verres en cristal.

Elle avait oublié le luxe dans lequel il vivait. Paradoxalement, elle n'avait jamais connu cela malgré la fortune considérable de son propre père. Sa mère, elle, avait fini par obtenir sa part d'héritage à force de procès, et elle dépensait sans compter à présent. Mais c'était arrivé alors que Lydia ne vivait plus chez elle. Son père lui avait tout de même légué une somme assez importante pour acheter son appartement à Manhattan, mais la totalité de sa fortune était revenue à ses enfants légitimes. Lydia gagnait correctement sa vie, mais elle ne faisait aucun excès. Les dépenses futiles de sa mère l'avaient angoissée pendant toute son enfance, et depuis qu'elle avait pris son indépendance, elle n'avait jamais été tentée de vivre au-dessus de ses moyens.

Néanmoins, elle ne pouvait que se délecter de l'expérience qu'elle était en train de vivre.

— Tout à l'heure, après la réunion, tu m'as dit que tu voulais me parler en privé, dit Ian en lui tendant son verre Pourquoi ?

— Cela ne te paraît pas évident ?

Elle but une gorgée avant de poser le verre devant elle.

— Ian, poursuivit-elle, je ne peux pas travailler avec toi sur ce projet.

Il avait ôté sa veste et relevé les manches de sa chemise en soie grise, si bien qu'à chacun de ses mouvements, elle voyait le tissu se tendre sur ses muscles virils.

— Tu es une professionnelle. Je suis un professionnel. Nous devrions être capables de mettre nos différends personnels de côté pour le bien du projet.

Le masque de son visage ne laissait rien paraître du fond de ses pensées. De son côté, elle faisait son possible pour ne pas lui montrer que ses blessures étaient encore à vif, même après plusieurs mois.

— Tu ne crois pas que tu dévalorises ce que nous avons vécu en réduisant notre rupture à un « différend personnel » ?

Le cœur serré, elle pensait à tout ce qu'elle avait subi, et surtout à ce qu'elle avait perdu.

— Je ne dévalorise pas plus notre histoire que tu ne l'as fait en t'amusant à jouer les entremetteuses pour moi, Mallory West.

# - 3 -

*Il savait.*

Malgré la chaleur, Lydia ne put s'empêcher de frissonner. Dans sa tête résonnait le bruissement des vagues qui montait jusqu'à la terrasse, le cri des quelques mouettes qui planaient au-dessus de l'eau et le battement sourd de son cœur dans sa poitrine.

— C'est donc ça ? dit-elle quand elle recouvra la parole.

Elle posa son assiette et se leva pour marcher le long du jacuzzi.

— C'est pour ça que tu t'es immiscé dans mon travail, ajouta-t-elle, pour mettre en scène cette confrontation ?

— Alors tu ne nies pas les faits ?

— J'ai joué ce jeu puéril pour me venger après notre rupture, Ian. Tu m'as démasquée. Mais il n'y a eu aucune conséquence sérieuse, finalement tu n'es jamais allé à un rendez-vous avec l'une de ces femmes.

C'était par rancune qu'elle avait commencé son activité d'organisatrice de rencontres. Elle n'en était pas fière, mais sa souffrance avait été si profonde…

— Non. Mais comme je m'acharne à te le dire depuis le début, ce n'était pas moi qui avais inscrit mon profil sur ce site de rencontres. L'assistante de mon grand-père avait effectué cette démarche après qu'il nous avait mis la pression à tous.

Ian fit une pause et se leva à son tour du canapé, sans pour autant se rapprocher de Lydia.

— Mon grand-père, lui, a pensé qu'il fallait prendre

tes suggestions au sérieux. Que je devais rencontrer ces femmes, ajouta-t-il en crispant la mâchoire.

Lydia lui avait volontairement fait des propositions de rencontres absurdes. Elle avait eu si mal en découvrant que son profil était actif sur ce site réputé alors qu'elle était en train de tomber amoureuse de lui… Et il n'avait fait que la blesser encore plus en refusant de comprendre sa réaction qu'il jugeait excessive, puisque selon lui, cela ne voulait absolument rien dire. Sa suffisance l'avait anéantie.

À cette période, elle avait été submergée par la fatigue et l'émotion, mais elle avait mis cela sur le compte de sa terrible déception amoureuse. Une semaine plus tard, elle avait appris qu'elle était enceinte.

Elle se tourna vers l'océan pour éviter son regard.

— Ton mépris envers mes sentiments m'avait fait de la peine et j'ai réagi de façon impulsive. C'était mesquin de ma part, reconnut-elle finalement.

— C'est mon grand-père qui a été déçu.

Après avoir fait quelques pas, il s'arrêta devant elle. Ses larges épaules l'empêchaient maintenant de regarder la mer.

— Mais ta colère passagère contre moi n'explique pas pourquoi tu t'es moquée de mon frère en lui faisant croire qu'il allait peut-être rencontrer sa future femme alors qu'elle ne savait même pas qui il était. C'était une chose de t'en prendre à moi, dit-il avec un regard glacial. Mais ma famille ? Non.

— C'était un accident.

Les tempes battantes, elle sentit qu'elle avait de plus en plus mal à la tête à mesure qu'elle perdait le contrôle de la conversation.

— Un accident, insista-t-elle, rien d'autre. Évidemment, nous aurions eu plus de chances de l'éviter si Cameron n'avait pas signé une décharge précisant que les profils n'avaient pas besoin d'être vérifiés…

— Il a cliqué sur une case du site Internet. Je n'appelle pas ça « signer une décharge ».

— Mais mon assistante lui a expliqué…

— Une assistante qui se faisait passer pour toi, soit dit en passant.

Elle ne pouvait pas le nier, et elle le regrettait profondément. Mais elle n'avait pas trouvé la force de rencontrer personnellement le frère de Ian alors que ses émotions étaient encore à vif. Quand elle avait découvert l'erreur de l'agence concernant la rencontre entre Cameron et Sofia Koslov, il était déjà trop tard pour revenir en arrière. Et une fois le scandale déclenché, elle n'aurait pas pu se manifester sans devoir faire face à Ian lui-même, une rencontre qui lui avait paru insurmontable au moment où elle commençait tout juste à se remettre de sa fausse couche.

— J'en suis désolée. J'ai vraiment envisagé d'intervenir personnellement après avoir appris ce qui s'était passé. Mais aurais-tu voulu ça alors que Quinn et Sofia avaient déjà annoncé leurs fiançailles ? J'ai craint d'abîmer ce qui se passait entre eux en attirant de nouveau l'attention sur la rencontre ratée entre elle et Cameron.

Lydia avait suivi de près l'évolution de la relation entre Sofia Koslov et Quinn McNeill et, quand elle avait vu des photos d'eux ensemble, il lui avait paru évident qu'ils étaient fous l'un de l'autre.

— Et oui, reconnut-elle, j'essayais aussi de protéger mon identité. Ce travail était devenu très important à mes yeux.

— Très important ou très lucratif ?

— Les deux.

Refusant de se laisser intimider, elle se redressa et le regarda droit dans les yeux.

— Je reverse la totalité de mes bénéfices d'organisatrice de rencontres à une très noble cause.

— Mom's Connection.

Sa réponse la déstabilisa. Était-il donc au courant de tout ce qu'elle avait fait depuis un an ?

— Comment le sais-tu ? demanda-t-elle en se raidissant malgré elle.

Contrairement à elle, il semblait très détendu.

— C'est l'un des secrets que tu n'as pas su garder, répondit-il en s'appuyant nonchalamment à la rambarde. J'ai engagé un ami détective pour découvrir qui était Mallory West, dans l'espoir d'épargner à Cameron de nouveaux ennuis. Ainsi qu'à Sofia, en qui Quinn a trouvé l'amour de sa vie.

— C'est ce que j'ai lu. Je suis heureuse que cette situation ait finalement eu une issue positive.

Elle hésita un instant avant de revenir sur ce qu'il venait de lui révéler.

— Tu as engagé quelqu'un pour me trouver ? demanda-t-elle, la gorge serrée par l'angoisse.

Qu'avait-il découvert de plus ? Pourvu que son dossier médical soit resté confidentiel…

— Je ne m'attendais pas à te trouver toi, Lydia. J'ai engagé quelqu'un pour démasquer Mallory West, précisa-t-il d'un ton sec. Tu imagines ma surprise quand j'ai découvert que c'était toi qui mettais le nez dans mes affaires alors que tu avais toi-même décidé de me quitter.

— Tu ne m'avais pas laissé le choix.

Elle ne pouvait oublier la douleur qu'elle avait ressentie en voyant la magnifique photo de lui qu'avait reçue une de ses amies inscrite sur le fameux site de rencontres.

— Non seulement tu m'as trahie, poursuivit-elle, mais en plus, tu l'as fait publiquement. Si notre histoire avait eu lieu à Manhattan et non à Rangiroa, je ne peux qu'imaginer les répercussions…

Il fallait qu'elle parte maintenant. Qu'elle échappe au plan machiavélique qu'il avait dû fomenter en décidant de la suivre à South Beach pour refaire irruption dans sa vie.

— Par chance, ajouta-t-elle, nous étions loin de tout et les rumeurs sur notre liaison n'ont pas tardé à se dissiper.

Elle tourna les talons, ramassa son sac et prit son téléphone pour appeler un taxi.

— J'ai juste une question, dit Ian en la suivant tandis qu'elle traversait la terrasse.

— Je t'écoute.

— Pourquoi faire don de tes bénéfices à une association de soutien aux mères célibataires ?

Elle eut l'idée de lui mentir. De lui dire qu'elle avait voulu aider les femmes qui se trouvaient dans la même situation que sa mère, pour leur épargner de tomber dans les mêmes excès et de faire du mal à leurs enfants.

Mais elle savait qu'il ne la croirait pas. Il la connaissait trop bien. Sa relation avec sa mère était beaucoup plus compliquée que cela et Ian en avait parfaitement conscience.

— J'ai rencontré plusieurs femmes qui faisaient partie de cette association, répondit-elle.

C'était vrai. Néanmoins, elle sentit sa bouche s'assécher et son pouls s'accélérer. La chaleur lui faisait perdre ses moyens.

Ou plutôt, Ian McNeill lui faisait perdre ses moyens.

Quand il fixait sur elle ce regard intense, elle avait l'impression qu'il perçait à jour tous ses secrets. Qu'il lisait en elle comme dans un livre ouvert.

— Comment ? Où ? demanda-t-il tout en lui faisant signe de se rasseoir.

Elle réfléchit pendant qu'ils reprenaient place côte à côte sur le canapé. Elle ignorait ce qu'il savait exactement. Connaissait-il déjà toute la vérité ? Si tel était le cas, mieux valait ne pas chercher à la lui cacher.

— À un groupe de soutien pour les mères célibataires, répondit-elle en soutenant son regard. Je suis allée à quelques réunions dans les semaines qui ont suivi notre liaison.

L'accueil de ces femmes l'avait tellement touchée… Leur soutien indéfectible lui avait fait un bien fou. Grâce à elles, elle avait retrouvé force et espoir.

Elle respira profondément avant d'ajouter :

— C'était avant que je perde le bébé. Notre bébé.

Ian eut l'impression de faire une chute dans le vide.

— Quoi ?

Il avait cru recevoir un choc en apprenant que Mallory West n'était autre que Lydia, mais ce n'était rien en comparaison de ce qu'il ressentait maintenant.

— Tu étais enceinte quand tu as rompu avec moi ?

Elle avait été si dure et si catégorique, refusant même d'écouter ses explications alors qu'il ne s'était jamais inscrit lui-même sur le site ! Comment avait-elle pu le rejeter aussi violemment alors qu'elle portait son enfant ?

Il se sentit soudain plus en colère que jamais. Comment avait-elle osé lui cacher ça ?

— Je ne le savais pas encore à ce moment-là. Mais oui.

Elle regarda le téléphone qu'elle avait gardé serré dans sa main. Après l'avoir posé sur la table, à côté de son assiette encore pleine, elle laissa glisser son sac à ses pieds et se mit à promener les yeux autour d'elle, comme si elle ne savait pas où poser son regard.

— J'ai compris plus tard que si j'avais réagi aussi vivement en découvrant ton profil sur ce site Internet, c'était sans doute en partie à cause des hormones. Mais il m'a fallu plus d'une semaine pour commencer à avoir des doutes sur mon état.

— Nous avons pris nos précautions, pourtant.

Les longues nuits sensuelles qu'il avait passées avec elle lui revinrent en mémoire. Leurs corps enlacés dans cette villa sans murs qui donnait directement sur l'océan Pacifique, l'air de la mer caressant leur peau humide tandis qu'ils faisaient l'amour encore et encore.

— À chaque fois, ajouta-t-il, nous avons pris nos précautions.

— Deux fois, murmura-t-elle en se mordillant la lèvre, nous avons été dans l'eau. Il y a eu le jacuzzi. Et la mer… Tu te souviens ?

Il n'eut qu'à plonger les yeux dans les siens pour se rappeler leur étreinte dans le bain à remous installé sur la terrasse. Tout en allant et venant en elle avec délices, il avait senti ses mains délicates lui masser les épaules et la nuque.

— Oui, répondit-il d'une voix rauque. Je m'en souviens.

Elle pinça les lèvres.

— C'est peut-être arrivé à ce moment-là. Je n'en sais rien. Mais je peux te dire que le test était positif, et ensuite…

— J'avais le droit de savoir. Dès que tu l'as su, tu aurais dû me le dire.

— Parce que nous nous étions quittés en si bons termes ? répliqua-t-elle en plissant le front. Ian, tu n'as même pas nié que tu avais l'intention de rencontrer d'autres femmes. Tu as dit que ta famille voulait que tu trouves une fiancée.

— Cela aurait pu être toi.

Il prononça ces mots calmement, distinctement, alors qu'il n'avait qu'une seule envie : hurler de toutes ses forces.

— Et si je n'ai pas nié tes accusations ridicules, ajouta-t-il, c'était parce que je n'avais l'intention de fréquenter personne d'autre que toi.

Bon sang, il était tombé amoureux d'elle ! Il avait été prêt à la demander en mariage. Il avait cru qu'ils se connaissaient suffisamment pour se faire confiance. En voyant que la femme à laquelle il tenait plus que tout doutait de lui au point de le croire capable d'infidélité, il s'était senti blessé. Insulté. De toute évidence, il s'était trompé sur leur relation. Il avait commis l'erreur de confondre le désir et l'amour.

À Rangiroa, loin de New York et de toute pression familiale, il avait complètement oublié les projets de son grand-père. Tout son esprit avait été occupé par son travail… et par Lydia. À aucun moment il n'avait pensé à retirer son profil de ce site Internet, tout simplement parce que cela n'existait même pas pour lui.

Comme elle restait silencieuse, il se demanda à quoi elle pensait. Il prit son verre et but une gorgée de vin en la regardant.

— Je te l'ai dit, reprit-elle, j'ai sans doute surréagi. Toutes les mères avec qui j'ai parlé depuis m'ont confirmé qu'une grossesse était un véritable bouleversement pour le corps et influençait fortement nos émotions.

Son analyse pragmatique avait de quoi le surprendre, surtout après le jeu d'entremetteuse qu'elle avait joué avec lui l'été dernier.

Peut-être qu'avec le temps, sa colère contre lui s'était apaisée. Peut-être avait-elle fini par comprendre qu'il n'était pas entièrement responsable des initiatives que son grand-père prenait à sa place.

Il respira profondément et s'efforça de garder son calme.

— Mis à part le fait que tu ne m'as jamais parlé de notre bébé, peux-tu me dire ce qui s'est passé ? Quel a été l'avis des médecins sur les raisons de ta fausse couche ?

Il avait mille choses à lui demander. Au bout de combien de semaines avait-elle perdu le bébé ? Avait-elle envisagé au début de lui parler de sa grossesse ? Et que se serait-il passé si l'enfant était né ? Aurait-elle fini par le mettre au courant ?

Cette dernière interrogation, et la possibilité que la réponse puisse être négative, lui fit l'effet d'un coup de poignard.

— Mon médecin n'a pas pu déterminer de cause particulière. Il m'a assuré que cela arrivait à de nombreuses femmes sans qu'il y ait forcément d'explication, ajouta-t-elle en posant la main sur son ventre, peut-être instinctivement. D'après lui, il n'y a pas de raison de croire que cela m'arrivera encore.

La douleur qu'il perçut dans sa voix et dans son regard le toucha au plus profond de lui. En la voyant aussi vulnérable, il sentit sa colère contre elle s'estomper.

— Je suis désolé de ne pas avoir été auprès de toi.

Il lui prit la main et sentit sa peau froide malgré la chaleur. Elle regarda ses doigts serrer les siens, puis, sans essayer de se libérer, elle prit son verre d'eau pour boire une longue gorgée.

— Je l'ai très mal supporté. J'ai été écrasée par la tristesse. Mais j'ai passé beaucoup de temps avec ce groupe de femmes dont je te parlais, et elles m'ont aidée à me remettre.

Un brumisateur se mit en marche à quelques pas d'eux pour arroser les plantes exotiques qui ornaient la terrasse. Les gouttes brillèrent sous le soleil tandis qu'une délicieuse sensation de fraîcheur emplissait l'atmosphère.

— C'est pour cela que tu soutiens ce groupe maintenant. Mom's Connection.

Enfin, il commençait à rassembler les pièces du puzzle.

Comment aurait-il pu imaginer qu'elle avait traversé une telle épreuve ?

— Oui. J'ai rencontré des femmes extraordinaires qui m'ont beaucoup inspirée. En voyant le mal qu'elles se donnaient pour aider les autres, j'ai compris à quel point je faisais fausse route avec cette stupide histoire de vengeance contre toi. Par la suite, poursuivit-elle après une hésitation, j'ai décidé de faire mon possible pour former de véritables couples, et il s'est trouvé que j'étais assez douée pour ça.

Elle reprit finalement sa main et lissa distraitement le revers de sa robe.

— Donc tu as continué cette activité en reversant l'argent que tu gagnais à l'association qui t'avait aidée, comprit-il. Et ce qui s'est passé entre mon frère et Sofia Koslov n'a été, comme tu me l'as dit, qu'un accident.

— Oui. Je n'aurais pas dû prendre ton frère comme client, mais à ce moment-là, Kinley me remplaçait souvent. Je me suis absentée plusieurs semaines l'hiver dernier, une chanteuse m'avait engagée pour décorer sa nouvelle maison à Las Vegas. Ma deuxième activité s'était bien développée, poursuivit-elle en prenant une fraise fraîche sur la table, et les bénéfices étaient très utiles à l'association. Je n'ai pas voulu renoncer. Je ne le veux toujours pas.

Il la regarda croquer dans la fraise juteuse et frissonna de désir en contemplant ses lèvres.

— Tu dois savoir que le père de Sofia Koslov est un homme très riche et très puissant, dit-il. Il a autorisé ma famille à enquêter sur Mallory West, et dès qu'il saura qui tu es, il voudra te poursuivre en justice.

Ian n'avait encore rien dit à personne depuis qu'il avait découvert que Lydia état Mallory West. Cela ne lui plaisait pas de cacher cette nouvelle à ses frères, mais il avait l'occasion de conclure un marché avec Lydia, et c'était sa priorité désormais.

Dans un premier temps, il avait pensé se servir de ce qu'il avait découvert sur elle pour se venger à son tour. Mais il savait maintenant que leur relation était beaucoup plus complexe qu'il ne l'avait d'abord cru. L'attirance qu'ils éprouvaient toujours l'un pour l'autre était indéniable, mais ce n'était pas tout. Un lien beaucoup plus profond les unissait. Sinon, il n'aurait pas reçu un coup aussi violent en apprenant sa fausse couche.

Ce qui voulait dire qu'il allait lui proposer un arrangement qui dépassait de loin la simple revanche.

— Comme Sofia va épouser ton frère à la fin du mois, j'espérais que son père avait tiré un trait sur cet incident et qu'il préférait éviter qu'on en reparle.

Il vit l'inquiétude emplir son regard.

Mais il refusait de se préoccuper de ses émotions. S'était-elle souciée des siennes en lui cachant qu'elle était enceinte de lui ?

— Vitaly Koslov ne semble pas être le genre d'homme à tirer un trait sur les offenses faites à sa famille, répondit-il.

Ian ne pouvait que le respecter pour cela. Il était lui aussi prêt à tout pour protéger ses proches.

— Mais j'ai une proposition à te faire qui pourrait t'épargner un procès et te permettre de reprendre ton activité d'organisatrice de rencontres.

— C'est vrai ?

Oui, songea-t-il en la voyant soudain pleine d'espoir. C'était une excellente solution. Pour elle comme pour lui.

— Tu es au courant qu'à cause des pressions familiales que je reçois, je suis à la recherche d'une épouse. L'été dernier, dit-il, mon grand-père avait déjà commencé à insister pour que nous nous mariions, mes frères et moi. Mais cet hiver, il est allé jusqu'à faire modifier son testament en incluant de nouvelles conditions. Pour hériter de son entreprise, nous devons rester mariés pendant au moins un an.

— Mais tu as déjà ta propre société qui marche très bien…

— Ce n'est pas pour des raisons financières que nous tenons à garder le contrôle de McNeill Resorts. Cette entreprise est le travail de toute une vie, il faut qu'elle reste dans la famille.

S'il ne cédait pas aux exigences de son grand-père, le

tiers de capital qui lui revenait irait à des étrangers. C'était impensable pour lui comme pour ses deux frères.

— Je peux t'aider à trouver quelqu'un, si tu veux, proposa-t-elle froidement.

Ne voyait-elle vraiment pas où il voulait en venir ? Ou faisait-elle semblant de ne pas comprendre ?

— C'est gentil de ta part. Mais je suis tout à fait capable de choisir moi-même une épouse pour un mariage temporaire.

— Tu ne veux plus laisser faire ton grand-père à ta place ? répliqua-t-elle avec un regard de défi.

— En fait, répondit-il sans relever sa provocation, j'ai déjà trouvé la personne qu'il me fallait.

Il ne résista pas à l'envie d'effleurer son bras du revers de la main. Aussitôt, le plaisir qu'il avait eu à caresser son corps brûlant tandis qu'elle s'abandonnait entre ses bras lui revint en mémoire. Jamais il n'avait connu un bonheur aussi intense.

— Tu résoudras nos problèmes à tous les deux si tu acceptes de devenir ma femme pour les douze prochains mois.

# - 4 -

— Il t'a demandée en mariage ?

Le cri de Kinley fit sursauter Lydia. Elle avait joint son assistante par vidéo pour faire un point sur leur travail en cours, et pour lui raconter la journée qu'elle venait de passer à South Beach. Assise sur le canapé de sa chambre d'hôtel, face à son ordinateur portable posé sur la table basse, elle picorait la salade que lui avait apportée le service d'étage.

En voyant les yeux écarquillés de Kinley, son visage collé à sa webcam et le geste qu'elle faisait pour que Lydia se dépêche de tout lui raconter, Lydia ne put s'empêcher de sourire.

— Oui, confirma-t-elle en piquant une tomate cerise avec sa fourchette.

Elle s'efforça de masquer l'émotion qu'elle ressentait et qui n'avait absolument aucun sens. Qu'y avait-il de flatteur à être entraînée par Ian dans un plan destiné à duper son grand-père ?

Et pourtant, elle ne pouvait oublier les frissons qui avaient parcouru son corps quand il lui avait fait cette proposition en la caressant doucement.

— Mais il ne s'agirait que d'un arrangement entre lui et moi, précisa-t-elle.

— Et il te protégerait du scandale au cas où on intenterait un procès contre toi pour la rencontre ratée entre son frère et Sofia Koslov ?

Lydia regarda son assistante qui n'apparaissait plus en gros plan sur son écran. Elle avait repris une position normale, permettant à Lydia d'apercevoir le stylo qu'elle avait à la main et la page de mots croisés posée devant elle. C'était un exercice intellectuel qu'elle avait pris l'habitude de pratiquer à force de feuilleter les magazines pour connaître l'actualité mondaine de la société new-yorkaise.

— Il m'a assuré qu'il empêcherait ces révélations de sortir dans les médias et qu'il négocierait avec Vitaly Koslov si celui-ci voulait me poursuivre en justice.

Le père de Sofia était un homme d'affaires ukrainien qui avait fait fortune avec sa start-up Safe Sale, estimée à plusieurs milliards. Lydia s'était renseignée sur lui autant qu'elle avait pu après le fameux scandale.

Ian proposait de la sauver de cet homme tout-puissant. Exactement comme dans ses rêves romantiques d'autrefois, quand elle avait imaginé un héros capable de tout pour la femme qu'il aimait. Comment avait-elle pu croire à de telles sottises en ayant grandi auprès d'une femme cynique dont la vie sentimentale n'avait été qu'un combat perpétuel ? Elle n'en revenait pas d'avoir été aussi naïve.

— Alors, demanda Kinley en tapotant son bureau avec le bout de son stylo, qu'as-tu répondu ?

— J'ai refusé catégoriquement, et c'est là qu'il m'a rappelé que si je voulais que l'identité de Mallory West reste secrète, j'avais intérêt à y réfléchir à deux fois.

Le seul fait de repenser à son ton sarcastique la fit de nouveau bouillir de colère. Sur le moment, elle avait préféré ne rien dire tant il l'avait rendue folle de rage. En silence, elle avait rejoint l'ascenseur avant de monter dans la voiture que l'hôtel avait mise à sa disposition en tant qu'invitée de Ian. Un membre du personnel l'aurait sûrement escortée à l'autre bout de la ville si elle l'avait voulu, ce qui lui rappelait que Ian et elle ne vivaient décidément pas dans le même monde. Lydia avait beau être la fille d'un milliardaire, elle travaillait dur pour payer ses factures. Elle refusait de compter sur les autres pour lui permettre de vivre comme une princesse.

— Je dois reconnaître que ce genre de demande en

mariage ne fait pas forcément rêver, dit Kinley. Mais tout de même, ajouta-t-elle après une pause. Ian McNeill ? Il y a pire…

— Ce n'est pas la question, répondit Lydia en jouant machinalement avec la ceinture de son peignoir. Je ne recherche pas l'homme le plus riche ou le plus prestigieux.

— Je pensais plutôt à son physique, rectifia son amie avec un grand sourire. Il est extrêmement sexy.

Kinley prit son téléphone posé à côté d'elle et tapota sur l'écran avant de le mettre devant la caméra pour montrer à Lydia une photo de Ian.

— Voyons, Lydia, tu ne peux pas nier qu'il est irrésistible.

Elle était bien placée pour le savoir. Son regard l'avait ensorcelée.

Mais cette photo n'était rien en comparaison de la tentation qu'elle avait dû affronter aujourd'hui. Quand il avait plongé les yeux dans les siens, lui avait pris la main, lui avait dit qu'il regrettait de ne pas avoir été là quand elle avait perdu leur bébé… Ces moments-là l'avaient bien plus fait fondre que l'image de ses larges épaules ou de son sourire charmeur.

L'idée d'un mariage temporaire avec Ian ne lui aurait sans doute pas fait autant de mal si elle n'avait pas imaginé un jour passer le reste de sa vie à ses côtés. Même si leur histoire n'avait duré que six semaines, elle avait été si intense que, même avec le recul, cette idée ne lui semblait pas absurde. Elle avait eu toutes les raisons de croire qu'il ressentait la même chose qu'elle.

— Ce n'est pas une raison suffisante pour s'engager dans une relation compliquée.

L'attirance qu'elle ressentait toujours lui apparaissait même comme un danger supplémentaire. Elle risquait de confondre une fois de plus le désir et l'amour.

Non, il n'était pas question que cela recommence.

— Je ne sais pas… Douze mois à passer dans un monde de rêve auprès d'un milliardaire sublime et respecté de tous, prêt à repousser tes ennemis et à te protéger ? Je me trompe peut-être, dit Kinley en se montrant sérieuse pour la première fois depuis le début de leur conversation, mais j'ai l'impression que tu ne me dis pas tout.

Elle était démasquée.

— Une vieille histoire qu'il vaut mieux oublier, concéda Lydia avec un sourire d'excuse.

Elle respira profondément. Il était temps de changer de sujet. Elle ne voulait plus penser à Ian et devait passer à autre chose.

— Mais parlons de choses sérieuses, dit-elle avec énergie. As-tu trouvé des soirées où je pourrais me rendre pour rencontrer des clients potentiels ou des personnes à présenter à nos clients actuels ?

Elle voulait faire tout son possible pour gagner de l'argent qu'elle reverserait à l'association qui lui tenait tant à cœur. Des femmes avaient besoin qu'on leur tende la main. Cela voulait dire qu'au lieu de s'apitoyer sur son sort, elle devait trouver un moyen de sauver son activité, même dans le cas où Ian la dénoncerait au puissant Vitaly Koslov.

— Oui, répondit Kinley. La liste que je voulais t'envoyer est presque prête. Je dois juste m'assurer que tu pourras entrer dans tous les événements que je te propose. Plusieurs membres de familles royales européennes sont à Miami en ce moment, c'est pourquoi les invitations sont difficiles à obtenir. Évidemment, ajouta-t-elle après un bref silence, je suis sûre qu'on déroulerait partout le tapis rouge à Ian McNeill.

Lydia ne pouvait pas la contredire. Un locataire de la Penthouse Suite du Setai voyait certainement toutes les portes s'ouvrir sur son passage. Ian vivait dans un cercle que la mère de Lydia avait toute sa vie rêvé d'intégrer, en vain. Lydia s'en était longtemps désintéressée, et si elle voyait aujourd'hui en quoi c'était utile de fréquenter cette élite, c'était seulement parce que cela lui permettait d'aider Mom's Connection.

— Je n'en doute pas, répondit-elle. Mais comme il n'est pas question qu'il m'accompagne où que ce soit, je compte sur toi pour réaliser un tour de magie et obtenir les invitations nécessaires. Tu peux toujours te servir du nom de mon père, cela devrait t'aider.

Elle n'avait pas de scrupule à utiliser sa filiation. Son père, qui avait été un grand philanthrope, aurait sans doute été fier de l'action qu'elle menait à présent.

Dès qu'elle pensait à lui, elle se sentait triste de ne pas l'avoir mieux connu. Hélas, dès sa naissance, sa mère s'était servie d'elle comme monnaie d'échange. À chaque fois qu'elle avait voulu s'en prendre au père de Lydia, elle les avait éloignés l'un de l'autre. Et les rares fois où Lydia avait pu passer du temps avec lui, sa mère n'avait jamais été loin, tenant à obtenir elle aussi l'attention du célèbre milliardaire.

Après avoir parlé quelques minutes de plus avec Kinley, Lydia lui souhaita une bonne soirée et ferma son ordinateur portable. Elle séjournait à l'hôtel Calypso, près du Foxfire. Sa chambre était petite et un peu désuète, mais elle avait le mérite d'offrir une superbe vue sur l'océan.

Elle s'approcha de la baie vitrée et ne put s'empêcher de penser à Ian qui, depuis son immense terrasse privative, contemplait peut-être le même spectacle qu'elle en ce moment.

Elle ouvrit alors la fenêtre et respira profondément. Mais au fond d'elle, elle savait qu'il ne lui avait pas suffi de quitter la luxueuse suite de Ian pour échapper à sa demande en mariage. S'il l'avait laissée sortir sans rien dire, c'était sans doute pour lui permettre d'y repenser jusqu'à ce qu'elle se rende compte qu'elle était prise au piège.

S'il révélait que c'était elle qui se cachait derrière le pseudonyme de Mallory West, elle ne pourrait plus travailler pour Mom's Connection. Elle deviendrait le sujet d'un nouveau scandale, elle qui s'était battue pour rompre avec le style de vie tapageur que lui avait infligé sa mère. Et même si elle trouvait le moyen de poursuivre sa deuxième activité pour continuer à verser de l'argent à l'association en dépit de la pression médiatique, elle devrait affronter

Vitaly Koslov, un homme qui avait le pouvoir de lui faire perdre tout ce qu'elle avait.

Pour l'instant, elle pouvait vivre à Manhattan en faisant un travail qu'elle aimait. Si elle perdait au tribunal face à Koslov, elle mettrait sans doute des années à s'en remettre financièrement. Il n'y avait qu'un seul moyen d'éviter cela. Accepter la proposition de Ian, l'homme qui lui avait brisé le cœur, en devenant sa femme pendant un an.

Comment envisager cette solution alors que le simple fait de passer quelques heures avec lui avait ravivé les blessures les plus douloureuses de sa vie ? Elle n'aurait pas la force d'endurer une telle épreuve, elle en était sûre.

Non, décida-t-elle un instant plus tard en se glissant sous la couette. Elle ne pouvait pas faire cela. Quand Ian lui reposerait la question, elle n'aurait d'autre choix que de lui dire non. Car elle le connaissait suffisamment pour savoir qu'il reviendrait à la charge.

Le lendemain matin, le soleil était à peine levé quand Ian passa la porte de l'hôtel Calypso, au cœur du quartier art déco de South Beach. Après avoir salué la réceptionniste, il regarda sa montre et repéra un petit salon à côté de l'ascenseur principal. Une fois installé dans un fauteuil, il consulta sur son téléphone le cours des actions qu'il possédait, mais il dut se rendre à l'évidence. Il n'arrivait à penser à rien d'autre qu'à Lydia.

Il prenait un risque en la surprenant ainsi au petit matin. Mais en interrompant prématurément leur conversation la veille, elle avait dû savoir qu'il la reprendrait à la première occasion.

Il la connaissait assez bien pour savoir qu'elle aimait suivre une certaine routine. Lors de leur séjour à Tahiti, il l'avait vue nager tous les matins à la première heure, comme une sirène ayant besoin de retrouver la mer dès son réveil. C'était un tel plaisir de la voir dans l'eau qu'il n'avait jamais manqué de l'accompagner, même quand il était épuisé après avoir travaillé tard dans la nuit. Il avait prétendu qu'il venait avec elle par sécurité, et non pour profiter de la chance qu'elle lui offrait de glisser la main sous son haut de maillot de bain ou d'embrasser ses lèvres au goût de sel.

Il se redressa en entendant la sonnette de l'ascenseur et attendit que la porte s'ouvre. Une seconde plus tard, il voyait apparaître les longues jambes de Lydia, à peine couvertes par sa courte tunique noire.

— Ian ?

Il leva la tête pour regarder son visage. En voyant ses yeux verts sans maquillage, son teint naturellement lumineux et ses cheveux rassemblés en queue-de-cheval, il eut la sensation de retrouver la femme qu'il avait aimée l'été dernier. Il dut se rappeler qu'elle n'était pas celle qu'il avait cru, qu'il s'était trompé sur elle, pour résister à la tentation de se précipiter dans ses bras, l'embrasser et remonter avec elle dans sa chambre pour lui faire l'amour.

Le souvenir de leurs étreintes brûlantes le fit frissonner. Il lutta pour chasser ces images de son esprit. S'il ne se concentrait pas sur le présent, son projet était voué à l'échec.

— J'espère que cela ne t'ennuie pas si je me joins à toi.

En disant ces mots, il remit son téléphone dans la poche du short qu'il avait enfilé par-dessus son maillot de bain.

Lydia s'arrêta net. Elle regarda discrètement la réceptionniste puis s'approcha de lui, sans doute pour lui parler sans être entendue. Une douce odeur de lavande imprégnait ses vêtements.

— Tu peux me dire ce que tu fais ici ? chuchota-t-elle d'un ton furieux. Tu as conscience que la plupart des experts engagés pour la rénovation du Foxfire séjournent dans cet hôtel ? Que diront les gens si quelqu'un nous voit ensemble à cette heure-ci ?

— Ils se diront que nous avons passé une bien meilleure nuit qu'eux.

Il avait passé toute la soirée à faire les cent pas dans sa suite en se demandant quelles clauses il devait inclure dans leur contrat de mariage. Il savait qu'elle finirait par signer. Mais il devait se montrer habile. Elle partirait en courant s'il essayait de lui forcer la main.

— Et cela ne t'inquiète pas ? répliqua-t-elle. En ce qui me concerne, je me suis donné beaucoup de mal pour être respectée en tant que professionnelle.

À en croire le ton sec de sa voix et ses joues rosies, il avait déjà réussi à lui mettre les nerfs à vif.

— Si tu ne veux pas qu'on nous voie ensemble, il vaudrait mieux que nous allions tout de suite à la plage. Pour nous réfugier dans l'eau.

Il mourait d'envie de la toucher. De passer le bras autour d'elle pour l'entraîner vers la rive et le sable fin. Mais ce serait sans doute le meilleur moyen de la faire fuir.

Maintenant qu'il était sûr de tout ce que pourrait leur apporter cette union, il ne voulait plus perdre un instant. Ce mariage devait se faire aussi vite que possible.

Après l'avoir fusillé du regard, elle tourna les talons et traversa le hall pour se diriger vers la sortie. Il la doubla pour lui ouvrir la porte et ils se trouvèrent bientôt sur le trottoir d'Ocean Drive, incroyablement calme à cette heure. Sur la plage privée de l'hôtel, ils croisèrent plus de coureurs que de nageurs.

— Ce sera plus calme par ici, dit-il en lui montrant un coin à l'écart de la plage où aucun transat n'avait encore été installé.

Ce qu'elle ignorait, c'était qu'il avait réservé cet espace ainsi qu'une cabine de plage. Il avait aussi commandé un petit déjeuner qu'il prévoyait de prendre avec elle en admirant le lever du soleil.

Il espérait seulement qu'elle accepterait de rester, car pour l'instant, elle marchait vers la mer d'un pas furieux, comme si elle avait hâte de disparaître sous l'eau pour ne plus le voir.

L'obscurité commençait tout jute à s'estomper quand elle se débarrassa de ses sandales et de sa tunique. Fasciné par sa beauté, il la regarda laisser tomber ses affaires sur le sable avant d'entrer dans la mer pour plonger gracieusement sous la vague qui arrivait.

Il ramassa ses vêtements pour aller les ranger dans la cabine. Après avoir ôté son short et sa chemise, il salua le serveur qui apportait leur petit déjeuner et sortit en le laissant disposer les plats sur la petite table installée devant la porte, sous une tente blanche ouverte sur la mer.

Alors qu'il entrait à son tour dans l'eau, il se remémora les merveilleux moments qu'ils avaient passés ensemble. Il se revit glisser la main de la cheville de Lydia jusqu'à l'intérieur de ses cuisses. Puis il se souvint de leurs courses endiablées, un jeu qu'elle apprécierait sans doute davantage que le premier ce matin.

Il la rejoignit et nagea le crawl à côté d'elle tandis qu'elle exécutait un papillon parfait. À mesure que l'horizon blanchissait, il la voyait de mieux en mieux. Sa peau couleur de crème brillait dans la faible lumière à chaque fois qu'elle élevait les bras.

Elle attendit d'être loin du bord pour arrêter de nager et faire du sur-place.

— Tu es fou, dit-elle.

Malgré son accusation, elle semblait nettement plus calme que tout à l'heure. C'était si troublant d'être de nouveau auprès d'elle, dans l'immensité de l'océan…

— De nager avant l'aurore ? demanda-t-il. Ou de braver ta colère en restant à tes côtés alors que je sais que tu es furieuse ?

Elle souffla avec agacement avant de lui répondre.

— De me demander en mariage alors que nous avons un passé aussi douloureux. Il y a trop de frustration entre nous. C'est de la folie et tu le sais.

Elle saisit une algue qui flottait pour la jeter loin d'elle.

— Je suis un homme pragmatique, Lydia. Et je suis sûr qu'après réflexion, tu t'es rendu compte que ma proposition était on ne peut plus honnête.

Hier, il s'était empêché de la suivre ou de la retenir pour lui laisser le temps de retrouver son calme. Sans doute avait-elle mis autant de temps que lui à s'endormir, à force de tourner et retourner la question dans son esprit.

— Pragmatique ? s'exclama-t-elle alors qu'une vague les soulevait légèrement. Ian, nous ne sommes pas un couple royal ayant la responsabilité d'assurer la lignée ou de conserver le château au sein de la famille. Le mariage n'est plus un simple contrat de nos jours.

— Et ce ne sera pas le cas. Viens, dit-il en lui prenant la main, nous aurons pied par là-bas.

Même ce simple contact le fit frissonner de désir. Et comme elle ôtait brusquement sa main de la sienne, il en conclut qu'elle avait dû ressentir la même étincelle que lui.

— Ça va.

— Tu as froid, dit-il en voyant qu'elle avait la chair de poule.

Il lui fit signe de regarder sur la plage, à l'endroit où le serveur avait dressé une petite table et posé une lampe-tempête.

— Tu vois la cabine ? J'ai commandé un petit déjeuner pour nous deux. Allons nous sécher et discuter calmement.

— Nous allons prendre notre petit déjeuner ici ? demanda-t-elle en secouant la tête avant de nager vers la rive. Tu aurais pourtant pu profiter du buffet du Setai.

— C'est vrai, répondit-il en riant, mais mon hôtel a l'inconvénient de me priver de ta compagnie. Un problème auquel j'espère remédier une fois que tu auras accepté ma demande.

En arrivant près de la plage, ils cessèrent de nager et regagnèrent le sable en marchant. Elle ne protestait plus quand il abordait le sujet du mariage, ce qui était sans doute bon signe.

Après un silence, elle tourna les yeux vers lui en se mordillant la lèvre.

— Alors tu étais sérieux, demanda-t-elle.

— Tu en doutais ?

Il prit l'une des deux serviettes que le personnel avait déposées à côté de la table et la lui tendit.

— Je ne sais pas, répondit-elle en essorant sa longue queue-de-cheval. J'espérais peut-être que tu essayais seulement de me faire peur en brandissant la menace d'un procès contre Koslov. Pour te venger de ce que je t'avais fait.

Cachée derrière le pseudonyme de Mallory West, elle lui avait suggéré une rencontre avec une vedette de télé réalité connue pour son comportement de diva, puis avec une de ses ex-petites amies qui, encore longtemps après leur rupture, l'avait rendu furieux en utilisant le nom de McNeill pour servir ses ambitions personnelles.

— Non, dit-il en servant deux tasses de café. Même si je dois reconnaître qu'après avoir découvert qui était Mallory West, j'ai imaginé toutes sortes de scénarios pour obtenir de nouveau tes faveurs.

Il la dévora du regard tandis qu'elle nouait sa serviette autour d'elle. Il n'avait aucune intention de prétendre qu'il n'était plus attiré par elle.

— Mais après notre conversation d'hier, poursuivit-il, j'ai compris que tu avais traversé une épreuve douloureuse et j'ai regretté de ne pas avoir été présent pour toi.

Il avait le cœur serré en pensant à ce qu'elle avait vécu. La perte de leur enfant. *Leur enfant.*

Il ferma les yeux et inspira profondément avant de continuer.

— Quoi qu'il ait pu se passer entre nous, tu aurais dû savoir que tu pouvais m'appeler.

Il lui en voulait de lui avoir caché sa grossesse, mais surtout, il ne supportait pas l'idée qu'elle ait dû affronter ces moments-là toute seule.

Elle s'installa à table et mit un peu de sucre dans son café tandis qu'il lui servait dans une assiette les œufs et le bacon qui avaient été maintenus au chaud sur une plaque électrique. Sur la table, il y avait aussi des fruits et différents fromages qu'il avait choisis parmi ceux qu'elle préférait.

— Donc tu ne m'as pas proposé le mariage comme une punition, dit-elle avec un sourire en coin.

— Loin de là.

Tandis qu'elle enfilait sa tunique, il remit sa chemise en lin avant de s'asseoir en face d'elle. Comme leurs genoux se touchaient sous la table, il vit une flamme briller dans son regard.

— À mon avis, ajouta-t-il, nous pourrions profiter de nombreux avantages en nous mariant.

# - 5 -

Lorsque le genou de Ian effleura le sien, Lydia fut assaillie par une vague brûlante. Il aurait été si simple de se laisser aller, de céder au désir qui l'envahissait… Comment oublier que c'était dans ses bras qu'elle avait passé les moments les plus sensuels, les plus merveilleux de sa vie ?

Mais elle ne devait pas laisser Ian exercer son pouvoir sur elle. Tout en se redressant, elle croisa les jambes pour ne plus sentir sa peau nue contre la sienne.

— Ce n'est pas très fair-play de ta part d'utiliser des techniques sournoises pour me convaincre du bien-fondé de ton plan. Je crois toujours que c'est de la folie, dit-elle en prenant une gorgée de café.

Une lumière rose commençait à apparaître à l'horizon. La plage était encore calme, et les quelques touristes présents célébraient davantage la fin d'une nuit de fête que la naissance d'un nouveau jour. À une vingtaine de mètres d'eux, un pêcheur lança sa ligne et attendit, entouré par quelques oiseaux qui devaient sentir l'arrivée d'un repas obtenu sans effort.

— Des techniques sournoises ? Je ne vois pas ce que tu veux dire, dit-il avec un sourire espiègle.

— Si, tu le sais parfaitement.

Tout en mangeant une fraise, elle s'efforça de garder le contrôle de ses sens pour résister au numéro de séduction de Ian. Oui, son corps réclamait ses caresses et ses baisers, mais elle savait désormais que c'était un chemin beaucoup trop dangereux pour elle.

— Si nous ne sommes pas capables de discuter sérieusement des termes d'un accord, ajouta-t-elle, ce n'est pas une bonne idée de commencer à manier la séduction comme une arme.

— Lydia. La séduction a été un aspect extrêmement gratifiant de notre relation. Je n'y vois pas une arme mais du plaisir, purement et simplement.

Sa voix grave et sensuelle la fit frissonner d'excitation. Allait-elle parvenir à résister encore longtemps ?

— Alors laissons ce sujet en dehors des négociations.

En entendant sa voix crispée, elle se força à respirer profondément pour se détendre.

— Entendu.

Après avoir fini ses œufs au bacon, il mit son assiette de côté et posa les coudes devant lui. La brise faisait danser ses cheveux bruns ondulés. Avec sa peau bronzée et ses yeux bleus, il était incroyablement séduisant.

— Parfait. Dans ce cas, dit-elle en se sentant un peu plus détendue, nous allons pouvoir discuter des alternatives au mariage.

— La seule alternative est que je révèle à tout le monde l'identité de Mallory West, y compris à Vitaly Koslov.

La gorge nouée, elle le regarda pendant qu'il lui resservait du café. Il était parfaitement sérieux. Il pouvait jouer le rôle de conciliateur au sein de sa famille, entre son frère aîné plutôt conservateur et le plus jeune, un play-boy passionné de nouvelles technologies, mais pour obtenir ce qu'il voulait, il était intraitable. Il ne laissait pas d'autre choix aux gens que de se soumettre à sa position.

— Cela détruirait tout espoir pour moi de reprendre mon activité d'organisatrice de rencontres. Indépendamment de la déception que ce serait, cela priverait des femmes qui en ont besoin de dons importants.

L'angoisse lui avait soudain coupé l'appétit. Les membres de Mom's Connection l'avaient tellement soutenue lors de la période la plus sombre de sa vie… Comment imaginer les laisser tomber aujourd'hui ?

— Il faut savoir faire certains sacrifices pour les choses qui comptent le plus à nos yeux, répondit-il avec un haussement d'épaules.

Comment pouvait-il traiter avec une telle désinvolture un acte d'amour comme le mariage ?

— Et cela ne te dérange pas si je considère comme un sacrifice l'idée de t'épouser ?

Sans doute avait-elle espéré qu'au fond de lui, il attachait encore un peu d'importance à ce qu'ils avaient autrefois éprouvé l'un pour l'autre.

— Nous concéderions tous les deux quelque chose pour obtenir ce que nous voulons. Je préfère me focaliser sur les points positifs.

— Comme la possibilité pour toi de remplir les conditions du testament de ton grand-père ?

— Par exemple.

Il prit la fourchette de Lydia, piqua un grain de raisin et la lui tendit pour l'inciter à manger. Elle ignora son geste.

— Quant à toi, ajouta-t-il, tu éviterais un procès tout en développant ton activité. Entre autres avantages.

Une nouvelle fois, le désir qui brûlait en elle la décontenança. Comment avait-elle pu oublier la capacité qu'il avait à lui faire perdre sa lucidité ?

— Tu les as déjà mentionnés, lui rappela-t-elle. Mais je ne vais pas soudainement reprendre les choses où nous les avons laissées pour la simple raison que nous décidons d'être mariés pendant un an.

Refusant de jouer un jeu romantique avec lui, elle lui prit doucement sa fourchette des mains et la reposa sur son assiette.

— Je ne veux pas dire que j'envisage d'accepter ta proposition, précisa-t-elle. En fait, j'en suis encore à chercher un moyen de résilier mon contrat avec Singer Associates pour pouvoir quitter South Beach et le projet de rénovation du Foxfire.

— Je ne m'attends pas du tout à ce que notre relation

redevienne celle qu'elle a été comme si cette année de séparation n'avait pas existé.

Son regard était franc et direct. Il avait l'air sincère.

— Je sais que le désir est toujours là, poursuivit-il, mais je te laisserai décider de ce que nous en faisons.

Elle sentit son cœur battre plus fort. Où trouverait-elle la force de résister à Ian pendant un an de vie commune ? Il lui imposait un choix impossible.

— Je ne peux pas recommencer, dit-elle en se levant brusquement. J'ai trop souffert la première fois.

Elle devait partir avant de faire une erreur. Comme se jeter à son cou pour l'embrasser, ou l'attirer à l'intérieur de la cabine pour lui arracher ses vêtements.

— S'il te plaît, insista Ian en se levant à son tour.

Il la retint en lui prenant la main et mêla ses doigts aux siens, comme il l'avait si souvent fait durant ces semaines de rêve à Rangiroa.

— Mon grand-père a fait une crise cardiaque l'hiver dernier après la demande en mariage désastreuse de Cameron à Sofia.

En disant ces mots, il la prit par le bras d'une main à la fois douce et ferme.

— Je suis désolée, s'excusa-t-elle. Je ne savais pas.

— C'est arrivé alors qu'il était en voyage à l'étranger. En Chine. Cela nous a permis de garder le secret.

Elle se radoucit, consciente que Malcolm McNeill comptait énormément pour ses petits-fils. Ian lui avait souvent raconté ses merveilleux souvenirs d'enfance avec son grand-père.

Le soleil apparaissait maintenant juste au-dessus de la ligne d'horizon, répandant une lumière rose et orange qui rendait le paysage encore plus magique. Ian se mit à caresser le bras de Lydia doucement, faisant peu à peu fondre sa résistance.

— Va-t-il se remettre ? demanda-t-elle.

Elle avait compris le sous-entendu de Ian. Si quelque chose arrivait à son grand-père avant que lui et ses frères aient respecté les termes de son testament, leur famille perdrait le contrôle de McNeill Resorts.

— Nous l'espérons. On lui a posé un pacemaker et les médecins se montrent rassurants. Mais même si ça n'allait pas, il s'arrangerait pour éviter que cela se sache.

Ils étaient toujours sous la tente, leurs pieds nus enfoncés dans le sable. Ian lui caressait toujours le bras, comme si c'était un geste machinal qu'il faisait sans s'en rendre compte. L'expression de son visage se fit plus grave.

— Il veut protéger l'intégrité de l'entreprise, devina-t-elle.

Elle comprenait les motivations de Malcolm McNeill. Les investisseurs réagissaient souvent mal à des rumeurs de changement de direction, même pour les entreprises les plus réputées.

— Oui, approuva Ian en la regardant dans les yeux. Même au détriment de sa propre santé. Mais tu comprends pourquoi je tiens autant à sauver son héritage ? Pas pour moi, mais pour lui ?

Elle comprenait la recherche de reconnaissance. Elle avait tant voulu se rapprocher de son père, puis de ses demi-frères et sœurs… Mais avec le temps, elle avait compris que cette lutte épuisante était vaine, et elle avait dû renoncer à créer des liens avec la famille qu'elle n'avait jamais vraiment connue.

Ian, lui, n'avait pas ce besoin. Son grand-père l'aimait et il le savait.

— S'il tenait tant que cela à transmettre son entreprise à ses descendants, dit-elle, tu ne penses pas qu'il renoncerait à ces nouvelles clauses ? Il se soucie peut-être seulement de votre bonheur, ajouta-t-elle, troublée d'avoir une conversation si intime avec lui. Cela me paraît absurde qu'il veuille que tu te maries dans le seul but de maintenir la société au sein de la famille.

— Malcolm McNeill a été élevé à une autre époque. Il ne voit pas en quoi ce serait un problème de choisir une épouse pour des raisons pratiques.

Tout en parlant, Ian lui avait lâché le bras, mais il se tenait toujours devant elle et l'empêchait de sortir de la tente.

— J'essaie de voir les choses de son point de vue, ajouta-t-il. Toi et moi, Lydia, cela aurait du sens. Nous pouvons nous aider mutuellement.

Tout aurait été tellement plus simple si son esprit n'avait pas sans cesse mélangé le passé et le présent… Quand elle regardait Ian, ce n'était pas l'homme dur et pragmatique qu'elle voyait, mais l'amant à qui elle s'était donnée avec passion. Et pourtant, elle savait maintenant qu'elle s'était fait des illusions sur lui. Même l'année dernière, il avait fait passer les souhaits de son grand-père avant elle, alors pourquoi s'étonnait-elle qu'il soit prêt à se marier pour satisfaire sa famille ?

Et pourtant… Elle ne pouvait croiser son regard, entendre sa voix ou sentir sa main sur elle sans se remémorer leurs étreintes, sans repenser aux moments de plaisir infini partagés avec lui.

Jamais elle n'avait imaginé qu'un homme pourrait lui faire vivre un jour de telles sensations. Et la faire souffrir à ce point.

— Je ne peux pas t'aider, dit-elle d'une voix trop faible.

— Que pourrais-je faire pour te convaincre ? demanda-t-il en prenant délicatement une mèche échappée de sa queue-de-cheval pour la glisser derrière son oreille. Dis-le-moi et tu seras exaucée.

Il lui offrait la possibilité de poursuivre sa deuxième activité et d'être à l'abri d'un nouveau scandale. Il maintiendrait Vitaly Koslov à distance et avec lui, elle trouverait la respectabilité dont sa mère l'avait si longtemps privée à cause de son comportement outrancier. Cette union présentait donc de nombreux avantages.

Et maintenant, il lui permettait même d'en dicter les termes.

La proposition était tentante. Surtout s'il ne voyait pas dans cette démarche une façon de se venger de ce qu'elle lui avait fait. Manifestement, il s'inquiétait vraiment pour la santé de son grand-père et tenait à réaliser l'un de ses souhaits.

— Je veux que nous fassions chambre à part, annonça-t-elle avant d'avoir songé que la situation risquait de dégénérer. Et que tu m'aides en cas de besoin dans mon travail d'organisatrice de rencontres.

Kinley avait raison : les McNeill avaient accès à tous les événements mondains les plus prestigieux.

— Ce n'est pas un sujet sur lequel je me sens très compétent, admit-il. La preuve, j'étais convaincu que notre couple avait tout pour marcher.

Le cœur serré, elle se souvint qu'elle avait pensé exactement la même chose que lui, avant de découvrir qu'il ne faisait que passer le temps avec elle en attendant de trouver une épouse digne de lui. Visiblement, il était prêt à revoir ses exigences à la baisse maintenant qu'il était pris par l'urgence.

— Je ne parle pas de ce genre d'aide, rectifia-t-elle. Ce qui me serait utile, ce serait d'utiliser le nom des McNeill pour rencontrer davantage de clients potentiels.

— C'est d'accord, dit-il sans hésitation. Donc tu acceptes ?

Si elle acceptait ? Déjà ? C'était de la folie. Mais après tout, ce n'était que pour douze mois, alors…

— J'aurais une demande supplémentaire.

Elle respira profondément pour trouver le courage d'être directe avec lui. Si elle voulait aller au bout, elle devait être capable de tout lui dire.

— Je compte sur toi pour respecter ce que tu as dit tout à l'heure, dit-elle après un silence. Pour ne pas utiliser la séduction comme arme. Je suis d'accord, Ian, il y a toujours de l'attirance entre nous. Mais tu dois me promettre que tu n'essaieras pas d'en profiter.

Il baissa la tête et approcha son visage du sien.

— À une condition.

— Laquelle ? demanda-t-elle, le cœur battant.

Elle aurait dû ajouter qu'elle lui interdisait de se tenir aussi près d'elle.

— Que j'aie le droit de t'embrasser à deux occasions.

Par le passé, un baiser les avait toujours menés beaucoup plus loin…

Impossible. Elle devait mettre un terme à cette négociation ridicule. Laisser Vitaly Koslov la poursuivre en justice pour avoir poussé Cameron McNeill à demander sa fille en mariage devant la presse.

Mais au lieu de cela, elle respira profondément pour sentir le parfum de l'homme qui l'avait envoûtée.

— Quelles occasions ? demanda-t-elle dans un souffle.

— Le jour de notre mariage. Et avant cela, pour célébrer la conclusion de notre accord.

— C'est-à-dire… maintenant ?

— Tout de suite.

Elle sentit sa main puissante se plaquer contre son dos, sentit sa chaleur à travers les mailles de sa tunique.

— Avons-nous conclu un accord, Lydia ? Accepte de rester mariée avec moi pendant un an et j'accéderai à toutes tes demandes.

C'était une très mauvaise idée. La pire de toutes. Et pourtant, elle ne pouvait se résoudre à accepter ce qui lui arriverait si elle refusait : un procès, une déroute financière, un scandale, l'impossibilité pour elle de continuer à aider l'association…

Elle acquiesça.

Il lui répondit par un sourire malicieux, sexy, irrésistible.

— Tu ne pouvais pas me faire plus plaisir.

Il fixa sur elle ses yeux brillants de désir, puis se pencha pour l'embrasser.

S'il n'avait droit qu'à un seul baiser avant leur mariage, Ian était bien décidé à le rendre exceptionnel.

Il serra les mains autour de sa taille fine, juste au-dessus de ses hanches. Il sentait la chaleur de son corps sous ses doigts. Elle se serra contre lui, à moins qu'il se soit lui-même rapproché d'elle, si bien que ses seins sublimes furent bientôt pressés contre son torse.

À l'instant où leurs lèvres se rencontrèrent, un désir irrépressible, un besoin de lui faire l'amour ici et maintenant l'envahirent soudainement. Il n'aurait eu qu'à détacher le quatrième battant de la tente pour créer une intimité et laisser libre cours à ses pulsions. À en croire l'avidité avec laquelle elle répondait à son baiser, elle en avait autant envie que lui.

Le souffle court, elle se cramponna à sa chemise et se cambra pour plaquer les hanches contre les siennes. Ivre d'excitation, il n'hésita pas plus longtemps. Il tendit la main pour défaire la sangle qui retenait le rideau de toile. L'obscurité tomba d'un coup sur eux et, de surprise, Lydia se redressa en clignant des yeux.

— Qu'est-ce que tu fais ? demanda-t-elle en regardant le battant fermé de la tente.

Il ne pouvait détacher les yeux de sa bouche.

— Je nous protège des regards indiscrets.

Il l'embrassa de nouveau tout en la serrant amoureusement.

— Un baiser, susurra-t-elle tout contre ses lèvres. Nous avons dit un baiser.

— C'est vrai. Et tu as vu comme cela nous a fait du bien à tous les deux ? murmura-t-il en l'embrassant dans le cou.

— Ian.

Au bout de quelques secondes, elle s'écarta de lui. Les yeux fixés sur elle, il contempla ses lèvres rougies par leurs baisers et son épaule dénudée par le col échancré de sa tunique. Elle était tellement sexy…

Mais il devait recouvrer son sang-froid. Faire preuve de patience. Attendre qu'elle soit prête à faire le premier pas vers lui.

— Oui ?

C'était si dur de rester immobile, de s'empêcher de poser les mains sur elle…

— Est-ce que nous allons le faire bientôt ? Je veux dire… le mariage ?

Alors elle était vraiment prête à l'épouser ?

Retenant un cri de victoire, il s'efforça de lui répondre d'une voix calme.

— Si tu me poses la question, j'espère que c'est parce que tu attends notre deuxième baiser avec autant d'impatience que moi.

— Je me demande comment nous devons nous comporter en étant dans la même ville et en travaillant ensemble. Est-ce que nous devons faire comme si nous étions en couple ?

Renonçant à ses envies sensuelles, il releva le battant de la tente puis se retourna vers elle.

— Je vais me renseigner pour régler les formalités administratives au plus vite.

Il aurait l'esprit beaucoup plus tranquille une fois qu'il aurait entamé les démarches pour répondre aux exigences de son grand-père. Son frère Quinn devait épouser Sofia dans deux semaines. Avec un peu de chance, Lydia et lui seraient mariés d'ici là. Bien sûr, ils attendraient quelque temps avait d'annoncer la nouvelle.

— Tu crois que nous arriverons à faire comme si nous étions ensemble tout en gardant nos distances ? Et tu ne penses pas que cela risque de poser des problèmes dans le cadre professionnel ?

— Je respecterai tous tes vœux. Et pour le travail, je vais appeler Jeremy dès aujourd'hui. Mais avant cela, je vais demander au personnel du Setai de venir chercher tes affaires. J'ai plusieurs chambres libres dans ma suite.

Il prit aussitôt son téléphone pour appeler le concierge du Setai, puis celui du Calypso, pour faire déplacer les bagages de Lydia. Elle avait exigé des chambres séparées, soit. La suite qu'il occupait était plus grande que la plupart des appartements. Elle n'avait donc aucune raison de protester.

— Il y a autre chose, dit-elle tandis qu'ils quittaient la plage. À propos de ce que je t'ai dit tout à l'heure. J'aimerais utiliser ton nom pour me faire inviter à une soirée cette semaine. Je pense que ce sera plus facile si j'y vais en tant que cavalière de Ian McNeill.

— Je vais te mettre en relation avec mon assistante pour qu'elle s'occupe de tout. Nous irons ensemble à cette soirée, ce sera l'occasion de commencer à nous afficher publiquement.

Elle s'arrêta devant l'entrée de l'hôtel.

— Je suis garé là-bas, dit-il en lui montrant sa voiture un peu plus loin dans la rue.

— Mais je voudrais monter prendre une douche et me changer.

— Tu pourras faire tout ça dans ma suite. Nous pourrons peut-être nous marier dès cet après-midi. Nous n'allons pas nous séparer maintenant, dit-il en lui prenant la main.

— Je n'en reviens pas que nous fassions une chose pareille. Du reste, ajouta-t-elle en le suivant, il faudra tout mettre par écrit. Je serai plus tranquille.

— Bien sûr, nous ferons rédiger un contrat stipulant les conditions de notre arrangement.

Il ne demandait qu'à la rassurer pour qu'elle se sente à l'aise. Ainsi, elle se sentirait plus libre de profiter des avantages de leur mariage.

Car lors de leur prochain baiser, il comptait bien prendre tout son temps pour lui montrer combien les douze prochains mois pourraient être merveilleux.

# - 6 -

Trois jours plus tard, juste avant midi, Lydia se tenait devant un juge de paix du comté de Miami-Dade et signait les papiers qui allaient faire d'elle l'épouse de Ian.

En privé, ils avaient déjà signé le contrat qui prévoyait leur divorce au bout d'un an. Elle l'avait fait vérifier par un avocat pour être sûre qu'elle comprenait bien tous les aspects du document et qu'il correspondait à ce dont elle avait discuté avec Ian. Il avait voulu ajouter des tas d'avantages financiers pour elle, ce qu'elle avait catégoriquement refusé. Ils s'étaient disputés plusieurs fois à ce sujet et, finalement, elle avait dû le menacer de ne pas signer pour le faire capituler.

Au moment d'aposer sa signature à côté de celle de Ian dans le registre, elle serra le bouquet de fleurs qu'elle tenait. Ils n'avaient même pas prévenu leurs proches. Toutefois, même si leur mariage était célébré dans la plus stricte intimité, elle portait une robe de cocktail en soie ivoire que Ian avait commandée pour l'occasion, et qui était assortie à sa chemise de costume. Elle n'aurait sans doute pas osé la choisir elle-même, mais elle devait reconnaître qu'elle se sentait bien dans ce fourreau avec son col carré et ses bretelles larges. C'était une robe élégante, mais qui n'attirerait pas l'attention des passants une fois qu'elle serait dans la rue.

Elle vit les lis de son bouquet trembler tandis que le juge de paix officialisait leur mariage provisoire. Elle avait à peine eu le temps de réfléchir depuis qu'elle avait consenti à se lancer dans cette aventure. Elle s'était installée dans la suite de Ian, avait téléphoné à Kinley pour lui expliquer la situation, tout en se concentrant sur son travail au Foxfire. Ian, lui, avait officiellement révélé leur relation à Jeremy Singer. Pour le reste, il avait tenu parole et gardé ses distances avec elle depuis leur baiser sur la plage.

Y avait-il pensé aussi souvent qu'elle ? Ce moment avait été si sensuel, si électrique… Le seul fait de penser au deuxième baiser qui l'attendait aujourd'hui la faisait frissonner d'excitation. Mais cette fois, elle y était préparée et elle ne perdrait pas le contrôle de la situation. Les choses ne devaient pas aller aussi loin entre eux.

Par chance, elle serait fortement aidée par la présence de leurs témoins. Même si c'étaient des étrangers, la décence les obligerait tous les deux à se contenir.

Plongeant les yeux dans ceux de Ian, elle eut soudain l'impression d'être seule au monde avec lui. Il avait une telle capacité à l'ensorceler… Mais elle savait désormais qu'il ferait toujours passer les McNeill avant elle, et que si elle ne restait pas sur ses gardes ces douze prochains mois, elle risquait de souffrir terriblement.

Pourquoi, malgré tout ce qui s'était passé entre eux, était-elle incapable de le regarder comme l'homme qu'il était vraiment ? Dès qu'elle posait les yeux sur lui, elle ne voyait plus que son charisme et sa beauté, ne pensait plus qu'au plaisir qu'elle avait connu dans ses bras. Encore à cet instant, elle le trouvait à la fois si élégant et si sexy dans son costume sur mesure… Son tailleur avait fait un excellent travail. Grâce à lui, ils pourraient au moins être fiers de la photo qui serait prise à l'issue de la cérémonie.

Elle regrettait seulement de ne pas avoir Kinley auprès d'elle aujourd'hui, mais il lui avait paru plus raisonnable de n'inviter personne. Elle avait eu trop peur que sa mère apprenne la nouvelle et la divulgue aux médias alors qu'ils voulaient garder le secret pendant quelque temps.

— Et maintenant, dit le juge de paix, si vous voulez bien présenter les alliances.

C'est alors que Ian sortit deux anneaux en platine. L'un était sobre, d'une beauté masculine, tandis que le second était surmonté d'un splendide diamant carré. En le voyant, elle faillit laisser échapper un cri d'admiration.

Le célébrant leur fit réciter leur serment. Lydia répéta les mots qu'il lui dictait, tout en espérant ne pas commettre la pire erreur de sa vie. Elle mit son alliance à Ian, puis il fit glisser la bague étincelante sur son annulaire gauche.

— Je vous déclare maintenant mari et femme.

Sur ces mots, le juge de paix referma son grand livre à reliure de cuir noir et le posa derrière lui.

— Vous pouvez embrasser la mariée.

Lydia ressentit un choc, sans savoir si c'était parce qu'elle était maintenant la femme de Ian ou parce qu'elle était sur le point d'échanger un nouveau baiser avec lui.

Une flamme de désir semblait brûler dans ses yeux bleus. Le souffle court, elle sentit son cœur s'emballer tandis qu'elle attendait de sentir la bouche de Ian sur la sienne.

Il se pencha… et se contenta de l'effleurer du bout des lèvres.

— Je garde le vrai baiser pour plus tard, lui murmura-t-il à l'oreille.

Déstabilisée par sa voix sensuelle et par la vue des alliances qui symbolisaient ce qu'ils venaient de faire, elle sourit machinalement au photographe avant de laisser Ian récupérer les documents officiels. Ils attendirent d'être sortis de la salle pour s'adresser de nouveau la parole.

— Félicitations, madame McNeill, dit Ian en lui prenant la main pour l'entraîner vers la sortie.

Dehors, il faisait une chaleur étouffante. Et la nervosité qui l'envahissait ne l'aidait pas à mieux respirer. Elle n'arrêtait pas de penser au baiser qui l'attendait.

Levant son bouquet, elle respira le parfum des roses et des lis en espérant qu'il ait le pouvoir de l'apaiser.

— Félicitations à nous deux, dit-elle. Nous avons trompé tout le monde en faisant croire que nous étions amoureux dans le seul but de satisfaire nos ambitions personnelles.

Elle n'avait pas eu l'intention de ternir cette journée avec son amertume. Cela aurait été tellement plus simple de faire comme si cette comédie ne la gênait pas ! Mais cette robe, ce diamant… C'en était trop.

— Nous avons simplement mis nos différends de côté pour nous aider mutuellement, dit-il. Allons fêter ça, tu veux bien ?

Il fit signe au chauffeur d'un SUV de luxe qui n'était pas le véhicule dans lequel ils étaient arrivés. Décontenancée, elle s'arrêta net et sentit la semelle de ses escarpins glisser légèrement sur le trottoir. Ian la prit par le bras pour l'aider à garder l'équilibre.

— Comment ça ? demanda-t-elle tout en regardant la voiture aux vitres teintées qui s'arrêtait le long du trottoir. J'ai rendez-vous pour une vidéoconférence cet après-midi avec un fournisseur étranger.

Se réfugier dans le travail serait sans doute le meilleur moyen pour elle de retrouver un certain équilibre.

— Je m'en souviens, répondit-il.

Il fit un signe de tête au chauffeur qui descendit aussitôt de voiture.

— J'ai fait préparer un équipement pour toi, poursuivit-il. J'espérais m'inviter à ta réunion pour parler avec ce fournisseur de certaines pièces dont il dispose et qui auraient leur place dans la cour du Foxfire.

Le conducteur ouvrit la portière arrière de la voiture pour les inviter à s'asseoir sur la banquette en cuir beige. Le chauffeur d'un véhicule qui passait klaxonna et cria :

— Vive les mariés !

— Tu vois ? dit Ian en la prenant par la taille. Tout le monde veut que nous célébrions l'événement. Tu auras tout le temps de notre vol pour travailler. Ta conférence sera terminée au moment de l'atterrissage, et ce soir, nous pourrons trinquer à notre mariage en regardant le soleil se coucher sur le Pacifique.

Elle se figea sur place. La dernière fois qu'elle était allée dans le Pacifique avec lui, elle s'était retrouvée enceinte.

— Tu sais que je ne veux pas retourner là-bas…

— Bien sûr, lui susurra-t-il à l'oreille. Je ne t'emmène pas à Rangiroa. Mais nous pouvons être au Costa Rica dans quelques heures. Déguster un excellent dîner au bord de la mer, puis être de retour ici demain matin.

Mais qu'allait-il se passer entre le dîner et leur départ le lendemain ? Elle ne savait plus si elle devait être rassurée de ne pas retourner en Polynésie, là où elle était tombée folle amoureuse, ou si elle devait s'inquiéter de vivre une nouvelle aventure exotique avec lui.

— Je ne m'attendais pas du tout à ça, confia-t-elle en toute sincérité. Je n'ai rien préparé pour partir.

Elle aurait sans doute dû refuser, tout simplement. Mais c'était une délicate attention de la part de Ian. Un geste quelque peu démesuré pour quiconque n'avait pas les mêmes moyens que lui, mais qui montrait son envie de tout faire pour que les choses se passent bien entre eux.

— Je me suis occupé de tout, répondit-il. Et si nous devons passer un an aux côtés l'un de l'autre, autant faire en sorte de nouer des liens d'amitié.

— Des liens d'amitié, répéta-t-elle tandis que, sur un signe de Ian, le chauffeur se glissait derrière le volant.

Ces termes étaient loin de décrire ce qu'ils avaient vécu à Rangiroa. Mais il avait raison, cette relation passionnelle appartenait au passé.

— Ce que tu as prévu me semble un peu trop romantique pour deux amis, souligna-t-elle.

— Lydia, nous venons de nous marier. L'illusion d'une brève lune de miel ne pourra que donner du crédit à l'histoire que nous allons raconter à tout le monde, à commencer par nos familles.

— Donc ça aussi, c'est pour les apparences.

Elle hocha la tête tout en réfléchissant. Elle savait qu'il respecterait les termes de leur accord. Ils dormiraient dans des chambres séparées. Malgré ce qu'il lui avait fait, elle savait qu'il avait un profond sens de l'honneur.

C'était la perspective de ce baiser qui la faisait paniquer.

— Et je pense que tu aimes autant être à l'étranger pendant que la nouvelle de notre mariage se répand, souligna-t-il.

Curieusement, cet argument la convainquit plus que tous les autres. La seule idée de voir de nouveau son nom et sa photo dans les journaux, quelle qu'en soit la raison, la faisait frémir. Les scandales provoqués par sa mère au fil des années l'avaient dégoûtée de toute publicité. Et puis, ce voyage lui fournirait une bonne excuse, au moins pendant quelques heures, pour ne pas répondre à sa mère qui allait sûrement la tourmenter.

— C'est d'accord.

Elle se baissa finalement pour s'asseoir sur la banquette du SUV. Après tout, ce temps passé en tête à tête pourrait toujours être mis à profit. Elle allait avoir tout le loisir de lui parler des frontières à établir entre eux et des règles de vie qu'elle souhaitait mettre en application pour l'année à venir.

Oui, songea-t-elle alors qu'ils roulaient en direction de l'aéroport privé le plus proche, cette conversation serait un excellent moyen d'occuper les heures qui sépareraient la fin du dîner de leur départ du Costa Rica. Elle avait peut-être promis à Ian un dernier baiser, mais il n'était pas question que cela les mène à une véritable nuit de noces.

— Je croyais que tu ne te souciais pas des nouvelles clauses du testament de grand-père.

À bord du jet privé qui les menait Lydia et lui au Costa Rica, Ian voyait sur l'écran intégré combien son frère Cameron était furieux. Pendant la première partie du vol, il s'était installé avec Lydia dans la petite salle de conférences de l'avion pour participer à sa conversation avec son interlocuteur à l'étranger. C'est là que ses frères s'étaient soudain mis à le harceler d'appels et de SMS sur son téléphone portable. Après avoir salué le fournisseur, il avait laissé Lydia terminer l'entretien et s'était installé dans la cabine aménagée en salon. Là, il avait commencé par appeler Quinn, son frère aîné, dans l'espoir d'avoir une conversation calme avec lui avant d'affronter Cameron.

Mais apparemment, Quinn venait d'apprendre la nouvelle de son mariage avec Lydia car Cameron avait fait irruption dans son bureau avec une impression grand format de la photo prise dans la salle des mariages. Qui avait pu faire fuiter l'information ? C'était un mystère. Lydia et lui n'étaient pas spécialement connus en dehors de leur cercle professionnel et mondain. Quelqu'un avait dû réagir au nom de McNeill et informer la presse. L'article que Cameron avait trouvé avait été publié sur un blog people de New York, mais la rumeur était déjà en train de se propager. Et Ian était certain que la beauté de Lydia n'y était pas étrangère. En la voyant dans sa robe ivoire, le sourire aux lèvres et le regard étincelant, tous les médias avaient dû vouloir publier la photo.

— Je ne l'ai pas épousée seulement pour le testament, se défendit Ian. Nous avons vécu une vraie relation. Mais je reconnais que la crise cardiaque de grand-père a créé une certaine urgence.

Ses deux frères se trouvaient dans le bureau de Quinn, au cœur du quartier financier de New York. Quinn était appuyé contre le rebord de la fenêtre, tandis que Cameron arpentait la vaste pièce comme un lion en cage. Grand et élancé, il entrait tout juste dans le cadre filmé par la webcam tandis qu'il faisait les cent pas devant la bibliothèque ancienne de Quinn.

— Vous m'avez dit tous les deux que grand-père bluffait, leur rappela Cameron. Qu'il renoncerait à ces nouvelles conditions. Et maintenant, Ian se marie en secret et Quinn épouse Sofia dans deux semaines. En fait, ajouta-t-il en se laissant tomber sur le grand fauteuil en cuir de Quinn, je commence à croire que c'est vous deux qui bluffez.

— Non, Cameron, dit Quinn en desserrant sa cravate. Ce que nous voulions dire, c'est que tu ne devais pas te marier uniquement pour grand-père. Si tu rencontres la femme qu'il te faut, c'est autre chose.

Il se tourna ensuite vers la webcam, donc vers Ian.

— J'imagine que Ian a entretenu une relation assez sérieuse avec cette femme pour en venir à envisager le mariage, dit son frère aîné.

Calmer la colère de Cameron était plus facile que d'affronter le regard circonspect de Quinn. En tant qu'aîné, celui-ci avait joué le rôle de deuxième père pour Cameron et Ian quand leurs parents avaient divorcé et qu'ils s'étaient mis à vivre la moitié de l'année chez leur mère et l'autre chez leur père. À Rio, chez leur mère, ils avaient été surveillés de près. Mais les six autres mois de l'année, Quinn s'était avéré un tuteur beaucoup plus fiable que Liam McNeill, leur père aventurier et voyageur.

— Bien sûr, confirma Ian.

Les raisons pour lesquelles il avait épousé Lydia étaient si complexes qu'il n'était même pas sûr de pouvoir les nommer lui-même. Mais il regrettait de l'avoir laissée partir l'année dernière sans se battre pour elle. Il aurait dû être auprès d'elle quand elle avait perdu leur bébé. Maintenant ? Les sentiments qu'il avait eus pour elle n'existaient sans doute plus, mais ils avaient peut-être quelque chose de nouveau à construire ensemble. Ce mariage fondé sur un arrangement équilibré lui convenait. Au moins, aujourd'hui, il savait à quoi s'en tenir. Il ne commettrait pas la même erreur. Il ne se laisserait pas dépasser par ses sentiments.

Comme ses deux frères fixaient sur lui un regard interrogateur, Ian comprit qu'ils attendaient quelques explications de sa part. Il allait avoir du mal à les leur donner sans révéler le secret de Mallory West, mais il avait donné sa parole à Lydia.

— Lydia et moi, dit-il, nous nous sommes rencontrés l'année dernière quand je supervisais le projet d'hôtel de Rangiroa.

Comme le voyant s'allumait, il boucla sa ceinture de sécurité et regarda la porte de la salle de conférences. Elle était toujours fermée, ce qui voulait dire que Lydia allait sans doute rester à l'intérieur pendant toute la descente de l'avion.

— Nous avions des liens très forts, poursuivit-il, mais nous avons voulu savoir si c'était lié au cadre paradisiaque de l'île ou si notre relation pouvait rester solide dans le monde réel. Il se trouve que nous sommes très bien ensemble.

Quinn plissa le front, tandis que Cameron ouvrait de grands yeux stupéfaits.

— Tu es sorti avec elle pendant un an sans rien dire à personne ? s'exclama Cameron.

— Non.

Ian regrettait de ne pas avoir mieux réfléchi à ce qu'il allait leur dire avant de les appeler. Il allait devoir improviser une réponse satisfaisante, car ses frères ne le laisseraient pas tranquille tant qu'il ne les aurait pas convaincus.

— Nous avons connu des hauts et des bas, poursuivit-il, mais en nous retrouvant pour travailler sur le projet de South Beach, notre couple nous est apparu comme une évidence. Pour éviter de faire de l'ombre à Quinn et Sofia, nous avons décidé de nous marier en toute discrétion. Je n'imaginais pas que les médias seraient au courant aussi vite.

— C'était bien naïf de ta part, répondit Cameron en agitant la photo devant lui. Vous étiez mariés depuis une demi-heure quand ce papier a été mis en ligne.

— Quinn, dit Ian, s'il te plaît, transmets mes excuses à Sofia si cette nouvelle l'a contrariée. Nous voulions attendre que votre mariage soit passé pour annoncer le nôtre. Maintenant, si vous permettez, je vais devoir vous laisser. Nous atterrissons dans dix minutes au Costa Rica pour notre lune de miel.

— Sofia ne redoute pas la concurrence dans la vie privée, répondit Quinn. Seulement en tant que danseuse.

Ian n'avait pas encore pris l'habitude de voir ce sourire sur le visage de son frère aîné. Il ne l'avait jamais vu avant que la danseuse du New York City Ballet entre dans sa vie. Quinn avait toujours été si sérieux avant…

L'amour que Sofia et lui éprouvaient l'un pour l'autre

ne pouvait que susciter l'envie. Hélas, Ian savait que son mariage provisoire ne pourrait jamais lui apporter autant de bonheur.

Il y aurait tout de même d'autres satisfactions. Pour Lydia comme pour lui.

Cameron se tourna vers Quinn.

— Dis-lui pourquoi nous cherchions vraiment à le joindre.

Ian se redressa brusquement. Les mots de Cameron étaient pour le moins alarmants.

— C'est grand-père ? demanda-t-il avec inquiétude. Ça ne va pas ?

Le transfert de Malcolm McNeill de Shanghai à New York avait été reporté deux fois pour raison médicale. Maintenant qu'il avait eu lieu, Ian se demandait si le voyage s'était mal passé.

— Il va bien, dit Quinn d'une voix rassurante. Mais ta photo avait commencé à circuler sur Internet quand il nous a appelés pour nous donner rendez-vous. Il veut nous voir tous en même temps.

— Bien sûr, répondit Ian, la gorge serrée. Quand ?

— Pas forcément dans l'immédiat. Il ne veut pas interrompre ton voyage de noces.

Quinn se leva pour consulter l'agenda posé sur son bureau.

— D'ici trois jours, peut-être ? proposa-t-il. Je serai à New York. Toi aussi, Cam ?

— Absolument, confirma leur petit frère tandis que Ian voyait apparaître les montagnes du Costa Rica.

— Je serai là, promit Ian. Vous savez ce qu'il veut ?

— Non, répondit Quinn avec un air soucieux. Mais à mon avis, tu devrais venir avec Lydia. Elle fait partie de la famille maintenant.

Après avoir raccroché, Ian essaya en vain de chasser le sentiment désagréable qui l'envahissait. Il avait eu de bonnes raisons de proposer ce mariage à Lydia, mais il savait que son grand-père ne les aurait ni comprises ni approuvées.

Peu importait. Cela se passait entre Lydia et lui. Ils s'étaient mis d'accord et savaient ce qui était en jeu pour l'un comme pour l'autre. Ils avaient décidé de laisser de côté leurs sentiments, ce qui leur épargnerait de revivre des moments aussi difficiles que l'année dernière. Quant aux autres conditions qu'elle avait posées…

Un McNeill savait qu'une bonne négociation permettait d'obtenir beaucoup de choses. Et il avait encore un baiser à utiliser comme monnaie d'échange.

# - 7 -

*Mme Lydia McNeill.*

En fin d'après-midi, assise dans le dressing de la villa que Ian avait louée au Costa Rica, Lydia regardait sa valise rangée sous une étagère en bambou avec son étiquette en cuir gravée à son nom.

Tout lui semblait tellement irréel. Cette suite privée dans laquelle elle était installée, ce voyage imprévu dans un luxueux jet, et maintenant ce nouveau nom.

Elle contempla la garde-robe que le personnel avait préparée pour elle dans la penderie. Il y avait une grande robe en soie imprimée de fleurs d'hibiscus orange sur fond blanc, un pantalon turquoise large avec un dos nu blanc en crêpe pailleté, une robe du soir argentée qui semblait tout droit sortie d'un conte de fées… Et bien sûr, ce n'étaient que des vêtements de grands couturiers.

Dans les étagères, elle trouva des sous-vêtements de marque italienne, ainsi qu'une chemise de nuit incroyablement douce, raffinée et sexy, dont n'importe quelle jeune mariée aurait rêvé pour sa nuit de noces.

Seulement, elle n'était pas une jeune mariée au vrai sens du terme. Et il n'était pas question qu'elle mette cette ravissante nuisette ce soir.

— Lydia ? demanda Ian depuis le couloir. Tu as besoin de quelque chose ?

Elle sentit son cœur bondir dans sa poitrine en entendant sa voix juste de l'autre côté de la porte de la salle de bains.

C'était si troublant de se retrouver seule avec lui dans ce lieu paradisiaque…

Il voulait sans doute s'assurer que les vêtements lui convenaient avant qu'ils s'installent pour dîner ensemble dans le patio. Il avait eu l'air ravi de lui faire visiter la villa en lui montrant qu'il avait prévu deux suites séparées, comme elle l'avait demandé. Sans doute avait-il voulu lui prouver ses bonnes intentions, pour partir avec elle sur des bases plus apaisées.

Seulement, elle ne se sentait pas rassurée le moins du monde par ce mariage. Et cette parenthèse exotique ne faisait que lui rappeler combien ce qu'elle avait vécu aujourd'hui était loin de ce qu'elle avait un jour espéré partager avec lui. Si elle n'avait pas autant tenu à garder secrète la véritable identité de Mallory West, jamais elle n'aurait accepté cet arrangement. Mais en refusant, elle aurait mis un terme définitif à son activité d'organisatrice de rencontres et aux bénéfices importants qu'elle pouvait reverser à Mom's Connection. Les femmes de l'association représentaient un tel exemple de force et de détermination… Malgré les épreuves et les obstacles, elles se battaient pour être de bonnes mères en s'offrant mutuellement un soutien indéfectible.

La mère de Lydia, elle, avait fait de leur vie à toutes les deux un spectacle pour la presse à scandale. Elle avait utilisé toute son énergie pour nourrir le feuilleton à rebondissements de sa lutte contre le père de Lydia. Au lieu d'être présente pour sa fille, elle avait toujours privilégié les frasques et la vie mondaine, se souciant plus de ses rendez-vous réguliers chez son chirurgien esthétique que des cérémonies de remise de diplôme.

Cela expliquait sans doute pourquoi Lydia voulait autant soutenir celles qui faisaient de leurs enfants une priorité absolue.

— Non, merci, répondit-elle à Ian. J'arrive tout de suite.

Après une profonde inspiration, elle se leva lentement et promena les yeux autour d'elle. Ce dressing ressemblait à un véritable salon avec ses fauteuils en cuir, ses grands miroirs et ses lumières douces. Mais elle ne pouvait pas passer toute la soirée ici.

Choisissant dans la penderie la grande robe de soie, elle l'enfila par-dessus la combinaison en satin et dentelle à laquelle elle n'avait pas pu résister. Jamais elle n'avait osé dépenser son argent durement gagné dans des vêtements aussi exceptionnels. Mais puisqu'on les mettait à sa disposition, elle n'allait pas se priver du plaisir de porter des matières et des coupes aussi parfaites.

— Rien ne presse, dit-il. Le soleil ne se couchera pas avant une demi-heure.

Tout en écoutant ses pas s'éloigner vers l'autre partie de la villa, elle se remémora les couchers de soleil qu'ils avaient admirés ensemble au printemps dernier.

Il y en avait eu douze.

Elle avait marqué les jours sur un calendrier. Oui, comme toute jeune femme qui sent qu'elle est en train de tomber amoureuse, elle avait fait beaucoup de choses idiotes comme celle-ci. Elle avait entouré de cœurs les dates qui avaient compté dans leur histoire, rempli des carnets de notes d'anecdotes, de déclarations d'amour et de multitudes de points d'exclamation.

Une fois prête, elle sortit du dressing pour rejoindre sa chambre où elle avait laissé les fenêtres ouvertes pour aérer. Un singe capucin à tête blanche, accroupi sur le muret en pierre, mâchait un morceau de mangue.

Elle regarda la terrasse, la nature qui l'entourait, le chemin qui menait à l'océan. Tout était comme dans un rêve. Dans n'importe quelle autre circonstance, ce voyage imprévu l'aurait enchantée. C'était ce qu'elle préférait dans son travail : la découverte perpétuelle de nouveaux lieux. Mais ce soir, elle devait dîner en tête à tête avec l'homme qu'elle venait d'épouser, et cette perspective la rendait beaucoup trop nerveuse pour profiter pleinement de ce décor d'exception.

— Souhaite-moi bonne chance, dit-elle au singe avant qu'il saute à terre et disparaisse dans la végétation luxuriante.

Elle sortit finalement de sa chambre et monta au deuxième étage de la villa, sur la grande terrasse où un restaurant local avait installé un buffet.

— Tu es superbe, dit Ian en l'accueillant en haut de l'escalier extérieur.

Il lui offrit son bras pour lui faire contourner la table et la mener de l'autre côté de la terrasse en bois, là où l'on pouvait contempler l'océan à perte de vue.

— J'espère que tes vêtements te plaisent autant qu'à moi.

Tout en l'écoutant parler, ses yeux bleus ne la quittant pas, elle ne put contenir le frisson qui la traversait. Lui aussi était superbe dans son costume sombre et sa chemise en lin déboutonnée au col. Impeccable et décontracté à la fois.

Et cet homme incroyablement sexy était son mari.

— Merci, répondit-elle.

Elle s'éclaircit la voix en luttant pour ne pas se laisser troubler davantage par sa beauté.

— Cet endroit est magnifique, ajouta-t-elle.

Elle montra d'un geste la vue à couper le souffle et la ravissante table dressée pour eux : une nappe blanche et des couverts en argent, ornée de bouquets de fleurs tropicales et d'un candélabre à sept branches dans lequel brûlaient autant de bougies.

— C'est très aimable de la part du chef de nous avoir envoyé le menu par SMS pour que nous fassions notre choix à l'avance.

Elle avait reçu dans l'avion un message du restaurant présentant des propositions de plats préparés avec les ingrédients frais du matin.

— As-tu eu le courage de commander le poulpe grillé qu'il conseillait ? demanda Ian en riant.

Tandis que le soleil rosissait en se rapprochant de l'horizon, il passa la main autour de sa taille.

Le cœur battant la chamade, elle s'efforça de se concentrer sur le parfum des fleurs et de la mer qui emplissait l'atmosphère. Les singes et les oiseaux semblaient dialoguer une dernière fois avant de regagner leur abri pour la nuit.

Oui, mieux valait penser aux singes et aux oiseaux qu'à l'effet que ce contact avec Ian provoquait en elle.

— J'ai opté pour les crevettes façon thaï à la noix de coco et à l'ananas. Cette recette tropicale me paraissait tout à fait appropriée.

La brise fit voler l'une de ses mèches de cheveux devant son visage. Avant qu'elle ait pu la remettre en arrière, Ian la prit délicatement entre le pouce et l'index et la fit glisser derrière son oreille, d'un geste lent et sensuel.

S'il avait voulu la faire fondre encore un peu plus, c'était réussi.

— Si tu es prête pour les hors-d'œuvre, dit-il, il y a de la salsa de mangues fraîches.

Sa voix grave et rauque était tout simplement irrésistible.

— As-tu faim, Lydia ?

Elle leva les yeux vers lui. Avait-il conscience du mal qu'elle se donnait pour lutter contre son attirance pour lui ? Essayait-il encore de la tenter ?

Elle aurait pu le penser si elle n'avait pas vu de l'inquiétude plutôt que de la séduction dans son regard. Peut-être était-elle trop prompte à le juger ?

— Je ne serais pas contre boire un verre en admirant le coucher de soleil, répondit-elle.

Elle avait la bouche sèche et des sentiments contradictoires se bousculaient en elle. Cette soirée aurait dû être la plus belle de sa vie. Elle l'aurait été… si ce mariage avait été réel.

— C'est sans doute le bon moment pour porter un toast.

— Certainement, répondit-il.

Il s'éloigna de quelques pas pour servir le champagne qui les attendait dans un seau à glace, sur la desserte.

— J'espère que cela ne t'ennuie pas si nous nous servons nous-mêmes ce soir. C'est une possibilité qu'offre cet établissement pour les lunes de miel. Une marque de… discrétion.

— Bien sûr, approuva-t-elle en croisant nerveusement

les bras. Comme ça, si nous décidons de nous jeter l'un sur l'autre avant même d'avoir commencé le dessert, nous serons sûrs de ne pas nous faire surprendre.

Ian continua à servir le champagne le dos tourné, mais elle vit ses épaules se raidir sous sa veste sur mesure.

— En quelque sorte, oui, dit-il. Mais comme tu as été très claire sur ce que tu attendais de moi pendant la durée de notre mariage, cela ne risque pas d'arriver.

Il se retourna et avança vers elle avec une flûte dans chaque main.

— Et c'est aussi pour cela qu'il m'a semblé préférable que le personnel n'assiste pas à cette soirée. Je tiens à protéger ton intimité et à respecter tous les vœux que tu as formulés.

Au lieu d'apaiser Lydia, cette déclaration fit encore accélérer les battements de son cœur. La caresse du vent lui rappelait celles de l'amant à qui elle s'était donnée avec tant de passion. Et pourtant, elle savait que ce n'était qu'un lointain souvenir, un rêve. Ce n'était pas le moment pour elle de se laisser bercer par ses illusions. Il fallait qu'elle garde à l'esprit que cette lune de miel n'était qu'une comédie.

— Tu dis ça, répondit-elle en prenant la flûte qu'il lui tendait, mais tu persistes à faire comme si ce mariage était réel en organisant ce voyage au Costa Rica, ce dîner devant le coucher de soleil dans une villa appelée Honeymoon House. Je ne peux pas m'empêcher de penser que nos attentes respectives divergent fortement.

— Lydia.

Il posa son propre verre sur la rambarde avant de guider sa main pour qu'elle en fasse autant.

— Si nous ne faisons pas en sorte que tout le monde croie à notre mariage, notre accord ne vaudra plus rien.

Sur ces mots, il lui prit les deux mains et l'attira doucement vers lui.

— J'ai eu mes frères au téléphone dans l'avion. Ils m'ont appris que la nouvelle de notre mariage commençait déjà à se répandre. Crois-moi, les gens vont avoir envie de connaître la suite.

— Quoi ? s'exclama-t-elle avec stupeur. Comment est-ce possible ? Et qui cela peut-il bien intéresser ?

Elle fut prise de panique en pensant à tout ce que les médias étaient capables d'inventer pour susciter l'intérêt et gagner plus d'argent. Elle avait été si souvent victime de leurs intrusions et de leurs mensonges…

— Que dit-on de nous ?

— Seulement que nous sommes mariés. La fuite doit venir directement d'un membre du bureau du juge de paix, car mes frères ont vu apparaître une photo du mariage une demi-heure après la cérémonie.

— Si les commentaires ne sont pas encore insultants, ils ne vont pas tarder à le devenir.

Elle avait besoin de s'asseoir. Ou peut-être de marcher. Elle ne savait pas de quoi elle avait besoin, mais elle sentait qu'elle était sur le point de se trouver mal.

— Excuse-moi, dit-elle en ôtant ses mains des siennes pour faire les cent pas sur la terrasse.

— Il n'y a aucun commentaire insultant à faire, assura-t-il.

Elle le remercia intérieurement de la laisser bouger sans la suivre ou la retenir. Pour autant, elle ne se sentait pas plus calme.

— Ils trouveront toujours quelque chose de négatif à raconter. C'est le fonctionnement de la presse à scandale, c'est comme ça qu'elle attire les gens et s'enrichit.

Comment oublier les horribles titres qui les avaient visées autrefois, sa mère et elle ?

— Sais-tu que pendant toute une année, ces journaux ont entretenu une rumeur selon laquelle ma mère appartenait à une secte qui avait ensorcelé mon père ?

Ils avaient utilisé une photo ridicule de sa mère prise un soir d'Halloween pour illustrer leurs accusations.

— Plus tard, ajouta-t-elle, ils l'ont suivie pendant des mois pour photographier son ventre en gros plan et sous tous les angles afin de guetter une éventuelle grossesse. Et pendant la pire année de ma vie, ils ont fait la même chose avec moi. J'avais seize ans.

Elle ne mentionna pas les articles sous-entendant que sa mère l'avait vendue à des hommes riches. Ni le traitement médical qu'elle avait dû recevoir à l'adolescence pour soigner ses troubles du comportement alimentaire dus aux rumeurs qui disaient qu'elle avait l'air enceinte.

Sentant les rancunes du passé remonter à la surface et menacer de la submerger, elle descendit les marches qui menaient au bas de la maison, directement sur la plage. Il lui sembla entendre derrière elle la voix de Ian qui l'appelait, puis ses pas dans l'escalier. Mais elle ne s'arrêta pas. L'air lui manquait. Se débarrassant de ses sandales ornées de pierreries, elle courut pieds nus dans le sable jusqu'au bord de l'eau.

Là, elle releva le bas de sa robe jusqu'aux genoux et tint le tissu dans une main pour pouvoir tremper ses orteils dans l'eau. Les vaguelettes chaudes qui venaient caresser ses mollets lui faisaient du bien.

Arrivé sur le sable, Ian enleva ses chaussures et ses chaussettes et se prépara à la rejoindre. Elle voulut lui dire que ce n'était pas la peine, qu'elle allait bien, mais elle changea aussitôt d'avis. Pourquoi lui mentir ? Elle ne se sentait pas bien et n'avait pas de raison de lui faire croire le contraire. Elle était lasse de faire semblant.

Elle avait si souvent voulu donner l'impression de contrôler sa vie, s'était si souvent privée de suivre ses envies par peur du scandale. Mais quoi qu'elle fasse, elle restait l'une des cibles préférées des tabloïds. Elle pouvait mener l'existence la plus parfaite, la plus irréprochable possible, ils trouveraient toujours une façon de raconter des choses sordides sur elle.

À cet instant, en regardant Ian qui, avec ses larges épaules, semblait avoir le pouvoir de résoudre tous les problèmes du monde, elle se demanda pourquoi elle s'interdisait obstinément de s'abandonner au plaisir qui lui tendait les bras. À quoi bon vouloir gagner une bonne réputation que d'autres trouveraient toujours le moyen de salir ?

Ian McNeill était son mari. C'était l'amant le plus

généreux et le plus extraordinaire qu'elle ait jamais connu. Et il lui avait dit clairement qu'il éprouvait toujours autant de désir pour elle.

Tant qu'elle était capable de distinguer le plaisir et les sentiments, n'avait-elle pas le droit de s'accorder quelques moments de délices ?

Ian avait presque rejoint Lydia quand elle lui lança un regard sensuel, comme un appel à poser les mains sur elle.

Frissonnant d'excitation, il s'efforça de se raisonner. Il se faisait forcément des idées. Il était tellement envahi par son désir pour elle qu'il en perdait sa lucidité et se mettait à interpréter les expressions de son visage en fonction de ce qu'il souhaitait.

Il lutta de toutes ses forces pour rester immobile au lieu de la prendre dans ses bras comme il en rêvait. Elle venait de se confier à lui, d'évoquer les souvenirs douloureux dont elle ne lui avait jamais parlé auparavant. De toute évidence, elle était loin de penser à la même chose que lui.

Il fallait qu'il reprenne le contrôle de ses sens.

— Lydia, dit-il d'une voix aussi neutre que possible. Je suis tellement désolé que tu aies dû traverser toutes ces épreuves.

Il tendit la main vers elle et lui caressa la joue tout en maintenant une certaine distance entre eux. Mais lorsqu'elle soupira et laissa échapper un sourire, il fut de nouveau envahi par mille pensées impossibles à chasser. Il ne savait plus s'il voulait la prendre contre lui pour la réconforter, la protéger ou lui donner du plaisir, mais il avait besoin de l'enlacer, de sentir son corps.

Il se rapprocha pour passer le bras autour de sa taille. Puis, l'attirant à lui, il posa la joue contre ses cheveux et s'enivra de son parfum de noix de coco. Les yeux fixés sur l'océan, il lui caressa doucement le bras en lui parlant.

— Je te promets que si quiconque se permet de raconter

des mensonges sur toi, je traînerai son entreprise en justice jusqu'à la mener à la ruine.

— Ils vont dire que je t'ai épousé pour ta fortune, dit-elle en le regardant dans les yeux. Que j'ai réussi avec toi ce que ma mère a tant essayé de faire avec mon père.

— Nous savons tous les deux que rien ne pourrait être plus éloigné de la vérité.

Il avait eu beau essayer d'inclure pour elle des avantages financiers dans leur contrat, elle s'y était radicalement opposée. Avait-elle refusé par crainte de ce type de réaction ?

— Ta famille va forcément douter de mes intentions, répondit-elle. Comme tout le milieu de Manhattan. Tout le monde sait que je n'ai presque rien reçu à la mort de mon père.

Elle noua le tissu de sa robe qui retomba au niveau de son genou. Ainsi, elle n'avait plus besoin de le tenir pour l'empêcher de tomber dans l'eau. Elle avait souvent fait le même geste à Rangiroa avec ses jupes longues. Cette allure un peu bohème la rendait encore plus sexy.

— Les gens vont se poser des questions sur notre mariage et la presse prétendra sûrement que j'étais motivée par l'argent.

— Ma famille a confiance en mon jugement, assura-t-il.

Du reste, il avait bien dit à ses frères de ne pas essayer de se mêler de son histoire avec Lydia.

— Donc personne ne se permettra de douter de toi, conclut-il.

Comme elle ne répondait pas, il vit qu'elle regardait intensément le soleil qui n'allait pas tarder à glisser entièrement dans la mer. Un jour, elle lui avait dit qu'elle aimait faire un vœu juste avant qu'il disparaisse.

— Je fais le vœu que toi aussi tu aies suffisamment confiance en moi pour savoir que je pourrais te rendre heureuse pendant ces douze prochains mois.

Il prononça ces mots au moment où le dernier rayon orangé s'éteignait jusqu'au lendemain. La mer renvoya alors le reflet d'un ciel rose et violet, ainsi que la silhouette d'un héron et de deux ibis blancs.

— Je ne crois pas que ce soit le meilleur vœu à faire, dit-elle en se tournant de nouveau vers lui.

Le léger hâle de sa peau était aussi doux et chaud que le coucher de soleil.

— Ah non ? demanda-t-il.

— Non. Miser trop de choses sur ce mariage ne ferait que rendre les choses encore plus compliquées au moment de se séparer.

Elle croisa les bras et baissa la tête pour regarder l'eau qui ondulait à leurs pieds.

— Nous devons tous les deux garder à l'esprit que c'est un simple arrangement. Rien de plus.

— L'un n'empêche pas l'autre, si ? Nous pouvons être heureux ensemble tout en respectant les termes du contrat.

Tout en contemplant la bretelle de sa robe qui glissait sur son épaule, il pensa à l'année qu'il venait de passer. Il n'avait eu aucune relation sentimentale depuis leur rupture. Peut-être qu'après cette année avec Lydia, il parviendrait enfin à passer à autre chose.

— Justement, répondit-elle, j'ai réfléchi à ça.

De la pointe du pied, elle traça un demi-cercle devant elle à la surface de l'eau.

— Aux avantages que nous pouvions tirer de ce mariage, ajouta-t-elle.

Il sentit sa gorge s'assécher. Non sans peine, il se retint de la toucher comme il en rêvait, d'utiliser ses caresses et ses baisers pour lui montrer tous les *avantages* que cette relation pourrait leur offrir. Il avait promis de ne pas faire le premier pas vers elle. Ce n'était pas en la brusquant qu'il parviendrait à gagner sa confiance.

Et pourtant, la tentation de l'attirer dans ses bras et de se laisser glisser avec elle dans la mer était si forte qu'il en avait le souffle coupé.

— Comme ce voyage au Costa Rica ? demanda-t-il en voulant plaisanter.

Mais il se rendit compte que sa voix n'avait pas la légèreté qu'il avait voulu lui donner.

— C'est un plaisir indéniable, répondit-elle.

Elle cessa de jouer avec son pied à la surface de l'eau et fixa de nouveau les yeux sur les siens. Lorsqu'elle se mordilla voluptueusement la lèvre, il se figea, dévoré par le désir. Seules les torches disposées sur le sable éclairaient maintenant l'obscurité de plus en plus opaque.

— Mais, poursuivit-elle, je pensais plutôt à… toutes les *satisfactions* qu'a pu nous apporter notre relation passée.

Les tempes battantes, il s'efforça de lui répondre calmement.

— Tu veux dire que tu remets en question ton idée de chambres séparées ? Il va falloir être très claire sur ce point, Lydia, car je te rappelle que je ne ferai rien sans que tu me l'aies demandé.

Pendant le silence qui suivit, la musique d'un bateau touristique qui passait au large parvint jusqu'à eux.

— J'ai compris que malgré tous les efforts que je faisais pour vivre de façon exemplaire, je serai toujours une cible pour la presse à scandale. Aux yeux des médias, ma mère n'était qu'une femme avide d'argent qui a piégé mon père pour se retrouver enceinte de lui. Et je suis l'appât qu'elle a utilisé pour obtenir sa part du gâteau.

Comme elle haussait les épaules, la fine bretelle de sa robe glissa un peu plus le long de son bras.

— Pourquoi m'acharner à cultiver une image respectable alors que les paparazzis seront toujours à l'affût d'une nouvelle histoire à raconter sur moi ?

Il s'efforça de détacher les yeux de son épaule dénudée et de la courbe délicate de sa gorge.

— Tu as l'air de dire que le fait d'être avec moi risque de compromettre ta réputation.

— Non, répondit-elle. Ce que je veux dire, c'est que je dois cesser de m'inquiéter de ce que les autres pensent de moi et commencer à penser à ce qui peut m'apporter un peu de bonheur. Car quoi que je fasse, malgré toutes les précautions du monde, je serai toujours le sujet de toutes sortes de rumeurs.

Il se répéta mentalement ce qu'elle venait de lui dire pour essayer de trouver le sens de ses mots. Avait-il bien compris ses propos ?

— Tu recherches le bonheur, dit-il. Et tu es d'accord pour dire que notre relation nous a apporté beaucoup de *satisfactions* avant que tout s'effondre.

Il sentait son cœur cogner contre sa poitrine. Plus il la regardait, plus il avait le sentiment d'avoir besoin de l'embrasser autant que de respirer.

— C'est ça, confirma-t-elle.

Elle gardait les bras croisés, mais le ton rauque et sensuel de sa voix ne laissait pas de place au doute.

Il se mit encore plus près d'elle, sans pour autant la toucher.

— Dois-je en conclure que tu es partante pour redécouvrir ces satisfactions ?

Manifestement, il n'allait pas avoir besoin de lui rappeler qu'il avait droit à un second baiser ce soir.

— Je commence à penser que ce serait idiot de nous en priver.

Ses mots n'étaient plus qu'un murmure, une caresse.

— Je suis on ne peut plus d'accord avec toi.

Il attendit qu'elle vienne vers lui. Guetta son mouvement suivant. Tous les bruits du soir s'étaient tus, comme si les animaux eux aussi avaient attendu qu'elle fasse le premier pas.

— C'est ma nuit de noces, dit-elle. Je n'ai pas de raison de dormir seule.

— D'autant que cela fait des jours que je rêve de t'accueillir dans mon lit. Toutefois, ajouta-t-il, je dois reconnaître que je serai très déçu si tu y viens pour dormir.

Dans la pénombre, il la vit cligner des yeux et se passer la langue sur les lèvres.

— Ian ?

— Oui ?

— Je crois que je voudrais ce baiser maintenant.

# - 8 -

Un an plus tôt, ils se seraient précipités dans les bras l'un de l'autre en se dévorant de baisers fiévreux. Ils avaient vécu leur liaison dans un besoin incessant de se toucher, de s'embrasser, de s'abandonner l'un à l'autre.

Elle avait toujours autant envie de lui, mais leur relation avait changé. Elle était incertaine et fragile après cette violente rupture et ces longs mois de séparation. Et surtout, même si Lydia avait encore du mal à y croire, ils étaient à présent mariés.

Avec douceur et délicatesse, Ian prit son temps pour venir à elle. Au lieu de l'enlacer tout de suite, il effleura du revers de la main son épaule nue, à la place de la bretelle qui avait glissé sur son bras. En sentant sa main chaude sur elle, elle se rendit compte que contrairement à lui, elle s'était rafraîchie à force de garder les pieds dans l'eau.

Le contact de ses doigts puissants lui rappela qu'il ne se contentait pas de rester toute la journée assis à dessiner des plans et à donner des ordres. Même s'il était suffisamment talentueux pour concevoir lui-même les bâtiments qu'il faisait construire, elle pouvait témoigner qu'il était aussi compétent sur un chantier que dans un bureau. Elle l'avait déjà vu en haut d'une échelle avec une pince à levier à la main pour fixer une structure et savait qu'il n'avait jamais peur de se salir les mains quand il pénétrait sur un chantier. C'était aussi ce qui l'avait séduite chez lui, le fait que ses millions ne l'aient pas privé de la capacité à côtoyer les ouvriers ou à apprécier toutes les étapes de la construction.

— Tu as froid ? demanda-t-il en sentant apparemment la même chose qu'elle.

Au lieu de l'embrasser comme elle l'avait réclamé, il recula légèrement et la regarda, les yeux toujours emplis de désir.

— Non, pas du tout, répondit-elle. Mais merci de t'en inquiéter.

Un véritable feu brûlait en elle. Elle voulait qu'il l'embrasse, qu'il la déshabille, qu'il lui fasse l'amour.

— Je suis bien dehors, ajouta-t-elle.

Ici, elle arrivait à respirer librement, à oublier le tumulte et le scandale qui l'attendraient dès son retour à New York.

— Tu trembles, murmura-t-il d'une voix douce, tout en posant le doigt contre sa bouche.

Elle prit son doigt entre ses lèvres pour qu'il cesse de se préoccuper du froid, qu'il ne voie plus que le désir brûlant qu'elle éprouvait pour lui.

Oui, c'était bien du désir et rien d'autre. Si elle tremblait, cela n'avait rien à voir avec des sentiments plus profonds ou avec l'émotion à faire revivre leur relation passée.

Enfin, il prit son visage dans sa main et lui inclina légèrement la tête tout en la dévorant du regard. Puis il posa ses lèvres sur les siennes, avec une tendresse et une précaution inattendues.

Elle soupira en sentant ses bras puissants autour d'elle et respira avec délices le parfum de santal de sa peau. Tant de souvenirs érotiques en une seule odeur. Elle les revit se déshabillant mutuellement dans le couloir de l'hôtel, avant même d'être entrés dans leur chambre. Elle se rappela comment il lui avait enlevé son maillot de bain pour lui faire l'amour derrière une des chutes d'eau de l'île, là où personne ne pouvait les voir. Elle se souvint des cris d'extase qu'elle avait été incapable de retenir à chaque fois il lui avait offert du plaisir avec sa langue.

Laissant le passé et le présent se mélanger dans son esprit, elle se serra contre lui pour sentir son sexe. Ce soir, elle ne voulait rien s'interdire. Elle désirait que ces souvenirs redeviennent réalité. Les bons souvenirs seulement. Elle refusait de penser aux mensonges et aux souffrances qui avaient suivi.

Elle déboutonna à la hâte sa chemise en lin pour pouvoir enfin caresser les muscles de son torse nu. Désormais, elle le voyait à peine dans la lumière argentée du clair de lune et brûlait de le toucher pour retrouver chaque endroit de son corps.

— Retournons à l'intérieur, dit-il en lui saisissant la main pour interrompre ses caresses.

Il porta ses doigts délicats à ses lèvres et les embrassa l'un après l'autre.

— J'ai besoin de te voir, ajouta-t-il.

Elle acquiesça d'un signe de tête, même si elle était prête à faire l'amour avec lui ici et maintenant, dans l'eau, comme autrefois.

Ils regagnèrent la plage en courant. Ian ramassa leurs chaussures au passage et les posa sur la première marche qui menait à la villa. Lydia le suivit pieds nus dans l'escalier en bois, jusqu'au patio pavé qu'ils traversèrent pour rejoindre la douche extérieure. Ici, la lumière ne manquait pas grâce aux lanternes disposées un peu partout.

Il ouvrit le robinet pour rincer le sable qui collait à leurs pieds, après quoi elle défit le nœud de sa robe pour laisser retomber la soie jusqu'à ses chevilles. Puis elle l'observa à la dérobée pendant qu'il se penchait pour fermer l'eau et remettre la douche en place. Elle ne se lassait pas de regarder ses muscles bouger à chacun de ses mouvements.

Il se redressa et se tourna vers elle.

— Lydia, si tu savais, tu me tues quand tu me regardes comme ça.

Elle ne put s'empêcher de rougir tandis qu'il l'attirait vers lui.

— Je ne vois pas du tout de quoi tu parles, se défendit-elle avec une pointe de malice.

Elle lui sourit et l'entraîna vers l'escalier, puisque les deux chambres se trouvaient au premier étage. Il la suivit en posant la main au creux de ses reins.

— Ce que je voudrais savoir, dit-il, c'est à quoi tu penses quand tu me regardes de cette façon.

— Sans doute à quelque chose de tout à fait innocent…

Elle prenait plaisir à le taquiner, simplement parce qu'elle savait que leur attente prendrait bientôt fin.

— Je devais me demander ce que tu allais penser des tapis que j'avais choisis pour le hall du Foxfire, plaisanta-t-elle.

Une fois en haut des marches, elle s'arrêta dans le couloir entre les deux chambres, sans savoir dans laquelle entrer. Comme il avait laissé sa porte ouverte, elle vit le grand lit qui trônait sur une estrade au milieu de la pièce. Les lumières disposées sur le balcon faisaient briller la housse de couette noire et les coussins en tissu batik.

— Des tapis ? demanda-t-il. Comme si j'allais te croire…

Il la guida finalement vers sa chambre, où elle sentit un délicieux courant d'air entrer par la baie vitrée qu'il avait laissée entrouverte.

— À mon avis, poursuivit-il, tu te disais plutôt que tu étais très pressée que nous enlevions nos vêtements.

Comme il la faisait tourner sur elle-même pour qu'elle se mette face à lui, elle frissonna en regardant son torse à moitié dénudé sous la chemise qu'elle avait commencé à déboutonner.

— Pour être tout à fait honnête, susurra-t-elle en défaisant un bouton supplémentaire, c'était surtout les tiens que je voulais faire disparaître.

— Cela peut s'arranger.

Le dos à la fenêtre, il se hâta d'ôter sa chemise et la laissa tomber sur le sol.

— Je suis prêt à tout pour rallumer cette flamme dans tes yeux.

Comme il plongeait les yeux dans les siens, elle eut du mal à respirer tant elle brûlait de le toucher, de l'embrasser. Cela faisait plus d'un an qu'elle était privée de lui, qu'elle devait vivre sans le sentir contre elle. Il lui avait tellement manqué…

Sans détacher les yeux d'elle, il fit glisser le haut de sa robe qui tomba sur ses seins.

— Ah, murmura-t-il, le voilà. Ce regard que j'aime tant. Quand tu m'as regardé entrer dans l'eau tout à l'heure, tu avais la même expression. Je peux te dire qu'il m'a fallu une grande force mentale pour me contrôler aussi longtemps.

Elle frissonna en entendant qu'elle lui faisait autant d'effet. À cet instant, la brise fit entrer dans la chambre un délicieux parfum de jasmin.

— Tu es sérieux ? demanda-t-elle en se penchant pour déposer un baiser sur son torse. Si j'avais su que j'avais ce pouvoir…

— Lydia.

Il passa délicatement la main dans ses cheveux.

— Tu me troubles déjà bien assez, dit-il. Si je te disais tout ce qui me rend fou de désir pour toi, j'y passerais le restant de mes jours.

Il trouva la fermeture Éclair de sa robe en haut de son dos et fit semblant de la baisser en passant les doigts le long de sa colonne vertébrale, comme pour augmenter encore son excitation. L'attente devenait presque insupportable.

— C'est ce que tu dis, murmura-t-elle en se hissant sur la pointe des pieds pour lui murmurer à l'oreille, mais si j'étais aussi irrésistible que tu le prétends, je serais déjà nue, allongée avec toi sur le lit.

Elle posa alors les deux mains à plat contre son torse et sentit combien ses muscles étaient contractés. Oui, peut-être qu'il luttait vraiment pour se contrôler, en fin de compte.

— C'est ce que tu penses ?

En prononçant ces mots, il fit remonter ses mains jusqu'à sa nuque et se mit à descendre lentement sa fermeture Éclair, sans faire semblant cette fois-ci.

— Parce que je faisais tout mon possible pour rendre cette soirée différente des autres. Pour nous offrir un nouveau départ.

Malgré toutes les bonnes résolutions qu'elle avait prises, elle eut la gorge serrée par l'émotion. Elle savait pourtant qu'elle ne devait pas laisser ses sentiments se réveiller. Ce soir, elle ne voulait penser qu'au plaisir, et surtout pas à la possibilité d'un nouveau départ avec lui.

Toutefois…

Cette attention lui paraissait incroyablement délicate. Elle aurait peut-être dû lui dire qu'il ne devait pas se donner tant de peine, que c'était inutile, mais elle se sentit incapable de parler tandis que le tissu fluide de sa robe glissait jusqu'à ses pieds. Et dire qu'elle avait cru qu'il ne verrait jamais la sublime lingerie qu'elle portait…

— Tu es ma femme à présent, lui rappela-t-il en la faisant lentement reculer vers le lit. Pas seulement ma maîtresse. Nous devrions faire de cette soirée le début de quelque chose de nouveau. Quelque chose de différent.

— J'aime cette idée, dit-elle dans un souffle, le corps tendu par l'excitation. Un nouveau départ, donc.

Il avait raison, leur relation ne pouvait plus être la même que la première fois. Faire les choses différemment, voilà ce dont elle avait besoin. En commençant par se protéger de toutes les souffrances qu'elle avait vécues un an plus tôt. Ils allaient devoir faire en sorte de se préparer à ce qui était prévu pour dans douze mois : leur séparation.

Mais ce n'était pas à cela qu'elle voulait penser maintenant. À cet instant précis, elle ne voulait que lui.

Comme s'il avait lu dans ses pensées, il l'allongea sur le matelas le temps de déboucler sa ceinture.

— Mais… Ian ?

Comme il enlevait son pantalon, elle regarda le boxer gris qu'il portait et qui ne dissimulait en rien son désir.

— Oui ? murmura-t-il en se penchant pour l'embrasser sur le bas du ventre.

— Nous n'avons pas forcément besoin de *tout* faire différemment.

Elle n'avait que des souvenirs exceptionnels des nuits qu'ils avaient passées ensemble. Jamais aucun homme ne lui avait donné autant de plaisir. Il avait toujours su la combler, bien plus qu'elle n'avait pu l'imaginer, et elle n'avait aucune envie que cela change.

— Ah bon ? demanda-t-il avec un sourire dans la voix, tout en suivant avec sa langue le contour de sa hanche.

— Non, dit-elle en fermant les yeux, rêvant déjà de ce qui allait suivre. Certains aspects de notre relation étaient absolument parfaits.

Elle brûlait d'enlever ses sous-vêtements, de faire disparaître tout ce qui la séparait encore de son corps de rêve.

— Parfait, répéta-t-il dans un murmure, tout contre sa peau.

Puis il s'étendit enfin au-dessus d'elle.

Elle laissa échapper un murmure de plaisir en sentant son sexe durci contre sa cuisse. L'attirant encore plus près d'elle, elle l'embrassa en se plaquant contre lui.

Lorsqu'il abandonna ses lèvres pour embrasser son sein à travers la dentelle délicate de sa combinaison, elle enfouit les mains dans ses cheveux, électrisée par les sensations qui la traversaient.

Dès qu'il l'eut enfin aidée à enlever la nuisette qui la couvrait, elle passa la jambe autour de lui pour mieux le sentir contre elle. Il glissa alors la main entre ses cuisses et la caressa à travers le dernier vêtement qu'elle portait, lui rappelant aussitôt les gestes experts avec lesquels il lui avait donné un plaisir infini avant même de la pénétrer. Il continua quelques instants avant de faire glisser sa petite culotte le long de ses jambes et de lui faire oublier tout le reste du monde. Elle ne pensait plus qu'à lui et à la femme nouvelle qu'elle devenait entre ses bras. Une femme insouciante, sensuelle, désirée.

Dès qu'elle sentit ses doigts contre son sexe, elle se mit à onduler au rythme de son plaisir et se cramponna à ses épaules en soupirant de plus en plus fort. L'extase fut encore plus intense que dans ses souvenirs, et pourtant, elle savait que la nuit ne faisait que commencer.

Tandis qu'il restait en équilibre au-dessus d'elle, la regardant reprendre son souffle, elle se demanda par quel miracle elle allait pouvoir vivre cette nuit et toutes les autres sans retomber amoureuse de lui.

Le désir que Ian ressentait pour Lydia était si intense qu'il avait l'impression d'avoir perdu la raison. Le front en sueur, il la dévisageait, certain d'avoir vu passer une ombre dans son regard avant qu'elle ferme les yeux.

— Regarde-moi, dit-il, surmontant le supplice de l'attente.

Elle souleva les paupières. Il n'avait pas rêvé, il y avait bien quelque chose dans son regard. Même dans la pénombre, il la connaissait assez pour deviner quand elle était préoccupée.

— J'ai envie de toi, dit-elle simplement. Viens, tout de suite.

Essayait-elle d'échapper aux pensées obscures qui lui avaient traversé l'esprit en s'abandonnant à lui ? Il ignorait ce qu'elle avait en tête, mais ce dont il était sûr, c'était qu'elle ressentait le même désir que lui. Cela, elle ne pouvait pas le cacher.

— Je vais venir très bientôt, promit-il en serrant le préservatif qu'il tenait déjà en main. Mais nous n'avons pas encore échangé de baiser pour célébrer notre mariage.

Elle l'interrogea du regard.

— Nous nous sommes embrassés aujourd'hui, lui rappela-t-elle en posant les lèvres au coin de sa bouche. Plusieurs fois, même. À l'instant.

— Ces baisers-là n'étaient pas à la hauteur de l'événement.

Pour quelques instants, il posa le sachet qu'il tenait juste derrière son oreiller et la contempla avec émerveillement. Elle était tellement belle…

— Qu'est-ce que tu veux dire par là ? Je l'ai remis à plus tard parce que je tenais à ce qu'il soit digne de ce que nous avons vécu aujourd'hui.

Il voulait qu'elle soit heureuse pour sa nuit de noces, et il voulait être celui qui saurait chasser ces ombres de son regard. C'était peut-être idiot de sa part, mais même si leur mariage n'était que provisoire, il considérait Lydia comme sa femme. Elle méritait quelque chose de plus qu'un passage devant le juge de paix pour célébrer l'événement.

— Il m'a semblé que ce n'était pas le genre de baiser qu'on pouvait échanger devant des inconnus.

Comme il disait ces mots, il vit dans ses yeux un mélange de curiosité et de désir. Prenant sa main gauche dans la sienne, il trouva son alliance et la lui ôta pour la faire de nouveau glisser sur son doigt, afin de rejouer la fin de la cérémonie. Puis il inclina la tête et prit possession de sa bouche. Elle noua alors les bras autour de lui, et il sentit que la tension qu'elle avait éprouvée s'envolait tout à coup. Elle répondit à son baiser avec une telle douceur que, l'espace d'un instant, il oublia tout ce qui s'était passé entre eux ces derniers mois. Il pensa tout juste à prendre le préservatif qu'il avait posé et à le mettre d'un geste rapide. Puis, sans jamais interrompre leur baiser, il se plaça entre ses jambes et la pénétra.

Il avait tellement attendu ce moment… Envahi par le plaisir, il resta immobile un instant avant de commencer à aller et venir en elle. Chaque mouvement attisait un peu plus son excitation. Il se mit à bouger plus vite, plus fort, jusqu'au moment où il la saisit par la taille et roula avec elle pour qu'elle se retrouve au-dessus de lui. Ainsi, il pouvait la contempler à loisir. Les jambes de chaque côté de son corps en feu, elle bougea à son tour, faisant danser ses cheveux sur ses épaules.

Il la connaissait assez bien pour savoir comment décupler son plaisir. Glissant la main entre ses cuisses, il se mit à la caresser à l'endroit précis où son sexe entrait en elle et la vit rejeter la tête en arrière en poussant un long soupir d'extase. Ensemble, ils bougèrent de plus en plus vite, de plus en plus fort, et s'envolèrent bientôt vers les cimes du plaisir. Elle retomba sur lui, haletante, la peau humide et brûlante.

Quelques instants plus tard, quand ils eurent retrouvé

leur souffle, il la fit glisser en gardant ses bras autour d'elle, de manière à ce qu'ils se retrouvent allongés côte à côte.

Cette fois, ils avaient célébré dignement leur mariage. Les paroles prononcées par le juge de paix n'avaient été qu'une introduction à cette étreinte, à cette intimité qui représentait le lien qui les unissait mieux que tous les mots du monde. Il avait été prêt à attendre aussi longtemps que nécessaire avant de faire l'amour avec elle. Pour rien au monde il ne l'aurait incitée à aller plus loin avant qu'elle ne lui dise elle-même qu'elle en avait envie. Manifestement, et pour son plus grand bonheur, elle n'avait pas voulu non plus se priver plus longtemps de ce qui avait toujours été si magique entre eux.

Cette soirée lui donnait une idée de ce qu'aurait pu être un véritable mariage avec elle. Bien sûr, ce n'était qu'un rêve. Mais le plaisir qu'ils s'étaient donné était bien réel, et quelles que soient les raisons qui avaient poussé Lydia dans ses bras, il était prêt à les accepter. Aussi souvent qu'elle le voudrait.

# - 9 -

Deux heures plus tard, assise à la table du patio en face de Ian, Lydia avait enfilé un caleçon et l'un des T-shirts de Ian avant de s'envelopper dans un plaid blanc qu'elle avait trouvé sur le canapé. Elle prit le verre d'eau fraîche qu'il venait de lui servir et but de longues gorgées.

Les serveurs avaient laissé plusieurs plats maintenus au chaud ou au frais selon ce qu'ils contenaient, si bien que tout ce qu'elle goûta fut absolument succulent. Ou peut-être que tout lui semblait meilleur après de longues heures de plaisir dans les bras de Ian.

Même si elle savait que leur mariage ne devait durer qu'un an, elle était bien décidée à savourer chaque instant de cette divine soirée. Elle aurait assez d'ennuis à affronter lorsqu'ils retourneraient dans le monde réel.

Pour l'instant, il était minuit, elle dégustait un excellent homard froid sur une terrasse donnant sur le Pacifique, en compagnie de l'homme le plus séduisant qu'elle ait jamais vu, et elle n'avait pas l'énergie de penser à ce qui l'attendait à l'issue de cette nuit de noces. Le vent chaud lui séchait les cheveux tout en faisant flotter dans l'air le parfum des fleurs tropicales. Elle vivait un moment parfait qu'aucune idée noire ne devait venir gâcher.

Le seul fait de repenser à ce que Ian et elle avaient fait sous la douche la fit rougir. Mais elle aimait mieux se concentrer sur ces instants purement érotiques que sur le moment où il lui avait remis son alliance en l'embrassant comme s'il faisait d'elle sa femme pour l'éternité.

— Je te ressers un verre de vin ? proposa-t-il en soulevant la carafe de pinot grigio.

Malgré sa barbe naissante et sa chemise ouverte, il avait une élégance naturelle qui allait parfaitement avec la table dressée comme dans un grand restaurant.

— Non, merci, dit-elle en reprenant une gorgée d'eau. La chaleur accumulée de Miami et du Costa Rica me donne une soif terrible.

La température extérieure n'était sans doute pas la seule raison qui expliquait sa soif.

— Tu passes l'été à Manhattan habituellement ? demanda-t-il en mordant dans une tranche de mangue fraîche.

C'était une question certainement sans aucun sous-entendu mais qui lui rappelait, si elle en avait encore besoin, qu'ils ne vivaient décidément pas dans le même monde.

— Je suis toujours à Manhattan, répondit-elle, sauf quand un engagement professionnel m'appelle ailleurs. Je n'ai pas les moyens de prendre goût au train de vie des McNeill.

— Nous avons une maison dans les Hamptons, dit-il. Tu pourrais y aller en week-end, si tu veux échapper à la chaleur.

— C'est précisément ce dont je parlais, répondit-elle.

Elle se souvint de toutes ces fois où sa mère l'avait traînée à Newport pour l'été, se faisant inviter chez des gens qu'elle connaissait à peine tout en se battant pour être enfin accueillie par le père de Lydia dans la grande propriété des Whitney.

— Je ne veux pas prendre l'habitude de vivre au-dessus de mes moyens.

Il s'essuya les mains sur une serviette en lin, puis la posa avant de contourner la table ronde pour venir s'asseoir à côté de Lydia. Une fois de plus, le seul fait de le voir si près d'elle fit accélérer les battements de son cœur. C'était ainsi qu'elle était tombée amoureuse de lui l'année dernière. Et même emplie de colère, quand elle lui avait annoncé que tout était fini entre eux, elle avait ressenti le même trouble face à lui. Jusqu'à la minute où, sortant de sa chambre d'hôtel à Rangiroa, il avait disparu de sa vue, et dès la seconde où elle l'avait revu au Foxfire, elle avait toujours senti que son corps réagissait à sa présence.

— Lydia, nous habiterons tous les deux chez moi à New York. Il faudra que tu t'y sentes chez toi.

Il lui prit la main et entremêla leurs doigts.

— Il faut que les gens puissent croire à notre mariage, ajouta-t-il.

Elle regarda leurs mains entrelacées et se demanda ce qui était fait uniquement pour les apparences ce soir. Ses caresses ? Ses baisers ? Elle ne devait surtout pas oublier que leur union n'était qu'un mariage d'intérêt. Ils avaient fait cela pour résoudre leurs problèmes respectifs. Cela n'allait pas plus loin.

Et pourtant, l'alchimie qui existait entre eux avait bien le pouvoir de la distraire de ses objectifs.

— Je n'ai pas besoin de me mettre à aller passer mes week-ends dans les Hamptons pour que les gens croient à notre mariage.

Elle prit un fruit dans un saladier rempli de baies et croqua dedans.

— Même si nous étions fous amoureux et si nous organisions notre avenir ensemble, je ne quitterais pas brusquement mon travail et je ne renoncerais pas à mon partenariat avec Mom's Connection.

— Mais tu pourrais étendre ton rôle auprès de l'association une fois que nous serons rentrés à New York.

Gardant sa main dans la sienne, il se laissa aller contre le dossier de sa chaise et posa leurs doigts enlacés sur son genou.

— Peut-être même présider ta propre fondation pour récolter davantage de fonds.

Cette idée lui apparut presque comme un rêve. Soutenir encore davantage les femmes qui faisaient tant de bien autour d'elles ? Financer le groupe qui l'avait soutenue quand elle avait cru devoir élever seule l'enfant qu'elle avait conçu avec Ian ? Elle se serait sentie plus utile que jamais si elle avait pu aller jusque-là.

Seulement, cela ne pouvait pas être un projet à long terme. Il devrait prendre fin au moment de sa rupture avec Ian.

— C'est ce que je voulais te dire tout à l'heure, Ian. D'ici douze mois, je n'aurai plus le statut social nécessaire pour organiser des soirées caritatives à Manhattan. Au contraire, ma réputation sera peut-être plus mauvaise que jamais, ce qui n'est pas peu dire compte tenu de mon passé.

— Dans ce cas, répondit-il, tu pourrais jouer un rôle au sein même du bureau de l'association pour une durée d'un an. Faire ton maximum pour leur donner encore de nouvelles perspectives, rendre de nouveaux objectifs réalisables. Tout ce que je veux te dire, c'est que toutes ces possibilités s'offrent à toi. Tu n'as qu'à réfléchir à celle qui te convient le mieux.

— Merci, répondit-elle, séduite par les idées qu'il partageait avec elle. C'est une proposition très généreuse de ta part.

Il haussa les épaules comme s'il trouvait tout naturel de financer personnellement une association qui luttait chaque jour pour rassembler des dons.

— C'est toi qui ferais le vrai travail sur le terrain, souligna-t-il. Pas moi. Et de toute façon, je veux faire tout mon possible pour que tu sois heureuse au cours de cette année. Pas seulement au lit, je veux dire, ajouta-t-il avec un sourire malicieux. De ce côté-là, je crois que nous sommes déjà au point.

Il l'attira plus près de lui et la regarda fixement. Puis il ferma les yeux et l'embrassa. Il passa alors la langue sur ses lèvres avides et la fit frissonner de plaisir.

Oui, elle serait au moins heureuse au lit avec lui ces douze prochains mois. Cela ne faisait vraiment aucun doute.

— Mais que va-t-il se passer à notre retour ? demanda-t-elle tout à coup en revenant à la réalité. Je crains que tu aies sous-estimé l'attention que la presse va porter à notre mariage. Sans parler de la réaction de ma mère, que je redoute déjà.

— Nous traiterons les problèmes les uns après les autres, répondit-il fermement. Pour l'instant, si tu as fini de dîner, j'aimerais prendre mon dessert.

Son regard ardent réveilla en un instant son excitation.

— Et le mien ?

— Tu auras le tien aussi, Lydia McNeill, lui susurra-t-il à l'oreille avant de prendre son lobe entre ses lèvres tout en glissant la main sous son T-shirt. Je te le promets.

Une heure plus tard, après avoir savouré les délicieux plats du chef puis le corps exquis de sa femme, Ian avait le sentiment d'être le plus heureux des hommes. Même si ce mariage était faux, il passait la plus belle nuit de noces imaginable, avec la femme la plus irrésistible qu'il ait jamais connue.

Il avait convaincu Lydia de l'accompagner dans le grand jacuzzi de sa suite, placé dans une véranda que l'on pouvait ouvrir pour être presque complètement dehors. C'était là, face au bois privé de la villa, qu'ils allaient maintenant se prélasser dans un délicieux bain chaud. Cette maison leur offrait à la fois tant de luxe et d'intimité… C'était vraiment l'endroit rêvé pour une lune de miel.

Il avait éteint toutes les lanternes et les bougies pour la nuit, si bien que le jacuzzi n'était plus éclairé que par la lune et par les petites lumières disposées sous l'eau.

Il regarda Lydia ôter son T-shirt. Celui qu'elle lui avait emprunté. Il aimait la voir dans ses vêtements à lui. Et surtout, il aimait quand elle les enlevait. Incapable de détourner les yeux du spectacle qu'elle lui offrait, il croisa son regard tandis qu'elle faisait glisser son caleçon sur ses jambes et entrait nue dans le jacuzzi.

Ses seins ronds et fermes disparurent juste sous la surface de l'eau. Finalement, songea-t-il, pourquoi avait-il proposé ce bain alors que tout ce dont il avait envie, c'était de lui faire l'amour encore et encore jusqu'au petit matin ?

Mais cette lune de miel était aussi celle de Lydia, et il tenait à ce que cette nuit soit aussi inoubliable pour elle que pour lui. Il ne voulait plus qu'elle s'inquiète à propos de leur retour. Désormais, il était là pour la protéger et pour prendre soin d'elle. Elle devait savoir qu'elle pouvait compter sur lui. Et tant qu'ils étaient ici, dans cette villa paradisiaque, à l'abri des médias qu'elle redoutait tellement, il voulait surtout qu'elle ne pense à rien d'autre qu'au moment présent.

— Je t'attends, dit-elle en l'enveloppant d'un regard sensuel.

Dans l'eau, avec ses longs cheveux bruns et sa silhouette sublime, elle lui fit de nouveau penser à une sirène.

— Excuse-moi, dit-il en enlevant la chemise qu'il n'avait même pas pris la peine de boutonner, j'admirais la vue.

— C'est ce que je fais aussi. Surtout, prends tout ton temps, dit-elle depuis le coin du jacuzzi, en appuyant la tête contre le coussin de son siège.

— Le fait est que quand tu me dis ce genre de choses avec cette voix sensuelle, je n'ai plus du tout envie de prendre mon temps. J'espère que tu en es consciente, dit-il en enlevant son short.

— Je prends peut-être plaisir à ébranler ton sang-froid légendaire.

Il entra dans l'eau et la rejoignit aussitôt.

— Légendaire ? répéta-t-il en prenant ses cheveux pour les rassembler sur son épaule. Tu me surestimes.

— Tu crois ? On dit pourtant que tu es aussi imperturbable dans une salle de conférences que sur un chantier. Jamais pris au dépourvu, toujours calme et mesuré, et personne ne sait jamais ce que tu penses vraiment.

Était-ce réellement l'image qu'elle avait de lui ?

Il contempla son visage démaquillé, ses lèvres rosies par leurs baisers et ses longs cils noirs et brillants. Elle le dévisageait elle aussi. Comment était-il possible qu'ils aient parfois tant de mal à se comprendre ?

— Disons que je suis plutôt le négociateur de la famille, dit-il. Je fais le lien entre mes deux frères qui ont la fâcheuse habitude de s'opposer sur tous les sujets.

Si Lydia et lui devaient passer un an ensemble, ils avaient sans doute beaucoup de choses à apprendre l'un de l'autre pour que leur vie commune se passe au mieux.

— Je ne me vois pas comme un homme au sang-froid légendaire mais davantage comme le plus capable de nous trois de trouver des compromis.

Elle le scruta avec stupeur et lui sourit.

— Ian McNeill ? Des compromis ? Je pense à plusieurs entrepreneurs de Rangiroa qui seraient stupéfaits d'entendre ça. D'ailleurs, ta réputation te précède. Plusieurs de mes collègues engagés pour la rénovation du Foxfire tremblent déjà à l'idée de faire des dépassements de budget.

— Je ne vois pas en quoi c'est mal, affirma-t-il en se demandant si elle exagérait ou si des gens lui avaient réellement confié leur angoisse. Je respecte les délais et les contraintes budgétaires. J'attends des gens qui travaillent avec moi qu'ils en fassent autant.

— Et ils font tout pour cela. Je veux seulement dire que tu n'es pas le patron le plus facile qui soit. J'ai du mal à imaginer que ce soit toi qui fasses des compromis au sein de ta famille.

Sa remarque le froissa, mais pour éviter de le lui montrer, il bougea pour venir s'asseoir à côté d'elle. Ainsi, elle ne voyait plus l'expression de son visage.

— Toute ma vie, j'ai été pris en tenaille entre mes deux frères.

Il attrapa ses jambes et les souleva pour les faire passer par-dessus les siennes, si bien qu'elle était maintenant assise de travers sur le siège situé au coin de la piscine à remous.

— Quand Quinn veut inaugurer un hôtel avec une soirée classique, destinée à un public traditionnel, et que Cameron préfère viser la jeunesse en profitant de la tenue d'un festival pour attirer un public différent, je suis contraint de trouver un juste milieu. C'est vrai depuis le jour où Quinn a construit sa première voiture « caisse à savon » et où, après avoir passé des heures à la peindre soigneusement en noir et blanc, il l'a retrouvée le lendemain couverte d'images de « nus artistiques » découpées par Cameron dans les magazines et collées par-dessus la peinture.

— J'ai hâte de savoir quel compromis tu as trouvé cette fois-là, dit-elle en riant.

— Avant que Quinn ait cassé le nez de Cam ou après ?

Cette affreuse bagarre avait été la première d'une longue série. Ils avaient appris à communiquer au fil des ans et à respecter le point de vue de l'autre, mais il avait fallu du temps et beaucoup de conflits pour en arriver là.

— J'ai essayé de repeindre la voiture, raconta-t-il, mais comme je n'avais que huit ans et que je devais peindre par-dessus les découpages, ma version était beaucoup moins élégante que celle de Quinn.

— Finalement, dit-elle après un silence, le fait que tu ne puisses pas affirmer vraiment ta place dans la fratrie t'a peut-être amené à être plus autoritaire pour t'imposer dans la vie.

Comme elle inclinait la tête pour observer la lune, il admira la ligne gracieuse de son cou et de ses épaules brillantes d'humidité.

Mais ses paroles l'avaient encore plus interpellé que sa plastique. Son analyse était-elle juste ?

Quoi qu'il en soit, il aimait mieux ne pas y penser. Il ne voulait pas gâcher ce merveilleux moment passé avec elle en soulignant toutes les différences qui pouvaient les opposer. Et il n'avait pas envie non plus d'analyser maintenant ses relations familiales et les effets qu'elles avaient pu avoir sur lui.

— Et toi ? demanda-t-il pour changer de sujet. Au moins, quand on est enfant unique, on ne risque pas de voir ses affaires abîmées par quelqu'un d'autre.

Comme il avait les mains posées sur ses mollets, il la sentit se crisper soudainement.

— Pourtant, répondit-elle en se redressant légèrement,

je n'étais pas fille unique. Ma mère a tout fait pour que je sache parfaitement que j'avais des demi-frères et sœurs et que mon père nous traitait très différemment, eux et moi.

— Oh ! Lydia. Je suis désolé.

S'il avait su qu'une remarque en apparence aussi anodine réveillerait ses souffrances passées…

— Non, dit-elle aussitôt avec un geste de la main. Ne sois pas désolé. Je crois qu'elle a espéré pendant toute mon enfance que mon père vienne me chercher pour m'élever à sa place, mais ce n'est jamais arrivé. Quand elle s'est rendu compte qu'elle allait vraiment devoir être ma mère… Eh bien, je crois que j'étais déjà adulte. Nous nous entendons mieux depuis que j'ai renoncé à attendre d'elle un comportement de mère et que je la vois plus comme une amie.

— C'est vrai ? demanda-t-il en lui massant les pieds dans l'espoir de dissiper la tension qu'il avait bêtement fait monter en elle.

L'idée qu'elle n'ait jamais été la priorité de ses parents le rendait malade. Ils lui avaient fait tellement de mal.

— Je devrais peut-être m'inspirer de toi pour améliorer mes relations avec mon père, dit-il. Il n'a jamais su non plus se comporter comme un père. Mais au moins, j'avais ma mère et mon grand-père.

— Mais tu devais faire le tampon entre tes frères quand ils en venaient aux mains.

Elle le regarda longuement dans les yeux avant de baisser la tête.

— C'est peut-être pour cette raison que nous nous sommes si bien entendus, toi et moi, dit-elle finalement. Pendant quelques merveilleuses semaines, nous avons fait l'un de l'autre notre priorité absolue.

Jusqu'à ce que tout s'arrête d'un coup, songea-t-il en se demandant si cette pensée la faisait autant souffrir que lui.

Mais déjà, elle se rapprochait pour venir s'asseoir sur lui. Et lui faire oublier tout le reste.

Il n'y avait plus qu'elle et lui, seuls au monde.

*
* *

Lydia ne se lassait pas de s'abandonner dans les bras de Ian. Rien ne lui faisait autant de bien et, à cet instant, c'était ce dont elle avait besoin. Elle refusait de penser au mal qu'il lui avait fait. Elle refusait de voir combien c'était douloureux pour elle d'apprendre qu'il avait permis à son grand-père de lui chercher une épouse. Elle avait cru si fort en leur histoire, en leur amour…

Il n'aurait eu qu'à nier. Ou à s'expliquer. Mais il n'avait fait ni l'un ni l'autre. Il avait préféré dresser entre eux un mur qu'elle n'avait pas eu la force de briser.

Un an plus tard, la peine était toujours là. Leur séparation avait laissé un vide immense dans sa vie. Mais ce soir, il était là, et elle comptait bien savourer cette nuit de noces jusqu'au dernier moment.

Elle caressa de nouveau son torse, l'embrassa jusqu'au creux de la nuque et sentit bientôt son corps viril se réveiller. Il la saisit par la taille pour la rapprocher encore plus, lui faire sentir son érection.

— J'ai envie de toi, murmura-t-il comme pour attiser encore son excitation.

— Pas ici.

Même si elle était ivre de désir, un éclair de lucidité venait de lui rappeler ce qui s'était passé la dernière fois qu'ils avaient fait l'amour dans l'eau, sans préservatif. Le seul fait de repenser au bébé qu'elle avait perdu lui fit l'effet d'un coup de poignard.

— Trop risqué, répondit-il en se glissant entre ses cuisses. Je sais.

Il resta un moment dans cette position, prenant le temps de lui caresser les seins et les fesses pour attiser son désir. Puis il la fit se lever, sortit du jacuzzi avec elle et alla chercher des serviettes maintenues au chaud. Après en avoir étendu une sur le sol en bois pour qu'ils se sèchent les pieds, il en noua une autre autour de sa taille et se servit de la troisième pour envelopper Lydia tout en serrant les bras autour d'elle.

Prisonnière de son étreinte, elle ne put que rejeter la tête en arrière tandis qu'il la dévorait de mille baisers.

— Où veux-tu que je t'emmène ? demanda-t-il, les lèvres tout contre sa joue.

Elle voulait seulement être avec lui. Dans ses bras. Faire l'amour comme ils l'avaient toujours fait ensemble, sans plus se soucier de rien d'autre que du plaisir qu'ils savaient si bien se donner.

— Où tu veux, murmura-t-elle.

Quand il cessa de l'embrasser, elle ouvrit les yeux et le vit attraper d'autres serviettes chaudes. Puis il lui prit la main et l'attira sur la terrasse de sa suite, là où était installée une grande balancelle en teck ornée de coussins dorés et turquoise et entourée d'une grande moustiquaire. Tout autour, les lanternes rappelaient le lit d'un pacha.

Après avoir allumé deux lampes, Ian lui prit la main pour l'attirer sur la balancelle. Il referma ensuite la moustiquaire et mit les serviettes dans un coin, avec le préservatif qu'il avait pensé à prendre.

— Je ne peux pas me lasser de toi, murmura-t-il en l'embrassant encore et encore.

Ôtant la serviette qui la couvrait, il se pencha pour passer la langue sur ses seins tout en la caressant. Comme il glissait une jambe entre ses cuisses, elle se pressa contre lui et se cambra en enfouissant les doigts dans ses cheveux pour l'inciter à garder la bouche contre son sein. C'était si bon de sentir son corps puissant, ses caresses et les mouvements experts de sa langue sur son téton…

Avide de le sentir de nouveau en elle, elle tira sur la serviette qu'il avait toujours autour de lui et la jeta sur le côté. Il mit alors la main contre son sexe et dessina des cercles du bout des doigts pour la guider vers la jouissance.

Puis, lorsqu'il la pénétra d'un doigt, des spasmes légers animèrent son corps de plaisir.

— Viens, supplia-t-elle dans un souffle. Maintenant.

Elle attrapa le préservatif pour le lui donner, juste

avant de se rendre compte qu'il en avait déjà un sur lui. Manifestement, il avait tout prévu.

Il s'allongea sur le dos et la fit venir au-dessus de lui, puis il la prit par les hanches pour la pénétrer. Ils restèrent immobiles un moment, savourant le plaisir d'être de nouveau unis de la plus intime des manières, puis ils commencèrent à bouger lentement. Les yeux fermés, elle ressentait en elle chacun de ses mouvements et se délectait des caresses exquises sur ses fesses et sur ses cuisses.

Un véritable feu brûlait au fond d'elle. Peu à peu, instinctivement, ils accélérèrent la cadence. Elle mit les mains sur ses épaules et resserra son étreinte pour rendre leurs sensations encore plus intenses.

Les vagues de l'orgasme ne tardèrent pas à l'envahir. Incapable de retenir les cris d'extase qui s'échappaient de ses lèvres, elle sentit qu'il atteignait lui aussi la délivrance et se pencha pour embrasser son visage, son cou, son torse.

Après de longues secondes, elle retomba sur lui et resta immobile, le cœur battant. Elle écoutait sa respiration haletante en se réjouissant de le voir dans le même état qu'elle. Quand ils étaient ensemble, elle savait qu'elle n'était pas seule à être possédée par le désir.

L'attirance était si forte entre eux, plus qu'elle ne l'aurait cru possible. Jamais elle n'avait vécu une telle expérience avec quelqu'un d'autre.

Peut-être avait-elle espéré, tout au fond d'elle, qu'elle serait déçue par leurs retrouvailles. Qu'elle se rendrait compte que la magie du passé ne pouvait pas revenir. Mais c'était tout le contraire. Si ce mariage lui avait prouvé une chose, c'était que physiquement au moins, Ian et elle étaient vraiment faits l'un pour l'autre.

Hélas, cette alchimie des corps ne suffisait pas à construire un avenir. Ni à réparer les douleurs du passé.

# - 10 -

Le lendemain, à midi, leur lune de miel prenait fin.

Ian regrettait de devoir quitter le Costa Rica, mais Lydia, elle, s'inquiétait de la réaction de leurs proches à ce mariage secret. Il avait donc organisé le départ, si bien qu'ils se trouvaient maintenant à l'aéroport, prêts à embarquer pour les États-Unis. Il était touché de voir qu'elle se souciait autant des McNeill que de sa propre mère, mais c'étaient les médias qui semblaient la préoccuper le plus. Il savait pourquoi, et il était conscient de l'importance pour eux de donner au plus vite à la presse leur propre version des faits pour éviter toute rumeur dégradante.

Peu après midi, ils montèrent à bord de l'avion privé qui les avait menés jusqu'ici. Il était prévu qu'ils retournent à Miami pour se remettre au travail sur leur projet en cours. Mais puisque l'avion était à leur disposition pour la journée et qu'ils avaient assez d'affaires pour plusieurs jours, Ian avait finalement organisé les choses différemment. Il n'avait pas voulu le mentionner plus tôt, préférant qu'ils se concentrent pleinement sur leur nuit de noces, mais à présent, il était temps qu'il parle à Lydia du changement de programme.

Il s'installa dans le fauteuil en cuir à côté d'elle et lui prit la main avant qu'elle ait eu le temps de se connecter à Internet. Il comprenait son besoin de savoir ce qu'on disait de leur mariage sur les blogs mondains, mais ce qu'il avait à lui dire était plus important.

Se tournant vers elle, il la regarda, sublime dans sa robe en lin couleur pêche et sa veste écrue. Avec ses cheveux soigneusement attachés en queue-de-cheval et son collier en or, elle était redevenue la New-Yorkaise active et sexy qui lui plaisait follement.

— J'ai demandé au pilote de nous accorder un moment avant le décollage, commença-t-il.

En disant ces mots, il regretta aussitôt de ne pas avoir abordé le sujet plus tôt. Il avait été trop occupé à savourer chaque instant de ce week-end de rêve passé avec elle. Il avait su que ces instants étaient précieux, qu'ils ne retrouveraient jamais leur amour passé mais que cette lune de miel leur permettait de faire revivre leurs souvenirs.

Si seulement ils n'avaient pas l'un et l'autre gâché ce qui était né entre eux à Rangiroa. Si seulement ils n'avaient pas trahi leur confiance mutuelle. Oui, il se rendait compte à présent qu'il avait sa part de responsabilité dans l'échec de leur relation. Mais il était trop tard. Ils ne pouvaient pas revenir en arrière.

— Pourquoi ? demanda-t-elle. Tu as oublié quelque chose ?

— Non, non. Ce n'est pas ça.

Il prit ses deux mains dans les siennes, dans l'espoir d'avoir regagné au moins un peu de sa confiance ce week-end. Ils en auraient besoin pour faire tenir leur mariage pendant un an.

— Je voulais te parler d'un éventuel changement de plan de vol, poursuivit-il.

Elle le regarda avec étonnement.

— Tu sais aussi bien que moi que le pilote doit être averti assez tôt pour…

Elle s'interrompit et son visage se crispa.

— Oui, reprit-elle. Évidemment que tu le sais. Tu as déjà fait changer le plan de vol, c'est ça ?

Ils pouvaient encore changer d'avis. Ils n'auraient qu'à attendre une nouvelle autorisation de décoller.

Serrant ses mains plus fort dans les siennes, il espéra qu'elle allait comprendre.

— Tu te souviens quand je t'ai dit que mes frères m'avaient appelé hier, pendant que nous étions dans l'avion ?

Comme elle acquiesçait, il continua :

— Ils ne cherchaient pas à me joindre simplement pour me dire que la nouvelle de notre mariage avait été publiée. Ils m'ont aussi appris que notre grand-père avait demandé à nous voir tous ensemble dès que possible. Mon frère m'a assuré que ce n'était pas la peine d'interrompre notre lune de miel, mais que plus vite nous pourrions venir à New York pour une réunion de famille, mieux ce serait.

— C'est au sujet de sa santé ?

Il vit son regard de jade s'emplir de compassion et d'inquiétude mêlées. Son empathie lui réchauffa le cœur.

— Je l'ignore. J'ai essayé de voir si mes frères avaient l'air soucieux mais je n'ai rien réussi à déceler dans leur attitude. Soit ils n'en savent pas plus que moi, soit ils ont pris sur eux pour ne pas assombrir notre mariage et notre lune de miel.

Cela faisait près de vingt-quatre heures qu'il avait ce poids sur le cœur et le seul fait de lui en parler le soulagea. Sentir sa main délicate serrer la sienne le réconforta plus encore.

— Bien sûr, dit-elle. Nous irons directement à New York. Aucun travail au monde n'est plus important que la santé d'un proche.

Sa réaction le bouleversa. Tout en signalant au pilote qu'il pouvait se préparer à décoller, il repensa à tout ce qu'il avait vécu avec Lydia. Que se serait-il passé s'il avait ravalé sa fierté au printemps dernier, s'il l'avait forcée à écouter ses explications sur la présence de son profil sur un site de rencontres ? S'il s'était un peu plus battu pour elle, ou plutôt s'il s'était battu tout court, aurait-elle accepté de voir la vérité ? L'aurait-elle cru s'il lui avait dit qu'elle était la seule au monde qui comptait pour lui ?

Au cours des mois qui s'étaient écoulés depuis leur séparation, il n'avait cessé de lui en vouloir de l'avoir accusé du pire. D'avoir manqué de confiance en lui. Mais n'était-il pas aussi coupable qu'elle ?

Peut-être même plus encore ?

Il se surprit soudain à imaginer d'utiliser ces prochains mois pour faire de ce mariage d'intérêt quelque chose de réel et de profond. Pour convaincre sa femme qu'ils étaient bel et bien faits l'un pour l'autre.

Perdu dans ses pensées, il sursauta en entendant Lydia laisser échapper un juron. Cela ne lui ressemblait pas.

— Que se passe-t-il ? demanda-t-il tandis que l'avion roulait sur le tarmac en direction de la piste de décollage.

— C'est ma mère, répondit-elle en regardant le téléphone qu'elle tenait serré dans sa main.

Elle secoua la tête, s'enfonça lentement dans son siège et poussa un long soupir. Puis elle tourna vers lui un regard inquiet.

— Elle prévoit déjà des rendez-vous avec les médias pour nous, poursuivit-elle. Elle veut que je la retrouve demain dans un studio de télévision de New York pour participer en direct à une matinale. La présentatrice a déjà annoncé l'interview avec une superbe phrase d'accroche.

Elle lui montra son téléphone pour qu'il puisse lire un SMS de sa mère écrit tout en capitales.

LA FILLE ILLÉGITIME DU MILLIARDAIRE DÉCROCHE ENFIN LE JACKPOT EN ÉPOUSANT UN McNEILL !

Six heures plus tard, assis dans une limousine avec chauffeur, Ian et Lydia roulaient en direction de chez Malcolm McNeill. Tout en regardant le paysage défiler derrière la vitre, elle se demandait comment elle ferait pour surmonter cette journée.

Tandis que Ian téléphonait, elle prit une petite bouteille d'eau dans le minibar de la limousine et but quelques gorgées. Elle n'était pas encore remise de tout ce qui s'était passé ces derniers jours. Son mariage. La fuite dans la presse. Leur incroyable nuit de noces au Costa Rica. Un retour inattendu à New York pour rencontrer le grand-père de Ian.

L'intérêt soudain de sa mère pour elle maintenant qu'elle était mariée à l'un des hommes les plus riches du pays.

Le cœur serré, elle songea combien Ian s'était montré compréhensif face à la réaction de sa mère. Il l'avait rassurée en lui répétant qu'elle n'était en rien responsable du comportement de cette dernière et en lui promettant que les McNeill seraient en mesure de gérer ses éventuels dérapages médiatiques.

Lydia avait décidé de ne pas la rappeler tout de suite. Elle préférait lui laisser croire qu'elle était encore en voyage de noces pour quelques jours. Sa mère n'avait aucune raison de savoir qu'ils étaient déjà de retour à New York, tout près de l'endroit où aurait dû se dérouler l'interview télévisée.

Elle avait espéré en avoir fini avec cela. Elle avait bien pensé que sa mère réagirait de façon excessive à la nouvelle de leur mariage, puisqu'elle ne savait pas faire autrement. Mais elle avait cru ne plus jamais être mêlée à ses coups d'éclat.

Tandis que le chauffeur tournait pour traverser Central Park, elle se tourna vers Ian en repensant à la nuit qu'ils venaient de passer ensemble. Sous son costume bleu marine, il portait une chemise blanche sans cravate et déboutonnée au col. Son genou frôlait le sien et, à sa main gauche, son anneau en platine brillait dans la lumière du soleil.

Elle toucha machinalement sa propre alliance tout en le dévorant du regard. Son cœur se mit alors à battre plus fort, comme pour l'avertir que les sentiments qu'elle avait eus pour lui étaient en train de se réveiller. Ceux qu'elle avait essayé d'ignorer, d'enfouir tout au fond d'elle-même. Ceux qui faisaient qu'elle était émue par le simple fait d'être assise avec lui en voiture.

Quand il l'avait embrassée hier soir en lui disant qu'il voulait leur offrir un nouveau départ, elle avait compris que les murs qu'elle croyait avoir dressés autour d'elle n'étaient pas si solides que cela. Et aujourd'hui, après avoir lu les messages de sa mère, lorsqu'elle s'était sentie à la fois blessée et gênée vis-à-vis de lui, il lui avait promis d'engager une attachée de presse à temps plein, une professionnelle qui l'aiderait à gérer son image et ferait en sorte que les médias sachent à qui s'adresser pour obtenir des informations fiables la concernant.

Bien sûr, il avait les moyens de le faire. Mais elle avait vu qu'il cherchait avant tout à la rassurer, à tout faire pour que leur mariage ne soit pas une source d'angoisse pour elle. Le fait qu'il se montre aussi attentionné la décontenançait plus qu'elle n'aurait su le dire.

Avait-elle été trop prompte à le juger l'année dernière ? Trop peu sûre d'elle pour croire qu'il avait des explications rationnelles à lui fournir ?

— Je me demande à quoi vous pensez, madame McNeill.

Elle sursauta en entendant sa voix profonde. Depuis combien de temps avait-il raccroché ? Elle ne s'était même pas rendu compte qu'il avait terminé sa conversation.

Il fallait qu'elle se reprenne avant d'arriver chez Malcolm McNeill. Ian avait appelé ses frères depuis l'avion pour les prévenir qu'ils seraient à New York plus tôt que prévu. Le stress l'avait empêchée d'avaler quoi que ce soit pendant le voyage, mais maintenant, elle regrettait d'avoir l'estomac vide. Elle avait l'impression que cela la rendait encore plus nerveuse.

— J'ai juste un peu le trac à l'idée de rencontrer toute ta famille d'un seul coup, répondit-elle en lissant sa robe du revers de la main. Même si je me rappelle ce que tu m'as dit, tes proches ont confiance en ton jugement et accepteront ton choix.

— Ils verront ce que je vois. Une femme intelligente, altruiste, qui s'est battue pour arriver là où elle en est aujourd'hui.

Il lui prit la main et la porta à ses lèvres tout en l'enveloppant du regard.

S'habituerait-elle un jour aux frissons qui la traversaient à chaque fois qu'il lui souriait, la touchait ou posait simplement les yeux sur elle ?

— Pardon, dit-elle en se souvenant brusquement de

la raison pour laquelle ils étaient ici. Tu as bien d'autres préoccupations à l'esprit. J'espère plus que tout que ton grand-père va bien.

— Moi aussi, répondit-il au moment où la voiture ralentissait. Et nous allons bientôt le savoir parce que nous sommes arrivés.

Lydia regarda avec émerveillement l'immeuble de cinq étages qui se dressait devant eux. Elle remarqua tout de suite sa façade de style italien, son balcon en fer forgé au premier étage, ses tuiles en terre cuite et ses ornements néo-Renaissance.

Mais elle n'avait pas le temps de s'attarder sur l'architecture de ce chef-d'œuvre de la fin du XIXe siècle. Derrière cette majestueuse porte d'entrée, c'était la famille de Ian qui l'attendait.

Quoi qu'il lui ait dit, elle se demandait ce que ses frères allaient penser de leur mariage célébré dans le secret et la précipitation. Mais ce n'était pas à cela qu'elle devait penser. Elle devait être prête à soutenir Ian au cas où son grand-père leur annoncerait que sa santé s'était dégradée.

Résistant à la tentation de sortir un miroir de son sac pour vérifier son maquillage et sa coiffure, elle respira profondément et descendit de voiture quand le chauffeur ouvrit sa portière. Elle devait rester calme. Posée.

Forte.

Comme Ian l'avait été quand elle lui avait raconté ce que sa mère avait déjà réussi à faire en à peine vingt-quatre heures.

La lourde grille s'ouvrit automatiquement avant même que Ian ait sonné à l'Interphone. Visiblement, ils étaient attendus de pied ferme.

— J'ai envoyé un message à la gouvernante pour lui dire que nous arrivions, dit Ian en poussant la porte d'entrée. Elle a dû guetter la voiture. Elle m'a dit que mes frères étaient déjà là. Sofia devait arriver un peu plus tard à cause de ses obligations à l'opéra, mais elle devrait être là d'une minute à l'autre.

Lorsqu'il eut refermé la porte derrière eux, elle regarda

autour d'elle et resta muette d'admiration. Elle avait lu dans les journaux que Malcolm McNeill était un fin connaisseur d'art et un grand collectionneur, mais elle ne s'attendait pas à être accueillie dans l'entrée par un Cézanne et un Manet. En dehors de ces deux chefs-d'œuvre particulièrement bien mis en valeur par leur disposition et leur lumière dédiée, il y avait un meuble unique dans la pièce. Un canapé d'une teinte bleu ciel qu'on retrouvait dans les deux tableaux. Elle avait rarement vu des tableaux chez des collectionneurs privés accrochés avec autant de goût.

Fascinée par les toiles de maîtres qu'elle ne se lassait pas d'admirer, elle mit un moment à comprendre que Ian avait avancé dans le couloir pour parler avec quelqu'un. Elle voulut les rejoindre, mais déjà, elle voyait s'éloigner de dos une femme vêtue d'un uniforme gris.

— Cindy m'a dit que tout le monde était en haut, dans la bibliothèque. Comme elle se trouve au deuxième étage, ajouta-t-il en souriant, je pense que tu préféreras prendre l'ascenseur avec tes escarpins. Qui rendent tes jambes encore plus extraordinaires qu'elles le sont déjà, soit dit en passant.

Tout en sentant ses joues s'empourprer, elle attendit derrière lui pendant qu'il appelait l'ascenseur. Une fois dans la cabine, elle eut tout le loisir d'observer par la vitre le grand escalier qui tournait autour d'eux, et elle remercia intérieurement Ian de lui avoir épargné les marches en parquet ciré.

À mesure que les secondes passaient, elle se sentait de plus en plus nerveuse. Mais Ian se rapprocha d'elle, comme s'il avait deviné que sa présence la rassurerait.

— Merci d'avoir accepté de m'accompagner, dit-il avec un regard empli de sincérité. Je suis heureux que tu sois là.

Alors que l'émotion lui serrait le cœur, elle sentit la main de Ian se refermer sur la sienne juste avant que l'ascenseur s'arrête et que la porte s'ouvre. Ce geste était-il seulement destiné à faire croire à leur histoire ?

Sans trouver de réponse à cette question, elle avança avec lui sur le palier éclairé par un immense lustre suspendu tout en haut de l'escalier central, au sixième étage. Des voix d'hommes et des rires résonnèrent non loin d'eux. Ian la guida vers une porte entrouverte, ornée de panneaux en bois sculpté qui reproduisaient des œuvres françaises du XVIIIe siècle. En se concentrant sur cette décoration d'exception, elle parviendrait peut-être à oublier le trac qui la dévorait.

— C'est la voix de mon grand-père, dit Ian en accélérant le pas. Il a l'air en forme.

Elle lui pressa affectueusement le bras, lui offrant autant de réconfort que possible au moment où ils entraient dans la bibliothèque. Elle vit tout de suite les panneaux en laque de Chine disposés entre les fenêtres qui surplombaient la rue. Mais même ces splendides pièces anciennes ne purent détourner son attention des hommes présents autour d'elle. Avant que les présentations soient faites, elle avait compris qu'elle était face à trois générations de McNeill. Le plus âgé, un homme aux cheveux gris, était assis dans le grand fauteuil en cuir qui occupait un coin de la pièce. Vêtu d'une veste d'intérieur rouge et noir fermée par une ceinture, il avait un verre d'alcool à la main et un exemplaire du *Wall Street Journal* posé à côté de lui. Près de la fenêtre, elle vit un homme qui devait être âgé d'une petite soixantaine d'années mais qui avait encore l'allure d'un sportif. Il avait le crâne rasé et un tatouage sur la nuque. Était-ce Liam McNeill ? Avec son jean gris et son T-shirt noir, il ne semblait pas du tout répondre aux mêmes codes que Ian et son grand-père.

Toutefois, lorsqu'il se tourna vers elle, elle dut se rendre à l'évidence. Il avait les mêmes yeux bleus que tous les hommes présents.

Ian les lui présenta l'un après l'autre, en commençant par le plus âgé et en terminant par Quinn et Cameron, qui se levèrent aussitôt pour l'accueillir.

Quinn et Cameron, qui se ressemblaient, n'avaient pas le teint mat de Ian. Cameron était si grand et si athlétique qu'elle l'aurait facilement pris pour un sportif de haut niveau si elle l'avait croisé dans la rue.

Par chance, elle ne resta pas longtemps seule au milieu de cet imposant quintet. Une ravissante jeune femme, blonde et menue, les cheveux soigneusement noués en chignon, ne tarda pas à faire son entrée dans la bibliothèque.

— Je suis vraiment désolée, dit-elle en se précipitant vers Quinn. J'ai cru que j'irais plus vite en train pour vous rejoindre, mais il y a eu des retards.

— Sofia, dit Ian comme il l'avait fait précédemment avec les hommes de sa famille, je te présente Lydia, ma femme.

Lydia s'attendit à recevoir un accueil glacial de la part de celle à qui elle avait volé la vedette sans le vouloir en se mariant deux semaines avant elle, mais il n'en fut rien. Si Sofia lui en voulait, elle le cachait bien.

— J'avais hâte de vous rencontrer, dit Sofia avec un immense sourire. Échangeons nos numéros avant d'oublier, ajouta-t-elle en sortant son téléphone de son petit sac en cuir.

— Volontiers.

Lydia sourit à son tour, heureuse de sentir qu'elle avait déjà une alliée. Elle se rapprocha de Sofia avec son portable, puis ils prirent tous place sur les canapés et les fauteuils disposés autour de la grande table basse.

C'est alors que Malcolm McNeill prit appui sur sa canne à poignée d'argent pour se lever. Malgré sa posture voûtée, il était aussi grand que Ian.

— Lydia, dit-il en levant son verre, nous sommes tous très heureux de vous accueillir dans notre famille. J'espère que vous envisagerez d'organiser une fête moins privée cet été, afin que nous ayons l'occasion de dire au monde combien nous nous réjouissons de vous compter parmi les McNeill.

Touchée par son discours de bienvenue, elle se sentit coupable de lui mentir. De leur mentir à tous. Ian serra sa main dans la sienne, comme s'il devinait le fond de ses pensées.

— Merci, monsieur, répondit-elle en baissant les yeux.

Elle était intimidée de voir focalisée sur elle l'attention de ces gens qu'elle ne connaissait pas et qui allaient constituer sa famille pendant une si courte période.

Par chance, Malcolm continua à parler, la dispensant de prendre la parole.

— C'est Liam qui m'a demandé de vous réunir tous ici.

Il se tourna alors vers son fils.

— Vas-y, conclut Malcolm. Dis-leur.

— C'est papa qui a voulu cette réunion ? s'étonna Ian en se levant pour aider son grand-père à se rasseoir. J'ai cru que c'était toi, grand-père, qui voulais nous parler de ta santé. Nous dire comment tu allais depuis ta crise cardiaque et ton transfert de Shanghai à New York.

— Non, non, répondit Malcolm en chassant les inquiétudes de Ian d'un geste de la main. Je me porte comme un charme.

Lydia vit les visages changer d'expression autour d'elle. Comme si la tension avait fait place à de la curiosité, voire à de l'incompréhension. Cameron se pencha en avant et appuya les coudes sur ses genoux.

— Papa, dit-il, alors, que se passe-t-il ? Ian a interrompu sa lune de miel pour être là. Sofia a accouru après une représentation à l'opéra.

Liam s'éclaircit la voix avant de répondre.

— Ce n'est pas évident de trouver le bon moment pour vous réunir tous.

Il se mit à marcher de long en large en se passant la main sur la tête.

— Je suis désolé d'avoir bousculé vos emplois du temps, dit-il, mais j'ai déjà attendu assez longtemps avant de vous parler.

— Papa, dit Quinn, tu nous inquiètes.

Lydia savait que le frère aîné de Ian était gestionnaire de fonds spéculatif. C'était un homme élégant et raffiné, extrêmement compétent dans son travail et dévoué envers sa famille.

— Alors, qu'est-ce qui se passe ? insista Cameron avec un geste d'impatience.

De nouveau assis à côté d'elle, Ian ne disait rien.

Lorsque Liam cessa de faire les cent pas et se tourna vers eux, Lydia retint son souffle. Il regarda ses fils un à un avant de leur annoncer ce qu'il était venu leur dire.

— J'ai une deuxième famille dont je ne vous ai jamais parlé. Trois autres fils. Si votre mère m'a quitté, c'est parce qu'elle avait découvert leur existence. Mais je n'ai jamais pu convaincre Audrey… euh, ma petite amie… de venir s'installer aux États-Unis avec moi.

La nouvelle fit l'effet d'une bombe. Tout le monde resta figé, sans dire un mot. Jusqu'au moment au Cameron se leva et traversa la pièce pour aller mettre son poing dans la figure de son père.

# - 11 -

Ian entraîna Cameron dans un coin de la bibliothèque tandis que Quinn se dressait devant leur père pour l'empêcher de répliquer. Ian avait l'impression de vivre une vraie scène de cinéma.

C'était donc pour entendre cette nouvelle qu'il avait quitté le Costa Rica où il passait des heures divines avec Lydia ? Qu'il avait imposé à sa femme une réunion de famille à New York entre leur nuit de noces en Amérique centrale et la reprise de leur travail à Miami ?

Il remarqua que Sofia s'était déplacée pour aller s'asseoir à côté de Lydia sur le canapé. En silence, elles semblaient faire front toutes les deux au milieu de la tempête. Comment faisaient donc les femmes pour rester civilisées quand tout était sens dessus dessous autour d'elles ?

Même Quinn était tout débraillé avec sa veste de travers et sa chemise sortie de son pantalon. Quant à Ian lui-même, il devait avoir l'air d'être passé sous un train après avoir lutté avec son colosse de frère pour maîtriser son accès de violence.

Les insultes continuaient à fuser de Cameron à Liam. Au milieu de ce tumulte, Ian comprit que son père avait trompé sa mère pendant des années avec une femme qui habitait sur la côte ouest et avec qui il avait eu plusieurs enfants. Lasse de voir qu'il ne se séparait pas de sa femme, elle avait quitté les États-Unis quelque temps après la naissance de Cameron.

Liam l'avait fait rechercher par des détectives privés,

en vain. Elle s'était sans doute servie de l'argent qu'il lui avait versé pendant toutes ces années pour organiser sa disparition. Liam avait perdu tout contact avec elle et ses fils jusqu'à quelques semaines auparavant, quand l'un des détectives qu'il avait engagés autrefois avait retrouvé leur piste grâce à une bague gravée au nom des McNeill qui avait atterri dans le bureau d'un prêteur sur gages des îles Vierges américaines. Au début, Liam avait pensé que le détective cherchait simplement à ressortir une vieille affaire pour se faire de nouveau embaucher. Mais après avoir contacté Bentley, l'ami de Ian, pour lui demander d'enquêter, il avait appris que la bague était vraie. Elle avait été certifiée par un bijoutier qui connaissait parfaitement l'histoire de la famille McNeill. En suivant cette piste, Bentley était arrivé en Martinique, chez la gouvernante d'une riche famille : les McNeill.

— Ils portent ton nom ? s'exclama Ian, lui aussi furieux contre son père.

— Je ne sais pas quand les garçons ont échangé le nom de leur mère contre le mien, répondit Liam en baissant la tête. Mais leur mère est morte il y a longtemps et ils ne cherchent pas à avoir le moindre contact avec nous. Vous n'avez donc pas à vous inquiéter de les voir débarquer ici et…

Quinn lâcha un juron. Cam traita son père de tous les noms. Ian regarda Lydia, mortifié de la voir assister à cette scène. Elle avait pourtant l'air calme, bien qu'un peu pâle. Elle tenait son portable dans une main et avait glissé l'autre sous sa cuisse.

— Calmez-vous, s'il vous plaît, et écoutez-moi, dit Malcolm en se levant à l'aide de sa canne. Que cela vous plaise ou non, ces garçons sont vos demi-frères. C'est le même sang qui coule dans vos veines. Le mien. Ils sont autant mes petits-fils que vous. Cela ne veut pas dire pour autant que je vais leur léguer tout mon héritage.

Il se redressa autant que possible et pointa sa canne en direction de Cameron.

— Je les ai invités à New York, poursuivit-il. Cela nous donnera l'occasion de découvrir qui ils sont.

Ian échangea un regard avec Quinn. Que devaient-ils comprendre ? Qu'est-ce que cela signifiait pour eux ? Et qu'allait devenir McNeill Resorts si Malcolm léguait des parts de la société à des gens qui faisaient preuve d'hostilité envers eux ? Ian se moquait complètement de l'argent, mais il avait tellement donné pour l'entreprise !

Les enfants de son père étaient en droit d'hériter d'une partie de la fortune familiale. En revanche, la firme devait rester leur propriété à eux. C'était trop risqué de faire entrer des inconnus dans le capital.

— C'est normal, grand-père, dit Ian d'une voix calme, tout en marchant sur le pied de Cameron pour l'empêcher de le contredire. Nous comprenons que tu veuilles les rencontrer et subvenir à leurs besoins. Mais pourquoi remettre en question la transmission de McNeill Resorts ? Depuis notre naissance, tu nous apprends à gérer cette entreprise en nous expliquant tout ce qu'elle représente pour toi et dans quel sens tu souhaites la développer. Ne me dis pas que tu as décidé d'en attribuer des parts à des gens qui sont pour toi de parfaits inconnus ?

Du coin de l'œil, il vit Lydia se raidir sur son siège. C'est alors qu'il pensa à son histoire. En tant que fille illégitime de son père, elle avait souffert d'être rejetée par sa famille. Elle devait donc voir la situation des McNeill d'un point de vue complètement différent du sien.

— Je le pensais quand j'ai dit qu'ils étaient tout autant mes petits-fils que vous, dit Malcolm en regardant ses trois petits-fils l'un après l'autre. Bien, ajouta-t-il. Maintenant que les choses sont dites, je vais me changer pour le dîner. Vous êtes tous invités, mais ne restez pas si vous n'êtes pas capables de vous comporter en adultes.

Comme il allait sortir, Lydia se leva pour lui ouvrir la porte.

— Merci, lui dit-il en lui tapotant affectueusement le bras, vous êtes adorable. Si l'atmosphère est trop pénible ici, n'hésitez pas vous rendre dans la salle à manger. Quelqu'un vous servira un cocktail.

— Merci, monsieur, répondit-elle avec un grand sourire.

Ian regarda son grand-père s'éloigner. Il avait au moins fait plaisir à une personne aujourd'hui. Pour le reste, il redoutait ce qui risquait d'arriver à sa famille. Il venait de se marier pour être sûr d'hériter d'un tiers de l'entreprise, dans le seul but de faire plaisir à son grand-père et d'honorer le travail de sa vie. Mais de toute évidence, il s'était donné du mal pour rien.

À présent, il allait sûrement faire réécrire son testament pour y intégrer cette nouvelle branche de la famille dont leur père n'avait jamais daigné leur parler.

Cette histoire lui faisait de la peine à bien des égards. D'abord parce qu'il venait de découvrir le vrai visage de son père, celui d'un homme infidèle et égoïste. Mais aussi et surtout parce qu'il redoutait une chose : si le testament était modifié et la condition du mariage supprimée, Lydia ne risquait-elle pas de vouloir dissoudre le leur ?

« Ne me dis pas que tu as décidé d'attribuer des parts de ta société à des gens qui sont pour toi de parfaits inconnus ? »

Les mots de Ian résonnaient encore et encore dans la tête de Lydia longtemps après leur départ de chez Malcolm McNeill. Il était tard à présent. Cela faisait un bon moment qu'ils étaient arrivés chez Ian, dans l'appartement qu'il possédait au cœur de Central Park, dans le bâtiment historique de l'hôtel Pierre où habitait également Quinn. Ian avait demandé à Lydia s'ils pouvaient reporter leur départ à Miami au lendemain, afin qu'il puisse s'entretenir avec ses frères au sujet de ce qui leur arrivait et de ce que cela impliquait pour leur famille.

Lydia ne s'y était pas opposée. Elle comprenait qu'il ait besoin d'avoir cette conversation avec ses frères. Mais elle était perturbée par tout ce qui se passait autour d'elle. Ian s'était enfermé dans sa bibliothèque pour passer des coups de téléphone, si bien qu'elle se retrouvait seule à errer dans la cuisine à minuit.

Après la dispute, ils n'étaient pas restés dîner chez Malcolm. Un repas en famille aurait sans doute été explosif compte tenu de la crise qui venait de se déclencher, mais elle commençait à avoir vraiment faim.

Elle ouvrit l'un après l'autre les tiroirs et les placards de la superbe cuisine de Ian, à la recherche de quelque chose à grignoter.

Avant de partir de chez Malcolm, elle était allée lui dire au revoir dans son bureau alors qu'il buvait un apéritif. Liam était parti juste après que son père avait quitté la bibliothèque. Avant de s'en aller avec Quinn, Sofia avait promis d'appeler Lydia très bientôt pour qu'elles prennent rendez-vous dès que possible et fassent plus ample connaissance.

Cameron était le seul à être resté dîner avec son grand-père.

Dans la voiture, Ian lui avait présenté ses plus plates excuses pour la scène à laquelle elle avait assisté. Mais elle l'avait à peine écouté. Elle ne retenait qu'une seule chose de cette soirée : il refusait d'accueillir ses demi-frères au sein de sa famille. Pour lui, ils étaient de « parfaits inconnus ». Ils n'avaient aucun droit sur l'héritage de la famille McNeill.

Il réagissait exactement comme ses demi-frères et sœurs avaient réagi avec elle en apprenant son existence. Pour eux, cela ne comptait pas qu'ils aient tous le même père. Elle n'avait jamais été assez bien à leurs yeux, et cela la blessait de savoir que Ian ressentait la même chose vis-à-vis des autres enfants de son père.

Finalement, elle sortit une bouteille d'eau du réfrigérateur et s'assit au bar situé face à la grande baie vitrée. Elle s'était changée pour enfiler une chemise de nuit et un peignoir blanc qu'elle avait trouvé dans la salle de bains. Bien que propriétaire de son appartement, Ian profitait des services de l'hôtel et lui avait dit qu'il pouvait appeler le room-service à n'importe quelle heure du jour ou de la nuit. Elle hésita à commander à dîner, mais elle préféra s'en abstenir à une heure aussi tardive.

Même des années après la publication de la photo qui avait prétendument prouvé qu'elle était enceinte à seize ans, elle prêtait toujours une attention particulière à son équilibre alimentaire. Elle s'était mise à manger davantage uniquement pendant ses quelques semaines de grossesse.

— Te voilà, dit Ian en apparaissant sur le seuil de la cuisine.

Il alluma une lampe suspendue au-dessus du plan de travail en granit. Aussitôt, au lieu de continuer à admirer la vue sur Central Park, ce fut son propre reflet qu'elle aperçut dans la baie vitrée. Un reflet pâle et déprimant.

— Alors, demanda-t-elle, est-ce que tu as avancé ?

Elle se garda bien de faire le moindre commentaire sur la façon dont il avait réagi aux annonces de son père et de son grand-père. Peut-être avait-il dit cela sous l'effet du choc. Il ne tarderait peut-être pas à ouvrir les bras à ses demi-frères.

— Par vraiment, répondit-il en s'asseyant à table.

Il posa son téléphone à côté de lui. Il avait ôté sa veste et sa cravate et relevé les manches de sa chemise, dévoilant ses avant-bras musclés et bronzés.

— J'ai longuement parlé avec Bentley, poursuivit-il, mon ami détective qui t'a trouvée en cherchant Mallory West. Mon père l'a appelé il y a deux jours pour lui demander d'aller en Martinique afin de confirmer l'identité de mes demi-frères. D'après Bentley, il n'y a aucun doute possible. Il a des photos de mon père avec sa deuxième famille datant de l'époque où ses fils étaient plus jeunes.

Il prit son téléphone et afficha une photo de Liam McNeill debout avec une femme et trois petits garçons devant le Cézanne qu'elle avait vu un peu plus tôt dans l'entrée de chez Malcolm. Les trois enfants devaient être Quinn, Ian et Cameron. Ils étaient adorables avec leur costume impeccable qui contrastait avec leur regard malicieux.

Il lui montra ensuite une autre photo sur laquelle se trouvait aussi Liam. Mais cette fois, il était en compagnie d'une femme blonde enceinte, vêtue d'une longue robe large. Ils étaient sur une plage à l'heure du coucher de soleil, sous un ciel rose et violet. Devant eux se tenaient deux petits garçons qui ressemblaient incroyablement à ceux de la première photo. Ils avaient les mêmes yeux bleus, le même sourire. La seule différence était que les enfants photographiés sur la plage portaient un short kaki et un T-shirt blanc.

— Je n'en reviens pas que personne n'ait été au courant, dit-elle.

Elle regarda la femme enceinte sur la photo de la plage. Lors de ses trois grossesses, avait-elle su que Liam avait déjà une autre famille ?

— C'est tout de même ironique, ajouta-t-elle. Quand j'étais adolescente, les médias passaient leur temps à raconter des mensonges sur moi. En revanche, ton père a pu mener une double vie pendant des années sans que jamais aucun tabloïd ne révèle la vérité.

— Ma mère était au courant, dit-il en reposant son téléphone sur la table. Si elle n'a rien dit à personne quand elle l'a quitté, c'était pour nous épargner le tourbillon médiatique que tu as subi.

— Nos mères sont vraiment à l'opposé l'une de l'autre, conclut-elle. Mais je suis surprise que sa maîtresse n'ait jamais voulu faire éclater la vérité.

— Elle a peut-être considéré qu'elle avait obtenu assez d'argent. D'après Bentley, la maison dans laquelle elle a élevé ses enfants a été payée en cash.

En l'entendant, elle dut prendre sur elle pour garder son calme. Il parlait sans doute encore sous l'effet du choc qu'il avait reçu.

— Tu sais, souligna-t-elle néanmoins, ce n'est pas toujours une question d'argent. La plupart des femmes souhaitent que leur enfant entretienne une relation avec son père. Tu ne te demandes pas pourquoi elle a rompu tout contact et pourquoi ses enfants n'ont pas non plus cherché à rencontrer leur famille ? Pour ma part, j'ai beaucoup de choses à reprocher à ma mère, mais je suis consciente que si elle ne s'était pas démenée pour forcer mon père à nous voir de temps en temps, je ne l'aurais sans doute pas connu du tout.

Il avait fini par la traiter avec gentillesse et générosité. Il l'avait encouragée à suivre des études d'art et de design et l'avait présentée à des gens influents du milieu dans lequel elle travaillait désormais. Au fil du temps, ils s'étaient découvert de nombreux points communs et elle gardait en mémoire les longues conversations au cours desquelles il lui avait décrit les constructions d'exception qu'il avait pu voir de par le monde. Ces souvenirs étaient précieux.

— Si seulement cette bague n'était pas réapparue, dit-il, nous n'aurions jamais entendu parler d'eux.

Elle le regarda en se demandant s'il se rendait compte de ce qu'il venait de dire.

— Et maintenant ? poursuivit-il. Tout ce pour quoi mon grand-père a travaillé va atterrir entre les mains de gens qui n'ont jamais voulu rien avoir à faire avec nous.

— Ce sont tout de même des membres de ta famille, lui rappela-t-elle d'un ton aussi neutre que possible. Ce n'est pas rien.

Elle aurait tant voulu l'entendre enfin dire qu'il était d'accord avec elle. Quand elle avait découvert qu'elle était enceinte de lui, elle avait été persuadée qu'il serait prêt à accepter cet enfant comme le sien, même s'il était né hors mariage. Jamais elle n'avait imaginé qu'il pourrait se montrer aussi dur envers des enfants qui avaient pour seul tort d'être nés en dehors des liens légaux d'une famille.

Elle s'était donc trompée à ce point sur lui ? Dans ce cas, leur mariage ne représentait vraiment pour lui qu'une formalité administrative, et ce qui s'était passé au Costa Rica n'était fondé que sur une attirance physique. Rien d'autre.

Il fixa les yeux sur elle et la contempla avec un air pensif.

— Je ne comprends pas, dit-il. Tu es pourtant bien placée pour savoir que les liens de sang ne font pas tout. Les enfants légitimes de ton père ont fait tout leur possible pour vous discréditer, ta mère et toi, quand elle a essayé d'obtenir une partie de l'héritage. Comment peux-tu les considérer comme ta famille alors qu'ils t'ont fait tant de mal ?

Submergée par la déception, elle dut se rendre à l'évidence : Ian n'était pas un homme à part comme elle l'avait cru. Et la confiance ne pourrait plus jamais renaître entre eux.

— On ne peut pas choisir sa famille comme on choisit ses amis. Mais je persiste à croire que cela vaut la peine de s'investir dans ces relations. Si je n'avais pas connu les Whitney, je n'aurais jamais connu mon père.

Elle regardait le diamant qui brillait à son doigt en se demandant avec tristesse ce qu'il signifiait. Que pouvait bien espérer Ian en jouant son rôle de mari au point de l'avoir convaincue elle-même de sa sincérité ?

— Lydia, dit-il en lui prenant la main gauche pour l'embrasser, je suis désolé que ce soit arrivé justement aujourd'hui. Je vois bien que tu es contrariée et je te comprends. Je vais commander quelque chose pour toi au room-service.

— Ce n'est vraiment pas la peine.

— J'insiste.

Elle fondit de nouveau en voyant toute la sollicitude qu'il y avait dans son regard.

— Je n'ai pas oublié tes préoccupations concernant ta mère, ajouta-t-il en lui caressant l'intérieur du poignet avec le pouce. Avec ta permission, je ferai venir une attachée de presse demain pour que vous parliez de la façon dont tu veux annoncer notre mariage et gérer ton image aux yeux du public. Elle s'appelle Jasmine. C'est une amie de Sofia qui m'a été vivement recommandée par Quinn.

— Merci, dit-elle en reprenant sa main. C'est très gentil. Mais avec tous les événements de la soirée, nous n'avons même pas parlé de ce que ces nouvelles impliquent au sujet du testament de ton grand-père.

Elle le vit se redresser brusquement en crispant la mâchoire.

— Ça n'implique rien, répondit-il.

— Ian, il n'est pas trop tard pour dire que la photo était… Je ne sais pas… Un canular ?

Elle retint son souffle en voyant qu'il la dévisageait avec stupeur.

— Je ne veux pas ajouter à tes problèmes, poursuivit-elle, mais si c'est plus simple pour toi de tout annuler maintenant, nous pourrions…

— Non.

Son ton décidé se mêla à l'émotion qu'elle voyait dans ses yeux.

— Sûrement pas, ajouta-t-il avant de se pencher vers elle pour l'embrasser avec une ardeur qui la troubla. Je regrette profondément que tu aies dû assister à ça, mais le fait que tu sois à mes côtés a été le seul rayon de soleil de ma soirée.

Ces mots lui réchauffèrent le cœur et lui redonnèrent de l'espoir. Elle respira profondément, consciente qu'elle n'avait pas plus de réponses à ses questions que quelques heures plus tôt.

Il se leva avant qu'elle ait pu prononcer le moindre mot.

— Je vais te faire monter quelque chose à manger, dit-il en l'embrassant sur le haut de la tête, puis je retournerai dans la bibliothèque pour passer encore quelques coups de téléphone. Si l'attachée de presse vient demain à 10 heures, est-ce que c'est trop tôt pour toi ?

— Non, je serai prête.

Elle était consciente d'avoir besoin d'aide pour soigner sa communication. Qu'elle reste ou non mariée à Ian pendant toute une année, elle avait pris une décision importante ce soir. Elle s'était laissé guider par la peur du scandale et du procès en acceptant ce marché avec Ian. Seulement, les questions qui entouraient la véritable identité de Mallory West étaient toujours là. Ce mariage ne les avait pas fait disparaître.

Elle voulait recommencer à former des couples. Et à l'exception d'un petit scandale au sujet duquel elle n'avait jamais eu l'occasion de s'expliquer, elle n'avait connu que des succès sous le nom de Mallory West. Sa réputation avait été excellente jusqu'à cet incident.

Elle aimait faire ce travail, et elle ressentait le besoin

d'aider financièrement les mères célibataires. Encore plus depuis ce soir. Tant de femmes étaient livrées à elles-mêmes, contraintes d'élever seules des enfants que leur père n'avait pas voulu reconnaître ou simplement abandonnés.

Voilà pourquoi, à 10 heures demain matin, elle prévoyait de demander conseil à Jasmine pour annoncer à tout le monde que Mallory West, c'était elle.

Quant à Ian, elle n'avait pas l'intention de lui demander son avis. Elle avait toutes les raisons de croire qu'il ne comprendrait pas.

# - 12 -

Deux heures plus tard, Ian faisait les cent pas dans son bureau, torturé par l'étau qui lui serrait le cœur. Il sentait cette douleur au fond de lui, alors qu'il s'efforçait de se concentrer sur des détails pratiques.

Il avait échangé des e-mails avec le chef de chantier du Foxfire pour avoir les dernières nouvelles du projet. Par chance, celui-ci se couchait tard lui aussi. Il avait ensuite relu trois fois les documents qui officialisaient son mariage avec Lydia pour être certain qu'ils avaient été remplis correctement, puis il avait faxé à son avocat les papiers signés précisant la somme qu'il verserait à Lydia, quoi qu'il se passe ces douze prochains mois. Elle lui avait répété plusieurs fois qu'elle ne voulait rien recevoir de sa part, si bien que pour l'instant, il s'assurait simplement qu'elle bénéficie de toutes les protections légales et financières auxquelles elle avait droit en tant qu'épouse.

Ce qu'elle lui avait dit tout à l'heure dans la cuisine ne cessait de lui revenir à l'esprit et il ne comprenait pas pourquoi cela le perturbait autant. Il avait l'impression qu'elle n'était pas satisfaite de la façon dont il réagissait aux révélations de son père, mais il n'arrivait pas à savoir pourquoi.

Certes, elle avait fait une remarque au sujet de l'argent, qui pour elle n'était pas nécessairement la motivation de tous. Mais elle avait aussi semblé irritée de voir qu'il n'était pas prêt à accueillir ces nouveaux McNeill au sein de l'entreprise de son grand-père. Comme il n'arrivait pas à déterminer précisément ce qui la contrariait, il prévoyait de lui parler pour qu'elle soit bien sûre qu'il ne mettait pas sur le même plan la place qu'elle occupait désormais au sein de la famille et celle de ses soi-disant frères.

La situation de Lydia était différente. *Elle* était différente. Unique.

Il passa son dernier coup de téléphone de la nuit à Quinn, toujours dans l'espoir de dissiper un peu de la tension accumulée depuis plusieurs heures. Il savait qu'il ne risquait pas de réveiller son frère aîné. Ils étaient vraisemblablement tous les trois dans le même état ce soir. Incapables de trouver le sommeil.

— J'ai eu la confirmation de Jasmine pour le rendez-vous de demain matin, dit Ian à Quinn, qui habitait trois étages plus haut que lui. Merci de me l'avoir recommandée. Elle m'a rappelé presque tout de suite.

— Tu verras, répondit Quinn, elle est formidable.

Ian trouva que son frère avait une voix fatiguée. Sans doute avait-il passé la soirée au téléphone, lui aussi.

— Jasmine se montre très protectrice à l'égard de Sofia et de son image. Bien sûr, elles sont amies, mais elle me donne l'impression de s'impliquer sans retenue pour ses clients. Elle m'inspire vraiment confiance.

— C'est sûrement la personne dont Lydia a besoin. Sa mère a tellement dégradé son image dans les médias…

Ce soir, Ian avait passé un peu de temps sur Internet pour parcourir des articles du passé consacrés à Lydia, afin de pouvoir donner à l'attaché de presse un aperçu de la situation. Ce qu'il avait lu l'avait mis hors de lui.

— Cela devrait beaucoup l'aider d'avoir une intermédiaire de confiance entre elle et les médias.

Lydia possédait un grand cœur et une volonté d'aider les autres qui était trop rare dans les cercles qu'il fréquentait. Le mal qu'elle se donnait méritait d'être connu. Et à défaut, il fallait au moins mettre un terme à l'acharnement d'une certaine presse.

— Jasmine est la femme de la situation, assura Quinn.

Il se tut un instant et Ian entendit le bruit des glaçons dans un verre.

— Je voulais te dire autre chose, reprit son frère aîné. Sofia m'a demandé avec insistance d'annuler l'enquête pour retrouver Mallory West.

Ian se figea.

— Tu es sérieux ?

— Oui, répondit Quinn. Elle m'en a parlé une première fois il y a deux semaines, en me disant que nous n'avions aucune raison de traquer celle qui nous avait permis de nous rencontrer.

La voix de Quinn changeait dès qu'il parlait de sa fiancée. Elle devenait douce et tendre, comme jamais Ian ne l'avait entendue avant que Sofia entre dans sa vie.

— J'ai cru au début que c'était juste un élan sentimental de sa part, poursuivit Quinn. Je ne l'ai pas prise au sérieux. Mais la semaine dernière, elle a de nouveau abordé le sujet, et apparemment elle en a déjà parlé à son père. Donc je te le confirme, tu peux mettre un terme à tes recherches.

Voilà qui était une bonne nouvelle pour Lydia.

Ian aussi était heureux de l'entendre. Cela allait faciliter le travail sur son image.

Mais aussitôt, une inquiétude lui vint à l'esprit. Cela ne risquait-il pas d'inciter Lydia à mettre un terme prématurément à leur mariage ?

— Ian ? Tu es toujours là ?

— Oui, pardon. Je suis surpris, c'est tout. Mais je vais appeler Bentley pour lui dire d'arrêter les recherches.

Il n'avait pas besoin de dire à Quinn qu'il avait déjà trouvé Mallory West et qu'il l'avait épousée.

— Merci, répondit Quinn. Et ne sois pas étonné si Sofia vient frapper chez toi demain matin. Elle doit être à l'opéra à midi, mais elle tient à présenter personnellement ta femme à son amie Jasmine avant de partir travailler.

Distrait, Ian promit machinalement de transmettre le message, puis il raccrocha.

Il n'en revenait pas que les Koslov aient renoncé à trouver

la femme qui les avait mis dans l'embarras. Voilà que Sofia considérait maintenant que Mallory West avait permis sa rencontre avec Quinn.

Ian eut soudain l'envie irrépressible de rejoindre Lydia. Après avoir éteint son téléphone, il traversa l'appartement pour se rendre dans sa chambre. Elle devait dormir à cette heure-ci, mais il sentit que le seul fait de s'allonger à ses côtés l'aiderait à trouver le calme.

Seulement, en entrant dans sa chambre, il la trouva vide. La valise de Lydia n'y était plus et le lit n'était pas défait.

Était-elle toujours dans la cuisine ? Sans conviction, il ressortit pour aller voir. Mais lorsqu'il passa devant la porte fermée de l'une des chambres d'amis, il comprit que c'était là qu'elle s'était installée pour la nuit.

Peut-être avait-elle fait ce choix pour mieux dormir, craignant qu'il la réveille en venant se coucher. Comment lui en vouloir ?

Pourtant, la sensation désagréable qu'il avait éprouvée toute la soirée prit une nouvelle forme. Il s'était soucié uniquement de ce que la trahison de son père signifiait pour sa famille alors que c'était à Lydia qu'il aurait dû prêter attention.

Il allait la laisser dormir pour l'instant. Ils discuteraient demain matin, quand ils auraient tous les deux les idées plus claires.

Car au fond de lui, il savait que ce n'était pas pour passer une meilleure nuit qu'elle s'était couchée dans la chambre d'amis. Elle lui en voulait. Il avait même un très mauvais pressentiment : peut-être réfléchissait-elle déjà à une façon de mettre un terme à leur mariage.

Le lendemain matin, quelques instants avant son rendez-vous avec l'attachée de presse, Lydia grignotait un scone en regardant la profusion de nourriture que Ian avait fait monter par le room-service pour le petit déjeuner. Si elle restait mariée avec lui, elle lui demanderait sans hésiter de reconsidérer ses dépenses pour faire un meilleur usage de son argent. Elle ne put s'empêcher de penser à cinq femmes qu'elle avait aidées par le biais de l'association et qui se privaient sans doute de petit déjeuner ce matin pour que leurs enfants puissent se nourrir correctement. Lydia avait du mal à apprécier ce qu'elle mangeait en voyant tout ce qui allait rester.

Elle n'avait pas vu Ian ce matin. En se réveillant, elle avait découvert qu'il était en rendez-vous avec l'avocat de la famille dans son bureau. Ils n'en étaient pas sortis depuis qu'elle s'était levée.

Elle s'était donc préparée seule à son propre rendez-vous, puis avait demandé à la femme de chambre de porter le café et les pâtisseries dans le salon pour que ses invitées puissent en profiter. Car apparemment, Sofia Koslov devait passer aussi, juste le temps de faire les présentations. Elle avait envoyé un SMS ce matin à Lydia pour s'assurer que cela ne la dérangeait pas.

Lydia avait déjà le sentiment qu'elle aurait eu de la chance d'entrer dans cette famille, ne serait-ce que pour gagner une belle-sœur comme Sofia. Lydia avait lu beaucoup de choses à son sujet au moment du fameux scandale avec Cameron. Elle avait eu l'impression que c'était une femme et une artiste remarquable, et depuis qu'elle l'avait rencontrée, elle en était absolument convaincue. Mais comment réagirait-elle le jour où elle apprendrait que Lydia et Mallory West n'étaient qu'une seule et même personne ? Lydia savait qu'elle serait profondément triste d'être rejetée par cette jeune femme douce et sensible. Si seulement elle avait mieux géré ce malheureux incident…

À présent, tout en relisant ses notes, elle se rendait compte que Sofia et elle partageaient sans doute le même désir de famille. Sofia avait perdu sa mère enfant et n'avait jamais été proche de son père, même si cet homme tout-puissant avait voulu prendre le contrôle de sa vie.

Oui, songea Lydia avec regret, dans d'autres circonstances, elles auraient pu devenir des sœurs.

Hélas, elles n'en auraient pas l'occasion. Car le mariage de Lydia s'annonçait encore plus éphémère que prévu.

Peu avant 10 heures, quelqu'un sonna à la porte. Ce devait être Sofia. Laissant la femme de chambre ouvrir, Lydia se remit un peu de rouge à lèvres et lissa sa robe d'été verte à l'ourlet brodé de fleurs violettes.

Quand elle entra dans le salon, Sofia se leva du canapé où elle s'était assise. Avec son pantalon large, son justaucorps et son sweat-shirt à capuche, elle avait l'allure d'une jeune étudiante. Ses cheveux encore humides formaient un chignon haut entouré d'une natte. Elle avança gracieusement vers Lydia.

— Vous êtes superbe ! s'exclama-t-elle en regardant sa robe. Vous avez déjà un style vestimentaire de rêve pour une attachée de presse. Jasmine va adorer travailler avec vous.

Elles discutèrent quelques instants de tout et de rien, jusqu'au moment où Lydia entendit le bruit de la porte du bureau. Des voix d'hommes résonnèrent alors dans le couloir. Celle de Ian, celle de Quinn, celle de Cameron et une quatrième que Lydia ne reconnut pas.

— J'avais oublié que Quinn devait venir ici pour le rendez-vous avec leur avocat, dit Sofia avec un sourire plein de bonheur et d'amour. Il a travaillé toute la nuit. Évidemment, je ne suis pas censée le savoir puisque, officiellement, j'habite dans mon propre appartement jusqu'à notre mariage. Mais comment aurais-je pu le laisser seul hier soir après ce qu'il venait d'apprendre ?

Lydia ressentit une pointe de culpabilité en l'écoutant. Aurait-elle dû se montrer plus compréhensive avec Ian hier soir, au lieu de lui donner son avis sur la situation ?

Elle se tourna vers lui tandis que ses frères et lui accompagnaient leur avocat jusqu'à l'ascenseur privé. Cameron ne tarda pas à s'écarter du groupe pour se diriger tout droit vers le plat de pâtisseries posé sur la table basse.

— Ça, dit-il à Lydia en mordant dans un beignet, ce doit être grâce à vous. Il n'y a jamais rien à manger d'habitude chez Ian. Bravo.

— Je suis ravie que quelqu'un en profite.

Elle sourit en dépit de la tension qu'elle ressentait depuis que Ian était entré dans la pièce. Quelque chose avait changé entre eux depuis hier soir, si bien que ce matin, elle se sentait mal à l'aise. Elle ne savait même pas s'il s'était interrogé sur son choix de dormir dans une chambre d'amis. Et encore moins où en étaient leur mariage et les termes qu'ils avaient définis au préalable.

Après le départ de l'avocat, Quinn et Ian les rejoignirent dans le salon. Sofia et Quinn furent attirés l'un par l'autre comme deux aimants. C'était à la fois beau et douloureux pour Lydia de les voir aussi amoureux, en parfaite harmonie. Si seulement Ian avait su lui aussi se laisser guider par l'amour, au lieu de penser uniquement en termes d'intérêts et d'obligations légales.

— Quinn, dit Sofia en appuyant la tête au creux de son épaule, as-tu averti tes frères que nous voulions interrompre définitivement l'enquête sur Mallory West ?

Lydia faillit pousser un cri de stupeur et le dissimula comme elle put en toussotant.

— Excusez-moi, dit-elle.

Elle évita soigneusement de croiser les yeux de Ian, mais elle sentit son regard sur elle. Heureusement, Cameron prit aussitôt la parole.

— Vous plaisantez ? s'exclama-t-il. Je croyais que nous devions la poursuivre en justice et reverser les dommages et intérêts aux associations chères à Sofia ? Je trouvais que c'était une bonne idée, dit-il en prenant une autre pâtisserie.

Lydia sentit Ian se rapprocher d'elle et poser la main au bas de son dos.

— Quinn m'a dit que tu ne tenais plus à la retrouver, dit-il à Sofia. J'ai appelé le détective privé pour qu'il cesse l'enquête.

Depuis quand était-il au courant ? se demanda Lydia. Et avait-il prévu de la prévenir qu'elle n'avait plus à s'inquiéter d'être traînée en justice par les Koslov ? Elle ne put s'empêcher de se raidir sous l'effet de la colère.

— Puis-je vous demander pourquoi ? demanda Lydia.

Tant pis s'ils trouvaient sa question étonnante ou grossière, s'ils considéraient que cette affaire ne la regardait pas. Elle avait besoin de savoir. Pourquoi Ian l'avait-il laissée croire qu'elle risquait un procès ? Avait-il utilisé ce faux argument pour la convaincre de l'épouser car il était pressé de remplir les termes du testament de son grand-père ? Sa gorge se serra en pensant à la façon dont il s'était servi d'elle.

— Bien sûr, répondit Sofia avec un sourire chaleureux. J'ai cessé d'en vouloir à Mallory West dès l'instant où j'ai découvert que c'était l'entremetteuse engagée par mon père qui avait commis une erreur en voulant me marier avec Cameron.

En disant ces mots, elle donna une petite tape amicale à Cameron.

— Le mois dernier, poursuivit-elle, j'ai décidé d'en parler à mon père et je l'ai convaincu qu'il était inutile de harceler une femme qui faisait bien son travail, de l'empêcher d'exercer à New York par peur qu'on la démasque. Après tout, c'est grâce à elle que j'ai rencontré Quinn. Et grâce à Olga, la femme engagée par mon père.

Lydia n'en revenait pas que Ian ait pu lui cacher cela. Elle sentit sa main se serrer autour de sa taille, mais elle savait déjà qu'une fois seule avec lui, elle lui dirait ce qu'elle savait depuis hier mais qu'elle avait refusé d'admettre jusque-là.

Elle ne pouvait pas rester mariée avec lui.

# - 13 -

Assis sur un siège en cuir, dans un coin de la chambre d'amis, Ian observait Lydia avec stupeur tandis qu'elle faisait sa valise. Jasmine était partie une heure plus tôt, à l'issue d'un entretien plein de tension. Du moins, le début de la réunion s'était passé dans la crispation. Ian les avait laissées au bout de quelques minutes, sentant que c'était sa présence qui dérangeait Lydia. Il avait tout de même eu le temps de voir que Jasmine était pleine de ressources et qu'elle savait déjà comment canaliser le comportement de la mère de Lydia.

En la regardant rassembler ses quelques affaires, il espéra qu'elle se préparait seulement à reprendre l'avion pour Miami. Mais comme leur vol n'était prévu que dans neuf heures, il craignait que ce soit bien plus sérieux.

— Depuis quand sais-tu que les Koslov ont renoncé à me poursuivre en justice ? demanda-t-elle en pliant nerveusement une chemise de nuit en soie blanche.

Les mains tremblantes, elle mit une petite pile de vêtements dans le sac qu'elle avait posé à côté d'elle, sur une chaise. Elle fuyait son regard. Que devait-il faire pour revoir sur ce visage sublime le sourire qui avait illuminé leur lune de miel au Costa Rica ? Sourire qui lui avait paru plus éclatant que le soleil de Rangiroa.

Décidément, leur relation ne semblait tenir que lorsqu'ils se trouvaient au bout du monde. Il regrettait d'être rentré si tôt à New York avec elle.

— Quinn me l'a annoncé au téléphone cette nuit, pendant que tu dormais.

Il ne disait que la vérité.

Mais elle avait déjà choisi d'ignorer la vérité par le passé, préférant tirer des conclusions hâtives.

Elle hocha la tête tout en allant chercher dans la penderie la robe qu'elle avait portée la veille.

— Tu ne te doutais pas le moins du monde que ta famille ne cherchait plus à découvrir qui était Mallory West ?

Cette fois, elle se tourna vers lui et le regarda droit dans les yeux avant de se pencher pour plier sa robe sur le lit.

— J'ai demandé conseil à Jasmine au sujet de ma double identité. Elle m'a proposé d'en parler elle-même à Sofia, de lui demander si elle serait d'accord pour que nous annoncions ensemble la vérité tout en montrant que cette erreur malencontreuse avait finalement eu des conséquences très positives.

Sa voix se brisa à la fin de sa phrase. De nervosité, elle s'acharna à replier la robe dont le tissu ne cessait de glisser et elle poussa un soupir rageur.

— D'après elle, ce pourrait être la stratégie parfaite pour relancer la carrière de Mallory, surtout si Sofia se mettait, elle aussi, à soutenir Mom's Connection.

Ian ne supportait pas de la voir blessée et en colère. Il mourait d'envie de la prendre dans ses bras pour la réconforter. Lui répéter qu'elle le connaissait assez pour savoir qu'il ne lui aurait jamais caché une nouvelle aussi importante.

Mais elle n'avait jamais eu confiance en lui. Elle l'avait déjà accusé du pire un an plus tôt, quand elle avait découvert son profil sur un site de rencontres. Et aujourd'hui encore, elle recommençait alors qu'il venait de lui dire la stricte vérité.

Voilà pourquoi il avait fait en sorte que leur contrat de mariage soit facile à défaire. Il s'était attendu à ce que leur histoire finisse comme la première fois, dans la précipitation, le drame et les larmes.

Alors pourquoi ressentait-il comme un coup de poignard en plein cœur au moment où il comprenait qu'elle était en train de le quitter ?

— J'ignorais complètement que Sofia avait parlé à son père le mois dernier, assura-t-il. J'étais sincèrement convaincu que Vitaly Koslov voulait à tout prix faire payer Mallory West.

Allait-elle finir par l'entendre et par le croire s'il lui répétait plusieurs fois les faits ?

— En toute honnêteté, Lydia, j'étais assez confiant. Je pensais bien que si j'allais trouver le père de Sofia pour lui dire que j'avais découvert qui était Mallory West, que je la connaissais et que c'était une femme honnête qui n'avait jamais voulu faire de mal à personne, il te laisserait tranquille.

— Mais au lieu de faire ça, tu t'es servi de cette menace pour me pousser à t'épouser, ce qui te permettait d'hériter de tes parts de McNeill Resorts.

Elle se redressa et se campa face à lui.

— Rien que ça, dit-elle, tu n'aurais pas dû.

— Peut-être, concéda-t-il. Mais n'oublie pas que quand je suis venu à Miami pour te parler, je croyais que, pour te venger de moi, tu t'étais amusée à m'envoyer des propositions absurdes par l'intermédiaire du site de rencontres. Et je pensais que tu avais fait exprès d'entraîner Cameron dans cette histoire.

Elle voulut l'interrompre mais il l'en empêcha en poursuivant.

— J'ai découvert que les choses étaient beaucoup plus compliquées que je l'avais cru. Je n'avais pas imaginé combien tu avais souffert à l'époque, après la perte du bébé. Je ne pourrai jamais trouver les mots pour te dire combien je suis désolé que tu aies dû traverser cette épreuve toute seule.

Il se leva pour se rapprocher d'elle. Il avait tellement besoin de la sentir contre lui… Mais allait-elle se laisser faire ?

— On dirait que nous nous sommes tous les deux trompés l'un sur l'autre, reconnut-elle d'une voix faible.

Elle avait l'air si triste… Aussi dévastée que lors de leur rupture un an plus tôt.

— Mais j'étais dans le même appartement que toi cette nuit, quand tu as découvert que ta famille avait décidé de me pardonner mon erreur. Tu aurais pu me le dire, sur le moment ou même ce matin.

— Je l'aurais fait très facilement si tu avais été dans mon lit, là où je m'attendais à te trouver.

Il se demandait encore pourquoi il n'avait pas tout simplement frappé à la porte de la chambre d'amis. Il lui aurait demandé ce qui n'allait pas et lui aurait annoncé la bonne nouvelle.

Mais peut-être qu'il n'avait seulement pas eu la force de parler avec elle sur le moment. Il avait été trop froissé de découvrir qu'elle prenait la défense de ses nouveaux demi-frères contre lui. Il avait eu mal de voir qu'une fois de plus, il n'était pas la priorité de celle qu'il aimait.

*Celle qu'il aimait ?*

Ces mots résonnèrent dans son esprit et lui emplirent peu à peu le cœur.

Oui, il l'aimait.

Voilà pourquoi il avait le cœur aussi lourd depuis la veille. La tension qui avait suivi les révélations de son père et l'annonce de son grand-père au sujet de son testament lui avait été insupportable. Leur divergence de point de vue avait décuplé sa peine.

Il aimait Lydia, cela ne faisait aucun doute.

Et elle cherchait à tout prix à sortir de sa vie. Encore une fois.

— Je n'étais pas loin, Ian. J'étais réveillée, allongée dans un lit à quelques pas de toi seulement.

Il vit des larmes apparaître dans ses yeux.

— Après la façon dont s'est passée notre lune de miel, dit-elle d'une voix faible, j'espérais que tu ne te sentirais plus éternellement obligé de faire passer les McNeill avant moi.

Il s'approcha d'elle pour poser les mains sur ses épaules.

— Mais Lydia, tu *es* une McNeill.

Sinon, pourquoi aurait-il passé la moitié de la soirée à tout organiser pour qu'elle soit protégée au mieux, comme n'importe quel membre de la famille ?

Mais tout ce qu'il disait n'avait aucun effet sur elle. Il le comprit en la voyant enlever son alliance.

— Plus pour longtemps, Ian, répondit-elle en lui tendant l'anneau sur lequel brillait le diamant qu'il avait choisi pour elle.

En le sentant tomber au creux de sa main, il s'aperçut qu'il avait laissé glisser les mains de ses épaules sans même s'en rendre compte.

— Nous avons encore des mois à passer ensemble, lui rappela-t-il d'une voix plus dure qu'il l'aurait voulu.

Et dire qu'il avait espéré la convaincre avec le temps que leur mariage pouvait devenir bien réel et durer éternellement… Mais comment faire si elle décidait de le quitter si tôt ? Si elle ne lui laissait pas la moindre chance de lui prouver qu'ils étaient faits l'un pour l'autre ?

— Il n'est pas trop tard pour admettre que nous avons fait une erreur.

Sur ces mots, elle lui tourna le dos et fit quelques pas dans la chambre. Même à cet instant, il frissonna de désir en voyant sa silhouette si bien dessinée dans sa robe d'été.

Non, elle ne pouvait pas le laisser. Pas cette fois.

— J'ai cru que j'aurais la force de faire semblant d'être ta femme pendant un an, que je saurais dominer mes émotions en respectant à la lettre les termes de notre accord. Mais tout a changé au Costa Rica. J'ai compris que je serais incapable de surmonter cela, que mes sentiments seraient toujours les plus forts. Je ne veux plus jouer la comédie. Ça me fait trop mal.

— Et tu n'as plus peur du scandale maintenant ? Tu ne te rends pas compte que divorcer au bout de trois jours est le meilleur moyen de faire la une des journaux people ?

Il regretta aussitôt ses paroles. Si la tristesse et l'amertume l'amenaient à dire de telles choses, il valait mieux qu'il se taise. Ce n'était pas avec ce comportement qu'il risquait de la reconquérir.

— L'expérience m'a appris qu'il était moins douloureux d'être l'objet d'un scandale que d'avoir le cœur brisé, répondit-elle en fermant violemment sa valise. J'ai appelé un taxi, Ian. Je vais rentrer chez moi et travailler un peu avec Kinley avant de retourner à South Beach. J'enverrai quelqu'un chercher mes affaires.

Elle prit son sac à main et sortit de la chambre. En la regardant partir, il eut l'impression qu'elle emportait son cœur.

Les yeux fermés, il se répéta les mots qu'elle venait de prononcer.

C'est alors qu'il se figea.

Pourquoi devrait-elle avoir le cœur brisé ?

Il fit son possible pour se concentrer et donner un sens à tout ce qu'elle venait de dire. Pourquoi avait-elle été aussi bouleversée de devoir le quitter ?

Il osait à peine y croire, et pourtant, la réponse semblait évidente.

À l'instant où il entendit la porte de l'ascenseur se refermer sur la femme qu'il aimait, il comprit ce qui aurait dû lui sauter aux yeux lors de leur nuit de noces. Comment avait-il pu être aussi aveugle ? Ils n'avaient pas fait l'amour comme deux personnes qui n'éprouvent qu'une attirance physique l'une envers l'autre. Ils avaient fait l'amour comme des gens qui s'aimaient.

Oui, elle l'aimait aussi.

Par miracle, Lydia n'éclata pas en sanglots au moment où la porte de l'ascenseur se referma derrière elle. Elle parvint même à contenir ses larmes jusqu'au rez-de-chaussée.

Elle n'avait aucune envie de traverser le hall plein de monde avec des yeux rougis et gonflés. Après tous les efforts qu'elle avait faits pour apprendre à ne pas se donner en spectacle et surtout à éviter d'attirer l'attention, elle n'allait pas craquer maintenant.

Elle n'avait appelé aucun taxi. Elle avait dit cela pour que Ian la laisse partir. Elle n'avait pas non plus prévu d'envoyer quelqu'un chercher sa valise.

Ses yeux la brûlaient, les sanglots qu'elle retenait l'étouffaient. Pressant le pas pour sortir de l'hôtel, elle traversa la Cinquième Avenue dès qu'elle le put pour aller se réfugier au cœur de Central Park. Un océan de touristes envahissait la Grand Army Plaza, mais elle parvint à se frayer un chemin. Les larmes commençaient à envahir ses yeux.

Serrant son sac contre elle, elle traversa un groupe qui attendait le Big Bus. Des couples et des familles grouillaient entre les stands des marchands ambulants, certains consultant des plans du quartier, d'autres négociant les tarifs avec des chauffeurs de taxi.

Elle put enfin rejoindre la route ombragée qui menait au parc et au bord du lac. Là, elle repéra un banc libre près de Gapstow Bridge et s'y assit pour essayer de recouvrer ses esprits. Elle promena les yeux autour d'elle. Il y avait peu de monde et personne ne lui prêtait attention.

Alors elle céda à l'immense sentiment de tristesse qui l'envahissait. Elle pleura encore et encore. Mais au lieu de la soulager, ses larmes lui faisaient de plus en plus mal.

Tout cela à cause de lui.

Après avoir fouillé dans son sac, elle en sortit un mouchoir en tissu ancien qu'elle avait acheté un an plus tôt dans une petite boutique. Elle l'avait lavé, plié et rangé dans une pochette de son sac, mais jamais elle n'avait eu de raison d'éclater ainsi en sanglots dans un lieu public. C'était la première fois qu'elle s'en servait.

Bien sûr, c'était elle qui avait décidé de quitter Ian. Mais comment aurait-elle pu rester mariée à un homme qui ne pensait qu'à protéger sa part de l'entreprise familiale ? Elle savait qu'il l'avait épousée pour cette seule raison, et maintenant que le testament de son grand-père allait être modifié pour profiter également aux autres enfants de Liam, la condition du mariage allait sûrement être supprimée et Ian n'aurait plus besoin d'elle pour jouer la comédie.

De son côté, elle n'avait plus besoin qu'il la protège de Vitaly Koslov, puisque Sofia et son père avaient renoncé à la poursuivre.

Ils avaient agi dans la précipitation. Envoûtée par ses baisers, elle ne s'était pas rendu compte qu'elle prenait beaucoup trop de risques en acceptant de jouer avec un homme qui possédait son cœur.

Elle avait été stupide et naïve.

Elle aimait Ian depuis la première nuit qu'ils avaient passée ensemble à Rangiroa.

— Est-ce que cette place est prise ?

La voix grave qu'elle connaissait si bien venait de derrière elle, sur sa gauche.

Elle eut soudain envie de courir se cacher pour que Ian ne la voie pas dans cet état. Après avoir utilisé son mouchoir, elle haussa les épaules tout en essayant de calmer ses sanglots.

— Lydia, il faut que je te parle.

Il s'assit à côté d'elle sans attendre sa réponse. Son genou effleura le sien. Elle baissa la tête pour éviter son regard. Comment avait-il fait pour la trouver ? Il l'avait certainement suivie.

— Je crois que tu m'as dit tout ce que tu avais sur le cœur tout à l'heure chez moi, mais je n'ai pas vraiment eu l'occasion de défendre ma cause.

Il étendit le bras derrière elle, sur le dossier du banc, mais se garda de la toucher.

— J'aimerais me faire entendre à mon tour avant que tu prennes ta décision. Ensuite, nous ferons ce que tu voudras.

Ce qu'elle voulait, c'était dissoudre leur mariage. Elle avait déjà pris sa décision. Mais elle n'arrivait pas à parler après avoir autant pleuré.

Et puis… elle était curieuse d'entendre ce qu'il avait à lui dire.

— Je ne suis pas dans mon état normal depuis hier,

reconnut-il. Depuis que j'ai appris comment mon père avait trahi ma mère. Alors je vais commencer par là. Je sais que je t'ai fait de la peine hier soir, mais j'étais moi-même trop bouleversé par ce qui se passait dans notre famille pour avoir une once de lucidité. Je n'ai pas compris ce qui te contrariait et je le regrette. Profondément.

Il se rapprocha d'elle sur le banc avant de continuer.

— Aucun McNeill ne compte plus à mes yeux que toi. Ni mon grand-père, ni mon père, ni mes frères. Ni mes demi-frères. Et oui, je dois reconnaître que je ferai une différence entre les deux tant que je n'aurai pas rencontré les autres fils de mon père et que je ne saurai pas qui ils sont. Je ne peux pas les considérer comme mes frères sans même les connaître.

En entendant un groupe de gens sur le chemin qui menait au banc, elle s'essuya les yeux à la hâte pour améliorer quelque peu l'état de son visage. Puis elle se concentra de nouveau sur ce que lui disait Ian. Elle avait encore du mal à croire qu'il l'ait suivie jusqu'ici pour qu'elle l'écoute.

— Je te le jure, dit-il, je ne savais pas que Vitaly Koslov allait faire cesser l'enquête quand je t'ai proposé de m'épouser. J'admets avoir insisté sur ce point pour te convaincre, mais je croyais sincèrement qu'il voulait te faire un procès et t'arracher tout ce que tu possédais. Cameron travaille avec Sofia pour la conception d'un jeu vidéo axé sur la danse classique, et il a mentionné plusieurs fois ses intentions. Elle lui avait dit vouloir faire don des dommages et intérêts versés par Mallory West à une association qui donne accès à l'art et à la danse aux enfants défavorisés.

Il respira profondément et se tut le temps que le groupe passe son chemin. Les touristes étaient accompagnés par un guide qui leur donnait des explications sur la reconstruction de Gapstow Bridge.

Cette pause offrit à Lydia le temps d'assimiler ce qu'il venait de lui dire. Sofia et Cameron créaient un jeu vidéo ensemble ? Décidément, elle avait l'impression qu'elle se serait plu dans cette famille. À condition d'en faire réellement partie, et pas seulement en apparence.

Toute sa vie, elle qui avait toujours été exclue par la famille de son père avait espéré connaître cela un jour. Finirait-elle par trouver la famille d'adoption dont elle rêvait ?

— En tout cas, poursuivit-il, j'avais toutes les raisons de croire que le père de Sofia comptait bien mettre ses menaces à exécution. J'en étais persuadé jusqu'à cette nuit, quand Quinn m'a annoncé qu'à la demande de Sofia, Vitaly Koslov renonçait.

Il posa la main entre eux, sur l'ourlet de sa robe, et suivit du bout du doigt le contour d'une fleur brodée. C'était un endroit où le tissu ne touchait pas sa peau, et pourtant…

Un frisson la traversa.

Elle avait le cœur serré.

— Je te crois, dit-elle dans un élan, sans même avoir réfléchi. Je regrettais déjà de ne pas avoir écouté tes explications il y a un an, à propos de ton inscription sur le site de rencontres. J'ai été trop prompte à te juger à l'époque et je n'ai pas l'intention de faire deux fois la même erreur.

Si seulement cela avait été leur unique problème…

Enfin, elle trouva la force de se tourner vers lui pour le regarder.

— Mais, Ian, tu ne peux pas nier que tu as volontairement fixé une durée limitée pour notre relation. Un vrai mariage ne t'intéressait pas. Tout ce que tu voulais, c'était être marié pendant douze mois pour satisfaire les exigences de ton grand-père. Voilà pourquoi tu as fait rédiger un contrat détaillé.

— Ce n'était qu'une sécurité. Je suis tombé amoureux de toi à Rangiroa, Lydia. Déjà à l'époque, je voulais te demander en mariage et j'avais acheté cette bague pour toi.

Il sortit alors le diamant de sa poche.

— Quand tu m'as dit l'année dernière que tu ne voulais plus jamais me voir, poursuivit-il, j'ai été dévasté. Mais pas au point de me débarrasser de la bague.

Elle sentit son cœur bondir dans sa poitrine. Elle était tout à coup emplie d'amour. Et d'espoir.

— Tu as cette bague… depuis tout ce temps ?

Elle n'arrivait pas à y croire. Pendant les longs mois où elle avait découvert sa grossesse puis perdu leur bébé… Lorsqu'il l'avait retrouvée par surprise à Miami pour lui proposer cet arrangement… Depuis Rangiroa, il avait cette bague… pour elle ?

— Oui. Mais j'avoue que je n'ai pas pu la regarder pendant des mois.

Il la leva pour la faire briller dans les rayons du soleil. Jamais elle n'avait vu un diamant plus raffiné ni plus éclatant.

— C'est seulement en apprenant que tu travaillais à South Beach que je me suis arrangé pour te rejoindre là-bas et que j'ai décidé de l'emporter. Même si j'ignorais comment allaient se passer nos retrouvailles.

— Mais tu voulais me faire accepter un arrangement. Tu m'as tout de suite dit que ce serait un mariage provisoire.

Elle se remémora cet instant, sur la terrasse du Setai, où elle s'était sentie prise au piège. Obligée d'accepter sa proposition.

— Fallait-il vraiment que je m'inflige les souffrances de l'amour une deuxième fois ? Je ne pouvais pas l'envisager. C'était du moins mon raisonnement à ce moment-là.

Il prit sa main gauche dans la sienne et la caressa délicatement.

— Mais après ce que nous avons partagé au Costa Rica, après t'avoir vue de nouveau t'endormir dans mes bras, j'ai compris que je ne pouvais pas lutter contre mes propres sentiments. Une seule femme au monde a ce pouvoir sur moi, Lydia, et il se trouve que c'est toi. Toi seule peux me faire souffrir à ce point. Car tu es la seule qui compte.

Submergée par l'émotion, elle porta instinctivement la main à son cœur. Puis elle laissa échapper un cri de stupeur en voyant qu'il lui présentait de nouveau sa bague.

C'est alors qu'il posa un genou à terre, devant le banc, sous les yeux de tous les touristes.

— Lydia, veux-tu m'épouser ? Pour toujours ? Pour passer le reste de tes jours à mes côtés ? Je t'aime, et si tu crois que tu peux m'aimer aussi, nous pourrons répéter notre serment devant nos amis et notre famille. Toute notre famille. Même mes demi-frères, si c'est ce que tu souhaites, ajouta-t-il avec un sourire irrésistible.

Elle vit du coin de l'œil que les passants s'arrêtaient pour les regarder. Pour la première fois de sa vie, cela ne la dérangeait pas le moins du monde de se donner en spectacle.

— Oui, répondit-elle en pleurant et en riant à la fois. Oui, Ian. Je veux t'épouser encore et encore. Je suis beaucoup trop amoureuse de toi pour faire autre chose.

Des applaudissements enthousiastes retentirent autour d'eux. Les gens se mirent à siffler et à crier pour les féliciter. Cette fois, le guide touristique n'eut aucune explication à donner à son groupe, qui assistait à une authentique demande en mariage au beau milieu de Central Park.

Quand Ian lui eut remis sa bague, elle lui prit la main pour l'attirer à côté d'elle sur le banc et l'embrasser avec fougue et amour. Peu lui importait qu'on la voie.

Au bout de quelques instants, il se pencha pour lui murmurer à l'oreille :

— Tu crois que ton attachée de presse va nous en vouloir d'avoir fait ça sans lui demander son avis ? Je suis prêt à parier qu'il y avait quelques appareils photo autour de nous.

— Je vais recommencer à former des couples, chuchota-t-elle à son tour, le cœur empli de bonheur. Je dois montrer que je suis au moins capable de bien faire les choses pour moi-même.

Il se redressa pour la regarder dans les yeux et prit son visage entre ses mains.

— Je peux te dire que tu as fait de ton premier client l'homme le plus heureux du monde. Si tu veux, je peux rédiger une lettre de recommandation pour toi.

Elle rit en posant les doigts contre sa bouche. Elle ne se lassait pas de voir le désir briller dans ses yeux bleus.

— J'aimerais mieux un deuxième baiser.

Sans la faire attendre une seule seconde, il noua les bras autour d'elle et célébra une deuxième fois leur mariage. Un mariage d'amour. Un mariage éternel.

KATIE MEYER

# Une mère pour Amy et Adele

*Traduction française de*
GABY GRENAT

*Passions*

HARLEQUIN

*Titre original :*
THE GROOM'S LITTLE GIRLS

# - 1 -

*Pourquoi faut-il toujours que les beaux mecs soient des brutes sans cœur ?*

Voilà la question que l'avocate Dani Post se posait en regardant Tyler Jackson s'avancer à la barre des témoins. Beau, il l'était, cet homme aux yeux bleu glacier et à la carrure athlétique ! Dommage qu'il ait été incapable de la moindre indulgence… Dani avait une longue expérience de ces êtres tellement sûrs d'eux et de leur bon droit qu'ils en oubliaient d'être humains. Et si le petit garçon à côté d'elle lui serrait nerveusement la main, c'était bien à cause de cet adonis dépourvu de pitié.

Malheureusement pour lui, Kevin McCarthy, âgé de neuf ans, avait été surpris en train de voler une batte de base-ball dans le magasin de jeux tenu par Tyler Jackson. Certes, il ne méritait nullement des félicitations ; cependant, un nombre impressionnant de circonstances atténuantes auraient dû dissuader le propriétaire de prendre cette affaire avec autant de rigidité. Pour commencer, Kevin était un enfant placé en famille d'accueil, donc privé d'un environnement affectif normal. À cela s'ajoutait un nombre de traumatismes que la plupart des adultes n'auraient pu imaginer possibles dans une si courte existence. Le pauvre gosse avait tout simplement eu envie de rejoindre les gamins de son âge qui jouaient au base-ball sur le terrain de sport. Quoi de plus normal ? Le problème était que, sa famille d'accueil n'ayant pas les moyens de lui offrir la batte dont il avait besoin, il avait eu recours au système D en s'emparant de l'objet de sa convoitise. Dani ne pouvait évidemment pas approuver son acte, mais s'il avait eu un peu de cœur, le propriétaire du magasin aurait pu régler le problème sans faire intervenir la police. Par exemple, il aurait pu se contenter de demander à Kevin de restituer la batte ou lui proposer d'effectuer quelques petits travaux au magasin pour réparer sa mauvaise action, au lieu de mener l'affaire en justice.

À la suite de cet incident, Dani était devenue sa tutrice. C'était la première fois qu'elle assumait cette responsabilité destinée à aider les enfants placés en famille d'accueil à affronter avec moins d'angoisse les arcanes de la justice quand ils avaient commis des bêtises. Elle avait donc pour mission d'aider Kevin à comprendre ce qui lui arrivait tout en prenant sa défense.

Ses compétences d'avocate n'étaient pas nécessaires dans cette affaire, mais elles lui permettaient de se sentir davantage à son aise, même si elle n'avait que quelques années d'expérience. En revanche, rien dans sa formation ne l'avait préparée à affronter les aspects émotionnels de ces situations, et encore moins à imaginer à quel point ceux-ci seraient difficiles à assumer. Sa compréhension du désarroi et de la vulnérabilité éprouvés par les jeunes accusés l'avait conduite à cette forme de bénévolat, mais c'était précisément cette sensibilité au malheur des autres qui lui causait tant d'émotion. Face à Kevin, elle ne voyait ni un cas à régler ni une mission à remplir, mais un petit garçon qui avait fait une sottise et qui le regrettait. Assis les jambes pendantes au-dessus du sol, il avait cruellement besoin pour traverser cette épreuve de quelqu'un qui le soutienne et en qui il puisse avoir confiance.

Ce n'était donc pas en tant qu'avocate que Dani devait intervenir aujourd'hui. Son rôle se bornait à apporter son appui psychologique à Kevin. Et tout en assumant ce rôle de son mieux, elle ne se privait pas de jeter des regards réprobateurs en direction du beau Tyler Jackson.

Une fois sa déposition faite, ce dernier quitta la barre

des témoins, regagnant le fond de la salle. Dani le suivit des yeux, comme aimantée. Avait-il senti le poids de ce regard dans son dos ? Toujours est-il qu'il se retourna et la fixa un instant avant de sortir.

— Bon débarras ! murmura-t-elle.

Quelque chose chez cet homme l'agaçait prodigieusement. Elle aurait aimé mettre ce trouble sur le compte de la colère qu'elle éprouvait à son encontre, mais impossible : elle avait eu les nerfs à vif avant même qu'on l'informe des raisons pour lesquelles Tyler Jackson avait décidé de recourir à la justice. Autrement dit, ce n'était pas la situation elle-même qui la mettait à fleur de peau, mais le magnétisme qui émanait de cet homme et qui suscitait en elle une exaspération incompréhensible.

Décidément, il était trop beau, trop sûr de lui, débordant de confiance. Elle ne connaissait que trop bien ce genre d'homme ! Autant de traits de caractère qui l'avaient conduite autrefois à faire des bêtises dont elle se repentait encore.

Quoi qu'il en soit, maintenant que ce trop séduisant fauteur de troubles avait disparu de sa vue, elle pouvait concentrer toute son attention sur Kevin.

La juge se leva. C'était une femme d'une cinquantaine d'années, au visage doux et maternel. Après avoir fini de remplir son rapport, elle s'éclaircit la voix et pria Kevin de se lever avant de prononcer sa sentence.

Dani sentit son pouls s'accélérer, mais elle se força à sourire pour montrer à Kevin qu'elle demeurait sereine, même en cet instant crucial. Grâce au ciel, l'honorable Sheila Graves ne faillit pas à sa réputation de juge efficace et pleine de compassion et rendit son verdict : Kevin devrait participer à un programme de réhabilitation.

Laissant échapper un soupir de soulagement, Dani se tourna vers Kevin.

— Tu as compris ce que vient de dire la juge ?

— Je n'irai pas en prison ? demanda aussitôt le petit garçon en sentant que le nœud qui lui bloquait la gorge depuis le début commençait à se desserrer.

— Bien sûr que non ! lui assura Dani. Tu devras seulement bien te conduire désormais et respecter la loi. Tu en es capable, n'est-ce pas ?

Kevin hocha la tête d'un air soulagé.

— Elle a parlé aussi d'un conseiller…

— Oui, tu as bien compris. Tu sais ce qu'est un conseiller ?

— Non.

— C'est simple. C'est une personne plus âgée que toi et plus raisonnable qui va devenir ton amie. Quelqu'un qui te fera des recommandations et à qui tu pourras parler en toute confiance quand tu auras des problèmes.

Kevin parut se détendre et sourit.

— D'accord. Est-ce que je pourrai continuer à te voir toi aussi ?

Dani sentit son cœur se serrer. Kevin faisait son possible pour afficher des allures de dur, mais dans le fond, il n'était qu'un petit garçon apeuré. Lui passant un bras autour des épaules, elle le guida vers la sortie où l'attendaient les Cunningham, la famille d'accueil du petit garçon.

— Bien sûr ! Tu ne croyais tout de même pas que tu allais te débarrasser de moi aussi facilement ?

— Tu viendras avec moi rencontrer ce conseiller ?

Elle hésita. Cela n'entrait pas officiellement dans ses attributions. Et puis, le conseiller souhaiterait probablement rencontrer Kevin en tête à tête.

— Tu viendras, pas vrai ? insista Kevin d'une voix angoissée.

Comment refuser ? Dani songea que le conseiller qui accompagnerait Kevin comprendrait sûrement suffisamment que le petit garçon avait besoin d'être rassuré.

— Oui, je t'accompagnerai, ne t'inquiète pas.

Dani passa le restant de l'après-midi cloîtrée dans son bureau en s'efforçant de se concentrer sur le travail d'expertise qu'elle avait promis de rendre le lendemain. Mais malgré tous ses efforts, son esprit ne cessait de vagabonder. Homologuer un testament, c'était très important, certes, mais rien de commun avec l'exercice de la justice. Des jours comme aujourd'hui, elle regrettait son ancien métier d'avocate. Et plus que tout, elle regrettait la personne qu'elle avait été autrefois, celle qui avait confiance dans la vie et en elle-même.

Incapable de fixer son attention, elle laissa une fois de plus son regard dériver vers la fenêtre. C'était une journée de printemps magnifique. Comme tous les jours à la sortie des classes, le magasin de glaces en face de son bureau attirait une nuée de gamins gourmands, pendant que leurs mères bavardaient à l'ombre de l'auvent. D'ordinaire, elle trouvait ce spectacle joyeux, mais aujourd'hui, en regardant la scène, elle sentait son cœur se serrer. Kevin aurait dû lui aussi connaître ces petits plaisirs de la vie d'enfant — manger une glace, jouer avec des copains —, au lieu de passer sa journée au tribunal. Et malgré toute leur bonne volonté, étant donné leurs moyens modestes, les Cunningham qui l'accueillaient chez eux ne pouvaient certainement pas lui offrir ce genre de gâterie après la classe. Quant à l'amener jouer au base-ball, la fatigue liée à leur âge ne le leur permettait pas. Restait à espérer que la personne qui allait seconder les Cunningham pour s'occuper de Kevin aurait l'idée de lui proposer ce genre de distractions. Pourtant, même si c'était le cas, il ne s'agirait là que d'une solution provisoire pour un problème beaucoup plus important. Un problème qu'elle tournait et retournait dans sa tête sans lui trouver de solution.

Zut. Et rezut. Elle avait beau relire pour la quinzième fois le même paragraphe, elle n'avançait pas. Lasse de perdre son temps, elle rassembla ses affaires, les fourra dans sa sacoche et décida de terminer le travail chez elle. Une bonne marche l'aiderait à s'éclaircir les idées et la rendrait plus opérationnelle. Ce serait encore mieux si elle pouvait s'offrir un petit jogging, mais le tailleur qu'elle portait pour aller au bureau ne se prêtait pas à ce genre d'exercice ; elle se contenterait donc de marcher d'un pas vif. Elle attrapa son sac à main et passa la tête dans l'entrebâillement de la porte de la pièce voisine où travaillait son père, attablé à un énorme bureau en bois surchargé de dossiers.

Il parut surpris de la voir partir si tôt. Ce n'était pas dans les habitudes de sa fille.

— Tout va bien, Dani ?

— Oui, pas de problème. Il fait juste trop beau pour que je reste assise plus longtemps !

Cette réponse ne suffit pas à apaiser l'inquiétude de Phillip. Dani et lui avaient toujours eu une relation de confiance, mais depuis le retour de Dani, un an plus tôt, une sorte de tension s'était instaurée entre eux. Leur collaboration professionnelle à l'étude n'était absolument pas en cause, Dani était sa partenaire à part entière. C'était plutôt parce qu'il sentait confusément que sa fille gardait pour elle des zones d'ombre sur la période qu'elle avait passée à Jacksonville et sur les raisons de son retour à Paradise.

Peu désireux de la forcer aux confidences, il se contenta de soupirer.

— Si tu as besoin de quoi que ce soit, n'hésite pas à m'appeler. Ça me fera plaisir de te donner un coup de main si je peux !

Vivement, elle contourna le bureau pour venir embrasser son père.

— Oui, je sais. J'ai beaucoup de chance !

Il lui sourit, ému de cette soudaine marque d'affection.

— C'est gentil d'y penser quelquefois ! approuva-t-il en riant. Et maintenant, laisse ton vieux notaire de père se replonger dans son dossier.

Soudain, elle se sentit plus légère. Elle sortit du petit bureau et adressa un signe de la main à sa mère qui travaillait au cabinet comme secrétaire.

Songeant qu'elle avait de la chance de les avoir pour parents, elle avança d'un bon pas dans la rue inondée de soleil. Oui, ils s'entendaient bien tous les trois, rien ne troublait leur relation, ce qui n'était pas le cas de sa sœur, Mollie. À plusieurs reprises, cette dernière s'était trouvée en désaccord avec leurs parents et, étant donné son caractère, ces désaccords étaient rapidement passés de la discussion un peu vive à la dispute. Dani, quant à elle, avait de bons rapports avec sa sœur, et elle appréciait encore plus cette harmonie familiale depuis qu'elle travaillait dans le programme de tutorat. Elle y avait découvert que bon nombre de gens n'avaient pas eu comme elle la chance de grandir entourés d'affection, et ce constat l'avait amenée à jeter un regard nouveau sur son parcours.

En ce qui concernait Kevin, elle était impressionnée par la capacité du petit garçon à rester confiant en dépit des difficultés qui avaient émaillé sa courte vie. Sa mère était morte un an auparavant d'une overdose de médicaments qui lui avaient été prescrits à la suite d'une douloureuse blessure à la colonne vertébrale. Quant à son père, il ne l'avait jamais connu. Les services sociaux avaient découvert qu'il se trouvait en prison où il purgeait une peine de vingt ans. Depuis qu'il avait été placé dans le circuit des familles d'accueil, Kevin avait été ballotté d'une famille à l'autre avant d'atterrir chez les Cunningham, un couple assez âgé qui accueillait des enfants depuis une dizaine d'années. Lorsque leur fils unique était parti travailler en Californie dans le secteur de l'informatique, ils avaient eu envie de faire bénéficier quelqu'un de l'amour dont leur cœur débordait.

De bien des façons, ce placement était parfait pour un petit garçon comme Kevin qui avait tant de malheurs à surmonter, mais aussi généreux que soient les Cunningham, ils n'étaient plus tout jeunes, et Dani comprenait que s'occuper d'un enfant aussi actif que Kevin commençait à devenir bien fatigant pour eux. Malheureusement, d'après ce que lui avait dit l'assistante sociale, Kevin n'avait que très peu de chances d'être adopté étant donné son âge.

Dani soupira. Ruminer ces sombres pensées était contreproductif et l'empêchait de faire le travail promis à ses clients.

Sans l'avoir décidé consciemment, peut-être guidée par

la douceur de l'air, elle traversa la rue et tourna à gauche pour s'engager dans le sentier qui serpentait à travers le parc. Ce n'était qu'un petit détour, et la dose supplémentaire de bon air et de soleil compenserait largement le temps perdu. D'ailleurs, aussitôt, elle sentit son moral remonter. Des dizaines d'enfants jouaient au ballon dans le pré près de l'entrée. Elle entendait leurs rires et, par moments, leurs cris d'indignation, provoqués sans doute par une faute ou une maladresse. De l'autre côté du sentier, des écureuils jouaient aussi à leur manière, se disputant quelques glands.

En poursuivant son chemin, elle passa devant le terrain de basket-ball, vide pour l'instant, mais qui ne tarderait pas à se remplir dès que le collège libérerait ses élèves, puis devant le terrain de base-ball. Un groupe de garçons âgés d'une dizaine d'années s'y entraînait. Sans doute ceux que Kevin avait voulu rejoindre… S'étaient-ils moqués de lui parce qu'il ne pouvait pas se payer de batte ? Kevin avait peut-être seulement imaginé cette raillerie… Mais comment savoir ? Le petit garçon avait refusé de lui fournir le moindre détail, et elle n'avait pas insisté. Dans le fond, cela n'avait pas tellement d'importance.

À la fin du parcours, elle déboucha sur le coin réservé aux plus jeunes. Situé près de l'autre entrée du parc, il avait été entièrement rénové récemment. Tous les équipements, à commencer par le toboggan métallique que le soleil chauffait en été et sur lequel elle s'était brûlé les fesses quand elle était enfant, avait été remplacé par du matériel nouveau, coloré, et sans aucun doute plus sûr. Des auvents ombrageaient les balançoires. Installés sur les bancs disposés tout autour de l'aire de jeux, les parents surveillaient leur remuante progéniture tout en discutant entre eux. Voilà au moins qui ressemblait à ce qu'elle avait connu. C'était là en effet que sa mère s'asseyait après les avoir promenées, Mollie et elle. Le dimanche, leur père les accompagnait aussi et les emmenait ensuite manger une glace avant de regagner la maison.

L'évocation de ces souvenirs heureux fit fleurir un sourire

sur ses lèvres. Elle s'apprêtait à repartir lorsque des sanglots désespérés attirèrent son attention. En se retournant, elle aperçut une petite fille de cinq ans environ, aux couettes blondes, qui pleurait à chaudes larmes, assise dans le sable au pied des balançoires. Un homme qu'elle n'apercevait que de dos mais dont l'allure lui rappelait vaguement quelqu'un était penché sur elle. Sans réfléchir, elle se dirigea vers eux, prête à offrir son aide, car la détresse de la petite lui fendait le cœur. Mais une fois qu'elle eut contourné le banc et se trouva face à eux, elle reconnut le propriétaire du magasin de jeux auquel elle avait eu affaire le matin même au tribunal. Que faisait-il ici en train de martyriser cette gamine ?

Toutes griffes dehors, elle s'approcha.

— Cela ne vous suffit pas d'avoir traîné un gosse devant la juge ce matin ?

Surpris par cette intervention intempestive, l'accusé leva vers elle son regard azuréen. Aussitôt, elle sentit la gagner le même trouble que celui qu'elle avait éprouvé le matin même. Bien décidée à l'ignorer, elle se pencha à son tour sur la fillette qui s'était brusquement arrêtée de pleurer.

— Dis-moi, ma chérie, est-ce que ce monsieur est en train de t'embêter ?

La petite leva vers Dani des yeux aussi bleus que ceux de son agresseur supposé.

— Mon papa faisait un bisou sur mon bobo pour le guérir.

Elle montra son genou égratigné tout en jetant un regard furieux à la balançoire où une petite fille à la même blondeur adorable se balançait.

— C'est Adele, ma sœur, qui m'embête ! reprit la victime. Elle m'a poussée trop fort, et je suis tombée.

Dani regarda tour à tour les deux enfants, puis lentement, se tourna vers l'homme entre elles deux.

— Ce monsieur, c'est… ton papa ?

Tyler Jackson, l'homme sans cœur qui avait sans la moindre compassion traîné un gamin de neuf ans devant la justice était donc père de famille ?

*
* *

Tyler aida Amy à se relever.

— C'est juste une égratignure, ma chérie. Ne t'inquiète pas. Retourne vite jouer, parce qu'il va falloir bientôt rentrer.

Puis il se tourna vers l'autre petite fille qui affichait un air si innocent qu'il en était suspect.

— Et toi, Adele, sois gentille avec ta sœur, je te regarde !

— D'accooooord ! cria la blondinette.

Tyler soupira. Entre la propension de l'une à vouloir tout régenter et les pleurs hystériques de l'autre, il commençait à douter sérieusement de ses compétences de père solo. C'était chaque fois la même chose. Juste au moment où il croyait avoir compris le fonctionnement de ses jumelles, quelque chose changeait dans leur caractère, et il se retrouvait de nouveau obligé de naviguer à vue. Où étaient passés les adorables bébés qui lui faisaient des sourires craquants du fond de leur berceau ? Bien sûr, cette période n'avait pas non plus été facile. Ce n'était jamais simple d'élever des jumeaux. Mais au moins, à cette époque-là, Jennifer était là pour l'aider. En fait, c'était elle qui gérait le gros du quotidien, il n'avait qu'à assurer la partie la plus agréable de sa paternité.

Mais Jennifer était morte deux ans plus tôt, brutalement emportée par un cancer des ovaires. Depuis, il s'appliquait à la remplacer en dépit des difficultés qu'il ne cessait de rencontrer. Parfois, il lui semblait que le poids des responsabilités allait l'écraser, mais ses deux petites filles étaient ce qu'il avait de plus précieux au monde, alors il songeait qu'il avait bien plus de chance que la plupart des gens.

— Vous… vous avez des enfants ? s'enquit Dani, stupéfaite.

Tyler quitta ses filles des yeux pour se tourner vers son interlocutrice. Immédiatement, il la reconnut. Elle était au tribunal ce matin, à côté du gamin qu'il avait pris en flagrant délit de vol dans son magasin. Sans doute faisait-elle partie de sa famille.

Retrouvant spontanément les bonnes manières que sa grand-mère lui avait inculquées, il tendit la main à la jeune femme.

— Oui, mademoiselle, je n'ai pas volé ces deux petites filles. Je suis Tyler Jackson, et mes filles s'appellent Amy et Adele. Je suis désolé si elles vous ont inquiétée. Normalement, elles s'entendent plutôt bien, mais vous savez ce que c'est, entre frères et sœurs, les disputes ne sont pas rares.

Dani oublia la main qu'il lui tendait pour le dévisager, impressionnée par sa haute taille et sa corpulence d'athlète. Elle devait paraître bien insignifiante à côté de lui, mais même si c'était le cas, elle ne laissa rien paraître de l'effet qu'il produisait sur elle. Au contraire, elle pointa sur lui un doigt accusateur, adoptant le ton d'une mère poule en colère.

— Je sais exactement qui vous êtes, monsieur Jackson. Vous êtes l'homme qui n'a pas hésité à traîner un gamin au tribunal. Un orphelin, qui plus est. Tout ça pour une misérable batte de base-ball. Voilà qui vous êtes !

Ne répondant pas à la provocation, Tyler demeura parfaitement calme et maître de lui-même.

— C'est une façon de voir les choses, en effet. À qui ai-je l'honneur de parler, mademoiselle ?

— Je suis Dani Post, la tutrice de Kevin.

Avec ses cheveux noirs soulevés par la brise printanière et ses yeux sombres étincelants de colère, elle faisait une tutrice pleine d'ardeur, on ne pouvait pas lui retirer ça !

— Eh bien, mademoiselle Post, je suis tout à fait désolé d'apprendre la situation familiale de ce garçon, mais elle n'excuse pas son comportement.

Dani lui adressa un regard furibond.

— Vous ne comprenez pas que cet enfant a besoin d'aide, pas de poursuites judiciaires ?

Tyler croisa les bras, toujours aussi calme.

— Et moi, je pense que le signaler à la justice était le meilleur moyen de lui permettre d'obtenir cette aide, puisqu'il va bénéficier d'un programme d'encadrement.

Elle hocha la tête, sans pour autant décolérer.

— En effet. Mais ce n'était pas joué d'avance !

— Bien sûr que si ! Je m'étais renseigné auparavant auprès du procureur qui m'avait rassuré sur les suites de mon intervention. On ne jette pas les gosses en prison aussi vite que ça !

— Encore heureux, approuva Dani, un peu désarçonnée.

Elle rejeta en arrière la mèche de cheveux qui avait volé devant ses yeux.

— Il n'empêche que Kevin a passé un bien mauvais moment ce matin et qu'il mérite une seconde chance.

— Il l'aura, rassurez-vous.

— En tout cas, ce ne sera pas grâce à vous !

Tyler jeta un coup d'œil à ses filles de nouveau occupées à la balançoire, puis fit à nouveau face à la furie qui l'agressait en plein jardin public. Élégante dans son tailleur noir et sa blouse rouge sombre, elle ne paraissait pas du tout à sa place dans cette aire de jeux pour enfants. Évidemment, si elle était avocate, c'était bien normal. D'ailleurs, elle avait tout à fait le style de la profession, mais cela ne l'intimida pas pour autant.

— Détrompez-vous, mademoiselle Post. Je vais au contraire jouer un rôle important, puisque je vais être son conseiller.

— Non !

— Si.

— Vous plaisantez, c'est impossible !

La colère et la déception étaient clairement perceptibles dans sa voix.

— Vous trouvez que vous n'avez pas suffisamment tourmenté Kevin ce matin ? Qu'est-ce que vous cherchez exactement ?

— Je veux l'empêcher de faire d'autres bêtises. C'est normal que vous soyez inquiète à son sujet, et tout à fait louable de votre part, mais à son âge, Kevin a besoin d'avoir près de lui quelqu'un qui lui apprenne à devenir un homme.

— Et vous pensez être la personne idéale pour tenir ce rôle ? ironisa-t-elle.

— Je n'irais pas jusque-là, rétorqua Tyler d'un ton placide. Disons simplement que j'ai envie d'essayer. J'ai dénoncé ce gamin parce qu'il m'a semblé que c'était le meilleur moyen de lui donner une bonne leçon et de lui épargner le pire. Apprenez, mademoiselle Post, que j'ai moi-même fait quelques bêtises au même âge. J'ai eu la chance que quelqu'un me prenne en main. Mon tour est venu maintenant d'en faire autant pour Kevin.

Elle hocha la tête, regardant désormais Tyler d'un air respectueux.

— Très bien… J'espère que cela marchera. En tout cas, sachez que Kevin m'a demandé de l'accompagner quand il rencontrera son conseiller, et j'ai bien l'intention de le faire. N'essayez pas de m'empêcher d'assister à votre entrevue, vous trouveriez à qui parler !

Sur ce, pivotant sur elle-même, elle s'éloigna.

— Je n'en ai aucune envie…, marmonna Tyler en la regardant s'éloigner.

Non, il n'avait aucune envie d'empêcher cette fougueuse jeune femme de se joindre à eux. Au contraire, il découvrait qu'il avait hâte de revoir cette séduisante avocate qui ne mâchait pas ses mots. Depuis la mort de sa femme, ses amis et sa famille le traitaient avec mille précautions, surveillant leur langage et le ton sur lequel ils s'adressaient à lui. Personne ne voulait ajouter à la peine causée par son deuil. Bien sûr, il appréciait cette délicatesse, mais en même temps, il en avait assez qu'on le traite comme un enfant.

Dani, au contraire, n'avait pas pris de pincettes pour s'adresser à lui. Elle lui avait sans hésitation jeté à la face tout ce qu'elle pensait. Cette franchise brutale lui avait paru rafraîchissante, et même, à sa surprise, stimulante. Pour la première fois depuis bien longtemps, son corps avait réagi face à une femme. Pourtant, les occasions n'avaient pas manqué. Plusieurs jeunes personnes avaient essayé de se glisser à la place de Jennifer. Mais aucune d'entre elles n'avait suscité en lui l'étincelle d'attirance qu'il venait d'éprouver à l'instant.

Évidemment, cela ne mènerait à rien. Entre la gestion de son magasin et l'éducation de ses filles, il n'avait pas une minute à lui. Sans oublier désormais son rôle de conseiller pour Kevin. Son existence déjà bien remplie n'avait pas besoin de complications supplémentaires, même et surtout si elles appartenaient au registre romantique.

Mais il n'y avait pas de mal à regarder une jolie femme…

# - 2 -

Au volant de sa belle décapotable, Dani faisait route vers le Paradise Wildlife Rehabilitation Center. Cette voiture était un cadeau qu'elle s'était fait quand elle avait été engagée par le cabinet d'avocats Whitehorn et Watts de Jacksonville, juste après l'université. Les remboursements pesaient lourd sur son salaire actuel, bien moins élevé que son ancienne rémunération d'avocate, mais elle ne pouvait se résoudre à troquer cette voiture de luxe contre un modèle plus économique.

Depuis le siège arrière où il était installé, pressé de découvrir les animaux et sans doute assez anxieux à l'idée de retrouver Tyler Jackson, Kevin ne cessait de lui poser des questions. Dani avait craint que le gamin rechigne à la perspective d'avoir le propriétaire du magasin comme conseiller, mais elle avait pris la précaution de lui assurer que cet homme voulait l'aider et non le punir. Pour l'instant, elle ne pouvait qu'espérer que c'était bien le cas, mais son inquiétude l'avait tenue éveillée une partie de la nuit, à se demander s'il ne serait pas plus sage de demander à la cour d'affecter un autre conseiller à Kevin. Puis, constatant les bonnes dispositions du petit garçon, elle avait estimé que faire machine arrière serait maladroit et risquait de susciter une nouvelle vague d'inquiétude chez lui.

— Est-ce qu'il y aura des tigres ? s'enquit Kevin.

Dani jeta un coup d'œil dans le rétroviseur. Kevin tenait à peine en place, regardant partout, impatient d'apercevoir les animaux qui vivaient au centre.

— Non, il n'y a pas de tigres. Souviens-toi de ce que je t'ai dit. On n'héberge ici que des animaux dont l'habitat naturel est la Floride. Mais il y a une panthère, qui est un peu de la famille des tigres. Elle s'appelle Simba.

— Je pourrai la caresser ?

— Bien sûr que non !

Dani gara sa voiture et se hâta d'ouvrir la portière arrière. Toutefois, avant de laisser Kevin sortir, elle le fixa, l'air sérieux.

— C'est interdit de toucher les animaux à moins qu'un adulte ne t'en donne la permission. Tu as compris ?

Kevin hocha la tête d'un air sérieux qui contrastait avec l'étincelle de plaisir dans ses yeux.

En le voyant aussi heureux et enthousiaste, Dani sentit son cœur se gonfler de bonheur. Elle le laissa sortir, lissant ses cheveux au passage, et tous deux se dirigèrent vers le bâtiment principal où devait les attendre Tyler.

La construction basse, en bois marron et vert sombre, se fondait dans le paysage alentour. Des arrangements de fleurs endémiques, choisies principalement pour l'attirance qu'elles exercent sur les papillons, bordaient le chemin conduisant à la porte principale. Le centre soignait sur place les animaux blessés ou malades, avant de les remettre en liberté une fois qu'ils étaient rétablis. Ceux qui n'avaient pas retrouvé assez de forces finissaient leurs jours au centre où le personnel s'occupait d'eux, aidé par une équipe de bénévoles dont faisaient partie Dani et sa sœur. Dylan Turner, le directeur, était devenu un de leurs meilleurs amis. Ce grand gaillard amateur de surf avait une manière si délicate de s'occuper des animaux que Dani s'était sentie à l'aise avec lui, même à l'époque où elle était encore très méfiante envers les hommes.

Comme toujours, elle le trouva assis à son bureau, derrière le comptoir qui faisait office de séparation entre son coin de travail et le lieu d'accueil du public.

— Salut, Dylan ! Beaucoup de boulot ?

Dylan secoua son épaisse tignasse blonde et lui sourit.

— Comme d'hab ! Un peu plus même, puisque c'est le printemps et qu'on nous amène plein de petites bêtes recueillies un peu partout juste après leur naissance.

— On pourra en voir quelques-unes aujourd'hui ?

— Bien sûr. Nous avons un opossum que nous pourrons montrer au jeune homme qui t'accompagne s'il en a envie.

— Je suis sûre qu'il sera intéressé, répondit Dani en faisant avancer Kevin. Kevin, je te présente M. Turner qui s'occupe du parc. Dylan, voici Kevin qui est venu ici pour rencontrer un nouvel ami. Après ça, nous aimerions bien faire un petit tour dans le centre si tu as le temps. Ça te dit, Kevin ?

— Et comment !

Parfait. Quand elle avait appelé Tyler pour qu'ils conviennent d'un endroit où amener Kevin, ce dernier avait suggéré qu'ils aillent ensemble manger une glace. L'idée n'était pas mauvaise, mais quand Dani avait proposé qu'ils aillent plutôt voir des animaux, Tyler n'avait pas formulé d'objection.

La sonnette de la porte d'entrée retentit, et Tyler fit son apparition dans la pièce. Son regard bleu perçant était dissimulé par des lunettes de soleil. Il avait beau porter une tenue décontractée, bermuda kaki et chemise à carreaux toute simple, il paraissait encore bien intimidant. Instinctivement, Kevin se rapprocha de Dani. Elle comprit que le petit garçon était un peu effrayé, et que seule sa fierté le retenait de se cacher derrière elle.

Percevant l'inquiétude que le nouveau venu suscitait chez l'enfant, Dylan se leva et vint se placer entre Tyler et Kevin.

— Si nous commencions tout de suite notre visite ? proposa-t-il à Dani.

Dani posa une main sur l'épaule de Kevin.

— Dylan, je te présente Tyler Jackson qui est venu nous rejoindre au centre pour que nous passions ensemble un moment de détente. C'est bien ça, Kevin ?

Kevin acquiesça timidement. Surprise, Dani vit Tyler

esquisser un grand sourire et s'accroupir pour se retrouver au niveau du petit garçon.

— Je suis partant, répondit Tyler, à condition bien sûr que tu sois d'accord. Qu'est-ce que tu en penses, Kevin ?

Le gamin écarquilla les yeux. Manifestement, il ne s'attendait pas à être consulté.

— Heu... Oui... Oui, je suis d'accord.

— Chic ! Et merci, aussi. Parce que tu vois, j'avais très envie de visiter ce centre avec toi.

Il se releva et tendit une main à Dylan qui, rassuré par l'attitude amicale du nouveau venu, la serra.

— Enchanté ! Je suis Dylan, le directeur du centre et l'ami de Dani. Si vous voulez bien patienter un moment, je me ferai un plaisir de vous faire visiter. Sinon, Dani s'en chargera ; elle connaît l'endroit presque aussi bien que moi.

Dani connaissait bien Dylan. Il était incapable de suspendre son travail. S'ils décidaient de l'attendre, ils risquaient de ne rien voir du tout.

— Je crois que nous pouvons nous débrouiller seuls, déclara Dani. Ça vous va, les gars ?

— Oui ! s'empressa d'acquiescer Kevin, impatient de découvrir les animaux.

Comme Tyler approuvait d'un signe de tête, elle prit Kevin par la main.

— Alors, on y va ! Pour commencer, Dylan, dis-nous où nous pouvons trouver ce bébé opossum dont tu nous parlais tout à l'heure.

— Il est dans la salle de soins. Dans une des cages placées contre le mur du fond. Surtout, ne le touchez pas ! Il est petit, mais ses dents sont pointues.

— D'accord, nous serons prudents.

Kevin sur les talons, Tyler fermant la marche, Dani se dirigea vers la porte qui ouvrait sur la salle de soins.

— Oh ! s'exclama Tyler, surpris. On se croirait dans une véritable salle d'opération.

Il considéra la longue table en acier, les tuyaux et les cadrans de la machine utilisée pour les anesthésies.

— Est-ce qu'on s'occupe des alligators ici ? demanda-t-il. Il y en a beaucoup en Floride.

— Je ne sais pas, répondit Dani. Nous demanderons à Dylan avant de partir. Mon rôle au centre est plutôt de rechercher des sponsors et de gérer la partie administrative. On peut aussi demander à ma sœur qui fait énormément de bénévolat ici. En fait, Kevin, elle a même dressé la panthère dont je te parlais tout à l'heure.

— Waouh ! s'exclama le petit, totalement subjugué.

— Oui, moi aussi je suis sacrément impressionné, renchérit Tyler. Je n'ai jamais vu de panthère de près.

Ils s'avancèrent vers le mur du fond.

Kevin se rapprocha de lui.

— Dani dit que les tigres et les panthères sont cousins. Tu penses que c'est vrai ?

— Oui. Tous les félins sont apparentés d'une manière ou d'une autre. Même les gentils minous que nous avons dans nos maisons.

Kevin l'écoutait avec la plus grande attention.

— Mes deux petites filles me supplient de prendre un chaton à la maison. Si je demandais une petite panthère à la place ? Le centre en a peut-être une à donner. Qu'est-ce que tu en penses, Kevin ?

Kevin éclata de rire.

— Je pense que c'est une mauvaise idée.

Tyler afficha un air contrarié.

— Vraiment ? C'est la même famille pourtant !

— Je crois qu'il vaut mieux leur trouver un véritable petit chat.

— Ah… Tu as sans doute raison. Tant pis !

Du doigt, Tyler désigna une cage.

— Ça y est ! J'ai trouvé le bébé que nous cherchions.

Kevin se précipita, sa réserve initiale envolée.

— Comme il est petit ! Tu as vu comme il est rigolo ?

Les rejoignant, Dani découvrit ce qui ressemblait à un gros rat avec un très long nez rose.

— En effet, il est vraiment bizarre. Peut-être qu'il deviendra plus joli en grandissant…

— Pourquoi est-ce qu'il est tout seul ? Où est sa maman ? demanda Kevin, l'air soucieux. Sûrement dans une autre cage à côté…

Dani se pinça les lèvres, embarrassée.

— Non, mais ne t'inquiète pas, on va bien s'occuper de lui ici.

— Mais qu'est-ce qui est arrivé à sa maman ? Où est-elle, insista-t-il, une pointe d'angoisse dans la voix.

— Je ne sais pas exactement. Les bébés animaux qui viennent au centre y sont amenés parce que leurs parents ne peuvent pas prendre soin d'eux.

— Alors, il est orphelin ? demanda Kevin, les yeux embués.

Devant la détresse du petit garçon, Dani prit sur elle pour retenir ses larmes. Quelle idée folle que d'amener cet enfant orphelin voir des animaux privés de parents !

— Oui, en effet, il est orphelin. Mais Dylan et ses amis vont très bien s'occuper de lui, et dès qu'il sera assez grand et fort, il retournera dans la nature.

Dani espérait que ce « happy end » apaiserait les angoisses de Kevin.

— On va l'abandonner ? Tout seul ? C'est méchant ! Très très méchant !

Kevin ponctuait chacun de ses mots en tapant du pied, les traits de son petit visage abominablement crispés.

— Je déteste cet endroit. Ramène-moi à la maison. Tout de suite !

Aussitôt, il s'enfuit en direction de la porte.

Dani voulut s'élancer à sa poursuite, mais Tyler la retint par le bras.

— Est-ce que cet endroit est sûr ? Est-ce que les animaux sont parqués ?

Dani essaya de se dégager.

— Oui, bien sûr. Laissez-moi rejoindre Kevin, il est bouleversé, il faut que je lui parle.

— C'est vrai, mais laissez-le d'abord un petit moment seul. Pleurer devant nous le rendrait encore plus malheureux. Je vous assure, faites-moi confiance.

— Trois minutes, concéda Dani, et ensuite, j'irai le retrouver.

— Nous irons tous les deux.

D'un geste inquiet, Dani passa la main dans ses longs cheveux.

— Je n'arrive pas à croire que j'ai été assez idiote pour l'amener ici ! pesta-t-elle, s'en voulant terriblement. J'ai seulement pensé qu'il verrait de jolis bébés animaux…

— Tout le monde aime les bébés animaux.

— Mais je n'ai pas pensé un instant qu'il allait se focaliser sur le fait qu'ils ont perdu leurs parents. Où avais-je la tête ?

Elle se mit à arpenter la pièce. Ses semelles de caoutchouc couinaient à chaque pas sur le revêtement de linoléum.

— Quelle idiote j'ai été ! J'ai manqué de cœur. L'amener ici, c'est comme amener un grand brûlé assister à un feu de joie…

— Mais non, voyons !

— Si. C'est la même chose. Kevin est orphelin. Il a perdu sa mère l'an dernier, et son père pourrait tout aussi bien être mort, ce serait pareil. Et moi qui sais tout ça, je ne trouve pas mieux que de l'emmener voir des animaux orphelins. Et pour couronner le tout, je lui explique qu'ils seront ensuite relâchés dans la nature. Livrés à eux-mêmes. « Abandonnés », c'est le mot qu'il a utilisé.

— Vous ne pouviez pas deviner qu'il allait réagir aussi vivement. Nous irons lui parler et lui assurer qu'ils ne seront pas abandonnés.

— J'ai complètement manqué de sensibilité.

— Mais non ! Vous devriez savoir qu'il est impossible de tomber juste à tous les coups. Tout du moins, avec les enfants. Vous avez fait une erreur. Soit. Mais vous allez la réparer. Puis vous en commettrez une autre, que vous réparerez aussi. C'est comme ça, dans la vie.

Dani pivota sur elle-même et se planta devant Tyler qu'elle considéra d'un air excédé.

— Vous savez quoi ? Je me demande si je dois vous remercier ou vous flanquer deux gifles.

Flegmatique, Tyler haussa les épaules.

— Ne croyez pas que j'essaie de vous remonter le moral en vous débitant des niaiseries. Je vous dis la vérité. Ni plus ni moins.

— La vérité étant que j'ai fait une bêtise, mais que ce n'est pas grave parce que je vais recommencer ?

— En effet, c'est à peu près ça.

Perplexe, Dani se demandait si Tyler se moquait d'elle ou s'il était sérieux.

Mais il était sérieux ! On ne peut plus sérieux. À force de s'occuper de ses filles, il avait appris qu'il était impossible de prévoir leurs réactions. Allaient-elles rire ? Allaient-elles pleurer ? C'était toujours la grande inconnue. Faire des erreurs était inévitable. Le fait qu'Amy et Adele soient bien dans leur tête en disait plus sur leur capacité de résilience que sur ses talents d'éducateur.

— Bon. Est-ce que nous pouvons aller retrouver Kevin maintenant ? plaida Dani.

— Oui, mais ne vous apitoyez pas trop. C'est un garçon, et il se sent sûrement honteux d'avoir pleuré. Inutile d'en rajouter dans la compassion.

— Franchement, il n'est pas un peu jeune encore pour tomber dans ces histoires de machos ?

— Pas du tout. Les garçons de son âge aiment faire croire qu'ils n'ont peur de rien. Parlez-lui, mais laissez-lui prendre l'initiative de la conversation.

— D'accord. On y va ! s'exclama-t-elle, se hâtant de sortir.

Tyler lui emboîta le pas sur le sentier qui longeait le bâtiment et conduisait aux enclos. À gauche se trouvait une grange ; à droite, certains espaces étaient délimités par une chaîne. Kevin s'était posté devant le plus éloigné.

Dani hâta le pas, réussissant toutefois à maîtriser son envie de se précipiter vers lui en courant. L'espace d'un instant, ils restèrent là tous les trois, à regarder une grosse panthère faire sa toilette au soleil.

Dani rompit le silence.

— C'est Simba, la panthère dont je te parlais tout à l'heure, Kevin. On ne le croirait pas à la voir, mais au début, elle était terrorisée par les étrangers. Ma sœur Mollie a beaucoup travaillé avec elle pour la mettre en confiance.

Kevin parut très surpris.

— Tu veux dire que la panthère avait peur des gens ? Elle ne savait pas qu'elle pouvait les dévorer si elle en avait envie ?

— Sûrement pas. Un monsieur pas très gentil l'avait longtemps gardée dans une cage. Quand elle est arrivée ici, elle ne savait pas si on allait être bon avec elle ou méchant comme son ancien propriétaire. Il a fallu beaucoup de temps et beaucoup de personnes attentionnées avant qu'elle se sente bien et profite de sa nouvelle maison.

Tyler observait Kevin. Sans aucun doute, le petit garçon reliait ces paroles à sa propre expérience.

— Oui, je comprends, approuva-t-il au bout d'un moment. Je suis content qu'ici les gens soient sympas avec elle.

— Moi aussi, ajouta Dani, soulagée. Est-ce que tu as envie de voir d'autres animaux ? Certains, comme Simba, n'ont pas été bien traités avant d'arriver ici. Si cela doit te rendre triste, on peut faire quelque chose d'autre.

Elle regarda Tyler en souriant.

— Par exemple, on pourrait aller manger une glace tous les trois ?

Kevin regarda Simba encore un long moment avant de parler.

— Est-ce que ces animaux sont heureux maintenant ?

— Oui, Kevin.

— Alors on y va. J'aime les histoires qui finissent bien.

Après avoir rendu visite à tous les autres animaux que Kevin, fort heureusement, estima contents de leur sort, ils terminèrent l'après-midi chez le glacier. Pour Dani, c'était une façon de rattraper la gaffe qu'elle avait commise un peu plus tôt. Tyler, content de voir son idée acceptée, insista pour les inviter. Ils passèrent un moment très détendu et amical. Dani songea alors que chaque fois qu'elle pensait avoir fait le tour du personnage, Tyler se débrouillait pour la surprendre.

Au tribunal, il s'était montré froid et distant, faisant un compte rendu quasiment clinique de ce qui s'était passé. Au jardin public, elle l'avait découvert patient mais ferme. Au Paradise Wildlife Center, il lui avait laissé prendre la direction des opérations, se contentant d'observer. Et maintenant, parfaitement à l'aise, il discutait avec Kevin des mérites comparés de leurs parfums de glace préférés. Dani n'avait pas réussi à en placer une ! Ce qui, dans le fond, était une bonne chose, car cela prouvait qu'un lien était en train de se créer entre eux deux. Elle avait redouté les conséquences de la maladresse dont elle avait fait preuve à propos du bébé opossum, mais Kevin n'en paraissait pas affecté.

En fait, si elle ne parvenait pas à se détendre complètement, ce n'était pas à cause de Kevin, mais de l'homme assis en face de lui, occupé à lui vanter les mérites de la glace à la menthe aux pépites de chocolat. Pourtant, il ne faisait rien de mal ! Simplement, sa seule présence plongeait Dani dans le trouble. Elle n'arrivait pas à cerner sa personnalité, et cela l'agaçait. En tant qu'avocate, elle avait appris à déchiffrer les expressions des visages, à comprendre ce que les gens voulaient dire même s'ils ne l'exprimaient pas par des mots et à deviner ce qu'ils voulaient cacher. Mais avec Tyler, aucun de ses réflexes professionnels pourtant bien rodés ne fonctionnait. Le résultat était qu'elle avait envie de passer davantage de temps avec lui, ne serait-ce que pour satisfaire sa curiosité.

Car il ne s'agissait bien entendu que de curiosité. Elle n'envisageait rien d'autre, car elle n'avait aucune envie de sortir avec qui que ce soit. Les jours où elle se sentait optimiste, elle estimait avoir fait beaucoup de progrès depuis son retour à Paradise, mais en fait, elle était toujours sur la réserve vis-à-vis des hommes. De façon fort légitime. En plus, Tyler n'était pas son genre. Elle préférait fréquenter des avocats ou des banquiers, autrement dit, des hommes en costume cravate qui s'informaient des fluctuations de la Bourse. Non qu'elle soit snob, mais elle trouvait plus agréable de sortir avec des hommes qui partageaient ses centres d'intérêt. Des hommes ambitieux, capables de comprendre son investissement professionnel. Tyler Jackson n'était qu'un petit boutiquier de campagne, un père solo qui se déplaçait en minivan, c'était tout dire ! Si elle ne parvenait pas à détacher ses yeux de lui, c'était uniquement par curiosité, parce qu'elle avait envie de percer à jour son caractère.

Tout à coup, Kevin faillit renverser son jus de fruit en se levant brusquement. Elle rattrapa le verre de justesse, tandis que le petit garçon faisait de grands signes à quelqu'un derrière elle. En se retournant, elle aperçut un couple d'un certain âge. Il devait s'agir des Cunningham qu'elle avait appelés un peu plus tôt pour leur demander de venir chercher Kevin chez le glacier. Tyler comprit lui aussi qu'il s'agissait de la famille d'accueil de Kevin, car il se leva pour céder sa chaise à Mme Cunningham qui paraissait bien lasse.

— Je suis Tyler, le conseiller de Kevin. Puis-je vous offrir quelque chose à boire ? Une glace si vous le souhaitez ?

— Non, merci, nous n'allons pas nous attarder, répondit Mme Cunningham. Nous devons rentrer, le dîner n'est pas prêt. Je voulais rester dans la voiture, mais je tenais à vous présenter des excuses pour ce qu'a fait Kevin. Mon mari et moi avons été bouleversés en l'apprenant. Je ne sais pas ce qui lui a pris tout d'un coup de faire une chose pareille…

— Allons, Nora, ne recommence pas, coupa M. Cunningham. Ce qui est fait est fait. Si M. Jackson est capable de tourner la page, nous pouvons en faire autant de notre côté.

Il tendit à Tyler une main déformée par l'arthrose.

— Nora et moi vous sommes très reconnaissants du temps que vous accordez à Kevin. Nous l'aimons de tout notre cœur, mais vivre avec deux personnes âgées comme nous ne doit pas être bien drôle pour lui.

Il se tourna vers Kevin.

— On y va ?

— Oui, je suis prêt, répondit Kevin en enfournant la dernière cuillerée de sa glace. Ciao, Dani, ciao, Tyler. On se revoit la semaine prochaine ?

Tyler afficha un large sourire.

— Bien sûr !

— Dani sera là, elle aussi ?

Oh oh… Voilà qui ne faisait pas partie du plan…

Dani posa un doigt sur ses lèvres, puis regarda Tyler qui approuva d'un hochement de tête.

— Je ne suis pas contre si ça te fait plaisir et si Dani est d'accord.

— Super ! Ciao, tous les deux, lança Kevin en rejoignant les Cunningham.

Dani s'enfonça dans son fauteuil en soupirant.

— Désolée, Tyler. Je n'avais pas prévu qu'il m'inviterait à vous accompagner la prochaine fois.

Tyler se rassit.

— Je trouve que c'est très bien comme ça. Nous ne serons pas trop de deux pour contenir l'énergie dont il déborde.

Ces mots apaisèrent Dani qui poursuivit sur cette lancée.

— Justement, à propos de son énergie, je m'inquiète pour les Cunningham. Je crains que Kevin ne soit un poids pour eux. Il y a longtemps qu'ils accueillent des enfants, mais cette fois, Mme Cunningham m'a semblé plus fatiguée que d'habitude. Plus… âgée. Je me demande pendant combien de temps ils vont tenir le coup.

Cette remarque parut préoccuper Tyler.

— Je ne sais pas comment ils étaient autrefois, mais étant donné l'énergie qu'ont les enfants de l'âge de Kevin, je comprends ce que vous voulez dire. Ce serait désastreux pour lui de devoir changer de famille d'accueil, mais ce sera peut-être inévitable.

Dani sentit son estomac se serrer à cette perspective.

La glace qui lui avait paru si délicieuse tout à l'heure se transforma dans son estomac en une brique glacée.

— Je voudrais aplanir les difficultés pour Kevin, mais je ne sais pas comment m'y prendre. Vous avez vu ? Je propose une sortie et je me débrouille pour le faire pleurer !

Tyler posa sa main sur celle de Dani.

— Arrêtez de vous torturer ! Vous vouliez lui faire plaisir, et Kevin le sait très bien. C'est cela qui compte et c'est ce dont il a besoin : de gens qui ont envie de s'occuper de lui.

Dani sentait sa main brûler sous celle de Tyler. Elle la retira et la posa sur ses genoux.

— J'aimerais être capable de plus… De mieux. J'aimerais faire quelque chose qui l'aide réellement.

— Dans ce cas, pourquoi ne pas le mettre en relation avec un psychologue ? Quelqu'un qui l'aiderait à tirer au clair les sentiments qu'il éprouve pour sa mère. Je pense que cela l'aiderait à accepter un changement de famille si jamais il faut en arriver là.

Elle se pinça les lèvres. Cela non plus, elle n'avait pas été capable d'y penser toute seule.

— Vous avez raison. Je connais une jeune femme très bien, je vais l'appeler dès mon retour chez moi pour voir si elle peut s'occuper de Kevin. Si c'est nécessaire, je le conduirai moi-même aux rendez-vous.

Elle s'interrompit un instant, soupira.

— Merci, Tyler. Je vous tiendrai au courant.

Enfin, elle avait quelque chose de concret à faire ! C'était rassurant, apaisant. L'inquiétude qu'elle éprouvait commençait à se dissiper.

Elle se leva, attrapa son sac et se prépara à sortir. Une confiance nouvelle l'habitait. Pour la première fois depuis le début de cette histoire, elle se sentait à l'aise. Tout de même, comme la vie était curieuse ! L'homme dont elle était persuadée quelques jours plus tôt qu'il avait détruit la vie de Kevin lui disait comment se rendre utile… Le souvenir de la façon dont elle l'avait traité au jardin public lui fit monter le rouge aux joues. Elle ne s'était pas encore excusée de son comportement ce jour-là.

— Tyler… À propos de l'autre jour, devant les balançoires… Je suis désolée de vous avoir parlé comme je l'ai fait. Je voulais seulement…

— Seulement protéger Kevin, je l'ai bien compris.

Il eut un large sourire, plein de bonté.

— Dani, je n'ai pas envie d'être votre ennemi. Moi aussi, je veux aider Kevin, c'est tout.

Soudain, sa détermination parut bien plus séduisante à Dani qu'un costume trois-pièces ou une voiture de sport. Qui l'aurait cru ?

# - 3 -

Dani frappa à la porte de la petite maison où vivaient les Cunningham. Tom et Nora Cunningham l'avaient appelée dans la matinée pour lui demander de passer les voir. Un peu inquiète, elle avait sauté le déjeuner pour aller leur parler. Leur maison était située dans un des vieux quartiers de la ville, construite dans le style traditionnel, avec de grandes baies pour laisser entrer la brise en provenance de la mer. Mais alors que les maisons alentour offraient un aspect pimpant et des jardins bien tenus, dans celui des Cunningham les mauvaises herbes commençaient à envahir les plates-bandes de fleurs, la peinture de la porte et des volets s'écaillait. Ce n'était que des détails, mais ils en disaient long sur la lassitude du vieux couple.

Dani entendit des pas étouffés, puis la porte s'ouvrit en grinçant un peu.

— Dani ! Merci d'être venue aussi rapidement, dit Mme Cunningham en la faisant entrer, l'escortant vers la cuisine. Venez vous asseoir, nous allons prendre un thé glacé.

Dani prit place derrière la vieille table en bois, qui avait à son actif des années de bons et loyaux services, et sur laquelle trônait un bouquet de gardénias fraîchement coupés.

— Comme ce bouquet est joli ! s'exclama Dani. Le gardénia est ma fleur préférée. Il y en a un énorme buisson dans le jardin de mes parents, juste sous la fenêtre de ma chambre. C'est merveilleux de s'endormir en respirant leur odeur !

— Oui, ils répandent un parfum délicieux dans la maison.

C'est Kevin qui a cueilli ce bouquet pour moi, hier. C'est un petit garçon adorable, plein d'attentions.

Nora Cunningham, qui avait sorti un pot de thé du réfrigérateur, en servit un grand verre à Dani.

— Adorable, reprit-elle, mais il a du mal à canaliser son énergie ! Résultat : le malheureux buisson est pratiquement scalpé.

Elle s'assit à son tour.

— Peu importe… L'essentiel est qu'il soit si attentif aux autres, vous ne trouvez pas ?

— Bien sûr, approuva Dani, mais après une journée passée en sa compagnie, vous devez être épuisée. Il a besoin de bouger, de courir, de changer sans cesse d'activité. C'est normal pour un garçon de son âge, mais fatigant pour la personne qui s'occupe de lui.

— Hélas, oui. Vous savez, nous avons accueilli quinze enfants dans notre vie, en plus de nos enfants à nous, bien entendu. L'expérience nous a permis de constater qu'ils ont souvent plus d'énergie que de bon sens ! Kevin est comme eux, mais le problème, ce n'est pas lui, c'est nous.

Elle posa les mains sur la table et croisa les doigts.

— Oui, le fond du problème, c'est que je me fais vieille. Non, que je *suis* vieille ! Et mon mari aussi, même s'il refuse de l'admettre. Même si ce n'est pas alarmant, nous commençons tous les deux à avoir quelques problèmes de santé. Je vais me faire poser une prothèse au genou dans quelque temps, et Tom a quelques petits soucis de tension. Le médecin lui a conseillé de se ménager pour ne pas risquer la crise cardiaque.

Tout cela ne faisait que confirmer les inquiétudes que Dani avait en arrivant. Brusquement, le thé se fit amer dans sa bouche.

— Je suis désolée pour vous, madame Cunningham. Est-ce que je peux faire quelque chose pour vous aider ?

La vieille dame hocha la tête.

— Ce n'est pas nous qu'il faut aider, c'est Kevin. L'assistante sociale m'a dit que vous étiez sa tutrice. C'est pour cette raison que j'ai voulu vous voir en premier. Nous sommes désolés, mais nous allons être obligés d'arrêter d'accueillir des enfants chez nous. Ma fille nous a trouvé un petit appartement dans une résidence pour seniors. Je pourrai m'y faire aider quand on m'opérera du genou, et Tom n'aura plus besoin d'entretenir un jardin. C'est exactement ce dont nous avons besoin maintenant, mais je crains que la séparation ne soit très dure à vivre pour Kevin.

C'était le moins qu'on pouvait dire…

— Je comprends très bien, madame Cunningham. Je ne sais pas exactement ce que je peux faire, mais je vais essayer d'aplanir les difficultés pour Kevin.

Elle prit une nouvelle gorgée de thé afin de gagner un peu de temps et de trouver quelque chose à dire de réconfortant.

— Est-ce qu'il a rencontré la psychologue ? Il faut la mettre au courant elle aussi.

— Il a un rendez-vous demain après l'école, déclara Nora. Merci d'avoir suggéré ce soutien. J'aurais dû y penser moi-même, mais ces temps-ci, j'ai déjà bien du mal à suivre mes propres rendez-vous médicaux.

— Je suis contente que vous ayez déjà fait cette démarche. Cette personne saura sans aucun doute aider Kevin à gérer la situation au mieux.

— Je n'en doute pas, mais Kevin s'est déjà beaucoup attaché à vous. Il parle de vous sans arrêt. Vous l'impressionnez parce que vous êtes avocate et que vous avez une belle voiture, mais il a aussi senti que vous pouviez être son amie. C'est pour cela que je me sentirais mieux si vous acceptiez de continuer à le suivre.

Mme Cunningham hocha la tête tristement.

— Ne croyez pas que j'envisage notre séparation avec facilité. S'il ne s'agissait que de moi, je me débrouillerais encore, mais Tom ressent de plus en plus souvent des douleurs dans la poitrine, et…

— Et vous devez prendre soin de vous-mêmes, bien sûr. Il n'est pas question que vous négligiez votre santé, ce serait encore pire pour Kevin. Non seulement il serait obligé de partir dans une autre famille, mais en plus, il se ferait du souci pour vous. Obéissez aux conseils de votre médecin et ne vous tracassez pas pour Kevin. Tout ira bien pour lui.

Dani s'efforçait de présenter la situation sous un jour rassurant, mais déjà, l'inquiétude la rongeait. Comment Kevin encaisserait-il un nouveau changement ? N'allait-il pas se mettre à faire d'autres bêtises ? Et surtout, comment se comporterait la nouvelle famille d'accueil à son égard ? Étant donné sa récente bêtise, il courait le risque d'être catalogué comme enfant difficile ou même comme voleur.

Assez perturbée, Dani se leva pour s'en aller. Elle allait retourner au bureau d'où elle appellerait l'assistante sociale. Peut-être trouveraient-elles ensemble une manière de faciliter les choses pour Kevin. En tout cas, elle-même ferait tout ce qui était en son pouvoir pour aider le petit garçon à surmonter cette nouvelle passe difficile. Non seulement parce qu'elle était sa tutrice, mais aussi parce qu'elle serait incapable de dormir si elle ne le faisait pas.

À première vue, tenir un magasin de jouets ne relevait pas du travail de force. Pourtant, quand les caisses de cubes en bois ou de puzzles arrivaient et qu'il fallait les transporter dans la boutique, Tyler savait que c'en était bien un. En grognant, il souleva la dernière caisse. Ses biceps brûlaient de fatigue. Bien sûr, il aurait pu l'ouvrir dans l'entrepôt et transporter les jouets un à un dans le magasin, mais cela lui aurait pris un temps fou. Et même s'il n'avait plus la résistance d'un jeune homme de vingt ans, il en avait encore la fierté. Il allait avoir trente ans dans quelques jours et, par moments, il lui semblait qu'il en avait cinquante. Enfin, peu importait… Le travail était fait, c'est ce qui comptait.

Il venait tout juste de se mettre à disposer les jouets sur les étagères quand la cloche de la porte retentit, l'informant qu'un client venait d'entrer dans le magasin. Normalement, personne ne venait à l'heure du déjeuner, raison pour laquelle il choisissait ce moment pour déballer les nouveaux arrivages. Contrarié par cette visite intempestive, il s'interrompit néanmoins. Pourtant, il aurait bien aimé terminer ses rangements avant la déferlante de la sortie de classe, lorsque les gamins venaient chez lui dépenser leur argent de poche. Il haussa les épaules, philosophe. Certains jours étaient plus compliqués à gérer que d'autres.

— J'arrive ! cria-t-il en abandonnant la caisse qu'il était en train de vider.

En s'approchant du comptoir, il eut la surprise de découvrir Dani. Il ne l'avait pas revue depuis le samedi précédent et ne s'attendait pas à la rencontrer avant la prochaine sortie prévue avec Kevin. Pourtant, cette visite imprévue ne le dérangeait pas du tout. Bien au contraire ! C'était toujours agréable de se trouver en compagnie d'une jolie femme, élégante de surcroît. Son chemisier vert au col légèrement entrouvert laissait apercevoir la naissance de ses seins, sa jupe crayon marron qui moulait ses hanches s'arrêtait au genou. Des escarpins en cuir vernis noir complétaient cette tenue séduisante mais parfaitement correcte. Autrement dit, elle réussissait à être parfaitement sexy et impeccable en même temps.

Il s'avança vers elle en espérant que son regard ne trahirait pas l'effet qu'elle produisait sur lui.

— Bonjour, Dani. Vous cherchez quelque chose ? Je peux vous aider ?

— Oui, surtout si vous avez à votre disposition une baguette magique ! répondit-elle avec un petit rire désolé. Le genre de baguette magique qui va d'un seul coup régler tous les problèmes de Kevin.

— Je crains d'être à court en ce moment, répondit Tyler en plaisantant, préoccupé néanmoins par la mine inquiète de Dani.

Il remarqua qu'à force de se mordre les lèvres, son rouge à lèvres avait pratiquement disparu. C'était une habitude qu'il avait déjà remarquée chez elle la dernière fois, lorsqu'elle se sentait nerveuse. Quelque chose ne tournait pas rond, c'était sûr.

— Il y a un problème avec Kevin ? Il a fait une bêtise ?

— Non, pas du tout.

Elle rejeta en arrière la mèche de cheveux noirs qui lui retombait régulièrement devant les yeux.

— Kevin est un enfant très gentil, ce n'est pas lui le problème. Je viens de parler avec Nora Cunningham. Tom et ellc ont des problèmes de santé. En fait, ils se préparent à s'installer dans une résidence pour personnes âgées semi-dépendantes, et cela devrait se faire prochainement.

Inutile d'être grand clerc pour deviner les conséquences de ce changement.

— Et Kevin ?

— Je ne sais pas ce qui va lui arriver. Il va sans doute devoir être placé dans une autre famille. J'ai parlé à l'assistante sociale qui m'a promis de chercher des gens bien. Le problème, c'est qu'il y a plus d'enfants à placer que de familles pour les accueillir.

— Oh ! je vois… Kevin aime beaucoup les Cunningham.

— Oui. Et eux aussi sont très attachés à lui, mais leur âge ne leur permet plus de s'occuper d'un enfant avec l'énergie de Kevin. Pourtant, il n'a jamais été aussi bien traité ailleurs. Je ne sais pas quoi faire !

— À part rester en contact avec lui, je crains que vous ne puissiez pas grand-chose. Cela ne dépend pas de nous. Il faut faire confiance à sa bonne étoile.

Le regard de Dani lança des étincelles.

— Je ne crois pas en une quelconque bonne étoile ! Nous pouvons forcément faire quelque chose, reste à trouver quoi.

Tout en parlant, elle s'était mise à arpenter le magasin. Ses talons claquaient sur le sol carrelé. Brusquement, elle s'arrêta face à Tyler.

— Si vous renonciez à l'accusation que vous avez portée contre lui ?

— Cela ne changerait rien et, en plus, c'est trop tard. Même si je le voulais, c'est impossible. D'ailleurs, je ne souhaite pas le faire.

Dani tourna vers lui un visage ébahi qu'il affronta sans sourciller.

— Non, je refuserais de le faire, répéta Tyler, même si c'était possible, parce que Kevin doit apprendre que nos actes ont des conséquences. Maintenant qu'il est jeune. Sinon, il s'imaginera qu'il peut continuer à se tirer d'affaire sans être pénalisé et, quand il aura dix-huit ans, il ira en prison pour de bon.

— Vous exagérez !

— Peut-être, peu importe. Je ne veux pas lui faire courir ce risque. Je sais à quel point il est facile de se laisser entraîner par des fréquentations douteuses. Faites-moi confiance, Dani. C'est la meilleure façon de l'aider que de le laisser dans ce programme de tutorat.

Dani le considéra d'un air provocant.

— Bravo, Tyler, vous parlez comme un livre ! À vous écouter, on sent que vous n'êtes jamais pris au dépourvu. Dès lors, j'imagine aussi que vous avez une réponse à la question qui se pose de façon urgente : que va-t-il arriver à Kevin ?

— Il a besoin d'un foyer. D'un véritable foyer. Tout le monde peut essayer de l'aider, l'assistante sociale, la psychologue, vous, moi, mais tant qu'il n'aura pas sa place au sein d'une véritable famille, nous aurons beau nous battre, le combat sera perdu d'avance.

Dani réfléchit.

— Vous avez raison, Tyler ! s'exclama-t-elle en souriant au bout de quelques instants.

— Pas possible ! Je vous ai convaincue ?

— Complètement. Kevin a besoin d'une vraie famille. Je vais lui en fournir une.

— Reste à la trouver…

— C'est fait. Je vais le prendre chez moi et j'entreprendrai une démarche d'adoption pour le mettre à l'abri de tout nouveau changement.

— Non ! Vous allez faire ça ?

C'était au tour de Tyler d'afficher une mine ébahie.

— Oui, je vais lui offrir la famille dont il a besoin. Vous avez bien dit qu'il avait besoin de stabilité ?

— Vous avez perdu la tête !

— Pas du tout.

Tyler pouvait bien penser ce qu'il voulait, Dani savait que sa décision était prise. Certes, elle était impulsive, mais plus elle y réfléchissait, plus elle se disait que c'était la solution idéale.

— J'ai un emploi stable, un appartement avec deux chambres, et Kevin m'aime bien.

Tyler éclata d'un rire moqueur.

— Parce que vous croyez qu'une chambre libre et un revenu décent suffisent pour devenir parent ?

— Non, mais c'est un début.

Dani avait cru que Tyler la soutiendrait, qu'il serait enchanté à l'idée que Kevin sorte enfin du circuit des familles d'accueil. De toute évidence, elle s'était trompée. Eh bien, tant pis, elle n'avait nul besoin de l'approbation de qui que ce soit.

— De toute façon, je n'aurais pas dû venir vous trouver. Vous vous fichez complètement de ce qui arrive à Kevin ! Dans le fond, pourquoi est-ce que vous vous soucieriez de lui, de ce sale gosse qui ne respecte pas la loi ?

La colère et la déception la submergeaient. Les sanglots montaient dans sa gorge, menaçants, alors qu'elle ne pleurait jamais. En tout cas, jamais en public. Elle pivota vers la porte du magasin pour sortir. Après tout, Tyler pouvait bien penser ce qu'il voulait, cela n'avait aucune importance. Dieu seul savait pour quelle raison elle continuait à faire confiance à des hommes qui immanquablement la laissaient tomber ! Dès qu'il s'agissait du sexe opposé, elle perdait tout son bon sens.

Une main ferme se posa sur son bras et l'obligea à faire volte-face. Le visage de Tyler se trouva brusquement tout près du sien.

— C'est là que vous vous trompez, mademoiselle Post. Je me soucie de Kevin, et c'est pour cela que je trouve votre idée mauvaise. Vous ne savez pas dans quoi vous vous lancez en prenant la responsabilité d'un enfant comme lui. Ne croyez pas que sa compagnie va être une partie de plaisir. Cette aventure va être difficile, frustrante, décourageante, et quand vous n'en pourrez plus, vous l'abandonnerez, et il sera dans une situation pire encore que maintenant.

Tyler parlait sur un ton calme qui donnait encore plus de force à ses paroles.

— Désolé, Dani, si je ne vous encourage pas dans votre projet. S'engager auprès d'un enfant n'a rien à voir avec un achat qu'on fait sur un coup de tête dans un grand magasin. Kevin est un être humain, pas une jolie robe qu'on peut jeter la saison suivante.

Dani s'agrippa à son sac.

— Je le sais parfaitement, Tyler. Et je n'ai pas l'intention de me débarrasser de Kevin à la première difficulté, comme vous le croyez. Quand je me lance dans quelque chose, je vais jusqu'au bout. Je ne suis pas une lâcheuse !

Il la dévisageait de son regard clair et perçant.

— Vous ne me connaissez pas, reprit-elle, plus déterminée que jamais. Vous ne savez pas de quoi je suis capable.

C'était vrai, elle n'était pas une lâcheuse. Tout au moins, elle ne l'avait pas été jusqu'à ce que sa vie se trouve bouleversée. Maintenant, elle avait besoin de redevenir la femme forte qu'elle avait toujours été fière d'être.

Il lâcha son bras.

— Dani, jouer le rôle de parent auprès d'un enfant perturbé est une autre paire de manches que de passer les examens du barreau. Je vous l'ai déjà dit, vous ne savez pas dans quoi vous vous lancez !

La réaction fut immédiate.

— Si c'est aussi difficile que ce que vous dites, pourquoi ne me proposez-vous pas de m'aider ? Puisque vous savez de quoi il retourne, vous m'empêcheriez de faire des bêtises.

— Eh, doucement ! Il n'est pas question que je me mêle de cette affaire. C'est votre idée, pas la mienne. Je ne veux pas être impliqué dans ce projet insensé.

— Donc, vous parlez, mais vous n'agissez pas, c'est ça ?

Il lui jeta un regard furieux.

— Je suis réaliste.

Elle soutint son regard. Son expérience d'avocate lui avait appris à gérer quantité de mâles alpha, il n'était pas question qu'elle se laisse intimider par celui-ci.

— Réaliste ou cyniquc ?

Un éclair de tristesse traversa le regard azur de Tyler. Puis son visage se durcit, bloquant toute expression de la moindre émotion.

— D'après mon expérience, c'est la même chose. Les embrouilles font partie de la réalité. Et les meilleures intentions du monde n'y peuvent rien.

— Peut-être, mais il n'y a pas de meilleure base de départ.

Elle-même avait été lâchée par des gens qui auraient dû la soutenir quand elle en avait eu besoin. Elle n'allait pas jouer ce mauvais tour à Kevin.

Tyler demeura silencieux un instant, puis parut se résoudre à accepter à contrecœur la décision de Dani.

— Je suis sérieux, Dani. La vie de Kevin ne peut pas dépendre d'un caprice. Il faut que vous soyez sûre de vous. C'est épouvantablement difficile d'être parent isolé, et cela même lorsqu'il s'agit de vos enfants biologiques.

Elle s'obligea à respirer lentement. Il ne cherchait pas à la fâcher. Ce qu'il disait était frappé au coin du bon sens. Mais la difficulté de la tâche qu'elle envisageait d'assumer ne signifiait pas que c'était une mauvaise décision. Il pouvait au moins le comprendre !

— Je vous crois. Je ne peux pas imaginer les difficultés que vous ou n'importe quel parent isolé rencontrez. Je sais que ce sera difficile, mais si je peux épargner à Kevin de se retrouver à nouveau en galère, je me dois d'essayer.

Une fois de plus, elle se souvint de son désespoir quand elle s'était sentie abandonnée de tous ceux à qui jusque-là elle avait accordé sa confiance.

À ce souvenir, elle sentit sa gorge se serrer.

— Tyler, je ne peux pas rester simple spectatrice du désastre qui menace Kevin. C'est tout, j'en suis incapable.

Il laissa échapper un énorme soupir.

— Franchement, vous ne choisissez pas la facilité !

— Choisir la facilité et faire ce qu'il faut sont deux choses bien différentes.

Elle en savait quelque chose ! En revenant à Paradise, c'est bien la facilité qu'elle avait choisie, et ce choix l'empêchait de dormir. Pas question de refaire la même erreur.

— C'est vrai. Bon… Admettons que cette décision vous tient à cœur. Est-ce que vous savez ce qu'il faut faire pour devenir famille d'accueil, éventuellement adoptante ?

— Non. Pas encore.

Elle sortit son téléphone de sa poche et commença une recherche sur Internet en tapant : « Paradise, familles d'accueil ». Elle trouva rapidement des informations relatives aux placements temporaires.

— D'après ce que je vois, je devrais obtenir assez facilement la garde de Kevin parce que je suis déjà en relation avec lui en tant que tutrice. Mais j'appellerai l'assistante sociale pour avoir davantage de renseignements. Je veux que tout soit réglé avant qu'il quitte les Cunningham.

Elle lança un regard déterminé à Tyler.

— Je ferai en sorte que ça marche, Tyler. Il est hors de question que je ne m'occupe pas de Kevin.

Il hocha la tête.

— Ce qui me fait peur, c'est que je commence à y croire… Alors dépêchez-vous de vous lancer dans l'aventure avant que je retrouve mes esprits et que j'essaie de vous en dissuader !

— Oh ! merci !

Dans un élan irréfléchi, elle jeta les bras autour du cou de Tyler, puis se figea, attendant la vague de panique qui allait nécessairement la submerger. Mais au lieu de cela, elle fut gagnée par une sorte de détente bienheureuse. Rouge de confusion, elle s'écarta de lui.

— Heu… Pardon… Il faut que je parte tout de suite. Je dois appeler l'assistante sociale.

Il recula d'un pas.

— Et moi, je dois continuer à vider mes cartons. Mais… Dani ?

— Oui…

Elle sentait son cœur frapper à grands coups dans sa poitrine. Était-elle allée trop loin en se jetant à son cou ? N'avait-il pas mal interprété ce geste impulsif ?

— Rien… Bonne chance !

# - 4 -

Pendant le trajet qui la ramenait à son bureau, Dani s'appliqua à réfléchir à l'élan qui l'avait poussée à étreindre Tyler, à la façon dont son corps avait réagi, au bien-être miraculeux qu'elle avait ressenti à ce moment-là. Comme il sentait bon ! Tyler était le conseiller de Kevin et elle, la tutrice de l'enfant ; dès lors, sa réaction avait été quelque peu déplacée… Certes. Mais le plus important, c'est qu'elle n'avait pas ressenti de panique. C'était pour elle un événement majeur, la preuve que les rendez-vous chez la psychologue n'étaient pas du temps perdu. Oui, cela valait la peine de continuer à faire le trajet jusqu'à la ville voisine chaque quinzaine malgré la fatigue que cela induisait. Quand elle avait décidé de chercher de l'aide pour surmonter ses crises d'angoisse, elle n'avait pas envisagé de consulter à Paradise même. Inévitablement, quelqu'un de sa connaissance l'aurait aperçue quand elle entrait ou quand elle sortait du cabinet de l'un des rares psychologues de la petite ville et lui aurait posé des questions auxquelles elle n'avait nulle envie de répondre. Pire encore, avec les meilleures intentions du monde, cette personne aurait informé sa famille de ces rendez-vous, alors qu'elle tenait absolument à la tenir à l'écart de ce qui lui était arrivé. Elle était adulte, c'était à elle et à elle seule de gérer son problème. Toujours est-il que si la réaction qu'elle avait eue auprès de Tyler signifiait quelque chose, c'est qu'elle était en progrès.

Cette attirance, aussi ténue et aussi encourageante soit-elle, ne devait pourtant pas la détourner de ce qui était réellement important, à savoir la situation de Kevin. La priorité était de prendre contact avec l'assistante sociale.

Elle gara sa voiture sur le parking de l'étude où de nombreuses voitures étaient déjà rangées. Parfait ! Cela signifiait que ses parents seraient occupés par leurs clients. Ils n'auraient donc pas le temps de parler un moment avec elle comme ils le faisaient souvent, en toute gentillesse, ce qui l'amenait toutefois à leur raconter qui elle venait de voir et ce qu'elle avait prévu pour la soirée. Elle les mettrait au courant de son projet pour Kevin quand elle en saurait plus sur sa faisabilité. La première réaction de Tyler l'avait un peu échaudée.

Entrant dans la salle d'attente, elle cilla, gênée par le contraste entre l'éclatante lumière tropicale à l'extérieur et la pénombre de l'intérieur. Au bout de quelques instants, elle aperçut sa mère, occupée au téléphone comme toujours, qui lui faisait de la main un signe de bienvenue et lui désignait du doigt le bureau de son père. Sans doute souhaitait-il la présenter à l'un de ses clients en tant que future responsable du cabinet comme il aimait le faire. Dani secoua la tête. Non, elle n'était pas disponible tout de suite. Aujourd'hui, elle n'avait pas le temps de se livrer à ce rituel.

Elle arrivait à la porte de son bureau lorsqu'elle entendit la voix de son père dans son dos. Zut ! Pas moyen d'échapper à cette petite cérémonie, elle était coincée.

— Dani, accorde-moi un instant, je tiens à te présenter quelqu'un.

Lentement, elle pivota sur elle-même, mécontente de ne pas avoir été assez rapide pour échapper à cette rencontre, mais affichant son meilleur sourire professionnel.

Debout à côté de son père se tenait un homme du même âge qu'elle, impeccable, mais habillé à la manière décontractée de la Floride, bermuda et chemise aux impressions colorées, chaussures bateau. Il lui adressa un sourire étincelant qui découvrit des dents parfaites.

— Bonjour, Dani. Heureux de faire votre connaissance. Votre père m'a beaucoup parlé de vous.

Comme il s'approchait, elle recula instinctivement. Son pied heurta la porte fermée de son bureau. Aussitôt, elle sentit une sueur glacée perler entre ses seins. Et cela, juste au moment où elle venait de se féliciter d'avoir fait des progrès pour dompter ses angoisses… Faisant un effort énorme pour contrôler l'adrénaline qui pulsait dans son corps, elle serra la main du visiteur en se disant qu'elle ne risquait rien puisque son père se trouvait dans la pièce avec elle. Le nouveau venu n'avait eu aucun geste menaçant, il s'était simplement avancé vers elle un peu trop brusquement. Cette attitude de mâle alpha n'avait rien de surprenant dans le monde des affaires, elle le savait parfaitement. Ce qui n'avait pas empêché ce mouvement de panique.

— Enchantée de faire votre connaissance, monsieur…

— Pardon, j'ai oublié de me présenter. Je suis Richard Thompson. Votre père m'aide à mettre au point un fidéicommis un peu délicat.

— Parfait. Vous êtes entre de bonnes mains ! répondit Dani avec un petit rire forcé.

Incapable de supporter cette promiscuité plus longtemps, elle contourna le client pour gagner le centre de la pièce. Là au moins, elle avait assez d'espace pour respirer à sa guise et la porte de sortie, rassurante, se trouvait juste en face d'elle.

— Richard est en train de créer une fondation d'utilité sociale, précisa Phillip Post. C'est vraiment louable pour un homme célibataire aussi jeune que lui !

La façon dont son père avait accentué le mot *célibataire* suscita une nouvelle vague d'angoisse chez elle. Avait-il l'intention de jouer les marieuses ?

Richard Thompson, qui n'avait rien perçu du malaise qui la submergeait, poursuivit sur un ton chaleureux :

— Votre père m'a parlé de votre investissement dans le programme de tutorat organisé pour les enfants en difficulté. J'en déduis que nous partageons le même intérêt pour la philanthropie. Pourquoi ne pas dîner ensemble un soir pour échanger quelques idées sur ce sujet et sur bien d'autres aussi, sans aucun doute ?

Allons, se dit Dani. Cet homme avait au moins une qualité : il n'y allait pas par quatre chemins. Il lui proposait un rancard, rien de moins ! Dommage que sa proposition la tente à peu près autant qu'un saut dans le vide sans parachute.

— Cela me ferait très plaisir, mais je suis assez débordée en ce moment, se hâta-t-elle de répondre. En fait, je suis déjà en retard pour un rendez-vous téléphonique. Si vous voulez bien m'excuser…

Elle avança d'un pas décidé vers son bureau, forçant ainsi l'importun à reculer.

— Bien sûr, je comprends…

Le généreux philanthrope fit un signe poli de la tête, se rapprochant de Phillip Post qui paraissait assez décontenancé par l'attitude de sa fille. En homme discret, il ne se risqua toutefois à aucun commentaire.

Dani s'aperçut que sa mère avait suivi toute la scène du coin de l'œil. Autrement dit, il s'agissait carrément d'un complot familial ! Difficile d'avoir une vie privée dans ces conditions…

Elle referma la porte derrière elle avec un soulagement non feint. Elle alla même jusqu'à pousser le loquet, avant de s'appuyer contre le panneau de bois, s'efforçant de calmer sa respiration.

Oui, la panique s'était emparée d'elle tout à l'heure, mais elle avait réussi à garder le contrôle, sa psychologue pouvait être fière d'elle.

Ce qui lui donnait à réfléchir, c'était de constater à quel point sa réaction avait été différente de celle qu'elle avait eue avec Tyler un peu plus tôt. Bien sûr, Tyler ne lui était pas totalement étranger. En outre, c'était elle qui avait initié le contact. Cela expliquait sans doute bien des choses.

Le souvenir de Tyler la ramena à Kevin. Aussitôt, elle prit un bloc-notes et s'empara du téléphone.

— Bonjour, c'est Dani Post à l'appareil. Est-ce que je peux parler à Elaine, s'il vous plaît ? C'est au sujet de

Kevin. Dites-lui que j'ai trouvé une famille d'accueil pour lui et sans doute une possibilité d'adoption.

Tyler mettait toute son énergie à déballer les lourdes boîtes de jeux en bois, dans l'espoir que cette dépense physique calmerait les idées qui tournaient dans sa tête. Mais il avait beau se démener, il n'arrivait pas à s'empêcher de penser à Dani. Elle était tellement sûre de savoir ce qui était bien et ce qui ne l'était pas qu'elle en était horripilante. Mais aussi agaçante qu'elle ait pu se montrer, ce n'était pas cela qui le dérangeait. Non, ce n'était pas les mots acérés qu'elle avait prononcés, ni son comportement trop assuré qui l'ennuyaient, mais ce qu'il avait ressenti quand elle s'était jetée dans ses bras. Cet élan impulsif n'aurait pas dû le troubler à ce point…

Son corps avait réagi au quart de tour, ce qui en soi n'était pas surprenant : Dani était une belle femme, séduisante et élégante. Ce n'était donc pas cette réaction purement physique qui ramenait sans cesse son esprit vers elle, mais l'intérêt qu'elle avait éveillé en lui. Il avait envie de savoir ce qu'elle faisait pour se distraire, pour se détendre… Bref, alors qu'il ne pouvait pas se permettre de s'intéresser à une femme, il avait envie de la connaître mieux.

Comme pour le renforcer dans cette idée, la cloche de la porte du magasin retentit, suivie par les cris aigus de deux voix aiguës identiques.

— Papa ! Papa !

Tyler posa par terre la boîte de jeu de construction et souleva ses deux petites filles dans ses bras. Elles allaient à l'école toute la journée maintenant, mais à ses yeux, elles étaient encore ses bébés d'amour, même si elles prenaient le bus scolaire toutes seules et commençaient à avoir des devoirs le soir.

— Coucou, mes petites diablesses ! C'était comment à l'école aujourd'hui ?

— Super cool !

— Super rasoir !

Tyler éclata de rire en les reposant à terre. Pour des jumelles, elles avaient vraiment du mal à se mettre d'accord sur quoi que ce soit.

— D'accord. À toi d'abord, Adele. Qu'est-ce que tu as trouvé super ?

Tyler avait choisi de commencer par celle qui était enthousiaste dans l'espoir d'atténuer un peu le mécontentement de la seconde.

— On a joué au ballon en gym et j'ai tapé tellement fort dedans qu'il est parti au moins à un kilomètre !

— Menteuse ! coupa Amy avec une moue de mépris. Tu l'as juste envoyé au bout du terrain, c'est tout.

Adele secoua la tête, ce qui fit virevolter ses couettes blondes autour de son visage.

— T'es jalouse parce que t'as envoyé le ballon hors camp !

— C'est pas vrai. De toute façon, ce jeu est stupide.

Amy était un véritable petit rat de bibliothèque et elle aurait volontiers passé son temps à lire plutôt qu'à pratiquer le moindre sport. Pourtant, elle était aussi agile que sa sœur, mais le sport ne l'intéressait pas.

— Peut-être que, demain, on vous fera jouer à quelque chose de plus intéressant, dit Tyler. En attendant, si vous avez faim, allez voir sur la table de la cuisine, je vous ai acheté des brioches à la boulangerie Sandcastle.

— Cool !

— Génial !

Bon, voilà au moins un sujet sur lequel elles étaient d'accord… Elles se précipitèrent aussitôt vers leur goûter, et lorsque Tyler les rejoignit, il les trouva installées à la petite table qu'il avait faite pour elles, souriantes au milieu des miettes de brioches.

Tout ici avait été conçu en pensant à elles. Tyler avait acheté le magasin pendant que Jennifer était enceinte et il avait décidé d'en faire un lieu où toute la famille se sentirait bien. Il avait commencé par les chaises hautes et le parc dans lequel jouaient les jumelles. Maintenant, il leur avait aménagé un coin lecture avec une étagère à leur hauteur, des fauteuils en plastique, un petit canapé et cette table à leur taille sur laquelle elles goûtaient et faisaient leurs devoirs. Il avait même dressé une sorte de tente sous laquelle elles pouvaient s'installer.

Après la mort de Jennifer, les petites avaient passé énormément de temps dedans, car elles se sentaient mieux près de leur père qu'à la maison avec une baby-sitter. Parfois, Tyler se disait qu'il s'était montré égoïste en les gardant ainsi près de lui, mais leur présence l'avait aidé à surmonter son deuil. Depuis, ils passaient les fins d'après-midi ensemble au magasin. Et un employé venait assurer la fermeture pour lui permettre de rentrer dîner avec elles.

Jusqu'à présent, cette organisation avait très bien fonctionné. Évidemment, ce magasin était pour les jumelles l'équivalent de la caverne d'Ali Baba. Sans compter que les clients, en les voyant si mignonnes, passaient beaucoup de temps à leur parler, ce qui leur avait donné beaucoup d'assurance et d'aisance. Elles étaient ses petites mascottes, et il tenait à préserver ce moment passé ensemble. Voilà pourquoi il n'était pas question de se lancer dans une histoire d'amour susceptible de mettre en péril ce planning parfait. Ces deux petites filles apportaient suffisamment de féminité à sa vie pour qu'il ne s'encombre pas d'une fréquentation à risques. Oui, il était prêt à tous les sacrifices pour qu'Amy et Adele grandissent heureuses et en sécurité.

Amy, qui venait de terminer sa brioche, leva un regard bleu myosotis vers son père.

— C'est aujourd'hui que tu nous donnes notre petit chat ?

Tyler sentit son cœur se serrer.

— Non, pas aujourd'hui, ma chérie. Avec cet arrivage de colis, je n'ai pas eu le temps de m'en occuper.

— Pourtant, tu as promis que nous aurions un petit chat, renchérit Adele avec une moue déçue.

— C'est vrai, vous en aurez un.

— Quand ?

Amy avait l'art de mettre les points sur les I. Avec elle, pas question de rester dans le vague.

— Je ne sais pas exactement. Mais bientôt, à coup sûr. Dès que le travail au magasin me laissera un peu de temps libre.

Il disait la vérité, persuadé qu'assumer la responsabilité d'un animal était une bonne chose pour des enfants. Cela faisait si longtemps qu'elles lui en réclamaient un ! Malheureusement, les heures d'ouverture de la SPA de Paradise coïncidaient avec celles de son magasin, ce qui compliquait la réalisation de ce projet d'adoption. Mais il était bien décidé à trouver prochainement le temps de s'en occuper.

— Je vous promets que ce sera bientôt.

— Tu nous as déjà dit ça la semaine dernière, pleurnicha Adele.

Il n'osa pas le lui reprocher. Il n'avait pas tenu sa promesse, elle avait parfaitement le droit d'être fâchée.

Une fois de plus, il pensa à Dani et à sa décision d'accueillir Kevin. Franchement, il était sincère quand il lui avait souhaité bonne chance. Non parce qu'il doutait de sa bonne volonté ou de ses compétences, mais parce qu'être parent solo était bigrement difficile. Comme venait de le prouver une fois de plus le fiasco du chaton, même après ses années d'entraînement, il lui arrivait encore de ne pas s'en tirer avec les honneurs.

— Alors, qu'est-ce que c'est que cette histoire si urgente ? T'es en crise ? demanda Mollie, la sœur de Dani, tout en déposant sur la table basse de quoi grignoter. Quoi que ce soit, ajouta-t-elle, avec tout ça, nous pouvons faire face à toutes les éventualités et même soutenir un siège ! J'ai apporté des mini-pizzas, des petites quiches, des bretzels et des chips à l'ancienne. Plus une bouteille de vin rouge, choisie par Noah.

Noah, le mari de Mollie, était un sculpteur sur métal

réputé. Après avoir exposé pendant plusieurs années dans les galeries des grandes villes, il avait finalement préféré un mode de vie plus tranquille. Son parcours avait fait de lui un expert en bons vins, ce qui était bien agréable pour son entourage.

— Si tu me disais un peu de quoi il retourne ? suggéra Mollie.

Dani lissa ses cheveux en s'efforçant de rester calme.

— Non, il n'y a pas de crise dans l'air, mais je préfère que tout le monde soit arrivé avant de te mettre au courant, sinon je vais être obligée de me répéter.

— Comme tu voudras, déclara Mollie en débouchant la bouteille de vin. Qui d'autre as-tu convié ?

— Sam travaille tard ce soir, mais elle a promis de venir nous rejoindre aussi vite que possible.

Sam Finley et Dani avaient très vite lié amitié après que Sam s'était installée à Paradise pour s'occuper de la protection de l'environnement dans la région. Ses activités l'avaient amenée à rencontrer Dylan, le directeur du Paradise Wildlife Shelter. Ils étaient tombés amoureux l'un de l'autre et s'étaient mariés pour leur plus grand bonheur à tous les deux.

— Jillian a promis de venir, poursuivit Dani, et Cassie également, à condition qu'Alex rentre assez tôt pour prendre la relève auprès de leurs enfants.

Au même instant, la sonnette retentit, et les minutes suivantes furent consacrées aux embrassades et aux fous rires des retrouvailles. Chacune avait apporté quelque chose pour contribuer à la soirée : Cassie, une grande pizza ; Jillian, des brownies maison, et Sam avait acheté des jus de fruits en sortant de son travail.

— Désolée, dit-elle en déballant ses bouteilles, je n'ai pas eu le temps de cuisiner !

Dani lui fit les gros yeux en distribuant des assiettes à chacune.

— Tu sais bien que cela n'a pas d'importance ! L'essentiel, c'est que tu aies pu venir, nous n'en demandons pas davantage.

— J'ai plein de travail à terminer à la maison, mais il m'a semblé que ça pouvait attendre, pas les amies. En plus, je meurs de faim.

— Moi aussi, renchérit Jillian en mordant dans un morceau de pizza aux poivrons. Je ne sais pas comment ça se fait, mais j'ai deux fois plus faim pendant cette grossesse qu'au cours de la précédente. Si je continue comme ça, je vais ressembler à une baleine dès le troisième mois !

Jillian, qui avait déjà un petit garçon, avait récemment annoncé à ses amis qu'elle était à nouveau enceinte.

— Tu sais, déclara Cassie d'un air pensif, tu es peut-être obligée de manger pour trois parce que tu attends des jumeaux…

Jillian blêmit.

— Non ! Tu plaisantes ?

— Pour l'instant, oui, mais ce sont des choses qui arrivent. L'échographie est prévue pour quand ?

— Pas avant quelques semaines. D'ici là, je préfère penser à autre chose ! Dani, qu'est-ce qui se passe ? Pourquoi est-ce que tu nous as réunies en urgence ?

— Tu as des problèmes de cœur ? demanda Mollie.

— On peut dire les choses comme ça, en effet, répondit Dani, mais je tiens à préciser que le bonhomme en question est âgé de neuf ans…

— Qu'est-ce que c'est que cette histoire ? reprit Mollie.

Un sourire amusé éclaira le visage de Dani qui n'avait que rarement l'occasion de surprendre sa sœur.

— Il est l'un des enfants dont je suis la tutrice.

Elle se hâta de leur expliquer toute l'histoire, depuis la séance au tribunal jusqu'à l'impossibilité pour la famille d'accueil de continuer à jouer son rôle et sa décision de prendre le relais.

— Tu envisages de l'adopter ? demanda Cassie qui n'en croyait pas ses oreilles. Je ne pensais pas que tu avais envie de fonder une famille.

— C'était vrai, jusqu'à ce que je rencontre Kevin. Pour l'instant, la question de l'adoption reste au second plan, mais je vais l'accueillir chez moi très prochainement. Je suis peut-être folle, mais j'ai envie de me lancer dans cette aventure.

— Non, tu n'es pas folle, rectifia Jillian, tu es étonnante !

La voix de la jeune femme tremblait d'émotion.

— J'ai été élevée par une famille d'accueil, et ce que tu t'apprêtes à faire est fabuleux. Parfois, j'ai eu la chance de me retrouver dans des familles aimantes, mais d'autres fois, c'était à peine mieux que d'être à la rue. Kevin a beaucoup de chance de t'avoir dans sa vie.

— Mais t'occuper de lui t'oblige-t-il à l'accueillir chez toi ? Est-ce que tu te sens prête à faire plus pour lui que d'être sa tutrice ?

Les propos de Cassie faisaient écho aux doutes de Dani.

— Honnêtement, je n'en sais rien. Étais-tu prête à être mère quand tu as eu Emma ?

Cassie but une gorgée de vin.

— Non. Pas du tout. Mais je n'avais pas le choix, alors que toi, tu l'as.

Reposant son verre, elle fixa Dani.

— Je ne suis pas en train de dire que tu as tort de te lancer dans ce projet. Tu es bien plus mûre que je ne l'étais quand je suis devenue mère, mais être parent isolé, c'est difficile. Très difficile. Je veux juste attirer ton attention sur ce point pour que tu réfléchisses sérieusement avant de t'engager.

— Moi, je voudrais faire part de mon expérience et dire que parfois, on se retrouve parent sans l'avoir prévu, ajouta Mollie. Quand je suis tombée amoureuse de Noah, il ne savait pas lui-même qu'il avait un fils. Mais une fois qu'il l'a eu découvert, j'ai dû admettre que rester avec lui impliquait que j'accepte son fils. Évidemment, je n'ai pas eu le temps de me préparer ni même de réfléchir à ce que cela représentait. Tout ce que je savais, c'est que je ne voulais pas perdre l'homme que j'aimais. Et franchement, autant je m'en croyais incapable au départ, autant je dois dire maintenant que ce bébé est devenu ma joie de vivre.

Elle haussa les épaules.

— Parfois, il faut suivre ce que dicte son cœur, c'est tout.

Pour Mollie, cette attitude impulsive avait été bénéfique, mais depuis toujours, elle avait su tourner tout imprévu à son avantage. En revanche, Dani était du genre à tout vouloir prévoir assez tôt et à suivre étape par étape le plan qu'elle avait préparé. Saurait-elle faire autrement ?

Elle y était contrainte, sinon comment supporterait-clle de vivre en sachant qu'elle aurait pu aider Kevin et qu'elle ne l'avait pas fait ? Une fois déjà, elle avait laissé la peur décider pour elle. Elle ne voulait plus que cela arrive.

— Je crois que tu as mis le doigt sur le nœud de mon problème, Mollie. Mon cœur est dans la confusion la plus totale. Exactement comme moi.

— Écoute, déclara Jillian, sache au moins que si tu te décides, nous serons toujours prêtes à te soutenir.

Toutes les autres renchérirent.

— Mère célibataire ou pas, tu ne seras pas livrée à toi-même dans cette aventure.

Dani sentit des larmes lui monter aux yeux.

— Merci, les filles. Merci du fond du cœur, parce que je crois que j'aurai bien besoin de toute l'aide que vous pourrez m'apporter.

# - 5 -

Debout devant la porte de chez Dani, Tyler écoutait retentir la sonnette en se demandant s'il n'était pas en train de commettre une erreur. Il jeta un coup d'œil sur la pile de livres qu'il apportait, tous consacrés à l'éducation des enfants… Cette démarche qui lui avait semblé parfaitement normale lui paraissait maintenant assez intrusive. En outre, n'était-ce pas un peu bizarre pour un homme de posséder pareille bibliothèque ? Dani ne risquait-elle pas de l'interpréter comme un manque de virilité ? En fait, il avait cherché un prétexte pour revoir la tutrice de Kevin, et ces livres lui offraient une excuse qui en valait bien une autre.

Il entendit la clé tourner dans la serrure et, lorsque la porte s'ouvrit, il eut la surprise de découvrir une Dani dans une tenue beaucoup plus décontractée que celles dans lesquelles il l'avait vue jusqu'à présent : bermuda effiloché — vieux jean maladroitement coupé aux ciseaux —, T-shirt décoloré et bandana qui couvrait plutôt mal ses cheveux en désordre. Cette apparence négligée la rendait plus sexy que jamais.

— Tyler ! Qu'est-ce qui se passe ? Il y a un problème avec Kevin ?

— Non, pas du tout.

Il lui tendit la pile de livres comme s'il s'agissait d'une offrande.

— Je passais juste vous proposer ces bouquins. Quand j'ai reçu votre message disant que les choses avançaient pour votre habilitation, j'ai pensé qu'ils pouvaient vous être utiles.

Elle parut surprise, mais approuva néanmoins.

— Bonne idée.

Elle recula pour faire entrer son visiteur.

— Excusez le désordre. Je suis en train de tout préparer avant l'arrivée de Kevin, et cela me prend plus de temps que ce que j'avais prévu.

Décontenancé, Tyler jeta un coup d'œil autour de lui. Des fournitures de bureau étaient posées partout où il y avait un espace libre, des dossiers étaient empilés sur la table basse du salon, plusieurs pots de peinture trônaient sur la table de la salle à manger avec des rouleaux et des pinceaux de tailles diverses, une boîte de biscuits traînait sur le comptoir de la cuisine à côté d'une tasse de café à moitié vide, les coussins du canapé gisaient un peu partout sur le sol, débarrassés de leur housse…

— Heu… Où voulez-vous que je pose les livres ?

Elle leva les bras au ciel.

— Où vous trouverez un peu de place ! répondit-elle avant d'ajouter : Je crois que la cuisine est le coin le moins désorganisé.

Elle guida son visiteur jusqu'au coin cuisine encore préservé du tsunami provoqué par ce nettoyage majuscule.

— Dès que j'aurai fini de repeindre, reprit Dani, je me débarrasserai des anciens meubles et je ferai livrer les nouveaux. Pour l'instant, j'affronte de mon mieux le chaos qui règne autour de moi.

— Je vois…, murmura Tyler, vivement impressionné par le chambardement qui les entourait.

Il posa ses livres sur un coin de la petite table carrée.

Dani effleura la couverture de celui posé en haut de la pile, avant de lever vers Tyler un regard surpris.

— C'est à vous, tout ça ?

— Oui.

Un peu gêné, il fourra les mains dans ses poches.

— Après la mort de Jennifer, j'ai eu recours à tout ce qui pouvait m'aider. J'ai pensé que vous pourriez peut-être vous aussi y trouver quelques conseils. Mais je ne veux pas vous encombrer : si vous n'en voyez pas l'utilité, je les donnerai à la bibliothèque.

— Non, ils m'intéressent beaucoup ! C'est juste que… je suis un peu surprise.

— Qu'un rustre sans cœur comme moi sache lire ?

Elle éclata de rire.

— Vous me paraissez si sûr de vous que j'ai du mal à croire que vous n'êtes pas naturellement à votre aise avec les enfants.

— Vous savez, en matière d'éducation, personne n'est jamais sûr de lui !

Il désigna le livre posé sur le dessus de la pile.

— Celui-ci est consacré aux enfants qui ont subi des traumatismes. C'est peut-être celui que vous pourriez consulter en priorité ?

— Merci pour le conseil, mais à vrai dire, je me demande bien quand j'aurai le temps de lire. J'ai tant à faire avant la visite de l'assistante sociale. Tout va beaucoup plus vite que je ne pensais.

— Vous voulez un coup de main ?

— C'est une proposition sérieuse ? demanda-t-elle, surprise.

— Parfaitement sérieuse. Mes filles passent la journée chez mes parents, ce qui fait que je suis libre. Et je suis assez doué dans le maniement du rouleau de peinture.

— Vraiment ?

Un sourire éclaira le visage de Dani. Ses yeux noisette pétillants de malice et les bouclettes noires qui dépassaient du bandana lui donnaient une allure espiègle de petite fille.

Il songea alors que pour voir à nouveau cette expression de plaisir sur son visage, il serait prêt à faire bien plus que repeindre son salon.

— Tyler, vous êtes mon sauveur ! Ma sœur Mollie devait venir m'aider, mais elle a été retenue à son travail. Et franchement, à part la vidéo que j'ai regardée sur Internet, je n'ai pas la moindre expérience dans ce domaine.

— Ne vous inquiétez pas, ce n'est pas sorcier. Montrez-moi

ce que vous avez comme matériel, et je me mets tout de suite au travail.

Comme il s'avançait vers le pot de peinture, Dani le retint par le bras.

— Attendez… Je veux d'abord vous remercier. Pour les livres, pour votre aide, pour tout… Je connais vos réticences quant au fait d'accueillir Kevin chez moi, mais sachez que je vais faire mon possible pour que ça marche.

— Je n'en doute pas !

Le sourire confiant qu'il lui adressa lui réchauffa le cœur.

— Et maintenant, conclut-il, au boulot !

En dépit de son inexpérience dans le domaine, Dani disposait de tout le matériel adéquat. À vrai dire, elle avait dévalisé le magasin de bricolage et de peinture de Paradise. Dans cette pléthore d'ustensiles, Tyler trouva tout ce dont il avait besoin. En un rien de temps, ils étaient au travail, recouvrant de peinture bleue les murs blancs de la pièce qui avait été le bureau de Dani. Tyler découvrit avec une certaine surprise que pour une novice, elle n'était pas maladroite du tout et avançait avec rapidité. En revanche, il ne cessait de se laisser distraire par le morceau de peau qui apparaissait entre son jean et son T-shirt chaque fois qu'elle se hissait sur la pointe des pieds et levait le bras pour atteindre le haut du mur. Au bout d'une heure de cette torture, il se sentait frustré et il avait trop chaud. Sa seule consolation était que Dani l'avait aussi regardé un peu plus que de raison.

— Vous pouvez m'aider à ouvrir ce pot ? demanda-t-elle, penchée sur un couvercle réticent.

Il s'approcha, prit le tournevis qu'elle lui tendait et s'efforça de se concentrer sur ce qu'il faisait. Mais elle était trop jolie, avec des traces de peinture bleue sur la joue et cette expression sérieuse sur le visage ! Sans même réaliser ce qu'il faisait, il effleura du pouce la paume de sa main. Surprise par cette caresse, elle retint son souffle.

Il s'attendait à ce qu'elle retire sa main, ou à ce qu'elle dise quelque chose pour mettre fin à ce contact. Mais au contraire, elle se pencha un peu vers lui. Il retint son souffle. Il sentait qu'il devait lui laisser l'initiative de se rapprocher de lui si elle le souhaitait. Son cœur battait si fort dans sa poitrine qu'il lui semblait qu'elle devait l'entendre, mais il avait deviné que quelque chose d'autre se jouait en cet instant. Quelque chose qui lui échappait, mais qui était très important.

Un bruit frappé à la porte fit sursauter Dani.

— C'est ma sœur ! Zut…

Le souffle court, elle se releva précipitamment et se hâta vers la porte.

— Dani, tu es chez toi ? appelait Mollie depuis la rue.

Depuis combien de temps Mollie se trouvait-elle là ? Distraite, Dani ne l'avait pas entendue. À vrai dire, il ne s'agissait pas vraiment de distraction : un court instant, comme envoûtée, elle avait complètement oublié le monde extérieur. Les vapeurs de la peinture lui étaient sûrement montées au cerveau. Oui, voilà pourquoi elle se sentait déboussolée, la tête vide. Elle aurait dû ouvrir toutes les fenêtres et brancher le ventilateur avant de commencer à travailler.

Précipitamment, elle ouvrit à Mollie.

— Eh bien dis donc, tu en mets un temps pour ouvrir ! s'exclama cette dernière. Qu'est-ce qui se passe ?

Dani referma la porte derrière elles.

— Je suis en train de peindre, l'odeur de térébenthine a dû un peu me tourner la tête.

Regardant par-dessus l'épaule de sa sœur, Mollie aperçut Tyler.

— En effet, il y a de quoi être saisi de vertige…

Tyler s'approcha des deux sœurs.

— Bonjour, je suis Tyler Jackson. Et j'imagine que vous êtes Mollie. Enchanté !

— Enchantée, moi aussi. Je pense que nous nous sommes déjà rencontrés. C'est bien vous qui tenez ce joli magasin de jouets ? J'y suis venue à plusieurs reprises choisir quelque chose pour mon fils. La semaine dernière, je lui ai pris un camion de pompier avec la grande échelle sur le toit. Il l'adore !

— Je me souviens, en effet. Et votre mari a acheté une maquette de train.

— C'est ça. Noah a toujours besoin de s'occuper les mains.

Dani s'éclaircit la voix.

— Dites, vous deux, je vous rappelle que nous avons encore une pièce à remettre en ordre…

— Hé, Dani ! Je peux bien parler cinq minutes avec ton… ami ?

Le ton sous-entendait que Tyler pourrait être bien plus qu'un simple ami.

— Tu veux dire mon assistant ! Tyler est ici pour me donner un coup de main. Et il m'a apporté quelques ouvrages sur l'éducation des enfants.

C'était là une mise au point parfaitement dépourvue de romantisme qui empêcherait Mollie de gamberger.

— Ah… C'est tout ?

— Oui, c'est tout.

Inévitablement, Mollie reviendrait à la charge un peu plus tard, mais pour l'instant, la conversation était remise sur de bons rails.

— Tu veux nous aider à peindre, ou tu préfères monter les meubles en kit ? poursuivit Dani, bien décidée à s'en tenir à ses travaux.

Mollie considéra les visages et les vêtements de Tyler et de Dani.

— Je crois que vous êtes au point côté peinture. Je vais m'occuper du mobilier. Tout au moins, si je trouve un endroit où m'installer.

— Va dans ma chambre, elle est à peu près en ordre. Et si tu as besoin d'outils, tu les trouveras sous l'évier de la cuisine.

— Parfait.

Mollie s'apprêtait à déplacer le gros carton qui gênait le passage lorsque Tyler s'interposa.

— Je m'occupe du transport ! Dites-moi seulement où je dois déposer ce colis.

Mollie lui sourit.

— Suivez-moi, répondit-elle en se dirigeant vers la chambre de Dani.

Cette dernière les regardait, contrariée. Elle avait envie d'aller bloquer la porte. Même si elle ne s'y trouvait pas en même temps que lui, l'idée que Tyler pénètre dans sa chambre la dérangeait. C'était une pièce trop intime. Heureusement, elle avait fait son lit !

Elle rougit. L'association de Tyler et de son lit orientait son imagination dans une direction qu'elle aurait mieux fait d'abandonner tout de suite. Pour autant, elle était surprise d'avoir de tels fantasmes, compte tenu de sa baisse de libido de l'année précédente. Il s'agissait sans doute d'un pas vers la guérison, mais fallait-il que cela se produise précisément maintenant ? Son univers était déjà suffisamment chamboulé sans que vienne s'y ajouter ce genre de perturbation, même si elle s'avérait positive.

Le mieux était de prendre bonne note de ce progrès mais de le laisser de côté pour s'en occuper plus tard. Bien plus tard. Pour l'instant, son énergie devait être consacrée à des activités utiles, comme ouvrir ce pot de peinture. Elle glissa le tournevis sous le couvercle, exerça une pression en le soulevant et entendit un « pop » de bon augure. Oui ! Elle avait réussi. En revanche, quand elle passa son doigt sous le rebord, elle se rendit compte que le couvercle était toujours collé. Elle glissa un autre doigt et tira de nouveau. Encore un effort ! Cette fois, le couvercle céda et son ongle aussi… Elle laissa échapper un juron.

— Tout va bien ? s'enquit Tyler. Je vous ai entendue crier de l'autre bout de la maison !

— Ça va, ça va…

Elle s'efforça de sourire.

— Et moi je pense que ça ne va pas tant que ça ! répliqua

Tyler en considérant le pot ouvert, les éclats de peinture sur le sol et Dani qui cachait son doigt blessé dans son autre main.

— Vous vous êtes fait mal ?

— Non. Je me suis cassé un ongle, c'est tout.

— Cassé… Plutôt arraché, je vois que ça saigne. Vous avez du désinfectant quelque part ?

— Oui, dans la petite armoire de l'entrée. Mais laissez, je peux me débrouiller toute seule.

— Bien sûr, mais puisque je suis là, autant vous faire profiter de mes talents d'infirmier !

Un instant plus tard, Tyler revenait avec la trousse de premiers secours.

— Laissez-moi voir.

Elle montra son doigt.

— Vous voyez bien que ce n'est rien.

— Vous n'allez pas mourir d'hémorragie sous mes yeux, c'est vrai, mais il vaut mieux faire les choses comme il faut.

Il désinfecta la plaie et entoura son doigt d'un joli pansement. Cette proximité entre eux ne fit qu'accroître sa tension.

— Ça va mieux ? demanda Tyler, une fois la plaie soignée.

— Oui, merci. Merci pour tout…

Il posa un doigt sur les lèvres de Dani.

— On ne vous a jamais dit que vous parliez trop ?

Surprise par son geste, elle se sentit incapable d'articuler le moindre mot, se contenant de secouer la tête.

— J'ai du mal à le croire ! déclara Tyler en riant.

Puis, sans crier gare, il s'approcha, retira son doigt et posa les lèvres sur les siennes, laissant Dani totalement abasourdie, incapable de réagir.

Tyler n'avait pas prévu d'embrasser Dani. Il en avait rêvé, mais désormais la réalité allait au-delà de tout ce qu'il avait pu imaginer. Les lèvres de Dani étaient douces, tendres, en totale opposition avec son esprit acéré. Elles avaient un goût de fraise et de miel, un goût de paradis.

Quand elle entrouvrit la bouche, il en profita pour approfondir son baiser, passant le bras autour de ses épaules tandis qu'elle enfouissait les doigts dans ses cheveux. Sentant qu'il était sur le point de perdre l'équilibre, il l'appuya contre le mur. Une main sur sa nuque, il lui embrassait le cou, la faisant gémir de plaisir, sentant son corps se plaquer plus étroitement contre le sien. Cependant, au bout de quelques instants, il la sentit se raidir. Elle se redressa brutalement et, les deux mains plaquées contre sa poitrine, elle le repoussa, alors qu'elle l'attirait contre elle quelques instants plus tôt.

Docile, il s'écarta, sans retirer son bras autour de sa taille.

— Je crois… que nous nous sommes un peu laissés emporter, murmura-t-il.

L'expression farouche qu'il lut dans le regard noisette l'inquiéta vivement.

— Dani, qu'est-ce qu'il se passe ? Dis-moi quelque chose !

C'était un comble… Une minute plus tôt, il lui disait qu'elle parlait trop, et il l'avait fait taire avec ce baiser. Avec sa vivacité habituelle, elle ne manquerait sûrement pas de le souligner par une repartie ironique.

Mais Dani continuait de se taire. Soudain, elle se releva et sortit de la pièce en courant. Un instant plus tard, il entendait claquer la porte d'entrée.

— Qu'est-ce qu'il se passe ? demanda Mollie en passant la tête dans l'embrasure de la porte. J'ai vu Dani filer comme une flèche et sortir de la maison en courant. Qu'est-ce que vous lui avez fait ?

Tyler haussa les épaules en signe d'impuissance.

— J'aimerais bien le savoir ! On était en train de s'embrasser et, tout à coup, la voilà qui me regarde comme si elle ne m'avait jamais vu et qui part comme si elle avait le diable à ses trousses. C'est complètement fou.

— Vous vous embrassiez ?

Ah… Tyler se passa la main sur le front. Il aurait sans doute mieux fait de garder pour lui cet élément. En tout cas, sans l'accord de Dani.

— Oui, mais… Heu… N'en parlez pas. C'était quelque

chose de complètement spontané, d'imprévu. Je ne pense pas qu'elle ait envie que ça se sache.

Mollie haussa les épaules.

— Je suis sa sœur, pas n'importe qui. Mais d'accord, je ne dirai rien.

Puis, après avoir réfléchi un instant, elle ajouta :

— Vous êtes sûr qu'elle était d'accord pour ce baiser ?

— Oui, complètement. Elle était tout à fait à son aise, et tout à coup… pff… On aurait dit qu'elle avait une crise d'angoisse.

Un souvenir lui revint en mémoire.

— Sa réaction me rappelle un de mes copains de l'armée qui souffrait de syndrome post-traumatique. Le visage de Dani avait la même expression de panique. Je me souviens que des détails anodins aux yeux de tous pouvaient plonger ce pauvre John dans un état de panique épouvantable.

— Bizarre…, murmura Mollie. Depuis son retour chez nous, Dani est plus nerveuse. Plus anxieuse. Par exemple, jamais autrefois elle ne fermait sa porte à clé pendant la journée, alors qu'elle le fait systématiquement maintenant. Mon père a remarqué qu'elle ne reste jamais tard le soir au cabinet afin de rentrer chez elle avant la nuit. Elle préfère s'arrêter au milieu d'un travail et le rapporter chez elle plutôt que de rester un peu plus tard au bureau pour en être débarrassée et passer une soirée tranquille. Plein de petites choses de ce style… Je pensais qu'il s'agissait là d'habitudes qu'elle avait prises en ville, mais avec ce qui vient de se passer maintenant, je me demande si…

— S'il n'y a pas quelque chose de plus grave ?

L'idée que Dani devait lutter contre de sombres démons alors qu'elle venait de prendre Kevin en charge n'était pas sans inquiéter Tyler.

— Je vais lui parler pour essayer de comprendre ce qui s'est passé.

— Non, coupa Mollie. Je suis sa sœur. Il vaut mieux que ce soit moi qui aille la trouver.

— Mais qu'est-ce que vous voulez lui demander ? Vous

n'êtes même pas censée savoir que nous nous embrassions ! Laissez-moi faire. Au pire, je m'excuserai pour ce qui s'est passé, je lui dois bien ça.

Mollie semblait indécise, se mordillant la lèvre. Tyler reconnut là un tic que les deux sœurs avaient en commun.

— Bon, allez-y, consentit Mollie, mais tâchez de ne pas aggraver la situation.

— Promis. Si elle refuse de parler, je me contenterai de lui présenter mes excuses et je partirai. Je ne veux pas la forcer à quoi que ce soit.

— D'accord. Vous allez sûrement la trouver près de l'étang. Prenez le sentier qui part de derrière la maison, il vous y conduira tout droit. Elle a toujours aimé aller s'asseoir là-bas pour se reposer.

— Merci, Mollie.

Tyler trouva le sentier sans problème et arriva rapidement près du petit étang qui était en fait une réserve d'eau. Il aperçut tout de suite une silhouette qui lui tournait le dos.

Afin de ne pas l'effrayer, il l'appela de loin.

— Dani, je peux venir m'asseoir à côté de toi un moment ?

Elle se retourna, et il aperçut la trace de larmes sur son visage. Elle avait pleuré à cause de lui… Il sentit le remords l'envahir. Tout cela était sa faute, même s'il ne l'avait pas voulu. Il lui avait fait peur, il l'avait fait pleurer.

— Dani… Je suis désolé…

Elle renifla, essuyant ses joues humides.

— Non, ce n'est pas la peine, tu n'as rien fait de mal.

À ces mots, il se sentit un peu rasséréné.

— Je peux m'asseoir ?

Pas question de s'approcher d'elle sans qu'elle lui en ait donné la permission.

Elle haussa les épaules. Puis, comme il ne bougeait pas, elle hocha la tête.

— Si tu veux. Je suis surprise que tu en aies envie. Je croyais que tu étais rentré chez toi après m'avoir vue partir en courant.

Il s'installa sur les planches chauffées par le soleil. Assez près d'elle pour lui parler sans élever la voix, mais assez loin pour lui laisser suffisamment d'espace de liberté.

— Non, il en faut plus que ça pour me faire peur ! répliqua-t-il en riant. Je me suis dit que tu aimerais peut-être en parler une fois que tu aurais recouvré tes esprits.

Ils demeurèrent silencieux un moment, puis Tyler reprit.

— J'ai un copain qui a fait une mission en Irak. Quand il est revenu, il était sujet à ce que nous appelions des crises. Quelque chose les déclenchait, des trucs bizarres, aussi différents qu'une odeur, un bruit à la télé, quelqu'un qui s'approchait un peu trop de lui… Dans ces occasions, on aurait dit que son cerveau disjonctait. Pendant quelques instants, c'était comme s'il se trouvait à nouveau sous les bombes. C'était compliqué pour lui, car il ne savait jamais quand ces crises allaient se déclencher. Il a commencé à s'isoler, à rester de plus en plus chez lui.

Elle leva les yeux vers lui.

Il remarqua que sa respiration s'était apaisée. Son regard avait perdu cette lueur affolée d'animal traqué.

— Que lui est-il arrivé ? demanda-t-elle.

— Il a cherché à se faire aider. Avec une psychothérapie et des médicaments. Puis il a commencé à nous raconter sa mission. Il nous a expliqué que chaque fois qu'il en parlait, cela l'aidait à replacer son traumatisme dans le passé au lieu de continuer à le vivre au présent. Bien sûr, une fois que nous avons été mis au courant, nous avons évité de faire ou de dire tout ce qui risquait de déclencher ses angoisses. Et quand il avait une crise, nous gardions notre calme car nous savions de quoi il s'agissait.

— Oui, je comprends.

Elle balançait ses jambes au-dessus de l'eau.

— C'est difficile de parler.

Il eut un petit rire.

— Dani, depuis que je te connais, je n'ai jamais eu l'impression que tu avais du mal à trouver les mots pour t'exprimer.

En la voyant sourire, il s'apaisa enfin. À croire qu'il ne

pouvait pas respirer tranquillement tant qu'elle n'était pas bien. Ce qui, évidemment, rendait encore plus délicate la question qu'il allait lui poser. Mais s'il voulait lui venir en aide, il n'y avait pas moyen de l'éviter.

— Dani, tu veux bien me raconter ce qui t'est arrivé ?

# - 6 -

Dani déglutit, puis replaça quelques mèches de cheveux sous son bandana, pour se donner quelques instants de réflexion. Allait-elle lui raconter ? Jusqu'à présent, la seule personne à qui elle s'était confiée était sa thérapeute, et elle ne s'y était résolue qu'au bord du désespoir, quand elle avait commencé à se demander si elle n'était pas devenue folle. À ce moment-là, elle avait estimé que la seule personne susceptible de lui dire si elle l'était réellement était un psy. Depuis, elle avait compris que parler avec une professionnelle, bien que cela soit difficile et douloureux, l'aidait beaucoup à avancer.

Peut-être le moment était-il arrivé d'évoquer son problème ailleurs que dans le cabinet de sa psy ? Ne serait-ce que pour que son entourage sache de quoi il s'agissait au cas où elle aurait une nouvelle crise ? Elle n'avait cessé de repousser le moment d'en parler à sa famille, de crainte que leur sollicitude ne l'étouffe. Elle ne se sentait pas prête à supporter leur compassion. En revanche, Tyler semblait avoir une certaine expérience en la matière et ne l'étoufferait pas par son inquiétude.

Elle prit une profonde inspiration, puis se lança :

— Quand je travaillais à Jacksonville, un des jeunes avocats du cabinet a essayé de me violer. Voilà. Tout est parti de là. J'ai réussi à le repousser, mais cette agression m'a traumatisée. Depuis l'an dernier, je vois une thérapeute pour essayer de surmonter ce problème.

Du coin de l'œil, elle surveillait la réaction de Tyler.

Elle vit sa mâchoire se serrer, mais quand il parla, ce fut d'une voix calme.

— Je suis vraiment désolé.

Ces simples mots, de la part d'un homme qui n'avait rien à se faire pardonner, la touchèrent au plus profond d'elle-même. Elle sentit les larmes lui monter aux yeux, puis rouler le long de ses joues. Puis, sans avoir pleinement conscience de ce qu'il se passait, elle se mit à sangloter, les genoux serrés contre sa poitrine, laissant enfin libre cours à ses pleurs comme elle ne l'avait encore jamais fait.

Tyler posa une main sur les siennes et resta assis près d'elle, en silence, la laissant aller au bout de sa crise de larmes. Au bout de quelques instants, les sanglots de Dani s'apaisèrent, sa respiration redevint normale, comme si les émotions qu'elle retenait depuis si longtemps avaient trouvé là l'occasion de se libérer. Après un long moment, elle se redressa et se tourna vers lui.

— Pardon, Tyler. Je n'ai pas l'habitude de me conduire comme ça.

— J'imagine ! Mais parfois, c'est la seule chose à faire. Si on refoule ses émotions, elles finissent par devenir plus intenses encore. Il faut les extérioriser pour qu'elles ne nous minent pas de l'intérieur.

Elle hocha la tête, tout à coup consciente du spectacle qu'elle devait lui offrir, avec ses yeux bouffis et son nez rougi. Et pourtant, il lui parlait comme s'il était confronté tous les jours à ce type de situation. Certes, il avait deux filles… Peut-être était-il habitué à ces larmes interminables ?

— Ce sont tes filles qui t'ont appris tout ça ?

Il regarda au loin.

— Non. J'ai appris tout seul, à la mort de ma femme.

Elle avait oublié que lui aussi avait eu à surmonter un traumatisme personnel…

— Tu étais vraiment amoureux d'elle, n'est-ce pas ?

— Oui. Nous nous étions connus à l'université et nous nous sommes mariés dès la fin de nos études. Nos jumelles sont nées neuf mois plus tard. Je trouvais la vie merveilleuse, mais brusquement, tout s'est écroulé. Je me suis appliqué à me montrer fort, pour mes filles, pour moi-même, mais toute cette tristesse refoulée me rongeait de l'intérieur. Jusqu'au jour où j'ai enfin décidé de l'accepter et de me laisser aller au chagrin. Alors seulement j'ai pu aller de l'avant et m'occuper vraiment des petites.

Voilà pourquoi il la comprenait si bien. Lui-même avait eu son deuil à gérer. Sans doute était-ce pour cette raison qu'il était plus facile de se confier à lui qu'à ses parents ou à ses amis. Ils étaient tous tellement heureux autour d'elle ! L'idée de ternir leur bonheur avec sa triste histoire la contrariait trop.

Comme s'il avait deviné ses pensées, il s'étira et s'installa dans une position plus confortable.

— Tu veux continuer de me raconter ? Il paraît que je sais écouter.

— C'est vrai.

À son tour, elle chercha une position où elle se sentirait à l'aise pour continuer son récit.

— Quand j'ai obtenu mon diplôme d'avocate, j'ai eu le choix entre plusieurs études de moyenne importance. Mais un responsable d'une étude importante de Jacksonville a insisté pour que travaille chez lui où je pourrais, disait-il, développer le potentiel intéressant qu'il décelait chez moi. Il m'a invitée à dîner plusieurs fois et, je m'en rends compte maintenant, me disait tout ce que j'avais envie d'entendre.

Elle s'interrompit un instant, irritée de se souvenir à quel point elle s'était laissé embobiner par ce beau parleur.

— Bien sûr, j'étais idiote de croire qu'il pensait ce qu'il me disait.

— Non, pas idiote, seulement naïve. C'est lui qui est à blâmer, pas toi.

— Peut-être… Toujours est-il qu'une fois que j'ai occupé le poste, il a continué à m'accorder beaucoup d'attention. Au début, j'étais flattée. Je croyais qu'il était impressionné par ma compétence, par ma droiture professionnelle. Mais ensuite, son comportement a changé. Il est devenu un peu bizarre, comme s'il flirtait avec moi. J'ai appris alors qu'il était marié.

À nouveau, elle s'arrêta pour contempler le paysage, comme pour y chercher une source d'apaisement.

— J'ai parlé de lui avec quelques collègues qui m'ont expliqué qu'il avait une réputation de coureur et qu'il harcelait volontiers ses collaboratrices féminines. À partir de ce moment-là, je me suis tenue sur mes gardes et je trouvais toujours une bonne raison pour ne pas rester seule avec lui. Cette tactique s'est avérée si efficace que j'ai peu à peu baissé ma garde. Un soir où j'étais restée tard au bureau pour finir un travail urgent, il est venu me retrouver. J'étais seule à cet étage.

Les mots arrivaient plus lentement maintenant, comme si le poids des mauvais souvenirs les rendait plus difficiles à prononcer.

— J'étais assise derrière mon bureau. Il est entré, a refermé la porte derrière lui. Je me suis levée, avec l'idée de gagner la porte au plus vite, persuadée que son intrusion s'arrêterait là. Mais je n'avais pas fait deux pas dans cette direction qu'il me barrait la sortie en me disant que j'avais joué les filles difficiles, que ma tactique avait bien fonctionné, et qu'il était venu ce soir pour m'accorder toute l'attention que je souhaitais.

À ces mots, sa voix se brisa ; la boule d'angoisse dans sa gorge l'empêchait de parler.

— Dani, si c'est trop difficile, n'en dis pas davantage.

— Non, je veux aller jusqu'au bout.

C'était important pour elle de raconter à voix haute ce qui s'était passé ensuite.

— Il m'a coincée contre le mur et a commencé à soulever ma jupe. J'ai tout de suite compris qu'il voulait me violer et qu'il n'y avait personne pour venir à mon secours. À ce moment-là, découragée, impuissante, j'ai failli le laisser faire. Puis, je me suis souvenue de mon porte-clés. C'est un cadeau que mon père m'avait fait pour mes seize ans, un petit canif avec mon nom gravé sur le manche. Il était toujours sur mon bureau parce que je m'en servais pour ouvrir mon courrier. Je ne sais pas comment j'ai réussi à l'attraper, mais une fois que je l'ai eu en main, j'en ai appliqué la pointe contre son cou en lui assurant que s'il ne me laissait pas tranquille, je le tuerais.

À entendre son ton résolu, Tyler comprit qu'elle l'aurait sans doute fait, car c'était la seule façon qu'elle aurait eue de se protéger.

— Quel courage ! J'imagine qu'il n'a pas continué ?

— Non. Il est parti en me traitant d'allumeuse et de bien pire… Et en me promettant de me faire licencier.

— Il l'a fait ?

— Il n'a pas eu ce plaisir, car j'ai donné ma démission avant.

L'air consterné, Tyler se prit la tête entre les mains.

— C'est lui qui était en tort, pas toi ! Il devrait être en prison.

— Oui. Dans un monde parfait, sans aucun doute. Dans la réalité, il en va autrement. J'avais déjà signalé qu'il me harcelait, mais on m'avait priée d'arrêter de faire des histoires. C'était un collaborateur important, apprécié des clients. Moi, je n'étais personne. C'était sa parole contre la mienne, et la mienne ne valait rien. Le soir même de cette agression, j'ai écrit ma lettre de démission, rassemblé mes affaires et décidé de quitter la ville. Je suis rentrée à Paradise le lendemain.

— Qu'a fait la police ?

Une ombre passa sur le visage de Dani. Elle replia les genoux sous son menton et posa son visage dessus.

— Je ne suis pas allée porter plainte. De toute façon, ç'aurait été la même chose : sa parole contre la mienne. Je n'avais pas de preuve de son agression, et comme il ne m'avait pas violée, aucune trace physique ne pouvait être relevée.

— C'est une honte !

— Oui. Mon patron m'avait déjà humiliée quand j'étais allée me plaindre, je n'ai pas eu envie de subir la même chose avec la police. Je voulais juste qu'on me laisse tranquille.

— Je comprends… C'est une réaction bien normale. Tu as fait preuve de beaucoup de courage, Dani.

— C'est aussi ce que me dit ma thérapeute, mais je ne me sens pas courageuse du tout, au contraire. Je trouve que je n'ai pas fait ce qu'il fallait, que j'aurais dû témoigner contre lui, même si cela n'avait mené à rien. L'idée qu'il peut recommencer avec une autre femme me rend malade.

— Ne prends pas ce fardeau sur tes épaules, Dani. Surtout pas en ce moment où tu n'es pas encore complètement guérie. D'ailleurs, étant donné ta réaction, il va probablement y réfléchir à deux fois avant de recommencer. Sentir la lame d'un couteau contre sa gorge incite sans doute à se remettre en question.

— Peut-être…

Elle releva la tête pour regarder Tyler.

— En tout cas, le résultat de tout ça est qu'un simple petit baiser me fait prendre mes jambes à mon cou…

— Ce n'était pas un petit baiser, Dani ! C'était un baiser plein de passion, un des meilleurs de ma vie.

Elle se mit à rire, tout à coup légère et mutine. Il songea alors qu'il ferait tout ce qui était en son pouvoir pour lui donner souvent l'occasion de rire de cette manière.

— D'accord. C'était un baiser délicieux à donner le vertige. Mais le problème, c'est qu'il m'a fait paniquer. Comment puis-je avancer dans la vie si je ne supporte pas qu'on me touche ?

Il ne répondit pas tout de suite.

— Ce n'est pas parce que je t'ai touchée ni que je t'ai embrassée que tu as paniqué. Ta crise d'angoisse a commencé quand tu t'es sentie coincée contre le mur. Ce n'est pas un hasard. Cette position a ramené à ta mémoire les émotions liées à ton agression.

— Tu crois ?

Il décela une pointe d'espoir dans ces mots.

— Il y a un moyen de vérifier cette hypothèse. Quand tu y seras prête.

— Voyons… Tu penses que nous devrions nous embrasser encore ?

— Seulement si tu en as envie.

Il ne voulait pas courir le risque de déclencher de nouveau en elle des sensations difficiles.

— Je risque de paniquer à nouveau. Et si ça m'arrive, je te préviens que je suis capable de te jeter dans le lac !

— Où est le problème ? Je sais nager, répliqua-t-il en riant.

Il caressa sa main.

— Je n'ai pas peur de toi, ni de l'épreuve que tu traverses. Ce qui compte, ce n'est pas moi, mais toi, ce que tu veux, ce qui te fera du bien.

Elle frissonna.

— J'ai peur.

— Alors, ne faisons rien, je ne veux pas te forcer.

— Je n'ai pas dit que je ne voulais pas, j'ai seulement dit que j'avais peur. En même temps, j'en ai assez de laisser mes angoisses gouverner ma vie.

Il la regarda, doutant d'avoir bien compris.

— Alors ?

— Alors, j'ai envie que tu m'embrasses encore.

C'était vraiment elle qui venait de dire cela ? Dani peinait à y croire. En même temps, elle ne voulait pas que sa crise d'angoisse soit le seul souvenir qu'elle conserverait de cette journée. Si Tyler avait raison, si c'était la situation et pas le baiser lui-même qui l'avait replongée dans son enfer personnel, il fallait qu'elle en ait la preuve. Et puis… elle avait réellement envie qu'il l'embrasse à nouveau.

Comme il ne bougeait pas, elle commença à se demander s'il allait refuser. Évidemment, on faisait mieux pour séduire un homme qu'une histoire de femme presque violée et une crise de larmes ! Après tout, peut-être qu'en dépit de ses propos compatissants, il n'avait pas envie de s'impliquer avec une femme dont la vie était aussi chaotique.

Mais il se rapprocha d'elle, tout en continuant à lui caresser la main. Les yeux grands ouverts cette fois, elle le regarda faire en se répétant que c'était bien Tyler, le père des petites jumelles, l'homme qui tenait le magasin de jouets, et qu'il ne présentait aucun danger.

Ce n'est que lorsque leurs lèvres se rencontrèrent qu'elle ferma les yeux pour profiter de cet instant. Et Dieu sait qu'un baiser de Tyler était quelque chose de délicieux. Il lui laissa prendre toutes les initiatives pour explorer sa bouche, sentir le goût de ses lèvres, éprouver la dureté de ses dents contre sa langue. Leurs mains étaient jointes, mais elle pouvait les retirer à tout moment si elle le souhaitait.

Tout en approfondissant leur baiser, elle laissa sa main libre se promener sur la poitrine de Tyler, découvrant sa musculature d'athlète. Lorsqu'elle se mit à mordiller ses lèvres, il grogna doucement, mais ne s'écarta pas. Enhardie, elle vint se placer à califourchon sur lui. Encore une fois, il ne bougea pas, afin de la laisser totalement libre. En cet instant, pour Dani, il n'y avait plus de peur. Surprise, elle s'abandonnait avec bonheur à la délicieuse sensualité qui l'envahissait. Et un simple baiser, aussi passionné soit-il, ne suffirait pas.

— Touche-moi…, murmura-t-elle contre la bouche de Tyler.

De nouveau, il grogna de plaisir, puis il se mit à caresser ses hanches avant de la saisir par les fesses pour la plaquer plus intimement contre lui.

— C'est bon ! souffla-t-elle.

Quand, l'embrassant dans le cou, il posa la main sur sa poitrine, elle se dit que rien dans le monde ordinaire ne pouvait être aussi divin.

— Dani ?

— Oui… Ne t'arrête pas, je t'en prie…

— Je n'en ai pas la moindre envie, mais ici, n'importe qui peut nous voir.

Il fallut un moment avant que ces mots parviennent jusqu'au cerveau de Dani. Affolée, elle se releva d'un coup.

— Mon Dieu… Qu'étions-nous en train de faire ?

— Je crois que ça s'appelle « flirter ». Mais rassure-toi, personne ne nous a vus. Du moins, il me semble.

Inquiète, elle regarda autour d'eux. Quel ennui si l'un de ses voisins trop curieux l'avait aperçue dans cette posture ! Mais Tyler semblait avoir raison, il n'y avait personne alentour.

— Si tu n'avais pas arrêté…

— Eh bien… nous aurions offert un joli spectacle aux oiseaux du ciel et aux poissons du lac ! Plaisanterie mise à part, je ne pensais pas que les choses iraient si vite !

Elle était encore surprise et étourdie par toutes ces sensations délicieuses.

— Je ne comprends pas. Je n'ai jamais éprouvé cela auparavant. Peut-être que c'est parce qu'il y a si longtemps que…

— C'est possible. En tout cas, moi qui n'ai pas mené une vie de moine depuis la mort de Jennifer, j'avoue que j'ai été complètement bouleversé.

Ils se regardèrent, aussi déconcertés l'un que l'autre.

— Écoute, reprit-il, inutile de chercher à comprendre ce qui nous arrive. Je crois qu'il vaut mieux retourner à ton appartement avant que ta sœur lance un avis de recherche !

— Oh là là… J'avais complètement oublié Mollie ! Tu te rends compte ? Je l'ai suppliée de venir m'aider, et dès qu'elle arrive, je m'évanouis dans la nature !

— Elle te pardonnera, j'en suis sûr. Mais je pense que tu devrais lui dire ce qui t'est arrivé, parce qu'elle s'inquiète pour toi.

— Elle te l'a dit ?

— Oui. Même si tu as réussi à garder ton secret, elle te connaît bien et elle a remarqué dans ton comportement quantité de petits changements qui lui donnent du souci.

Dani n'y avait jamais pensé. Dans son désir d'épargner les siens, elle avait préféré taire sa mésaventure, mais manifestement, ils avaient deviné quelque chose. Pour autant, elle ne se sentait pas encore capable de révéler toute l'histoire à ses proches.

— Je vais y penser.

— Parfait, dit Tyler en lui tendant la main pour l'aider à se relever.

— Dis-moi, Tyler, à propos de ce qui vient de se passer… Je préférerais que cela reste entre nous.

— Heu… Il me semble que j'ai dit tout à l'heure à Mollie que nous nous étions embrassés.

— Mais pourquoi ?

— Je n'avais pas l'intention de lui en parler, mais en te voyant t'enfuir, aussi bouleversée, elle a cru que je t'avais fait du mal. J'ai préféré lui dire que nous nous étions embrassés, tout simplement.

— Quelle a été sa réaction ?

— Elle m'a parue préoccupée par ta fuite que par ta vie amoureuse, même si elle a ajouté que, depuis ton retour à Paradise, tu ne sortais pratiquement jamais.

— Bon, je propose que, pour l'instant, nous en restions là.

En voyant Tyler froncer les sourcils d'un air contrarié, elle se hâta d'ajouter :

— Ne crois pas que je ne me sente pas attirée par toi, au contraire…

— Tu préfères aller lentement, c'est ça ? Pas de problème, je ne souhaite pas te bousculer.

— Non. Oui… Peut-être.

Troublé par cette réponse bizarre, il la fixa.

— Je… Je ne sais pas ce que je veux, avoua-t-elle, gênée d'être aussi confuse. Malgré le plaisir que je viens d'avoir à t'embrasser, l'agression que j'ai subie continue à me perturber. Je ne me sens pas prête à commencer une relation. D'ailleurs, actuellement, c'est à Kevin que je dois penser avant tout. Tu comprends ?

Elle le regardait d'un air suppliant.

Il se passa la main dans les cheveux, songeur, avant de finir par acquiescer.

— Oui, je comprends… Pourtant, je suis sûr que tu es capable d'apprécier bien plus qu'un simple baiser et que nous nous entendrions fort bien tous les deux. Mais si tu as besoin de temps pour te sentir vraiment à l'aise, je peux attendre.

— Merci, Tyler.

Elle serra un peu plus fort la main de Tyler avant de la relâcher. Aussitôt, il lui sembla que toute communication était coupée entre eux.

— Alors, nous sommes amis ? hasarda-t-elle cependant.

Il soupira.

— Oui, amis.

Un autre soupir, plus gros, succéda au premier.

— Ce qui signifie, j'imagine, que j'ai le droit de venir t'aider à repeindre ton bureau mais que, en revanche, je n'ai pas le droit de t'embrasser, c'est ça ?

— Plus ou moins…

Il lui jeta un regard résigné.

— Dans ce cas, retournons à nos pinceaux !

# - 7 -

Depuis un bon moment, debout devant la vitrine du magasin de jouets, Dani s'exhortait à trouver le courage d'en pousser la porte. Elle n'avait aucune raison d'éprouver autant d'appréhension, Tyler et elle étaient amis. Après leur baiser, ils étaient retournés à l'appartement et s'étaient remis à peindre comme si rien ne s'était passé. Tout au moins, c'est ce qu'il semblait de l'extérieur. Au fond d'elle, Dani ne savait plus où elle en était. Les questions se bousculaient dans sa tête. Avait-elle bien fait de l'embrasser ? Avait-elle eu raison de lui raconter ce qui lui était arrivé à Jacksonville ? Serait-il capable de garder pour lui les confidences qu'elle lui avait faites ? Pourtant, en dépit de ses doutes, elle ne regrettait pas ce qui s'était passé. Une partie d'elle souhaitait même continuer à le considérer comme un amoureux. Une autre était pétrifiée à la simple idée de pénétrer dans son magasin.

C'était ridicule. Absurde. Sans compter qu'elle avait des achats à effectuer et pas de temps à perdre à se poser des questions idiotes, debout sur le trottoir.

Enfin, prenant une profonde inspiration, elle se décida à pousser la porte. La clochette tinta, annonçant sa présence. Tyler se tenait derrière le comptoir. En la voyant entrer, il lui adressa un sourire chaleureux.

— Salut, Dani. Content de te voir !

— Moi aussi, je suis contente de te voir, Tyler.

Se passant une main dans ses cheveux pour aplatir ses boucles brunes indisciplinées, elle s'avança vers le comptoir.

— Je suis venue acheter quelques jeux pour Kevin qui doit s'installer chez moi à la fin de la semaine.

— Bonne idée. Tu sais ce que tu veux ?

Elle haussa les épaules.

— Pas tellement. En fait, j'ai bien une idée mais je ne sais pas si elle est vraiment bonne. Comme il aime le baseball, je pensais lui acheter la batte dont il avait envie. En même temps, je ne voudrais pas qu'il s'imagine que je le récompense pour la bêtise qu'il a faite.

Tyler réfléchit un instant avant de répondre.

— Je crains que lui offrir l'objet qu'il a essayé de voler le plonge dans la confusion. Pourquoi ne pas plutôt t'orienter vers ces nouveaux jeux de construction qui ont tant de succès en ce moment auprès des ados de son âge ? Ils aident à développer l'imagination spatiale en même temps que l'habileté manuelle et, en plus, ils sont amusants.

— Voilà qui paraît une bonne idée. Tu me les montres, s'il te plaît ?

Il la guida jusqu'au rayon où toutes sortes de boîtes fournissaient les éléments nécessaires à l'élaboration d'un véhicule plus ou moins sophistiqué.

— Voilà qui me paraît un peu difficile pour Kevin, tu ne penses pas ?

— Il y a des indications d'âge sur chaque boîte.

Il en sortit une de la pile.

— Tiens, celle-ci contient de quoi créer un vaisseau spatial comme ils en ont vu dans leurs films préférés. Elle est très demandée en ce moment.

— Parfait ! approuva Dani qui, tout de suite après, adressa à Tyler un regard inquiet. Tu te rends compte de ma situation ? Comment vais-je m'en sortir dans mon rôle de mère si je suis incapable de choisir un jouet ?

Il éclata de rire.

— Tu réfléchis trop ! Ce n'est qu'un jeu. Soit il plaira à Kevin, soit il ne lui plaira pas, point final. Tu n'es pas obligée d'être parfaite et de mettre dans le mille à chaque fois.

— Tu crois ?

— Évidemment. Le parent idéal n'existe pas. Demande à mes filles ! Elles vont tout de suite te raconter une douzaine de bêtises que j'ai faites rien qu'au cours de la semaine dernière.

Comme si elles avaient deviné qu'on parlait d'elles à l'instant, les deux petites surgirent de leur coin de jeux.

— Parfaitement. Papa fait tout le temps des bêtises ! assura Amy.

— Tout plein de bêtises, renchérit Adele.

Tyler les regarda, ébahi.

— Merci mille fois, mes amours !

— Tu as donné le bâton pour te faire battre ! fit remarquer Dani en souriant.

Elle se rapprocha des petites.

— Racontez-moi un peu ce que votre papa fait de si terrible.

Celle des deux fillettes vêtue d'un tablier rose et qui semblait la plus hardie ne se fit pas prier.

— En ce moment, le gros truc, c'est qu'il n'arrête pas d'oublier sa promesse de nous offrir un petit chat.

— Pas possible ! s'exclama Dani, apparemment scandalisée.

— Si, approuva la jumelle vêtue de jaune. Il promet, il promet tous les jours, mais le petit chat n'arrive jamais.

Dani se tourna vers Tyler.

— C'est vrai, monsieur Jackson ?

— Oui. Je plaide coupable, mais je demande des circonstances atténuantes, parce que j'ai eu beaucoup de travail ces derniers temps. Et les horaires d'ouverture de la SPA ne me conviennent pas. Comme je te le disais à l'instant, aucun parent n'est parfait.

— Je vois…

Dani se tourna vers les petites.

— Qu'est-ce que vous diriez si je proposais à votre papa de l'aider à remplir cette mission ?

Deux paires d'yeux très bleus se mirent à étinceler.

— Super !

— Cool !

— Et ensuite ? demanda Tyler d'un air sévère à ses deux filles.

— Merci beaucoup, ajoutèrent-elles aussitôt d'une seule voix.

Dani éclata de rire.

— Je vais voir ce que je peux faire.

— En attendant, mesdemoiselles, reprit Tyler, retournez à vos devoirs. Je viendrai voir tout à l'heure où vous en êtes.

— Oui, papa, répondirent-elles à l'unisson.

Une fois qu'elles eurent disparu, Dani se permit un commentaire.

— Elles sont adorables toutes les deux. Laquelle était en rose ?

— Adele. C'est la plus entreprenante. Amy est plus tranquille, mais elle est tout aussi capable que sa sœur de jouer des tours pendables.

— Elle opère en douce, c'est ça ?

— Exactement.

— C'était comme ça, avec ma sœur et moi. J'étais la plus calme, tout au moins, tant que nos parents nous regardaient.

— Ce qui ne t'a pas empêchée de faire ton lot de sottises ?

— Exactement, convint Dani. Mais revenons à ce que je viens de dire. Je peux vous aider à trouver un chaton, mais seulement si vous êtes vraiment sérieux.

— Oui, je suis tout à fait sérieux, et les filles ont l'air très motivé.

Il s'appuya contre l'étagère derrière lui et demanda sur le ton de la conspiration :

— Mademoiselle Post, auriez-vous par hasard quelque connexion avec le marché noir des petits félins d'appartement ?

— Tu ne crois pas si bien dire ! répondit-elle en riant.

Puis, redevenant sérieuse :

— Une de mes amies est vétérinaire. À la clinique où elle travaille avec son père, ils ont toujours beaucoup d'animaux à proposer à l'adoption.

— Ah, je n'y avais pas pensé ! Si tu peux arranger quelque chose avec eux, c'est parfait, mais n'oublie pas que tu as beaucoup à faire en ce moment.

Cette allusion discrète à son refus de se lancer dans une relation avec lui la fit rougir.

— C'est vrai, mais la clinique se trouve sur le chemin de mon bureau. Je peux facilement y faire un saut dès demain, cela ne me prendra qu'un instant.

De toute façon, ce n'était pas le manque de temps qui l'inquiétait quand il était question de Tyler, mais le tourbillon d'émotions qui menaçait de la submerger chaque fois qu'il la touchait. Leur baiser lui avait donné l'impression de frôler un ouragan. Or, aussi enivrant soit-il, elle ne pouvait pas se permettre de se laisser emporter.

Tyler regrettait son allusion. Tout de suite après cette remarque au sujet des nombreuses occupations de Dani, il s'en était voulu, regrettant de ne pas pouvoir ravaler ses mots. Elle avait souri, lui avait fait une réponse amicale, mais elle était partie aussitôt. Pourquoi avait-il dit ça ? Il ne s'attendait évidemment pas à ce qu'elle lui réponde : « Mais bien sûr, Tyler, si j'ai assez d'énergie pour me mettre en quête d'un chaton, j'en ai forcément assez pour commencer une relation avec toi. » Non, il s'attendait aussi peu à ce type de réponse qu'à voir ses filles se mettre à aimer les choux de Bruxelles, seulement, il n'avait pas été capable de tenir sa langue. Avait-il cherché à venger son ego un peu malmené par le refus de Dani ?

Quoi qu'il en soit, il n'y pouvait plus rien maintenant. Y revenir ne ferait que souligner sa maladresse. Mieux valait penser à ce qu'il devait faire d'ici la fin de la journée, ce qui comprenait une visite de Kevin, que les Cunningham allaient bientôt déposer au magasin à sa sortie de l'école. Afin d'être entièrement disponible, il avait pris une baby-sitter pour s'occuper de ses filles.

La clochette de la porte ne tarda pas à retentir, et son jeune protégé s'avança vers lui.

— Bonjour, Tyler. Qu'est-ce qu'on va faire aujourd'hui ?

Tyler fit un signe de la main aux Cunnigham derrière la vitrine, puis, les mains sur les hanches, il se tourna vers Kevin.

— Écoute, c'est toi qui vas choisir parce que nous avons deux possibilités. Si nous en discutions pendant que tu prends ton goûter ?

— Génial ! Je meurs de faim.

Tyler ne put s'empêcher de sourire au souvenir de sa propre adolescence, époque où il lui semblait toujours être à deux doigts de tomber d'inanition.

Il entraîna Kevin dans l'arrière-boutique où il avait préparé sur un plateau des brownies, quelques fruits et un verre de lait.

— Tu crois que ça te suffira ?

— Oui, surtout si je peux prendre deux brownies.

— À condition de manger un fruit entre les deux.

— D'accord.

Il en porta un à sa bouche.

— Mmm… Mme Cunningham aussi m'en faisait au début, mais maintenant, elle est trop fatiguée.

Il haussa les épaules en se hâtant d'ajouter, l'air préoccupé :

— Ce n'est pas que j'aie besoin de brownies ou de choses comme ça mais…

— Tu t'inquiètes pour elle, c'est ça ?

— Un peu, oui. Elle est vieille, maintenant. Qui va s'occuper d'elle et de M. Cunningham quand j'habiterai chez Dani ?

Tyler sentit une boule d'émotion lui nouer la gorge. Il avait pensé que Kevin s'inquiétait pour lui-même. Bien au contraire, il se souciait de ses parents d'accueil. Une fois de plus, il constata que les enfants, même ceux qui ont des problèmes, étaient souvent plus généreux que bien des adultes.

— Ils ont prévu de s'installer dans un logement spécial

pour personnes âgées, avec du personnel et des infirmières qui iront chaque jour s'assurer qu'ils vont bien. Il y a aussi un restaurant sur place, ce qui fait que s'ils n'ont pas envie de cuisiner, il leur suffira de descendre au rez-de-chaussée où on leur servira un repas équilibré. Tout un tas d'activités sont prévues dans la journée et en soirée. Tu vois, ils ne s'ennuieront pas et se sentiront en sécurité.

Kevin afficha une mine soulagée.

— Alors, ils vont être bien soignés…

— Exactement. Et je sais qu'ils n'aimeraient pas que tu t'inquiètes pour eux. Tout ce qu'ils souhaitent, c'est que tu travailles bien à l'école et que tu ne fasses pas de sottises.

— Je pourrai aller les voir ?

— Bien sûr. Dani se fera certainement un plaisir de t'y amener. Moi aussi, si tu en as envie.

— Cool…

Complètement rassuré, Kevin engloutit un autre brownie et vida son verre de lait.

— Alors, entre quoi et quoi je dois choisir ?

Tyler prit un air sérieux.

— Eh bien, soit nous pouvons aller nous promener au parc, soit rester ici et…

— Et ?

— Et je te donne un travail à faire.

— Un travail ? Comme si j'étais un serviteur ou quelque chose comme ça ?

— Non, comme si tu étais un employé du magasin.

— Je serais payé ?

— Pas exactement… Je pensais que tu pourrais travailler pour gagner la batte de base-ball de ton choix.

Les yeux écarquillés, Kevin regardait Tyler, incrédule.

— Tu veux dire que tu me donnerais la batte que je voulais voler ?

— Non, je ne te la donnerais pas, tu la gagnerais par ton travail. Tu comprends, c'est normal d'avoir envie de certaines choses, mais il faut les obtenir par des moyens honnêtes.

Ça te prendra plus de temps de cette façon qu'en la volant, mais chaque fois que tu la regarderas, tu seras fier de toi.

Lèvres serrées, Kevin réfléchissait intensément.

— Oui, mais est-ce qu'elle sera vraiment à moi ? Souvent, les adultes donnent des choses, mais au bout d'un moment, ils les reprennent. Si je gagne cette batte, elle sera à moi pour de bon ?

Tyler se souvint alors que la plupart des enfants qui passent de famille d'accueil en famille d'accueil ne peuvent pas garder grand-chose, car ils changent trop souvent de maison.

— Elle sera à toi pour de bon et pour toujours.

— Alors dis-moi ce que je dois faire, je préfère travailler.

Accroupie dans la salle de soins de son amie vétérinaire, Dani se trouvait face à un dilemme. Un dilemme adorable, à la fourrure toute douce, qui ronronnait de toutes ses forces sur ses genoux.

— Alors, tu as choisi ? lui demanda Cassie, occupée à examiner un chihuahua.

— Non ! Ils sont trop mignons tous les deux. Impossible d'en préférer un à l'autre.

Quand Dani avait appelé pour prévenir de sa visite, Cassie lui avait répondu que, par chance, elle avait deux chatons à proposer à l'adoption. Dani avait trouvé cela parfait. Elle allait prendre le plus joli, le plus caressant des deux et l'amener directement à la boutique de Tyler. Mais maintenant qu'elle tenait sur ses genoux ces deux petites boules d'amour, aussi craquantes l'une que l'autre, elle voyait à quel point elle s'était trompée.

Comment choisir entre ces deux chatons ? L'un était gris et blanc, avec de grands yeux verts, l'autre orange, comme Garfield, et tous les deux l'avaient séduite au premier regard. Tout en les observant se bousculer en jouant, elle soupira :

— Ils paraissent être bien copains…

— Oui, ils sont ensemble depuis leur naissance, mais

ils s'adapteront, déclara Cassie, même s'il serait plus facile pour eux d'être adoptés en même temps.

Elle leva les yeux de la table d'examen où elle venait de vérifier les dents de la petite bête qu'on lui avait confiée.

— Et si tu les prenais tous les deux ? suggéra-t-elle.

— Non, je ne peux pas. Tyler a dit : UN chaton.

— Un ou deux… Tu sais, ça ne fait pas davantage de travail. Avec des chiots, c'est différent, mais les petits chats jouent ensemble jusqu'à l'épuisement. Ils peuvent facilement partager leur litière et leur bol pour la nourriture.

— C'est vrai ?

L'espoir commençait à gagner le cœur de Dani. Elle n'avait aucune envie de séparer les deux compères, et après tout… il y avait deux petites filles ! Ce n'était donc pas idiot d'amener deux chatons.

— Complètement vrai, assura Cassie. Et si jamais tu vois que Tyler est vraiment contrarié, tu peux toujours en ramener un.

Elle se mit à sourire.

— Mais franchement, je ne pense pas qu'il arrive plus facilement que toi à choisir entre les deux.

— Dis donc, Cassie, tu te doutais un peu de ce qui allait se passer, non ?

— Disons que j'avais envisagé cette possibilité, avoua la vétérinaire en riant.

— Bon… Je verrai bien la tête de Tyler.

De toute façon, elle ne pouvait se résoudre à en laisser un.

— Je crois que tu n'as pas à t'inquiéter de la réaction de Tyler, assura Cassie. D'ailleurs, il paraît qu'il en pince pour toi.

— Qui t'a dit ça ? demanda Dani, piquée au vif.

— Je ne sais pas exactement. C'est un bruit qui court. Les gens vous ont vus ensemble avec Kevin, et ils en ont tiré des conclusions peut-être un peu rapides…

Elle haussa les épaules.

— Si le commérage était un sport olympique, c'est sûr que Paradise aurait la médaille d'or !

— Tu veux dire que c'est faux ?

Elle n'avait pas envie de mentir à son amie, mais elle ne souhaitait pas pour autant alimenter la rumeur.

— Nous sommes amis, rien de plus. J'ai suffisamment de choses sur les bras en ce moment avec l'arrivée de Kevin pour ne pas chercher d'autres complications.

— Autrement dit, tu as découragé ses avances. Bizarre… Tu sais, aucune règle n'interdit d'avoir un amoureux sous prétexte qu'on est parent, et même parent adoptif. Si je l'avais pensé, jamais Alex ni Sophia ne feraient partie de ma vie.

Le regard de Cassie s'adoucit tandis qu'elle prononçait les prénoms de son mari et de leur bébé.

— Ta situation était différente. Tu étais mère célibataire depuis des années quand tu l'as rencontré. Ce n'est pas comme si tu l'avais fréquenté tout de suite après la naissance d'Emma. Tu as pris le temps de t'adapter à la maternité, c'est ce dont j'ai besoin en ce moment.

Cassie acquiesça.

— Oui, je comprends ce que tu veux dire. Mais je sais aussi que l'amour frappe quand on s'y attend le moins. Garde ça en tête, d'accord ?

— D'accord, mais pour l'instant, j'ai envie de me concentrer sur Kevin.

— Alors qu'est-ce que tu fais ici, à perdre ton temps à choisir un chaton ?

— Eh bien… C'est le genre de chose qu'on fait pour ses amis, non ? Tyler est mon ami. Mon ami et rien de plus. Tu comprends ?

— Parfaitement. J'aimerais juste savoir pourquoi tu rougis chaque fois que tu prononces son prénom !

Un quart d'heure plus tard, un panier à chat dans une main et une provision de croquettes dans l'autre, Dani pénétrait dans le magasin de Tyler.

Debout derrière le comptoir, il la regarda entrer, un large sourire aux lèvres.

— Je pensais que tu allais seulement te renseigner, mais apparemment, tu nous ramènes la merveille… Tant mieux. Je suis sûr que les filles vont être enchantées de découvrir que leur chaton est arrivé.

— Euh…

— Attends, je les appelle tout de suite !

Il se tourna vers le fond du magasin.

— Amy ! Addie ! Venez voir ce que Dani vient d'apporter !

Dani voulut parler, mais se ravisa. Elle avait pensé disposer de quelques minutes en tête à tête avec Tyler pour discuter de la situation, mais les deux petites étaient déjà là, les yeux brillants de curiosité. Restait à espérer que Tyler se montre compréhensif.

— Qu'est-ce qu'il y a dans le panier ?

— Qu'est-ce que tu nous apportes ?

— Fais voir !

— Moi d'abord !

— Hé ! lança Dani. Un peu de calme ! Vous allez leur faire peur.

Tyler fronça les sourcils.

— Leur ? Tu as bien dit : *leur* ?

Dani évita de croiser son regard et concentra son attention sur les jumelles.

— Je vais ouvrir le panier, mais vous ne devez ni crier ni gesticuler, d'accord ?

Elle souleva doucement le couvercle, dévoilant les deux petites boules de fourrure.

— Des petits chats !

— Deux chatons !

— Quoi ? intervint Tyler. *Deux* chatons ?

Il contourna le comptoir pour venir vérifier de ses propres yeux, mais avant même qu'il soit arrivé devant le panier, chacune de ses filles tenait un chaton dans ses bras, l'air complètement extasié.

— Dani ? demanda Tyler, l'air sévère.

— Eh bien… Cassie m'a dit que c'était mieux de les adopter en même temps parce qu'ils vont jouer ensemble.

Ils m'ont paru tellement attachés l'un à l'autre que je n'ai pas eu le cœur de les séparer.

Elle s'interrompit, bien consciente que cet argument ne pouvait en aucun cas constituer une excuse.

— C'est vrai que j'aurais dû t'en parler d'abord, mais Cassie a dit que si tu le souhaites, je peux lui en ramener un.

— Évidemment ! Comme si c'était possible ! Tu les as vues, toutes les deux ?

Dani tourna son regard vers les deux petites, et son cœur fondit instantanément.

Assises par terre, côte à côte, chacune dorlotait l'un des chatons et d'après ce qu'elle entendait, elles étaient déjà en train de chercher un nom pour chacun.

— Oui, je comprends… Écoute, si ça peut aider au démarrage, je t'ai apporté ce qu'il faut : de la litière, de la nourriture et un collier pour chacun.

— Tu n'aurais pas dû. Nous les adoptons, nous les soignons, c'est la règle.

— Considère que c'est pour me faire pardonner de t'avoir amené un chat de plus que prévu.

Tyler considéra ses filles, puis soupira.

— Dans le fond, c'est sans doute mieux comme ça. Si tu n'en avais amené qu'un, elles seraient certainement en train de se bagarrer pour savoir qui va le caresser, le nourrir, etc. Tu m'épargnes un bon nombre de disputes. Finalement, je te remercie de ton initiative.

— Ouf !

Elle soupira à son tour. De soulagement.

— Où est-ce que je dépose tout ça ?

— Pour l'instant, nous allons tout laisser dans l'arrière-boutique. Je verrai plus tard. De ton côté, comment ça se passe, les préparatifs pour Kevin ?

— Ça va. J'ai eu hier la dernière visite de l'assistante sociale et j'ai terminé mon cours de préparation à l'accueil. Sa chambre est prête, grâce à toi et à Mollie. Je n'ai plus qu'à aller le chercher samedi et à l'installer.

Une inquiétude la saisit.

— Est-ce qu'il t'a posé des questions ? Tu crois qu'il est anxieux à l'idée de venir habiter chez moi ?

— Pas du tout, rassure-toi. Je suis simplement curieux. Mais c'est vrai qu'il est inquiet au sujet des Cunningham.

— Qu'est-ce que tu veux dire ?

— Eh bien... Il a un peu l'impression de les abandonner. En fait, il se considère autant comme leur gardien que l'inverse.

— Je n'avais jamais pensé à cela.

— Moi non plus. Mais je l'ai bien rassuré et je lui ai promis que nous l'amènerions leur rendre visite.

— Parfait. C'est moi qui aurais dû avoir cette idée, puisque c'est moi qui vais être responsable de lui, mais je n'ai pas imaginé une minute qu'il pouvait se faire du souci à leur sujet. En fait, je pensais qu'il était inquiet pour ce nouveau changement dans sa vie.

Tyler posa une main rassurante sur le bras de Dani.

— Pas d'affolement ! Je n'y avais pas pensé non plus. C'est Kevin qui m'en a parlé spontanément la dernière fois qu'il est venu ici.

Mais Dani se sentait toujours un peu coupable.

— Je ne l'ai pas vu depuis une semaine. C'est sûrement déstabilisant pour lui de m'entendre dire que je vais l'accueillir, alors que je ne suis même pas allée lui rendre visite.

— Puisqu'il ne te reproche rien, pourquoi te blâmerais-tu toi-même ? Il a parfaitement compris qu'obtenir ton agrément te demande beaucoup de temps et d'efforts.

— Dis donc, tu es bien le même gars qui me disait que devenir la famille d'accueil de Kevin était une idée idiote ? demanda Dani sur un ton malicieux.

— Lui-même. Je sais reconnaître quand j'ai fait une erreur.

Il prit les deux mains de Dani dans les siennes. Elle sentit des fourmillements de plaisir parcourir tout son corps, mais elle s'efforça de ne rien en laisser paraître.

— Plus j'y pense, reprit Tyler, plus je trouve que Kevin a bien de la chance de t'avoir dans sa vie. Tu sauras t'occuper de lui bien au-delà des nécessités matérielles. Tu l'accompagneras voir les Cunningham, tu l'écouteras quand il sera inquiet ou qu'il aura peur, ou quand il aura juste envie de parler. Une autre famille d'accueil aurait sans doute plus d'expérience que toi, mais certainement pas autant de temps, ou même d'envie, pour tout cela. Tu es la famille parfaite pour ce garçon.

Elle écoutait, le souffle court. Cette fois encore, il venait de lui dire exactement ce qu'elle avait besoin d'entendre. Elle n'avait qu'une envie, maintenant, c'était de se jeter dans ses bras. Mais c'était trop tôt. Elle ne pouvait pas prendre le risque de perdre sur un coup de tête tous les progrès qu'elle avait eu tant de mal à faire.

# - 8 -

Sourcils froncés malgré lui, Tyler balayait du regard la chambre que Kevin avait occupée chez les Cunningham. Il y avait passé des mois, et pourtant, elle ressemblait à une chambre d'hôtel, vide de tout le désordre que les adolescents s'entendent normalement à semer autour d'eux. Pas de posters sur les murs, pas de jouets sur le sol. Une table de chevet et une petite commode en bois sombre, un lit fait au carré, recouvert d'un dessus-de-lit vert foncé… La seule touche personnelle était une photo encadrée sur laquelle souriait une ravissante jeune femme. Sans doute la mère de Kevin. Tyler sentait son cœur se serrer en comparant cette pièce austère à la chambre de ses filles, remplie d'animaux en peluche et de dessins punaisés sur les murs.

Soucieux de ne pas laisser Kevin deviner son état d'esprit, il s'efforça de sourire en posant sur le lit la valise qu'il avait apportée. Il lui avait proposé de venir l'aider à préparer ses affaires, de manière à épargner aux Cunningham ce surcroît de travail. Maintenant qu'il avait découvert le dénuement dans lequel Kevin avait vécu, il se rendait compte que la besogne serait vite accomplie.

— Allez, mon bonhomme, c'est le moment de plier boutique !

Kevin se contenta de hausser les épaules.

Après avoir ouvert la valise, Tyler s'avança vers la commode.

— On commence par ça ?

Nouveau haussement d'épaules.

— On prend tout et on triera ensuite chez Dani ?

Toujours pas de réponse. Voilà qui n'était pas bon signe. Tyler regarda Kevin avec davantage d'attention.

— Ça va, Kevin ?

— Ça va.

— Tu sais que tu me peux dire si quelque chose te donne du souci. C'est justement mon rôle de t'écouter pour pouvoir t'aider.

La lèvre inférieure de Kevin tremblait, mais son visage conservait son expression indéchiffrable. Comment réussir à le comprendre ?

— Tu es encore inquiet au sujet des Cunningham ?

Kevin secoua la tête.

Bon, il fallait trouver autre chose…

— Tu as peur d'aller vivre chez Dani ? Tu crains de ne pas t'y plaire ?

Kevin commença par faire oui de la tête, avant de la secouer avec véhémence. On n'avançait pas.

— Écoute, Kevin, je ne sais pas lire dans la tête des gens ! Et je ne peux pas te poser mille questions, alors je t'en prie, aide-moi. Dis-moi ce qui te tracasse, et je t'aiderai si je peux.

— Ce n'est pas que j'ai peur d'être mal chez Dani, je suis sûr que ça va me plaire de vivre chez elle, mais…

— Mais ?

— Mais si elle n'aime pas vivre avec moi ? Les Cunningham ont toujours eu des enfants chez eux, mais Dani, jamais. Qu'est-ce qui se passera si elle trouve que je la dérange ?

Kevin formulait les doutes que Tyler lui-même avait eus au début. Heureusement, il mesurait mieux maintenant la ténacité et la force de caractère de Dani.

— Tu penses que Dani est une lâcheuse ?

Kevin écarquilla les yeux, scandalisé.

— Non ! Pas du tout.

— Tu as raison. Elle est déterminée et forte. Je la connais suffisamment pour t'assurer que quand elle a décidé de faire quelque chose, elle le fait. Et actuellement, elle a décidé d'être pour toi la meilleure famille d'accueil possible. Tu comprends ?

— Je crois.

— Je dirai même que tu es coincé une bonne fois pour toutes, parce qu'elle n'est pas du genre à faire machine arrière.

Tyler observait Kevin qui paraissait encore soucieux. Que dire pour le rassurer ?

— Tu sais, reprit-il, elle a très peur que tu n'aimes pas vivre chez elle et que tu aies envie d'en partir.

— C'est vrai ?

— Oui. Aussi, je te conseille d'y aller mollo avec elle au début. Comme tu l'as dit toi-même, elle manque d'expérience.

— Ah…

Le visage enfin détendu, Kevin s'approcha de la commode, ouvrit le tiroir du haut et commença à le vider.

— Alors, Tyler, tu m'aides, oui ou non ?

Pour la énième fois, Dani alla regarder par le judas de la porte d'entrée. Rien. Avec un soupir, elle s'exhorta à la patience. Ils arriveraient quand ils arriveraient, voilà tout ! Une fois de plus, elle regretta de ne pas être allée chercher Kevin elle-même, mais Tyler avait insisté pour l'aider à faire sa valise et le conduire chez elle. Un lien fort s'était rapidement créé entre eux deux, ce qui aiderait Kevin à se sentir plus à l'aise pour ce changement.

Elle s'en voulait de se sentir aussi nerveuse, mais elle ne pouvait s'empêcher de se demander si Kevin allait se sentir bien chez elle. Que se passerait-il s'ils ne s'entendaient pas ? Ou s'il détestait la façon dont elle avait arrangé sa chambre ? Tout compte fait, il aurait peut-être mieux valu la laisser vide et le laisser choisir lui-même ce qu'il voulait y mettre… Elle avait envisagé cette possibilité, mais il lui avait semblé que la meubler serait tout de même plus accueillant. Était-ce le bon choix ? En plus de toutes ces questions, il lui fallait aussi gérer le trouble qui la gagnait chaque fois qu'elle se trouvait en présence de Tyler. Sa tête savait parfaitement qu'ils étaient amis, simplement amis. Dommage que le reste de son corps n'ait pas encore capté le message !

Un coup frappé à la porte la tira de ses pensées.

— J'arrive ! cria-t-elle en courant vers la porte.

— Bonjour, dit Kevin en entrant.

Il portait un sac à dos jeté sur son épaule et avait parlé sur un ton timide. Tyler le suivait, chargé de la valise.

— Bonjour, jeune homme ! lança Dani en le conduisant vers la salle de séjour.

Elle faillit demander si c'était là tout ce qu'il avait pris avec lui, mais se ravisa à temps. L'assistante sociale l'avait prévenue que la plupart de ces enfants n'avaient que peu de possessions personnelles et que beaucoup les transportaient dans un sac-poubelle.

— Tu veux mettre tes affaires dans ta chambre ?

— Oui, merci.

Elle désigna la porte qui se trouvait sur la gauche, en face de sa propre chambre.

— C'est par là. Va y jeter un coup d'œil.

Debout derrière Kevin, elle retenait son souffle, en attente de sa réaction.

— Oh… C'est super chouette ! C'est tout pour moi ?

— Oui, bien sûr. S'il y a des choses qui ne te plaisent pas, on les changera.

— Si, ça me plaît du tonnerre !

Kevin se tenait debout au milieu de la pièce qu'il balayait du regard.

Dani avait choisi un grand lit recouvert d'une housse de couette à rayures multicolores. Sur la table de chevet se trouvaient un radioréveil et une lampe en forme de fusée. En face, le bureau était déjà garni de feuilles de papier, de crayons et de stylos. Sur les murs, elle avait accroché des affiches des personnages de bandes dessinées, et sur l'étagère rouge et noir, quelques livres, quelques BD et la boîte du jeu de construction achetée chez Tyler attendaient leur propriétaire.

— C'est vrai que ça te plaît ? demanda à nouveau Dani.

Pour toute réponse, il la serra dans ses bras.

— Je vais déballer mes affaires tout de suite !

— Si tu veux. Pour le repas de tout à l'heure, j'ai commandé une pizza. Comme je ne sais pas trop ce que tu aimes, j'irai faire un grand marché demain.

— J'adore la pizza ! assura Kevin.

Puis, se tournant vers Tyler :

— Tu restes manger la pizza avec nous !

Tyler se trouva bien embarrassé.

— Je ne sais pas… Il vaudrait peut-être mieux que Dani et toi passiez la soirée ensemble ? En plus, ma mère doit passer tout à l'heure déposer les filles chez moi.

— Demande-lui de les amener ici ! Je vais vivre chez Dani, on aura plein de temps pour nous.

Dani eut vite fait de comprendre que si la présence de Tyler pouvait aider Kevin à se sentir davantage à son aise, il ne fallait pas le laisser partir.

— Oui, c'est une bonne idée. Reste dîner avec nous. Je vais commander une pizza supplémentaire pour qu'il y en ait suffisamment pour tout le monde.

Tyler hésita encore un peu, puis se décida.

— D'accord, mais nous partirons tout de suite après le repas. J'espère que cet arrangement ne ressemblera pas trop à une invasion !

L'air enchanté de Kevin les rassura tous les deux.

Tyler sortit alors son téléphone de sa poche pour prévenir sa mère du changement de plan.

— Les filles sont ravies de ton invitation, déclara-t-il un instant plus tard. Elles devraient arriver d'ici un petit quart d'heure.

— Très bien. Les pizzas aussi. Est-ce que je peux te proposer quelque chose à boire ? Du thé glacé, du jus de fruit ? De l'eau ?

— Du thé me convient très bien.

— Tant mieux. Ce serait plus sympa de trinquer autour d'un verre de vin, mais je ne voudrais pas que Kevin s'imagine que je bois tous les soirs. J'essaie de me mettre à sa place et j'avoue que je ne sais pas trop ce qu'il peut penser.

— Tu sais, tous les parents en sont là.

Tyler avait pris appui contre le comptoir de la cuisine, sa hanche toute proche de celle de Dani.

— Dans le fond, c'est ça, la vie : avancer en essayant de s'adapter aux circonstances. Il y a tellement de choses que nous ne pouvons pas prévoir ! Il faut faire de son mieux là où on se trouve.

Oui, Dani aussi elle voyait les choses ainsi. Il ne s'agissait pas seulement d'un commentaire sur la situation présente, mais c'était toute une philosophie que Tyler venait d'exposer en peu de mots. Pourquoi ne pas accepter de vivre l'instant présent, de prendre les choses comme elles se présentaient ? Ce serait vraiment si terrible ? Timidement, elle se tourna vers lui. La lueur de désir qui brillait dans le regard de Tyler était dénuée d'ambiguïté, mais au lieu de s'écarter, elle décida de jouer le jeu. Lentement, elle effleura son visage, sa mâchoire virile, la barbe naissante sur ses joues. Pouvait-elle se laisser aller et avoir encore suffisamment d'énergie pour s'occuper de Kevin ?

Tyler serra les poings dans ses poches. Malgré la violente envie qu'il avait de serrer Dani dans ses bras, ici, tout de suite, il considérait que ce n'était ni le lieu ni le moment. Mais elle ne lui facilitait pas la tâche, avec ce regard brûlant qui prouvait bien à quel point ils étaient sur la même longueur d'onde. D'ailleurs, chaque fois qu'ils se trouvaient à proximité l'un de l'autre, la température s'élevait de plusieurs degrés.

Incapable de résister, il sortit une main de sa poche pour caresser la joue de Dani et repousser derrière son oreille la mèche rebelle qui retombait sur son visage. Puis, les doigts électrisés, il s'obligea à reculer d'un pas.

— Kevin va sûrement sortir de sa chambre, murmura-t-il juste au moment où la sonnette retentissait.

Dani fut brutalement ramenée à l'instant présent. S'étant laissé porter par le charme de l'instant, elle eut quelque peine à reprendre pied dans la réalité.

— C'est soit ta mère, soit les pizzas. Va ouvrir, je vais jeter un coup d'œil sur Kevin.

— Avec plaisir.

À la porte, il trouva ses filles, très excitées toutes les deux à propos du changement de programme.

— Mamie a dit que nous allions manger de la pizza et qu'il y aurait un enfant avec qui nous pourrions jouer ! cria Adele en essayant de découvrir l'un ou l'autre et si possible, les deux d'un coup.

Amy était derrière, toujours un peu intimidée dans une situation nouvelle.

Tyler s'avança vers sa mère.

— Merci beaucoup d'avoir gardé mes filles toute la journée, maman, et de les avoir amenées jusqu'ici. Kevin a l'air content, mais il n'était pas tout à fait prêt à me quitter.

— Tu sais que je suis toujours heureuse de les accueillir. Quant à Kevin, Adele va se charger de lui remonter le moral si besoin est.

Donna Jackson jeta un coup d'œil par-dessus l'épaule de son fils.

— Et puis… Pour tout te dire, j'avais envie de rencontrer ton amie l'avocate…

Tyler grogna intérieurement. Il aurait dû deviner que sa mère allait saisir cette occasion pour tenter un rapprochement entre Dani et lui. Pour autant, il n'était pas question de la mettre dehors… Avant qu'il ait pu trouver une solution polie mais efficace pour l'empêcher de nuire, Dani fit son apparition.

— Bonsoir, madame Jackson. Je suis heureuse de faire votre connaissance, et je vous remercie d'avoir accepté de nous amener vos petites-filles.

— Avec plaisir ! assura Donna Jackson en s'avançant

pour serrer la main de Dani. J'ai déjà beaucoup entendu parler de vous et je suis heureuse de pouvoir enfin mettre un visage sur votre nom. Et bravo pour ce que vous êtes en train de faire pour Kevin !

— Il n'y a rien de…

— Détrompez-vous ! Tout le monde est bien d'accord là-dessus, en particulier Tyler qui chante partout vos louanges.

Dani leva un sourcil inquisiteur sur ce dernier qui haussa les épaules en signe d'impuissance. Oui, il avait sans aucun doute exprimé son admiration pour Dani, mais sans emphase. Il savait qu'elle n'accueillait pas Kevin pour s'attirer des compliments, mais seulement parce qu'elle estimait que c'était la chose à faire et que c'était ainsi qu'elle conduisait sa vie.

Un éclat de rire attira leur attention vers le salon où les jumelles et Kevin avaient déjà commencé à jouer aux statues de sel. Chacun devait prendre et conserver une pose bizarre. En équilibre instable sur une jambe, les bras levés au-dessus de la tête, Kevin riait à gorge déployée.

— Tu vois, je te disais bien qu'Adele était capable de dérider n'importe qui ! constata Donna Jackson

Puis, à la surprise de Dani, elle se pencha vers elle et l'embrassa sur la joue.

— Ne vous inquiétez pas trop, Dani. Les gosses ont des bons et des mauvais jours. Il suffit de faire son possible pour les aider à les supporter. En tout cas, si vous avez besoin de souffler un peu, n'hésitez pas à faire appel à moi, j'adore m'occuper des enfants.

Toute surprise par cette marque d'amitié, Dani lui adressa un sourire de reconnaissance.

— Merci infiniment, madame Jackson. Il est bien possible qu'un jour ou l'autre, j'aie recours à vous !

— Appelez-moi Donna, je vous en prie. En attendant, je vous souhaite une bonne soirée.

Comme toujours, l'élan d'affection que Tyler éprouvait pour sa mère était troublé par l'irritation de voir qu'elle se débrouillait toujours pour se mêler de ses affaires, mais comment lui en vouloir ? Elle avait traversé des moments bien difficiles quand elle avait dû l'élever toute seule pendant que son mari luttait contre son addiction à l'alcool. Plus tard, après sa cure de désintoxication, quand il avait juré qu'il ne toucherait plus à l'alcool qui avait causé tant de mal à leur famille, elle l'avait accueilli avec une magnanimité qui ressemblait fort à de la sainteté. Tyler mesurait la chance qu'avait eue ce dernier d'avoir pour compagne une femme aussi forte, capable de le maintenir sur le chemin de la guérison. Jamais elle n'avait baissé les bras, malgré toutes les difficultés que cet homme malade avait mises sur son chemin.

C'était cette détermination, ce même courage pour affronter les problèmes qu'il retrouvait chez Dani. Il aurait aimé qu'elle en soit consciente elle-même. Peut-être aurait-elle alors compris qu'elle était assez forte pour surmonter son passé et prendre Kevin en charge tout en vivant une histoire d'amour ? Il le souhaitait de tout son cœur, car plus il la fréquentait, moins il était capable d'imaginer un futur où elle n'aurait pas de place.

Dani plaça les restes de pizza dans du papier d'aluminium et les rangea dans le réfrigérateur. Le bruit de l'eau dans la salle de bains lui parut de bon augure pour la toilette du soir de Kevin. Le repas avait été très agréable. Dani avait vu le petit garçon rire et plaisanter avec les jumelles. Lorsque Tyler était rentré chez lui, les trois enfants paraissaient bien fatigués, mais Kevin n'avait montré aucun signe de tristesse ou d'inquiétude à leur départ.

En revanche, il avait essayé de négocier une heure de coucher plus tardive, ce que Dani avait refusé. Elle savait que les enfants de cet âge grandissaient beaucoup et avaient besoin de bien dormir. En outre, le manque de sommeil accentuait l'intensité des émotions, ce qui était à éviter dans cette période de transition pour lui. Après avoir un peu insisté, Kevin avait accepté de renoncer à cette faveur, au grand soulagement de Dani qui se demandait ce qu'elle aurait fait s'il avait continué d'insister. Décidément, il fallait au plus vite qu'elle se mette à la lecture des livres prêtés par Tyler.

— Voilà, je suis prêt ! claironna Kevin dans son dos.

Elle se retourna et aperçut Kevin revêtu d'un pantalon de survêtement et d'un T-shirt, le visage débarbouillé et les dents brossées, du moins l'espérait-elle. Elle avait oublié de lui demander s'il avait un pyjama, mais à la réflexion, elle se dit que les enfants de son âge trouvaient peut-être cette tenue complètement démodée. Elle éclaircirait ce point plus tard, pour l'instant, cela n'avait pas d'importance.

— Alors, au lit, tout de suite !

Elle l'accompagna dans sa chambre et remarqua qu'il avait posé sur la table de chevet la photo de la jeune femme souriante qui était certainement sa mère. Apparemment, avec son sac à dos, c'était là tout ce qu'il possédait en propre, car la valise, sans doute prêtée par Tyler, avait disparu. Son cœur se serra. Les Cunningham avaient incontestablement aimé et bien nourri Kevin, mais leurs modestes revenus ne leur avaient pas permis de lui offrir la moindre fantaisie.

Heureusement, son salaire d'avocate, sans être mirobolant, suffirait largement à assurer leur quotidien à tous les deux et à leur permettre quelques extra bien agréables. Bien sûr, le côté matériel de l'accueil n'était pas le plus important, mais elle était bien contente d'avoir déjà pu garnir la chambre de Kevin de quelques objets, surtout quand elle découvrit la bande dessinée grande ouverte sur son lit.

— Est-ce que c'est une bonne BD ? Je n'y connais rien, mais le libraire m'a assuré que les enfants de ton âge l'appréciaient beaucoup.

— Oui, elle est intéressante, répondit Kevin en grimpant dans son lit. Je vais finir de la lire demain matin.

Dani remonta la couette sous le menton de Kevin.

— Tu sais quoi ? demanda-t-elle à voix basse.

— Non.

— Je suis contente que tu sois ici.

— Moi aussi, répondit Kevin.

Puis il lui lança un regard inquiet.

— Dani, tu peux laisser la porte entrouverte et la lumière dans le couloir ? Juste pour cette nuit…

— Cette nuit et les nuits suivantes si tu veux, pas de problème.

Ne sachant trop si elle devait l'embrasser ou pas, elle se contenta de lui ébouriffer les cheveux avant de quitter la chambre dont elle laissa la porte entrouverte comme il le lui avait demandé.

Une fois la cuisine rangée, elle aussi alla se mettre au lit, car cette journée riche en émotions l'avait épuisée. Elle emporta une tasse de thé et son ordinateur, afin de jeter un coup d'œil sur ses e-mails avant de s'endormir. Elle n'attendait rien de la part de Tyler, mais fut tout de même un peu déçue de ne rien trouver qui viendrait de lui. Jusqu'à présent, ils n'avaient correspondu qu'au sujet de Kevin, mais le moment d'intimité passé dans la cuisine lui avait laissé espérer un petit message. Peu importait… Elle profita de ce moment pour passer commande d'une veilleuse pour Kevin. Puis, en prenant son téléphone pour programmer le réveil du lendemain matin, elle s'aperçut qu'il clignotait. C'était un SMS de Tyler :

Super soirée chez toi ! J'espère que Kevin s'est mis au lit sans problème. Dani, pense à ce que je t'ai dit dans la cuisine.

Elle se mordit la lèvre, le cœur battant, puis répondit :

Super soirée pour moi aussi. Pas de problème avec Kevin. Oui, j'y réfléchirai.

Elle reposa le téléphone sur sa table de chevet, vaguement troublée, puis se raisonna. Elle n'avait consenti à rien, seulement promis de réfléchir… Pourtant, même cela lui paraissait lourd à porter. Si seulement ses craintes pouvaient être apaisées avec quelque chose d'aussi simple qu'une veilleuse !

Comme il était parfois difficile d'être adulte…

# - 9 -

— Kevin, attends un peu !

Trop excité pour marcher, Kevin courait devant Dani qui allongea le pas pour le rattraper au moment où ils gravissaient les larges marches de Sandpiper Inn, l'ancienne auberge de Paradise. Jillian et Nic, les propriétaires, avaient invité quelques amis pour un barbecue, et malgré son impatience à retrouver tous ces gens qu'elle aimait bien, Dani ressentait une certaine appréhension à l'occasion de cette première sortie avec Kevin. La semaine précédente, ils avaient l'un et l'autre fait leur possible pour prendre le rythme de l'école et de la vie courante, mais parfois Dani se disait que jamais elle ne serait complètement à l'aise dans son rôle de mère. Pire encore, elle redoutait que Kevin nourrisse les mêmes doutes.

— J'entends des voix dans le jardin de derrière, déclara-t-elle comme ils arrivaient devant la porte. Le mieux est de passer directement par le porche et d'aller y rejoindre les invités.

Ils arrivèrent dans le patio couvert, élégamment meublé de tables et fauteuils en fer forgé, ce qui offrait plusieurs espaces propices à la conversation. Au plafond étaient installés de grands ventilateurs qui, lorsqu'on les actionnait, maintenaient une température agréable même pendant les plus chaudes journées d'été. Aujourd'hui, par cette belle matinée de printemps, ils n'étaient pas utiles. Les plantes soigneusement choisies par les maîtres de maison suffisaient à faire de cette pièce originale un lieu plein de fraîcheur et accueillant.

— Ah, vous voilà ! s'écria Jillian depuis le fauteuil où elle était assise à côté de Cassie, chacune tenant un bébé sur ses genoux. Je suis très contente que tu aies pu venir, Dani.

Puis, à la cantonade :

— Eh là, tout le monde, Dani vient d'arriver avec Kevin !

Chacun se retourna pour leur souhaiter la bienvenue, y compris les personnes rassemblées à côté du gril, Nic, Alex et sa sœur Jessica. Dans le jardin, Dani aperçut Emma, la fille aînée de Cassie, occupée à jouer avec les jumelles, sous l'œil de Tyler.

— Tu as aussi invité Tyler ? s'étonna Dani.

— Eh bien… Je sais que vous êtes amis, et ses filles ont à peu près le même âge qu'Emma…

Voyant Jillian à court de justifications, Dani éclata de rire, bien consciente de la tentative de son amie pour jouer les marieuses. Elle et Cassie avaient dû mijoter ensemble cette idée… Fallait-il s'en agacer ? Dani décida que non. Après tout, c'était difficile de leur reprocher d'imaginer qu'il y avait quelque chose entre Tyler et elle ! D'autant plus qu'elle n'avait cessé de lui envoyer des textos pour lui demander un conseil ou simplement recevoir un mot d'encouragement. Non, franchement, il n'y avait pas de quoi en vouloir à ses amies de penser qu'il y avait anguille sous roche. Elles ne voulaient que son bonheur.

Kevin regardait avec envie le jardin en contrebas où s'ébattaient les autres enfants.

— Va les rejoindre si tu en as envie, Kevin ! proposa Dani.

Le petit garçon ne se le fit pas dire deux fois. Il se précipita dans l'escalier tandis qu'elle prenait place dans un fauteuil d'où elle pouvait apercevoir les enfants.

— Dis-moi, Jillian, comment va ton petit Johnny ?

— Pas si petit que ça, maintenant qu'il rampe partout dès que je le pose à terre.

— Déjà ?

— Tu sais, il aura un an cet été. Je préfère ne pas imaginer ce que ce sera quand notre numéro deux arrivera ! Chaque fois que j'en parle à Nic, il se met à rire en disant : plus on est de fous, plus on rit !

Cassie fit la moue.

— Évidemment, ce n'est pas eux qui sont enceintes, qui accouchent ou qui nourrissent le bébé. Si je laissais faire Alex, nous aurions une douzaine de rejetons !

Jillian acquiesça.

— C'est vrai. Cela dit, je suis enchantée d'être à nouveau enceinte malgré la surprise que cette nouvelle grossesse m'a causée. J'espérais avoir le temps de rattraper un peu de sommeil avant de remettre ça, mais au moins, les deux petits seront suffisamment proches en âge pour jouer ensemble.

Elle cala fermement sur ses genoux Johnny qui s'efforçait d'en descendre avec obstination.

— Et toi, Dani, comment tu te sors de ton nouveau rôle ?

— Franchement, intervint Cassie, ce ne doit pas être facile de démarrer avec un enfant de l'âge de Kevin. Bien sûr, voilà qui t'économise les nuits blanches à cause des dents qui percent, mais il te faut tout apprendre en accéléré.

Dani ne savait trop que répondre.

— C'est vrai. À certains moments, il me semble que tout va bien, à d'autres, je suis persuadée que je lui gâche la vie et qu'il serait bien mieux chez quelqu'un d'autre que moi.

Cassie et Jillian échangèrent un regard.

— J'ai l'impression que tu viens de décrire exactement ce que je ressens, dit Cassie en retirant une de ses mèches de cheveux de la petite main potelée de sa fille. En fait, tu viens de décrire la situation de tous les parents. Par exemple, quand il me semble que j'ai la situation bien en main, Emma m'oblige à tout remettre en question, ou alors, je ne sais plus comment m'y prendre avec le bébé… Ou encore, elles vont bien toutes les deux, mais je commence à me faire du souci pour leur avenir.

— Oui, approuva Jillian. Je n'ai pas autant d'expérience que Cassie, mais je me retrouve complètement dans ce qu'elle dit.

Dani ne savait pas si ces confidences devaient la rassurer ou l'inquiéter. Ainsi donc, ces incertitudes qui l'assaillaient si souvent étaient inhérentes au métier de parent ?

— D'après ce que vous dites toutes les deux, je conclus que je ne saurai jamais si ce que je fais est bien ou pas.

Cette perspective n'avait rien d'encourageant.

— Non, pas vraiment, avoua Cassie en pesant ses mots. Avec le temps, tu gagneras de l'expérience et davantage de confiance en toi, mais il n'existe pas de manuel qui ait réponse à tout, ni une seule façon d'être parent. L'essentiel est de répondre aux besoins des enfants et de ne pas se rendre folle en se posant trop de questions.

— Bon, reprit Dani. Jusqu'à présent, il me semble que j'ai réussi à préserver ma raison et que Kevin va plutôt bien, mais c'est un grand changement dans nos vies à tous les deux.

Tyler s'était rapproché d'elles et venait d'entendre la dernière phrase de Dani.

— Je trouve Kevin beaucoup plus détendu que la dernière fois que je l'ai vu, affirma-t-il.

— C'est vrai ? demanda Dani qui pensait la même chose mais craignait de se montrer trop optimiste.

— Complètement.

Voilà qui était rassurant. Comme pour renforcer ce sentiment, lorsque Jessica annonça que la grillade était prête, elle eut le plaisir de voir Kevin se mettre en rang avec Emma juste derrière les jumelles qui les avaient poussés pour être au premier rang. Cela lui réchauffait le cœur de voir qu'il s'adaptait si bien et si vite. Après tout, ses amies n'avaient peut-être pas tort de trouver qu'elle se débrouillait bien.

Mais si c'était le cas, devait-elle en déduire qu'elle était assez forte pour se lancer dans une relation avec Tyler ?

Tyler mordit avec délice dans son hamburger.

— Je crois que c'est le meilleur que j'ai mangé de ma vie ! lança-t-il avec une mimique de satisfaction.

— Tu vois que j'avais raison et que ce n'était pas la peine de les laisser cuire plus longtemps, déclara Jessica en tirant la langue à Alex, son frère jumeau.

— Une minute de plus n'aurait rien changé. Et s'ils sont bons, c'est parce que j'ai utilisé ma recette ! répliqua Alex.

Cet échange entre les jumeaux adultes plongea Tyler dans l'inquiétude. Jusque-là, il s'était plu à imaginer qu'en grandissant, les jumelles se disputeraient moins. Apparemment, il ne s'agissait là que d'une vue de l'esprit…

— Arrêtez, tous les deux ! intervint Cassie en faisant les gros yeux à son mari. J'en ai assez de vos bagarres. Si Jessica vient rejoindre la police locale, il va falloir que vous appreniez à vous supporter !

Avant qu'Alex ait pu répliquer, Cassie lui mit le bébé dans les bras.

— Sophia a besoin d'être changée. Tu veux bien t'en occuper ?

Alex haussa les épaules, mais posa un baiser d'excuse sur la joue de sa femme avant de rentrer dans la maison avec le bébé.

— Désolée, dit Jessica. Normalement, nous nous entendons très bien, mais Alex n'est pas content que j'aie décidé de rejoindre l'équipe du shérif de Paradise. Il aurait préféré que je fasse d'autres études et que j'envisage une carrière moins dangereuse. Les choses changent peu à peu, mais c'est vrai qu'on trouve encore une majorité d'hommes dans les forces de l'ordre.

— C'est la même chose chez les avocats, renchérit Dani. La situation a évolué et les filles sont nombreuses à suivre des cours de droit, mais les ténors du barreau sont toujours des hommes. Ils se serrent les coudes, là plus encore qu'ailleurs.

Elle prit une gorgée de thé avant de reprendre.

— Si ça te tente, Jess, nous pourrions suivre une formation ensemble. Apprendre à gagner notre place dans des environnements professionnels encore réticents à nous la donner. Je suis sûre que mon amie Samantha serait d'accord pour nous accompagner. Tu sais, celle qui s'occupe de la protection de l'environnement ? Elle aussi doit s'affronter à pas mal de machos dans sa branche.

— Excellente idée, approuva Jessica. Je suis bien décidée à ne pas me laisser marcher sur les pieds, mais si je suis soutenue par quelques femmes aguerries, je ne m'en porterai que mieux. Même si c'est seulement pour aller me plaindre auprès de quelqu'un qui saura m'écouter et me comprendre.

Le sourire de Dani trembla un instant sur ses lèvres. Tyler le remarqua. Les choses se seraient sans doute passées différemment pour elle si elle avait eu dans son entourage une personne susceptible de comprendre qu'elle était victime de harcèlement. Jetant un coup d'œil sur la table où mangeaient les enfants qui se souciaient fort peu de la conversation des adultes, il réfléchit au monde dans lequel ses filles grandissaient. L'idée que certains hommes pourraient user de leur genre pour leur nuire le rendait malade. Restait à espérer qu'élever ensemble filles et garçons rendrait possible un futur meilleur. En tout cas, c'est ce qu'il souhaitait de tout cœur.

— C'est un beau projet, intervint-il. Et même à proposer à d'autres femmes de Paradise. De ce que je sais, même si cela reste peu, la discrimination sexuelle affecte toutes les professions, et à tous les niveaux de l'échelle.

— C'est vrai, hélas, renchérit Dani.

Elle considéra ses amies qui hochaient la tête en signe d'approbation.

— Je propose que nous nous retrouvions au jardin public, poursuivit-elle. De cette manière, les femmes qui ont des enfants pourront les amener pour qu'ils jouent pendant nos réunions, qu'est-ce que vous en pensez ?

— Je viendrai, assura Cassie. Travailler avec mon père ne me pose aucun problème évidemment, mais j'ai tout de même quelques clients qui s'imaginent que parce que j'ai deux chromosomes XX, je ne peux pas être compétente.

— Tu iras où ? demanda Alex qui ramenait la petite Sophia à sa mère.

Cassie récupéra sa fille pour permettre à Alex de manger à son tour.

— Ça n'a pas encore de nom, mais nous avons l'intention de former un groupe pour lutter contre la discrimination sexuelle au travail.

Elle jeta un regard lourd de sous-entendus à son mari.

— Il y a encore des hommes qui pensent que les femmes ne peuvent pas exercer les mêmes métiers que les hommes, tu t'en doutais ?

Alex rougit mais se rebiffa.

— Arrête, Cassie ! Ce n'est pas parce que je veux garder ma sœur en sécurité que je pense qu'elle est incapable d'exercer le métier qu'elle a choisi.

Il mordit dans son hamburger, et la conversation s'arrêta là.

— Qui veut faire griller des marshmallows ? demanda Nic à la fin du repas.

Évidemment, tout le monde était partant. Tandis que Nic et Alex mettaient en route l'opération, Jillian se leva.

— Johnny tombe de sommeil. Je vais l'installer pour une petite sieste. Cassie, si tu veux coucher Sophia, tu peux la mettre dans le parc qui se trouve dans la grande chambre.

— Merci, c'est une bonne idée.

Pendant que les deux jeunes femmes s'occupaient de leur bébé, Jessica commença à débarrasser la table, et Dani proposa son aide.

— Pas question ! Profite de ce moment de calme pour te reposer un peu. Ça n'a pas dû t'arriver souvent depuis que tu as Kevin.

C'était effectivement le cas. Aussi, lorsque Tyler l'invita à s'asseoir avec lui sur l'une des balancelles garnies de confortables coussins, elle accepta avec plaisir.

— Alors, demanda-t-il dès qu'ils s'y retrouvèrent côte à côte, est-ce que tu as réfléchi à ma proposition ? Est-ce que tu me laisses de l'espoir ?

Elle hocha la tête, perplexe.

— Je ne sais pas quoi faire… J'ai peur, et en même temps, j'ai envie d'accepter ce qui se passe entre nous.

Il laissa échapper un énorme soupir.

— Ouf ! J'avais drôlement peur que tu m'envoies promener.

Elle se mit à rire.

— C'est encore possible, car je n'ai pas dit que je m'engageais à quoi que ce soit ! Disons que je ne veux pas brûler les étapes : un pas après l'autre, un jour à la fois, voilà ce que je veux bien essayer.

— Je n'en demande pas davantage, déclara Tyler en prenant une de ses mains dans les siennes.

Ce geste relevait plus de la camaraderie que du flirt, mais il provoqua néanmoins une réaction de recul chez elle. Tyler s'en rendit compte et se hâta d'ajouter :

— Si jamais je fais quelque chose qui te met mal à l'aise, promets-moi de me le dire tout de suite.

— Promis. J'ai parlé de nous à ma thérapeute.

— C'est vrai ?

— Oui. Je lui ai dit que je me sentais attirée par toi, que nous nous étions embrassés et que… que j'y avais pris du plaisir.

Elle devint rouge comme une pivoine.

— Pas la peine de rougir comme ça ! Moi aussi, j'y ai pris du plaisir, répliqua Tyler, amusé par la réaction de Dani.

— Je lui ai aussi fait part de ma crise d'angoisse. Pour tout te dire, sans en être certaine, elle m'a tout de même prévenue que je risquais d'en avoir d'autres.

— Eh bien, si cela arrive, nous gérerons la situation, assura Tyler.

— Franchement, tu ne trouves pas ça décourageant que je puisse paniquer à n'importe quel moment, même lorsque nous sommes dans les bras l'un de l'autre ?

Elle, en tout cas, trouvait cette menace parfaitement dérangeante.

Du pouce, il lui caressait le poignet.

— Non. Étant donné ce qui t'est arrivé, je trouve cette réaction tout à fait normale. La seule chose qui m'inquiète, c'est que je risque de provoquer chez toi des réactions qui retarderont les progrès que tu es en train de faire. Si cela se produit, je te promets de me tenir en retrait jusqu'à ce que tu me donnes le feu vert.

Un sourire très doux éclaira le visage de Dani.

— Au contraire, tu me fais avancer plus vite. Parce que je me sens en sécurité avec toi.

C'était tout à fait vrai. La présence de Tyler lui conférait un ancrage dans la réalité, sans cette vieille angoisse qui lui troublait l'esprit. Était-ce lié à la personnalité de Tyler ou au fait qu'elle reprenait confiance en elle ? Peu importait. Quelle qu'en soit la cause, cette évolution lui convenait très bien.

Il se pencha sur elle.

— Tant mieux, mais… j'aimerais bien t'inspirer aussi autre chose qu'un sentiment de sécurité !

— C'est bien ce qui se passe, ne t'inquiète pas.

Il déposa un baiser sur ses lèvres. Comme il s'écartait rapidement, elle lui passa les bras autour du cou pour le retenir.

Des cris d'enfants se rapprochaient, vite suivis par un bruit de galopade.

— Désolé, Dani, la récréation est terminée ! dit Tyler en s'écartant.

Comme d'habitude, Adele menait la petite bande.

— Ça y est, papa, le feu est prêt. On peut préparer les marshmallows ?

— Il faut d'abord voir si Jillian a prévu des brochettes.

— Oui, oui, assura Emma. Il y a même du chocolat et des biscuits !

Dani se délectait de voir Kevin s'amuser et rire comme les autres. Même avant la mort de sa mère, il n'avait guère connu de bons moments, car sa mère, gagnant peu, ne pouvait se permettre de petits plaisirs. Lorsque son cancer s'était déclaré, la situation avait empiré. Bien qu'elle ait fait tout son possible pour protéger Kevin du stress auquel elle était soumise, ce petit garçon intelligent et sensible avait certainement tout compris. Ensuite, les changements de familles d'accueil avaient constitué autant de sources d'anxiété, et son arrivée chez elle ne faisait pas exception. On l'avait bien prévenue lors des séances de préparation à l'accueil que trop gâter ces enfants dans l'espoir de compenser les malheurs qu'ils avaient connus auparavant n'était pas une bonne méthode. Mais les sorties chez des amis comme ils le faisaient en ce moment n'entraient certainement pas dans cette catégorie.

Le sachet de marshmallows qu'elle vit arriver avec le chocolat et les biscuits constituait certainement une très saine thérapie. Et pas seulement pour Kevin ! Elle-même ne s'était pas sentie aussi détendue depuis fort longtemps. Il y avait quantité de bonnes raisons à cela : elle avait des amis merveilleux, un homme super séduisant s'intéressait à elle, et le gamin auquel elle s'attachait chaque jour davantage riait de tout son cœur en compagnie d'enfants de son âge. Que demander de plus ? Elle se laissa aller contre le dossier de la balancelle. Pourvu que pareils moments se reproduisent souvent !

Comme s'il avait deviné ses pensées, Kevin se tourna vers elle en agitant le sac de marshmallows vide.

— Quand est-ce qu'on peut recommencer ?

— Tu sais, on ne fait pas ça tous les jours, Kevin. Il faut une occasion spéciale, un barbecue avec des amis comme aujourd'hui, ou alors quand on campe.

— On ira camper ?

Le visage de Kevin brillait d'excitation.

— J'aimerais bien camper ! À l'école, des garçons m'ont raconté qu'ils avaient dormi sous des tentes, mangé des hot-dogs et vu des ratons laveurs venir piller leurs poubelles.

Il se rapprocha de Dani pour mieux la supplier.

— S'il te plaît, dis-moi oui ! Dis-moi qu'on ira camper.

Face à cette requête pourtant insistante et son désir de faire plaisir à Kevin, elle ne se sentait pas déborder d'enthousiasme. Coucher par terre ? Cuisiner sur un feu de bois ? Quant aux ratons laveurs, merci bien, elle se passait parfaitement de leur compagnie.

— Moi non plus, Kevin, je n'ai jamais campé. Je ne saurais pas me débrouiller.

— Quoi ? Tu n'as jamais campé ? intervint Tyler. Comment est-ce possible ?

— De nous deux, ma sœur est celle qui aime le grand air. Moi, j'avoue que je préfère mon petit confort. Mis à part le feu de camp, bien sûr.

— C'est vrai, ajouta Cassie. Mollie est photographe animalier. Elle n'est jamais aussi heureuse que sur une barque ou à crapahuter dans les marais. Parfois, il est difficile de croire que Dani et elle sont sœurs.

— Tu ne sais pas ce que tu manques ! s'exclama Tyler. Il y a plein de possibilités autour de Paradise. Nous partons camper plusieurs fois par an, pas vrai, les filles ?

— Oui, approuva Amy. J'ai un sac de couchage avec une princesse dessinée dessus.

— Et on peut se salir tant qu'on veut quand on campe, ajouta Adele.

— Je vois que vous êtes des spécialistes, conclut Jillian. Dani et Kevin auraient sûrement beaucoup à apprendre de votre expérience. Pourquoi ne partiriez-vous pas tous ensemble ?

— Oh oui, papa ! implora Amy.

— Papa, s'il te plaît ! J'ai dit le mot magique et j'ai demandé gentiment, tu es obligé de dire oui, insista Adele.

— C'est vrai, mais cela ne m'oblige pas à dire oui, rectifia Tyler. Il faut d'abord laisser Dani et Kevin voir s'ils ont envie de tenter l'expérience.

— Oui, oui ! assura Kevin. Pas vrai, Dani ?

Elle fronçait les sourcils.

Jillian s'était débrouillée pour arranger quelque chose entre Tyler et elle. Elle lui dirait deux mots bien sentis à propos de sa manie de vouloir former des couples. Mais cela devrait attendre, car pour l'instant, trois enfants étaient suspendus à ses lèvres comme si un mot d'elle allait leur ouvrir le paradis.

À y réfléchir, elle se dit que, si vraiment il fallait aller camper, ce serait bien agréable de le faire avec quelqu'un qui avait déjà de l'expérience en la matière. Et qui, en prime, saurait faire fuir les fameux ratons laveurs qu'elle n'avait aucune envie de croiser.

— Pourquoi pas ? À condition bien sûr que Tyler soit d'accord, et disponible.

— Je suis justement libre le week-end prochain, annonça Tyler. Et si nous voulons faire cette expérience, autant la prévoir assez vite, tant qu'il ne fait pas trop chaud. L'été n'est pas une bonne saison pour camper, on souffre trop de la chaleur.

— Génial ! hurla Kevin en lui sautant au cou.

À ce moment-là, Dani eut la certitude qu'elle venait de prendre une excellente décision.

Mais un instant plus tard, elle se prit à imaginer la longue soirée au clair de lune en compagnie de Tyler, loin de tout et de tous, près d'un feu, les enfants profondément endormis sous la tente. Sa belle résolution d'avancer pas à pas ne venait-elle pas d'être balayée par ce projet de week-end ?

# - 10 -

En définitive, monter une tente n'avait rien de bien sorcier. Sauf s'il fallait gérer en même temps deux petites filles bien décidées à vous « aider ». Dans ce cas-là, c'était presque mission impossible. En dépit de leur inexpérience, Dani et Kevin se débrouillaient nettement mieux que Tyler et ses filles. Ils venaient de planter le dernier piquet de la tente prêtée par Mollie alors que Tyler était encore en train de chercher à assembler les différents poteaux que ses filles ne cessaient d'arranger à leur façon.

— Et voilà ! s'exclama Kevin d'un ton triomphant. C'était super amusant !

« Super amusant » n'était pas exactement le qualificatif que Tyler aurait employé.

— Dites, les filles, Kevin et Dani ont fini de monter leur tente. Si vous alliez voir si tout est bien en place ?

— D'accord, dit Adele en entraînant sa sœur.

— Tu veux un coup de main ? proposa Dani à Tyler qui se débattait au milieu d'un amas de piquets et de ficelles.

— En fait, je crois que j'ai besoin d'un peu moins d'aide ! Tout au moins de la part des moins de six ans.

— Message reçu cinq sur cinq ! Tu veux que je les occupe pendant que tu termines ?

— Ce ne serait pas de refus !

Tyler avait hâte d'être débarrassé du montage de sa tente, car chaque seconde qu'il y consacrait était autant de temps qu'il ne passait pas avec Dani. Elle était plus jolie que jamais dans son short kaki et son T-shirt rouge. Le simple fait de la regarder lui rappelait qu'il était un homme jeune et plein d'ardeur.

Il n'était pas le seul à être tombé sous son charme. C'était la même chose pour les enfants. En quelques semaines, Kevin s'était métamorphosé grâce à l'attention et l'affection qu'elle lui prodiguait. Quant à Amy et Adele, elles buvaient les paroles de Dani dès que cette dernière ouvrait la bouche. Certes, une présence féminine leur manquait au quotidien, mais il y avait plus que cela. La présence radieuse de Dani faisait du bien à tout le monde, lui y compris.

Une fois sa tente montée, il alla jeter un coup d'œil sur celle de Dani et Kevin.

— Parfait ! Vous êtes bien sûrs que c'est la première fois que vous campez ?

— Oui, assura Kevin.

— Oui, confirma Dani, mais nous avons un excellent matériel. En ce qui concerne l'équipement de plein air, ma sœur a absolument tout ce qu'il faut, et premier choix en prime.

— En tout cas, vous faites une bonne équipe, tous les deux.

— Et nous alors ? On n'est pas une bonne équipe parce que tu as monté la tente sans nous, grogna Amy.

— Vous avez déjà oublié que c'est vous qui avez préparé tous les montants et les piquets ? Nous aussi, nous formons une bonne équipe !

— Alors, on va se mettre tous ensemble pour former une équipe encore meilleure, proposa Adele.

— Bonne idée, approuva Tyler. Et la première chose à faire, c'est explorer les lieux. Qui veut apprendre à se servir d'une boussole ?

Des exclamations enthousiastes fusèrent. Il sortit donc les petites boussoles qu'il avait apportées du magasin et leur en expliqua le maniement. Après quelques erreurs initiales, les enfants finirent par comprendre qu'il fallait faire coïncider l'aiguille et le nord. Ils réussirent à suivre les indications que leur donnait Tyler, et chacun se retrouva à l'endroit prévu par ce dernier, devant un grand arbre au tronc béant creusé par les intempéries.

— Regardez dans le creux de cet arbre ! dit Tyler.

— Du chocolat ! s'écria Adele qui avait été la plus rapide, en exhibant fièrement les trois grosses barres que Tyler y avait cachées un peu plus tôt.

— Des marshmallows ! renchérit Amy en serrant sur son cœur un gros sac de ses friandises préférées.

Quand vint le tour de Kevin, il retira un paquet de biscuits et leva le nez vers Tyler, l'air incrédule.

— Alors… on va faire griller des marshmallows ?

— Avec tout ce que vous venez de trouver, difficile de faire autrement ! Vous l'avez bien mérité. Mais il nous faut d'abord préparer le dîner, le dessert viendra ensuite.

En revenant au campement, il eut la surprise de trouver Dani affairée devant un magnifique feu de camp.

— Tu sais aussi allumer les feux de camp ?

— J'ai regardé sur Internet avant de partir !

— Franchement, tu es épatante !

— Parce que je sais lire ?

Il éclata de rire.

— Parce que tu n'as pas laissé cette situation inédite pour toi te déstabiliser. Au contraire, tu en as profité pour apprendre des choses nouvelles. Peu de gens en auraient été capables.

— Tu croyais que je resterais assise dans un fauteuil, les bras croisés à te regarder faire tout le boulot ?

Il se sentit pris en défaut. Oui, c'est bien ce qu'il avait imaginé. Mais il avait eu tort : Dani n'était pas le genre de fille à baisser les bras devant une difficulté. Elle affrontait les choses. Qu'il s'agisse de camper ou d'accueillir Kevin, c'était avec le même courage et la même vivacité qu'elle se lançait dans l'entreprise. À ses yeux, le manque d'expérience ne justifiait pas un renoncement. Il trouvait cette attitude rafraîchissante et stimulante. Avec elle, tout devenait possible. Il y avait longtemps, tellement longtemps qu'il n'avait pas éprouvé ce sentiment de pouvoir aller de l'avant !

*
* *

Dani n'aurait su dire ce qui lui faisait le plus plaisir : les marshmallows moelleux qui fondaient dans sa bouche ou la satisfaction d'avoir su monter sa tente et faire du feu. Épuisés, les enfants dormaient déjà. La lune brillait dans le ciel criblé d'étoiles. Et jusqu'à présent, pas le moindre raton laveur à l'horizon ! Comble de bonheur, assis à côté d'elle se trouvait l'homme qui chaque jour davantage prenait possession de son cœur.

Il avait été extraordinaire avec les enfants tout l'après-midi, d'une patience à toute épreuve, mais capable de s'amuser réellement avec eux.

Certes, le contraire eût été étonnant de la part d'un homme qui avait choisi de tenir un magasin de jouets, mais quel changement par rapport à ceux qu'elle avait côtoyés jusqu'à maintenant ! Pour eux, la seule chose qui comptait, c'était le chèque à la fin du mois. Sans le moindre scrupule, ils laissaient leur épouse, ou même une nounou, s'occuper de leur progéniture. En repensant à la pression dans le cabinet d'avocats où elle travaillait à Jacksonville, elle éprouvait un véritable soulagement. Bien sûr, pas à cause de l'incident traumatisant qui l'avait obligée à partir, mais parce que ce départ l'avait ramenée à Paradise. C'était ici qu'elle se sentait bien, ici que se trouvaient les gens qu'elle voulait fréquenter. Ils travaillaient dur, mais ils savaient garder du temps pour leur famille et leurs amis. Et même, apparemment, pour des relations plus romantiques…

— Est-ce aussi bon que ce que ta mine réjouie semble indiquer ? demanda Tyler qui n'avait pas quitté Dani des yeux depuis que les enfants étaient couchés.

Elle passa la langue sur ses lèvres.

— Tu veux goûter ?

— Mmm… J'ai cru que tu ne me le demanderais jamais !

Il se pencha vers elle et lui mordilla la lèvre.

— Délicieux !

— Oui, c'est délicieux les marshmallows grillés.

— Non, je parlais de toi. Tu es délicieuse.

Il l'embrassa de nouveau, approfondissant son baiser. Il n'en fallut pas davantage pour enflammer tous les sens de Dani. Elle glissa les mains sous la chemise de Tyler. Découvrir sa poitrine musclée, si virile, aurait dû déclencher un stress en elle, mais elle ne se sentait ni anxieuse ni menacée. Lorsqu'il continua à l'embrasser dans le cou, elle se cambra, enfonçant les ongles dans ses pectoraux.

À son tour, il commença à explorer son corps, sous le T-shirt rouge qui l'avait attiré comme un aimant toute la journée.

— Je veux t'allonger devant le feu et enlever tous tes vêtements, un à un, jusqu'à ce que je puisse voir tout ton corps éclairé par les flammes, chuchota-t-il.

Elle frissonna. Si les enfants ne s'étaient pas trouvés aussi près, elle l'aurait laissé faire. Elle l'aurait même supplié de le faire, mais ç'aurait été trop risqué. Penchant la tête vers lui, elle chercha sa bouche, pour lui exprimer par son baiser tout ce qu'elle ressentait dans ses bras.

Ils prirent leur temps. À aucun moment, elle n'eut l'impression qu'il ne recherchait que son propre plaisir. Au contraire, chacun de ses gestes, chacune de ses caresses lui donnait un bonheur nouveau.

Soudain, il se redressa et tendit l'oreille en regardant autour d'eux. Déçue, elle voulut l'attirer à nouveau contre elle, mais il la dissuada en posant un doigt sur ses lèvres gonflées par leurs baisers.

— Qu'est-ce qui se passe ? demanda-t-elle, frustrée.

— Regarde !

Quelque chose qui bougeait dans la pénombre de la pinède attira son regard. Puis, l'un des petits bandits dont elle avait tant entendu parler sauta sur la table à la recherche des reliefs de leur repas. Elle observa son drôle de masque noir bordé de blanc autour des yeux, sa fourrure grise et sa queue rayée.

— Un raton laveur ? demanda-t-elle à mi-voix, ne sachant

pas si le bruit ferait fuir le pique-assiette ou lui donnerait au contraire envie de passer à l'attaque.

Elle n'avait aucune envie de faire la connaissance des griffes acérées du visiteur.

— Oui. Il va s'en aller très vite quand il aura constaté que nous n'avons rien laissé.

Ils étaient plusieurs maintenant à explorer le moindre recoin à la recherche de nourriture. Dani regardait leur manège, agrippée à la main de Tyler.

— J'espère qu'ils ne vont pas chercher à pénétrer dans les tentes !

— Non. Ils ne s'intéressent pas à nous, seulement à ce que nous mangeons.

— Tant mieux.

Bien sûr, si cela avait été nécessaire, elle aurait volé au secours des petits, mais elle était bien mieux au coin du feu. Appuyée contre le torse vigoureux de Tyler, elle se détendit tout en gardant un œil sur les drôles de bestioles. Après une inspection en règle, ne trouvant rien à leur goût, les envahisseurs repartirent en se dandinant, museau au vent, à la recherche d'une meilleure opportunité.

Elle soupira, soulagée tandis que Tyler l'enveloppait de ses bras et la réchauffait de son corps.

— Comme je suis bien…, murmura-t-elle.

Le feu de camp, les bruits de la nature, Tyler tout contre elle… C'était le bonheur.

— Nous devrions faire ça plus souvent, proposa Tyler.

— Tu veux dire camper ?

— Non.

Il enfouit son visage dans le cou de Dani.

— Non, nous embrasser, passer un moment dans les bras l'un de l'autre.

— Ah…

— Tu n'es pas d'accord ?

Elle hésita, cherchant ses mots.

— Si, moi aussi, j'adore le moment que nous passons ensemble. Mais même si je désire de tout mon cœur que nous vivions souvent pareils instants, je veux que tu me promettes quelque chose.

— À propos de tes réactions d'angoisse ? Ne t'inquiète pas. Comme je te l'ai déjà dit, je n'insisterai jamais, c'est toi qui poses les limites.

— Non, ce n'est pas ça.

— Alors quoi ?

— Il faut que tu me promettes que quoi qu'il nous arrive, nous ferons toujours passer les enfants en premier.

— Bien sûr !

Il avait répondu très vite, comme si cela tombait sous le sens.

— Je veux me croire capable de m'occuper de Kevin et d'entretenir une relation amoureuse avec toi. Vraiment. Mais si je n'y arrive pas, si je dois renoncer à quelque chose, ça ne sera pas à Kevin. Il doit rester ma priorité.

— Bien sûr. Je ne m'attendais pas à autre chose.

— Tu comprends que cela signifie que je n'aurai pas toujours du temps pour toi ? Tout au moins, autant que je le souhaiterais ? Entre mon travail et Kevin, il ne restera peut-être pas grand-chose pour nous deux.

— Je ferai avec. Tu sais, je peux me montrer très efficace ! Par exemple, je suis sûr de pouvoir nous déshabiller tous les deux en moins d'une minute.

Elle soupira, puis sourit.

— Bon d'accord, concéda-t-il, ce n'est peut-être pas ce que tu voulais dire, mais rappelle-toi que nous sommes adultes tous les deux. Nous n'allons pas nous chamailler parce que l'un de nous annule un rendez-vous à cause d'un enfant malade ou d'un travail en retard. C'est d'accord, si jamais il faut faire un choix, les enfants passeront en premier.

Elle sentit alors un poids énorme la quitter. Elle souhaitait que leur histoire marche, maintenant plus que jamais, mais elle ne voulait pas s'y lancer à l'aveuglette. Puisqu'ils étaient tous les deux sur la même longueur d'onde, ils avaient leurs chances.

*
* *

La lumière du soleil qui filtrait par le toit de la tente réveilla Dani, qui huma immédiatement la bonne odeur du café. Le paradis ! Elle se tourna pour regarder Kevin qui dormait encore à poings fermés, enfoui dans son sac de couchage. Inutile de l'appeler tout de suite, elle allait profiter de ce répit pour boire une bonne tasse de café chaud. Comme elle avait dormi en survêtement, elle n'avait pas besoin de se changer avant de sortir de sa tente, un simple coup de brosse suffirait à la rendre présentable.

Elle actionna la fermeture Éclair de la tente et passa la tête au dehors. Tout était calme. Tyler avait déjà rallumé le feu sur lequel une vieille cafetière reprenait du service. Il était assis dans un fauteuil pliant, les jambes allongées devant lui, et elle le trouva plus séduisant que jamais.

— Bonjour, Dani ! Tu as bien dormi ?

— Non, pas vraiment. Mais peu importe, je suis ici pour la bonne compagnie, pas pour le confort.

Il se leva pour venir à sa rencontre, déposant un rapide baiser sur ses lèvres. Puis il remplit une tasse en émail bleu et la lui tendit.

De nouveau, un bruit de fermeture Éclair se fit entendre et, cette fois, ce furent deux petits visages encore bouffis de sommeil qui apparurent.

— Bonjour, mes amours ! Comment allez-vous ce matin ?

— J'ai faim, répondit Adele avec une moue.

— J'ai soif, ajouta Amy.

— Désolé, déclara Tyler en leur tendant une main à chacune pour les aider à sortir de leur tente. Désolé, Dani, mes filles ne sont pas du matin ! Elles redeviendront humaines une fois qu'elles auront rempli leur estomac.

— Je comprends, je suis comme elle, répliqua Dani.

Il installa les deux petites sur un des bancs placés devant la table du pique-nique, leur donna à chacune une brique de jus de fruit et en mit une de côté en précisant :

— Celle-ci est pour Kevin quand il se réveillera.

— Tu veux de l'aide pour préparer le petit déjeuner ? demanda Dani.

— Non, à mon tour de vous nourrir. Tu as préparé le dîner hier soir et, en plus, tu es encore trop endormie pour être efficace.

— C'est vrai. Merci ! dit-elle en regardant Tyler préparer des pancakes et faire griller des saucisses.

En un rien de temps, un petit déjeuner somptueux fut prêt.

— Je crois que c'est le moment d'aller réveiller Kevin, déclara Dani. Il ne me pardonnerait pas de lui avoir fait manquer pareil festin !

Elle le trouva tout habillé, son duvet soigneusement plié et rangé dans son sac.

— Bravo, Kevin ! Viens vite nous rejoindre à table.

Il suivit Dani sans rien dire et demeura silencieux une fois assis en face des jumelles. Cela ne lui ressemblait guère, mais Dani se dit qu'il n'était peut-être pas encore tout à fait réveillé.

— Comment trouvez-vous mon petit déjeuner ? demanda Tyler.

— Très bon, claironna Amy.

— Très, très bon, renchérit Adele.

Kevin se contenta de hausser les épaules, les yeux rivés sur son assiette.

— Et alors, Kevin, tu ne dis rien ? insista Tyler.

— C'est très bon.

Surpris par le laconisme du garçon, Tyler jeta un coup d'œil à Dani, qui semblait aussi interloquée que lui. Kevin n'était plus le même que la veille. Pour l'heure, il fallait plier le camp, puisque le lendemain était un jour de classe, mais s'il persistait dans ce mutisme, elle en parlerait avec lui, une fois qu'elle aurait mis en route une machine de linge et organisé la semaine à venir.

Ils plièrent donc le matériel pendant que les enfants s'amusaient. Ou, plus exactement, qu'Amy et Adele se disputaient sous le regard morne de Kevin.

— Tu comprends ce qui se passe avec Kevin ? demanda Dani, un peu inquiète.

— Non. Il est sans doute contrarié de rentrer. Les filles sont de mauvaise humeur, c'est peut-être sa façon à lui de réagir.

— J'espère qu'il n'y a rien d'autre. Je le trouve vraiment bizarre ce matin.

— Ça passera ! Tu veux un coup de main pour démonter ta tente ?

— Non, merci. Je vais m'organiser avec Kevin.

En fait, elle dut se débrouiller toute seule, car Kevin ne se montra d'aucune utilité. Il traîna les pieds, emmêla les cordes et se montra plus inefficace qu'utile. Finalement, Dani l'envoya jouer avec les jumelles. Finalement, c'était plus facile de démonter une tente que de la monter, et mis à part le fait qu'elle dut s'y prendre à trois reprises pour la faire rentrer dans son sac, elle ne se débrouilla pas trop mal.

Tyler avait déjà chargé la voiture et regroupé les enfants pendant qu'elle finissait.

— Il faut vraiment qu'on parte tout de suite ? demanda Adele d'un ton grognon.

Derrière elle, Amy faisait la moue, les bras croisés sur la poitrine.

— Oui, mesdemoiselles. Pour commencer, nous avons fini nos provisions, et à voir comme vous êtes déjà de mauvaise humeur, je préfère ne pas savoir ce que cela donnera quand vous serez affamées.

Un peu en retrait, Kevin avait écouté cet échange. Sans un mot, il s'approcha et grimpa dans la voiture de Dani. Au moins, il n'y avait pas de bagarre à livrer de son côté. Le trajet de retour serait plus facile pour elle que pour Tyler qui devrait gérer la frustration de ses deux fillettes. Elle l'entendit d'ailleurs menacer de les laisser en pâture aux ours de la forêt si elles se disputaient dans la voiture, et tout de suite après, les cris d'horreur mêlés de fous rires des petites.

Tout le monde était triste de partir, elle autant que les

autres. Plus que les autres, sans doute. Certes, camper n'allait pas devenir son passe-temps préféré, mais elle avait apprécié ces moments avec Tyler. Maintenant que chacun allait reprendre son quotidien bousculé, Dieu savait quand ils retrouveraient un moment de calme ensemble.

— Tu vas me manquer, dit-il en s'approchant avant qu'elle monte en voiture.

— Pareil pour moi. On se voit bientôt ?

— Oui.

Il s'était exprimé d'un ton confiant, mais il savait lui aussi que ce serait compliqué.

— En attendant, j'espère que cela te permettra de ne pas m'oublier !

Il l'attira alors à lui, l'embrassant avec fougue, avant de regagner son véhicule.

Oublier Tyler ? Le problème serait plutôt de réussir à penser à autre chose…

# - 11 -

— Kevin, debout, tu vas être en retard à l'école !

Dani alluma le plafonnier pour inciter le petit garçon à sortir de son lit. Elle l'avait déjà appelé à deux reprises, sans succès. Or le temps pressait.

— Ouais… Je me lève, mais ce n'est pas la peine de crier comme ça.

Rejetant brusquement ses couvertures, il se leva, foudroyant Dani du regard.

— Je ne crie pas, Kevin, je t'explique… Bref, peu importe. Dépêche-toi, c'est tout ce que je te demande. Tu trouveras un yaourt et des tartines sur la table de la cuisine.

Elle le laissa se préparer pour en faire autant de son côté. Elle avait déjà fait son brushing, mais il lui restait à se maquiller : un peu de rose sur les joues, un trait d'eye-liner et une touche de rouge à lèvres.

En regagnant la cuisine, elle trouva Kevin en train de chipoter sur son petit déjeuner. Qu'il soit de mauvaise humeur, mal réveillé, elle pouvait le comprendre, mais qu'il rechigne devant la nourriture, voilà qui était inquiétant.

— Ça va, Kevin, tu te sens bien ?

Elle lui posa une main sur le front, comme sa mère le faisait autrefois. Il ne paraissait pas avoir de fièvre. Elle avait mis sa mauvaise humeur de la veille sur le compte de la fatigue et de la contrariété de devoir rentrer, mais si c'était le cas, pourquoi était-il aussi mal en point ce matin ?

— Tu as mal à l'estomac ?

Il secoua la tête et mordit dans l'une des tartines.

— Tu sais que si tu as un souci, quel qu'il soit, tu peux m'en parler ?

Il hocha la tête sans croiser le regard de Dani, complètement déconcertée. Où était passé le gamin heureux et rieur de la semaine précédente ? Celui qui parlait sans arrêt et dévorait comme un ogre ?

— Kevin, je te parle sérieusement. Si quelque chose ne va pas, il faut me le dire, je peux t'aider.

— Laisse-moi tranquille, c'est tout.

Il prit encore une bouchée et laissa tout le reste dans son assiette qu'il repoussa brusquement.

— Puisque tu dis qu'on est en retard, dépêchons-nous de partir.

Déroutée par cet accès de colère, elle eut envie d'avoir sur-le-champ une conversation avec lui, mais son air buté l'en dissuada. En plus, il avait raison, ils étaient en retard.

Fâchée contre lui, doutant d'elle-même, elle attrapa son attaché-case et son sac à main.

— Oui, filons, mais nous parlerons plus tard.

Apparemment soulagé de ce répit, Kevin attrapa son sac à dos et lui emboîta le pas. Il ne prononça pas un seul mot pendant tout le trajet vers l'école et, lorsqu'elle lui souhaita une bonne journée au moment où il descendait de voiture, il l'ignora et tourna les talons sans rien dire.

Stupéfaite et blessée, elle le regarda s'éloigner jusqu'à ce que la voiture qui la suivait klaxonne d'impatience.

— D'accord, d'accord, dit-elle en faisant un geste d'excuse de la main.

Préoccupée, elle sortit du parking en faisant bien attention aux enfants qui couraient dans tous les sens malgré les consignes de sécurité. Une fois sur la route, elle s'efforça de desserrer ses mains crispées sur le volant et s'exhorta à la patience.

*Kevin est un enfant. C'est normal qu'il se montre mal élevé de temps à autre ou de mauvaise humeur. Il n'a pas eu une vie facile, je dois faire un effort pour le comprendre.*

Tout cela était vrai. Le problème, c'était qu'elle connaissait bien Kevin et que ce comportement ne lui ressemblait pas du tout. Certes, il ne vivait chez elle que depuis quelques semaines, mais elle avait été sa tutrice bien avant, et jamais elle ne l'avait vu réagir de cette façon. Quelque chose le contrariait, il n'y avait aucun doute là-dessus, mais quoi ?

Peut-être regrettait-il de vivre chez elle ? Peut-être était-il jaloux d'avoir dû partager le week-end avec Tyler et les jumelles ? Non, cela ne tenait pas debout. Il s'était montré enthousiaste quand elle lui avait annoncé qu'ils partiraient tous ensemble. Et il avait été heureux de ne pas être le seul garçon dans l'expédition. Quant à la présence des jumelles, elle lui donnait l'occasion d'être le grand, celui qui en savait davantage qu'elles, et ce rôle lui plaisait.

Alors ? Aucune hypothèse ne paraissait valable. C'est bien ce qui la plongeait dans le désarroi, elle, sa tutrice, bientôt sa mère adoptive. Toutes les mères devaient être capables de résoudre les problèmes de leurs enfants, mais comment y parvenir alors qu'elle ne savait même pas de quoi il s'agissait ? Pourquoi refusait-il aussi obstinément de lui en parler ? Jusqu'à maintenant, elle avait cru que leur relation se fondait sur la confiance et le respect. Mais depuis vingt-quatre heures, il s'appliquait à lui démontrer qu'elle se trompait.

Pour autant, elle ne pouvait pas l'obliger à parler ! Elle n'avait d'autre choix que de se montrer patiente. Malheureusement, ce n'était pas là son trait de caractère le plus marquant.

Comme elle venait d'arriver sur le parking de l'étude de son père, elle fit un effort pour passer du mode mère de famille à celui d'avocate au travail. Kevin n'était pas le seul à compter dans sa vie, ses clients aussi avaient leur place. Et au moins, avec eux, elle savait qu'elle pouvait se rendre utile. Ah… Si seulement les enfants étaient aussi faciles à comprendre que les articles du code civil !

*
* *

— Et ce matin, qu'est-ce que ce sera pour toi, Tyler ? demanda Grace Keville, la propriétaire de la Sandcastle Bakery.

— Deux pains au lait et deux cafés avec de la crème.

— Deux ?

— Oui, deux. Je… J'apporte son petit déjeuner à une connaissance.

Tyler ne savait pas dans quelle mesure Dani avait envie de rendre publique leur relation. Mieux valait lui demander son avis avant de le crier sur les toits.

— Est-ce que par hasard cette « connaissance » ne serait pas une jeune avocate de Paradise ?

Tyler acquiesça.

— Tu es déjà au courant ?

Grace lui adressa un clin d'œil.

— Tu sais, Paradise n'est pas une capitale… Les nouvelles vont vite !

Elle lui tendit sa commande.

— À toutes fins utiles, sache que chacun ici se réjouit pour vous deux.

— Mieux vaut cela que l'inverse ! philosopha Tyler en réglant. Bonne journée, Grace.

— À toi aussi, Tyler. Passe le bonjour à Dani.

— Promis.

Sortant de la boulangerie, il se dirigea vers l'étude que partageaient Dani et son père, au rez-de-chaussée d'un immeuble à la façade en stuc, situé entre un encadreur et un cabinet d'expert-comptable. Il poussa la lourde porte en bois et se retrouva dans une salle d'accueil pas très grande mais élégamment agencée. Un parquet rutilant et un bureau ancien en bois ciré conféraient une touche d'ancienneté réconfortante. Des chaises capitonnées entouraient une table en chêne sur laquelle étaient disposés différents magazines d'actualité. Une musique douce jouée en sourdine étouffait les bruits de la rue.

— Bonjour, monsieur. Puis-je vous renseigner ?

Assise derrière le bureau, une dame d'âge mûr offrait

une ressemblance frappante avec Dani, ce qui suffit à Tyler pour la trouver très sympathique. Il lui adressa son plus beau sourire.

— Oui, j'espère bien ! Je cherche Dani.

— Qui dois-je annoncer ?

— Tyler. Tyler Jackson.

Un sourire entendu éclaira le visage de la réceptionniste.

— Je m'en doutais un peu ! Je suis heureuse de faire votre connaissance, Tyler. J'ai déjà beaucoup entendu parler de vous.

— Vraiment ?

Cette réponse le surprit énormément, persuadé qu'il était que Dani était restée discrète au sujet de leur relation.

En voyant l'expression étonnée de son interlocuteur, la mère de Dani se hâta d'ajouter :

— Pas par Dani elle-même. Elle est très réservée quant à sa vie privée, mais j'ai d'autres sources d'information.

Évidemment…

Une fois de plus, les potins avaient dû courir bon train dans Paradise. Ne sachant trop que répondre, il se contenta de hausser les épaules.

— Vous la trouverez dans son bureau. La première porte à gauche.

— Merci beaucoup.

Dani était plongée dans la rédaction d'un compte rendu de séance au tribunal. Ce n'est que lorsqu'il déposa le sachet de petits pains sur le coin de son bureau qu'elle leva les yeux.

— Tyler ! Qu'est-ce que tu fais ici ?

— J'apporte un café et un petit pain au lait à une très charmante jeune femme.

Les joues de Dani s'empourprèrent.

— Tu ne devrais pas être au travail, plutôt que de jouer les garçons livreurs ?

Elle regretta immédiatement ses paroles.

— Oublie ce que je viens de dire ! Je me fiche complètement de ce que tu devrais être en train de faire. Ta visite me fait un plaisir fou, je ne veux rien savoir d'autre.

Ils prirent chacun un petit pain, et Tyler s'assit.

— Je prends ma matinée du lundi. Un employé me remplace, ainsi je fais mes courses sans mes filles. Cet arrangement me permet de leur consacrer la fin de semaine au lieu de passer mon temps à courir dans les magasins.

— Voilà qui me paraît sensé. Moi, j'ai encore du mal à m'organiser avec Kevin.

Elle s'interrompit un instant.

— D'ailleurs, en ce moment, tout me paraît compliqué.

— Qu'est-ce qui t'arrive ?

— C'est Kevin. Il continue à se conduire bizarrement. J'ai l'impression qu'il ne supporte plus ma présence. Il ne m'a même pas dit au revoir ce matin quand je l'ai déposé à l'école. Je ne vois pas ce qui le perturbe, et pourtant, c'est mon rôle de le comprendre.

— Écoute, tu n'as pas le don de double vue, Dani. Montre-toi patiente et prête à l'écouter quand il voudra te parler.

— C'est ce que je fais, ou tout au moins ce que je pense faire, mais on ne peut pas dire que c'est une réussite.

— Les enfants ne débarquent pas avec un manuel d'explications.

— Tu peux parler, toi qui en as des douzaines sur le sujet !

— Ce que je veux dire, c'est qu'on ne trouve pas réponse à tout dans les livres. Si tu sens que quelque chose ne tourne pas rond, vas-y à l'instinct. Observe-le, reste présente, il finira par te dire de quoi il s'agit.

Il passa la main dans ses cheveux.

— D'ailleurs, ce malaise n'a peut-être rien à voir avec toi. Qui sait ? Il est peut-être tombé amoureux d'une copine de classe.

— Peut-être… En attendant, j'ai récolté une migraine carabinée à force de me casser la tête là-dessus.

— Attends, je vais t'aider à te sentir mieux.

Il se leva, contourna le bureau pour placer ses mains sur les épaules de Dani qu'il commença à masser.

— Il y a un moyen encore plus efficace de soulager les tensions. Tu le connais ? demanda-t-il.

— Non.

— Quelques baisers peuvent arranger bien des choses, ajouta-t-il en l'embrassant dans le cou.

Dani se raidit, chacun de ses muscles tétanisés. Oh non… Voilà que « ça » recommençait, la crise abominable, absurde, qui la paralysait des pieds à la tête. Son cœur cognait violemment dans sa poitrine ; elle n'avait qu'une envie, s'enfuir en courant, mais elle était pétrifiée, rivée sur place, haletante de peur.

Il lui sembla entendre Tyler prononcer son nom, mais elle n'arrivait pas à comprendre ce qu'il lui disait. Alors, elle suivit le conseil de sa thérapeute : les yeux clos, elle s'efforça de faire le vide en elle, de bannir de son esprit tout ce qui n'était pas concentration sur sa respiration. Oui, voilà ce qui était important. Inspirer, expirer, lentement. Compter jusqu'à quatre à chaque inspiration et jusqu'à huit à chaque expiration. Sentir l'air circuler dans ses poumons en se répétant que tout allait bien, qu'elle n'était pas en danger, que rien n'allait lui arriver. Elle était en sécurité. Oui, en cet instant, elle était parfaitement en sécurité, aucun danger ne la menaçait.

Lorsque son pouls arrêta de tambouriner à ses oreilles, elle se risqua à ouvrir les yeux. À quelques pas d'elle, Tyler était appuyé contre le mur, le visage inquiet, les mains dans les poches, désireux de lui montrer qu'il n'avait rien de menaçant. Il faudrait qu'elle pense à le remercier pour cela plus tard. Pour l'instant, elle avait besoin de boire un grand verre d'eau. Elle attrapa la petite bouteille qu'elle avait toujours dans son sac, car ses attaques de panique la laissaient aussi assoiffée que si elle venait de courir un marathon.

— Ça va maintenant ? demanda Tyler. Tu te sens mieux ?

Il lui parlait sans se rapprocher, gardant les mains dans ses poches.

— Oui. Cette crise n'était pas très intense, mais elle m'a complètement prise au dépourvu.

— Moi aussi. Je croyais qu'il n'y aurait pas plus de problème cette fois que les précédentes.

Elle secoua tristement la tête.

— Deux pas en avant, un pas en arrière…

— C'est toujours un progrès !

— Sans doute, mais j'aimerais avancer plus vite.

— Tu as une idée de ce qui a pu déclencher cette crise ?

— Pas vraiment. Je croyais que c'était la présence d'un homme qui me rendait malade, mais ce n'est pas du tout le cas avec toi. C'est peut-être le lieu…

— Tu veux dire le fait de nous trouver dans ton bureau ? Ton bureau lui-même peut-être ?

Le visage de Dani s'éclaira.

— Oui. Juste avant que tu m'embrasses, j'avais les yeux fixés sur mon ordinateur et sur le code civil posé juste à côté. C'est probablement ce qui se trouvait sur mon bureau à Jacksonville quand j'ai été agressée.

— Le fait que je t'aie surprise a dû jouer aussi. Tu étais déjà stressée à cause de Kevin lorsque je t'ai embrassée, dans un environnement semblable à celui où tu as été attaquée.

Cette remarque pleine de bon sens apporta un réel soulagement à Dani. Elle n'était pas en train de régresser comme elle l'avait craint, mais de cerner la situation qui la plongeait dans la panique.

Elle se mit à rire.

— Dans la mesure où ton principal fantasme n'est pas de faire l'amour sur un bureau, il ne devrait pas y avoir de problème !

Il sortit les mains de ses poches.

— J'inventerai autre chose, ne t'inquiète pas. En attendant, j'aimerais t'accompagner une fois chez ta thérapeute. Elle pourrait peut-être me donner des conseils pour t'aider, tu ne crois pas ?

— Je ne sais pas. Je vais y réfléchir.

Elle s'avança vers Tyler et lui prit la main pour voir si cela déclenchait en elle une réaction de peur. Rien ne se passa. Rien, à l'exception des mêmes sensations agréables qu'elle éprouvait chaque fois que leurs peaux entraient en contact.

— Ta visite m'a fait plaisir, en dépit de… de ce qui m'est arrivé.

Main dans la main, ils se dirigèrent vers la porte d'entrée.

— Appelle-moi ce soir, demanda Tyler. Juste pour me dire comment s'est passée ta journée.

— D'accord.

Puis elle se hissa sur la pointe des pieds pour déposer un baiser sur ses lèvres. Aucun accès de panique ne menaça de la submerger. Pas la moindre alerte. Elle préféra toutefois en rester là.

Lorsque la porte se referma sur Tyler, elle resta immobile quelques instants, frustrée de ne pas avoir osé davantage. Ce sentiment lui devenait familier, mais elle l'accueillait avec bonheur. Au moins, il prouvait que Tyler et elle avançaient dans la bonne direction. Avec Kevin, c'était différent. Elle redoutait dc plus en plus d'avoir commis une erreur et souffrait de son incapacité à identifier laquelle. Pourtant, elle devait y parvenir, sous peine de voir leur relation se déliter irrémédiablement.

Après sa visite à Dani, Tyler s'arrêta à la clinique vétérinaire pour acheter des croquettes pour les chatons. Il en profiterait pour prendre un rendez-vous pour leurs prochains vaccins.

Il effectua le court trajet à pied, ce qui à cette période de l'année était un pur bonheur. Bientôt, la chaleur et l'humidité contraindraient les gens à s'enfermer chez eux avec l'air conditionné, mais pour l'instant, beaucoup de monde profitait de la douceur de l'air. À plusieurs reprises, il s'arrêta pour saluer une connaissance avant d'arriver au bâtiment qui abritait la clinique.

Une jeune femme l'accueillit et lui tendit les sacs de nourriture qu'il avait demandés.

— Quel âge ont vos chatons ? demanda-t-elle quand il prit le rendez-vous.

— Autour de neuf semaines. Comme ils viennent de votre clinique, vous avez sûrement une fiche à leur nom.

— Oh ! c'est vous qui avez hérité des petits chats que Dani est venue chercher ? Vos filles doivent en raffoler !

— Exactement. Par moments, je pense même qu'elles les aiment plus que moi.

— J'en doute, répliqua la jeune femme en riant, ne serait-ce que parce que c'est vous qui les leur avez offerts.

— C'est vrai. Voilà qui me met à l'abri de leur indifférence pendant encore quelque temps, plaisanta Tyler.

Ils fixèrent le rendez-vous et, au moment où il s'apprêtait à sortir, une voix le héla.

— Salut, Tyler ? Comment vas-tu ?

Cassie sortait de la salle d'opération.

— Je vais très bien, les filles et leurs chats également, merci.

— Et Dani et toi, ça marche ?

— Plutôt bien, tout du moins dans la mesure où nous trouvons un peu de temps pour nous retrouver. Nous nous sommes mis d'accord pour accorder la priorité aux enfants, mais le boulot laisse peu de loisirs.

— Je comprends. Je me souviens qu'avant de rencontrer Alex, je pensais vivre seule jusqu'à ce qu'Emma quitte la maison, tellement il me semblait impossible d'arriver à trouver un peu de disponibilité pour entretenir une relation amoureuse. Et puis, avec Alex… Eh bien, il a fallu y arriver parce que c'était impossible de vivre sans lui.

— C'est ce qu'il me semble, mais j'ai l'habitude d'être père célibataire. Pour Dani, c'est encore la période d'ajustement.

— Tu sais, Dani est capable de réussir tout ce pour quoi elle est motivée. Et sache que tous mes vœux vous accompagnent !

En retournant à sa voiture, il songea qu'il ne tenait qu'à

eux de mieux s'organiser, quitte à sortir en semaine pour dîner au restaurant avec les enfants en attendant le week-end. Ce serait déjà un début. D'ailleurs, il connaissait l'endroit parfait où passer une soirée tous ensemble.

# - 12 -

Dani attendait l'heure de la sortie devant l'école de Kevin. Très vite, elle le vit arriver. Il grimpa dans la voiture, s'installa sur le siège arrière et jeta son sac à dos à ses pieds.

— Tu as passé une bonne journée ? demanda Dani en surveillant dans le rétroviseur qu'il bouclait bien sa ceinture.

Kevin haussa les épaules et regarda par la fenêtre.

— Qu'est-ce que tu as fait aujourd'hui ?

— Des trucs…

Bon, la conversation commençait mal. Découragée, elle se concentra sur la conduite. Comme la plupart des jours de la semaine, elle ramenait Kevin à son bureau pour une heure ou deux. Pendant qu'elle finissait son travail, il faisait ses devoirs ou allait parler un moment avec sa mère à la réception. Elle n'avait pas voulu le laisser à l'étude pour le moment et, dans la mesure où elle avait encore un peu de temps libre après le dîner, elle réussissait à rester à flot.

Une fois arrivés au bureau, Kevin, qui n'avait toujours pas ouvert la bouche, s'installa tout de suite dans la salle de réception.

— Tu veux goûter, Kevin ? demanda la mère de Dani. Je t'ai apporté du lait et des biscuits.

— Volontiers, madame Post. Merci beaucoup.

Dani nota que le mutisme qui s'appliquait à elle n'était pas de mise avec les autres. Autrement dit, ce qui troublait Kevin était bien lié à elle. Cette découverte la peina considérablement.

Rentrée dans son petit bureau, elle dut faire un gros effort pour se retenir de pleurer. Seule la pensée que ses larmes n'arrangeraient rien et ruineraient son maquillage l'aida à se maîtriser.

Kevin avait rendez-vous avec Tyler le lendemain. Peut-être ce dernier réussirait-il à tirer quelque chose de cet enfant devenu hostile envers elle ? Quelle qu'en soit la cause, mieux vaudrait savoir que se morfondre en suppositions. En revanche, si leur rencontre ne menait à rien, elle l'emmènerait consulter un psy comme on le lui avait conseillé au départ, chose qu'elle avait remise à plus tard à cause de leur emploi du temps déjà bien chargé. Cette fois, elle saurait trouver le temps nécessaire, et le plus vite possible.

Malheureusement, elle ne réussit pas à obtenir de rendez-vous avant trois semaines. Elle raccrochait lorsque le nom de Tyler apparut sur l'écran.

— Ah, Tyler, j'allais justement t'appeler.

— Je t'ai prise de vitesse ! Quelque chose ne va pas ?

— Oui. Avec moi, Kevin est toujours muet comme une carpe, et je ne comprends vraiment pas pourquoi. Il a parlé avec ma mère, mais il ne la connaît pas suffisamment pour accepter de lui confier ses soucis.

— Je vais voir ce que je peux faire avec lui demain.

— Merci, Tyler. Mais tu sais, ça me navre vraiment, parce que je devrais réussir à me débrouiller seule.

— Tu sais, c'est parfois plus facile d'avoir une conversation entre hommes.

— J'espère que ce sera le cas. Et s'il te plaît…

— Oui ?

— Ne lui dis pas que je t'en ai parlé. Je ne veux pas qu'il s'imagine que nous nous liguons contre lui.

— Je serai muet comme une tombe, promis. Je sonderai juste un peu pour savoir comment ça se passe en général, à l'école, avec toi, etc. Rien en particulier.

— Merci, Tyler. Tu es sensationnel.

— Il serait temps que tu t'en rendes compte !

Ils rirent tous les deux, puis elle reprit :

— Je suis désolée de te compliquer la vie…

— Mais, Dani, la vie est faite de complications ! Je suis sûr que le mois prochain, c'est moi qui aurai un problème et que je viendrai te demander conseil.

— J'en doute. Sauf si tu as un problème avec la loi. Dans ce cas, tu peux compter sur moi.

— Je compte sur toi de toute façon. Et au fait, je t'appelais pour t'inviter à dîner demain soir.

— C'est très gentil, mais ce n'est pas possible avec Kevin à la maison.

— Je sais, mais il est invité lui aussi.

— Tu es sûr ?

— Oui. Les filles seront de la partie. Ce sera moins romantique qu'un tête-à-tête, mais bien plus agréable de passer la soirée avec toi et les enfants que sans toi. On ira juste manger une pizza et, comme Kevin sera avec moi, je te propose qu'on se retrouve à la pizzeria vers 19 heures. Ça te va ?

— Tu penses !

Dire qu'elle avait vu Tyler le matin même et que, depuis, il lui manquait…

Après avoir raccroché, elle se sentit mieux. Elle péchait peut-être par excès d'optimisme, mais il lui semblait que les choses allaient s'arranger.

Tyler passait une commande au téléphone pendant que Kevin balayait le magasin comme convenu pour lui permettre de gagner sa batte de base-ball. Mais alors que d'ordinaire il s'exécutait de bonne grâce et avec efficacité, aujourd'hui, il avait commencé par répliquer que ce n'était pas la peine de balayer un parquet qui n'était pas sale. Ensuite, il avait si mal travaillé que Tyler avait été obligé de lui demander de recommencer. Tyler n'aimait pas se montrer sévère, mais il ne voulait pas non plus permettre à Kevin d'esquiver ses responsabilités. À moins d'avoir une bonne excuse, on ne revenait pas sur une parole donnée, et jusqu'à présent, Kevin n'avait invoqué aucune raison, ni bonne ni mauvaise. En fait, depuis que Tyler était allé le chercher à l'école, Kevin n'avait pratiquement pas ouvert la bouche, même au moment du goûter. Et quand il l'avait fait, cela avait été pour rouspéter. Maintenant, il était retombé dans son mutisme, laissant Tyler se demander ce qui était pire : les protestations ou ce silence obstiné.

Tout en gardant un œil sur Kevin, il revint à son client et se força à lui sourire.

— Et voici votre paquet, monsieur Smith. Vous trouverez le reçu dans le sac. Bonne fin de soirée.

— À vous aussi.

Une fois le client parti, Tyler alla jeter un coup d'œil sur les filles, tranquillement occupées à des coloriages. Rassuré sur leur compte, il se mit en quête de Kevin qu'il trouva au milieu d'une allée, le menton appuyé sur son balai, en train de regarder fixement devant lui. Il ne paraissait pas s'ennuyer, non, c'était pire. Il avait l'air profondément soucieux, presque effrayé. Dani avait raison. Il se passait quelque chose de grave.

— Écoute, Kevin, je ne voulais pas être méchant avec toi tout à l'heure. Je sais que tu es capable de faire du bon travail et c'est ce que j'attends de toi. Je serai content que tu puisses bientôt repartir avec cette batte de base-ball que tu auras gagnée.

Kevin sursauta et commença sans entrain à passer le balai sur le sol.

— Oui, peut-être.

— Comment, « peut-être » ?

Il lui retira le balai des mains et se pencha vers lui pour le regarder dans les yeux.

— Tu sais que Dani et moi, nous voulons que tu sois heureux. Si tu as l'impression que nous faisons des bêtises, il faut nous le dire. Je ne serai peut-être pas d'accord, mais je te promets de t'écouter jusqu'au bout.

Kevin leva vers lui un regard morne.

— Rends-moi le balai, je voudrais terminer.

Tyler ne l'aurait pas juré, mais il lui avait semblé apercevoir une larme briller dans les yeux de Kevin. Comme il ne voulait pas en arriver là, il lui rendit le balai.

— D'accord. Mais promets-moi de me dire si quelque chose te tracasse. Je t'aiderai, je te le promets.

Il attendit une réponse, mais rien ne vint.

— Voyons… Il s'est passé quelque chose de désagréable à l'école ? Avec Dani ? Ce doit être difficile pour toi de t'habituer à une nouvelle maison.

— Je veux juste finir de balayer.

Tyler s'écarta, désolé. Insister ne mènerait à rien. Il avait fait de son mieux, le reste dépendait de Kevin. Restait à espérer que ce qu'il venait de dire ferait son chemin dans la tête du garçon et que celui-ci finirait par confier son souci.

En attendant, Tyler lui-même avait du pain sur la planche. Il se mit à son inventaire pendant que Kevin maniait le balai sans conviction. En l'état actuel des choses, hors de question de lui demander aussi de passer la serpillière comme prévu. Mieux valait lui proposer d'aller faire des coloriages avec les filles pendant qu'il terminait ses rangements.

Normalement, le magasin restait ouvert jusqu'à 18 heures le mardi, mais Tyler décida de fermer un peu plus tôt. Comme il allait tourner la plaque « fermé », il aperçut Dani qui marchait sur le trottoir. Jupe au-dessus du genou et talons hauts, qu'elle était belle !

Elle poussa la porte, toute souriante.

— Je sais que nous devions nous retrouver au restaurant mais comme j'ai fini un peu plus tôt, il m'a semblé que… Bref, je n'en pouvais plus d'attendre ! avoua-t-elle en rougissant.

— De me voir ou de manger ?

— Devine !

Elle l'embrassa sur la bouche, puis ajouta à voix basse :

— J'espérais aussi apprendre du nouveau à propos de Kevin.

Tyler secoua la tête.

— Non, désolé. Je n'ai rien pu en tirer.

Le sourire de Dani s'évanouit aussitôt.

— Oh ! que je suis déçue ! J'espérais vraiment qu'il te dirait quelque chose.

Tyler caressa le front de Dani.

— Ne te décourage pas, il finira par parler. Au moins, tu sais maintenant qu'il ne se comporte pas de cette façon seulement avec toi.

Un sourire triste flotta un instant sur son visage.

— C'est vrai. C'est toujours ça.

Puis, se redressant, elle lança à la cantonade :

— Tout le monde est prêt à sortir ? Je meurs de faim.

Rassuré de voir qu'elle reprenait le dessus, Tyler renchérit :

— Allez, les enfants ! L'heure de la pizza a sonné.

Amy et Adele déboulèrent en courant et évitèrent leur père pour se jeter dans les bras de Dani. Maussade, Kevin les suivait en traînant les pieds. En voyant le visage taciturne du petit garçon, Tyler sentit son cœur se serrer. Il fallait absolument qu'ils réussissent à ramener un sourire sur ses lèvres.

Lou's Pizza était une institution à Paradise. Le petit restaurant faisait partie intégrante de l'histoire de la ville, mais ses pizzas avaient acquis une réputation bien au-delà. Des seniors qui y mangeaient depuis des décennies jusqu'aux gamins qui les découvraient, en passant par les touristes bien informés, tout le monde adorait ces pizzas à la pâte moelleuse au milieu, croustillante sur les bords, garnies des meilleurs fromages en provenance directe d'Italie.

Miraculeusement, l'ambiance chaleureuse parut desceller les lèvres de Kevin qui grogna :

— J'ai faim.

— Oui, mais il va falloir attendre un peu. Lou fait les pizzas sur commande, il nous faut d'abord choisir ce que nous voulons.

Kevin fronça les sourcils, comme si accepter ce délai était au-dessus de ses forces, puis il se mit à tambouriner des doigts sur la table. Face à ce comportement provocateur, Dani sentait son appétit diminuer à la vitesse grand V. Même les jumelles regardaient leur camarade d'un air bizarre, comme surprises par son manque de gentillesse et de politesse. La frustration montait chez Dani. Sa patience était à bout. Pourquoi Kevin refusait-il de voir qu'elle était prête à tout pour l'aider à sortir de son malaise ?

C'est à peine si elle remarqua qu'on leur avait apporté leur commande. Le bon point était que Kevin arrêta de se plaindre qu'il avait trop faim pour attendre aussi longtemps. En revanche, il trouva le fromage trop chaud et les poivrons trop épicés. À chaque remarque négative, l'estomac de Dani se serrait un peu plus. Elle sentait que quelque chose de désagréable allait se passer, mais elle avait beau se torturer l'esprit, elle ne voyait pas comment éviter la catastrophe. Même s'il ne disait rien, Tyler paraissait fort contrarié lui aussi ; le pli qui barrait son front suffisait à témoigner de son agacement. Adieu leur belle soirée…

Dani était sur le point d'abandonner la partie pour rentrer chez elle lorsque les parents de Tyler entrèrent dans le restaurant. Elle reconnut Donna Jackson qui avait amené les jumelles chez elle quelque temps auparavant. Tyler se leva pour les accueillir et les conduire près de leur table.

— Papa, je te présente Dani, que maman connaît déjà, et Kevin. Nous étions justement en train de finir de dîner.

La mère de Tyler se pencha vers Kevin.

— Mmm, que ça a l'air bon ! La pizza aux poivrons est ma préférée à moi aussi.

Kevin leva vers elle un visage lugubre.

— Elle était franchement dégueu. Et ce resto est dégueu aussi.

— Kevin !

Cette fois, la coupe était pleine. Dani n'en pouvait plus.

— Qu'est-ce qui te prend de te montrer aussi grossier ?

— Rien.

Il baissa le nez sur son assiette.

— Je ne suis pas d'accord, reprit Dani. Je veux que tu me dises ce qui t'arrive.

Au lieu de répondre, Kevin se leva brusquement, renversant son assiette et le verre d'Amy. Une larme roulait sur sa joue. Pourtant, il se mit à crier, complètement déchaîné :

— Tu vois ce que j'ai fait à cause de toi ? Tu ne peux pas me laisser tranquille cinq minutes ? Tout le monde m'embête sans arrêt, c'est ça qui me met de mauvaise humeur. Je veux qu'on me fiche la paix ! Et j'en ai marre de vos histoires de tutorat, de conseiller… Et…

Un sanglot l'obligea à s'interrompre.

— Et je veux changer de mère d'accueil !

Stupéfaite, Dani le dévisageait sans comprendre. Il voulait la quitter ?

— Kevin…

— Laisse-moi tranquille !

Et avant qu'elle ait pu dire un mot de plus, il repoussa brusquement Adele pour s'élancer vers la porte. Une fois hors du restaurant, il continua à courir dans la rue pendant qu'Adele pleurait devant son verre renversé et sa robe tachée de jus de fruit. Toute la salle avait les yeux rivés sur eux.

— Je dois le rattraper ! s'écria Dani en se levant en toute hâte.

Abandonnant Tyler et ses parents médusés, elle se précipita vers la porte, évitant de justesse les tables des clients et un serveur qui s'avançait chargé d'une pizza. Une fois dehors, elle tourna à gauche, car elle avait vu Kevin partir de ce côté. Où était-il passé ? À cette heure, il y avait encore beaucoup de monde dans la rue. Il était facile pour un petit garçon de se perdre dans la foule et de rester invisible. Il pouvait aussi s'être glissé dans un magasin de manière à lui échapper. Que faire ?

Elle eut l'idée de sortir son téléphone de sa poche et de montrer une photo de Kevin dans différents magasins, retenant ses larmes à grand-peine. Plus que jamais, Kevin avait besoin d'elle. Elle n'allait pas le laisser tomber.

# - 13 -

Tyler attrapa une poignée de serviettes en papier et commença à éponger la table tout en s'efforçant de calmer Adele.

— Arrête de pleurer, Addie, le serveur va t'apporter un autre jus, voilà tout !

— Mais… Kevin ? demanda-t-elle entre deux sanglots.

— Il est parti tout seul ! insista Amy, son petit visage crispé par l'anxiété.

— Dani va le retrouver très vite, ne vous inquiétez pas, assura Tyler.

Du moins, il l'espérait…

— Tyler, intervint sa mère, si tu nous laissais nous occuper de tes filles pendant que tu irais donner un coup de main à Dani ?

— Vous ne serez pas trop de deux, assura son père en prenant place à côté d'Amy. Quand elles auront terminé leur repas, nous les ramènerons chez toi et les mettrons au lit. Prends tout le temps nécessaire, nous attendrons ton retour.

— Merci infiniment. Je crois que c'est la meilleure solution. Je vous tiendrai au courant.

Tyler se tourna vers son père, le cœur plein de gratitude. Leur relation avait traversé des passes difficiles, mais ils étaient arrivés à un point où tous deux savaient que leur affection mutuelle était plus forte que tout. Ses parents étaient toujours là quand il avait besoin d'eux, et ce soutien lui apportait un immense sentiment de sécurité.

C'est ce qui avait manqué à Kevin. Raison de plus pour le rattraper afin d'éclaircir ce qui lui était arrivé depuis leur week-end de camping. Il était persuadé que Kevin n'avait aucune envie qu'on arrête de s'occuper de lui. Tous les enfants aimaient qu'on leur prête de l'attention, mais pour une obscure raison, Kevin s'ingéniait à rejeter toute manifestation d'intérêt à son égard. Tyler était bien décidé à comprendre ce qui provoquait cette attitude de rejet.

Ce comportement était quelque chose de récent, car la semaine passée s'était bien déroulée, et Kevin paraissait s'être beaucoup amusé au cours du week-end à la campagne. Son attitude avait changé à partir du dimanche. Brutalement. Est-ce que l'un d'entre eux lui avait dit quelque chose de blessant ? Il avait beau se torturer l'esprit, il ne trouvait rien qui ait pu lui faire de la peine.

À moins que ce soit leur attitude qui l'ait perturbé ? Par un accord tacite, Dani et lui évitaient toute manifestation de tendresse devant les enfants, mais il lui avait pris la main à quelques reprises ou l'avait serrée contre lui. Kevin était un enfant intelligent. Il avait compris qu'il y avait plus entre eux que de l'amitié, et cela le dérangeait peut-être. Sans doute ne voulait-il partager Dani avec personne ?

Si c'était le cas, ils en parleraient et trouveraient une solution. En tout cas, la perspective de perdre Dani à un moment où elle avait fait tant de progrès et où ils arrivaient à bien se comprendre lui était insupportable.

Pour l'instant, l'important était de retrouver Kevin, mais dès qu'il fut dans la rue, Tyler comprit la difficulté de la tâche qui les attendait. Quantité de magasins étaient encore ouverts, de nombreuses petites rues partaient depuis l'avenue principale. Où aller ? Tyler jetait un coup d'œil rapide devant chaque devanture. Non, Kevin ne pouvait pas être dans cette boutique pour touristes, on l'aurait remarqué. Ni dans ce salon de beauté. En revanche, le glacier où ils s'étaient vus la première fois constituait une option plus probable. Kevin pouvait facilement passer inaperçu au milieu de tous les enfants qui s'y trouvaient.

Et s'il avait son argent de poche sur lui, il pouvait même noyer son chagrin dans une glace au chocolat !

Tyler traversa et chercha du regard le visage de son pupille. Rien. Ni à l'intérieur, ni aux tables à l'extérieur. Comme il revenait vers la rue, il se heurta à Dani, qui, son téléphone à la main, montrait aux passants la photo de Kevin. C'était une très bonne idée, mais apparemment, personne n'était en mesure de lui donner le moindre renseignement.

— Tu l'as trouvé ? demanda-t-elle, tout essoufflée.

— Non.

— Alors, il faut continuer à le chercher…

La logique aurait voulu qu'ils se séparent pour doubler leurs chances de retrouver le petit fugitif, mais Dani n'avait pas envie de continuer la recherche toute seule. Tout en questionnant les passants, elle essayait de comprendre ce qui les avait amenés à ce point de rupture et allait jusqu'à se demander s'il lui était encore possible de garder Kevin chez elle.

Ses bonnes intentions ne pouvaient être remises en cause, mais étaient-elles suffisantes ? Elle n'avait aucune expérience en matière d'enfants, c'était sans doute un peu fou de sa part de s'être lancée dans cette aventure avec un gamin qui avait connu tant de malheurs. Il aurait sans doute mieux valu qu'il soit confié à quelqu'un de plus expérimenté, de plus âgé… Quelqu'un qui aurait eu davantage à lui offrir.

Et pourtant, alors qu'elle se tenait ce raisonnement parfaitement sensé, son cœur se rebellait. Certes, elle n'avait pas d'expérience en la matière, mais elle était capable d'amour autant qu'eux. Elle aimait Kevin. Bien plus qu'elle ne l'aurait cru possible. Tout comme elle était tombée amoureuse de l'homme qui se trouvait auprès d'elle en cet instant, celui qui avait tenté de la dissuader de se lancer dans cette aventure, mais qui avait été son soutien indéfectible depuis qu'elle avait commencé.

En fait, ces deux êtres l'avaient conquise, et elle ne l'avait avoué à aucun des deux. Si Kevin avait su à quel point elle l'aimait, peut-être ne se serait-il pas sauvé ?

À moins que ce ne soit le contraire… Peut-être s'était-il senti étouffé par sa sollicitude. Il avait bien dit qu'il voulait qu'on le laisse tranquille ? Oui, elle aurait dû lui laisser davantage de liberté, davantage d'indépendance.

Pour logique qu'elle fût, cette hypothèse ne la convainquait guère plus. Certaines personnes avaient besoin de temps pour accepter une relation. Elle-même avait commencé par repousser Tyler, non pas parce qu'il ne l'attirait pas, mais parce qu'elle avait peur. Peur de tomber vraiment amoureuse et de se retrouver un peu plus tard le cœur en miettes.

Voilà qui sonnait juste cette fois. Kevin n'était pas seulement très en colère. Il avait peur. À la différence de Kevin elle était adulte et avait suivi une thérapie. En regardant l'homme qui l'accompagnait, elle avait du mal à croire qu'elle l'avait d'abord repoussé. Il lui avait fallu beaucoup de temps pour se laisser apprivoiser et vaincre son anxiété.

Voilà comment elle pourrait aider Kevin. Elle lui ferait part de ses propres peurs, lui raconterait comment elle avait réussi à les surmonter et le persuaderait que mieux vaut risquer son cœur que renoncer à éprouver de l'amour.

Mais d'abord, il fallait le retrouver. Elle prit Tyler par la main. Ce contact renouvela son courage et sa force.

— Si seulement nous savions dans quel genre d'endroit il se sent en sécurité, cela nous épargnerait de marcher ainsi au hasard. Il doit bien avoir un endroit de prédilection.

Tyler s'immobilisa.

— Attends, c'est une bonne idée. Quand j'étais gamin, j'aimais aller passer du temps aux abords du terrain de base-ball. Il est peut-être allé se réfugier là-bas ?

Pourquoi pas ? Kevin était passé de famille en famille, mais le terrain de base-ball était une constante dans sa vie, un endroit où il se sentait chez lui. Navrée, Dani songea que sa maison n'avait pas réussi à lui donner le même sentiment de sécurité. Pour l'instant. Car dès qu'elle l'aurait retrouvé, elle le convaincrait de lui donner une seconde chance.

Et elle mettrait les choses au clair avec Tyler aussi. Les deux hommes de sa vie devaient savoir qu'elle les aimait.

Tyler avait hâté le pas, pressé de savoir si son intuition était bonne. Le terrain était tout proche, mais il eut tout de même le temps de se dire que s'il avait gardé ses distances envers Dani, Kevin se serait peut-être senti davantage aimé… Avait-il interféré dans leur relation malgré son engagement à ne pas le faire ? Pire, s'il s'était montré moins dur au moment du jugement, Kevin n'aurait pas été mis à l'épreuve. Ce n'était pas un mauvais garçon, juste un pauvre gamin qui avait fait une bêtise.

Mais dans ce cas, il n'aurait pas fait la connaissance de Dani, et cela, impossible d'en éprouver du regret. Elle l'avait ramené à la vie. Ces dernières années, il avait avancé pas à pas, simplement soucieux d'arriver au bout de la journée en ayant assuré le bonheur et le confort de ses filles. Puis Dani était arrivée, et il avait eu l'impression pour la première fois depuis la mort de sa femme de se réveiller. Cette pensée le mettait un peu mal à l'aise, car la présence d'Amy et Adele aurait dû suffire à remplir sa vie, mais quelque chose de lui qui avait été enterré avec Jennifer venait de ressusciter avec Dani. Il avait l'impression de renaître.

Dani était plus que l'occasion d'être amoureux, elle était sa seconde chance dans la vie. Il ne la laisserait pas passer. Pour l'instant, l'urgence était de retrouver Kevin. Ensuite, il affronterait ses propres sentiments.

Après avoir laissé derrière eux l'agitation des rues, ils arrivèrent à proximité du terrain de base-ball, bien éclairé, mais apparemment vide. Tout à coup, c'était comme s'ils venaient de basculer dans un autre monde où les arbres et les ombres qu'ils projetaient sur le sentier paraissaient menaçants. Il sentit Dani frissonner.

— Tu as froid ?

— Non, mais j'ai la chair de poule. Ce chemin a un tout autre aspect dans la journée.

— C'est vrai. Ce sera différent une fois que nous serons arrivés au terrain.

À chaque pas, Dani sentait sa tension augmenter et, malgré l'heure tardive et la fraîcheur qui l'accompagnait, une sueur froide lui coulait dans le dos. Heureusement, un peu plus loin, le long du sentier qui contournait le terrain se trouvaient des stands qui vendaient des hot-dogs ou des glaces, avec leur auvent métallique qui brillait sous les lampadaires allumés. Pourtant, Kevin demeurait introuvable. Dani et Tyler avaient l'impression d'être venus jusqu'ici pour rien. Puis, tout à coup, tout en haut du chemin, ils aperçurent, blotti contre un arbre, dans une posture qui donnait l'impression qu'il portait le poids du monde sur ses épaules, un petit garçon aux cheveux bruns.

— Kevin ! hurla Dani en se mettant à courir vers lui.

Tyler lui emboîta le pas, remerciant le ciel d'avoir mis fin à leur angoisse. Au moins, maintenant, ils savaient que Kevin n'était pas en danger. Il avait les yeux rougis, le visage ravagé par les larmes. Mais à voir l'expression de colère de Dani, ses ennuis ne faisaient que commencer !

— Kevin, qu'est-ce qui t'a pris de t'enfuir comme ça ? lui reprocha-t-elle aussitôt. Tu nous as rendus malades d'angoisse ! Nous allions appeler la police pour nous aider à te retrouver.

Kevin leur jeta un regard terrorisé.

— La police ? Pour m'envoyer en prison ?

Son visage était livide.

— Dani, je t'en supplie, ne m'envoie pas en prison. Je te demande pardon !

Elle regretta immédiatement son mouvement de colère.

Kevin avait peur, et elle ne faisait qu'attiser ce sentiment. Pas étonnant qu'il ait voulu la quitter.

Elle inspira profondément avant de reprendre :

— Non, Kevin, personne ne va t'envoyer en prison. Nous nous sommes beaucoup inquiétés, c'est tout.

Elle s'assit près de lui, résistant à son envie de le prendre dans ses bras.

— Ça va ?

Il acquiesça.

— Oui. Pardon de vous avoir donné du souci.

— Écoute, ce sont des choses qui arrivent, mais tu ne vas pas aller en prison pour ça. Tu vas rentrer chez moi, au moins pour ce soir. Je sais que tu souhaites aller ailleurs, mais je te promets que je vais essayer de te faire changer d'avis. Je t'aime et j'ai envie que tu restes avec moi. Nous allons discuter de ce qui t'a contrarié si fort et nous chercherons une solution ensemble. Ça te va ?

Il cilla.

— Tu... Tu m'aimes ?

— Bien sûr que je t'aime !

Alors, sans un mot, il se jeta contre elle et la serra si fort qu'elle en eut le souffle coupé. Mais hors de question de s'écarter. Elle entoura le petit garçon de ses bras et attendit qu'il desserre de lui-même leur étreinte.

— Kevin, est-ce que tu as vraiment envie de partir de chez moi ?

Il secoua la tête.

— Mais alors, pourquoi as-tu dit toutes ces horreurs ? Pourquoi refuses-tu de me parler ?

— Parce que je veux que Tyler et toi soyez heureux tous les deux.

Elle cherchait vainement à comprendre son explication.

— Je ne comprends pas, Kevin. Comment peux-tu croire qu'en te comportant de cette façon et en disant que tu ne veux plus vivre chez moi, Tyler et moi allons être heureux ?

— Parce que... Quand nous avons campé, j'ai entendu

que tu voulais sortir avec lui, mais que tu me ferais passer en premier parce que tu étais ma mère d'accueil. Qu'est-ce qui arrivera si tu n'as pas assez de temps pour nous deux ? Tu me choisiras, et alors tu seras triste et… je ne veux pas que tu sois triste.

Elle le regarda, abasourdie.

— C'est ce que tu as pensé ?

Il chercha son regard.

— Oui. Parce que si vous sortez ensemble, vous pourrez vous marier, et alors Amy et Adele auront une maman pour s'occuper d'elles en plus de leur père. Moi, je n'ai jamais eu deux parents, alors j'ai l'habitude, elles non. Elles m'ont dit qu'elles aimeraient avoir une maman. En plus, elles sont gentilles, pas comme moi. Elles méritent d'avoir deux parents.

Dani était de plus en plus stupéfaite par cette confession.

— Alors, poursuivit Kevin, j'ai pensé que si je devenais insupportable, tu me ferais partir et tu pourrais te marier avec Tyler, et tout le monde serait heureux.

Les larmes nouaient la gorge de Dani.

— Pour commencer, ne crois pas que je serai heureuse si tu ne veux plus vivre avec moi. Ensuite, qu'est-ce que tu veux dire quand tu affirmes qu'Amy et Adele sont gentilles et toi, non ? Qu'est-ce qui t'a mis cette idée dans la tête ?

— C'est parce que j'ai volé. On m'a arrêté. Ça veut dire que je suis méchant.

Cette fois, elle fut incapable de retenir ses larmes. Sans craindre de les laisser couler, elle attrapa Kevin par les épaules et le secoua comme pour mieux lui faire entrer dans la tête ce qu'elle lui disait.

— Je t'interdis de répéter une chose pareille, tu entends ? Tu n'es pas un garçon méchant, tu as juste fait une bêtise, comme il nous arrive à tous d'en faire un jour ou l'autre. Au contraire, tu es un garçon formidable !

— Mais je…

— Il n'y a pas de « mais ». C'est la vérité.

Elle se tourna vers Tyler.

— C'est bien vrai, Tyler ?

— Que chacun fait des bêtises ? Hélas oui, confirma ce dernier. Mais quand on est capable comme toi de les réparer par son comportement, on n'a pas à en avoir honte. La bêtise, ce serait de faire comme si rien ne s'était passé.

Ces mots résonnèrent très fort dans la tête de Dani. Elle avait commis une erreur en quittant Jacksonville sans porter plainte contre son agresseur, ou tout au moins sans informer ses supérieurs de ce qui s'était passé. Elle n'était sans doute pas prête à le faire à ce moment-là, mais c'était une erreur qui continuait à lui gâcher la vie. Si elle voulait aller de l'avant, elle devait affronter la situation qui avait provoqué sa fuite. Aujourd'hui, elle avait suffisamment de force pour le faire.

— Alors, Kevin, on rentre à la maison ?

— Mais… Qu'est-ce qui va se passer pour Tyler et toi ?

Elle regarda Tyler, puis Kevin de nouveau.

— Ne t'inquiète pas pour nous. Nous sommes deux adultes, capables de régler nos affaires. Je te demande simplement de me promettre de ne plus jamais partir comme tu l'as fait tout à l'heure et de parler à quelqu'un si tu as du souci à propos de quelque chose. Promis ?

— Promis.

Kevin se releva et se plaça entre Tyler et Dani pour regagner la voiture de Dani garée près de son bureau. Une fois là, Kevin se glissa sur le siège arrière pendant qu'elle embrassait rapidement Tyler sur la joue.

— Heureusement que nous l'avons retrouvé assez vite ! Je n'en reviens pas de tout ce qui tournait dans sa tête.

Tyler approuva à voix basse.

— C'est étonnant ce que les gosses peuvent inventer…

— Je t'appellerai bientôt, mais pas avant un jour ou deux car j'ai pas mal à faire d'ici là. En tout cas, merci infiniment pour ton aide ce soir. J'ai été vraiment heureuse que nous soyons ensemble pour rechercher Kevin.

Puis, afin d'esquiver toute question, elle se hâta de monter dans sa voiture. Pour affronter ce qu'il lui restait à faire, elle devait être seule, mais si tout se passait bien, elle partagerait tout avec Tyler dès son retour.

Elle avait décidé d'aller à Jacksonville dès le lendemain matin.

# - 14 -

Moins de quarante-huit heures s'étaient écoulées depuis la soirée où il était parti à la recherche de Kevin avec Dani. Pour Tyler, c'était l'équivalent d'une éternité. Il avait compris que Dani avait du travail, et il respectait son besoin de tranquillité, mais il ne s'était pas attendu à pareil silence radio. Pas un seul coup de fil, pas de texto, pas d'e-mail, rien. Rien du tout. Il en était tout déconcerté.

À plusieurs reprises, il avait voulu l'appeler, mais à chaque fois, il s'était ravisé. Il ne voulait pas lui mettre la pression, surtout pas maintenant que tout allait si bien entre eux. Pourtant, malgré cette bonne résolution, il se retrouvait devant le cabinet Post, un bouquet de fleurs dans une main, un café dans l'autre. Une fois déjà, elle avait apprécié sa visite, il espérait qu'il en serait de même aujourd'hui. D'autant plus que, comme ils n'avaient jamais eu l'occasion de sortir en amoureux, c'était la première fois qu'il lui offrait des fleurs.

Une fois entré à la réception où régnait une agréable fraîcheur, il aperçut tout de suite la mère de Dani, occupée au téléphone. Ils échangèrent un signe de la main, et Tyler s'avança jusqu'au bureau de Dani. Mais après avoir frappé plusieurs fois à la porte, comme personne ne lui répondait, il l'ouvrit sans plus attendre et eut la surprise de le trouver vide.

Les lumières étaient éteintes, l'ordinateur arrêté. La pièce paraissait abandonnée. À 2 heures de l'après-midi, c'était pour le moins étrange. Il était trop tôt pour qu'elle soit partie chercher Kevin à la sortie de l'école… Que se passait-il ?

— Dani est absente depuis hier, dit la voix de la mère de Dani derrière lui. Je pensais que vous étiez au courant.

Déconcerté, il considéra le bouquet de fleurs qu'il tenait à la main.

— Non, pas du tout. Où est-elle ?

Son interlocutrice haussa les épaules.

— Je ne sais pas. Avant-hier, elle est arrivée au travail comme d'habitude. Elle s'est enfermée dans son bureau pendant une bonne heure et quand elle en est sortie, elle nous a annoncé qu'elle avait besoin de prendre quelques jours de congé pour régler une affaire personnelle. Je n'ai pas voulu me montrer indiscrète.

Un sourire un peu triste flotta sur le visage de la mère de Dani.

— Pour vous dire la vérité, j'ai pensé qu'elle prenait quelques jours de vacances avec vous et ne voulait pas l'avouer à sa mère aux idées un peu arriérées.

Elle jeta un coup d'œil sur le bouquet, puis soupira.

— Je comprends que ce n'était pas le cas.

— Certainement pas, confirma Tyler.

Où pouvait-elle se trouver ? Et Kevin ?

— Est-ce qu'elle a emmené Kevin ?

— Non. Il est chez les Cunningham jusqu'à son retour. Cela tombe bien pour eux, car Kevin les aide à faire leurs cartons de déménagement. Ils étaient ravis de l'accueillir quelques jours, et Kevin était tout content de les retrouver. Il paraît que, malgré son jeune âge, il est très efficace.

— Savez-vous quand Dani sera de retour ?

— Demain soir, je pense, mais je ne peux pas vous le garantir.

Elle jeta un nouveau coup d'œil sur le bouquet.

— Voulez-vous que je les mette dans un vase que je poserai sur le bureau de Dani ?

— Oui, merci beaucoup. Voulez-vous le café que je lui destinais ?

— Non, merci, je bois du thé, mais je vous suggère de

le boire vous-même. Un peu de caféine ne vous fera pas de mal.

— Bonne idée. Si Dani vous donne de ses nouvelles, vous voudrez bien lui dire que je suis passé la voir ?

— Bien sûr. Mais ne vous inquiétez pas, Tyler. Je suis sûre que son absence n'a rien à voir avec vous.

Tyler avait du mal à faire preuve d'autant d'optimisme. Dani avait toujours dit qu'en cas de problème, elle choisirait Kevin. Or, des problèmes et des conflits, il y en avait eu des montagnes ces derniers temps. Tyler avait cru qu'ils étaient résolus, que Kevin acceptait l'idée que Dani et lui se fréquentent, mais peut-être s'était-il seulement imaginé que cette question était réglée ?

À moins que… ce soit Dani elle-même qui trouve leur relation trop difficile à gérer ? Les événements de l'autre soir l'avaient peut-être convaincue qu'elle n'était pas de taille à tout mener de front. Tyler n'était pas du tout de cet avis.

Il sentit une sueur froide se mettre à couler dans son dos en songeant qu'elle avait peut-être pris de la distance pour trouver le meilleur moyen de rompre avec lui, ou pour lui donner l'occasion de l'oublier, comme disait le proverbe : « Loin des yeux, loin du cœur ».

Cela, c'était tout à fait impossible. Même si Dani était partie à l'autre bout de la planète, jamais il ne l'oublierait, jamais il n'arrêterait de penser à elle. Il l'aimait. Il était fou d'elle et il le lui dirait à la première occasion.

Debout dans le bureau de police de Jacksonville, Dani serrait son sac à main contre elle pour empêcher ses mains de trembler. Depuis vingt-quatre heures, elle n'avait cessé d'anticiper ce moment afin de se préparer à l'affronter, mais maintenant qu'il était venu, elle n'avait plus qu'une envie : s'enfuir en courant. Mais elle ne le ferait pas. Elle était arrivée au moment où, pour construire son avenir, elle devait affronter son passé.

— Suivez-moi, madame, s'il vous plaît, suggéra un officier si jeune qu'il avait des allures de collégien.

Il la conduisit dans une salle meublée d'une petite table, de quatre fauteuils peu confortables et d'une caméra vidéo.

Dani sentit un malaise la gagner. Elle n'était pas une suspecte ! Au contraire, elle venait ici pour porter plainte. Heureusement, le jeune homme s'en alla et laissa la place à une femme plus âgée que lui.

— Bonjour, mademoiselle Post. Je suis l'officier Stokes. Je vais prendre votre déposition. Pardonnez nos installations, ajouta-t-elle en désignant leur mobilier, mais étant donné la nature de votre plainte, j'ai pensé que vous préféreriez témoigner dans un lieu tranquille.

— En effet. Merci de cette attention.

Dani s'assit, posa son sac à main sur la table et croisa les bras sur sa poitrine.

— Souhaitez-vous une tasse de café, ou un verre d'eau avant de commencer votre déposition ?

— Non, je vous remercie, je n'ai besoin de rien.

— N'hésitez pas à vous interrompre si vous le souhaitez, car la procédure est assez longue.

Elle l'était en effet. Non pas parce que Dani avait énormément de choses à dire, mais parce que sans cesse, on lui demandait de clarifier certains points de sa déclaration, ce qui l'obligeait à recommencer depuis le début. À deux reprises, elle s'interrompit pour aller se rafraîchir. Elle aurait souhaité trouver d'autres prétextes pour différer le moment de reprendre mais, courageusement, elle alla au bout de ce qu'elle avait décidé.

Lorsqu'elle eut terminé, on lui demanda pourquoi elle avait autant attendu avant de venir faire sa déposition. Elle s'attendait à cette question, qui néanmoins la prit au dépourvu.

— Parce que je pensais que personne ne me croirait.

Effectivement, à l'époque, elle était persuadée que son seul témoignage ne suffirait pas.

— Qu'est-ce qui a changé depuis ?

— Deux choses. D'abord, j'ai compris que je devais me manifester si je voulais tourner la page. Ma thérapeute et des amis m'ont encouragée à faire cette démarche. Et ensuite, je sais maintenant que je ne suis pas la seule à avoir été agressée.

— Vous l'avez appris récemment ?

— Oui. J'ai fait la liste de toutes les anciennes employées que j'ai pu trouver. Certaines avaient quitté le cabinet parce qu'on leur avait fait ailleurs une proposition plus intéressante ou parce qu'elles avaient déménagé. Mais cinq d'entre elles ont reconnu être parties parce qu'elles avaient été sexuellement harcelées. Quatre d'entre elles sont encore dans la région. J'ai ici leur déposition signée.

Dani sortit de son sac une épaisse enveloppe marron qu'elle déposa sur la table.

— Elles sont d'accord pour vous rencontrer, y compris celle qui habite Miami.

Chacune de ces femmes avait éprouvé un soulagement intense en apprenant qu'il y avait d'autres victimes. Plusieurs, comme Dani elle-même, avaient eu recours à une thérapie, l'une qui luttait contre une dépression avait affirmé que la perspective de voir son agresseur derrière les barreaux était le meilleur antidépresseur du monde.

En entendant cela, Dani s'était reprochée de ne pas avoir réagi plus tôt. À l'époque, elle n'avait pas trouvé le courage de le faire, mais elle se félicitait d'autant plus d'avoir alerté la justice aujourd'hui.

Après avoir soigneusement relu ses notes, l'officier Stokes les fit photocopier par le jeune agent qui avait accueilli Dani.

— Je ne vais pas vous raconter d'histoires, mademoiselle Post. Je crois tout à fait ce que vous venez de me dire, mais la présence d'autres victimes susceptibles de renforcer le portrait que vous avez fait de votre agresseur sera importante. Vous devrez me dire comment vous les avez retrouvées et ce qu'elles vous ont confié quand vous les avez rencontrées.

Dani s'exécuta. Quand elle arriva au bout de ses déclarations et put enfin regagner sa voiture, la journée était presque terminée et le soleil commençait à décliner. Trop lasse pour prendre un repas correct au restaurant de son hôtel, elle préféra s'arrêter dans un drive-in et rapporter un sandwich dans sa chambre. À la fin de cette journée éprouvante, elle avait grand besoin de solitude.

Pourtant, malgré son épuisement émotionnel, elle ne regrettait rien. En quittant les bureaux de la police, elle s'était sentie légère, débarrassée d'un poids qui pesait depuis trop longtemps sur ses épaules. Maintenant, en attendant d'avoir à témoigner lors d'un éventuel futur procès, elle n'avait plus qu'à passer une bonne nuit de sommeil et rentrer chez elle le lendemain.

Le trajet de retour lui parut interminable. Elle avait trouvé des embouteillages monstres à la sortie de Jacksonville, puis un énorme trafic de vacanciers sur l'autoroute. En arrivant enfin à la sortie, elle avait les nerfs en pelote et un début de migraine.

Cependant, cette fatigue ne pouvait être totalement attribuée au voyage. La tension nerveuse s'était accumulée depuis qu'avec l'aide de Kevin, elle avait recherché ses anciennes collègues et sollicité leur témoignage. Elle avait tenu à associer le petit garçon à sa démarche en lui expliquant qu'un homme l'avait touchée sans sa permission d'une manière qui n'était pas correcte, mais qu'à l'époque, elle avait eu trop honte pour le signaler. Depuis, elle avait compris l'importance de regarder les choses en face, et maintenant, elle se sentait assez forte pour dénoncer cet homme à la police avec d'autres femmes envers lesquelles il s'était aussi mal comporté. Tous ces témoignages étaient importants parce qu'ils empêcheraient cet homme de continuer à mal se conduire.

Après l'avoir écoutée avec attention, Kevin lui avait assuré qu'il comprenait, qu'il était fier de son courage et que la perspective d'aller passer quelques jours chez les

Cunningham pendant qu'elle s'occupait de cette affaire lui faisait grand plaisir. Les Cunningham eux-mêmes étant enchantés de l'accueillir, Dani était partie tranquille.

Elle avait été à deux doigts d'informer sa mère de sa démarche, mais elle s'était ravisée. Elle redoutait que relater son agression à cette dernière lui ôte le courage de recommencer devant la police. Elle avait donc décidé de lui en parler seulement à son retour.

Vis-à-vis de Tyler, c'était différent, puisqu'il était déjà au courant. Elle avait la certitude qu'il la soutiendrait, mais il aurait sans doute proposé de l'accompagner alors qu'elle voulait faire cette démarche seule et lui en rendre compte ensuite de vive voix. Maintenant que tout était terminé, elle mourait d'impatience de le retrouver. Ils allaient fêter cette victoire ensemble.

Au fur et à mesure qu'elle se rapprochait de Paradise, elle appréciait le spectacle des eaux turquoise qu'elle longeait. Quand elle y était revenue l'an dernier, c'était pour y trouver un refuge, une cachette. Aujourd'hui, son retour était le résultat d'un choix délibéré et non d'un mouvement de repli. D'ailleurs, les trois jours à Jacksonville lui avaient suffi pour comprendre que la grande ville n'était plus ce dont elle rêvait. À supposer que cela ait jamais été son rêve…

Elle résista à l'envie de se rendre directement chez Tyler pour prendre la petite route qui la ramenait dans le quartier de son enfance. Ses parents avaient le droit de savoir où et pourquoi elle était partie. Autant les mettre au courant dès maintenant.

Effectivement, comme elle s'y attendait, ils étaient tous les deux à la maison et, à sa surprise, elle trouva la voiture de Mollie dans l'allée. Mollie et son mari partageaient leur vie entre Paradise et Atlanta où ils possédaient un appartement et entretenaient quantité de relations dans le monde de l'art. La présence de Mollie ce soir était une chance, elle n'aurait pas besoin de tout répéter encore une fois.

Elle trouva sa mère dans la cuisine en train de terminer

de faire rôtir un poulet, pendant que Mollie et son père mettaient le couvert.

— Dani, te voilà de retour !

— Quelle bonne surprise ! ajouta son père.

— Tu veux rester dîner avec nous ?

— Non, merci. Il faut que je passe prendre Kevin chez les Cunningham.

Elle ouvrit le réfrigérateur où elle trouva comme d'habitude un pot de thé glacé.

— Je bois juste quelque chose et je repars.

— Comme tu préfères, ma chérie.

— Mais je vous en prie, passez à table, je m'assiérai un moment avec vous.

Mollie considérait sa sœur d'un air taquin.

— Alors, tu t'es offert un petit séjour romantique avec ton amoureux ?

— Pas du tout, désolée de te décevoir. Mais rassure-toi, je vais tout t'expliquer.

Et c'est ce qu'elle fit, assise à cette table où elle avait pris tant et tant de repas en famille. Son récit ne laissa personne indifférent. Quand elle le termina, sa mère avait les larmes aux yeux et Mollie la serra dans ses bras, non sans avoir préalablement maudit en des termes fort peu artistiques l'auteur de l'agression. Quant à son père, il gardait un visage impassible, celui qui l'avait rendu célèbre au palais de justice. Seule la crispation de ses mâchoires traduisait son émotion, mais il déclara d'une voix bourrue qu'il était fier d'elle. Il lui assura aussi que plus jamais il ne travaillerait avec ce cabinet d'avocats et quitta la table sans avoir touché au contenu de son assiette.

Le cœur de Dani se serra. Comme elle se levait pour le rejoindre, sa mère la retint.

— Laisse-le se remettre… L'idée que quelqu'un a voulu faire du mal à sa petite fille le bouleverse, mais si tu as été assez forte pour gérer cette situation, il y arrivera lui aussi. Il suffit de lui laisser un peu de temps.

Dani comprit alors que cet événement, même s'il s'était

déroulé il y a un an pour elle, était tout récent pour sa famille. Celle-ci avait besoin de temps pour encaisser le choc.

Pour la énième fois, Tyler regarda la pendule. À ce rythme, il allait devenir fou… Mme Post lui avait dit que Dani avait prévu de rentrer ce soir, mais il était déjà 19 heures, et il n'avait toujours pas de nouvelles.

Peut-être avait-elle décidé de ne pas revenir ? Il avait beau se dire que pareille idée était complètement farfelue, il ne réussissait pas à la chasser complètement de son esprit. Allons… La vie de Dani était ici, à Paradise. Elle y avait un travail, une famille, Kevin. Et lui-même ! Il fallait qu'elle revienne.

Non, elle n'avait aucune raison de fuir. Il avait toujours veillé à ne pas la brusquer, à lui laisser l'initiative de leur intimité. Sa relation avec Kevin s'était arrangée. Donc, elle serait bientôt de retour. Tout en rangeant la cuisine après le dîner, c'est ce qu'il ne cessait de se répéter comme un mantra.

Un peu plus tard, tout en donnant leur bain à ses filles, il continua à se réciter cette formule qu'il voulait magique. Et il ne cessa pas non plus, même en les bordant dans leur lit. Mais lorsque les aiguilles marquèrent 20 heures, il commença à se dire que leur romance n'était qu'une illusion. D'ailleurs, le fait qu'elle soit restée trois jours sans lui donner signe de vie n'était pas de bon augure. Plus il réfléchissait, plus il se sentait pessimiste. Finalement, n'y tenant plus, il se dit que le meilleur moyen de calmer ses nerfs en attendant d'avoir des nouvelles était d'aller faire un petit jogging.

Il appela donc sa mère qui ne refusait jamais de venir garder les petites lorsqu'il avait envie de prendre un peu l'air le soir.

Cinq minutes plus tard, Donna Jackson frappait à la porte et le trouvait prêt à partir, car il avait eu vite fait d'enfiler un short et des chaussures de tennis.

— Je serai de retour dans une petite heure. Si jamais tu as besoin de moi, passe-moi un coup de fil, je prends mon portable.

— Ne t'inquiète pas, tout ira bien. Régale-toi !

— Merci, maman.

Il commença à courir lentement, puis, au bout d'un moment, accéléra le rythme dans l'espoir que cela l'aiderait à chasser de son esprit sa crainte que Dani ne revienne pas. Normalement, le bruit régulier de ses pieds sur le sol et les battements de son cœur suffisaient à chasser ses idées noires, mais ce soir, cela ne marchait pas, son angoisse était toujours là. À bout de souffle, il s'arrêta de courir et, les mains sur les genoux, lutta contre la colère qui menaçait de le submerger.

Si Dani ne voulait pas de lui, c'était son droit le plus strict, mais il méritait mieux que d'être ainsi rayé de sa vie sans même un au revoir décent. Voilà ce qu'il allait lui dire la prochaine fois qu'il la verrait.

À ce moment-là, son téléphone vibra dans la poche de son short. Les petites avaient peut-être besoin de lui ?

— Oui ?

— C'est Dani. Essaie de venir me retrouver, j'ai plein de choses à te raconter !

Il consulta sa montre. Il avait encore au moins une demi-heure de liberté.

— D'accord. Moi aussi, j'ai des choses à te dire.

Pour commencer, ce serait : « Où étais-tu passée ? », puis : « Pourquoi est-ce que tu n'as jamais répondu à mes messages ? », pour finir sur quelque chose dans le genre de : « Explique-moi où nous en sommes tous les deux. Je n'en peux plus de ne pas savoir ! »

Il se hâta de rentrer chez lui, expliqua rapidement la situation à sa mère qui accepta très volontiers de faire durer sa garde un peu plus longtemps. Sans prendre la peine de se changer, il sauta dans sa voiture et arriva chez Dani avant que sa colère soit retombée. Une fois à sa porte, il frappa très fort et le regretta aussitôt. Kevin devait probablement déjà être couché et, malgré son agacement envers Dani, il ne voulait pas troubler le sommeil du petit garçon.

Dès qu'elle lui ouvrit la porte, il aperçut son visage radieux d'innocence, exactement comme si elle n'avait pas passé les jours précédents à éviter d'entrer en relation avec lui. C'était un peu trop fort ! Certes, depuis qu'ils se connaissaient, il s'était toujours montré compréhensif, il l'avait toujours soutenue, mais cette fois, elle avait exagéré. Il refusait de se laisser traiter comme un paillasson. Voilà ce qu'il allait lui dire dès qu'elle aurait fini de l'embrasser.

Dani n'avait pas prévu de sauter ainsi au cou de Tyler, mais en le voyant débarquer chez elle dans sa tenue de sportif, les cheveux humides de transpiration et le corps moulé dans son T-shirt et son short, elle n'avait pas pu s'empêcher de lui sauter au cou. Quel bonheur de se retrouver dans ses bras ! C'était un havre de paix après les journées harassantes qu'elle venait de vivre. Dans ses baisers passaient tous les sentiments qu'elle avait retenus, le contact de sa peau avec celle de Tyler la grisait aussi sûrement qu'un alcool fort et délicieux.

Assez abasourdi par cet accueil inattendu, Tyler se laissa emporter à son tour. Il entraîna Dani à l'intérieur et referma la porte avec son dos. Les mains agrippées à ses hanches, il la plaquait contre lui, désireux de lui faire sentir à quel point lui aussi était heureux de la retrouver.

Un moment, elle se laissa aller au fantasme de le déshabiller sur le pas de la porte, sans attendre une minute de plus, et de faire l'amour avec lui sur-le-champ. Puis, le souvenir qu'un petit garçon de neuf ans dormait dans une pièce voisine lui rendit un peu de son bon sens. Elle attira Tyler dans la cuisine où elle s'était déjà servi un verre de vin en l'attendant.

— Je t'en sers un aussi ?

— Dani, dis-moi à quel jeu tu joues avec moi.

— Mais… à rien ! Qu'est-ce que tu veux dire ?

— Tu trouves normal de disparaître de la circulation sans prévenir et de ne pas répondre à mes messages ? Et après ce silence radio, quand j'arrive chez toi, tu me sautes dessus !

Tout à coup, elle réalisa à quel point son comportement avait pu le désorienter.

— Je ne pensais pas que j'allais te manquer…

— Tu plaisantes ? J'étais fou d'inquiétude. Quand je suis passé à ton bureau avec mon petit bouquet de fleurs ridicule et que je l'ai trouvé vide, j'ai cru que…

— Tu es passé à mon bureau ? demanda-t-elle, bouleversée.

Dans son esprit, Tyler devait continuer à vivre comme à son habitude, entre son travail et ses filles, sans guère se préoccuper de son absence. Comme elle s'était trompée !

— Je… Je ne sais plus si je dois te dire « merci pour les fleurs », ou « excuse-moi d'être partie sans rien dire ».

Il se laissa tomber sur une chaise de la cuisine.

— Commence par : « Excuse-moi. »

— Je t'avais pourtant dit que j'allais être très occupée.

— Dani, il y a une grande différence entre être très occupée et disparaître, purement et simplement.

— C'est vrai, je le reconnais.

Elle avait sous-estimé les sentiments que Tyler éprouvait pour elle, c'était évident.

— Si je t'avais dit ce que j'allais faire, tu aurais eu envie de m'accompagner, alors que j'avais besoin d'agir seule.

— Je peux en savoir un peu plus ?

— Oui. Je suis retournée à Jacksonville pour porter plainte contre l'homme qui m'a agressée.

La surprise laissa Tyler sans repartie, comme si cette réponse l'avait mis K-O. Au bout d'un instant toutefois, il retrouva l'usage de la parole.

— C'est vrai ? Tu as fait ça ?

Sentant que la tension entre eux retombait, elle sourit.

— Oui. Et tout s'est passé aussi bien que possible. Bien sûr, je vais devoir attendre un moment avant de savoir ce qu'il va se passer, mais je sais au moins que mon agresseur va être convoqué par la police. Et pour moi, c'est déjà un résultat fabuleux. En revanche, je t'assure que je n'ai pas imaginé un seul instant que j'allais te causer autant de souci.

Elle se sentait terriblement coupable de ne pas avoir plus tenu compte de la réaction de Tyler. Elle aurait dû avoir davantage confiance dans leur relation.

— Bon, j'ai survécu…, conclut Tyler avec un sourire. Mais tout juste ! J'ai cru que tu voulais quitter Paradise, que tu étais partie parce que tu voulais rompre avec moi.

— Rompre avec toi ? Mais pourquoi ?

— Que voulais-tu que je pense en voyant que tu ne me donnais aucun signe de vie ?

Elle comprenait maintenant à quel point elle avait été maladroite.

— Tyler, je te promets que mon départ n'avait strictement rien à voir avec toi. Je t'aime.

Lentement, il se leva. Un instant, Dani fut saisie de panique. Tyler était-il fâché au point de partir malgré ce qu'elle venait de lui dire ?

Mais avant qu'elle ait pu ajouter quoi que ce soit, il l'avait attirée dans ses bras et plaqué sa bouche contre la sienne. Ce baiser presque brutal, possessif, mais plein de fougue, enflamma ses sens, et elle dut s'agripper à la table de la cuisine pour ne pas tomber.

— Est-ce que… cela signifie que tu me pardonnes ?

Il secoua la tête en souriant comme un gamin heureux.

— Pas si vite, ma belle ! Tu ne m'as toujours pas dit pourquoi tu ne m'as jamais rappelé.

— Ça a l'air idiot, mais je voulais tout te raconter de vive voix.

— Je n'avais pas pensé à ça ! Alors, puisque nous sommes face à face, fais-moi ton compte rendu.

Dani lui détailla alors sa recherche des anciennes collègues aussi victimes de harcèlement.

— Mais pourquoi ne m'en as-tu rien dit ?

— J'avais peur de ne pas avoir le courage de mener mon projet à terme, et je craignais que tu aies une mauvaise opinion de moi si j'abandonnais tout.

— Jamais de la vie ! Tu étais la seule à savoir jusqu'où tu pouvais aller. As-tu retrouvé tes compagnes d'infortune ?

— Oui. Cet affreux personnage a usé de la même tactique avec plusieurs autres femmes. Il a même été à deux doigts d'en violer une qui n'a dû son salut qu'à la présence d'un homme de ménage venu nettoyer les bureaux plus tôt que prévu. La malheureuse a démissionné moins d'un mois après avoir été embauchée.

— Franchement, je te félicite de ton courage. Ce malade doit être mis hors d'état de nuire.

— J'espère que c'est ce qui arrivera, mais en déposant ma plainte, je voulais aussi me prouver que cette histoire était terminée, qu'elle appartenait définitivement au passé. Quand tu as expliqué à Kevin qu'il devait regarder ses difficultés en face pour aller de l'avant, j'ai compris que je devais faire la même chose que lui.

— Où en es-tu maintenant ?

— Je pense que mes symptômes de panique ne vont pas disparaître par magie, mais je me sens beaucoup mieux depuis que tout le monde est au courant.

— En tout cas, ne t'avise plus de partir sans rien me dire. Je ne pourrais pas le supporter une seconde fois.

Dani passa ses bras autour du cou de Tyler.

— Je te le promets. Où que j'aille désormais, ce sera avec toi, Tyler. Parce que je t'aime.

— Voilà qui tombe bien, parce que moi aussi, je t'aime, Dani.

Profondément apaisée, elle comprit à ce moment-là qu'elle allait enfin pouvoir se tourner vers le futur et lorsque Tyler la prit dans ses bras, elle eut la profonde certitude que cet homme faisait partie intégrante de son avenir.

# - 15 -

Tyler avait l'impression de vivre un conte de fées. Pas seulement parce que sa relation avec Dani était au beau fixe, mais parce qu'il était entouré par deux princesses en robes longues et d'un chevalier en armure, prêt à prendre leur défense si le moindre dragon faisait son apparition au détour d'une gondole de son magasin.

La journée était calme. Kevin était venu jouer avec les jumelles pendant que Dani allait voir sa thérapeute. Après leur goûter, les enfants, ou plus exactement Adele, avaient décidé de jouer à se déguiser. Au départ, Kevin n'avait guère montré d'entrain pour ce qu'il appelait un jeu de filles, mais lorsque Tyler avait déniché cette armure rutilante et l'épée assortie, il avait accepté avec enthousiasme le rôle de chevalier sans peur et sans reproche.

Quant à Tyler, il changeait de personnage au gré de l'évolution de l'histoire inventée par le trio, tantôt prince charmant, tantôt ogre ou dragon. Cette occupation lui permettait d'attendre le retour de Dani sans trop d'impatience. Il avait découvert que, désormais, il n'était plus seulement le père de deux adorables petites filles, mais aussi un homme amoureux qui avait la chance d'être aimé en retour.

Comme la vie était étrange ! Lors de leur première rencontre, Dani l'avait catalogué comme un homme sans cœur. De son côté, il n'avait pas été plus indulgent envers elle, puisqu'il l'avait prise pour une séduisante avocate à la parole facile mais incapable d'agir.

Mis à part sur l'aspect séduction, il ne pouvait pas s'être

trompé davantage. Dani lui avait démontré qu'elle était intelligente et assez obstinée pour mener ses projets à leur terme. Ce trait de caractère les amènerait sans doute à se heurter de temps en temps, mais franchement, il n'y avait personne au monde avec qui il avait davantage envie de s'affronter.

Lorsque la clochette de la porte tinta, il sut tout de suite que c'était elle qui arrivait. On aurait dit qu'il devinait sa présence avant même de l'avoir aperçue. Depuis son voyage à Jacksonville, ils s'arrangeaient pour se voir le plus possible et dînaient ensemble avec les enfants plusieurs fois par semaine. Tyler emmenait Kevin s'entraîner sur le terrain de base-ball pendant qu'Amy et Adele discutaient avec Dani ou se promenaient avec elle dans le parc. Comme bon nombre de leurs amis s'étaient portés volontaires pour venir garder les enfants le soir, ils avaient même réussi à profiter de quelques soirées en amoureux.

— Ton rendez-vous s'est bien passé ? s'enquit tout de suite Tyler.

— Super. Nous allons espacer les séances. Il paraît que je suis l'une de ses histoires qui finit bien !

— Excellente nouvelle !

— Oui, mais la meilleure des thérapies, c'est que tu me prennes dans tes bras.

— Dites, les enfants, est-ce que Dani peut jouer avec nous ? demanda Tyler.

Des cris de joie fusèrent. Tyler reçut officiellement le titre de prince charmant et Dani fut promue Belle au Bois dormant qu'il devait courtiser pour la ramener à la vie.

À un certain moment, Dani remarqua que Tyler se penchait vers Kevin pour lui murmurer quelque chose à l'oreille. Les yeux écarquillés, ce dernier écouta sans dire un mot, puis s'inclina avec déférence devant le prince.

— Eh ! se plaignit Amy à Dani, ne relève pas la tête ! Rappelle-toi que tu dors, sinon comment est-ce que le prince charmant pourra conjurer le mauvais sort si tu es déjà réveillée ?

Docilement, Dani referma les yeux. Elle entendit Tyler s'approcher.

— Ah, j'ai enfin trouvé ma princesse ! s'exclama-t-il sur un ton théâtral.

— Bon, maintenant, il faut que tu l'embrasses parce que c'est comme ça qu'elle va se réveiller, conseilla Amy.

Dani retint son souffle et accueillit avec délices le baiser que Tyler déposa sur ses lèvres. Comme elle gardait les yeux clos, Kevin intervint.

— Il faut te réveiller maintenant, Dani ! Ouvre les yeux.

Dani obtempéra, mais elle eut la surprise de trouver Tyler agenouillé devant elle. Elle devait donc continuer à jouer son rôle.

— Beau prince, merci de m'avoir arrachée à mon triste sort, déclara-t-elle avec emphase.

— C'est vous, douce princesse, qui m'avez sauvé la vie en m'arrachant aux ténèbres dans lesquelles je vivais. Maintenant que je vous ai rencontrée, je ne veux plus jamais vous quitter.

Il sortit alors un petit écrin de sa poche et l'ouvrit. Toujours dans le jeu, Dani lui présenta son doigt pour qu'il y glisse la bague qui s'y trouvait, mais en voyant cette dernière scintiller à la lumière, elle se figea. Certes, elle n'était pas experte en joaillerie, mais cette bague ne sortait pas d'une pochette-surprise ! C'était un vrai bijou. Cela signifiait-il que Tyler lui faisait une vraie demande en mariage ?

— Tyler ?

— Oui. Je ne joue plus, Dani. Depuis que je te connais, ma vie a changé. Tu m'as rendu la joie et les rires.

— Et amené les petits chats ! compléta Adele.

Des larmes obscurcissaient la vue de Dani, trop émue pour parler.

— Dani, est-ce que tu acceptes de m'épouser pour que nous soyons heureux tous ensemble ?

— Oui… Oui ! sanglota Dani en se jetant dans les bras de Tyler.

Les enfants se mirent à crier des bravos, mais elle les entendit à peine.

— Tu vois, nous construisons nous-mêmes notre conte de fées, commenta Tyler.

Il recommençait à l'embrasser lorsqu'une famille de clients entra dans le magasin. À regret, il s'écarta de Dani, une expression frustrée sur le visage.

— Ne n'inquiète pas, prince charmant, murmura cette dernière. Notre histoire ne fait que commencer.

# - 16 -

*Trois mois plus tard…*

Malgré la rapidité à laquelle leur amour s'était épanoui, le mariage ne put avoir lieu aussi vite qu'ils l'auraient souhaité, car ils voulaient que leurs amis et leur famille aient le temps de s'organiser pour être présents en ce jour si spécial.

La cérémonie n'eut donc lieu que dans le courant de l'été, mais toutes les personnes qui comptaient dans la vie de Dani, Mollie, Sam, Jillian, Cassie, Jessica, se trouvaient près d'elle dans la chambre de Jillian où elle se préparait. Il avait fallu faire sortir les jumelles, si excitées d'être demoiselles d'honneur qu'elles en étaient insupportables. Tyler avait choisi Kevin comme témoin, pour montrer que leur mariage était l'union de leurs deux familles.

Lorsque Dani sortit de la chambre, les jumelles se jetèrent sur elle.

— Dépêche-toi, Dani ! Papa nous a promis qu'après le mariage, tu serais notre maman, alors il faut faire vite !

— Dani ! intervint Cassie. Je t'interdis de pleurer…

Phillip Post vint prendre sa fille par le bras pour la conduire sur la plage où le mariage était prévu.

— Je suis très heureux, ma chérie. Je sais que Tyler prendra bien soin de toi, même si tu es devenue une femme capable de te débrouiller toute seule.

Lorsque Tyler aperçut sa fiancée, il demeura bouche bée.

Dani lui avait caché sa robe, et il découvrait une véritable princesse dans un corselet de dentelle et une grande jupe chatoyante qui virevoltait à chacun de ses pas. Comme il avait hâte de l'emmener sur le bateau qu'il avait loué pour les quelques jours de leur lune de miel ! Les grands-mères ayant la gentillesse de se relayer pour prendre soin des enfants, ils pourraient être entièrement l'un à l'autre.

Effectivement, quelques heures plus tard, ils se retrouvaient en tête à tête dans l'intimité de leur cabine où Tyler entreprit de défaire un à un les innombrables petits boutons en perle qui fermaient le corselet, ponctuant chaque victoire sur le tissu d'un nouveau baiser sur la peau dénudée de sa femme.

La première fois qu'ils firent l'amour, ce fut avec précipitation, tant ils avaient besoin d'éprouver le sentiment de complétude que seuls ces moments privilégiés pouvaient apporter. Mais ensuite, bercés par le doux roulis du bateau, ils prirent tout le temps d'explorer leurs deux corps affamés de caresses.

Plus tard, bien plus tard, au creux de la nuit, Dani sentit une prière de gratitude monter à ses lèvres. Non seulement elle avait rencontré l'homme de sa vie, constitué une belle famille, mais elle avait retrouvé sa force et sa confiance dans la vie. Que demander de plus ?

STELLA BAGWELL

# Cet amour entre nous

*Traduction française de*
ANDRÉE JARDAT

Passions

HARLEQUIN

*Titre original :*
DADDY'S DOUBLE DUTY

*Ce roman a déjà été publié en 2012.*

# - 1 -

Son assistante était en larmes !

Surpris et embarrassé, Conall Donovan scrutait la jeune femme derrière son bureau en chêne massif.

Vanessa Valdez travaillait pour lui depuis deux mois maintenant et elle avait toujours été une employée modèle, alliant dans un bel équilibre perfectionnisme et professionnalisme.

Il s'approcha du bureau, se demandant quoi dire.

— Vanessa ? Qu'est-ce qui ne va pas ?

Elle leva vers lui des yeux brouillés de larmes, ses mains malaxant mécaniquement son mouchoir en papier. À trente-cinq ans, elle en paraissait dix de moins et si elle n'était pas à proprement parler d'une beauté renversante, elle était très séduisante avec ses jolis yeux noisette et ses boucles noires qui tombaient en cascade sur ses épaules.

— Je… je suis désolée, dit-elle entre deux sanglots.

— C'est ton père ? Il est malade ?

Elle avait beau être une vieille connaissance de sa famille, il ignorait pratiquement tout de sa vie. Elle avait perdu sa mère deux ans plus tôt et son père, aujourd'hui âgé, se trouvait dans une maison de convalescence pour tenter de se remettre d'un accident cardio-vasculaire, c'était tout ce qu'il savait.

Et aussi qu'au fil des jours, et sans qu'il en ait réellement pris conscience, son efficacité et sa finesse de jugement lui étaient devenues indispensables.

— Non, dit-elle finalement, ce n'est pas mon père.

Devant sa réticence à développer, il ne put réprimer un mouvement d'impatience. Il n'avait pas le temps de jouer au jeu des devinettes !

— Veux-tu prendre ton après-midi ?

C'était une proposition généreuse, de nombreux dossiers devaient être traités avant la fin de la journée. Si cela s'avérait nécessaire, il n'aurait qu'à faire appel à Fiona, sa mère.

Vanessa secoua la tête en reniflant et redressa fièrement les épaules. Emu par ses joues ruisselantes de larmes, il résista avec peine à l'envie soudaine de contourner le bureau pour aller la consoler.

Mais il n'avait jamais été à la hauteur pour ce genre de choses. Et surtout, il s'était fait une promesse : ne plus jamais laisser les femmes approcher son cœur.

— Non, ça va aller, répondit-elle. J'ai juste besoin de quelques instants pour surmonter le choc.

Le choc. Quel choc ? Le téléphone avait sonné tout l'après-midi, comme d'habitude, mais il n'avait rien remarqué de spécial.

D'ailleurs, entre son poste de directeur du ranch et ses toutes nouvelles fonctions à la tête de la mine d'or que la famille venait d'acquérir, il n'avait pas une minute à lui.

Le ranch Donovan était un énorme conglomérat dont les ramifications s'étendaient aux quatre coins du globe. Avec son plus jeune frère, Liam, qui se chargeait d'entraîner les chevaux, ils occupaient l'un des nombreux bureaux qu'abritait une bâtisse moderne de briques rouges située au nord du ranch, près du bâtiment d'habitation.

— Écoute, Vanessa, je t'ai demandé beaucoup ces derniers temps, j'en suis conscient. Mais ne t'inquiète pas, ce ne sera pas toujours ainsi. J'ai l'intention d'embaucher quelqu'un pour te seconder dans ton travail. Il me faut juste un peu de temps pour éplucher les CV que j'ai sous le coude.

Elle le regarda avec de grands yeux étonnés.

— Conall, il ne s'agit pas non plus de mon travail, dit-elle pour dissiper tout malentendu. En fait, j'ai reçu un appel de Las Vegas qui m'annonçait une terrible nouvelle. Une amie très proche est décédée brutalement et je… je n'arrive pas à y croire. Elle était…

Sa voix se brisa tandis qu'elle se remettait à sangloter. Submergé par une émotion qu'il tenta tant bien que mal de cacher, il s'approcha d'elle et posa sur ses épaules des mains qui se voulaient réconfortantes.

— Je suis vraiment désolé.

Elle détourna la tête pour répliquer dans un souffle :

— Ça va, je t'assure.

Difficile de savoir si sa réponse visait à le convaincre, lui, ou elle, mais dans tous les cas, il ne pouvait pas la laisser dans un état pareil.

— Non, ça ne va pas du tout, dit-il d'un ton bourru. Regarde, tu trembles de tous tes membres. Viens t'installer confortablement.

D'une main ferme, il lui fit quitter son siège de bureau et plaça un bras autour de sa taille pour la guider vers un canapé en cuir à l'angle de la pièce.

— Assieds-toi et essaye de te détendre un peu, dit-il gentiment. Je reviens tout de suite.

Il traversa la pièce à grandes enjambées vers son bureau. Quelques bouteilles s'y trouvaient, généralement destinées aux clients venus lui rendre visite. Il remplit à demi une tasse de café qu'il compléta par une bonne rasade de cognac et revint vers elle.

— Tiens, dit-il. Bois ça. Jusqu'à la dernière goutte.

D'une main tremblante, elle porta la tasse à ses lèvres. Après en avoir bu quelques gorgées qui la firent s'étrangler, elle la tendit à Conall en le gratifiant d'un regard accusateur.

— Tu as mis de l'alcool là-dedans !

— Manifestement pas assez.

— Tu plaisantes, j'espère, dit-elle, toussant toujours. Mais merci quand même, je crois que je peux parler maintenant.

Soulagé de voir les couleurs revenir sur son visage

blême, il prit la tasse et la posa par terre puis il s'installa à côté d'elle.

— Vas-y, dit-il d'un ton encourageant, dis-moi ce qui est arrivé à ton amie.

Rattrapée par la peine intense qu'elle avait ressentie quelques instants plus tôt, elle ferma les yeux et passa une main sur son front.

Presque malgré lui, il observa le velouté de sa peau diaphane. Quel effet cela lui ferait-il de l'embrasser, de la dévorer de baisers ardents ?

Il s'empressa de chasser les pensées qui lui traversaient l'esprit. Goûter la peau satinée d'une femme ne figurait plus au programme.

Paupières toujours closes, elle commença son récit d'une voix étranglée d'émotion :

— Hope Benson et moi sommes devenues amies peu de temps après mon arrivée à Las Vegas. Nous travaillions toutes les deux comme serveuses dans un casino, le Lucky Treasure.

La nouvelle le stupéfia. Il était bluffé. Elle était partie de rien, et en peu de temps elle avait gravi les échelons pour se retrouver assistante de direction.

— Je ne savais pas que tu avais été serveuse, dit-il d'une voix sans timbre, comme s'il exprimait tout haut ses pensées.

— Qu'est-ce que tu t'imaginais, Conall ? Lorsque j'ai quitté Hondo Valley, je n'avais rien. J'en ai bavé pour pouvoir poursuivre mes études à l'université, crois-moi !

Il n'ignorait pas qu'elle était issue d'une famille pauvre car sa sœur Maura et elle avaient été les meilleures amies du monde à l'école élémentaire. À l'époque, elle venait régulièrement au ranch, mais il avait deux ans de plus qu'elle et ne lui prêtait guère attention. Elle n'était qu'une amie parmi tous ceux, nombreux, qui fréquentaient les six enfants Donovan. D'elle, il avait gardé le souvenir d'une jeune fille timide, un peu effacée.

Lorsqu'il avait quitté le ranch pour l'université, il avait

entendu dire qu'elle était partie vivre dans le Nevada. Quinze ans s'étaient écoulés sans qu'il entende parler d'elle jusqu'au jour, deux mois plus tôt, où elle l'avait appelé au sujet du poste d'assistante qui était à pourvoir.

Elle lui avait alors annoncé que, de retour à Hondo Valley, elle était à la recherche d'un emploi. À sa grande honte, il avait été surpris de l'entendre dire qu'elle avait effectué des études supérieures. D'après le souvenir qu'il avait gardé d'elle, il l'aurait plutôt imaginée en femme au foyer, épouse comblée et mère de famille nombreuse.

Quoique dubitatif, il avait, par égard pour sa sœur, consenti à un rendez-vous. Il avait été d'autant plus étonné de voir arriver une jolie jeune femme dont les diverses expériences professionnelles l'avaient impressionné. Il l'avait embauchée sans hésiter et depuis, n'avait jamais eu à regretter sa décision.

Le léger soupir qu'elle laissa échapper attira son attention. Elle leva le regard vers lui. Les larmes avaient cédé la place à un autre genre de trouble.

— Excuse-moi, Conall, je ne voulais pas me montrer agressive, dit-elle d'une voix radoucie. Vois-tu, Hope était enceinte et elle est morte en salle de travail, juste après la délivrance. J'imagine que cela a quelque chose à voir avec les problèmes cardiaques génétiques dont elle souffrait depuis l'enfance. Pas une seconde je n'ai imaginé qu'elle allait mourir. Chaque fois qu'elle m'appelait, elle m'assurait qu'elle et les bébés se portaient bien. Je pensais que les médecins redoubleraient de vigilance.

L'attention de Conall se porta sur un mot.

— Tu as bien dit : *les* bébés ?

Elle acquiesça d'un signe de tête.

— Elle a accouché de jumeaux. Un garçon et une fille. Ils sont nés il y a trois jours et le notaire m'a appelée pour me faire part des dernières volontés de Hope.

— Pourquoi toi ? demanda-t-il, étonné.

La sonnerie du téléphone l'empêcha de répondre. Elle

esquissa le geste de se lever, mais il la retint d'une main ferme posée sur son épaule.

— Oublie le téléphone. Qui que ce soit, il rappellera ou laissera un message. Je veux entendre la fin de ton histoire.

Elle laissa aller sa tête d'un côté à l'autre, montrant le désespoir qui la submergeait.

— C'est incroyable, Conall, mais Hope m'a désignée comme tutrice de ses bébés. Je… je vais devenir leur mère.

— Leur mère ! dit-il, sonné par la révélation. Tu es sérieuse ?

— Bien sûr que je suis sérieuse. Pourquoi ? Tu me crois incapable d'être une bonne mère ? demanda-t-elle, pincée.

— Pas du tout, Vanessa. Je ne doute pas de tes capacités et je suis même sûr que tu es douée d'un instinct maternel très développé. Je m'interroge juste sur le bien-fondé de cette décision. Ces enfants n'ont pas de père ?

Ses épaules s'affaissèrent tandis qu'elle passait une main toujours tremblante dans ses cheveux.

— Il n'a fait qu'un passage éclair dans la vie de Hope, répondit-elle. Lorsqu'elle a appris qu'elle était enceinte, elle a pris contact avec lui mais il n'a rien voulu savoir. Il payait déjà une pension alimentaire à son ex-femme et n'avait pas l'intention d'ajouter ce genre de responsabilités à ses problèmes d'argent. Dégoûtée, Hope a tenu à lui faire signer des actes légaux qui le faisaient renoncer à son droit parental.

— Quel salaud.

— Je savais bien qu'elle faisait une énorme bêtise en craquant pour lui mais je ne me suis pas senti le droit de la raisonner. Elle était folle amoureuse ! Elle croyait qu'il l'aimait et se voyait mère de famille nombreuse.

— Et ses parents ?

— Ils sont morts dans le tremblement de terre de Loma Prieta, en Californie, alors que Hope était encore très jeune. Elle en est sortie indemne mais elle ne s'en est jamais vraiment remise.

— Seigneur ! Quelle vie, dit-il, touché par une telle accumulation de coups durs.

— C'est vrai, dit-elle tristement. Hope avait quarante-deux ans. Elle avait bien compris que c'était sa dernière chance d'avoir des enfants. C'est pour cette raison qu'elle a choisi de prendre le risque. En dépit des mises en garde répétée des médecins, elle a préféré les garder. Elle voulait désespérément être mère.

— Vous en aviez parlé ensemble ? Enfin, je veux dire, du fait que tu deviendrais leur mère s'il lui arrivait quelque chose ?

Elle acquiesça d'un signe de tête.

— Au début de sa grossesse, Hope m'avait demandé d'être leur marraine. J'ai accepté, bien sûr. Comment aurais-je pu refuser ? Nous étions amies depuis si longtemps ! Et puis je voulais qu'elle se sente rassurée, qu'elle sache que quoi qu'il arrive je serai là pour eux. Mais je voulais surtout qu'elle ait confiance, qu'elle soit heureuse de la vie qu'elle allait vivre avec ses bébés.

Submergée par l'émotion, elle interrompit son récit et laissa de nouveau libre cours à ses larmes.

— Oh, Conall ! Je ne pensais pas… Je refusais de croire qu'elle pourrait mourir.

Il se détesta de ne pas trouver les mots qui la réconforteraient et soulageraient sa peine.

— Personne ne veut imaginer l'éventualité de perdre un proche, Vanessa, dit-il d'une voix peu assurée. Nous refusons toujours d'envisager le pire. À quoi cela sert-il ?

Silencieuse, elle se leva et se mit à arpenter la pièce.

Elle avait toujours rêvé d'avoir des enfants, mais elle avait privilégié ses études, puis sa vie professionnelle. Elle s'était battue pour obtenir ses diplômes et, ceux-ci en poche, elle était passée de simple serveuse à employée de bureau avant de devenir responsable administrative puis enfin assistante de direction.

C'était à cette époque-là qu'elle avait rencontré celui qui allait devenir son mari. Avec lui, elle avait cru que ses rêves allaient devenir réalité, qu'elle allait enfin fonder un foyer et créer sa propre famille. Mais très vite, Jeff s'était révélé un bon à rien, un homme trop content de se reposer entièrement sur sa femme et de se faire entretenir pendant que lui menait sa vie à sa guise.

Elle avait fini par être heureuse de ne pas avoir eu d'enfants avec lui, même si elle avait encore ce désir chevillé au corps. Mais jamais elle n'aurait imaginé devenir mère dans des circonstances aussi tragiques.

— Je suppose que tu as raison, Conall, dit-elle enfin. Nous ne pouvons pas parier sur le pire, ce serait trop horrible. Mais je…

Elle s'interrompit pour contempler sans la voir vraiment une immense photo encadrée, une vue de la chaîne de montagnes semblant surgir derrière le ranch.

— Pour le moment, je suis sous le choc. Tu te rends compte, il faut que j'aille à Las Vegas dans quelques jours pour récupérer les bébés. D'ici là, il y a tant de choses à faire pour les accueillir ! Je vis dans la maison de mes parents. Tu la revois ?

En fait, il n'en avait qu'un vague souvenir. Il se rappelait qu'elle était située dans une zone montagneuse, au nord est du ranch, et que c'était une maison en stuc, trop petite pour une si grande famille. M. Valdez avait fait de son mieux pour la rendre confortable, mais ses quatre vauriens de fils n'avaient jamais levé le petit doigt pour l'aider. À l'heure qu'il était, ils avaient tous quitté la région et il ne put s'empêcher de s'en réjouir. Vanessa n'avait pas besoin de ces pique-assiette pour rajouter à ses soucis.

— Oui, je m'en souviens, répondit-il. Tu vis là-bas toute seule ? Enfin, je veux dire… as-tu assez de place pour les bébés ?

— Oui, dit-elle répondant d'un coup aux deux questions. Mais les lieux ne sont pas équipés pour deux nouveau-nés. Tu sais, si je suis revenue à Hondo Valley, c'est pour pouvoir veiller sur mon père et subvenir à ses besoins. Il a besoin de soutien et de réconfort moral, surtout depuis que maman n'est plus là. Mais d'un autre côté, ce n'est pas l'endroit idéal pour élever des enfants. Oh mon Dieu ! Il y a tant de choses à faire, à acheter…

Elle sursauta lorsqu'elle sentit les mains chaudes et puissantes de Conall envelopper ses épaules. Perdue dans ses réflexions, elle ne l'avait pas entendu s'approcher mais, même si cela avait été le cas, elle aurait probablement ressenti ces mêmes délicieux frissons au creux des reins.

Conall Donovan ne ressemblait à aucun homme qu'elle avait connu. Lorsqu'elle était encore au collège alors que lui venait de passer au lycée, elle avait eu un sérieux béguin pour lui. Contrairement aux autres garçons de son âge, il avait autant de cerveau que de muscles et se conduisait déjà en parfait gentleman.

Maintenant qu'elle était son employée, elle pouvait tirer un trait définitif sur ses rêves d'adolescente.

— Dis-moi, Vanessa, as-tu vraiment envie de prendre ces bébés en charge ?

L'incongruité de la question lui fit faire une volte-face si rapide qu'elle se retrouva presque plaquée contre lui. L'odeur délicieusement virile qui émanait de lui lui fit aussitôt oublier ses bonnes résolutions.

D'aussi loin qu'elle s'en souvenait, elle avait toujours pensé à lui comme à un homme ombrageux et envoûtant. Des idées nourries par son physique, sans doute. Elle ne l'avait pas trouvé changé après toutes ces années. Il avait toujours la même crinière noire, qui faisait ressortir ses yeux gris ardoise dans un visage aux traits taillés à la serpe. Ses habitudes vestimentaires aussi étaient restées les mêmes et il portait avec autant d'aisance un smoking que ses vieux jeans délavés.

Elle se mordilla nerveusement la lèvre avant de répondre.

— Bien sûr que je veux ces enfants ! Plus que tout au monde.

Elle repensa avec tristesse que lors de son bref mariage avec Jeff, celui-ci avait refusé d'avoir des enfants sous prétexte qu'il l'aimait trop pour vouloir la partager. En vérité, il ne l'avait jamais aimée pour la simple raison qu'il n'aimait que lui.

— J'ai toujours voulu être mère. Et je vais élever et aimer ces bébés autant que si j'étais leur mère biologique. Cependant, je ne sais pas comment m'y prendre pour gérer tout de suite les aménagements nécessaires. Je dispose de peu de temps et…

— Ne t'affole pas, prenons les choses dans l'ordre. Que dois-tu faire en priorité ?

La sonnerie du téléphone se fit de nouveau entendre et, comme la première fois, il lui intima de ne pas bouger.

— Aller à Las Vegas chercher les petits. Ils ont déjà quitté l'hôpital et sont temporairement placés dans un orphelinat.

Sans dire un mot, il se mit à faire les cent pas devant son bureau, comme si cela l'aidait à se concentrer.

— J'imagine qu'ils sont bien traités là-bas, dit-il finalement. Mais tu te sentiras mieux si nous les ramenons le plus tôt possible.

*Nous ?* Avait-elle bien entendu ? C'était *son* problème, pas celui de Conall. Quoique, à bien y réfléchir, cela le concernait aussi, dans la mesure où il avait besoin d'elle au bureau. Plus vite ils auraient réglé le problème, plus vite elle serait en mesure de reprendre son travail.

Une nouvelle inquiétude l'envahit. Avec deux nouveau-nés sur les bras, comment pourrait-elle être sur tous les fronts ? Comment assurer l'éducation des enfants et un travail dont elle avait plus que jamais besoin ?

— Je suis désolée, Conall. Il va falloir que je prenne sur mon temps de travail. Si tu veux que je démissionne, je comprendrais parfaitement.

Il s'arrêta net pour la fixer d'un air interloqué.

— Démissionner ? Mais enfin, Vanessa, pour qui me prends-tu ? Il n'est pas dans les habitudes des Donovan de virer des employés alors que ceux-ci ont besoin d'aide.

Voyant qu'elle l'avait offensé, elle précisa :

— Ce n'est pas ce que j'ai voulu dire. Lorsque tu m'as

embauchée, je me suis engagée à être là tous les jours et je sais que nous avons du pain sur la planche en ce moment. Par ailleurs, j'estime que tu n'as pas à subir les conséquences de mes problèmes personnels.

Il mit fin à ses protestations d'un geste vague de la main.

— L'heure est grave, dit-il en reprenant sa marche automatique. Ce n'est pas comme si tu t'absentais pour aller faire du shopping ou partir en randonnée. D'ailleurs, maman sera ravie de te remplacer temporairement et papa se chargera à ma place des dossiers les plus urgents. S'il a un problème, il pourra toujours me joindre par téléphone. Je leur en parle ce soir et toi tu te charges de réserver deux billets d'avion pour demain. Tu penses que tu seras prête ?

Elle s'était habituée à son autorité naturelle. Quelquefois il dispensait ses ordres de manière si rapide qu'elle avait l'impression d'être prise pour un magnétophone. Mais là, tout à ses pensées, son cerveau n'avait pas enregistré ce qu'il venait de dire.

— Deux billets ? dit-elle, l'air absent. Mais Conall, je n'en ai besoin que d'un.

Il vint vers elle en brandissant son pouce et son index.

— Je veux que tu réserves deux billets, répéta-t-il. Je viens avec toi.

Elle émit un petit son bizarre avant de lui sourire distraitement.

— Quoi ? demanda-t-il. Tu as peur que je te voie dormir la bouche ouverte pendant le trajet ?

Soudain tout se brouilla. Elle sentit des perles de sueur couler sur son front et elle se demanda si le thermostat était déréglé. Ses oreilles se mirent à bourdonner et ses jambes mollirent sous elle.

— Conall… je…

Les mots moururent sur ses lèvres et elle s'effondra dans ses bras.

# - 2 -

— Pauvre petite. Le choc a été trop brutal.

La voix inquiète de Fiona Donovan parvenait à Vanessa de très loin, sans qu'elle puisse émettre un son ni ouvrir les yeux.

— Elle revient à elle. Son pouls commence à s'accélérer.

Cette fois, elle reconnut Bridget Donovan, le médecin de la famille. Elle sentait nettement la pression de ses doigts autour de son poignet.

— Si tu veux mon avis, Conall a dû lui faire sauter l'heure du repas, disait Bridget d'un ton accusateur. Je suis sûre qu'elle n'a rien avalé depuis ce matin.

— Maman, je n'ai forcé Vanessa à rien du tout, dit Conall sur un ton défensif. Et contrairement à ce qu'affirme Bridget, elle a fait une pause déjeuner. Elle a probablement mangé un de ces sandwichs dégoulinants qu'elle affectionne tant.

— Mais tu n'en es pas sûr ? lui demanda sa mère.

— Comment veux-tu ? Je suis arrivé à mon bureau à l'aube et n'en suis sorti que lorsque je l'ai entendue pleurer, il y a quelques minutes. Ceci dit, fit-il avec une pointe de perfidie, comme tu peux le voir, elle n'a pas que la peau sur les os. Il faut croire qu'elle se nourrit de temps en temps.

Vanessa battit des cils avant d'ouvrir les yeux. Elle était allongée sur le canapé de son bureau, Bridget était penchée sur elle tandis que Conall et Fiona se tenaient immobiles à côté du jeune médecin.

— Bonjour, jeune femme, dit Bridget en lui adressant un large sourire. Contente de te voir revenir parmi nous.

Le regard encore flou de Vanessa alla du visage jovial de Bridget à celui, maussade, de Conall, avant de se poser sur Fiona. Elle arborait un franc sourire qui disait tout son soulagement.

— Que… que s'est-il passé ? demanda-t-elle d'une voix ténue. J'étais en train de parler à Conall lorsque j'ai entendu un bourdonnement bizarre dans mes oreilles.

— Tu as perdu connaissance, lui dit Bridget d'une voix posée. Heureusement, Conall t'a rattrapée avant que ta tête n'aille heurter l'angle du bureau. J'étais par hasard à la maison lorsqu'il a appelé pour demander de l'aide. Comment te sens-tu ?

— Un peu groggy, mais mieux.

— Parfait. D'ailleurs, tu reprends des couleurs. Conall m'a raconté ce qui est arrivé à ton amie. Cela a dû être un horrible choc, en effet.

— Oui, je ne me sentais pas très bien, mais de là à imaginer que j'allais m'évanouir…

Elle s'interrompit, embarrassée d'être la cause de tant de tracas.

— Je suis désolée, Conall. Je ne voulais surtout pas perturber la bonne marche du bureau ni déranger ta famille.

— Veux-tu bien te taire, la rabroua gentiment Fiona sans laisser à son fils la moindre chance de répondre. Tu avais toutes les raisons de te sentir mal. La plupart des femmes ont neuf mois pour se préparer à être mère. Toi, tu n'as pas eu neuf minutes.

— Je suis bien contente d'avoir été à la maison, dit Bridget. Conall m'a fichu une peur bleue, il croyait que tu faisais un malaise cardiaque.

Elle plaça une main ferme sur son épaule avant d'enchaîner :

— Maintenant, assieds-toi que je voie comment tu te sens.

Avec l'aide de la jeune femme, Vanessa parvint à se redresser.

— Je vais mieux, on dirait. Je me sens moins faible et je n'ai plus de vertiges.

— D'après ce que j'ai vu, c'est sans doute un simple malaise passager. Mais si les symptômes réapparaissent, fais-moi le plaisir d'aller voir ton médecin pour un bilan complet. D'accord ?

— Oui, je te le promets. Merci, Bridget.

— Je t'en prie, répondit Bridget qui se tourna ensuite vers son frère. Je te la confie, Conall. Vas-y doucement pour le reste de la journée.

— Vanna va se reposer cet après-midi, dit Fiona, utilisant naturellement le diminutif qu'elle lui attribuait lorsque Maura et elle étaient amies. Conall va la reconduire chez elle.

Vanessa ouvrit la bouche pour protester mais préféra renoncer. Entre Fiona, qui pouvait se montrer aussi intraitable que son fils, et Bridget qui, en tant que médecin, ne pouvait que préconiser le repos le plus total, la cause était perdue d'avance.

— Je vais chercher tes affaires, dit Conall lorsque sa sœur eut quitté les lieux.

Tandis qu'il allait récupérer son pull et son sac dans un petit placard du couloir séparant leurs deux bureaux, Fiona s'installa dans le siège pivotant de Vanessa.

— Dès que vous serez partis, je m'occuperai de réserver les billets d'avion et d'organiser votre séjour sur place. Voulez-vous prendre le premier avion, demain matin ?

— Ce serait parfait maman. Vois ce que tu peux faire.

Conall prit les affaires de Vanessa dans une main et plaça l'autre sous son coude.

— Tu crois que tu peux marcher toute seule ? demanda-t-il d'une voix pleine de sollicitude.

Depuis qu'elle travaillait pour lui, il avait toujours fait preuve à son égard d'une grande courtoisie, qui ne laissait aucun doute sur la distance qu'il voulait instaurer entre elle et lui. Elle fut d'autant plus sensible à ce contact physique et à l'attention sincère qu'il lui manifestait.

— Absolument, dit-elle d'une voix assurée. Tu n'auras plus à m'épargner de mauvaise chute.

Sans se soucier de répondre, il la guida en douceur vers la porte.

— Conall, dit Fiona, une dernière question. Combien de nuits comptez-vous passer là-bas ?

— Aucune idée, répondit Conall. Laissons cela en suspens pour le moment.

— D'accord, dit-elle avant d'adresser à Vanessa un sourire qui se voulait rassurant. Ne t'inquiète pas, Vanna. Tu vas voir, tout va bien se passer. En moins de temps qu'il n'en faut pour le dire, tu vas te retrouver avec ces deux petites merveilles entre les bras.

Vanessa remercia chaleureusement Fiona puis se laissa entraîner docilement vers le pick-up noir de Conall.

— Tu m'as fichu une peur bleue, dit-il alors qu'ils longeaient un paddock bourdonnant du bruit d'engins mécaniques. Tu es sûre que tout va bien ?

Il regardait droit devant lui, ce qui laissa peu de chances à Vanessa de lire sur son visage. Elle l'avait toujours considéré comme un homme froid et distant, mais peut-être était-ce parce qu'il ne laissait rien transparaître de ses sentiments. En tout cas, il avait montré qu'il était capable de compassion. Pourtant, même si elle était son unique assistante, les problèmes personnels auxquels elle était confrontée auraient dû le laisser de marbre.

— Je vais très bien, répondit-elle. Je suis juste gênée de vous causer, à toi ainsi qu'à ta famille, autant de problèmes.

Elle laissa son regard errer par la vitre baissée tandis qu'il amorçait le virage qui passait devant le ranch. Rien n'avait changé depuis qu'elle avait quitté Hondo Valley, quinze ans auparavant. Avec un peu de chance, la joyeuse famille irlandaise qui occupait les lieux n'avait pas changé, elle non plus, et si elle franchissait le seuil, elle aurait peut-être de nouveau l'impression d'être une cendrillon pénétrant dans un château.

— Arrête de dire ça, dit-il d'une voix bourrue.

— Mais tu…

— Arrête, je te dis.

Son ton était tranchant. Elle poussa un léger soupir et tira sur sa jupe pour couvrir ses genoux, avant de se plonger de nouveau dans ses pensées.

Jusque-là tout allait plutôt bien pour elle, si l'on occultait le fait qu'elle était divorcée, que sa famille était disséminée dans tout le pays et qu'elle se retrouvait seule en charge d'un père âgé luttant pour redevenir l'homme qu'il était avant son attaque cardiaque. Tout cela était bien insignifiant au regard de ce qui l'attendait.

La tâche était si ardue qu'elle ne pouvait plus se permettre de se laisser aller. Il lui fallait redresser les épaules et reprendre les rênes de sa vie. Seule et sans Conall, qui semblait vouloir diriger les opérations. Depuis bien longtemps elle était une femme indépendante et elle n'entendait pas se laisser dicter sa conduite, fût-ce par son patron !

— Tu as du mal à accepter de l'aide, n'est-ce pas ? demanda-t-il, comme s'il avait lu dans ses pensées.

— J'ai l'habitude de me débrouiller seule, répondit-elle évasivement.

Brusquement, elle eut peur de le blesser.

— Mais j'avoue que dans ce cas précis, je te suis reconnaissante de l'aide que tu m'apportes.

Il resta un long moment silencieux. Sa phrase avait-elle manqué son but ?

— Si tu me trouves trop envahissant, tu peux me le dire, répondit-il finalement. Mais je me demande vraiment ce que font tes frères. Si j'ai bonne mémoire, tu en as quatre. Aucun d'eux n'est assez proche de toi pour t'aider à gérer la situation ?

Elle réprima le rire sarcastique qui lui montait à la gorge. Comment pourraient-ils s'occuper de deux bébés quand ils n'étaient pas capables de se prendre eux-mêmes en charge ?

— Mes frères n'habitent plus la région et il y a bien longtemps que mon père et moi n'avons plus de leurs nouvelles.

— Dommage.

— Pas tant que ça, dit-elle dans un soupir. De toute façon, ils sont complètement irresponsables.

Le silence accueillit sa réponse. Elle se mordit la lèvre. Elle lui avait donné une piètre opinion de sa famille et n'avait fait qu'accentuer les différences. Les Donovan, eux, vivaient ensemble, travaillaient ensemble et, en cas de problème, s'épaulaient les uns les autres.

— Excuse-moi, dit-elle d'une voix neutre. Je ne voulais pas me montrer si… moralisatrice. Mais je suis vraiment sincère quand je dis que je n'ai personne sur qui compter ici.

Elle ne faisait que confirmer ce qu'il savait déjà, à savoir que les frères Valdez avaient quitté la région depuis longtemps. Il ne les avait pas vus depuis des années et même lorsqu'ils vivaient là, il ne les fréquentait pas. Les faux durs, les trafics minables, les embrouilles avec la police, ce n'était pas son truc.

Il la regarda discrètement. À quoi avait ressemblé sa vie durant toutes ces années ? Il ignorait tout d'elle, si ce n'était qu'elle avait gravi les échelons à la force du poignet et qu'elle se retrouvait seule après un mariage raté. Comme lui.

Ils poursuivirent le trajet en silence et, dix minutes plus tard, il garait le pick-up devant une palissade branlante vaguement soutenue par des piquets en fer rouillé. Derrière se trouvait une petite maison dont l'entrée était ombragée par un énorme mesquite. La peinture turquoise de la façade était délavée par les années. Il remarqua avec amusement la chevrette qui, debout sur ses pattes arrière, broutait avec délice les géraniums d'un pot suspendu sous la véranda.

Même s'il n'était pas venu là depuis des lustres, la maison Valdez lui apparut comme dans son souvenir.

Pourtant, il fut frappé par la simplicité, pour ne pas dire la pauvreté, des lieux. Il n'arrivait pas à croire que, par devoir, elle ait fait le choix de laisser derrière elle un poste bien rémunéré et une vie agréable pour revenir vivre ici. Combien de femmes auraient fait un tel sacrifice ? Son cœur se gonfla de respect et d'admiration.

Tandis qu'elle rassemblait ses affaires, il contourna le véhicule pour venir lui ouvrir la portière.

— Je t'accompagne, dit-il. On ne sait jamais, si tes jambes te trahissaient de nouveau.

Il plaça une main sur son dos et c'est ainsi enlacés qu'ils franchirent la grille et remontèrent la courte allée pavée qui conduisait à l'entrée de la maison. Au loin, de gros nuages s'accumulaient au sommet des monts Capitan, menaçant d'éclater en un orage violent.

— Veux-tu entrer ?

— Une autre fois, répondit-il en lui souriant gentiment. J'ai encore une tonne de choses à régler avant de partir. Richardson doit passer vers 15 heures pour m'apporter les devis concernant la piscine.

Il se sentit soudain honteux d'aborder un sujet aussi futile alors qu'elle se débattait avec des problèmes autrement plus importants.

— Bien sûr, dit-elle distraitement. Pourrais-tu me tenir informée de l'heure du vol ? Ma voiture est restée au ranch, je vais demander à quelqu'un de m'emmener à l'aéroport.

Dans un geste qui se voulait réconfortant, il lui caressa gentiment la joue.

— Détends-toi, lui dit-il d'une voix infiniment douce. Je m'occupe de tout. Fais tes bagages et laisse-moi faire le reste.

Elle acquiesça d'un hochement de tête tout en plongeant dans son regard. La raison avait beau intimer à Conall l'ordre de partir, il se pencha vers elle et déposa sur sa tempe un baiser aussi doux et léger qu'une aile de papillon.

Troublée par ce contact aussi inattendu qu'inespéré, elle

tourna aussitôt les talons et pénétra à l'intérieur suivie par son regard protecteur.

Tard ce soir-là, alors que Vanessa rassemblait quelques effets dans une valise, le téléphone fixe se mit à sonner sur sa table de chevet.

Elle décrocha, priant pour que ce ne soit pas le notaire de Hope, et fut tout étonnée d'entendre la voix de Maura à l'autre bout du fil.

Bien qu'elles aient longtemps été amies, la vie avait fini par les séparer. Maura, mariée, mère de deux enfants et employée à mi-temps dans la clinique où travaillait Bridget, n'avait guère eu le temps d'entretenir une amitié qui avait fini par s'effilocher au fil des années.

— Bridget vient de me raconter pour ton amie et les bébés, dit-elle sans préambule. Mon Dieu, j'imagine à peine dans quel état tu dois être !

— Eh bien je vais te le dire, dit Vanessa en passant une main moite dans ses cheveux. J'ai l'impression d'être vidée de toute mon énergie.

— Bridget m'a aussi dit que tu t'étais évanouie. Heureusement que Conall était avec toi ! Comment te sens-tu à présent ?

— Mieux. Je suis en train de préparer mes bagages mais j'avoue que j'ai du mal à rassembler mes pensées. J'éprouve… comment te dire ? Un mélange de tristesse et d'excitation.

Elle s'interrompit pour s'asseoir au bout du lit.

— Mais surtout, j'ai très peur, dit-elle dans un souffle.

— Tu as peur ? Toi ? dit Maura en riant. Allons ! Tu es la femme la plus courageuse et la plus forte que j'aie jamais connue. Dis-moi un peu ce qui t'effraie tant.

Elle ? Forte et courageuse ? Peut-être à une époque lointaine, lorsqu'elle avait pris la direction de Las Vegas des rêves plein la tête, poussée par une détermination sans faille. Mais Jeff lui avait rapidement sapé le moral et lui avait fait perdre toute confiance en elle.

— Deux nouveau-nés dont je vais devenir la mère ! Voilà ce qui m'effraie. Je te rappelle que je n'ai aucune expérience en la matière.

Maura laissa échapper un petit rire destiné à rassurer son amie.

— Crois-moi, Vanessa, le fait de mettre un enfant au monde ne t'apprend rien sur la façon d'en prendre soin et de l'éduquer. Les choses se font instinctivement et puis, n'est-ce pas merveilleux, Vanna ? Tu vas enfin avoir les enfants que tu désirais tant !

Une fois encore, Vanessa sentit les larmes lui brouiller la vue. Des larmes qu'elle s'empressa de refouler pour ne pas céder à l'émotion.

— C'est vrai. Mais la situation est tellement tragique ! Hope était une femme si généreuse, si pleine de vie ! Elle avait prévu de venir me voir cet été avec les enfants. Mais maintenant…

Incapable de poursuivre, elle fit une nouvelle pause.

— Maintenant, c'est moi qui vais amener les bébés ici, et sans leur mère, dit-elle, des sanglots plein la voix.

— C'est vrai, la situation est dramatique, Vanna. Mais dis-toi que c'est le destin et que tu ne peux rien contre ça. En revanche, il faut que tu te concentres sur ces petits et sur le fait que ton amie t'avait choisie. Elle savait que tu allais aimer ses bébés autant qu'elle l'aurait fait.

— Tu as raison, Maura, dit-elle, un peu rassérénée. Il faut que j'aille de l'avant maintenant, que je ne pense qu'aux petits.

Elle entendit Maura s'éclaircir la gorge avant de poursuivre.

— Bridget m'a dit que Conall t'accompagnait à Las Vegas. C'est incroyable. Il ne quitte le ranch qu'à de très rares occasions et encore, uniquement pour des raisons professionnelles.

— J'ai bien essayé de l'en dissuader mais il n'a rien voulu savoir.

Pourquoi éprouvait-elle le besoin de se justifier ainsi ?

— Vraiment ? Je pensais que c'était toi qui le lui avais demandé.

— Tu ne parles pas sérieusement, Maura ? dit Vanessa avec une pointe d'indignation. Je n'aurais jamais rien demandé d'aussi personnel à Conall ! Il a tout décidé lui-même, je me demande pourquoi, d'ailleurs.

— Probablement parce qu'il t'apprécie énormément. À la maison, il est sans cesse en train de chanter tes louanges. Je pense que c'est une façon de te remercier pour tout le travail que tu effectues pour lui.

Vanessa laissa échapper un petit rire cristallin.

— J'ai souvent entendu dire qu'il n'était pas facile de trouver de bonnes secrétaires, mais de là à les remercier en s'impliquant aussi personnellement…

Elle se rappela le tendre baiser dont il l'avait gratifiée. À ce moment-là, elle ne s'était plus sentie dans la peau d'une employée, mais dans celle d'une femme qui avait beaucoup à offrir à un homme.

Elle secoua la tête. Elle devait revenir sur terre. Conall ne la considérerait jamais autrement que comme une employée et, même s'il n'était pas snob, il resterait à jamais un membre de l'illustre famille Donovan.

— Peu importe, dit Maura d'une voix pleine de conviction, je suis contente qu'il le fasse. Tu as besoin que quelqu'un te soutienne dans une épreuve pareille et Conall est la personne idéale.

— C'est vrai, ton frère est un véritable roc.

Elle n'avait aucune intention de s'appuyer sur lui, aussi solide soit-il, mais pourquoi en informer sa sœur ?

— Un roc, certes, mais qui peut aussi se révéler d'une grande sensibilité, dit Maura. Il suffit de le connaître un peu pour le savoir. À une époque…

Elle marqua une longue pause avant d'ajouter d'une voix empreinte de tristesse :

— Disons que Conall n'a pas toujours été l'homme froid et distant qu'il veut laisser paraître.

— Enfin, j'espère que les formalités administratives vont se régler facilement, dit Vanessa.

Elle ne tenait pas à en savoir plus sur Conall.

— Et moi, je ferais mieux de te laisser finir tes bagages, répondit Maura. Y a-t-il quelque chose que je puisse faire durant ton absence ? Rendre visite à ton père peut-être, ou m'occuper de ta maison ?

— C'est très gentil à toi de me le proposer mais je compte rester en contact avec la maison de repos ; quant à la maison, il ne devrait rien se passer de grave pendant les deux jours où je ne serai pas là. Mais au cas où, je laisse toujours une clé derrière la porte moustiquaire.

Le lendemain après-midi, après un vol rapide jusqu'à Las Vegas, Conall s'occupa d'aller récupérer ses bagages et ceux de Vanessa puis de louer une voiture pour rejoindre leur hôtel. Heureusement, Fiona avait eu la présence d'esprit de ne pas réserver dans l'un des nombreux bâtiments monstrueux qui jalonnaient le boulevard principal, mais avait choisi une charmante villa en périphérie.

Après être passés à la réception ils se rendirent directement à l'étude du notaire pour régler les formalités d'usage puis à l'orphelinat, une vieille bâtisse de style andalou recouverte de lierre. Ils y furent accueillis par une religieuse qui, sans prononcer un mot, les précéda à travers un dédale de couloirs désertés.

— Je pensais que nous attendrions demain pour voir les bébés, dit-il à voix basse après avoir remarqué les traits tirés de Vanessa. Tu n'as pas eu le temps de te préparer psychologiquement à une telle rencontre.

Aussitôt, elle redressa fièrement les épaules, cherchant à donner le change.

— Je vais bien, lui dit-elle d'une voix qu'elle voulait

ferme. Et voir les bébés est quand même la partie la plus agréable de ce voyage, non ?

Que ressentait-elle vraiment derrière le visage blême et fermé qu'elle lui offrait ? Certes, il aurait pu questionner Maura pour essayer d'en savoir plus sur sa vie, sur ce mariage qui avait été si bref. Mais il avait horreur de s'immiscer dans la vie privée des gens, lui qui ne supportait pas que l'on ne respecte pas la sienne. Et même si elle était son employée, il ne voyait là aucune raison de déroger à la règle qu'il s'était fixée.

Ce qui n'empêchait pas une certaine curiosité à son égard.

— À vrai dire, je suis impatient de les voir, moi aussi, dit-il dans un sourire.

Ils s'arrêtèrent au bout d'un long couloir et la religieuse les introduisit dans une nurserie inondée de soleil. Deux rangées de berceaux se faisaient face dans lesquels se trouvaient des enfants dont les plus âgés avaient douze mois. Trois sœurs étaient là pour veiller au bien-être de tout ce petit monde.

— Les jumeaux sont là-bas, à l'angle, leur dit la religieuse qui les avait accompagnés.

Elle traversa la pièce pour s'arrêter devant deux berceaux de bois identiques dans lesquels dormaient les nouveau-nés. Seules les couvertures, une rose et une bleue, les distinguaient.

— Les voici, dit-elle encore. Prenez tout votre temps et n'hésitez pas à venir me voir si vous avez des questions à me poser. Vous me trouverez dans le bureau de la mère supérieure.

Conall et Vanessa remercièrent la religieuse de concert avant de reporter toute leur attention sur les bébés endormis.

— C'est… c'est incroyable, dit Vanessa, balbutiant, au comble de l'émotion. Ils sont si mignons !

Elle se pencha sur eux avec dévotion et effleura du bout des doigts le léger duvet qui recouvrait leur tête. Sans qu'il s'y attende, il la vit soudain cacher son visage entre ses mains et se mettre à pleurer.

Touché, il s'approcha d'elle et passa un bras réconfortant autour de sa taille.

— Vanessa, dit-il tout bas, simplement pour lui signifier qu'elle n'était pas seule.

Elle leva vers lui ses yeux embués de larmes.

— Je suis désolée, Conall. J'ai vraiment cru que j'y arriverais mais je… je n'arrive pas à croire que ces bébés sont désormais les miens. C'est une véritable bénédiction, mais ils me rappellent aussi que leur mère est morte.

La main de Conall quitta sa taille pour se poser sur son épaule, qu'il pressa délicatement.

— Ton amie portait un prénom de circonstance. Hope, cela veut dire espoir. À travers toi, elle donne à ses enfants l'espoir d'une vie heureuse. Essaie de ne retenir que cela et souris à la nouvelle vie qui s'offre à toi, Vanessa.

— Tu as parfaitement raison, Conall, dit-elle en essuyant ses larmes du revers de la main. Je dois laisser la mort de Hope derrière moi et aller de l'avant avec ses enfants. C'est ce qu'elle voudrait.

Elle marqua un instant de silence avant de dire d'une voix encore chevrotante :

— J'ai choisi leurs prénoms. Rose Marie et Richard Madison. Qu'en penses-tu ?

— Qu'ils les portent à merveille. Mais si tu n'y vois pas d'inconvénient, je les appellerai Rose et Rick.

— Moi aussi, dit-elle dans un large sourire. On les prend dans nos bras ?

Il la fixa, manifestement surpris de sa suggestion.

— On ? Vas-y. Moi, je ne suis là qu'en tant que spectateur.

Même s'il remarqua la déception qui se peignait sur son visage, il préféra continuer à jouer l'indifférence. Il n'était pas question de lui montrer à quel point il brûlait de prendre ces petits êtres entre ses bras.

— Tu n'aimes pas les enfants ? demanda-t-elle, les sourcils froncés.

— Ce n'est pas ça, j'ai de nombreux neveux et nièces

que j'adore. Le problème, c'est que je n'ose pas les porter lorsqu'ils sont si petits. J'ai peur de tout faire de travers.

— Moi aussi, tu sais. Nous pourrions essayer ensemble, cela nous rassurerait.

Persister dans ses hésitations allait paraître étrange, aussi préféra-t-il faire preuve de bonne volonté.

— D'accord. Vas-y la première que je regarde comment tu t'y prends.

Elle se pencha sur le berceau de Rose et, après avoir placé une main sous la petite tête du bébé, le prit dans ses bras. Il s'avança à son tour vers le deuxième berceau et prit le petit garçon avec les mêmes infinies précautions.

Lorsqu'il jugea Rick confortablement installé au creux de ses bras, il ajusta la couverture sous son petit menton afin de mieux voir son visage. Il le trouva parfait avec son petit nez court et plat qui surmontait une bouche en arc. Ses grands yeux bleus écarquillés étaient fixés sur lui, il semblait se demander qui était ce géant qui le tenait ainsi hors de son lit.

Vulnérable. Démuni. Précieux.

Ce furent les mots qui lui vinrent à l'esprit lorsqu'il croisa le regard de ce qu'il considérait désormais comme le plus inestimable des trésors.

Les souvenirs affluèrent à sa mémoire, le ramenant à l'époque de son mariage avec Nancy. Il avait mis tellement d'espoirs dans cette union ! Il se voyait en patriarche d'une maison remplie d'enfants qui perpétueraient le nom des Donovan et hériteraient de ce qu'il avait gagné à la sueur de son front.

Mais au fil du temps ses rêves s'étaient évanouis.

— Conall ?

La voix de Vanessa le tira brusquement des pensées profondes dans lesquelles il était plongé. Elle le regardait fixement. Qu'avait-elle lu en lui ? Il s'appliquait depuis de longues années à ne rien laisser transparaître de ses émotions, ce ne serait pas le petit bout de chou qu'il serrait contre lui qui percerait la carapace qu'il s'était forgée.

— Oui, qu'y a-t-il ?

— Rien, répondit-elle, un large sourire ému aux lèvres. Le rôle de père te va comme un gant.

Sa remarque lui brisa le cœur, mais comme à son habitude, il fit de son mieux pour afficher un visage impassible.

— Je ne sais pas…, dit-il d'un ton évasif.

Elle haussa un sourcil sceptique.

— Tu n'as jamais envisagé d'avoir un jour des enfants à toi ?

Dans un geste instinctif, il serra un peu plus le bébé contre lui.

— S'il y a une chose dont je suis certain, c'est que je n'en aurai jamais.

Surprise par sa réponse, elle cessa de le regarder pour revenir au bébé.

— Chacun a le droit d'avoir son opinion sur le sujet, dit-elle d'un ton un peu raide. Je trouve juste dommage de se priver d'une telle source de bonheur.

Comme s'il ne le savait pas ! Pendant quelques secondes, il regretta de ne pas avoir le courage de lui confier que, s'il le pouvait, ce ne serait pas un, mais au moins une demi-douzaine d'enfants qu'il souhaiterait avoir. Peut-être le jugerait-elle moins sévèrement.

Mais s'il abordait le sujet, il faudrait lui révéler la cause de ce refus, et la raison pour laquelle il préférait désormais rester célibataire. Il savait qu'il s'était endurci et que même sa famille le trouvait plus distant, moins abordable qu'avant. Mais comment pourraient-ils comprendre la souffrance qui l'étreignait à la vue de tous ces enfants que lui-même n'aurait jamais ?

— En effet, Vanessa. Tu as le droit de penser ce que tu veux, tout comme j'ai le droit de mener la vie que j'estime me convenir le mieux.

Elle lui adressa un regard navré puis lui tourna le dos, un peu comme si elle le rencontrait pour la première fois et qu'elle n'aimait pas ce qu'elle venait de découvrir.

Il prétendit qu'il n'avait pas remarqué le regard méprisant dont il était la cible. C'était probablement mieux ainsi. Après tout, peu lui importait ce que son assistante pouvait bien penser de lui. Ils n'étaient même pas amis !

Lorsque son regard se posa de nouveau sur le bébé, son cœur se gonfla d'amour. Sans trop savoir pourquoi, il songea avec une pointe au cœur qu'un jour Vanessa trouverait un père à ces petits et que la boucle serait bouclée.

Une boucle dont il serait exclu.

# - 3 -

Tard ce soir-là, bien après leur visite à l'orphelinat, Vanessa trouva enfin le temps de se détendre dans le patio central qui desservait quelques-unes des chambres de l'hôtel.

La journée avait été éreintante car, outre leur emploi du temps serré, son téléphone n'avait cessé de sonner. La plupart des appels provenaient d'amis vivant à Las Vegas qui, ayant appris la tragédie, cherchaient à en savoir plus par son intermédiaire.

Épuisée, dévastée par une douleur sans cesse ranimée par le récit qu'elle avait dû répéter plusieurs fois, elle avait fini par laisser son téléphone dans sa chambre et sortir respirer l'air frais de la nuit tombante.

Assise sur un banc en fer, le regard errant sur les montagnes environnantes, elle regretta de ne pouvoir se débarrasser des pensées qui lui traversaient l'esprit aussi facilement qu'elle avait éteint son téléphone portable.

Décidément, Conall restait pour elle une énigme.

Même après quelques mois passés à ses côtés, elle ignorait ce qui le poussait à se noyer dans le travail. Certes, il était animé par une immense ambition. Il arrivait toujours le premier au bureau, avec au moins deux heures d'avance sur les autres, autant dire à l'aube, pour n'en repartir que très tard dans la soirée.

Manifestement, diriger le ranch était pour lui bien plus qu'un simple travail. Cela représentait toute sa vie. L'argent n'étant pas un problème, il aurait aisément pu embaucher quelqu'un pour le soulager de la masse de travail qu'il effectuait et mettre à profit le temps ainsi dégagé pour voyager en compagnie de jolies femmes.

Pourtant, aucune de ces frivolités ne semblait l'intéresser, probablement parce qu'il se refusait à déléguer et n'aimait rien tant que donner personnellement ses directives.

Elle se demanda soudain si son divorce l'avait laissé amer ou s'il était toujours amoureux de son ex-femme. Peut-être attendait-il secrètement son retour ? Maura n'avait jamais mentionné la raison du divorce de son frère et elle ne s'était pas senti le droit de la questionner à ce sujet.

Les espoirs et les rêves que nourrissait Conall ne la regardaient pas. Pourtant, lorsqu'elle l'avait vu à l'orphelinat avec le bébé serré contre lui, elle avait été submergée d'émotion.

Elle comprenait d'autant moins sa détermination à ne pas vouloir d'enfants. Il était sérieux, possédait un sens aigu des responsabilités, ne courait pas les filles… Pourquoi alors refuser à tout prix d'être père ? Il y avait forcément de la place dans son cœur et dans sa vie pour aimer et élever des enfants.

Surtout vu la façon dont il s'était comporté avec les bébés à l'orphelinat.

— Vanessa ?

Elle lança un regard par-dessus son épaule et le vit qui s'avançait vers elle. Cette arrivée soudaine l'inquiéta. Elle se leva d'un bond et alla à sa rencontre.

— Je suis désolée, dit-elle aussitôt. J'ai laissé mon téléphone dans ma chambre. Que se passe-t-il ? Le notaire a cherché à me joindre ?

— Cesse de t'inquiéter sans arrêt, Vanessa, fit-il avec une pointe d'impatience. Comme tu le sais, tu pourras signer les papiers d'adoption demain et les bébés se portent à merveille. Et pour répondre à ta question, personne n'a cherché à te joindre.

Elle secoua la tête et essaya de détendre ses muscles noués par l'anxiété.

— Je suis un peu tendue, c'est vrai. Mon téléphone a sonné toute la soirée et…

La sonnerie du portable de Conall l'interrompit.

— Désolé, Vanessa, dit-il à son tour après avoir vérifié qui cherchait à le joindre, mais je suis dans la même situation que toi. J'en ai pour une minute.

Elle hocha la tête en signe de compréhension et s'écarta discrètement de quelques pas. Malgré elle, tandis qu'elle contemplait les carpes koï qui peuplaient le bassin du patio, elle surprit des bribes de la conversation.

— Non, ça n'ira pas. Je comprends bien mais je ne veux rien d'occasion, que du neuf. Oui, plutôt classique et dans un bois précieux, si possible. Voilà, c'est ça.

Il y eut un long moment de silence. Il écoutait attentivement son interlocuteur.

— Oui, reprit-il enfin. Merci frangine. Bonne nuit.

Sa sœur ? Ce pouvait être Maura, Bridget ou encore Dallas. Visiblement ils préparaient quelque chose. Cette complicité lui serra le cœur. Non seulement elle n'avait jamais eu ce genre de connivence avec ses frères, mais, sa mère partie, elle ne pouvait compter sur aucun soutien familial, contrairement à Conall qui avait toujours été entouré d'une famille aimante.

— Maintenant que ce problème est réglé, dit-il en s'approchant de nouveau d'elle, si nous allions dîner ? Nous n'avons rien avalé depuis des heures.

Elle regarda avec désolation la tenue chiffonnée qu'elle portait depuis le matin. Et elle n'avait pas besoin de vérifier son reflet dans un miroir pour savoir qu'elle devait être coiffée comme un épouvantail.

— Je n'ai pas vraiment la tenue adaptée pour aller dîner dans un restaurant, Conall. Mais vas-y, toi.

Il émit un petit rire narquois qui la surprit et qu'elle trouva rafraîchissant.

— Et moi, tu m'as bien regardé, Vanna ? Je suis aussi élégant que toi, sinon plus, dans mon jean froissé.

Elle passa lentement en revue le jean sous lequel saillaient les muscles de ses cuisses et se surprit à les imaginer nues. Des images érotiques lui traversèrent l'esprit et elle rougit légèrement. Mais que lui arrivait-il ? Était-ce bien le moment pour se laisser aller à des idées aussi volages ?

— En fait je meurs de faim, dit-elle pour cacher le trouble qui l'avait envahie.

— Parfait. J'ai remarqué un petit bistrot qui me paraît sympathique, juste au coin de la rue.

— Donne-moi une minute que j'aille chercher mon sac et un pull, dit-elle avant de disparaître dans sa chambre.

Quelques minutes plus tard, ils étaient assis à la table d'un petit restaurant italien. Elle commanda un plat de raviolis et Conall un solide steak accompagné de pâtes. Tandis qu'ils attendaient que la serveuse leur apporte salade et boissons, il passa en revue la salle largement décorée de vues anciennes de Las Vegas.

— L'endroit ne te convient pas ? demanda-t-elle en le voyant froncer les sourcils. Il est encore temps d'aller ailleurs si tu veux.

— C'est parfait ici. Pourquoi me poses-tu cette question ?

Elle leva négligemment les épaules avant de répondre :

— Je ne sais pas. La façon dont tu observais autour de toi en fronçant les sourcils.

— Je fronce *toujours* les sourcils, dit-il en souriant. En tout cas, c'est maman qui le dit.

— Les mères voudraient voir leurs enfants sourire tout le temps, dit-elle, une pointe de nostalgie dans la voix.

Il la regardait, un sourire aux lèvres. Il prenait beaucoup de plaisir à être en sa compagnie. Il en était d'autant plus heureux qu'il lui avait proposé son aide simplement parce qu'il l'avait sentie totalement perdue et démunie. Il avait également trouvé là une façon de la remercier d'être une employée aussi dévouée.

Mais, depuis, sa vision des choses avait évolué. Il découvrait derrière l'assistante presque transparente qu'elle avait été pour lui jusque-là une jeune femme séduisante qui, il devait bien l'admettre, ne le laissait pas de marbre.

— Ta mère doit terriblement te manquer, non ? demanda-t-il, soudain compatissant. J'ai été vraiment surpris d'apprendre son décès. Elle paraissait si alerte !

Une immense tristesse se peignit sur les traits de Vanessa, qui se mit à fixer un point invisible sur la table. Il était aussi embarrassé par cette tristesse soudaine que par les larmes qu'elle n'avait pu contenir la veille. Sans trop savoir pourquoi, il fut saisi d'un sentiment de culpabilité à l'idée qu'il n'avait pas assisté aux funérailles de Mme Valdez. À sa décharge, il ne connaissait pas intimement Vanessa qui était une amie de sa sœur et puis, elle avait quitté la région depuis des années au moment du décès de sa mère.

— C'est vrai. Rien ne laissait présager qu'elle serait brutalement emportée par une crise cardiaque. Sa disparition a été d'autant plus difficile à accepter.

Visiblement émue, elle marqua une pause avant de le fixer sans ciller.

— Sa mort a été l'une des raisons pour lesquelles je suis revenue à Tinnie. Je veux être là s'il arrivait quelque chose à papa, tu comprends.

Elle devait assumer tant de drames seule. Il ressentit le besoin impérieux de lui dire à quel point il la trouvait formidable.

— C'est admirable que tu aies renoncé à la carrière qui s'ouvrait à toi pour revenir près de ton père, dit-il.

Elle fixa sur lui un regard à présent empli de doutes.

— Je mentirais si je te disais que je ne repense pas parfois à tout ce que j'ai laissé derrière moi, mais finalement, l'argent ne fait pas le bonheur, n'est-ce pas ?

Personne mieux que lui ne pouvait comprendre cet adage. Tout l'argent du monde ne changerait pas le fait qu'une maladie infantile l'avait rendu à jamais stérile et que son mariage avait été un échec sur toute la ligne.

— J'espère que tu ne t'inquiètes pas pour l'avenir financier des jumeaux, dit-il. L'assurance-vie que Hope avait souscrite suffira largement à couvrir tous leurs besoins ainsi que leurs études universitaires.

— Non, je ne m'inquiète pas pour cela, dit-elle. Tu sais, mes parents ont élevé six enfants, je peux bien en élever deux.

— La différence, c'est que tu n'es pas mariée, dit-il.

Elle trouva la remarque offensante, et déplacée.

— Parce qu'un homme pourrait m'aider, peut-être, fit-elle avec raideur.

L'amertume qu'il avait senti pointer dans sa voix le surprit. Qu'elle puisse éprouver ce genre de ressentiment ne collait pas avec l'image lisse et douce qu'il avait d'elle.

— Pourquoi pas ? Je suis un homme et c'est ce que je pense, en effet.

Elle le considéra quelques secondes en silence comme si elle avait affaire à un demeuré.

— Écoute, Conall, dit-elle finalement. J'ai déjà eu un mari qui ne m'a pas été d'un soutien précieux, et crois-moi, c'est le moins que je puisse dire. J'ai bien assez à faire comme cela sans m'embarrasser d'un fardeau supplémentaire.

Ainsi, elle avait épousé un homme à l'image de ses frères. Pas étonnant qu'elle éprouve autant de ressentiment à l'égard des hommes ! Mais comment avait-elle pu commettre une erreur pareille ?

« Et toi, songea-t-il, un brin narquois, tu n'as pas commis d'erreur de jugement en choisissant une femme comme Nancy qui n'a pas hésité à te piétiner, à te détruire ? »

— J'essayais juste de…

— Laisse tomber, tu veux bien ? fit-elle d'une voix tranchante.

Puis, s'avisant qu'il ne méritait pas d'être traité comme cela, elle ajouta d'une voix radoucie :

— Excuse-moi, Conall, je ne voulais pas être désagréable, mais après l'échec cuisant que j'ai subi, je n'ai pas envie d'entendre ce genre de discours.

Il comprenait parfaitement, lui qui ne supportait pas

d'entendre sa famille lui seriner qu'il avait besoin d'une femme dans sa vie.

Une fois passé le choc de son divorce, il s'était remis à sortir, à jouer le jeu de la séduction, mais dès qu'il mettait ses conquêtes au courant de sa stérilité, elles le fuyaient comme la peste. Oh, bien sûr, dans un premier temps, elles lui témoignaient de la compassion, mais elles finissaient toutes, sans exception, par le quitter. Aucune ne désirant épouser un homme qui ne pourrait pas leur donner les enfants qu'elles étaient en droit d'attendre d'un mari.

Après un certain temps, il avait fini par être si meurtri d'être invariablement rejeté qu'il avait tiré un trait définitif sur l'amour et le mariage. Pour rendre les choses plus faciles, il s'était convaincu que le célibat lui convenait parfaitement et, à partir de là, avait focalisé toute son attention sur son travail.

La remarque acerbe de Vanessa flottait encore entre eux lorsque la serveuse vint leur apporter salades et boissons.

— Quoi ? demanda-t-il alors que, visiblement, elle cherchait à lire dans ses pensées.

Elle hésita avant d'avoir un léger mouvement de tête qui fit joliment danser ses boucles brunes autour de son visage. Que ressentirait-il en plongeant les mains dans cette chevelure soyeuse qui laissait entrevoir des oreilles délicates finement ourlées ?

— En vérité, je ne sais pas comment te le dire sans que tu te fâches.

Il essaya de se concentrer sur ce qu'elle venait de dire plutôt que sur les images érotiques qui lui traversaient l'esprit.

— Qu'est-ce qui te fait penser que je vais me fâcher ? Je ne me suis jamais mis en colère contre toi, n'est-ce pas ?

Il admettait volontiers que la lourde charge qui était la sienne suscitait parfois contrariétés et frustrations, mais il n'avait cependant pas le souvenir de s'être emporté un jour contre elle ou de lui avoir fait subir sa mauvaise humeur.

Elle prit le temps de saler vigoureusement sa salade avant de lancer :

— Parce que tu vas me trouver ingrate. Et que ce n'est pas le cas. Je te suis sincèrement reconnaissante de m'avoir accompagnée dans ce voyage et… et de tout ce que tu as déjà fait pour moi. Mais je…

Il esquissa un léger sourire, sachant d'avance ce qu'elle allait lui dire.

— Mais tu souhaites que je me mêle de mes affaires. Je me trompe ?

Elle le considéra un instant en silence avant d'éclater d'un rire cristallin.

— Non. Tu as parfaitement saisi le problème.

— En d'autres termes, aussi longtemps que nous sommes ici, il vaut mieux que j'oublie que je suis le patron et que je cesse de vouloir imposer mon point de vue.

Fasciné, il la vit s'humecter les lèvres de la pointe de la langue. Avaient-elles un goût de miel, ou de vin ? Il n'avait pourtant nul besoin de le savoir.

— C'est une autre façon de traduire ma pensée, mais c'est exact.

Le sourire de Conall s'élargit. Il jouait à flirter avec elle. Voilà bien longtemps qu'une envie pareille ne s'était pas présentée !

— Bien, dit-il simplement.

— À vrai dire, je suis soulagée. Je n'aurais pas cru te voir t'incliner aussi facilement.

Il se pencha sur la table et prit sa main dans la sienne.

— Ce soir, je ne me sens pas l'âme d'un patron. J'ai juste envie d'être un homme partageant son repas avec une très jolie jeune femme. Que penses-tu de cela ?

En réponse, elle esquissa une drôle de moue, mais il remarqua qu'elle rougissait légèrement et que sa poitrine se soulevait et s'abaissait à une cadence plus rapide.

L'idée qu'elle n'était pas indifférente à son badinage le flatta. Il y avait si longtemps qu'il n'avait pas mis ses qualités de séducteur à l'épreuve ! Cette victoire infime lui donna le vertige, comme s'il s'était enivré de trop de vin. Il ne se reconnaissait plus dans cet homme sensible et attendri qui réagissait au moindre désarroi de Vanessa avec l'envie de la protéger.

— Je pense qu'il y a dans cette ville une poudre magique qui transforme les gens en ce qu'ils ne sont pas, répondit-elle sèchement. Mais de là à t'imaginer en séducteur impénitent ! La prochaine étape devrait être une balade au clair de lune, je présume ?

— Excellente idée, riposta-t-il en feignant d'ignorer son ton sarcastique. Dépêchons-nous de terminer notre repas.

Moins d'une heure plus tard, ils flânaient côte à côte sur le boulevard principal de la ville parmi une foule compacte de touristes. Vanessa regretta de ne pas avoir tenu sa langue, car si passer du temps avec Conall en dehors du bureau était une chose dont elle avait toujours rêvé, la voir se réaliser en était une autre.

Elle était suffisamment intelligente pour savoir qu'elle se risquait là sur un terrain miné, car quoi qu'il en dise, et quelles que soient les circonstances, il restait le patron et elle l'employée. L'envisager sous un autre angle ne serait que source d'ennuis, et pourtant elle ne pouvait s'empêcher de jouir de chaque seconde passée en sa compagnie.

— C'est la première fois que tu viens à Las Vegas ? lui demanda-t-elle alors qu'ils empruntaient une rue perpendiculaire moins fréquentée.

— Non. J'y suis venu une fois avec mes parents alors que nous étions allés voir courir un de nos chevaux à Santa Anita. Sur le chemin du retour maman a demandé à s'arrêter dans l'un des casinos. Elle voulait s'offrir le grand frisson sur des machines à sous. Nous ne pouvions décemment pas lui refuser ce petit plaisir.

L'air frais s'était radouci et un vent léger lui caressait le visage. Pour la première fois depuis l'annonce du décès de Hope, elle se sentait détendue.

— Et toi, tu n'aimes pas jouer ? demanda-t-elle.

— Pas trop, non.

Elle lui adressa un sourire tendrement moqueur.

— Comment oses-tu dire une chose pareille ? Je te rappelle que tu évolues dans le milieu des courses de chevaux, ce qui n'est pas rien en termes de paris.

— C'est vrai, mais je sais où je mets les pieds et dans les affaires que je traite, rien n'est dû au hasard.

— Pas comme sur le marché boursier, hein ?

— Tu sais que tu es drôle lorsque tu veux bien t'en donner la peine ? dit-il, taquin.

Elle pensait à la soirée charmante qu'elle était en train de vivre lorsqu'elle sentit son bras lui enlacer la taille. La surprise lui coupa presque le souffle, mais elle fit de son mieux pour cacher le trouble que ce contact physique suscitait en elle. Il fallait qu'elle se domine, qu'elle contrôle ses émotions !

Elle n'était plus la jeune adolescente qui avait craqué sur lui plusieurs années auparavant. Elle était une femme qui avait aimé, s'était mariée, avait divorcé et pour qui les hommes n'avaient plus grande importance.

Du moins l'avait-elle cru jusqu'à ce soir. Elle voyait les choses un peu différemment maintenant que Conall la traitait comme une femme plutôt que comme son assistante.

— Bien que cette ville ne soit pas vraiment mon truc, j'avoue qu'il s'en dégage quelque chose de magique. Cette ambiance particulière ne te manque pas ? demanda-t-il en englobant d'un large geste du bras les immeubles ruisselant de lumières et la clameur incessante provenant des embouteillages aussi infernaux que permanents.

— Sincèrement, non. D'ailleurs, je ne vivais pas pour les lumières et le glamour de cet endroit. Je ne voyais dans cette ville que l'occasion de me faire une place au soleil. Lorsque j'ai quitté notre petit trou perdu, j'ai pensé que, quitte à gagner ma vie en tant que serveuse, mieux valait choisir une destination où l'argent coulait à flots.

— Ta réussite t'a donné raison, dit-il en pointant du

doigt un muret tout en courbes ondulantes qui protégeait une piscine des regards. Si nous allions nous asseoir un moment là-bas ?

— Volontiers.

Ils s'installèrent côte à côte sur le muret en béton, au pied d'un immense palmier au tronc lisse. Lorsqu'il lâcha sa taille, elle se demanda si elle était soulagée ou déçue, mais elle eut la réponse à sa question lorsqu'il prit sa main dans la sienne.

— Après avoir travaillé ici, le ranch doit te paraître mortellement ennuyeux, non ?

— Pas du tout, protesta-t-elle. On y vit d'une façon différente, voilà tout.

Elle eut soudain une conscience aiguë de la cuisse de Conall touchant la sienne et de la chaleur intense qui se diffusait dans tout son corps. À quoi jouait-il donc ? se demanda-t-elle, un brin nerveuse. Cela faisait plus de deux mois qu'elle travaillait pour lui et il n'avait jamais tenté aucun rapprochement. Et voilà qu'il s'arrogeait le droit de la prendre par la taille ou par la main !

Si elle avait eu un tant soit peu de jugeote, elle aurait mis un terme à ce petit jeu ; elle lui aurait demandé de garder ses distances et lui aurait rappelé qu'elle n'était que son employée. Dans l'intérêt de tout le monde, mieux valait que chacun reste à sa place.

Elle se rappela soudain que c'était elle qui l'avait sommé d'oublier son rôle de patron. Elle ne ferait que se mentir en niant qu'elle prenait plaisir à la situation.

— Je dois pourtant avouer que lorsque je suis revenue dans la région, j'avais dans l'idée de décrocher un poste au casino Billy the Kid. J'ai un ami qui y travaille et qui était prêt à me recommander auprès du patron. Mais finalement, j'ai eu envie d'explorer d'autres horizons. C'est pile à ce moment-là que je suis tombée sur ton annonce.

Elle s'interrompit un bref instant pour lui adresser un large sourire.

— J'ai bien failli ne pas t'appeler.

Lorsque son regard plongea dans le sien, elle sentit les battements de son cœur s'accélérer si fort qu'elle en fut effrayée.

— Pourquoi ? demanda-t-il. La perspective de travailler pour moi ne te plaisait pas ?

— Non, mais je ne voulais pas que tu m'embauches juste parce que j'étais une vieille copine de Maura. Évidemment, à l'époque, j'ignorais que tu ne rentres pas dans ce genre de considérations.

— Si cela peut te rassurer tout à fait, je te confirme que tu ne dois qu'à tes compétences de travailler pour moi.

Elle continuait à le fixer, incapable de détourner le regard, comme hypnotisée.

— Tant mieux, dit-elle d'une voix que le désir rendait rauque.

— Puisque nous en sommes aux confidences, ne regrettes-tu pas ton choix ?

Comment répondre à une telle question sans prendre le risque de se trahir alors que cet homme était son moteur ? Un moteur qui lui donnait des ailes, la précipitait hors de son lit tous les matins, ivre de bonheur à l'idée qu'elle allait passer sa journée auprès de lui ?

— En tout cas, pas jusqu'à présent. Et toi ? N'as-tu jamais regretté de m'avoir embauchée ?

Il eut un sourire éblouissant qui révéla des dents blanches parfaitement alignées.

— T'offrir ce poste a été la décision la plus intelligente que j'aie jamais prise, répondit-il d'une voix douce.

Il se pencha alors vers elle et, dans un geste infiniment tendre, repoussa derrière son oreille une mèche de cheveux qui lui balayait la joue.

— De même que venir ici avec toi, ajouta-t-il en plongeant dans son regard.

Au comble de l'émotion, son cœur battant la chamade, elle déglutit avant de répondre d'une voix qu'elle s'appliqua à garder neutre :

— Pourquoi ?

Il pencha la tête vers elle, si près qu'elle ne voyait plus de son visage que sa bouche et ses yeux.

— Parce cela m'a ouvert les yeux et que je vois enfin ce à côté de quoi je suis passé.

— Conall…

Elle avait murmuré son nom en même temps qu'elle pressait une main hésitante sur son torse.

— Je… tu… je ne comprends pas.

— Moi non plus, dit-il à voix basse.

— Mais nous…

— Chut ! lui intima-t-il d'une voix douce. Parler ne changera rien au fait que je brûle de t'embrasser.

Protester ne l'empêcherait pas d'aller au bout de ce qu'il s'apprêtait à faire. De ce qu'*ils* s'apprêtaient à faire.

Du pouce et de l'index, il lui releva légèrement le menton puis ses lèvres se posèrent sur les siennes.

Elle ferma les yeux et, pour la première fois depuis bien longtemps, elle cessa de se torturer pour jouir pleinement de ce moment de pur bonheur.

# - 4 -

Le vent qui jouait dans ses cheveux ne fit qu'accentuer le feu qui consumait Vanessa. À la seconde où la bouche de Conall avait pris la sienne, elle s'était liquéfiée de désir entre ses bras.

De très loin lui parvenaient des bruits de circulation étroitement mêlés à la clameur d'une foule surexcitée d'être là. Au-dessus de leurs têtes, le bruit des palmes fouettées par le vent.

Pourtant, rien ni personne n'aurait pu la ramener à la raison. Au contraire, même, elle aurait voulu que ce moment dure une éternité, car ce qu'elle était en train de vivre avec Conall, le désir intense qu'il suscitait en elle, était bien loin des fantasmes d'adolescente qu'elle avait nourris en secret.

Le charme fut brutalement rompu par des voix qui s'interpellaient bruyamment. Il s'écarta d'elle à regret sans pourtant la quitter des yeux.

Embarrassée, ne sachant que dire, elle resta silencieuse, consciente que ses mains, rêches mais étonnamment douces sur sa peau délicate, encadraient toujours son visage.

— Nous ferions mieux de partir d'ici avant que j'oublie que nous sommes dans un lieu public, murmura-t-il d'une voix rauque de désir.

Elle, elle avait oublié ce détail aussitôt que leurs lèvres s'étaient jointes. La pensée qu'elle avait été prête à s'abandonner totalement la scandalisa autant qu'elle lui fit peur. Elle n'ignorait pourtant pas qu'elle ne pouvait se permettre de vivre une histoire amoureuse avec cet homme qui, outre le fait qu'il pouvait lui briser le cœur, avait également le pouvoir de la licencier selon son bon vouloir.

Elle essaya de chasser le désir toujours violent qui la submergeait en mettant de la distance entre eux.

— Tu as raison, dit-elle d'une voix qu'elle voulut ferme. Nous devrions regagner l'hôtel, il se fait tard.

Sans un mot, il la saisit par le bras et l'aida galamment à se lever avant de la conduire, toujours silencieux, jusqu'à la voiture.

Ce silence pesant lui laissa penser qu'il regrettait de l'avoir embrassée ou, pire encore, d'avoir pris un certain plaisir à le faire.

Bon sang ! Mais qu'avait-elle donc fait ? Et quelle opinion allait-il avoir d'elle à présent ?

— J'espère que tu n'es pas en colère contre moi, Vanessa, dit-il enfin.

Elle lui lança un regard étonné.

— Pourquoi le serais-je ?

— Parce que je n'aurais pas dû agir comme je l'ai fait, répondit-il simplement. Je n'aurais pas dû profiter d'un moment où je t'ai sentie vulnérable. Tu as eu ton compte de soucis ces derniers jours.

L'idée qu'il avait agi sur une impulsion la piqua au vif. Mais qu'aurait-elle pu espérer d'un homme habituellement réservé et qui, en d'autres circonstances, ne lui aurait jamais fait d'avances ?

— Je suis une grande fille, tu sais, rétorqua-t-elle plus sèchement qu'elle n'aurait voulu. J'aurais pu te repousser.

— Oui, mais…

— Oublie ce baiser, Conall.

— Je ne veux rien oublier du tout ! Et autant que tu le saches, j'ai très envie de recommencer.

Un vif étonnement se peignit sur ses traits, qu'elle tenta tant bien que mal de lui dissimuler.

— Eh bien tiens-le-toi pour dit : cela ne se reproduira pas.

Pourtant, lorsqu'il se rapprocha d'elle pour combler le

vide qui les séparait et qu'il posa sa main sur son épaule, elle sentit de nouveau son corps se liquéfier.

— Pourquoi ? demanda-t-il avec une pointe de provocation. Parce que tu as trop aimé ce baiser ?

Décidant de jouer franc-jeu, elle répliqua avec franchise :

— Oui. Et commencer une histoire serait, à mon avis, la plus grossière des erreurs.

Comme à son habitude lorsque quelque chose lui échappait, il fronça les sourcils.

— Tu as peut-être raison, finit-il par dire. Pourtant, je ne suis pas totalement convaincu.

Un frisson de désir la parcourut, mais elle se jura de rester désormais sur ses gardes.

Sans quoi, il y avait de grandes chances qu'elle se retrouve dans le lit de Conall.

Alors qu'elle venait de prendre sa douche et s'était glissée avec volupté dans un déshabillé de satin, quelqu'un frappa à sa porte. Jugeant qu'il était trop tôt pour que son visiteur soit un employé de l'hôtel, elle alla vérifier par le judas.

C'était Conall.

Il n'était pas encore 7 heures. Que venait-il faire à une heure aussi matinale ? La veille au soir, lorsque chacun avait regagné sa chambre, il n'avait pourtant pas fait allusion à un quelconque rendez-vous.

— Vanessa, c'est moi, dit-il à travers la porte.

Comme pour lui donner le courage qui lui manquait, elle prit une profonde inspiration et lui ouvrit.

Il était déjà habillé, jean noir et chemise blanche coupe western, et avait soigneusement coiffé ses cheveux en arrière, dégageant ainsi son visage qu'éclairait une expression qu'elle ne lui avait encore jamais vue.

— Je… je ne suis pas prête, balbutia-t-elle, le cœur battant à tout rompre.

Il la détailla de manière si ostensible qu'elle eut soudain l'impression de se retrouver nue face à lui.

— Je n'ai pas prévu de sortir, expliqua-t-il. Je voulais juste te parler avant que nous ne quittions l'hôtel.

Désireuse de ne pas paraître puérile en le renvoyant d'où il venait, elle l'invita à entrer d'un geste de la main. Elle profita de ce bref instant où elle n'était pas la cible de son regard pour resserrer sur elle les pans de son déshabillé.

— Quelque chose ne va pas ? demanda-t-elle tandis qu'elle refermait la porte derrière lui.

— Non. Et pourquoi penser que quelque chose ne va pas chaque fois que tu me vois apparaître ? Tu me donnes l'impression d'être un oiseau de mauvais augure.

Elle se mit à rougir tandis qu'elle le rejoignait au milieu de la pièce.

— C'est juste que je ne m'attendais pas à te voir si tôt. Et puis toutes ces formalités administratives me rendent un peu nerveuses, je l'avoue. Je me sentirais vraiment soulagée lorsque les derniers documents seront signés et que nous repartirons avec les bébés.

— Tu n'as pas à t'inquiéter, dit-il d'une voix douce destinée à la rassurer. Tout va bien se passer. Si je suis venu à l'improviste, c'est justement pour te parler des bébés.

Elle haussa les sourcils, marquant ainsi un profond scepticisme.

— Qu'as-tu à me dire que nous n'ayons déjà évoqué ? demanda-t-elle en le voyant fixer le lit où elle avait laissé en évidence la parure en dentelle noire qu'elle s'apprêtait à mettre avant qu'il n'arrive.

Cette lingerie lui rappelait-elle le baiser ardent qu'ils avaient échangé la veille ou, au contraire, les moments intimes partagés avec son ex-femme ? Elle sentit une pointe de jalousie.

— Deux ou trois choses, dit-il évasivement. Mais je propose que nous prenions d'abord un petit déjeuner dans le patio, ajouta-t-il en composant le numéro du service d'étage.

Cet accès d'autoritarisme la hérissa au plus haut point. Elle fut tentée de lui rappeler qu'ils se trouvaient à l'hôtel, dans *sa* chambre et qu'ils étaient convenus que, durant cette parenthèse, il n'était pas plus le patron qu'elle n'était son employée. Mais elle se ravisa, compte tenu de la tournure qu'avaient prise les choses chaque fois qu'ils avaient appliqué cette règle.

— Très bien, dit-elle docilement. Je vais finir de me préparer pendant que tu appelles.

Elle ramassa sa lingerie aussi discrètement que possible avant de s'esquiver vers la salle de bains.

— Des fruits frais et un yaourt, cela te va ? cria-t-il à travers la pièce.

Elle passa la tête par la porte qu'elle avait laissée entrebâillée pour lancer d'une voix irritée :

— Si tu n'y vois pas d'inconvénient, j'aimerais autant choisir moi-même.

Le sourire piteux qu'il esquissa la fit fondre de tendresse.

— Excuse-moi, Vanessa. Je ne voulais pas me montrer directif mais…

— Mais tu ne peux pas t'en empêcher, poursuivit-elle à sa place en lui adressant un sourire compréhensif. J'imagine que c'est ainsi que tu te comportes avec tes sœurs.

— Il faut bien que quelqu'un le fasse, répondit-il dans un éclat de rire.

Il était bien loin de l'homme distant et rigide qu'elle côtoyait quotidiennement depuis plus de deux mois, et elle s'en réjouit.

Mais il était bien plus redoutable aussi.

— Ceci étant dit, allons-y pour les fruits frais et le yaourt. Mais tu peux y ajouter des œufs au bacon et des toasts, je meurs de faim, ce matin.

— Enfin une femme qui a de l'appétit ! dit-il sur un ton jovial. Voilà qui me plaît !

Elle préféra ne pas s'attarder sur cette dernière remarque et referma la porte sur elle.

Elle venait de terminer de s'habiller et de se maquiller lorsqu'elle entendit arriver le service de chambre. Elle sortit de la salle de bains juste au moment où Conall glissait un gros pourboire dans la main du serveur. Satisfait, celui-ci ressortit avec un large sourire aux lèvres.

La matinée était douce et tiède, le ciel d'un bleu lumineux. Des rangées d'agaves et d'arbustes en fleurs formaient une barrière naturelle entre chaque chambre, isolant les occupants du regard d'éventuels curieux. Tandis que Conall l'aidait à s'installer sur une chaise en rotin, elle se dit que l'endroit était idéal pour une lune de miel.

Une lune de miel ! Décidément, le baiser échangé avec Conall la rendait désespérément romantique. N'avait-elle pas eu son compte de déceptions avec Jeff ? À quoi bon s'imaginer qu'elle trouverait un jour le véritable amour, l'homme en qui elle aurait une confiance aveugle ?

La voix de Conall la tira brutalement des pensées dans lesquelles elle était plongée.

— Je lis sur ton visage que tu te demandes ce que j'ai à te dire. Je me trompe ?

Elle prit le temps de boire une gorgée de café et de le regarder étaler une mince couche de confiture sur un toast beurré avant de répondre :

— Non, dit-elle. Je suis même impatiente de savoir.

— En fait, je pensais à ton logement, fit-il en mordant dans sa tartine.

— Je ne vois pas où est le problème. Tu sais bien que je vis dans la maison de mes parents.

— Oui, mais je pensais que tu pourrais occuper une maison que nous possédons et qui s'est libérée il y a quelques jours. Elle a été complètement remise à neuf l'an dernier, elle est assez vaste et tu pourrais transformer l'une des chambres en nurserie. En outre, tu serais tout près si toutefois tu avais besoin d'aide.

Légèrement vexée, elle le fixa d'un regard pénétrant.

— Tu sais mieux que quiconque combien je gagne, Conall. Je ne pourrais jamais me payer une maison pareille.

— Si je t'en parle, c'est justement parce que cela ne te coûterait pas un centime.

— Tu me connais mal, dit-elle sans cesser de le fixer.

Sinon, tu saurais que je mets un point d'honneur à ne rien attendre de personne.

— Si tu penses que je te fais cette proposition uniquement parce que tu es mon assistante, tu te trompes lourdement. Nous ne logeons pas tous nos employés, mais quelques-uns, pour qui ces maisons sont un supplément au salaire. C'est un des avantages qu'il y a à travailler au ranch. Dis-moi si je me trompe mais il me semble que tu es bien l'une de nos employés. Et pour le moment, pas pour longtemps je peux te l'assurer, la maison est vide.

Elle se sentit embarrassée d'avoir conclu un peu trop hâtivement qu'il lui accordait là un privilègie ; juste parce qu'il lui avait proposé de l'accompagner dans ce voyage et lui avait donné ce baiser qu'elle ne parvenait pas à chasser de son esprit.

Quelle idiote ! Ne savait-elle pas encore qu'aider les autres, *tous* les autres, était une des principales qualités de cet homme ?

— Je suis désolée, Conall. J'ignorais l'existence de ces clauses spéciales.

Il esquissa un léger sourire et il riva sur elle un regard perçant qui la fit frissonner.

— Je comprends. Que penses-tu de mon idée ? J'avoue que je serais rassuré de savoir que tu as des voisins proches.

Jusqu'à un certain point, elle comprenait son point de vue. La maison de ses parents était isolée, au milieu de nulle part, ses plus proches voisins se trouvaient à quelque dix kilomètres de là. Et même si la famille Valdez s'était toujours contentée de cette petite maison, elle devait bien reconnaître que l'espace y était extrêmement restreint.

Mais cette maison lui appartenait et elle en était fière. Elle savait se satisfaire de ce qu'elle possédait et avait bien l'intention d'élever les jumeaux dans cette même optique. Il aurait dû savoir qu'en insinuant qu'il lui fallait un endroit plus « digne », il l'offenserait. D'ailleurs, depuis sa rupture avec Jeff, elle entendait fermement garder une indépendance qu'elle jugeait aussi indispensable que non négociable.

— Je te remercie pour ton offre, dit-elle en remplissant sa tasse de café. Mais c'est toujours non. M'occuper de ces deux petits va se révéler un sacré défi et je préfère me trouver dans un environnement familier. C'est chez moi, dans ma maison, que je me sentirai le plus à l'aise pour relever ce défi. J'espère que tu me comprends, conclut-elle en croisant brièvement son regard.

Il baissa les yeux pour se concentrer sur son assiette et ne pas lui laisser voir sa déception. Cette idée lui était venue une fois couché et il était resté éveillé un bon moment à l'imaginer, elle et sa petite famille, vivre tout près de chez lui. Il avait été tellement excité par cette perspective qu'il s'était rué chez elle aussitôt qu'il l'avait pu. Mais à voir sa réaction, son emballement lui parut soudain bien stupide.

— Bien sûr, je comprends, dit-il, ce qui était pur mensonge. Et puis, tu es la seule à pouvoir décider.

Pourquoi son avis lui importait-il tant ? Après tout, elle n'était que son assistante, le fait qu'elle devienne mère brusquement et par les effets du hasard ne changeait rien à cela.

Pourtant il ne pouvait nier que la venue de ces bébés dans sa vie la lui faisait voir sous un jour différent. De même que le baiser qu'ils avaient échangé la veille au soir avait déclenché en lui quelque chose qu'il n'arrivait pas, ou ne souhaitait pas nommer. Une partie de lui qu'il croyait engourdie à jamais avait rejailli à la vie, faisant de nouveau de lui un homme sujet au désir charnel.

— Je suis heureuse que tu me comprennes. J'avais peur que tu me trouves ingrate, après tout ce que tu fais pour moi.

— Ne te réjouis pas trop vite, dit-il en lui souriant. En fait, j'ai une autre proposition à te faire.

Il admira au passage les reflets dorés que le soleil imprimait sur sa peau laiteuse. La nuit précédente, il avait eu un aperçu de la douceur veloutée de ses joues et il brûlait de retrouver la sensation voluptueuse que ce simple contact avait suscitée en lui.

— Ne crois-tu pas que tu en as assez fait comme cela ? dit-elle avec un soupçon de sècheresse.

Il prétendit ne pas avoir relevé cette raideur affichée et décida de poursuivre sur le ton neutre qu'il employait avec ses clients.

— Il en va de ton intérêt comme du mien, dit-il. Je ne tiens pas à ce que les circonstances me fassent perdre une précieuse employée, car tu devras faire garder les bébés pendant tes heures de travail, n'est-ce pas ? Aussi, j'insiste pour que le ranch prenne les frais de garde à sa charge.

Elle se laissa brutalement aller contre le dossier de son siège, signe que, une fois de plus, elle était contrariée. Contrairement à son ex-femme qui, elle, n'avait eu aucun scrupule à en vouloir toujours plus, elle avait manifestement l'intention de n'accepter aucune proposition émanant de lui.

— Tu vas trop loin, Conall.

— Je ne crois pas, non. C'est du bon sens. Je ne tiens pas à me priver de ta précieuse collaboration à cause d'une organisation qui pourrait s'avérer défaillante.

— Tout est allé si vite en si peu de jours ! dit-elle, sur la défensive. Si tu veux bien, je vais me donner le temps de la réflexion. Et puis, il n'y a aucune raison pour que je ne trouve pas de nounou à Hondo ou à Lincoln.

— Vanessa, nous savons tous deux que tu as une chance infime de trouver la perle rare. Par ailleurs, reconnais qu'effectuer un aussi long trajet matin et soir ne serait pas pratique. Ni pour toi, ni pour les enfants.

Semblant réfléchir encore, elle repoussa machinalement ses œufs dans un coin de son assiette.

— Les circonstances de la vie rendent parfois les choses un peu compliquées, c'est vrai, dit-elle du bout des lèvres.

— Mais enfin, pourquoi vouloir te compliquer la vie quand je peux te la faciliter ? dit-il, irrité par son entêtement. Les bébés seraient gardés à domicile et tu n'aurais aucun souci à te faire, c'est quand même la solution idéale, non ?

Tandis qu'elle approuvait d'un bref hochement de tête, toute une palette d'émotions contradictoires se peignit sur son visage. Il ne comprenait pas pourquoi elle refusait aussi obstinément son aide. Il n'avait pourtant aucun souvenir de l'avoir blessée ou de lui avoir manifesté une quelconque indifférence. Bien sûr, il comprenait son besoin viscéral d'indépendance, mais le moment était venu de voir au-delà de cette indépendance et de le considérer, lui, comme un ami qui lui tendait une main secourable, et non charitable.

Elle poussa un profond soupir et reposa sa tasse sur sa soucoupe.

— Je vais être franche avec toi, Conall. En fait, j'avais commencé à faire mes comptes et c'est vrai que l'éducation de deux enfants va sacrément entamer mon budget. Je ferais preuve d'irresponsabilité si je déclinais ton offre. Du moins tant que ma carrière n'aura pas vraiment décollé.

Un sourire plein de soulagement se peignit sur les traits de Conall.

— Voilà que tu reviens à la raison. Je passerai un ou deux coups de fil aussitôt que nous aurons fini notre petit déjeuner.

— À une condition, Conall, dit-elle avec empressement.

— Oui. Laquelle ?

Lorsqu'elle planta ses yeux dans les siens, il eut l'impression que son cœur s'arrêtait de battre. Il se maudit d'être aussi perméable aux émotions qu'elle déclenchait en lui. Certes, les bébés étaient deux petits êtres adorables ; certes, il avait adoré le baiser qu'ils avaient échangé. Mais ni elle ni ses enfants n'étaient censés relever de ses affaires, ou de sa responsabilité. Alors, que lui importait ce qu'elle allait encore lui annoncer ?

— Je veux avoir mon mot à dire sur le choix de la nounou.

— Je ne l'imaginais pas autrement, répondit-il d'une voix douce.

*
* *

Une fois les démarches notariales achevées et les bébés récupérés à l'orphelinat, Vanessa avait embarqué à bord de l'avion qui allait les ramener à Ruidoso avec l'impression d'avoir fait le tour du monde.

L'excitation d'être mère doublée du fait d'avoir découvert un Conall bien différent du patron qu'elle connaissait l'avait rattrapée.

Durant tout le vol, il s'était montré un ami attentif, réconfortant et serviable. Lorsque Rick avait commencé à pleurer, il avait insisté pour le prendre dans ses bras et lui donner lui-même un des biberons préparés par les religieuses avant leur départ.

Voir cet éleveur, habituellement intraitable et exigeant, agir avec autant de douceur et de tendresse avec ce minuscule bébé l'avait touchée au plus profond d'elle-même. Elle avait deviné une bienveillance qu'il s'était toujours appliqué à garder enfouie en lui.

Fallait-il qu'il souffre pour s'être forgé une telle carapace défensive !

Pendant des semaines et des semaines, elle avait cherché à ne pas se poser de questions à son sujet. Elle estimait que cela ne la regardait et qu'elle avait bien assez à faire à panser ses propres plaies sans se préoccuper de celles des autres.

Mais c'était avant qu'ils ne s'embrassent, avant qu'il ne lui laisse deviner le feu qui coulait dans ses veines. Ce rapprochement physique avait aiguisé sa curiosité et elle avait envie d'en savoir plus sur ce qu'avait été son mariage et les raisons qui l'avaient poussé à divorcer.

Afin d'écarter de son esprit ces pensées trop personnelles, elle fixa son attention sur les bébés qui dormaient sagement dans leurs couffins.

— Eux, au moins, ne seront pas sujets au décalage horaire, dit-il en souriant. Ils ont dormi pendant pratiquement tout le voyage.

Elle se redressa dans son siège et regarda pensivement par le hublot. Tant de choses s'étaient passées depuis leur départ pour Las Vegas qu'elle avait l'impression d'être partie depuis des semaines.

— C'est ce que font les nouveau-nés, dit-elle. Dormir. À moins qu'ils n'aient des angoisses nocturnes.

Il eut un regard étonné.

— Comment sais-tu ça, toi ? Je croyais que tu étais la dernière de la fratrie.

— C'est vrai, mais ma mère adorait évoquer des anecdotes sur ses bébés. Deux de mes frères ont pleuré toute la nuit jusqu'à l'âge de six mois et, durant tout ce temps, elle n'arrivait pas à dormir.

— J'imagine que, en plus, elle n'avait personne pour l'aider.

— En effet, mais elle n'en était pas malheureuse pour autant. J'aurais tant aimé que maman connaisse les jumeaux, dit-elle d'un ton devenu mélancolique. Elle aurait été si heureuse pour moi et si fière d'être leur grand-mère !

Surprise, elle sentit sa main se poser doucement sur la sienne.

— Je suis sûr que de là où elle est, elle te voit et elle veille sur toi.

Nombre de ses amis et de ses relations avaient partagé sa peine à la mort de sa mère mais ces mots lui allèrent droit au cœur. Emue, elle ne put que lui adresser un sourire timide qui se voulait reconnaissant.

Lorsqu'il lui sourit en retour, elle comprit qu'il n'attendait pas de réponse mais qu'il comprenait ce qu'elle ressentait, tout simplement.

À peine une heure plus tard, il garait son pick-up devant la clôture branlante de sa petite maison.

— Donne-moi les clés que j'aille ouvrir la porte avant de transporter les bébés, dit-il en coupant le moteur.

Elle s'exécuta docilement avant de détacher les ceintures de sécurité qui arrimaient les couffins à la banquette arrière.

— Je reviendrai chercher les sacs plus tard, dit-il

lorsqu'il fut revenu. Pour le moment, allons installer les enfants à l'intérieur.

Elle le précéda dans la petite véranda puis dans l'entrée où elle s'arrêta, frappée par un détail insolite.

— Quelqu'un est entré et a mis le climatiseur en marche, dit-elle sans l'ombre d'une hésitation. Maura sait où sont les clés mais il n'a jamais été question qu'elle vienne ici, sauf en cas d'urgence.

Il la fixa quelques secondes en silence, l'air penaud.

— Je… C'est moi qui lui ai demandé de venir pour régler quelques détails. Je suppose qu'elle a pensé que ce serait plus confortable d'arriver dans une maison fraîche. Les chambres sont par là ? enchaîna-t-il en désignant de la tête un couloir sombre et étroit.

Elle renonça à lui demander ce que sa sœur était venue faire chez elle. Elle la verrait bien assez tôt pour le lui demander elle-même.

Elle répondit à sa question par un hochement de tête tout en le précédant dans le couloir.

— Tant que je n'ai pas acheté de berceaux, les jumeaux dormiront avec moi dans mon lit. Il est assez grand, je ferai une barrière avec des oreillers pour qu'ils ne puissent pas tomber.

— Pourquoi ne pas les mettre directement dans la chambre d'amis ?

— Parce qu'il n'y a qu'un petit lit. Vu comment les choses se sont précipitées, je n'ai même pas eu le temps d'y faire le ménage. Tout doit être recouvert de poussière là-dedans !

— Je suis sûr que tu exagères. Allons jeter un coup d'œil, tu veux bien ?

Contrariée qu'il veuille discuter même sur un sujet aussi anodin, elle se planta devant lui, sourcils froncés.

— Mais puisque je te dis que…

— Fais-moi plaisir, Vanessa. Laisse-moi juste voir ça de plus près. C'est tout ce que je te demande.

Elle ne se sentit pas le droit de rejeter une requête aussi

anodine alors qu'il avait laissé en plan sa vie professionnelle pendant deux jours pour pouvoir l'assister. Sans compter les dépenses qu'avait nécessitées ce voyage.

— D'accord. Mais je continue à penser que tu aurais mieux fait de te lancer dans l'élevage de mules plutôt que de purs-sangs, Conall Donovan.

— Il faut croire que je tiens beaucoup de ma grand-mère Kate, dit-il en souriant.

Elle passa la main par la porte restée entrebâillée pour actionner l'interrupteur.

— Ta grand-mère est une femme merveilleuse.

— C'est bien ce que je voulais dire, dit-il, malicieux.

Le sourire ravageur qu'il lui adressa la fit détourner précipitamment la tête pour ouvrir en grand la porte de la chambre.

— Oh !

Les mots se bloquèrent dans sa gorge nouée à la fois par l'émotion et la surprise. La chambre sinistre qu'elle avait prévu de redécorer un jour, probablement dans un futur lointain, avait été transformée en une nurserie de conte de fées. L'enchantement retomba comme un soufflé pour faire brusquement place à une colère grandissante.

— Tu savais et tu ne m'as rien dit ! dit-elle sur un ton de reproche.

— Tu devrais aller voir ça de plus près avant de décider de m'arracher les yeux.

Elle pénétra dans la pièce, émerveillée par ce qu'elle voyait. Les murs avaient été peints d'un jaune doux et bordés d'une frise d'un ton plus soutenu sur laquelle figuraient des silhouettes de chevaux. Un ravissant lit à barreaux de bois sombre avait été placé dans un angle de la pièce et faisait face, sur le mur opposé, à une table à langer et à deux petites commodes assorties. Derrière eux, dans un autre angle, se trouvait un cheval à bascule aussi vrai que nature et qui semblait attendre l'assaut de ses deux petits cavaliers.

— C'est… c'est incroyable, dit-elle, sous le choc. C'est superbe, Conall. Vraiment superbe.

— Maura m'a assuré que la plupart des parents faisaient dormir leurs jumeaux ensemble dans le même lit jusqu'à ce qu'ils soient un peu plus grands. Nous en achèterons un deuxième dans quelque temps.

Elle s'approcha du meuble pour constater que les draps et la fine couette à rayures blanches et jaunes qui le tapissaient étaient de belle texture et probablement hors de prix. Au-dessus du lit se balançait un joli mobile orné de fleurs et d'oiseaux judicieusement placé hors de portée de petites mains impatientes.

— Je trouve…

Mais elle dut s'interrompre, submergée par l'émotion.

— Tout est parfait, Conall, admit-elle d'une voix enrouée.

Elle écarta la couette et posa délicatement Rick sur le matelas tandis que Conall faisait de même avec Rose. La gorge serrée, elle le regarda caresser tour à tour les deux petites têtes duveteuses.

— Je suis content que tu trouves cela parfait, dit-il lorsqu'il se redressa. Je voulais que tu sois contente de rentrer chez toi avec tes bébés.

Lorsqu'elle leva la tête vers lui, une foule de questions se bousculèrent dans sa tête.

— Je ne sais vraiment pas quoi dire… Tout ce travail, le prix que cela a coûté…

— Ne te torture pas avec des détails pareils, tu veux bien ? D'ailleurs cela n'a pas coûté si cher que tu crois et les deux malabars à qui Maura a fait appel pour l'aider étaient trop contents d'échapper aux écuries, pour une fois.

Il avait beau mettre Maura en avant, elle savait pertinemment que c'était lui, et lui seul, qui était à l'origine de cette initiative et qu'il l'avait orchestrée du début à la fin.

Pourquoi agissait-il ainsi avec elle ? Avec tant de générosité désintéressée ?

Elle avait beau chercher, pour l'heure, elle n'avait pas les réponses aux questions qu'elle se posait et son comportement demeurait une énigme. Bien sûr, pour gérer à sa place les nombreuses associations caritatives dont il s'occupait, elle connaissait les largesses dont il était capable. Mais que penser du baiser qu'il lui avait donné, des sourires échangés, de la décontraction dont il avait fait preuve à son égard ? Devait-elle y voir également des actes de charité ?

La voix de Conall la tira brusquement de ses pensées et elle sursauta.

— Vanessa ? Quelque chose ne va pas ?

Elle secoua la tête, soulagée qu'il ne soit doué d'aucun pouvoir de divination.

— Je me demandais…

— Quoi ?

Non, elle ne pouvait décemment pas lui faire part des doutes qui lui avaient traversé l'esprit. Il se moquerait d'elle et elle ne le supporterait pas.

— Non, rien…

Il la considéra un instant en silence avant de se pencher vers elle et de l'embrasser tendrement sur le front.

— Je vais chercher le reste des affaires dans le coffre, dit-il d'une voix douce.

Elle le regarda quitter la pièce.

Les jumeaux avaient fait bien plus que la rendre mère du jour au lendemain. Ils avaient aussi transformé Conall en un homme beaucoup trop dangereux pour son cœur vulnérable.

# - 5 -

Une semaine et demie plus tard, Conall se trouvait en compagnie de Liam dans la partie la plus ancienne du ranch, la grange construite en 1960 par leur grand-père, Arthur Donovan.

Les murs étaient faits de panneaux de bois que couronnait un plafond en tôle ondulée et, dans l'esprit de Conall, cet endroit auquel on avait su conserver son identité originelle était le plus joli du ranch.

En outre elle était rattachée à bon nombre de ses souvenirs d'enfance. Il entendait encore son grand-père lui interdire d'une voix lourde de menaces de grimper jusqu'en haut des ballots de paille.

— Cette grange est une véritable poudrière prête à s'enflammer à la moindre étincelle, disait Liam.

Si Conall laissait à son frère toute liberté pour gérer les chevaux qu'ils élevaient, il en allait autrement en ce qui concernait la grange. Ce lieu incarnait l'histoire de leur famille, leur mémoire, et il était hors de question que les choses changent.

— Liam, nous avons déjà eu cette discussion un nombre incalculable de fois. Tu devrais connaître mon opinion sur le sujet maintenant, non ?

Passablement irrité, Liam leva les yeux au ciel.

— Tu pourrais au moins envisager de remplacer le bois par des parpaings.

— Désolé, il n'en est pas question non plus, répondit

Conall d'une voix sourde. Je n'ai pas envie que cette partie du ranch ressemble à un pénitencier.

Liam fit claquer dans sa paume la paire de gants en cuir qu'il tenait à la main.

— Tu sais aussi bien que moi quels seraient les ravages si un incendie se déclarait ici, dit-il en grommelant.

Le soleil venait de disparaître derrière les montagnes et, pour la première fois depuis des mois, Conall avait quitté son bureau bien plus tôt que de coutume pour se rendre chez Vanessa. Il n'avait donc aucune envie de gâcher la moindre minute en dispute stérile avec son frère.

— Liam, les chevaux sont ton domaine, je sais le mal que tu te donnes pour eux, mais moi aussi je comprends leurs besoins. Je suis parfaitement conscient des ravages qu'un incendie causerait aux écuries et donc aux chevaux. Mais le ranch est équipé d'un système d'alarme hautement performant qui couvre ses moindres recoins. Sans parler des gardes qui font des rondes toute la nuit. Alors, crois-moi, les chevaux sont plus en sécurité que notre grand-mère qui risque de chuter de son rocking-chair à tout moment.

Presque rendu à la cause de Conall, Liam ne put cependant s'empêcher de lui glisser :

— On devrait quand même effectuer quelques petites améliorations pour la rendre plus exploitable. C'est dommage qu'elle ne serve qu'à stocker de la paille et des pneus de tracteur !

— C'était ainsi du temps de notre grand-père et cela restera ainsi. Maintenant, il se fait tard, rentrons à la maison.

Ils sortirent dans la pénombre, Liam emboîtant le pas à son frère qui ouvrait la marche.

— J'ai l'intention d'aller boire un verre au Bar M après le dîner, dit-il. Ça te tente ?

— Le Bar M ? fit Conall, étonné. Les Sanders organisent une fête ? Mais non, que je suis bête ! Tu détestes les soirées.

Les lèvres de Liam se pincèrent en une fine ligne sous le Stetson baissé bas sur le front.

— Pourquoi faut-il toujours que tu me charries ?

Conall réprima un profond soupir. Il avait posé la question sciemment, pour titiller son plus jeune frère, mais ce n'était pas la méchanceté qui le motivait, comme Liam semblait le croire, plutôt l'inquiétude. Mais essayer d'en convaincre Liam serait aussi vain que de vouloir que la pluie tombe un jour sans nuages.

— Je ne sais pas. Déformation professionnelle, sans doute.

— En comparaison du mien, ton boulot est une véritable sinécure, dit Liam, railleur. Tu devrais sourire à la vie, mon vieux !

Liam avait raison. Les longues heures passées au bureau, même si elles généraient beaucoup de stress, n'avaient rien à voir avec le travail physique et donc épuisant dont Liam avait la charge. Levé aux aurores, il regagnait la maison à une heure où tout le monde dormait depuis longtemps. C'était également à lui qu'incombait l'entière responsabilité des chevaux, depuis leur entraînement jusqu'à leur transport sur les différents terrains de course où on attendait des bêtes, bien sûr, qu'elles figurent parmi les gagnantes.

— Je sais. C'est bien pour cela que tu vas remplacer Clete et lever un peu le pied, avant de te retrouver à l'hôpital pour accident cardiaque.

— Pas de risque. D'après Bridget, je n'ai pas de cœur.

— C'est ce qu'elle m'a dit aussi, fit Conall en plaisantant à demi. Je suppose qu'elle aimerait bien que nous soyons comme ses petits camarades de fac : doux comme des agneaux. Mais dis-moi, pour en revenir à ta petite soirée, que vas-tu faire au Bar M ?

— J'ai rendez-vous avec Chloé. Elle veut me parler d'un hongre qu'elle a l'intention de vendre. Il faut voir, ça vaut peut-être le coup.

Conall s'arrêta brusquement, étonné par ce que Liam venait de dire.

— Il doit y avoir un problème quelque part. Chloé ne

vendrait jamais un cheval de course qui a déjà fait ses preuves et remporté de nombreux prix.

— En temps normal, non. Mais elle a été obligée de faire castrer celui-ci et elle ne veut plus consacrer de temps, ni d'argent, à des chevaux qui ne peuvent pas se reproduire.

Ne pouvant s'empêcher d'y voir un parallèle avec son propre cas, Conall fit de son mieux pour dissimuler la colère qui l'avait envahi.

— Perpétuer la race, voilà qui est important ! dit-il avec cynisme.

— Conall…

— C'est bon, oublie ce que je viens de dire. Fais ce que tu veux, c'est ta partie. Moi, je dois passer voir les jumeaux.

Les deux hommes pénétrèrent à l'intérieur et longèrent un long corridor qui débouchait sur la partie centrale de la maison.

— Les jumeaux ? répéta Liam, sceptique. Tu veux dire ceux de Vanessa ?

— Tu en connais d'autres ?

— Oui. Il y a les Gibson, avec qui nous étions au lycée.

— Tu ne les as pas encore oubliés, ces deux-là ?

— Surtout la fille. Comment oublier une bombe pareille ? Elle n'avait rien d'un prix Nobel mais avec elle je ne m'ennuyais pas, tu peux me croire !

Il s'interrompit pour reprendre là où la discussion avait dévié.

— Où est le problème avec les jumeaux de Vanessa ? Je croyais qu'après ta petite virée à Las Vegas, ta vie reprendrait son cours tranquille. Tout est en ordre maintenant, non ?

En effet, Vanessa était bien installée et d'après ce qu'elle lui avait dit au téléphone, tout se passait très bien avec les bébés. Toutefois, il ne pouvait se résoudre à se laisser écarter de leurs vies et éprouvait régulièrement un besoin impérieux de les voir. Mais plus que tout, Vanessa lui manquait. Au cours de la journée, il se surprenait à contempler avec nostalgie son bureau vide et à l'imaginer devant lui.

— Oui, tout est en ordre, répondit-il d'une voix neutre. Mais j'ai un cadeau pour eux que je voudrais lui donner.

Liam glissa un regard sceptique à son frère.

— Pourquoi ? demanda-t-il d'un ton soupçonneux. Le voyage à Vegas n'était pas un cadeau suffisant ?

Percevant une nuance de reproche dans la voix de Liam, Conall se félicita d'avoir gardé le silence sur la nouvelle chambre et la quête d'une nounou. Ce qu'il faisait de son temps et de son argent ne regardait que lui.

— Ce voyage n'était pas un cadeau à proprement parler, dit-il. Je tiens à lui faire un cadeau plus personnel. Après tout, elle est mon assistante et elle n'a même pas eu droit à une fête avec ses amies pour accueillir l'arrivée des bébés.

Arrivés au bas de l'escalier qui conduisait à la chambre de Conall, les deux frères s'apprêtèrent à se séparer.

— Bonne chance avec Chloé, dit Conall. Tu en auras besoin si tu dois traiter avec elle. Elle a la réputation d'être dure en affaires.

— Elle est peut-être dure mais elle n'est pas dangereuse.

Conall regarda son frère qui le fixait, un sourire ironique au coin des lèvres.

— Que veux-tu dire ?

Liam lui fit un signe de la main avant de lui tourner le dos.

— À toi de deviner, mon vieux.

Du ranch à la maison de Vanessa, l'autoroute sinuait sur quelques kilomètres entre les montagnes recouvertes de forêts de pins avant de déboucher sur des monts désertiques parsemés de-ci, de-là d'arbustes broussailleux.

Ce soir-là, Conall prit toute la mesure de l'attachement qu'il portait à ces paysages. Il ne quittait le ranch, son sanctuaire, qu'à de très rares occasions, pour des conférences importantes ou des courses exceptionnelles, ne laissant d'autre choix à ses clients que de venir à lui.

Le cœur battant, il avait l'impression de redevenir un

adolescent se rendant à son premier rendez-vous amoureux. Marqué au fer rouge par son expérience malheureuse, et trop désireux de se libérer à jamais des entraves d'une quelconque émotion, il avait fini par croire qu'il y était parvenu.

Mais voilà qu'il renaissait à la vraie vie et qu'il se réjouissait de revoir Vanessa et les jumeaux.

Vanessa se trouvait dans une pièce qui faisait office de buanderie lorsqu'elle entendit de petits coups frappés à la porte. D'un coup de hanche, elle referma le hublot du sèche-linge et se pressa vers l'entrée. Compte tenu de l'heure tardive, il ne pouvait s'agir d'une visite de courtoisie.

Prudente, elle écarta discrètement un pan des rideaux d'une fenêtre qui donnait sur l'avant de la maison. Aussitôt qu'elle eut repéré Conall, qui attendait patiemment qu'elle vienne lui ouvrir, elle eut l'impression que son cœur s'arrêtait de battre.

Elle ne l'avait pas revu depuis leur retour de Las Vegas, juste entendu sa voix au téléphone. Cela lui ressemblait si peu de quitter son sacro-saint ranch, qui plus est à une heure aussi indue, pour débarquer chez elle à l'improviste !

Elle pressa une main sur son cœur qui, à présent, battait la chamade, et prit une grande inspiration avant de l'accueillir. Ce n'était pas l'homme d'affaires qui se tenait devant elle mais le cavalier, un cavalier qu'elle jugea d'un érotisme torride dans son jean délavé et sa veste à franges.

— Bonsoir Conall, dit-elle d'un ton qu'elle voulait désinvolte.

Il esquissa un petit sourire penaud.

— Je suis désolé de ne pas t'avoir téléphoné avant de venir mais je te connais. Tu aurais mis un point d'honneur à faire le ménage pour me recevoir dans un endroit immaculé. Je te dérange ?

Elle fit un effort surhumain pour lui cacher le tremblement qui s'était emparé d'elle. Elle était devenue folle. Bon sang, ce n'était pourtant pas comme s'il avait été un étranger sous le charme duquel elle serait tombée brutalement ! Elle le côtoyait depuis plus de deux mois maintenant !

Mais il n'avait plus rien à voir avec le patron froid et distant qui jonglait quotidiennement avec des millions de dollars. Il était un homme comme les autres, qu'elle appréciait chaque jour davantage. Un peu trop, même.

— Pas du tout, répondit-elle en conservant le même ton dégagé. Mais entre, je t'en prie.

— Merci, dit-il en franchissant le seuil.

Elle se grisa de l'odeur virile qui émanait de lui, et maudit ses jambes devenues ridiculement flageolantes.

— Assieds-toi, dit-elle. À moins que tu ne préfères voir d'abord les enfants. Ils sont dans la cuisine, ils dorment dans leur couffin.

Deux jours après son installation, un service de livraison lui avait apporté un superbe couffin spécialement conçu pour des jumeaux. La carte qui accompagnait ce présent disait simplement :

« J'ai pensé que tu en aurais besoin. »

Emue à l'extrême, elle l'avait appelé dans la seconde et l'avait chaleureusement remercié.

Elle le considéra quelques secondes en silence, se demandant soudain s'il était venu pour elle ou pour les bébés.

Bien loin d'imaginer les pensées qui l'agitaient, il retira son Stetson et le posa sur la table basse qui faisait face au canapé.

— Si cela ne te dérange pas, j'adorerais aller les voir tout de suite.

— Bien sûr, dit-elle en le précédant vers la cuisine. Justement j'allais dîner. Tu veux te joindre à moi ?

— Volontiers. Je n'ai pas eu le temps d'avaler quoi que ce soit. Liam m'a coincé avec des problèmes personnels et j'ai raté l'heure du dîner familial, mentit-il à demi.

— Cela n'a pas dû plaire à Kate.

— Tu connais les règles strictes qu'elle fait régner à la maison ?

Elle esquissa un petit sourire tendre où se mêlait une pointe de nostalgie.

— C'est une des premières choses que j'ai apprises en fréquentant Maura et, avec elle, le ranch. Je me souviens que chaque fois que j'étais invitée à déjeuner chez vous, j'étais terrorisée rien qu'à l'idée d'entrer dans la salle à manger.

— Tu n'avais pourtant aucune crainte à avoir. Grand-mère a toujours adoré être entourée de jeunes gens.

Elle haussa les épaules. Tout cela n'avait plus d'importance à ses yeux.

— Je ne me sentais pas à ma place parmi vous, répondit-elle, honnête. Et puis, j'avais toujours peur d'ouvrir la bouche et de dire des bêtises.

Il secoua la tête, navré de tant d'incompréhension.

— Grand-mère a bien des défauts mais elle n'a jamais été snob. Sévère, ça, elle l'était. Mais pas snob. Elle a d'ailleurs veillé à ce que nous ne le soyons pas non plus.

— Je sais.

Elle s'interrompit pour désigner de la main la petite cuisine dans laquelle ils se trouvaient. Elle était propre et bien rangée, mais les placards de bois dataient de plus de cinquante ans et l'évier en porcelaine était ébréché à de nombreux endroits. En outre, le plafond était si bas que Conall devait baisser la tête pour éviter de se cogner à la suspension électrique qui éclairait la pièce. Quant aux appareils électroménagers, ils avaient visiblement connu de meilleurs jours.

— Ce n'est pas la même qu'au ranch, dit-elle en riant de bon cœur.

— C'est vrai mais elle est très chaleureuse et tu ne dois rien à personne. Tu peux être fière de toi.

Son commentaire lui alla droit au cœur. Aussi, pour cacher son trouble, elle s'approcha du couffin qu'elle avait placé près de la fenêtre.

— Je sais que les nouveau-nés ne distinguent pas grand-chose, dit-elle, mais je les ai mis là pour qu'ils aient conscience des mouvements de l'extérieur, des ombres et des lumières. J'ai aussi pris l'habitude de chanter pour qu'ils se familiarisent avec ma voix, mais chaque fois, ils s'endorment au bout de quelques secondes. Pour mettre un terme à cette torture, sans doute.

Sans faire de commentaires, il la rejoignit près du berceau et se pencha vers les petits anges.

— C'est incroyable, ils ont déjà grandi, chuchota-t-il, ayant à cœur de ne pas les réveiller. Et j'ai l'impression que leur peau est moins rouge.

— Ce n'est pas une impression. Ils ont déjà perdu leurs caractéristiques de nouveau-nés.

— Tu vas voir, en moins de deux, ils vont rouler sur eux-mêmes, puis ramper et enfin marcher. J'ai tellement de mal à croire que ces êtres minuscules vont devenir des adultes comme nous.

Il les contempla encore un long moment en silence avant de se redresser de toute sa hauteur et de se tourner vers elle. Elle remarqua instantanément l'expression mélancolique qui assombrissait ses traits.

Elle ne put s'empêcher de s'interroger sur ce soudain revirement d'humeur. Mais à quoi bon ? Qu'il fonde une famille dépendrait de la femme qu'il épouserait. Certainement pas d'elle.

— Ne le prends pas mal, Vanessa, dit-il, mais tu as l'air épuisé. J'imagine que les bébés te gardent éveillée toute la nuit ?

Machinalement, elle porta une main sur son visage nu. Sans fard et les cheveux tirés hâtivement en arrière, nul doute qu'elle ne devait pas être à son avantage ! Elle détesta soudain l'idée qu'il puisse la voir ainsi, mais qu'y pouvait-elle ? Il était trop tard pour se soucier de son apparence.

— Disons qu'il y a des nuits plus calmes que d'autres. Si au moins ils se réveillaient en même temps, cela me faciliterait les choses. Mais le scénario est toujours le même : Rick est toujours le premier à réclamer son biberon et c'est au moment où je le remets au lit que sa sœur prend le relais.

Elle marqua une pause durant laquelle un sourire heureux vint fleurir sur ses lèvres.

— Mais je ne me plains pas. Avoir ces bébés… eh bien, c'est un peu comme un rêve qui est devenu réalité.

Touché, il lui caressa doucement le bras dans un geste qui se voulait réconfortant. Geste anodin qui, pourtant, eut pour effet d'électriser le corps de Vanessa jusqu'à la moindre de ses terminaisons nerveuses.

— C'est évident, tu as besoin d'aide, Vanessa. Tu ne peux pas continuer ainsi, tu vas y laisser ta santé. Malheureusement, avec l'agitation qui règne au bureau depuis ton absence, les recherches pour trouver une nounou ont pris un peu de retard.

— Je suis terriblement désolée d'être la cause de toutes ces perturbations, dit-elle avec un profond soupir. J'appellerai Fiona pour la remercier d'avoir bien voulu me remplacer. J'espère que cela ne la fatigue pas trop.

Il haussa les épaules, amusé par la fausse vision qu'elle avait de sa mère.

— Fatiguée, maman ? Elle a retrouvé l'énergie de ses vingt ans, oui !

— Je ne sais pas comment elle a fait pour élever six enfants quand j'ai autant de mal à en élever deux ! Tiens, j'y penserai lorsque je serai tentée de me plaindre !

— La différence, dit-il, c'est qu'elle n'a jamais eu à en élever deux à la fois. Cet exploit a de quoi en mettre plus d'une sur les genoux. Ceci dit, j'ai reçu quelqu'un aujourd'hui et si les choses se déroulent comme prévu, tu devrais pouvoir t'entretenir avec elle demain ou, au plus tard, après-demain.

Une lueur d'intérêt s'alluma dans son regard.

— Je la connais ?

— Je ne pense pas. Elle s'appelle Hannah Manning,

c'est une nurse à la retraite avec qui Maura travaillait à Sierra General.

— Parfait. Si elle est nurse, elle doit être qualifiée pour ce poste. Je suis impatiente de la rencontrer.

Sa main était toujours posée sur son bras et elle avait parfaitement conscience des petits signaux d'alarme que lui envoyait son cerveau. En dépit de l'attention permanente qu'exigeaient les jumeaux, la pensée de Conall la hantait jour et nuit et elle brûlait de le toucher, de retrouver le goût de ses lèvres sur les siennes.

— J'ai préparé un chili con carne, dit-elle pour chasser les images qui affluaient. Cela te tente ?

— Volontiers, dit-il d'une voix sourde. Mais je dois faire quelque chose d'abord.

Sans qu'elle s'y attende, il lui releva le menton du pouce et de l'index et plongea dans son regard. Son cœur battait si fort qu'elle pouvait à peine respirer.

— Conall… je ne pense pas que ce soit une bonne idée.

En guise de réponse, il esquissa un sourire ravageur qui la liquéfia sur place. Elle tenta bien d'émettre quelques objections qui, manifestement, restèrent sans effet. La proximité de leurs deux corps, sa bouche qui se rapprochait de la sienne, tout cela eut raison de ses faibles résistances. Elle ferma les yeux et lui offrit ses lèvres.

Le baiser ardent et passionné qu'ils échangèrent était bien différent de celui, doux et presque timide, qu'ils s'étaient donnés à Las Vegas.

Instinctivement, elle s'agrippa à sa chemise lorsqu'elle sentit le feu se propager dans tout son corps. Puis, certaine qu'elle allait se perdre si elle ne mettait pas un terme à ce baiser, elle s'écarta brutalement de lui et lui tourna le dos.

Elle essayait désespérément de reprendre sa respiration lorsqu'elle sentit son souffle tiède contre son oreille. Elle ferma de nouveau les yeux pour l'écouter lui murmurer d'une voix douce :

— Je ne m'excuserai pas pour ça, Vanessa. C'est trop bon.

Elle ne pouvait contester ce point car jusque-là aucun

homme ne lui avait ainsi fait tourner la tête. Elle avait l'impression de vivre la perfection d'un conte de fées. Malheureusement, et c'était bien là que le bât blessait, il avait bien des allures de prince charmant mais il ne ferait jamais d'elle sa princesse.

— Je n'attends aucune excuse, dit-elle d'une petite voix. Je veux juste…

Fermement résolue à aller au bout de ce qu'elle voulait exprimer, elle pivota pour lui faire face.

— Je ne sais pas ce qui te passe par la tête, Conall, mais je ne suis pas une femme légère.

Il parut surpris par sa remarque et fit une drôle de grimace.

— Pourquoi ? Tu me crois volage ?

Elle chercha son regard et s'y accrocha avant de répondre :

— Je n'ai jamais cru ça de toi mais je me pose quand même des questions.

— Quand je pense que je n'ai pas touché une femme depuis des lustres ! dit-il dans un ricanement sinistre. C'est ça, un séducteur impénitent ?

Elle y voyait plutôt le comportement d'un homme toujours amoureux de son ex-femme ou, pire, qui aurait définitivement renoncé à l'amour.

Elle poussa un profond soupir avant de s'éloigner de lui pour aller allumer le brûleur sur lequel se trouvait la marmite pleine de chili. Elle laissa passer encore un moment avant de se décider à répondre :

— Non. Je crois surtout que tu es en pleine confusion.

— En pleine confusion…, répéta-t-il d'une voix où pointait un accent de colère.

Elle le regarda par-dessus son épaule et le vit s'avancer vers elle pour s'arrêter à quelques centimètres à peine. Une vague de désir violent déferla sur elle, mettant à mal les barrières défensives qu'elle avait érigées autour d'elle.

— Si tu n'es pas troublé par ce qui se passe entre nous, moi je le suis, dit-elle d'une voix ferme.

Tout en parlant elle imagina ses mains, son regard se promener sur sa peau nue.

— Pourrais-tu m'expliquer ?

Lorsqu'il s'approcha un peu plus, comblant la distance qui les séparait encore, elle hésita entre se fondre dans ses bras et se précipiter dehors.

Elle essaya de parler mais les mots restèrent bloqués dans sa gorge devenue affreusement sèche.

— Je ne comprends rien à tout ça, Conall, articula-t-elle lorsqu'elle fut de nouveau capable de parler.

Il eut le même regard froid qu'il avait au bureau lorsque les choses n'allaient pas dans son sens.

— Cela m'aiderait beaucoup si tu m'expliquais ce que tu entends par « ça », dit-il avec raideur.

Elle serra les dents. Il faisait exprès de ne pas comprendre ce qu'elle voulait dire, mais soudain tous les doutes et toutes les frustrations qu'elle endurait depuis leur retour surgirent violemment à la surface.

— Tu sais parfaitement de quoi je veux parler, Conall ! Je t'ai côtoyé pendant plus de deux mois tous les jours sans que tu daignes lever les yeux sur moi et encore moins me toucher ! Et subitement, comme par magie, tu te comportes avec moi comme si j'étais devenue irrésistible. C'est… c'est tout bonnement ridicule ! Voilà ce que c'est !

Derrière elle, le bouillonnement du chili semblait battre en cadence avec le bourdonnement qui lui martelait les tempes. Elle fit volte-face et baissa le feu tout en s'exhortant au calme. Tentative qui s'avéra vaine sitôt qu'elle sentit les mains de Conall se poser sur ses épaules.

— Vanessa, je ne comprends pas pourquoi un simple baiser te bouleverse autant. Je ne t'ai pourtant pas demandé de coucher avec moi.

La perspective de faire l'amour avec cet homme enflamma de nouveau ses sens. Elle se sentit soudain terriblement embarrassée. Pourquoi son corps la trahissait-il aussi facilement ?

Elle douta soudain de son bon sens et se trouva naïve,

voire puérile. Il avait raison. Pourquoi se faire une montagne de pas grand-chose ?

— Je suis désolée, Conall, dit-elle, se forçant à lui faire face. Ce changement dans notre relation m'a fait baisser la garde. Je ne m'attendais pas à ce que les choses prennent une telle tournure et…

— Moi non plus, dit-il d'une voix pleine de douceur. Comme je te l'ai dit, je n'ai pas touché une femme depuis une éternité et c'est vrai que lorsque tu es venue travailler pour moi, je n'avais aucune vue sur toi, mais…

Elle attendit en vain la fin de sa phrase.

— Mais quoi, Conall ? Dès qu'il a été question des enfants dans ma vie, tu m'as considérée avec un intérêt que tu ne m'avais jamais manifesté auparavant.

— C'est vrai, dit-il en toute franchise. Je n'ai pas d'arguments pour justifier ma conduite, mais lorsque tu t'es évanouie dans mes bras j'ai commencé à te voir comme une femme.

— Et avant tu me voyais comment ? demanda-t-elle sèchement. Comme un robot tout juste bon à répondre au téléphone et à gérer ta correspondance ?

— J'essaie de t'expliquer, dit-il d'un air penaud.

— Eh bien, c'est loin d'être gagné !

Ses mains glissèrent de ses épaules aux bras pour s'arrêter aux poignets qu'elles enlacèrent tendrement.

— Avoue que tu ne me facilites pas les choses.

Elle se mordit nerveusement les lèvres et fixa sans vraiment le voir un des boutons de sa chemise.

— Tu as raison, dit-elle humblement. Mais essaie un peu de te mettre à ma place. Subitement, tu t'occupes de ces enfants comme s'il s'agissait des tiens. Tu leur fais installer une nurserie, tu les couvres de cadeaux, tu te montres très attentionné à mon égard… Que suis-je censée penser ? Que tu me manipules pour pouvoir voir les enfants à ta guise ?

— Je n'ai jamais rien entendu d'aussi stupide ! dit-il, piqué au vif. Bien sûr que je me soucie de ces enfants, mais j'espère que tu me les laisserais voir, que je t'embrasse ou pas.

— Pourquoi ces baisers alors ? Parce que ta libido te travaille et que c'est pratique de m'avoir sous la main ? demanda-t-elle méchamment.

Les mains se resserrèrent sur les poignets, tels des étaux.

— Ce n'est pas bien difficile à comprendre. Je ne suis qu'un homme, un homme avec toutes ses faiblesses, attiré par une femme. Un baiser, c'est… c'est un moyen de mieux se connaître sur un plan personnel, non ?

— Ce n'était pas un baiser anodin, Conall, dit-elle. C'était le baiser de deux personnes qui brûlaient de se revoir.

Il esquissa soudain un petit sourire qui l'agaça prodigieusement.

— Sur ce point, tu as raison. Tu m'as terriblement manqué.

Cette confession lui envoya des ondes électriques dans tout le corps, et fit battre son cœur à grands coups désordonnés.

— J'ai du mal à le croire, chuchota-t-elle.

— Je peux t'en faire la démonstration si tu veux. Juste pour étayer ma thèse.

Sans attendre de réponse, il pencha de nouveau la tête vers elle, et elle choisit d'ignorer la voix de la raison pour lui offrir ses lèvres.

# - 6 -

« Encore quelques secondes, juste le temps de trouver la force de rompre le contact et de m'éloigner de lui. »

Ensuite, elle reprendrait son souffle et ses esprits. Puis elle récapitulerait toutes les raisons pour lesquelles elle devait garder ses distances avec cet homme qui se révélait jour après jour bien trop dangereux pour elle.

Mais les minutes passaient et elle n'esquissait pas le moindre mouvement pour mettre un terme à ce baiser qui la faisait s'abandonner de plus en plus. Au contraire, elle se pressa un peu plus contre lui et, de fougueux, le baiser devint avide et passionné.

Elle se délectait de ce corps musculeux contre le sien lorsqu'elle entendit les premiers gémissements de Rick. La bouche de Conall se fit plus légère contre la sienne, signe que l'appel du bébé ne lui avait pas échappé non plus. Il attendit cependant que les vagissements se transforment en hurlements pour s'écarter enfin d'elle.

— Cet enfant n'a aucun sens du timing, dit-il dans un trait d'humour qui la fit rire.

Elle tenta de se composer une attitude avant d'expliquer, bien inutilement d'ailleurs :

— C'est Rick. Je reconnais ses pleurs. Il doit penser que c'est l'heure du dîner, pour lui aussi.

Elle éteignit le feu sous la marmite de chili avant de se diriger vers le berceau.

— Je peux t'aider ? demanda-t-il prudemment.

— Peux-tu le tenir pendant que je prépare son biberon ?

Trop content d'être sollicité, il tendit les bras sans se faire prier.

— En revanche, dit-il, je ne suis pas certain de savoir comment le calmer.

Elle plaça le bébé dans l'abri rassurant que formaient ses deux bras refermés.

— Il suffit que tu le berces doucement. Ne t'inquiète pas s'il continue à pleurer, cela ne signifie pas qu'il souffre mais juste qu'il tient à s'exprimer.

Acquiesçant d'un hochement de tête, il abaissa les yeux sur le nouveau-né.

— Je comprends ça, dit-il. Nous, les hommes, avons à cœur de nous manifester de temps en temps, n'est-ce pas mon bonhomme ?

Emue par la vision de cet homme tenant au creux de ses bras robustes ce petit être fragile, elle ne put s'empêcher de prendre quelques secondes pour contempler le tableau attendrissant que tous deux formaient.

Il savait d'instinct comment se comporter en père et ne donnait pas l'image d'un homme ne désirant pas d'enfants. Renonçant à comprendre, elle se dirigea vers le réfrigérateur pour y prendre une bouteille de lait qu'elle plaça dans le four à micro-ondes.

C'est alors que Rose se mit à pleurer à son tour.

— Je crois qu'il vaut mieux que tu prévoies deux biberons, dit-il en haussant la voix pour se faire entendre.

— Je le crois aussi.

Elle s'empara d'une seconde bouteille et, après avoir fait chauffer le lait, en vérifia la température d'une goutte versée sur son poignet. Au moment où elle tendait l'un des deux biberons à Conall, Rose se mit à hurler de toute la force de ses petits poumons.

— Assieds-toi, dit-elle à Conall. Ce sera plus confortable pour le nourrir.

Elle alla ensuite chercher Rose dans son couffin et, chargée de son précieux trésor, s'installa sur une des chaises qui encadraient la table. À peine la tétine dans la bouche, Rose se mit à téter goulûment.

— C'est la première fois que je donne son biberon à un bébé, dit Conall en chuchotant, visiblement impressionné par la charge dont il avait la responsabilité. Je ne suis pas certain de bien savoir m'y prendre.

D'après ce qu'elle pouvait en voir, il ne s'en sortait pas si mal.

— Ce n'est vraiment pas sorcier, dit-elle pour lui donner la confiance dont il manquait. Il faut juste que sa tête soit bien maintenue et le biberon incliné de façon à ce qu'il n'avale pas d'air. C'est lui qui fera le reste.

Ainsi conseillé, il redressa légèrement le bébé avant de lui présenter le biberon. Il attendit que Rick tète paisiblement pour lancer à Vanessa, un sourire aux lèvres :

— Quel silence ! C'est chaque fois la même chose ?

— Malheureusement non, dit-elle avec une pointe de regret. Parfois ils pleurent même lorsqu'ils n'ont pas faim et je dois tenter de comprendre le message. Ce n'est pas facile, c'est même angoissant, tu peux me croire.

— C'est comme avec les chevaux. Ils ne sont pas doués de langage, alors ils communiquent autrement.

La comparaison ne la surprit pas. Il passait moins de temps dans les écuries que son frère Liam, mais il en connaissait malgré tout un rayon. D'ailleurs, la première fois qu'elle l'avait vu, il était occupé à entraîner un pur-sang noir dans un manège poussiéreux, situé un peu à l'écart des écuries. À cette époque, il était un adolescent tout en jambes et pas encore l'homme athlétique qu'il était devenu aujourd'hui. Pourtant, elle avait été impressionnée par la puissance physique qui se dégageait de lui et par l'aisance avec laquelle il imposait sa volonté au fougueux étalon.

C'était à partir de cet instant, dont elle se souvenait dans les moindres détails, qu'elle avait nourri pour lui des sentiments secrets, s'imaginant avec délices qu'elle devenait l'objet de son amour et de toutes ses attentions. Malheureusement, les choses ne s'étaient pas passées comme elle en avait rêvé et il avait intégré l'université. Elle s'était alors résolue à oublier son bel amour pour se concentrer sur son propre avenir.

La voix de Conall la tira brutalement de ces tendres souvenirs, si chers à son cœur.

— Vanessa, tu es bien loin de moi. À quoi penses-tu ?

— En fait, je pensais à la première fois où je t'ai vu, dit-elle en rougissant légèrement.

— Vraiment ? dit-il sans pouvoir cacher sa surprise. Tu te souviens de ça ?

Elle ne fut nullement surprise que leurs souvenirs ne coïncident pas. Il était alors plus âgé qu'elle et évoluait dans un monde diamétralement opposé au sien. Et plus tard, à l'université, il avait coutume de collectionner les plus jolies filles du campus. Tout était donc réuni pour qu'il ne daigne même pas lui accorder un regard.

— Absolument. Tu entraînais un des chevaux de ton père.

Il émit un petit rire indulgent pour l'adolescent qu'il était alors.

— À cette époque je devais peser vingt kilos de moins !

— Tu avais dix-sept ans.

Il secoua la tête, impressionné par le nombre d'années qui s'étaient écoulées depuis.

— Il y a si longtemps…

— J'avais un sacré béguin pour toi, confessa-t-elle.

Elle s'attendait à le voir s'esclaffer ou, du moins, afficher un sourire amusé, mais il ne fit que la contempler en silence, l'air grave.

— Je l'ignorais, dit-il enfin.

Elle sentit le rouge de ses joues s'accentuer encore. Embarrassée, elle baissa la tête vers Rose pour échapper au regard scrutateur qu'il gardait rivé sur elle.

— En effet, tu ne savais pas, murmura-t-elle en ajustant distraitement la petite couverture dont était enveloppée la fillette. Heureusement d'ailleurs, j'en serais morte de honte si tu l'avais appris. En fait, je n'en ai jamais parlé à personne. Même pas à ma mère.

— Pourquoi cela ? demanda-t-il d'un ton neutre.

Elle lui adressa un sourire où nostalgie et mélancolie se mêlaient étroitement.

— Maman était très réaliste. Pour elle, cela aurait été comme de vouloir décrocher la lune.

— À t'entendre parler j'ai l'impression d'avoir été une espèce d'icône inaccessible, dit-il, fronçant les sourcils d'incompréhension.

— Pour moi, tu l'étais.

— J'étais un jeune homme comme il y en a des millions dans le monde.

Pas pour elle. Pas à cette époque. Et pas plus aujourd'hui.

— Conall, ouvre un peu les yeux, dit-elle patiemment, comme si elle s'adressait à un enfant. Tu ne choisissais pas tes petites amies dans le monde qui est le mien. Pas plus que tu ne le ferais aujourd'hui, d'ailleurs.

Devant une telle ineptie, il roula les yeux au ciel et jura entre ses dents.

— Je te répète que je n'ai pas de petite amie.

Il s'interrompit pour la regarder bien droit dans les yeux.

— À moins que je ne te considère comme telle, dit-il sans ciller.

Elle afficha un visage lisse destiné à ne pas laisser voir ses émotions.

— C'est ce que je suis pour toi ? demanda-t-elle, le cœur battant. Ta petite amie ?

Il esquissa un sourire énigmatique.

— C'est un sujet dont nous devrions discuter, ne crois-tu pas ?

Venait-elle vraiment d'entendre cela ? Il ne pouvait pas parler sérieusement, même si les baisers qu'il lui avait donnés avaient une certaine réalité. Une réalité qui l'effrayait, tant elle se sentait vulnérable chaque fois qu'elle était en présence de cet homme.

— Non, dit-elle d'un ton catégorique. Il n'en est pas question.

— Pourquoi ?

— Je pourrais te donner des centaines de raisons, mais la principale est que nous travaillons ensemble.

— Et alors ? Je ne vois pas où est le problème. Nous sommes tous les deux libres comme l'air.

— Je pense que cela rendrait les choses plus compliquées, voire impossibles.

Elle posa le biberon vide sur la table, se leva le dos bien droit et positionna Rose contre son épaule avant de lui tapoter délicatement le dos. Dès que l'enfant eut fait son rot, elle alla la recoucher dans son couffin.

— Rick a terminé, lui aussi, dit-il. En revanche, il ne dort pas, il a les yeux grands ouverts.

— Il est temps pour toi de lui faire faire son rot, dit-elle tandis qu'elle sortait deux assiettes d'un placard.

— Je veux bien, dit-il, docile, mais je crois que je vais avoir besoin de ton aide.

Elle délaissa momentanément ses assiettes pour s'approcher de lui, toujours assis devant la table basse.

— Installe-le contre ton épaule ou sur le ventre sur tes genoux, dit-elle d'une voix douce.

Il choisit la première option et s'exécuta un peu maladroitement.

— Et maintenant ?

— Tu lui tapotes doucement le dos.

Il manifesta son inquiétude par un froncement de sourcils appuyé.

— Qu'entends-tu par « délicatement » ?

À son tour, elle leva les yeux au ciel.

— Comme on peut le faire avec un nouveau-né, Conall ; en tout cas, pas comme lorsque tu flattes l'encolure de tes chevaux.

Décidant que ce serait plus facile de lui montrer, elle prit sa main et se mit à tapoter avec lui le petit dos fragile de Rick.

— D'accord, je crois que j'ai…

Un renvoi sonore se fit entendre et il s'interrompit pour pousser un cri. Elle rit sous cape en voyant la traînée de lait qui dégoulinait sur sa chemise et, plus encore, en le voyant se dévisser la tête pour tenter d'évaluer les dégâts.

— C'est bien ce que je crois ?

La moue de dégoût qu'il afficha la fit rire cette fois tout haut.

— Je suis désolée.

— J'ignorais que se faire vomir dessus était si drôle, dit-il, un peu vexé.

— Excuse-moi, dit-elle en riant si fort qu'il ne put que se dérider à son tour.

— J'ignorais que tu pouvais être aussi joyeuse, dit-il avec un accent de sincérité qui ne trompait pas.

Elle attendit de s'être calmée pour rétorquer avec bonne humeur :

— Et moi, j'ignorais que quelque chose pouvait te déstabiliser.

Il lui tendit le bébé, trop heureux de s'en débarrasser.

— Tiens, je te rends ce petit volcan avant qu'il n'entre de nouveau en éruption.

Tandis qu'elle lui prenait l'enfant des bras, il saisit plusieurs serviettes en papier sur la table et entreprit de frotter la tache qui souillait sa chemise.

— Je vais t'aider, lui dit-elle. Laisse-moi juste le temps de coucher Rick.

Après s'être assurée que les jumeaux dormaient, elle alla le rejoindre près de l'évier.

— Tu sens le lait aigre, dit-elle en l'approchant.

— Ne te moque pas de moi, en plus.

Pour toute réponse, elle le fit se retourner.

— J'ai bien peur qu'il te faille retirer ta chemise et me laisser la laver, dit-elle.

— Inutile, ça finira bien par sécher.

— Oui, mais je doute qu'aucun de nous ait envie de dîner avec cette odeur dans le nez. Allez, retire-la, dit-elle en tendant la main vers lui. De toute façon, j'allais lancer une lessive ; et si c'est ta demi-nudité qui t'inquiète, je te rassure, j'avais l'intention d'aller te chercher une des vieilles chemises de mon père.

— D'accord, d'accord, dit-il finalement en ôtant son vêtement.

Elle tenta de ne pas regarder tandis qu'il écartait les pans de sa chemise et la faisait glisser sur ses épaules. Mais l'épreuve qu'elle s'infligeait était trop rude. Il lui fut impossible de ne pas admirer le torse puissant recouvert d'une toison sombre et les muscles saillants qui s'offraient à sa vue.

— Je vais la mettre tout de suite dans la machine, dit-elle en se précipitant vers la buanderie.

L'anatomie masculine n'avait pourtant aucun secret pour elle. Elle avait été mariée cinq ans avec un homme qui ne manquait pas de séduction, alors pourquoi le simple fait de le voir torse nu la mettait-il dans tous ses états ?

Elle préféra laisser sa question en suspens et entreprit de fouiller le placard où elle avait stocké les vêtements de son père dans l'espoir qu'un jour il rentrerait à la maison. Elle en sortit une chemise en lainage sombre et se pressa vers la cuisine.

Une fois de plus, la vue de Conall dans toute sa virilité lui assécha la bouche.

— Tiens, tu peux mettre ça en attendant, dit-elle d'un ton qu'elle voulait dégagé. Il se peut qu'elle soit un peu trop grande, papa était bien en chair lorsqu'il a eu son attaque.

— Merci, je suis sûr que ce sera parfait.

À sa grande surprise, le vêtement lui allait parfaitement, preuve qu'elle avait bien mémorisé sa stature athlétique.

— Es-tu prêt à passer à table maintenant que les enfants sont couchés et que tu ne sens plus le fromage rance ? dit-elle, moqueuse, en souriant.

— Absolument. En quoi puis-je t'aider ? demanda-t-il en lui emboîtant le pas alors qu'elle se dirigeait vers l'un des placards.

— Tu ne vas pas me faire croire que tu sais faire quelque chose dans une cuisine ? À part manger.

Il fit mine de réfléchir avant de répondre d'un air malicieux :

— Eh bien, je sais mettre la bouilloire sur le feu chaque fois que j'ai besoin de vapeur pour redonner forme à mon Stetson.

— Je vois, dit-elle, avec un sourire railleur. Monsieur sait faire bouillir de l'eau. Bravo ! En voilà un exploit !

— Tu pourrais m'apprendre un truc ou deux. On ne sait jamais, si le personnel se mettait en grève au ranch.

Ce commentaire, lâché d'ailleurs sans aucune prétention, lui rappela la vie privilégiée qui était la sienne depuis toujours.

— Je ne m'inquiète pas pour ça, dit-elle. Tu trouverais bien le moyen d'embaucher quelqu'un pour faire le travail à ta place.

Tandis qu'elle s'apprêtait à disposer les assiettes sur la table, il se plaça derrière elle, immobile.

— Est-ce que tu m'en veux, Vanessa ? Du fait… du fait que ma famille et moi avons de l'argent ? Je ne le crois pas mais…

Il s'interrompit et plaça une main sur son épaule pour se donner le courage de poursuivre.

— Nous n'avons jamais abordé de sujet personnel tous les deux.

Elle serra les doigts sur les assiettes qu'elle tenait toujours à la main, dans une tentative aussi vaine que désespérée de chasser le désir violent qui venait de la submerger au contact de ses mains sur elle.

— Nous étions trop occupés pour nous livrer à ce genre de bavardage, dit-elle d'un ton qui ne laissait rien deviner de ses émotions. Quant à ta fortune, non, je ne nourris aucune rancune à ton égard. Tu mérites bien l'argent que tu gagnes, Conall. Je n'ai jamais vu quelqu'un travailler aussi dur que toi.

— Si, il y a Liam, dit-il aussitôt dans un souci d'équité.

Elle pressa les assiettes sur sa poitrine, rempart dérisoire, avant de se tourner vers lui.

— Peut-être Liam, en effet. Mais tu es tout aussi dévoué au ranch que lui.

Lorsqu'il lui caressa tendrement la joue, elle brûla de se fondre contre lui, en lui.

— Je suis heureux que tu aies cette image de moi, dit-il, sincèrement touché. Et je tiens à te dire que dépenser de l'argent pour toi et les bébés est une véritable source de bonheur. J'ai tellement envie de te rendre la vie plus facile ! J'ai l'impression que cela donne un sens à cette masse de travail que je fournis.

Touchée au plus profond d'elle-même par sa générosité et sa gentillesse, elle se mit à trembler.

— Ce n'est pas ainsi que les choses devraient être, Conall. Nous sommes… les jumeaux et moi… Je veux dire que tu devrais consacrer toute cette attention que tu nous portes à ta propre famille. Pas à nous.

Tout doucement, il lui retira des mains les assiettes qu'elle tenait toujours serrées contre elle.

— Je te remercie du conseil, Vanessa, dit-il d'un ton devenu cynique. Mais je ne fonderai jamais ma propre famille.

La réalité la frappa de plein fouet. Tout son argent ne lui donnerait jamais ce qu'elle possédait et qui représentait à ses yeux la plus grande des richesses. Lui n'avait pas deux minuscules bébés qui avaient besoin de lui, de sa présence rassurante, du son de sa voix. Il n'avait personne qui l'appellerait papa. Et d'après les commentaires acerbes qu'il avait lâchés sciemment, il n'en aurait jamais.

Elle sentit les larmes lui brouiller la vue et lorsqu'elle sortit d'un tiroir des couverts en argent elle se demanda si c'était sur elle qu'elle pleurait ou sur Conall.

# - 7 -

Deux semaines plus tard, Conall se trouvait dans son bureau, absorbé dans ses pensées, lorsque Fiona fit irruption pour lui annoncer qu'elle rentrait au ranch.

— Le repas sera prêt dans trente minutes, dit-elle. As-tu prévu de dîner avec nous ?

— Heu… non.

Luttant pour revenir sur terre, il focalisa son attention sur sa mère. Elle avait travaillé toute la journée sans interruption, pourtant son visage n'accusait aucune trace de fatigue. Il se rappela que, derrière toute cette grâce et cette extrême féminité, se cachait une battante, volontaire et acharnée.

— J'ai encore quelques coups de fil à passer avant de partir, dit-il.

— As-tu parlé à Liam ? demanda-t-elle en grimaçant.

— Non, pourquoi ?

— Il voulait te voir au sujet de Blue Heaven.

Il se renversa dans son siège et regarda Fiona avec une pointe de scepticisme.

— Pourquoi Liam voudrait-il me parler de cette pouliche ? C'est lui l'entraîneur, il engage dans les courses les chevaux qu'il choisit lui-même. Il n'a certainement pas besoin de mon avis en la matière.

Lorsque Fiona, sourcils froncés, s'approcha de son bureau à grandes enjambées nerveuses, il eut soudain l'impression de redevenir le petit garçon qui allait se faire réprimander pour avoir filé dans les écuries plutôt que de faire ses devoirs de classe.

— Il ne t'a jamais traversé l'esprit que ton frère pourrait avoir besoin de ton soutien et, éventuellement, de tes conseils avisés ? lui dit-elle sur un ton de reproche.

Il détourna les yeux et s'empara d'un stylo qu'il se mit à tapoter machinalement sur son sous-main en cuir. Il n'était pas d'humeur à supporter les leçons de morale de sa mère. Vanessa lui manquait terriblement et, bien qu'une nounou ait été engagée depuis plus d'une semaine, elle n'avait toujours pas repris son poste.

— Pas vraiment, répondit-il, laconique.

À sa grande surprise, il entendit Fiona jurer entre ses dents. Il fut d'autant plus étonné qu'il ne l'avait jamais entendue exprimer quelque chose d'aussi trivial.

— « Pas vraiment », le singea-t-elle avec sarcasme. J'aurais dû deviner ta réponse. Tu te soucies de ton frère comme de ta première chemise.

Interloqué par un tel accès de colère, il délaissa son stylo pour lever la tête vers elle.

— Mais enfin, maman, de quoi parles-tu ? Ce n'est pourtant pas ma fête aujourd'hui, si ?

— Ne joue pas les imbéciles avec moi, Conall, ça ne prend pas. Tu es bien placé pour savoir que ton frère se tue à la tâche, non ?

— Je ne sais pas si tu es au courant mais je ne suis pas exactement en vacances ici, dit-il avec raideur. C'est vrai, Liam travaille beaucoup trop, reprit-il d'un ton plus compréhensif. Mais qu'y puis-je ? Ce n'est pas faute d'avoir essayé de lui faire embaucher un assistant, mais il ne veut rien entendre. D'après lui, personne ne pourra jamais arriver à la cheville de Clete. Il n'y a pas grand-chose que je puisse faire à part attendre qu'il décide lui-même de lui trouver un successeur.

Fiona laissa échapper un soupir où se mêlaient inquiétude et exaspération.

— Tu as raison, dit-elle, capitulant. Mais j'aimerais

tellement que vous vous consacriez mutuellement un peu plus de temps ! Vous êtes tellement obsédés par votre travail respectif que…

Pleine de regrets, elle s'interrompit et secoua la tête.

— Oublie ce que je viens de dire, Conall. J'ai tort de vouloir vous changer, mais j'aimerais tellement que vous soyez heureux ! Je sais bien que Liam affirme que tout va bien ; quant à toi… j'ai l'impression que tu as jeté l'éponge. Je n'aurais jamais cru voir ça de mon vivant, dit-elle avec une pointe d'acrimonie.

Cela ne lui ressemblait pas de se montrer si critique. Même lorsqu'elle était en colère après ses enfants, qu'elle avait quelque chose à leur reprocher, elle le faisait toujours avec beaucoup de tendresse et de diplomatie. Mais ce débordement d'humeur semblait être un signe. Elle voulait qu'il sache que la coupe était pleine.

« Tu as jeté l'éponge. »

Dans sa bouche, cela signifiait renoncer à fonder une famille et pour les Donovan, cela équivalait presque à être un paria. Pour eux, qui avaient une vue aussi simpliste qu'optimiste du problème, il n'avait qu'à se remettre dans la course pour rencontrer une femme compréhensive. Mais si cette femme-là existait, il n'était pas dit que ce serait elle l'élue, celle dont il tomberait amoureux.

« Allons, Conall, tu sais pertinemment que tu n'aimeras plus. Tu ne crois plus en l'amour. Plus après Nancy. Alors pourquoi ne pas essayer de trouver une gentille fille auprès de qui vieillir tranquillement, sans les remous que provoque l'amour ? »

Cette idée lui fit contracter les mâchoires de colère.

— Je suis vraiment navré que tu aies dû travailler si dur toutes ces dernières semaines, maman. Je pensais que Vanessa serait de retour mais…

— Je pourrais diriger ce bureau d'une seule main si je le voulais, dit-elle d'une voix tranchante. Ce n'est pas…

Elle eut un geste de la main qui disait clairement qu'elle préférait laisser tomber le sujet.

— Je rentre sinon je risque d'être en retard pour le dîner, dit-elle en se dirigeant vers la porte. Et à propos de Vanessa, elle a téléphoné pour dire qu'elle reprenait son travail demain matin.

La nouvelle le fit bondir sur ses pieds.

— Elle a appelé ? Mais pourquoi ne me l'as-tu pas passée ?

— Tu étais déjà en ligne et elle ne voulait pas te déranger.

Ou peut-être ne voulait-elle pas lui parler. Sa mère referma la porte derrière elle.

Il refusa d'être aussi négatif. Vanessa revenait demain et ils allaient passer toutes leurs journées ensemble. Même si ce n'était pas exactement ce à quoi il pensait lorsque sa mère était entrée dans son bureau.

Il alla se poster près d'une fenêtre qui surplombait les écuries et resta un long moment immobile à contempler les ombres mouvantes que faisait naître le crépuscule. Nul doute que Liam devait se trouver encore auprès de ses chevaux et qu'il n'était pas près de rentrer.

Les paroles dures de sa mère lui revinrent à la mémoire. Il eut beau chercher à se convaincre que c'était là l'expression d'une déception toute maternelle, il finit par admettre qu'elle avait en partie raison. Il ne pouvait pas parler au nom de Liam, mais en ce qui le concernait, il avait renoncé à certains aspects de sa vie.

Il en voulut à sa mère de ne pas comprendre que s'il centrait sa vie sur son travail comme il le faisait, c'était pour éviter de penser au désastre de ce qu'était sa vie privée. Désastre qui ne ferait qu'empirer s'il cherchait à se marier de nouveau.

« Tu devrais consacrer toute cette attention à ta propre famille. Pas à nous », lui avait dit Vanessa.

Il fut frappé par les similitudes entre ses paroles et celles de sa mère. En disant cela, elle n'avait fait que raviver les vieux rêves qu'il nourrissait lorsqu'il était jeune homme et que, bien sûr, il se voyait en père de famille nombreuse, tout comme ses parents.

Il ne l'avait pas revue depuis la soirée qu'il avait passée avec elle et les jumeaux. Depuis, il avait été presque obsédé par l'envie de retourner chez elle. Il s'imaginait sans cesse assis à table en face d'elle, devant une omelette fumante, à parler de la pluie et du beau temps tout en contemplant son beau visage.

Il s'était repassé cent fois le film du baiser qu'ils avaient échangé et avait revécu la scène de façon si intense qu'il pouvait presque sentir la chaleur de son corps contre le sien. Pour la première fois depuis bien longtemps, il avait eu envie de faire l'amour à une femme.

Soudain il comprit. S'il n'avait pas fait le trajet jusque là-bas, c'était parce que Vanessa et les jumeaux représentaient la famille qu'il désirait avoir depuis si longtemps, et qu'il avait eu peur de se l'avouer.

Trois jours après avoir repris son travail, Vanessa vit arriver le vendredi avec soulagement. Si elle ne sortait pas de ce bureau au plus vite, elle allait devenir folle, ou se jeter à la tête de Conall en le suppliant de lui faire l'amour. Aucune de ces alternatives ne collait avec la réputation de professionnalisme qu'elle tenait à garder. Elle en était même arrivée à se demander avec une pointe d'angoisse si elle n'allait pas renoncer à ce poste qu'elle aimait tant.

Elle inspira profondément pour se donner le courage de frapper à la porte qui séparait leurs deux bureaux. À la seconde où Conall lui cria d'entrer, elle pénétra dans son domaine, le cœur battant la chamade.

— Les contrats de la compagnie de transport routier sont prêts à être signés, dit-elle d'un ton qu'elle voulait professionnel. J'ai prévenu Red Bluff qu'une nouvelle compagnie de transport serait en place dans le courant du mois prochain.

— Parfait, répondit-il sur le même ton neutre après avoir jeté un rapide coup d'œil aux documents qu'elle avait placés devant lui. Red Bluff n'a émis aucune réserve sur le recrutement des nouveaux camionneurs ?

Elle tenta d'ignorer le bouton de col détaché, la cravate dénouée et les manches relevées jusqu'aux coudes, une décontraction qui accentuait encore sa séduction naturelle.

— Aucune, dit-elle en chassant ces pensées qui n'avaient rien de professionnel.

— Parfait, répéta-t-il. Si au moins l'élevage de chevaux de course pouvait être aussi facile que l'extraction d'or.

Il se tut, le temps d'apposer sa signature au bas de chaque feuillet. Lorsqu'il eut terminé, il les lui rendit en souriant.

— Mais comme le disait très justement mon grand-père, les mines d'or peuvent se tarir. Pas les chevaux.

— J'irai les poster avant de partir, dit-elle comme si elle n'avait pas entendu les commentaires qu'il venait de faire.

Elle avait atteint le seuil lorsqu'elle sentit sa main se poser sur son bras. Armée de tout son courage, elle pivota pour lui faire face.

— Il y a autre chose ? demanda-t-elle.

— Beaucoup d'autres choses ! lui dit-il, agacé par sa fausse désinvolture. Par exemple, j'aimerais bien savoir pourquoi tu me fuis comme la peste. Depuis ton retour, tu fais ton possible pour m'éviter, tu crois que je ne l'ai pas vu ?

Elle secoua la tête et tenta de refouler la boule qui s'était formée dans sa gorge.

— Je suis désolée si je t'ai donné cette impression. Ce n'était pas mon intention. J'essaie juste de remettre un peu d'ordre dans tout ça.

— Ce qui veut dire ?

— Ce qui veut dire…

Elle s'interrompit pour fixer les doigts de Conall qui enserraient son poignet.

— … que je m'applique à faire en sorte que notre relation reste strictement professionnelle, tout au moins dans le cadre de ce bureau.

Elle marqua une nouvelle pause pour s'éclaircir la gorge.

— Comme je te l'ai déjà dit, Conall, nous ne pouvons…

Sans qu'elle s'y attende le moins du monde, il scella sa bouche de la sienne. Elle comprit aussitôt pourquoi elle avait mis toute son énergie à éviter qu'une telle chose se reproduise.

Elle savait qu'il lui serait impossible de lui résister. Se repaître du goût fruité de ses lèvres, se sentir fondre entre ses bras puissants, elle en rêvait depuis qu'ils s'étaient quittés la dernière fois. Elle ne pouvait ignorer le désir violent qui déferlait sur elle et qui la poussait à s'abandonner plutôt qu'à s'éloigner.

S'avouant vaincue, elle noua ses bras autour de son cou. Lui, mains plaquées sur ses fesses joliment rebondies, la pressait un peu plus étroitement contre son corps, lui faisant sentir son désir manifeste pour elle.

Étourdie par la puissance de son propre désir, elle en oublia où elle se trouvait et que n'importe qui pouvait faire irruption à tout moment. Ce ne fut que lorsque le téléphone se mit à sonner qu'elle reprit pied dans la réalité.

Rassemblant toute sa volonté, elle s'écarta de lui à regret.

— Le téléphone… Il faut que je…

— Oublie ce fichu téléphone, dit-il d'une voix rauque tandis qu'il cherchait de nouveau sa bouche. La personne qui appelle laissera un message.

Cette fois, paniquée par la puissance de ses sentiments, elle obéit à la raison plutôt qu'à ce que ses sens lui commandaient.

— Non ! cria-t-elle en se libérant brusquement de la douce étreinte qui la retenait prisonnière.

Elle se précipita vers la porte mais s'aperçut, alors qu'elle s'apprêtait à franchir le seuil, qu'elle avait oublié de reprendre les contrats.

— Voilà un revirement rapide, dit-il, taquin, tandis qu'elle rebroussait chemin.

— Je n'ai pas changé d'avis, dit-elle entre ses dents en s'emparant du dossier. Je suis juste venue prendre ça.

Elle serra les doigts sur l'épaisse pile de feuilles tout en l'affrontant du regard.

— Très bien, Vanessa, dit-il. Tu peux bien feindre l'indifférence si tu veux mais je ne suis pas dupe.

— Conall, je ne vais pas nier que j'aime t'embrasser mais…

— Parfait, dit-il. Parce que j'ai d'autres projets en tête.

— Non ! cria-t-elle de nouveau. Cela ne nous mènerait à rien. Sinon dans ton lit.

Il esquissa un petit sourire.

— Pour une fois, nous sommes d'accord.

Elle riva son regard au sien tandis que les pensées érotiques qui affluaient lui faisaient monter le rouge aux joues.

— Tu devrais marquer ce jour d'une pierre blanche parce que cela ne risque pas de se reproduire, lui répondit-elle sur le même ton narquois.

Il éclata d'un rire sonore qui, au lieu de la vexer, lui fit prendre conscience du danger qu'elle courait à jouer ainsi avec le feu.

— Tu es encore plus séduisante quand tu te mets en colère. Le sais-tu ?

Elle marmonnait un juron entre ses dents lorsque la sonnerie stridente du téléphone se fit de nouveau entendre.

— Tout ce que je sais, c'est que je dois retourner travailler et…

— Et il n'en est pas question, dit-il avec autorité. Ta journée est terminée et il faut que je te parle de la soirée de demain.

Elle haussa un sourcil sceptique.

— Demain soir ? Il y a une réunion spéciale à laquelle je suis censée assister ?

— Non. C'est l'anniversaire de Kate et nous prévoyons d'organiser une fête en son honneur. Nous tenons à marquer ses quatre-vingt-cinq ans par une grande fête, pas seulement par un gâteau et quelques cadeaux.

— Qu'ai-je à voir là-dedans ? demanda-t-elle, sincèrement étonnée. Tu veux que je me charge de commander des fleurs ou d'acheter un cadeau ?

— Pas du tout. Je suis tout à fait capable de choisir moi-même un cadeau pour une femme. Même pour quelqu'un d'aussi difficile que ma grand-mère.

Sa main se posa sur son coude pour glisser de façon sensuelle sur l'avant-bras et se poser sur l'épaule douce et ronde.

— Non, ce que je voudrais, reprit-il de sa belle voix grave, c'est que tu m'accompagnes à cette fête. Tu crois qu'Hannah pourra se libérer pour garder les jumeaux ?

Il lui proposait de l'accompagner à une soirée au ranch familial ! Elle n'arrivait pas à y croire. Bien sûr, elle y était déjà allée lorsque Maura et elle étaient amies, mais là, les choses étaient différentes. Les gens pourraient penser qu'elle était la petite amie de l'aîné des Donovan.

— Ce n'est pas Hannah le problème, répondit-elle enfin. C'est plutôt que je n'aime pas l'idée de rester loin des enfants aussi longtemps. Cela va peut-être te paraître stupide, mais depuis que j'ai repris le travail, le fait d'être éloignée d'eux est très difficile à supporter.

Loin de se moquer d'elle, il lui adressa un sourire plein de compréhension.

— Je ne trouve pas cela stupide, tu es maman depuis si peu de temps ! Mais si tu t'inquiètes autant, pourquoi ne pas amener les enfants ?

Elle en resta la bouche ouverte d'étonnement.

— À la soirée ? Mais Conall, ils n'ont que quelques semaines !

— Je sais parfaitement l'âge qu'ils ont. En fait, toute la famille serait ravie de les rencontrer, ils me posent souvent des questions sur eux.

Comment résister à un tel argument sans paraître ingrate et indifférente ? Elle hésitait pourtant encore.

— Si tu penses que personne n'y verra d'inconvénient…

— Grand-mère adorera voir les bébés. Et puis, amène aussi Hannah, cela te libérera pour profiter de la soirée.

Et comme elle connaît Bridget et Maura, je suis sûr que cela lui fera plaisir de se joindre à nous.

Ce dernier argument l'emporta. Hannah était veuve et travaillait sans relâche pour gagner sa vie. Elle adorait les jumeaux et s'en occupait comme s'ils étaient ses propres enfants. Vanessa décida qu'elle méritait bien de voir autre chose que les quatre murs de sa maison.

— D'accord. Nous viendrons tous. Mais je ne comprends pas pourquoi tu tiens à m'inviter, Conall. Depuis que je travaille pour toi, vous avez donné plusieurs soirées au ranch où tu t'es fort bien passé de ma présence. Alors, pourquoi celle-là précisément ?

— Vanessa, quoi que tu penses ou veuilles, tu ne changeras rien au fait que notre relation a évolué depuis l'arrivée des bébés dans ta vie.

« Notre relation a évolué. » Même si elle se refusait à aller plus loin avec lui, elle devait bien admettre que sa pensée le hantait. Elle se trouvait dans une situation délicate et embarrassante, qui ne faisait que nuire chaque jour un peu plus à son équilibre mental.

— Eh bien, je…

Cette fois, elle accueillit la sonnerie du téléphone comme une délivrance.

— Oui ? demanda Conall, pressant.

Elle secoua la tête. Le moment était mal choisi pour entamer ce genre de discussion. D'ailleurs, il se rendrait bien compte au cours de cette fameuse soirée qu'il courait après des chimères.

— Rien… Nous viendrons à cette fête, Rick, Rose, Hannah et moi, mais, pour l'heure, je dois m'occuper de faire partir ces contrats avant de rentrer chez moi.

Elle eut l'impression qu'il allait ajouter quelque chose ou peut-être même se pencher vers elle pour l'embrasser, mais elle ne lui en laissa pas le temps. Elle s'éloigna le plus rapidement possible et referma intentionnellement la porte qui séparait leurs deux bureaux.

*
* *

Dame Nature fit de son mieux pour ne pas décevoir les Donovan. Cette soirée d'août n'aurait pu être plus parfaite. Il faisait doux et même les moustiques semblaient s'être donné le mot pour déserter l'endroit à la nuit tombée.

Des guirlandes lumineuses suspendues aux branches des pins et des peupliers dispensaient un air de fête et éclairaient joliment les tables dressées un peu plus tôt dans l'après-midi.

Une foule d'invités, pour la plupart inconnus de Vanessa, se divisait en petits groupes tandis que Kate, confortablement installée dans un fauteuil en rotin, était entourée des membres de sa famille et d'amis de longue date.

Des musiciens embauchés pour la soirée jouaient une musique d'ambiance tandis que, à l'écart, une bande d'amis riait en plongeant joyeusement dans les eaux cristallines de la piscine.

Elle porta son verre à ses lèvres et vida d'un trait ce qu'il restait de son cocktail. Combien de temps encore pourrait-elle rester en retrait sans paraître solitaire ? Elle avait déjà exprimé ses meilleurs vœux à Kate et discuté un long moment avec chacun des membres de la famille Donovan, à l'exception de Conall qu'elle avait entrevu deux minutes lorsque sa grand-mère avait soufflé les bougies de son gâteau d'anniversaire. Il avait ensuite disparu dans la maison. Pour quelle raison avait-il tellement tenu à sa présence à cette soirée ?

Elle quitta l'endroit où elle se trouvait depuis trop longtemps pour se diriger vers la véranda où elle avait installé la poussette des jumeaux endormis. Quelques mètres plus loin, elle tomba sur Hannah et Bridget qui l'invitèrent à se joindre à elles.

— Vanessa, viens t'asseoir avec nous, dit Bridget. Hannah était en train de me décrire comment se passait l'heure du bain avec les jumeaux. Manifestement, c'est assez épique.

Cette image fit rire Vanessa de bon cœur.

— Je peux vous le résumer en un mot : chaos. Et encore, ils n'ont que quelques semaines ; ce sera bien pire lorsqu'ils grandiront.

Elle s'apprêtait à s'installer dans un fauteuil à la gauche des deux femmes lorsqu'une main vint se poser sur son épaule.

— Conall, enfin ! dit Bridget. Où étais-tu ? Nous ne t'avons pas vu de la soirée !

— Un coup de fil que je ne pouvais pas laisser passer, dit-il, restant volontairement dans le vague. Mais maintenant je suis totalement disponible pour déguster une part de ce délicieux gâteau. Et toi, Vanessa ?

Elle se tourna vers lui et fit de son mieux pour rester indifférente au pouvoir de séduction qui émanait de lui. Il était moulé dans un T-shirt noir qui laissait voir les muscles saillants de son torse et de ses avant-bras.

— J'en ai déjà trop mangé, répondit-elle. Je ne pourrais pas avaler une bouchée de plus.

— Tu veux bien m'accompagner quand même jusqu'au buffet ? Mais d'abord, j'aimerais aller jeter un coup d'œil aux jumeaux. Est-ce qu'ils profitent bien de la soirée ?

— Ils ne hurlent pas, c'est bon signe, répondit Hannah qui savait de quoi elle parlait.

Il s'approcha de la poussette pour constater que Rick dormait à poings fermés, le visage tourné vers sa sœur. Celle-ci, en revanche, était éveillée et battait l'air de ses petits poings fermés, comme si elle suivait la musique en cadence.

— Tu aimerais bien danser, ma poupée, n'est-ce pas ? dit-il en chuchotant.

Incapable de résister, il sortit Rose de sa poussette et la tint serrée contre lui. Lorsqu'elle enroula sa minuscule main autour de son index, il se mit à esquisser quelques pas de danse.

— Regarde, dit Bridget submergée de tendresse, elle adore ça.

— Moi aussi, dit-il dans un large sourire. Et je n'ai jamais eu meilleure cavalière. Elle au moins ne se plaint pas que je lui écrase les orteils.

— Nous devrions vous appeler à 2 heures du matin lorsqu'elle se met à hurler pour réclamer son biberon, dit Hannah en riant. Qu'en pensez-vous Vanessa ?

Elle contemplait le spectacle qui s'offrait à elle, muette d'émotion. Adolescente, elle avait rêvé des centaines de fois qu'elle valsait au bras de Conall, mais jamais elle ne l'aurait imaginé dansant avec sa fille et la tenant au creux de ses bras avec une telle vénération, comme s'il s'agissait d'une petite princesse.

— Il faudrait d'abord réussir à le réveiller, dit Bridget. Mon frère dort comme une souche.

Il accueillit la pique de sa sœur d'un haussement d'épaules avant d'aller remettre Rose dans sa poussette. Après s'être assuré qu'elle était confortablement installée contre son frère, il déposa un baiser infiniment tendre sur sa petite joue rebondie.

— Merci de m'avoir accordé cette danse, petite Rose, lui murmura-t-il à l'oreille.

Il sembla à Vanessa qu'il restait penché sur la poussette un temps infiniment long avant de se redresser de toute sa hauteur et de s'approcher d'elle. Tout sourire, il plaça sa main sur son bras et se courba légèrement pour saluer les deux femmes.

— Mesdames, vous voudrez bien nous excuser.

Puis il la conduisit jusqu'au buffet où se trouvaient le gâteau et tout un assortiment de boissons.

— Je suis désolé d'avoir dû m'absenter, dit-il en s'emparant d'une assiette et de couverts. Tu ne t'es pas trop ennuyée ?

— Non, mais je vais devoir partir bientôt. Le temps d'arriver à la maison, il sera tard.

— Oh non ! Tu ne peux pas partir maintenant.

— Pourquoi ? demanda-t-elle alors qu'il se servait

une large part du gâteau. Ta famille veut faire un cadeau surprise à Kate ?

— Non. Elle a décrété qu'elle ne voulait pas de cadeaux, qu'elle avait déjà tout ce qu'il lui fallait. Personnellement, je pense qu'elle a besoin d'un homme dans sa vie mais elle ne pourrait pas le supporter, si tu vois ce que je veux dire.

Elle croisa les bras sur sa poitrine dans un geste purement défensif.

— Non, je ne vois pas. Kate a beau être rigide et parfois austère, si elle épousait un homme, ce serait par amour et elle n'aurait donc aucun mal à le supporter.

— Tu as probablement raison. C'est vrai qu'elle était folle de grand-père, ce qui m'a toujours étonné d'ailleurs. La plupart du temps il était tyrannique et agressif.

— Je suppose qu'il n'était pas si méchant que cela. Avec la personnalité bien trempée qui est la sienne, elle ne l'aurait jamais permis.

— Certes, mais…

— Mais ?

— L'amour accomplit parfois des miracles. Ou fait accepter de l'autre des choses qu'on n'accepterait pas d'ordinaire.

Elle se garda bien de lui demander s'il parlait d'après sa propre expérience. Car même si les choses avaient évolué, comme il l'avait souligné la veille, il n'était pas homme à s'épancher, même auprès d'elle.

— Tu ne m'as toujours pas expliqué pourquoi je devais rester, lui rappela-t-elle.

Il reposa son assiette à présent vide et plaça une main sous son coude.

— Je t'expliquerai en marchant. Allons dans la roseraie, nous serons plus tranquilles pour parler.

Tandis qu'ils disparaissaient parmi les ombres, elle se demanda si quelqu'un allait s'apercevoir de leur absence. Mais après tout, quelle importance ? Elle était une grande fille et ce qui pouvait se passer entre le directeur du ranch et elle ne regardait personne d'autre qu'eux. Pourtant, l'opinion d'autrui ne lui était pas si indifférente. Peut-être parce qu'elle avait trop entendu dire du mal de ses frères et qu'elle avait à cœur de prouver à la terre entière que, contrairement à eux, elle était devenue une femme respectable qui avait réussi sa vie professionnelle.

— Si tu as quelque chose à dire, tu aurais tout aussi bien pu le faire là-bas, non ? dit-elle, intriguée par tant de mystère.

— Non. Je tiens à ce que nous soyons seuls.

Il avait parlé avec une telle douceur qu'elle leva les yeux vers son visage que l'obscurité dissimulait à demi. Elle y décela cependant une gravité qui lui fit battre le cœur.

— Conall…

— Pas encore. Allons sous la tonnelle.

Maura lui avait raconté que cette tonnelle avait été construite la même année que le ranch. Quarante ans après, les banquettes en béton étaient polies par le temps, de même que les planches qui recouvraient le sol. Le feuillage d'un tremble recouvrait un pan de la structure et lorsqu'ils s'assirent, ils entendirent le doux bruissement des feuilles animées par la brise nocturne.

Qu'allait-il donc lui proposer ? Elle accueillit avec bonheur un peu de fraîcheur sur sa peau brûlante. De devenir sa maîtresse ? Elle ne savait vraiment pas à quoi s'attendre, sinon que ce cadre romantique à souhait allait lui permettre de tester sa résistance.

— Lorsque mes sœurs étaient adolescentes, dit-il, j'aimais bien les taquiner lorsqu'elles venaient se réfugier ici pour rêver à d'hypothétiques princes charmants. Puis nous avons grandi et j'ai découvert que ce lieu avait sur moi un pouvoir apaisant. Aujourd'hui, j'y viens bien plus souvent qu'elles.

— Est-ce la raison pour laquelle tu m'as emmenée ici ? Pour me calmer ?

Il haussa négligemment les épaules en même temps qu'il prenait une de ses mains dans la sienne.

— C'est une des qualités que j'apprécie le plus chez

toi, Vanessa. Ton sens de la dérision. Avec toi, j'ai réappris à rire.

Lorsqu'il entremêla ses doigts aux siens, elle se refusa à croire qu'elle avait un tel effet sur cet homme. Durant son mariage, elle avait appris que chacun était responsable de son propre bonheur et ne devait surtout pas compter sur l'autre pour y accéder.

— C'est vrai que plus le temps passe, moins on est insouciants, dit-elle dans un soupir.

Elle s'interrompit pour tenter de lire sur son visage une quelconque émotion mais ce fut peine perdue.

— Alors, vas-tu enfin me dire ce pour quoi tu m'as conduite ici ?

— En fait, il y a plusieurs sujets que j'aimerais aborder avec toi.

Toute trace d'humour avait disparu de sa voix, ce qui l'inquiéta.

— C'est au sujet de mon travail ? demanda-t-elle, le cœur battant.

— En effet.

Son inquiétude redoubla. Jusque-là, lorsqu'il avait quelque chose à dire, il n'y allait pas par quatre chemins et elle savait toujours à quoi s'en tenir. Mais depuis les jumeaux, il était devenu imprévisible et elle n'arrivait plus à anticiper ce qui allait se passer.

— Je crois qu'il va falloir que je trouve une remplaçante, dit-il enfin.

Elle refoula avec peine l'envie de hurler qui lui montait à la gorge.

— Tu m'as invitée à cette soirée pour m'annoncer que tu me virais ? dit-elle d'une voix que la colère rendait suraiguë. Pourquoi ? Parce que j'ai refusé de coucher avec toi ?

Il eut un nouvel haussement d'épaules qui redoubla sa fureur.

— Non, répondit-il calmement. Parce que j'ai pris conscience du fait que tu avais raison. C'est beaucoup trop dur de t'imaginer travailler dans le bureau d'à côté quand je n'ai qu'une envie, te faire l'amour toute la journée.

Dans un besoin désespéré de fuir, elle tenta de dégager sa main mais il la tint un peu plus serrée dans la sienne. Manifestement, elle allait devoir l'écouter jusqu'au bout.

— Conall…

— Cela n'a rien à voir avec ce que tu crois, dit-il. C'est beaucoup plus que cela.

Déroutée, elle se tourna à demi pour affronter son regard.

— Je t'écoute, dit-elle d'une voix tendue.

Il détourna la tête. L'heure était grave. Elle devina en lui une nervosité qui ne lui était pas coutumière.

Lorsqu'il se mit à parler, elle resta bien droite et tenta de se concentrer sur ce qu'il disait.

— J'ai beaucoup réfléchi Vanessa. Et j'ai trouvé une solution à notre problème.

Elle déglutit avec peine tandis qu'une foule d'interrogations se bousculaient dans sa tête.

— J'imagine que *je* suis le problème et que ta solution est de te trouver une autre assistante ? résuma-t-elle avec aigreur.

— Je ne veux pas te virer. Enfin, si… mais c'est parce que j'ai autre chose en tête. Pour toi… pour nous.

Elle se pencha en avant, priant pour que cesse la nausée qui lui soulevait l'estomac.

— Conall, dit-elle lorsqu'elle put enfin parler de nouveau. J'aime mon travail et les gens qui m'entourent. En revanche, je déteste que tu essaies de me forcer la main. Je ne coucherai pas avec toi pour conserver mon emploi. Comme je te l'ai déjà dit, je peux très facilement me faire embaucher au casino de Ruidoso et…

— Te forcer à coucher avec moi ? dit-il. Mais de quoi parles-tu ?

Il n'en revenait pas qu'elle puisse le soupçonner d'intentions aussi basses.

Elle releva fièrement le menton pour le regarder droit dans les yeux.

— C'est bien ce dont il s'agit, non ? Tu veux que je quitte mon emploi et que je devienne ta maîtresse.

Blessé par tant d'incompréhension, il plaça ses deux mains sur ses épaules.

— Je suis désolé de t'avoir laissée penser ça, Vanessa. Je ne veux pas que tu deviennes ma maîtresse, je veux que tu deviennes ma femme.

# - 8 -

Si Conall ne l'avait pas fermement maintenue par les épaules, Vanessa se serait sans doute évanouie une deuxième fois.

— Ta femme, dit-elle dans un murmure, sous le choc. Tu… Conall, tu as perdu la raison.

Mais rien dans son regard, ni sur son visage, ne disait qu'il plaisantait.

— Pas le moins du monde. Les jumeaux ont besoin d'un père et toi… enfin, nous nous entendons bien, non ? Je trouve que c'est la solution idéale pour tout le monde.

Sonnée, elle se leva et alla se poster à l'autre bout de la tonnelle. Jamais, même dans ses rêves les plus fous, elle n'aurait imaginé une pareille proposition. Elle se rappela que, vingt ans plus tôt, un baiser de lui était tout ce qu'elle osait espérer, mais elle savait où ses fantasmes devaient s'arrêter : un Donovan n'épouserait jamais une femme comme elle.

Elle l'entendit s'approcher d'elle puis sentit ses mains se poser de nouveau sur ses épaules. Elle ferma les yeux. Pourquoi avait-elle envie de pleurer ?

— Vanessa, à quoi penses-tu ? lui demanda-t-il d'une voix infiniment douce.

Sa gorge était devenue aussi sèche que du papier buvard et rendait difficile toute tentative de discussion.

— Je suis très flattée, Conall, dit-elle lorsqu'elle put enfin parler. Mais, pour moi, le mariage ne peut être envisagé comme une solution à un problème.

— J'essaie juste d'avoir l'esprit pratique, dit-il. Se marier, former une vraie famille… tout le monde y trouverait son compte.

Peut-être, songea-t-elle mélancolique. Mais où était l'amour dans tout ça ? Il ne l'avait pas dit mais elle n'avait pas besoin d'être devin pour savoir qu'il ne l'aimait pas.

— Mais toi, Conall ? Quel intérêt trouverais-tu dans ce mariage ? lui demanda-t-elle en se tournant vers lui.

Ses mains glissèrent jusqu'à sa taille et la rapprochèrent de lui.

— T'avoir près de moi, pour toujours, dit-il tout bas.

Elle s'appliqua à refouler la tristesse que ces mots avaient provoquée.

— Je suis désolée, Conall, mais je sors d'un mariage pour le moins frustrant. Alors, tu comprendras que je sois réticente à m'engager sans être sûre de savoir où je mets les pieds.

Il fronça les sourcils d'incompréhension.

— Il faut que tu saches que je ne te fais pas cette proposition à la légère, sur une impulsion. Mon mariage aussi a tourné au cauchemar, au point que je suis resté des années à refuser de me reconstruire une vie amoureuse. Et lorsque je me suis de nouveau mis en quête d'une relation sérieuse, j'ai échoué. Le passé me rattrapait sans cesse et j'ai fini par renoncer. Alors, si tu crois être la seule à avoir essuyé des plâtres, tu te trompes lourdement.

— C'est exactement pour cette raison que tout ceci n'a pas de sens, Conall ! s'écria-t-elle. Pourquoi tiens-tu à épouser une divorcée qui a en charge deux nouveau-nés quand…

— Finis ta phrase, Vanessa. Quand… ?

Elle pinça les lèvres et laissa son regard errer au loin. Elle aperçut à travers le treillage les lumières de la fête. Des éclats de rire leur parvinrent de la piscine et, plus proches d'eux, des voix qui chantaient « joyeux anniversaire » à la reine de la soirée. Le fait que Conall ait choisi cette fête de famille pour lui proposer de l'épouser lui parut soudain surréaliste.

Animée par une colère sourde, elle réprima le juron qui lui montait aux lèvres et se détourna de lui.

— Ne joue pas les imbéciles avec moi, Conall. Ce rôle ne te va pas du tout. Tu sais très bien ce que je vais te dire. Tu es un Donovan et, en tant que tel, tu n'as qu'à faire passer le message et tu auras toutes les femmes que tu veux à tes pieds. Tu n'as certainement pas besoin d'une petite assistante comme moi.

Le visage blême, il la prit par une épaule et la força à faire volte-face.

— Pourquoi cet acharnement à vouloir tout salir ? Et qu'est-ce que le fait que je sois un Donovan a à voir avec celui que j'ai envie de t'épouser ?

— Tout, dit-elle, butée. Et ce n'est pas la peine d'esquiver le problème.

— Pourquoi as-tu une si piètre opinion de toi ? dit-il finalement d'une voix radoucie.

Emue de sa capacité à lire en elle, elle sentit les larmes lui monter aux yeux.

— Parce que… Mais peux-tu comprendre ça ? Parce que j'ai déjà épousé un homme qui ne m'aimait pas ! Crois-tu que j'ai envie de renouveler l'expérience ?

Sans lui laisser le temps de répondre, elle tourna les talons et s'enfuit en laissant enfin libre cours aux larmes qui ruisselèrent sur ses joues.

Elle s'était ridiculisée. Il ne pouvait évidemment pas comprendre sa réaction. Comment aurait-il pu savoir qu'elle l'aimait, qu'elle l'avait toujours aimé, quand elle-même venait tout juste d'en prendre conscience ?

À une époque de sa vie, bien avant qu'il n'apprenne qu'il était stérile, Conall se sentait à l'aise avec les femmes. À l'inverse de Liam qui ne savait trop comment s'y prendre avec le sexe opposé, lui savait instinctivement quoi dire ou faire pour que les femmes lui vouent un amour inconditionnel.

Avant sa rencontre avec Nancy, il avait eu de nombreuses liaisons auxquelles il avait toujours mis un terme à plus ou moins brève échéance. Il ne s'était jamais vraiment demandé si le fait de s'appeler Donovan avait ou non joué en sa faveur, mais peu lui importait.

Jusqu'à ce que Vanessa le lui jette en pleine face.

Visiblement, il avait perdu la main avec les femmes. La réaction de Vanessa ne faisait que confirmer qu'il s'était trompé sur toute la ligne.

Pour la centième fois, il consulta sa montre avec nervosité : 8 h 45.

Elle aurait dû être arrivée maintenant. Surtout un lundi. Pourtant, aucun bruit ne lui parvenait du bureau d'à côté. Elle avait peut-être décidé de prendre sa journée ; ou de démissionner et il l'apprendrait par un coup de fil.

Il se pressa les tempes, sentant poindre une violente migraine. Les nombreuses bières qu'il avait bues après le départ précipité de Vanessa y étaient sans doute pour quelque chose. Lui qui n'avait jamais été porté sur l'alcool avait ressenti le besoin impérieux de se soulager de la chape de plomb qui l'avait écrasé et aujourd'hui, il en payait le prix.

Absorbé dans ses pensées, il sursauta violemment aux coups que quelqu'un frappait à sa porte.

— C'est quoi, toutes ces roses dans le bureau de Vanessa ? demanda Liam. Quelqu'un a dévalisé un fleuriste ?

— Je les ai cueillies dans la roseraie de Kate, dit simplement Conall. Tous les magasins sont fermés le lundi.

Liam considéra son frère en silence, manifestement sceptique.

— J'ignorais qu'elle était si importante à tes yeux. C'est la fête des secrétaires aujourd'hui ? dit-il avec une pointe d'humour. Si c'est le cas, cette pauvre Gloria n'a pas de chance.

— La seule chose que Gloria attend de toi, dit Conall

en grommelant, ce sont des photos à accrocher sur son mur, derrière son bureau. Un café ? ajouta-t-il en allant remplir sa tasse vide.

— Non merci, je suis pressé. Comme nous nous sommes ratés pour le déjeuner, je voulais juste t'informer que j'allais amener Red Garland et quelques autres chevaux à Del Mar aujourd'hui.

— Tu pars pour Del Mar ? Maintenant ?

Liam roula les yeux au ciel avec impatience.

— Aurais-tu oublié que j'ai inscrit Red Garland au grand prix des Débutantes ? C'est dans un mois et je veux qu'elle s'habitue au climat du Pacifique avant la période des courses.

Il lui avait en effet échappé que la pouliche allait participer à l'une des courses les plus prestigieuses de Californie.

— Désolé frérot. Il semblerait que le temps ait glissé sur moi.

— Je peux savoir ce qui ne tourne pas rond, Conall ? Depuis qu'elle est née, Red Garland est ta pouliche favorite et tu as oublié qu'elle allait participer à cette course ?

Conall se revit dans l'écurie où Red Garland était venue au monde. À peine quelques heures plus tard, elle avait délaissé la présence rassurante de sa mère pour s'approcher de la main qu'il lui tendait. Cette confiance absolue l'avait touché au plus profond de lui-même.

Il était resté très attaché à elle, ce qu'il s'était toujours interdit avec les chevaux qu'ils élevaient et entraînaient.

Il jeta un coup d'œil à son frère qui le fixait d'un regard incrédule.

— Tu ne l'as peut-être pas remarqué, mais il s'est passé pas mal de choses ici, récemment, dit-il enfin avant d'ajouter : je suis content que tu sois passé pour me dire que tu partais, mais pour être franc, je déteste l'idée que tu l'emmènes là-bas.

— Pourquoi ? J'ai fait la même chose pour des tas de chevaux.

— Je sais bien, répondit Conall qui se sentit soudain un

peu stupide. J'ai juste peur qu'il lui arrive quelque chose. La surface synthétique de cette piste est si imprévisible !

— Il peut arriver la même chose sur d'autres types de terrain.

— Elle peut se blesser, être victime d'un accident qui pourrait lui coûter la vie. Mais bon, c'est toi l'entraîneur. Tu connais mieux que moi ses capacités.

— Mais toi tu es mon frère et je ne ferai rien contre ta volonté.

Conall posa sa tasse vide devant lui avec un grognement significatif.

— Je ne sais pas ce qui m'arrive, Liam. Je deviens sentimental en vieillissant.

— C'est juste le signe que nous ne sommes pas des robots, mon vieux, dit pensivement Liam. Certains événements sont là pour nous le rappeler. Et si cela peut te rassurer, je vais annuler l'inscription de Red Garland et la laisser au ranch. Après tout, elle a déjà fait ses preuves ailleurs des centaines de fois.

— Non, elle ira, dit Conall d'une voix devenue ferme. Elle mérite de montrer qu'elle compte parmi les grandes.

Liam esquissa un sourire satisfait avant de tourner le dos à son frère pour quitter la pièce.

— Sois prudent, lui dit Conall en le regardant partir. Je te vois à ton retour.

Sans se retourner, Liam franchit le seuil en faisant un signe de la main à son frère.

Cinq minutes plus tard, Conall entendait le pas feutré de Vanessa dans son bureau. D'habitude, elle venait directement ranger ses affaires dans le placard qu'ils partageaient, mais cette fois, il n'entendit pas la porte s'ouvrir.

Il se força à attendre une minute supplémentaire avant d'aller la rejoindre. Immobile devant son bureau, elle contemplait le bouquet de roses rouges qu'il avait composé pour elle dans un vase.

L'entendant s'approcher, elle pivota pour l'affronter du regard.

— Qu'est-ce que c'est ?

— Ce sont des roses, répondit-il d'une voix dénuée de toute ironie. Pour te dire que je suis désolé si je t'ai blessée la nuit dernière. Ce n'était pas mon intention mais je ne pouvais pas savoir que te demander de m'épouser te bouleverserait à ce point.

Elle pencha légèrement la tête de côté pour fixer les pétales délicats et odorants.

— Pour être honnête, Conall, j'ai failli ne pas venir travailler aujourd'hui. Si j'ai changé d'avis, c'était juste pour ne pas obliger Fiona à venir à ma place.

Elle s'interrompit pour lever vers lui ses jolis yeux pailletés d'or.

— Moi aussi, je suis désolée, Conall. Je crains bien d'avoir eu une réaction excessive. À tous points de vue, d'ailleurs.

Soulagé de constater qu'elle n'était plus en colère contre lui, il s'approcha d'elle.

— Je suis heureux que tu aies changé d'avis, dit-il, sincère. Et si tu ne veux plus que nous abordions de sujets personnels, je respecterai ta volonté.

Il la trouva encore plus belle avec ses cheveux relevés en un chignon lâche d'où s'échappaient quelques mèches rebelles. Elle portait une robe blanche dont le décolleté en V laissait voir la naissance de sa gorge, ce qui accentua les battements de son pouls et l'envie brûlante qu'il avait d'embrasser ses lèvres sensuelles.

— Alors, je n'ai rien à rajouter, sinon que je ne t'épouserai pas, dit-elle avec lassitude.

Incapable de résister au besoin impérieux de la toucher, il enserra sa taille de ses deux mains.

— Vanessa, j'ignore ce qu'a été ton mariage ou quel genre d'homme était ton mari, mais s'il te plaît, ne me compare pas à lui.

Contre toute attente, elle laissa échapper un petit rire désabusé.

— Oh Conall, tu ne peux imaginer à quel point tu es

différent de Jeff ! C'était un homme sans aucune ambition et qui n'avait aucun scrupule à se faire entretenir par sa femme.

Il secoua la tête d'incompréhension.

— Je suppose que tu l'ignorais avant de te marier ?

— Bien sûr que je l'ignorais ! Lorsque je l'ai connu, il avait décroché un contrat important au casino où je travaillais. À cette époque, il était patron d'une petite société d'électricité qui marchait très bien et il gagnait bien sa vie. Rien ne laissait présager qu'il deviendrait le bon à rien qu'il est aujourd'hui.

Elle marqua une pause, le temps de gagner le bureau de Conall où se trouvait la machine à café.

— À quel moment a-t-il commencé à changer ? demanda-t-il tandis qu'elle se remplissait une tasse.

— Six mois après notre mariage. Il a commencé par trouver toutes sortes de prétextes pour refuser des contrats, sa principale excuse étant qu'il voulait passer plus de temps avec moi. J'étais si irrésistible, disait-il, qu'il ne supportait pas l'idée de me quitter, ne serait-ce qu'une seconde. Je ne comprends toujours pas comment j'ai pu être aussi bête ! À ma décharge, il faut dire qu'il savait vraiment bien s'y prendre et qu'il… il est arrivé dans ma vie à un moment où je me sentais vraiment très seule. Mes frères avaient quitté la maison et mes parents commençaient à vieillir. Je voulais fonder ma propre famille et Jeff me promettait la lune. J'ai souvent prié pour qu'il change jusqu'à ce que je comprenne enfin que tout ce qui l'intéressait, c'était de prendre du bon temps pendant que je travaillais pour deux. Il m'a fallu du temps pour prendre conscience que je valais mieux que ça… mieux que lui.

La note de tremblement qu'il perçut dans sa voix éveilla en lui une compassion dont il se croyait incapable depuis bien longtemps. Il éprouva l'envie irrésistible de la prendre dans ses bras et de lui murmurer à quel point elle était belle et lui était devenue précieuse.

Étaient-ce là les signes de l'amour ? Vouloir vivre avec elle et devenir le père de ses enfants signifiait-il qu'il l'aimait ?

« Non. Ce que tu veux, c'est avoir ta propre famille », lui souffla une petite voix intérieure.

Il hésita un instant à lui révéler sa stérilité mais y renonça très vite. Déjà qu'elle ne lui faisait pas confiance, ce genre de confession ne ferait que la conforter dans l'idée qu'il ne voyait, à travers ce mariage, que le moyen de se rapprocher de Rick et Rose.

Plus tard se promit-il. Lorsqu'elle aurait accepté d'être sa femme, il saurait trouver les mots pour lui prouver que ce choix était le bon.

— Vanessa, bien sûr que tu vaux mieux. Et j'ai la prétention de croire que je peux t'offrir le meilleur.

Elle resta quelques secondes silencieuse, les yeux fixés sur le fond de sa tasse.

— Je n'en doute pas une seconde, Conall. Sauf que tu ne peux me donner ce à quoi je tiens le plus.

Elle avait parlé avec une détermination qui l'inquiéta.

— Puis-je savoir de quoi il s'agit ?

Elle releva fièrement la tête et le défia du regard.

— L'amour, dit-elle d'un ton ferme.

De surprise, il ouvrit des yeux ronds.

— L'amour, répéta-t-il comme si ce mot lui était inconnu. Tu l'as déjà évoqué hier, mais je te rappelle que tu ne m'as laissé aucune chance de te donner mon avis là-dessus.

— C'est vrai mais maintenant, tu as cette occasion. Vas-y, je t'écoute.

Jugeant plus facile de se livrer sans soutenir son regard inquisiteur, il alla se poster à une fenêtre qui donnait sur les écuries.

— Eh bien, dit-il après s'être éclairci la voix, je pense que l'amour n'est qu'une illusion qui ne dure pas et rend plus difficile encore la vie à deux.

Il entendit ses pas résonner derrière lui alors qu'elle le rejoignait. Lorsqu'il pivota, il fut frappé par la déception qu'il pouvait lire sur ses traits.

— Je comprends mieux pourquoi ton mariage a été un échec, dit-elle avec rudesse.

« Maintenant, se dit Conall. Vas-y, c'est le moment de lui dire la vérité, de t'expliquer, de te défendre. »

Mais les mots restèrent bloqués dans sa gorge alors qu'elle le fixait toujours sans ciller.

— J'aimais Nancy, lorsque nous nous sommes mariés, dit-il en appuyant ses mots. Mais certains événements peuvent mettre un terme à l'amour sans qu'on n'y puisse rien. En tout cas, c'est ce qu'il s'est passé pour moi.

Face à son mutisme, il continua de plaider sa cause.

— Regarde, ni ton mariage ni le mien n'ont connu de fin heureuse et pourtant, nous étions amoureux. Toi et moi avons une chance de construire une vie commune sur des bases solides, un mariage qui ne s'écroulera pas au moindre problème.

Elle le balaya d'un regard dédaigneux en même temps qu'elle poussait un profond soupir.

— Je n'ai jamais rien entendu d'aussi… dénué de sensibilité, dit-elle dans un murmure.

Sans lui laisser le temps de réagir, il lui retira la tasse des mains et la plaça sur le rebord de la fenêtre.

— Il n'y a rien d'insensible à cela. Et je vais te le prouver.

Il l'attira alors à lui et écrasa ses lèvres des siennes dans un baiser avide qui arracha à Vanessa une petite plainte langoureuse. Il sentit son sexe durcir instantanément sous la toile épaisse de son jean, brûlant de se perdre en elle.

Il ne se souvenait pas de la dernière fois où il avait désiré une femme avec autant d'intensité, mais lorsqu'il la sentit s'abandonner contre lui, il s'écarta légèrement pour lui susurrer d'une voix rauque :

— Attends, je vais fermer la porte à clé.

Sa voix eut sur elle l'effet d'une douche glacée. Elle le repoussa brutalement et mit entre eux une distance qu'elle jugea raisonnable.

— Non ! cria-t-elle. Tu as envie de moi, comme moi

de toi, d'ailleurs. Mais cela ne suffit pas. Je ne laisserai pas l'amour physique l'emporter.

Il la regarda se diriger à pas rapides vers la porte sans esquisser le moindre geste pour la retenir. Le moment n'était pas venu.

— Je vais travailler, lui lança-t-elle par-dessus son épaule. Et si cela ne te suffit pas, trouve-toi une autre secrétaire !

Il resta immobile jusqu'à ce qu'elle claque violemment la porte derrière elle. Lorsqu'il eut la certitude qu'elle n'allait pas réapparaître il gagna son bureau et se laissa tomber sur son fauteuil en cuir.

Bon sang ! Elle exigeait de lui la seule chose qu'il ne pouvait pas lui donner. L'amour.

D'un geste impatient, il s'empara du téléphone et composa le numéro de Liam.

— Oui, qu'y a-t-il ?

— Je voulais savoir à quelle heure embarquaient les chevaux, demanda-t-il.

— Aux alentours de 11 heures. Pourquoi ?

— Parce que j'ai décidé de venir voir Red Garland monter à bord de l'avion.

— Qu'est-ce que ça veut dire encore ?

— Dois-je vraiment me justifier ? dit Conall avec humeur. Si tu veux tout savoir, j'ai envie de la voir une dernière fois avant son départ, au cas où elle ne reviendrait pas.

Liam resta un long moment silencieux au bout du fil avant de rabrouer gentiment son frère :

— Eh, Conall ! Je te promets de ramener cette pouliche saine et sauve.

— Ne fais pas de promesses qui ne dépendent pas de toi, Liam. Et ne laisse pas l'avion décoller tant que je ne serai pas là.

Les deux jours qui suivirent, Conall se débattit avec toutes sortes de problèmes et Vanessa se noya dans le travail.

Travailler dur lui permettait d'avoir l'esprit occupé et

donc, de moins penser à lui. Depuis le baiser qu'ils avaient échangé, ils avaient eu beau garder l'un vis-à-vis de l'autre une réserve polie, il régnait entre eux une tension sexuelle qui la mettait mal à l'aise.

Ce jour-là, elle mettait fin à un appel téléphonique lorsqu'il fit son entrée et vint se percher, sans attendre d'y être invité, sur un angle de son bureau.

Elle leva vers lui un regard qu'elle voulut froid.

— Tu as besoin de quelque chose ?

— Tu as bientôt fini ? demanda-t-il en réponse.

— Oui. Je n'ai plus que quelques notes à consigner dans mon agenda. Pourquoi ?

Il lui adressa un sourire qui lui réchauffa le cœur. À quoi ce revirement d'humeur était-il dû ?

Il croisa les bras sur sa poitrine et afficha un air penaud.

— Parce que je voulais t'inviter à dîner pour me faire pardonner.

Lui pardonner ? Elle ne s'attendait certes pas à une telle déclaration. À un surcroît de travail, mais pas à un dîner en tête à tête.

— Tu as été très occupé ces derniers jours, dit-elle pour gagner du temps.

— Toi aussi.

Elle détourna le regard pour le fixer sur les roses qu'il lui avait offertes quelques jours plus tôt. Elle aurait dû les jeter ou en faire cadeau à Hannah mais elle n'avait pu s'y résoudre.

— J'ai pensé que cela nous ferait du bien de nous détendre un peu.

— Qu'est-ce qui te fait penser que je vais accepter un dîner en tête à tête avec toi ?

— Cela nous est déjà arrivé, lui rappela-t-il, doutant qu'elle ne s'en souvienne pas. Chez toi, et à Las Vegas.

Nostalgique, elle laissa échapper un profond soupir. Il s'était montré si serviable, si gentil durant ce séjour qu'elle lui en serait toujours reconnaissante. En le voyant agir avec les jumeaux, elle avait découvert une partie de lui que, depuis, elle admirait et chérissait.

— Je sais, dit-elle.

— J'aimerais que nous renouvelions l'expérience. Pas toi ?

Durant les deux jours précédents, elle avait cherché à se persuader qu'ils avaient raison d'instaurer une certaine distance entre eux. C'était mieux ainsi, puisqu'il ne cherchait qu'à coucher avec elle. Mais elle brûlait pourtant de vivre avec lui ce que toute femme rêvait de partager avec un homme qui l'attirait au-delà du raisonnable.

— Si, dit-elle après un temps. Mais…

— Quoi ? Tu crains de t'apercevoir que finalement, je te plais bien ? demanda-t-il, taquin.

— Conall, tu sais que je t'aime bien ; que je t'aime beaucoup, même. Et c'est bien là le problème.

Elle referma son agenda et le plaça dans l'un des tiroirs de son bureau.

— Je… je n'irai pas sur ce terrain. En outre, il n'est pas question que je sorte avec toi ce soir, j'ai promis à mon père d'aller le voir après mon travail et je ne veux pas le décevoir.

— Pourquoi n'irions-nous pas lui rendre visite ensemble ?

— Je te rappelle qu'il est en maison de repos.

— Je sais parfaitement où se trouve ton père, Vanessa.

Elle fut touchée. Jeff n'aurait jamais mis les pieds dans un tel endroit. Même pas pour elle. Une fois encore elle se demanda comment elle avait pu être aussi aveugle ! Mais à cette époque, elle était si impatiente d'être aimée, de devenir une épouse et une mère comblées.

Elle s'empressa de chasser de sa mémoire ces souvenirs sinistres pour se concentrer sur la robe qu'elle portait. Bien que pimpante, elle ne correspondait pas vraiment à ce qu'elle aurait choisi de mettre pour un rendez-vous galant. Un rendez-vous galant ! Comme elle y allait ! Les rendez-vous galants étaient supposés précéder le mariage et pas l'inverse. Mais rien chez Conall n'était conventionnel et surtout pas cette demande en mariage dénuée d'amour.

— Je ne suis pas habillée pour aller dans un restaurant chic, dit-elle.

En guise de réponse, il prit une rose et la piqua derrière son oreille droite.

— Maintenant, tu l'es, murmura-t-il.

Elle s'éclaircit la voix pour dire d'un ton qu'elle voulait dégagé :

— Je ne te savais pas aussi badin.

— Je serai ravi de te montrer de quoi je suis capable, lui dit-il dans un sourire charmeur.

— Je vais chercher mon sac, fit-elle pour échapper aux images torrides qui lui traversaient l'esprit.

Elle se leva précipitamment de son siège de peur de perdre tout bon sens et de lui avouer que le seul endroit où elle voulait se trouver était le creux rassurant de ses bras.

# - 9 -

Quelques minutes plus tard, ils roulaient en direction de Ruidoso. Le soleil venait de disparaître à l'horizon, laissant des traînées pourpres derrière lui.

L'intimité de l'habitacle rendait encore plus palpable à Vanessa la présence de Conall à son côté. Elle s'appliqua donc à fixer son attention sur le paysage qui défilait à travers sa vitre.

— Depuis combien de temps ton père est-il dans cette maison de repos ? demanda-t-il, d'humeur plutôt bavarde.

— Environ six mois. Il a d'abord passé un mois à l'hôpital avant d'aller là-bas. Il va mieux mais il a encore beaucoup de chemin à faire. J'ai fait appel à un orthophoniste qui lui a fait faire d'énormes progrès. Aujourd'hui, il recommence à parler de manière compréhensible.

— Crois-tu qu'il pourra un jour retourner dans sa maison ?

— D'après ses médecins, s'il continue sur sa lancée, il y a de fortes chances. Malheureusement, il ne pourra plus jamais vivre seul. J'espère que lorsqu'il reviendra vivre à la maison, les jumeaux seront un peu plus autonomes, dit-elle avec un profond soupir.

— J'ai bien peur que plus ils grandiront, plus ils auront besoin de toi. Surtout si…

Il s'interrompit brusquement, renonçant à développer le fond de sa pensée.

— Enfin, reprit-il, le principal c'est que ton père aille mieux et qu'il puisse réintégrer son foyer.

— Oui, il n'a plus que nous maintenant et je suis certaine que la présence des jumeaux aura une influence bénéfique sur sa santé.

— Toi aussi, tu lui feras beaucoup de bien. Tu as ce don rare de faire en sorte que les gens qui t'entourent se sentent bien.

— Inutile d'en rajouter, Conall, dit-elle, railleuse.

— Ce n'est pas mon intention. Grâce à toi, j'ai fini par comprendre que mon divorce ne marquait pas la fin de ma vie.

Une lueur de curiosité s'alluma dans son regard et elle ne put s'empêcher de demander :

— C'est toi qui as demandé le divorce ?

— Oui, répondit-il du bout des lèvres.

— Pourquoi ?

— Nous avions des vues divergentes sur ce qui nous paraissait important dans la vie et dans le mariage, dit-il après quelques secondes d'hésitation. Elle a fini par me trahir d'une manière que je ne lui pardonnerai jamais.

Nancy l'avait-elle trompé avec un autre homme ? Elle n'avait jamais rencontré cette femme, mais il lui paraissait inconcevable que l'on puisse commettre l'adultère quand on était mariée avec un homme aussi séduisant que lui.

— Tu ne crois donc pas aux vertus du pardon ?

— Dans ce cas précis, non, dit-il avec un sourire teinté de tristesse. Le pardon n'aurait rien arrangé. Mais ne laissons pas des sujets aussi sinistres gâcher notre soirée. Tout cela appartient au passé et j'ai bien l'intention de me tourner vers l'avenir. Dis-moi plutôt ce qui te ferait plaisir afin que nous puissions choisir le restaurant.

Elle respecta son désir de changer de sujet, elle-même n'aimant pas particulièrement raviver des souvenirs encore douloureux.

— N'importe quoi, pourvu que je puisse manger avec les doigts. Un hamburger, par exemple.

Il lui adressa un sourire rayonnant.

— Tu vois bien que nous nous entendrions à merveille. Tu viens encore une fois de le prouver.

Elle se garda bien de répliquer que, si en effet ils s'entendaient bien lorsqu'ils passaient quelques heures ensemble, les choses en iraient autrement s'ils étaient mariés.

Une fois qu'ils furent en ville, elle lui indiqua la direction à prendre mais il l'interrompit très vite.

— Je sais où se trouve la maison de repos, Vanessa. J'y suis allé plusieurs fois.

Elle le regarda d'un air sceptique.

— J'ignorais qu'un membre de ta famille avait séjourné là-bas. D'après ce que Maura m'en a dit, la mort de votre grand-père a été plutôt rapide, non ?

— Ce n'était pas un membre de ma famille. Il s'agissait de l'assistant de Liam. Malheureusement, il y est mort.

Ils venaient d'atteindre Gold Aspen Manor, idéalement situé au pied d'une colline boisée. L'endroit était superbe et calme, propice aux guérisons, mais elle ne souhaitait rien tant que de voir son père retrouver toutes ses facultés et rentrer chez lui pour s'occuper de ses chèvres.

— Je ne savais pas que Liam avait un assistant. J'ai toujours cru qu'il travaillait seul.

Il coupa le moteur et se tourna à demi vers elle.

— Avant Liam, c'était Cletis, nous l'appelions Clete, qui entraînait les chevaux. C'est lui qui a formé mon frère, qui lui a tout appris du métier ; c'était son mentor et lorsqu'il lui a passé les rênes, c'est le cas de le dire, il est resté à ses côtés jusqu'à ce que la maladie l'emporte, il y a trois ans de cela. Depuis sa disparition, Liam n'est plus tout à fait le même.

— Je comprends. J'ai ressenti la même chose lorsque ma mère est morte. Tout ce qui me paraissait important est alors devenu trivial, presque insignifiant.

— Clete n'avait pas de famille, dit-il, le visage sombre. Il considérait Liam comme son fils et Liam lui vouait une admiration sans bornes. Il avait placé la barre si haut qu'il n'a pas trouvé de successeur à Clete et, depuis, il préfère travailler en solo et se tuer à la tâche.

Il marqua une brève pause avant de reprendre d'un ton plus léger :

— Allons, assez ruminé ces tristes souvenirs. Si nous allions voir ton père, plutôt ?

À la grande joie de Vanessa, ils trouvèrent Alonzo dans le jardin, assis autour d'une table en compagnie d'autres patients. Dès qu'il l'aperçut, le vieil homme bondit de sa chaise et ouvrit les bras à sa fille.

Comme chaque fois, elle se précipita dans sa direction et se blottit contre lui. Après avoir déposé deux baisers sonores sur ses joues, il l'écarta de lui avec une force qui la surprit.

— Tu m'as l'air particulièrement en forme aujourd'hui, papa, dit-elle avec une pointe de fierté. Ils t'ont fait avaler des épinards pour le déjeuner ?

Son visage ridé s'illumina.

— Non, viande, articula-t-il avec difficulté. C'est pour ça.

Au comble de l'émotion, elle l'embrassa avec douceur et le serra encore contre elle avant de pointer du doigt Conall qui attendait, quelques pas en arrière.

— Papa, j'ai amené quelqu'un ce soir. Tu te souviens de Conall ?

Le vieil homme plissa les yeux, semblant se concentrer pour fouiller sa mémoire.

— Oui, oui, finit-il par dire. Conall Donovan. C'est ça ?

Conall s'approcha en lui adressant un sourire chaleureux et lui tendit la main.

— C'est exact, monsieur Valdez. Je suis très heureux de vous revoir.

Alonzo approuva d'un hochement de tête.

— Moi aussi. Oui.

Vanessa passa son bras sous celui de son père et désigna un point éloigné de quelques mètres.

— Te sens-tu capable d'aller à cette table là-bas, afin que nous puissions parler tranquillement ?

À sa grande surprise, il dégagea son bras et refusa la main qu'elle lui tendait.

— Te montrer. Regarde, dit-il, gonflé d'une fierté bien légitime.

Elle s'écarta et, immobile à côté de Conall, elle contempla son père tandis que, lentement mais sûrement, il effectuait les quelque cinq mètres qui le séparaient de la table.

— Ton père se débrouille très bien, on dirait, dit Conall à voix basse.

Elle le regarda, tout émerveillée.

— Je n'en reviens pas ! dit-elle, s'extasiant. La semaine dernière, il marchait encore en traînant les pieds alors que là, il arrive à les lever à chaque pas. Et puis, il ne s'est jamais tenu aussi droit.

— Viens, allons le rejoindre.

Tous trois passèrent les quarante-cinq minutes suivantes à évoquer les jumeaux puis les menus événements locaux avant que les deux hommes n'en viennent à se remémorer l'époque où Alonzo venait ponctuellement effectuer des travaux de menuiserie au ranch. Vanessa les écoutait, étonnée que son père ait connu personnellement les Donovan.

Mais elle n'était pas au bout de ses surprises.

Conall rapprocha sa chaise de la sienne et passa autour de ses épaules un bras possessif.

— Alonzo, dit-il. Votre fille vous a-t-elle dit que je lui ai demandé de m'épouser ?

Le vieil homme sembla accuser le coup avant de porter sur elle un regard lourd de reproches.

— Non.

— Eh bien, Vanessa, pourquoi n'avoir rien dit ? lui demanda Conall avec un sourire diabolique.

Prise de court, elle resta un instant silencieuse.

— Parce que…, dit-elle en balbutiant, parce que j'ai refusé !

— Pourquoi ? demanda le vieil homme.

— Oui, pourquoi ? demanda Conall en écho.

Elle aurait voulu l'étrangler pour la mettre ainsi dans

l'embarras devant son père, encore fragile. Pourtant, une partie d'elle-même se sentait flattée que Conall Donovan en personne se déclare ainsi devant celui-ci.

— Parce que je…

Elle s'interrompit pour relever fièrement le menton et défier Conall du regard.

— Parce que j'épouserai un homme qui m'aimera, dit-elle avec détermination.

Alonzo posa sur Conall un regard acéré avant de hausser négligemment les épaules.

— Ça viendra, dit-il avec une philosophie propre aux personnes âgées. Plus tard.

Blessée de se sentir incomprise et trahie par les deux hommes qui comptaient le plus dans sa vie, elle bondit de sa chaise et tira Conall par le bras.

— Il est temps d'y aller, dit-elle entre ses dents. Tout de suite !

Conall ne chercha pas à discuter et la suivit docilement après qu'elle eut fait ses adieux à son père.

— Peux-tu me dire à quoi rime ce petit jeu ? dit-elle aussitôt qu'ils furent dans la voiture.

— Je ne joue pas, répondit-il sans la moindre gêne. Je voulais juste informer ton père de mes intentions. C'est bien ainsi qu'un homme digne de ce nom doit se comporter, non ?

— Mais tu l'as fait sciemment !

— Bien sûr que je l'ai fait sciemment. Je ne prononce jamais de paroles en l'air, tu devrais le savoir.

Écumante de rage, elle se tordait les mains.

— Maintenant, papa va se faire des idées et s'attendre à ce que…

— Quoi ?

— À ce que j'accepte ta demande en mariage. Il t'aime beaucoup et te respecte et comme il s'est mis en tête qu'il me fallait un mari… Pour lui, c'est juste une question de logique.

Il esquissa un sourire empli de satisfaction.

— Il n'a pas eu l'air contre, en effet. Mais j'ai toujours su que ton père était la sagesse même.

Elle se tourna vers lui, sidérée par l'aplomb dont il faisait preuve.

— Décidément, tu me surprendras toujours, Conall.

— Pourquoi ? demanda-t-il en feignant de ne pas comprendre. Qu'est-ce que j'ai dit ?

Soudain, elle se sentit fondre de tendresse. Certes, il ne l'aimait pas, mais il était si bon, si gentil qu'elle se demanda si elle ne commettait pas une grossière erreur en refusant de l'épouser.

— Rien. Tu viens juste de faire l'éloge de mon père. Tu penses vraiment ce que tu as dit ?

Avant de répondre, il mit le contact et manœuvra pour quitter le parking et rejoindre la route principale.

— Comme je l'ai souligné il y a quelques minutes, je pense toujours profondément ce que je dis. Ton père a traversé des épreuves difficiles sans jamais se plaindre. Il a travaillé dur toute sa vie et s'est démené pour garder sa maison et son bout de terrain. Cela nécessite une certaine dose de sagesse, non ? Et puis, il a su rendre ta mère heureuse. En tout cas c'est l'impression qu'elle donnait lorsque je les croisais en ville. Ils se regardaient de la même manière que mes parents.

— Tu veux dire… avec amour ? demanda-t-elle, émue.

— Je dirais avec un profond respect, rectifia-t-il.

Elle ne pouvait nier que le respect était l'un des éléments clés de la réussite d'un mariage. Mais cela n'était pas suffisant. Elle avait besoin des sentiments profonds que suscite un amour partagé.

— Si cela peut te rassurer, continue à en parler comme cela, dit-elle en portant machinalement la main à la rose qu'elle avait toujours coincée derrière l'oreille. Moi, je préfère appeler cela de l'amour.

***

Ils dînèrent dans un minuscule bistro, le Sugar Shack, situé au nord de la ville, réputé pour les délicieux desserts qu'on y servait.

D'un accord tacite, ils évitèrent tout sujet fâcheux et Vanessa put enfin se détendre et profiter de son repas. Lorsqu'ils quittèrent le restaurant, elle pressa une main sur son ventre plein et grogna d'un air satisfait.

— Je n'avais pas autant mangé depuis des lustres. Je crois bien que je vais être incapable de m'endormir avant un bon moment.

— Je connais un excellent moyen de te faire digérer, dit-il avec malice. Rassure-toi, je parle simplement d'un endroit idéal où marcher un peu.

Passer encore du temps avec cet homme ? Seule ? La chose raisonnable à faire serait de se faire raccompagner chez elle sans tarder. Même s'il la rendait folle à lier, il savait aussi la rendre heureuse. Elle se sentait perdue, ne sachant trop comment gérer les nombreux sentiments contradictoires entre lesquels elle était tiraillée.

— Je crois qu'il serait préférable que je rentre pour libérer Hannah, dit-elle sans grande conviction.

Dans un geste infiniment tendre, il glissa un bras autour de sa taille et l'attira tout contre lui.

— Crois-moi, Hannah et les jumeaux peuvent se passer de toi encore un peu. Et si tu ne veux pas marcher, je te propose d'aller admirer les étoiles.

Elle accepta, le cœur battant.

Ils effectuèrent en silence un trajet qui les mena jusqu'à une crête qui donnait sur une clairière en bordure de montagne. Dans le faisceau des phares apparut une construction faite essentiellement de bois et de pierre.

— C'est chez toi ? demanda-t-elle, piquée par la curiosité.

— Non. C'est là que nous logeons nos invités, nos amis, ou encore nos acheteurs lorsqu'ils viennent de loin. Viens, je vais te faire visiter, dit-il en défaisant sa ceinture de sécurité.

Il l'aida à descendre et garda fermement sa main dans la sienne.

— Regarde bien où tu mets les pieds, fit-il en l'entraînant vers la maison. Papa refuse de faire installer des lampes de jardin. Il dit que cela gâcherait l'effet de surprise.

— Il n'a pas tort. Regarde, la lune se lève, elle va nous éclairer.

À la faveur de l'astre, elle vit que la partie arrière de la maison était adossée à la montagne tandis que l'avant était supporté par de gros piliers de bois. Pour les Donovan, cette construction devait faire figure de simple chalet de montagne quand elle y voyait une maison de vacances cossue.

Toujours main dans la main, ils gravirent des marches de bois qui menaient à une large véranda. Ils s'appuyèrent contre une rambarde, de bois elle aussi, et se mirent à contempler la vue époustouflante de beauté qui s'offrait à eux.

— Comme c'est beau ! murmura-t-elle, émerveillée.

— Et encore, tu ne peux pas bien voir dans la semi-obscurité. Nous reviendrons un jour où il fera beau.

Elle nota, non sans une certaine satisfaction, qu'il prévoyait de passer plus de temps avec elle. Et plus ils passeraient de temps ensemble, plus l'amour qu'elle lui portait déjà deviendrait profond.

Mais à quoi bon ? Le découragement l'envahit. À quoi bon aimer un homme qui ne vous aimait pas en retour ?

Depuis son divorce, plus d'un an auparavant, elle avait érigé des barrières défensives autour d'elle et n'avait laissé personne les briser jusque-là. Elle fut d'autant plus frappée de constater à quel point elle brûlait de tout faire voler en éclats pour vivre sa vie librement. Et peu lui importaient les conséquences.

— Je suis heureuse que tu m'aies demandé de sortir avec toi ce soir, dit-elle dans un élan de sincérité.

— C'est difficile à croire, compte tenu du fait que tu

ne me portes pas vraiment dans ton cœur depuis que j'ai voulu te faire l'amour dans ton bureau.

Le souvenir de cet incident avait encore le pouvoir de la faire rougir violemment et elle remercia le ciel qu'il fît sombre.

— Me faire l'amour ? répéta-t-elle, incrédule. Coucher avec moi, tu veux dire.

— Question de tact. Mais c'est vrai que faire l'amour sonne mieux.

— Pour être tout à fait honnête, j'étais plus en colère contre moi-même que contre toi.

Le contact de la main de Conall sur son avant-bras la fit frissonner de la tête aux pieds.

— Je ne comprends pas, dit-il.

— Tu devrais, pourtant, dit-elle tout bas en levant les yeux vers lui. J'étais en colère parce que je ne peux rien contre le désir que j'éprouve pour toi.

La main de Conall remonta un peu plus, jusqu'à se poser autour de son cou gracile, là où une veine pulsait un peu plus fort.

— Tu ne dois être en colère contre personne, Vanessa, chuchota-t-il en retour. Et à mon tour d'être franc : je n'ai jamais désiré une femme comme je te désire, toi.

De n'importe qui d'autre, cette tirade l'aurait rebutée, mais elle l'acceptait venant de lui car elle voulait croire que ces mots murmurés à son oreille étaient sincères.

— Ne dis plus rien, Conall. Montre-moi.

Sans attendre, il prit les lèvres qu'elle lui offrait dans un baiser qui attisa un peu plus le désir qui les consumait.

— Vanna… oh, Vanna, dit-il contre sa bouche.

Ce diminutif de son enfance répété à deux reprises lui fit l'effet d'une caresse. Elle laissa échapper un léger soupir tandis qu'il pressait son corps contre le sien et que leurs langues se cherchaient de nouveau. Elle s'abandonna, ivre de volupté, heureuse de se livrer à cette passion dévorante.

— Nous devrions entrer, lui dit-il à l'oreille. Tu veux bien ?

— Oui, dit-elle, refusant cette fois de se dérober.

Elle avait assez attendu. Elle n'attendrait plus.

Elle le suivit docilement jusqu'à la porte qu'il ouvrit avec une clé cachée dans un pot de cactus. Une fois à l'intérieur, il alluma la lampe la plus proche mais elle ne vit rien des meubles de valeur qui meublaient la pièce, ni des tapis de soie qui recouvraient un plancher de bois d'acajou.

Elle ne voyait que Conall qui l'attira de nouveau à lui et se remit à l'embrasser passionnément. Ils restèrent un long moment dans l'entrée, leurs corps et leurs bouches étroitement scellés. Ils n'avaient plus aucune notion du temps, ni du lieu où ils se trouvaient.

Lorsqu'il mit fin à leur étreinte, ce fut pour la prendre par la main et la conduire dans un long couloir percé de nombreuses portes.

Il en poussa une qui ouvrait sur une chambre dont l'immense baie vitrée surplombait la vallée. Le disque argent de la pleine lune éclairait la pièce comme en plein jour, laissant voir le lit qui trônait au milieu, une armoire en cèdre et deux fauteuils encadrant un bureau de style.

Sans lâcher sa main, il l'amena près du lit.

— C'est la chambre que je m'attribue lorsque je viens ici, dit-il. Mais ce n'est pas souvent.

— Pourquoi cela ? demanda-t-elle d'une voix que la proximité du lit rendait rauque d'un désir redoublé.

— Parce que tu n'y venais pas avec moi.

— Oh, Conall…

Il la fit basculer délicatement sur le matelas avant de s'allonger à côté d'elle.

— Je suis sincère, Vanessa. J'ai recommencé à me sentir vivant lorsque tu es venue travailler pour moi. Je ne savais plus ce qu'était le désir qu'on éprouve pour une femme.

Il glissa un bras autour de sa taille et l'attira à lui jusqu'à ce que leurs corps s'imbriquent l'un dans l'autre. Le cœur de Vanessa se mit à battre la chamade tandis que la pointe de sa langue passait de ses joues au creux de son épaule.

Le désir jaillit comme des langues de lave coulant sur chaque parcelle de son corps déjà en fusion.

— Je crois… je crois que moi aussi j'avais oublié. Ou alors, c'est que je n'ai jamais rien connu d'aussi fort.

Il leva imperceptiblement la tête pour murmurer son nom :

— Vanna, ma douce.

Ce furent les dernières paroles qu'il prononça avant de reprendre sa bouche dans un baiser ardent qui disait le désir qui le consumait lui aussi. Les mots viendraient plus tard, bien plus tard.

Comme un homme perdu dans le désert, assoiffé, il buvait à la source, dans chaque repli intime que trouvaient ses lèvres. Il avait beau faire de son mieux pour se contrôler, pour lui laisser le temps de s'habituer à lui et accepter l'idée qu'ils allaient faire l'amour, il brûlait de prendre possession d'elle.

Incapable de maîtriser plus longtemps ses pulsions, il lui arracha presque ses vêtements, trop impatient de la sentir nue contre lui. Sa peau, douce comme des pétales de rose, avait un goût fruité qui l'enivra un peu plus. Il promena sa bouche sur tout son corps, sa langue agaçant la pointe dure de ses seins, léchant à petits coups le creux de son ventre avant de s'attarder sur la courbe douce de ses hanches.

Ses caresses lui arrachaient de petites plaintes qui redoublèrent son excitation. Lorsque ses doigts plongèrent dans sa chevelure et qu'elle s'arc-bouta, exigeant plus, il comprit qu'elle se donnait à lui corps et âme.

Brûlant de la satisfaire, il glissa une main entre ses cuisses et se mit à explorer avec adresse son sexe moite de désir. Il l'entendit haleter puis suspendre son souffle avant de laisser échapper une longue plainte langoureuse.

— Conall, dit-elle dans un souffle. Prends-moi, je t'en supplie. Je ne peux plus attendre.

Sa supplique l'excita plus encore. S'enivrant du pouvoir qu'il avait sur elle et du plaisir qu'il lui donnait, il remplaça ses doigts par sa langue. Une rafale de soubresauts la secoua, la laissant pantelante comme une poupée de chiffon. Tandis qu'elle glissait encore sur les vagues d'un plaisir indicible, il la chevaucha et entra profondément en elle.

C'était si bon qu'il en eut le souffle coupé et qu'il resta quelques secondes immobile, savourant à l'extrême le plaisir de sentir son sexe dur enfoui dans ce doux fourreau. Ce ne fut que lorsqu'elle enroula ses jambes autour de ses hanches et qu'il la sentit onduler sous lui qu'il se mit à bouger en cadence.

Il plongea dans son regard et, l'espace d'un instant, regretta d'avoir capté l'émotion vive qui irradiait de son visage. Ce qu'il voyait ressemblait tellement à de l'amour qu'il eut en même temps envie de fuir et de la chérir.

Dans un geste d'une infinie tendresse, il lui caressa la joue pour se donner le courage de parler, de lui dire à quel point ce moment magique comptait pour lui. Mais les mots restèrent bloqués dans sa gorge dont ne sortit qu'un son rauque.

— Vanna, murmura-t-il lorsqu'il put parler de nouveau. Mon cœur.

Au comble de l'émotion, elle passa une main sur son cou et attira doucement son visage vers elle.

— Conall, fais-moi l'amour, dit-elle simplement.

Le mot était lâché. Elle l'appelait l'amour.

En dépit de ses efforts pour freiner la vague d'émotions qui déferlait sur lui, la voix du cœur lui murmura que lui aussi l'aimait en retour.

Il ne pouvait pas plus nier ses sentiments qu'empêcher son corps de bouger en elle et de savourer le plaisir violent qu'ils se donnaient l'un à l'autre, telle une offrande sacrée.

# - 10 -

La joue posée contre le torse moite de Conall, Vanessa écoutait les battements accélérés de son cœur. Une fine pellicule de sueur recouvrait entièrement son corps. Ses cheveux emmêlés encadraient son visage de femme que le plaisir physique avait comblée.

Son regard encore voilé de désir erra au-dehors, par la baie vitrée où dansaient les ombres mouvantes de la nuit. Elle observa avec crainte les nuages sombres qui jouaient avec la lune, s'accordant avec la tristesse qui l'avait envahie et qui l'empêchait de profiter de la douceur de ce moment.

Il fallait qu'elle parle car, lorsqu'elle parlerait, elle prendrait conscience que ce qui s'était passé entre eux n'avait rien d'extraordinaire. C'était simplement la conséquence logique de l'attirance que deux adultes éprouvaient l'un pour l'autre.

La terre ne s'arrêterait pas de tourner pour autant, ni son cœur de battre.

Mais dans ce cas, pourquoi avait-elle le sentiment que quelque chose avait changé ?

— Il va pleuvoir, dit-elle.

— Oui. Et c'est bon de savoir que nous sommes bien à l'abri.

Lorsqu'il posa sa main sur son épaule et qu'il se mit à tracer de petits cercles concentriques sur sa peau frémissante, elle ferma les paupières pour refouler les larmes qui lui brûlaient les yeux. Elle aurait voulu rester à jamais blottie entre ses bras rassurants ; voulu croire que chacun des baisers qu'il lui donnait, chacune des caresses qu'il lui prodiguait étaient dictés par un cœur amoureux. Mais ce serait se faire prendre au piège une deuxième fois et de cela, il n'était plus question.

— Il est tard, dit-elle. Je dois rentrer à la maison.

— Rentrer un peu plus tard ne fera aucune différence maintenant, répondit-il en lui caressant tendrement les cheveux.

Elle rejeta légèrement la tête en arrière et leva vers lui un regard mitigé.

— Expliquer cela à Hannah ne va pas être facile.

— Hannah n'est pas ta mère. Et pourquoi ne pas lui dire la vérité ? Que tu es sortie avec moi, précisa-t-il.

— Je ne sais pas.

— Pourquoi ? Tu as honte d'être là avec moi ?

— Pas vraiment, répondit-elle.

La mâchoire de Conall se contracta.

— Que suis-je censé comprendre ?

Elle sentit la boule d'angoisse se reformer dans sa gorge, et hésita à répondre.

— Ce que j'essaie de dire, c'est que je me sens infiniment triste.

Une ride d'incompréhension se creusa entre les sourcils de Conall.

— Triste ? Mais pourquoi ? J'ai fait ou dit quelque chose qui t'a déplu ?

L'inquiétude manifeste qu'il éprouvait fit déferler sur elle une vague de tendresse. Elle remonta jusqu'à lui et picora sa joue de baisers tendres.

— Oh, Conall, non. Tout était parfait et je pourrais faire l'amour avec toi sans fin. Si je me sens triste, c'est parce que je sais que c'est la fin.

Elle sentit ses muscles se raidir contre elle.

— La fin ? Je pensais au contraire que ce n'était que le début.

Ils n'étaient pas sur la même longueur d'onde. Elle se

dégagea de son étreinte et s'assit au bord du lit, refoulant avec peine les larmes qui, de nouveau, lui brouillaient la vue.

— Je ne vais plus pouvoir continuer à travailler pour toi, maintenant. Pas après ce qui vient de se passer entre nous. Ça ne marcherait jamais.

Dans un bruissement de draps, il s'approcha d'elle et effleura sa nuque d'un baiser léger.

— Je suis heureux que tu penses cela, Vanessa, car comme je te l'ai déjà dit, je ne veux plus que tu sois mon assistante ; je veux que tu sois ma femme.

— Je t'en prie, Conall, ne recommence pas, supplia-t-elle dans un souffle. Pas ce soir.

De ses deux mains posées sur ses épaules, il la força à se tourner vers lui.

— Qu'ai-je fait de si mal pour que tu t'entêtes dans ta décision ? demanda-t-il. Je te demande juste de m'épouser, de rester à mes côtés pour le restant de nos jours. Et, à moins que j'aie mal entendu, tu viens d'avouer que tu adores faire l'amour avec moi. Ou alors, tu ne pensais pas ce que tu disais.

— Je suis sincère, Conall ! Mais t'épouser… Je ne peux me résoudre à faire un mariage de raison, sans amour mutuel. Bien sûr le sexe est important, mais il ne dure qu'un temps et passées les premières d'années de désir intense, que restera-t-il ? Je veux plus que cela, Conall.

Lorsqu'il écarta d'un geste tendre une mèche de cheveux qui lui barrait le visage, elle eut l'impression d'avoir affaire à un homme différent. Elle n'avait encore jamais vu passer dans son regard cette lueur d'infinie tendresse qu'elle ne savait trop comment interpréter.

— Moi aussi, je veux plus, Vanessa.

Elle le fixa, bouche bée, yeux écarquillés de surprise.

— Que dis-tu ?

— Tu as décidé de me rendre les choses difficiles ? dit-il, la rabrouant gentiment.

— Elles le sont également pour moi. J'ai déjà commis

trop d'erreurs, Conall, je ne veux plus me tromper dans mes choix.

— Moi non plus, répondit-il dans un souffle. C'est pourquoi il faut que je te dise que… que je t'aime.

Abasourdie, elle le fixa d'un air incrédule.

— Tu m'aimes ? Qui veux-tu duper avec ça ? Toi ou moi ?

Ivre d'une colère contenue, elle bondit hors du lit et attrapa sa robe qui gisait sur le sol.

— Quoi qu'il en soit, dit-elle entre ses dents, je ne suis pas prête à te pardonner un coup aussi bas.

Il la rejoignit d'un bond et lui arracha la robe des mains.

— De quoi parles-tu à la fin ? dit-il, fulminant à son tour. Je ne fais que m'ouvrir à toi, te confier ce que j'éprouve à ton égard !

Toujours écumante de rage, elle chercha du regard de quoi couvrir sa nudité, devenue soudain embarrassante. La chemise de Conall ferait l'affaire, se dit-elle en se précipitant dessus et en l'enfilant à la hâte.

— De mieux en mieux ! Tu me prends vraiment pour une idiote !

La colère de Conall retomba d'un coup. Il posa la robe sur le lit et enveloppa de ses bras Vanessa qui, à ce simple contact, se sentit fondre.

— Vanna, dit-il d'une voix douce, je n'ai peut-être pas choisi le bon moment pour te parler de mes sentiments mais je ne peux pas aller contre ça. Tu sais, je ne suis qu'un paysan, moi ; je n'ai rien d'un Roméo ou d'un play-boy. Eux s'y prendraient bien mieux pour déclarer leur flamme à la femme qu'ils aiment.

Elle voulait tant le croire ! Elle aurait donné n'importe quoi pour que les mots qu'il venait de prononcer soient vrais ! Mais tout son être se refusait à croire que cet homme avait changé. Surtout pour elle.

— Tu as certainement oublié, Conall, mais tu m'as pourtant confié que tu ne croyais pas à l'amour ; que ce n'était qu'une illusion.

Elle vit passer sur son visage un mélange de frustration et de regret.

— J'étais plein d'amertume. Et c'est vrai que je pensais cela jusqu'à ce que tu entres dans ma vie et que… Oh, Vanna, crois-moi, j'ai tout fait pour ne pas t'aimer ; j'ai essayé de me persuader que tu n'étais qu'une femme de plus dans ma vie, que je pourrais aisément me passer de toi. En vain. Je ne peux pas. J'ai besoin de toi dans mon lit, dans ma vie, je t'aime, c'est aussi simple que ça.

Sentant sa carapace se fissurer dangereusement, elle fit de son mieux pour résister à la douce tentative de persuasion dont elle était l'objet.

— Tu veux dire que le sexe n'a rien à voir avec cette subite prise de conscience ? demanda-t-elle avec une pointe de scepticisme.

Lorsque ses mains se mirent à caresser sensuellement son dos puis à descendre jusqu'au creux de ses reins, elle se sentit perdue, prête à s'abandonner avec volupté au plaisir intense qu'il savait lui donner.

— Il ne s'agit pas que de sexe entre nous, et tu le sais très bien. Pour ce qui est de t'aimer…

Il s'interrompit et enfouit son visage au creux de son épaule, comme pour se donner le courage de poursuivre.

— Je crois bien que je t'aime depuis longtemps, Vanna. Bien avant que tu ne t'évanouisses dans mes bras. C'est pour cette raison que je gardais mes distances avec toi, je ne voulais surtout pas donner libre cours à cet amour naissant.

En dépit de tous les signaux d'alarme qui la mettaient en garde, le cœur de Vanessa se mit à battre la chamade. Emue, elle le regarda à travers ses larmes.

— Moi non plus, je ne voulais pas t'aimer. Mais je n'ai pas pu.

Dans un soupir de soulagement, il prit ses lèvres et l'entraîna de nouveau sur le lit.

— Conall, les bébés…, dit-elle faiblement tandis que,

l'ayant dépouillée de sa chemise, il prenait l'un de ses seins dans sa bouche gourmande.

— Les bébés vont avoir un papa, murmura-t-il contre sa peau brûlante.

— Mais ce soir…

— Tu vas rentrer tard. Très tard.

Une semaine plus tard, Conall discutait avec Walt, l'homme qui supervisait depuis toujours les écuries, les stalles, les galopeurs, les palefreniers et tout ce qui constituait le petit monde du ranch. Il était un élément clé, celui qui veillait au bien-être des hommes comme des bêtes.

Inconditionnel des listes, il en établissait des dizaines qui transitaient d'abord par le bureau de Liam avant de se retrouver sur celui de Conall. Mais Liam étant absent, il tenait à remettre en main propre à Conall ses dernières requêtes manuscrites.

— Il n'y a pas grand-chose cette fois, monsieur Conall, dit-il tandis que ce dernier passait rapidement en revue le feuillet qu'il lui avait tendu. Principalement des faux, on en a cassé deux rien que cette semaine. Ça, on ne peut pas dire qu'elles sont fabriquées pour durer des lustres, comme avant.

— Des faux ? dit Conall, manifestement ailleurs. J'en ai déjà fait livrer la semaine dernière, nous en avons besoin de plus ?

— Oui, monsieur, répondit Walt avec un respect manifeste. Le problème, c'est que la moitié des terres devraient être tournées en pâture ; comme ça, on économiserait plein de faux. Mais vous connaissez votre frère, il s'imagine que tous les chevaux ont une carrière exceptionnelle devant eux. Il les voit tous coureurs.

— Vous avez raison, Walt, dit Conall avec un sourire complice auquel répondit le vieil homme. Mais il est temps que je retourne au bureau, maintenant. Vous devriez vous reposer un peu, vous travaillez trop.

— Vous pouvez parler ! D'ailleurs, je n'ai pas le temps, je dois aider Travis à réparer l'abreuvoir de l'enclos. Cette jeune génération est d'une incompétence !

Toujours maugréant, il s'éloigna sous le regard indulgent de Conall qui vit arriver au pas de course Brady, son plus jeune frère. Adjoint au shérif du comté de Lincoln, son poste ne lui laissait guère l'occasion de passer beaucoup de temps avec sa famille.

En fait, Conall enviait Brady de s'être démarqué des autres garçons Donovan. Contrairement à eux, il avait fait preuve d'indépendance. Il s'était choisi un métier qu'il adorait et qui n'avait rien à voir avec le monde de l'élevage. Le tout, sans éprouver le moindre sentiment de culpabilité. Conall, lui, s'était souvent senti obligé d'assumer son devoir de fils aîné. C'était sur lui qu'on comptait pour perpétuer le nom des Donovan et pérenniser la renommée du ranch.

— Salut, Conall, dit Brady. Tu allais au ranch ou au bureau ?

En voyant son frère retirer son chapeau et le tapoter contre sa cuisse pour le débarrasser de la poussière dont il était couvert, Conall désigna sans hésiter les bâtiments qui abritaient les bureaux.

— Au bureau, mais je ne suis pas mécontent de faire une pause. À vrai dire, j'en ai assez d'être enfermé toute la journée.

— Avec Vanessa ? lui demanda son frère, taquin, en ricanant. C'est difficile à croire.

— Vanessa a pris sa journée pour faire du shopping avec Maura. C'est maman qui la remplace, mais un de ces jours, il faudra bien que je songe à faire appel à un intérimaire pour les remplacer ponctuellement l'une ou l'autre.

Visiblement amusé par cette dernière remarque, Brady se dirigea vers le box le plus proche où une jument pointait le museau à travers les barreaux de bois.

— Avez-vous fixé une date de mariage ? demanda-t-il négligemment en caressant l'animal.

— Pas encore mais nous y réfléchissons.

— Je n'avais pas encore eu l'occasion de te dire à quel point je suis content pour toi, Conall. Je ne doute pas que cette fois sera la bonne et que tu seras aussi heureux que je le suis avec Lass.

Conall adressa un sourire reconnaissant à son frère. Lorsque Brady était tombé amoureux de Lass, il s'était fait un sang d'encre pour lui. À cette époque, Lass souffrait d'amnésie et avait tout oublié de sa vie. Les deux hommes avaient souvent eu des mots à son sujet, mais aujourd'hui Conall reconnaissait volontiers qu'il avait eu tort et bénissait Lass de rendre son frère si heureux.

— Eh bien, je ne l'ai pas trouvée au bord de la route, comme toi, dit-il en riant, mais elle est résolument la femme qu'il me fallait.

Brady délaissa la jument pour se tourner vers son frère et lui adresser un sourire plein d'affection.

— C'est tout ce qui compte, Conall, dit-il d'un ton grave. Quand Liam rentre-t-il ?

— Je l'ignore. Mais probablement pas avant la fermeture de Del Mar, pour Labor Day. Cela lui laisse pas mal de temps pour profiter du soleil et des vagues de l'Atlantique.

C'était tellement à l'opposé de ce qu'aimait Liam que Brady éclata d'un rire sonore.

— Tu parles ! Il doit passer tout son temps sur les terrains de course, oui ! Il faut que j'y aille, dit-il en passant un bras affectueux autour de l'épaule de son frère. J'ai rendez-vous avec Lass pour dîner et cela nous arrive si rarement que je n'ai pas intérêt à arriver en retard, elle m'arracherait les yeux !

— J'en doute, dit Conall en riant. Excepté Vanessa, je ne connais aucune autre femme aussi compréhensive qu'elle.

Brady s'était éloigné de quelques pas lorsqu'il s'arrêta et se retourna vers son frère.

— Au fait, j'étais venu pour te dire que nous savons qui a défoncé la clôture du ranch avec son véhicule. C'est un adolescent d'Alto. Lorsque le père a vu l'arrière de son pick-up enfoncé, il a sommé son fils de s'expliquer et celui-ci n'a pas tenu longtemps avant d'avouer. Le père a proposé de payer pour les réparations mais je lui ai dit que j'allais t'en parler avant.

— L'argent n'est pas le problème. Je préférerais que le coupable vienne repeindre la clôture. Cela lui servirait au moins de leçon !

— C'est exactement ce que je pensais, dit Brady. Au fait, Vanessa sait-elle quel merveilleux père vont avoir ses enfants ?

Il s'éloigna cette fois pour de bon en faisant un signe de la main tandis que Conall restait immobile près du box, en proie à toutes sortes d'émotions.

Ces derniers jours, il avait été tiraillé entre l'euphorie la plus intense et une terreur tout aussi incontrôlable. Lorsque Vanessa avait accepté de faire l'amour avec lui puis, plus tard, de l'épouser, il avait eu l'impression de flotter sur un nuage. Mais, très vite, ses craintes avaient repris le dessus.

Les ennuis n'allaient pas tarder s'il ne se dépêchait pas de mettre Vanessa au courant de sa situation. Cette nuit-là, il ne s'était pas senti le courage de lui avouer la vérité de peur de la voir s'éloigner, comme les rares autres avant elle ; de peur de la voir revenir sur sa décision.

Par lâcheté, il avait laissé les jours passer, remettant sans cesse à plus tard et voilà que, déjà, sa mère et sa grand-mère planifiaient une soirée de fiançailles. D'ici quelques jours, le ranch serait rempli d'une foule d'amis, de connaissances, de relations qui attendraient avec fébrilité l'annonce de la date du mariage.

Mais serait-il encore question de mariage lorsque Vanessa connaîtrait sa stérilité ?

Il fallait qu'il lui parle. Sur-le-champ.

Fort de cette bonne résolution, il pressa le pas vers ses bureaux et, portable en main, composa son numéro. Après tout, si elle était la femme merveilleuse et compréhensive qu'il aimait, elle ne pourrait que compatir à un malheur dont il n'était pas responsable.

L'angoisse au ventre, il écouta la sonnerie résonner dans le vide.

— Conall, quelle bonne surprise ! dit-elle en décrochant enfin. Je pensais que tu travaillais.

— J'ai encore quelques coups de fil à passer avant de quitter le bureau.

— Tu as besoin de renseignements ? demanda-t-elle d'un ton joyeux. Maura et moi prenons un café au Blue Mesa mais je peux quand même essayer de t'aider.

Cet excès de zèle le fit sourire.

— Non, répondit-il. Ce n'est pas la raison de mon appel. J'ai pensé que je pourrais passer chez toi ce soir. Je verrais les jumeaux et… et nous pourrions parler.

— Parler ? dit-elle en laissant échapper un rire cristallin qui le fit frissonner de désir.

Il ferma les yeux pour mieux l'imaginer nue. Parler allait s'avérer une tâche ardue avec les pensées érotiques qui lui traversaient l'esprit.

— Oui. Nous avons des sujets importants à aborder, comme fixer la date de notre mariage… entre autres, dit-il en retenant son souffle. Tu comptes rester en ville encore longtemps ?

— Je ne pense pas. Attends, je vérifie auprès de Maura.

Dans le téléphone, des bruits assourdis de musique se mêlèrent à ceux de la circulation.

— Nous partons dans quelques minutes, reprit-elle. Je serai à la maison avant toi.

— Parfait. À plus tard, chérie.

Un sourire amoureux aux lèvres, Vanessa referma le clapet de son téléphone portable et but une gorgée de son café devenu tiède.

— Alors, mon frère n'a pas renoncé à sa sale manie de donner des ordres ? dit Maura, ironique.

— Il est toujours mon patron, répondit Vanessa, prenant sa défense. Il est encore en droit de me donner des ordres.

Maura la féministe secoua la tête d'incompréhension.

— Ce qui est sûr, c'est qu'il parvient à t'amener là où il veut.

— Je vais surtout là où j'ai envie d'aller, répondit Vanessa avec calme et détermination.

— En tout cas, je suis heureuse que ce soit toi qui épouses mon frère. Depuis ton retour ici, nous nous sommes à peine vues, mais cela va changer, j'en suis sûre, et j'espère que nous nous ménagerons encore beaucoup de bons moments comme celui-ci.

— Je n'en doute pas. D'ailleurs, Conall m'a dit vouloir prendre quelqu'un pour m'aider au bureau. Il veut que je passe plus de temps avec les jumeaux et j'avoue que je ne suis pas contre cette idée, même si je ne me vois pas femme au foyer à plein temps. Me trouves-tu égoïste ?

— Absolument pas. Après la naissance de Riley, je me suis mise à travailler à mi-temps et j'ai l'intention de travailler encore moins lorsque Clancy sera là. Mais, tout comme toi, je souhaite quand même continuer à pratiquer mon métier. Les femmes ont besoin d'avoir leurs propres centres d'intérêt sans quoi elles prennent le risque de s'étioler.

Vanessa but une longue gorgée de café, réfléchissant à ce que venait de dire sa future belle-sœur.

— Oui, je crois qu'un mi-temps sera largement suffisant tant que les jumeaux ne seront pas plus grands.

— Et qui sait ? dit Maura dans un sourire lourd de sous-entendus. Peut-être Conall et toi aurez envie d'agrandir la famille.

L'allusion fit rougir Vanessa comme une adolescente. Heureusement, elle était prévoyante et avait su se protéger d'une grossesse accidentelle, car la nuit où ils avaient fait l'amour pour la première fois, Conall ne s'était pas inquiété du problème de la contraception. Curieusement, lorsque plus tard elle lui avait dit de ne pas s'inquiéter, il ne s'était pas attardé sur le sujet. Un peu comme si la savoir enceinte ne lui aurait posé aucun problème. Elle songea, débordante d'amour, qu'il n'y avait pas lieu d'aborder le sujet pour savoir qu'il voudrait d'autres enfants.

— Peut-être, dit-elle, évasive. Oh Maura, tant de choses se sont précipitées ces derniers temps ! D'abord les jumeaux, puis la demande en mariage de Conall ! Aujourd'hui, je me demande pourquoi je me suis montrée si réfractaire à cette idée.

— Je te comprends, j'ai éprouvé exactement la même chose avec Quint, dit Maura en repoussant son assiette vide pour prendre sa tasse. Je pensais qu'il ne voulait m'épouser que pour l'enfant que nous attendions et moi j'avais besoin d'amour. Mais à force de persévérance, il a su me rassurer.

— Moi aussi, je suis heureuse que Conall ait persisté.

Elle reposa sa tasse vide sur sa soucoupe et s'empara de son sac avant de reprendre :

— Si tu es prête, nous pouvons y aller. J'aimerais avoir un peu de temps devant moi avant d'accueillir Conall.

Dans un élan d'affection sincère, Maura posa sa main sur celle de Vanessa.

— Avant de partir, je voudrais que tu saches que je suis ravie que tu deviennes ma belle-sœur. Je n'aurais pu rêver meilleure épouse pour mon frère. Il a été si marqué par toutes les épreuves qu'il a traversées que j'ai craint qu'il se ferme à jamais à l'amour. Je sais qu'avec toi, il sera heureux, que tu ne lui feras pas de mal et que tu n'essaieras pas de le manipuler comme l'a fait Nancy. Et je sais aussi que son problème ne t'empêchera pas de l'aimer.

— Son problème ? répéta Vanessa qui ne voyait pas à quoi son amie faisait allusion.

Une ride soucieuse se creusa entre les sourcils de Maura.

— Oui… tu sais bien… son problème de santé.

Vanessa se raidit à l'idée que Conall lui avait caché quelque chose, mais c'était de sa bouche qu'elle devait l'apprendre, et pas de celle de Maura.

— Ah oui… ça, dit-elle vaguement, feignant de savoir. Cela n'a aucune importance pour moi.

Le sourire que lui adressa Maura disait tout le soulagement qu'elle éprouvait.

— Tu vois, c'est l'une des raisons pour lesquelles je t'ai toujours aimée, Vanessa. Tu n'attends pas des gens qu'ils soient parfaits.

La bouche sèche, Vanessa se remplit un verre d'eau qu'elle but d'un trait avant de répondre d'un ton qu'elle voulait neutre :

— Je ne peux pas exiger des autres ce que je ne suis pas moi-même, n'est-ce pas ?

Comme Maura allait répondre, son téléphone portable se mit à sonner, mettant un terme à cette discussion devenue pénible.

— Je suis désolée, Vanessa, mais c'est Quint, dit Maura après avoir décroché. Je préfère m'assurer que tout va bien.

Tandis qu'elle échangeait quelques mots avec son mari, les pensées les plus alarmantes se bousculaient à l'esprit de Vanessa. De quoi souffrait donc Conall ? D'une maladie chronique ? Impossible. Depuis le temps qu'elle travaillait avec lui, elle l'aurait vu malade ou du moins aurait saisi des signes de sa maladie. Au contraire, il paraissait même en excellente santé.

Le claquement sec du téléphone que refermait Maura la tira brutalement de ses pensées.

— Je déteste devoir me sauver ainsi mais le grand-père de Quint ne se sent pas très bien et il me demande de passer le voir avant de rentrer à la maison. Comme j'ai bien quarante-cinq minutes de trajet, il vaut mieux que je file sans tarder.

Elle se leva en laissant quelques billets sur la table.

— Ça devrait suffire, dit-elle.

Vanessa se leva à son tour et fourra les billets dans la main de son amie.

— Reprends ça, veux-tu ? Je réglerai.

— Hors de question, mon chou ; aujourd'hui, c'est moi qui régale.

Elle posa un baiser furtif sur la joue de Vanessa avant de lui dire :

— À bientôt. Et fais-moi confiance, Conall va avoir

les yeux qui lui sortiront de la tête lorsqu'il te verra dans la robe que tu as achetée.

Vanessa lui sourit vaillamment et agita la main en guise d'adieu. Quelques minutes plus tard, elle avait rejoint l'autoroute et prenait la direction de chez elle aussi vite que la limitation de vitesse l'y autorisait.

Conall n'avait pas la réputation d'être quelqu'un de nerveux. Ses frères et sa mère l'accusaient même régulièrement d'être taillé dans un bloc de marbre tant il ne laissait rien paraître de ses émotions.

Pourtant, s'ils avaient pu le voir à cet instant précis, ils ne l'auraient sans doute pas reconnu ! songeait-il avec une certaine ironie alors qu'il se rendait chez Vanessa.

Son estomac était noué et son cœur battait si vite qu'il s'attendait à ce qu'il s'arrête à tout moment. Lui qu'une discussion n'avait jamais effrayé passa le reste du trajet à chercher à se rassurer.

Vanessa était une femme sensible et compréhensive, il n'avait donc aucune raison de se tourmenter de la sorte, se dit-il avec assurance tandis qu'il garait son pick-up devant la petite maison des Valdez.

# - 11 -

Vanessa alla ouvrir au premier coup frappé à la porte. Dès qu'il fut face à elle, et sans attendre d'avoir pénétré à l'intérieur, Conall la prit dans ses bras et l'embrassa longuement.

— Mmm, dit-elle dans un petit rire. Dois-je comprendre que je t'ai manqué ? Je crois que j'ai bien fait de dire à Hannah de prendre sa soirée.

Il resserra un peu plus son étreinte et se grisa de son odeur, regrettant que ce qu'il avait à lui dire ne soit pas seulement des mots d'amour, ni le désir qui le submergeait déjà.

Il jeta un coup d'œil par-dessus son épaule.

— Elle n'est pas là ?

Elle s'effaça devant lui pour lui permettre d'entrer et referma la porte sur eux.

— Non, répondit-elle. Elle est partie il y a un peu moins d'une heure. Quant aux jumeaux, ils se sont endormis tout de suite après leur biberon.

— Oh, dit-il sans pouvoir cacher sa déception. J'espérais tant les voir éveillés. J'ai l'impression de ne pas les avoir tenus dans mes bras depuis des siècles.

— Je ressens la même frustration, dit-elle. Moi aussi j'ai l'impression que tu ne m'as pas tenue entre tes bras depuis trop longtemps.

Pourtant, lorsqu'il l'attira de nouveau à lui et qu'il l'embrassa, il sentit son corps se raidir contre lui.

— Qu'y a-t-il ? demanda-t-il. Quelque chose ne va pas ?

— Rien. Enfin, je l'espère.

Elle se détourna de lui et désigna la cuisine d'un geste vague de la main.

— Tu veux manger quelque chose ?

— Non merci. Plus tard, peut-être.

Impatiente de crever l'abcès, elle tendit devant elle ses doigts entrecroisés, donnant le signal de la discussion.

— Bien, dit-elle d'une voix forte. Tu voulais parler, je crois, eh bien, parlons.

Il comprit qu'elle était à bout de nerfs et que son humeur n'allait pas lui faciliter la tâche.

— Je me demande si le moment est bien choisi, dit-il. Tu ne sembles pas dans ton assiette ce soir.

Elle haussa les épaules tout en poussant un profond soupir.

— C'est vrai, je l'admets. Je ne suis pas dans mon assiette, mais c'est sûrement parce que je m'inquiète pour toi.

— Tu t'inquiètes pour moi ? dit-il pour gagner du temps parce qu'il pressentait le pire. Je t'assure que je vais bien, mais j'irai encore mieux lorsque nous aurons fixé la date de notre mariage.

Enfin soulagée, elle plongea dans son regard avant d'aller se blottir tout contre lui.

— Dieu merci. Je m'étais imaginé toutes sortes de choses horribles.

Troublé, il la serra un peu plus étroitement contre lui.

— Pourquoi t'inquiéter ainsi, ma chérie ? Tu peux constater par toi-même que je suis en parfaite santé.

— Je sais, dit-elle en reniflant un peu. Mais après ce que m'a dit Maura, et comme elle est infirmière, j'ai eu peur que tu souffres d'une maladie grave. C'est stupide, je sais bien, mais…

Pour la première fois de sa vie, il sentit son sang se glacer dans ses veines.

— Que t'a-t-elle dit exactement ? demanda-t-il d'une voix blanche.

Surprise par sa réaction, elle rejeta la tête en arrière et chercha son regard pour se rassurer.

— Rien de précis. Elle a juste parlé d'un problème de santé, mais je n'ai pas insisté pour en savoir plus. Si je dois apprendre quelque chose te concernant, autant que ce soit de ta bouche.

Il ressentit comme un coup de poing fulgurant dans l'estomac. Ainsi, le moment tant redouté était venu. Il la prit par la main et la conduisit jusqu'au canapé du salon.

— Je crois que nous serons mieux assis, dit-il.

— Qu'y a-t-il Conall ? demanda-t-elle, morte d'inquiétude. La façon que tu as de me regarder…

— Excuse-moi. Je ne voulais pas t'effrayer.

Il leva le visage vers le plafond et ferma les yeux, comme pour se donner le courage de se lancer.

— Je ne sais pas trop comment commencer mais y a-t-il une bonne façon d'annoncer ça ? dit-il comme pour lui-même. J'aurais dû t'en parler depuis longtemps, mais je n'arrivais pas à m'y résoudre.

— Pourquoi ?

Elle avait le souffle court.

Il lutta avec peine pour ne pas se laisser submerger par la vague d'amertume qui l'envahissait.

— Parce que ma « condition » suscite généralement une réaction négative. Surtout auprès des femmes.

Les sourcils de Vanessa s'arquèrent de surprise.

— Les femmes ? Je ne comprends pas. D'après ce que j'en sais, tu n'es ni impuissant, ni impotent.

S'il ne s'était pas senti aussi mal, la remarque de Vanessa l'aurait probablement amusé.

— En effet, il ne s'agit pas de ça.

Touchée de voir l'homme qu'elle aimait aussi démuni, elle lui pressa la main pour l'encourager à poursuivre.

— Je ne sais pas ce que tu as de si terrible à confesser, Conall, mais sache que rien ne m'empêchera de t'aimer.

— Si seulement c'était vrai ! Je voudrais tellement que tu te souviennes de cette discussion, un sourire aux lèvres.

— Grâce à toi, je souris tous les jours à la vie, lui dit-elle d'une voix douce. Regarde un peu, tu as fait de moi une incorrigible romantique.

Il se pencha vers elle et, au comble de l'émotion, déposa un baiser chaste sur son front.

— Conall, même si tu es malade, je resterai près de toi. Nous ferons face ensemble.

— Je ne suis pas malade, Vanessa. Mais je l'ai été. J'étais tout bébé lorsque j'ai attrapé un virus qui a provoqué une forte fièvre et, consécutive à celle-ci, des convulsions. Mes parents ont craint pour ma vie mais finalement je m'en suis sorti sans séquelles apparentes.

Elle le fixa sans comprendre.

— Pourquoi me racontes-tu tout ça, Conall ? Je ne vois pas où tu veux en venir.

Il chercha dans son regard la force de continuer.

— Parce qu'il faut que tu saches pourquoi… pourquoi je ne peux pas avoir d'enfants.

Elle le fixa, interdite, semblant ne pas croire à ce qu'elle venait d'entendre.

— Tu veux dire… tu…

— Je suis stérile, Vanessa. La fièvre a affecté mes fonctions reproductrices, mais je ne l'ai su que bien plus tard, lorsque Nancy et moi avons essayé d'avoir un enfant.

— Oh, Conall… c'est… c'est, dit-elle, sous le choc. Je ne m'attendais pas à ça.

Tout doucement, elle dégagea sa main et se leva du canapé. Il resta immobile tandis qu'elle arpentait le salon d'un pas mécanique, sans dire un mot. Lorsqu'elle finit par s'arrêter devant une photographie encadrée de ses parents, le visage empreint d'une insondable tristesse, il se détesta. S'il ne l'avait pas poussée à accepter de devenir sa femme, elle aurait fini par trouver un homme qui lui aurait tout donné.

— Je regrette, Vanessa, dit-il d'une voix rauque d'émotion.

Face à son mutisme, il quitta à son tour le canapé et alla la rejoindre tandis qu'elle reposait le cadre avec une sorte de vénération.

— Moi aussi, je regrette, Conall, dit-elle en rivant son regard au sien. Je regrette que tu ne m'aies rien dit avant que je ne tombe amoureuse de toi.

Lorsque les larmes se mirent à ruisseler sur ses joues, il sentit une douleur aiguë lui vriller le cœur. Si aiguë qu'elle l'empêcha de respirer normalement.

— Tu as raison. J'aurais dû te parler. Mais au début, comme tu étais sans arrêt sur la défensive, j'aurais définitivement perdu tout espoir de te conquérir.

— Comment sais-tu comment j'aurais réagi ? Tu n'as même pas essayé de me parler !

— Sois franche, Vanessa. Tu m'aurais donné une chance si tu avais su la vérité ?

Elle posa sur lui ses yeux emplis de larmes.

— Je ne sais pas. Ce que je sais, c'est que j'ai toujours voulu avoir des enfants. Jeff ne m'en a pas donné et…

— Tu en as deux maintenant. Deux magnifiques et merveilleux bébés. Je veux être leur père. Désespérément. Tout comme tu souhaitais devenir mère.

Une lueur mauvaise s'alluma soudain dans son regard.

— Ah, je vois, dit-elle entre ses dents. Tu veux être père et j'ai deux enfants. Drôle de coïncidence, non ? Mais que j'ai pu être bête, encore une fois ! Ta conduite avec moi était dictée par ce besoin effréné de devenir père. Moi, je n'étais que la cerise sur le gâteau.

Il devint livide et répondit d'une voix si basse qu'elle en était presque inaudible :

— Je pensais… J'ai prié pour que tu réagisses différemment des autres. Je suis tombé amoureux parce que je sentais en toi une humanité rare ; j'étais presque certain que tu m'accepterais comme l'homme que je suis au lieu de me condamner pour ce que je ne peux pas être. Une fois de plus, je me suis trompé.

Sa voix était pleine d'amertume.

Elle secoua la tête, incrédule.

— N'inverse pas les rôles, Conall. C'est toi le coupable, pas moi ! Tu voulais m'épouser juste pour les jumeaux.

En dépit de la souffrance qui l'assaillait, il parvint à esquisser un sourire contrit.

— Tu as raison, ils ont été l'élément déclencheur. Mais je pensais qu'avoir ces enfants te rendrait ma stérilité plus facile à accepter. Je nourrissais l'espoir secret, idiot, que deux enfants te suffiraient et que nous formerions une belle famille. Mais il est évident que ce n'est pas le cas.

Sans attendre la moindre réponse ni le moindre geste, il prit son Stetson, le vissa sur sa tête et quitta la maison d'un pas tranquille.

Le lendemain matin, après une nuit blanche passée à ruminer sa colère et sa peine, Vanessa se leva à l'aube et se prépara un café avant de prendre son courage à deux mains et d'appeler Conall.

Comme elle l'avait espéré, il n'était pas encore au bureau. La voix rauque de tout un mélange d'émotions vives, elle laissa un message sur le répondeur.

— C'est Vanessa. Je t'appelle pour te dire que je ne viendrai pas travailler aujourd'hui et que si tu veux me chercher une remplaçante, je comprendrai parfaitement. Au revoir.

Elle fondit en larmes aussitôt qu'elle eut raccroché. Lorsque Hannah arriva deux heures plus tard, elle pleurait encore toutes les larmes de son corps.

— Vous vous êtes levée tôt ce matin, dit cette dernière en faisant mine d'ignorer son désespoir. Vous devez vous rendre au bureau plus tôt que d'habitude ?

Vanessa essuya ses joues d'un geste furtif.

— Non. En fait, je ne vais pas travailler aujourd'hui, parvint-elle à articuler d'une voix à peu près normale. Et puis, je ne suis pas certaine de faire toujours partie du personnel du ranch.

— Allons, dites-moi ce qui ne va pas, dit Hannah avec douceur.

Vanessa tenta de refouler la boule qui lui nouait la gorge et l'empêchait de parler.

— Je ne sais pas par où commencer, dit-elle d'une voix chevrotante.

Pleine de compassion, Hannah vint s'asseoir à côté d'elle et passa un bras affectueux autour de ses épaules.

— Qu'est-ce qui ne va pas, mon petit ? Vous êtes malade ? Je vais préparer les jumeaux et vous conduire en ville pour voir un médecin.

L'extrême sollicitude de cette femme qu'elle connaissait à peine la poussa à se blottir dans ses bras et à laisser de nouveau libre cours à ses larmes.

— N… non, dit-elle en hoquetant. Je ne suis pas malade. Il s'est passé quelque chose entre Conall et moi hier soir. Nous n'allons plus nous marier, comme nous l'avions prévu.

— Oh non, je ne peux pas croire une chose pareille, dit Hannah en lui caressant les cheveux. Mais pourquoi ? Vous allez si bien ensemble !

Vanessa ferma les yeux et pressa ses poings fermés sur ses paupières closes. La veille, lorsque Conall s'était dirigé vers la porte, elle avait failli courir après lui pour le retenir, lui crier qu'elle n'était pas celle qu'il s'imaginait. Mais la fierté et la colère l'avaient emporté. Maintenant, alors que les premiers rayons du soleil s'infiltraient par la fenêtre, elle se demandait si elle l'avait repoussé pour se protéger d'un nouveau mariage sans amour ou si elle avait volontairement gâché ses chances d'être enfin heureuse.

— Rien n'est parfait en ce bas monde, répondit-elle dans un souffle.

— Il est évident que vous n'avez pas les idées claires ce matin, répondit Hannah. Allons, laissez-vous un peu de temps, Vanessa, et vous verrez, les choses finiront par s'arranger. J'en suis certaine.

Vanessa regretta de ne pas être douée du même optimisme, mais tout ce qu'elle voyait était une longue route solitaire s'étirer devant elle. Car en admettant qu'elle ait mal jugé Conall, il y avait fort à parier qu'il ne lui pardonnerait pas la blessure infligée.

— J'en doute, Hannah. Et puis, je déteste avoir à vous le dire, mais si Conall me renvoyait, je ne pourrais plus vous garder pour vous occuper des petits.

L'idée de perdre en même temps Conall et Hannah la fit de nouveau sangloter.

— Je suis désolée, dit-elle lorsqu'elle se fut un peu calmée.

— Écoutez-moi, mon chou, et cessez de vous torturer. C'est Conall qui m'a embauchée, qui me paie et tant qu'il ne me signifiera pas mon congé, je reste fidèle à mon poste. Maintenant, essuyez-moi ces larmes, mouchez-vous et aidez-moi à préparer un solide petit déjeuner avant que les jumeaux ne réclament le leur.

Deux semaines plus tard, Vanessa reçut un appel de Gold Aspen Manor. Les médecins jugeaient Alonzo capable de quitter le centre pour quelques heures, et elle fonça le chercher, ivre de bonheur à l'idée de ramener le vieil homme dans la seule maison qu'il ait jamais connue.

Découvrir les jumeaux et jouer avec eux avait allumé dans ses yeux une étincelle qu'elle n'avait pas vue briller depuis bien longtemps.

Maintenant que les petits dormaient, il explorait son jardin, le carré de terre où il cultivait ses légumes et le petit enclos où se trouvaient ses chèvres adorées. Les yeux de Vanessa se brouillèrent lorsqu'elle le vit caresser avec une véritable dévotion la tête de l'une de ses bêtes.

Se retrouver chez elle avec son père, même pour quelques heures trop courtes, était la seule belle chose qui lui était arrivée depuis sa rupture avec Conall.

Elle poussa un profond soupir, lourd de tristesse, tandis que son regard se posait sur un pot de marguerites.

« Il m'aime un peu, beaucoup, pas du tout », se récitat-elle avec mélancolie. Conall se posait-il la même question à son sujet ?

La dernière fois où elle lui avait parlé, c'était le jour où elle avait laissé un message. Il avait rappelé un peu plus tard et, d'une voix dénuée de toute émotion, lui avait signifié qu'elle n'avait pas à s'inquiéter, il se débrouillerait sans elle. Il avait raccroché précipitamment, sans lui laisser la moindre chance de s'exprimer.

Depuis, elle n'avait plus eu aucune nouvelle de lui.

À plusieurs reprises, elle s'était surprise à prier de s'être trompée à son sujet, regrettant la dureté dont elle avait fait preuve à son égard. Mais elle déplorait que, de son côté, il n'ait fait aucun effort pour lui prouver le contraire.

« J'étais presque certain que tu m'accepterais comme l'homme que je suis au lieu de me condamner pour ce que je ne peux pas être. »

Elle s'était repassé en boucle ces mots qui continuaient à la hanter jour et nuit. Pourquoi le punir de ne pas pouvoir avoir d'enfants ? Pourquoi rajouter à sa souffrance ?

La main que son père venait de poser sur son épaule la fit sursauter violemment. Elle fit de son mieux pour paraître sereine et se força à lui sourire.

— Les chèvres sont contentes de te voir, dit-elle d'un ton qu'elle voulait léger.

— Elles sont bien grasses, répondit-il avec satisfaction. Tu t'es bien occupée d'elles.

Il alla s'installer sur une chaise en face d'elle et regarda en direction du parc qu'elle avait installé à l'ombre et dans lequel les jumeaux dormaient à poings fermés.

— Ils grandissent vite, dit-il. Bientôt ils marcheront.

Tandis qu'elle suivait le regard de son père, son cœur se gonfla d'émotion. Elle n'aurait pas plus aimé ces enfants si elle leur avait donné elle-même le jour. Elle se sentait véritablement leur mère, une mère prête à les élever et à les guider.

Invariablement, chaque fois qu'elle les contemplait, ses pensées dérivaient vers Conall qui ne connaîtrait jamais la joie d'être père. Son cœur se mettait alors à saigner, mais pas seulement sur son sort tragique à lui. Elle pleurait aussi sur elle-même, regrettant de ne plus le voir, de ne plus pouvoir le toucher, l'aimer et sa souffrance était si intense qu'elle craignait bien de ne jamais s'en remettre.

Elle secoua la tête pour chasser ces pensées déprimantes de son esprit et tenta de se concentrer uniquement sur la présence de son père.

— C'est vrai, d'ici quelques mois, ils crapahuteront partout et je n'aurai pas fini de leur courir après.

— Que comptes-tu faire au sujet de ton travail ? demanda-t-il soudain.

Prise de court, elle lui lança un regard inquiet. Elle aurait dû deviner qu'elle ne pouvait rien lui cacher, qu'il lisait en elle comme dans un livre ouvert.

— Que veux-tu dire ? demanda-t-elle quand même.

— Je sais que tu t'es disputée avec Conall et que tu ne travailles plus au ranch.

Elle laissa échapper un profond soupir. Depuis qu'elle était allée chercher son père le matin, il n'avait pas mentionné le nom de Conall, ni le fait qu'elle n'était pas allée travailler. Elle-même n'avait pas abordé le sujet, craignant de nuire à sa santé déjà trop fragile.

— Qui te l'a dit ?

— Conall. Il est venu me rendre visite la semaine dernière et il m'a expliqué.

Il secoua sa crinière argentée pour exprimer tout le désespoir qui l'envahissait.

— Je ne suis pas content, Vanessa. Tu fais fausse route.

Rougissante, elle détourna la tête pour échapper au regard pénétrant que son père gardait rivé sur elle.

— Je suis désolée de t'avoir déçu, papa. Mais c'est juste que ça ne marchait pas entre nous. Il faut savoir tourner la page, je vais trouver un autre travail. D'ailleurs Eric m'a proposé un poste que je vais probablement accepter. Tu vois, tu n'as pas de souci à te faire, tout va bien se passer.

— Tu en es sûre ? demanda-t-il avec scepticisme.

Silencieuse, elle alla chercher sa fille qui commençait à s'agiter. Le contact de ce petit corps chaud contre sa poitrine eut sur elle un effet apaisant.

— Pourquoi ? demanda-t-elle en réponse. Cela fait des années que je me prends en charge, même lorsque j'étais mariée. Crois-moi, papa, je n'ai aucune inquiétude quant à mon avenir.

Il jura entre ses dents, preuve qu'il maîtrisait de nouveau parfaitement les méandres du langage.

— Je ne te parle pas d'argent, ma fille ! L'argent n'est rien en comparaison de ce que tu vas perdre.

— C'est ce que l'on dit lorsqu'on n'en a pas. D'ailleurs, ce n'était pas pour me sentir financièrement à l'abri que tu souhaitais que j'épouse Conall ?

Un nouveau chapelet d'injures accueillit sa remarque désobligeante.

— Heureusement que les jumeaux sont trop petits pour comprendre, dit-elle sur un ton de reproche.

— Tu crois que c'est mal de jurer ? Pire que de leur expliquer pourquoi Conall ne sera pas leur père ?

Touchée en plein cœur, elle se laissa glisser sur sa chaise, son enfant toujours étroitement serrée contre elle.

— Tu connais la raison pour laquelle j'ai refusé de l'épouser ? demanda-t-elle à voix presque basse.

— Parce qu'il ne peut pas avoir d'enfants. Il faut croire que les jumeaux ne suffisent pas à ton bonheur.

Si elle pensait avoir atteint le fond du désespoir, elle dut reconnaître qu'elle s'était trompée, car l'opinion de son père comptait énormément pour elle. Depuis sa plus tendre enfance, elle avait à cœur de lui plaire, de faire en sorte qu'il soit fier d'elle et de ses choix. Lorsqu'elle le décevait, comme c'était manifestement le cas, quelque chose se déchirait en elle.

Dans un effort surhumain, elle parvint à refouler les larmes qui lui brouillaient la vue.

— Tu te trompes, papa ! Je n'ai pas rompu parce qu'il était stérile. Même si je n'avais pas eu les jumeaux, je l'aurais épousé malgré son problème. Mais je ne peux pas faire ma vie avec un homme qui ne m'aime pas et qui se sert de moi pour assouvir son besoin de paternité !

— J'espère que de là où elle est, ta mère ne t'entend pas, dit-il en secouant la tête de tristesse.

— Mais enfin, papa, ne comprends-tu pas ? J'ai déjà fait cette erreur avec Jeff, je ne veux pas refaire la même avec Conall. Je...

Elle s'interrompit pour chercher l'absolution dans le regard de son père.

— Je ne veux plus souffrir comme j'ai souffert.

— Et moi, je te dis que Conall n'est ni stupide, ni affreux, ni pauvre et qu'il ne manque pas malheureusement pas de mères célibataires. Peux-tu me dire pourquoi c'est toi qu'il a choisie ?

— Probablement parce qu'il ne sort jamais du ranch pour les rencontrer.

— Dans ce cas, que dis-tu de ces orphelinats pleins d'enfants abandonnés ? Crois-moi, s'il n'était motivé que par la paternité, il pourrait se débrouiller sans toi. Il t'a demandé de l'épouser parce qu'il t'aime, mais tu ne veux pas le voir parce que, malgré tes dénégations, tu penses toujours à Jeff.

Outrée, elle se leva d'un bond de sa chaise.

— C'est faux ! s'écria-t-elle. J'aime Conall, et tu le sais !

— Bien sûr que je le sais. Mais Conall le sait-il, lui ?

Cette évidence, pétrie de bon sens, la fit se rasseoir, sonnée.

— De toute façon, je ne suis pas certaine qu'il ne soit pas trop tard, dit-elle d'une voix blanche.

Pour la première fois depuis le début de leur discussion, il sourit tendrement à sa fille.

— Ça vaut le coup d'essayer, non ?

Lorsqu'elle baissa les yeux sur le visage minuscule de Rose, elle comprit qu'elle devait aller trouver Conall et le convaincre qu'elle l'aimait, envers et contre tout.

# - 12 -

Brisant la routine, Conall renonça à passer au bureau en premier, comme il le faisait chaque matin, pour effectuer les deux cents mètres qui le séparaient de la piste d'entraînement.

Appuyé contre la clôture à côté de son père, il essayait de concentrer son attention sur l'un des chevaux de course les plus prometteurs du ranch.

Tel un goéland au-dessus de la mer, la pouliche trottait avec une grâce inouïe, donnant l'impression d'avoir des ailes.

— Regarde-moi ça ! dit Doyle alors qu'elle effectuait son dernier tour de piste au galop. Elle va devenir la reine des terrains de course, tu peux me croire ! Elle est non seulement rapide mais intelligente aussi. Depuis quand n'avons-nous pas eu une telle combinaison ?

— Depuis la naissance de Red Garland, répondit machinalement Conall, l'air absent.

— Eh bien, avec celle-ci, nous aurons deux reines, dit Doyle avec humour.

Conall se força à sourire. Il était bien loin de ressentir le même enthousiasme que son père. Depuis qu'il avait quitté la maison de Vanessa, rien ni personne n'arrivait à le dérider.

« Je ne suis que la cerise sur le gâteau ! »

Même après quinze jours, ces paroles blessantes lui faisaient encore mal et il ne savait quoi faire pour atténuer sa peine.

Du temps. Il lui fallait du temps.

— Liam va être ravi que tu penses tant de bien de Kate's Kitten, fit-il, affectant de s'intéresser au sujet.

— Toi aussi, cela devrait te faire plaisir, non ? Pourtant tu as l'air d'un enfant qu'on consigne dans sa chambre pour faire ses devoirs !

Conall réprima le profond soupir qui lui montait à la gorge. Sans Vanessa, sa vie n'était plus la même. Et s'il s'était rendu sur cette piste ce matin, c'était pour échapper aux images d'elle qui le hantaient et le tourmentaient sans répit.

— Désolé, papa. Bien sûr que ça me fait plaisir mais j'ai pas mal de choses en tête en ce moment.

Doyle fourra dans sa poche le chronomètre qu'il avait encore en main tandis que Conall regardait distraitement le jockey mettre pied à terre et passer les rênes à son palefrenier.

— J'espère que cela n'a rien à voir avec ta petite assistante.

La remarque pour le moins acerbe de Doyle lui fit froncer les sourcils.

— Elle était plus que mon assistante, papa, dit-il avec raideur. Je te rappelle qu'elle était la femme que j'étais sur le point d'épouser. Et pour ne rien te cacher, elle ne travaille plus pour moi.

Une lueur d'inquiétude passa dans le regard de Doyle.

— Je l'ignorais, dit-il d'un ton radouci.

— Je ne l'ai dit à personne, dit Conall en fixant la pointe de ses santiags. Même pas à maman. Je lui ai fait croire que Vanessa avait pris quelques jours de congé.

— Vous ne partagiez pas les mêmes points de vue, c'est ça ?

Conall passa une main sur son visage. Il ne se souvenait pas de la dernière nuit où il avait dormi et l'épuisement qu'il ressentait ne faisait qu'accentuer la torture.

— Elle m'a accusé de ne vouloir l'épouser que pour ses enfants, dit-il soudain.

— Au cas où tu ne le saurais pas, Maura en est malade. Elle pense qu'elle est responsable de votre séparation.

— Maura n'est responsable de rien. Tu penses bien que je n'allais pas épouser Vanessa sans lui avoir d'abord parlé de mon problème. Parfois, je me reproche de ne pas le lui avoir dit plus tôt, mais j'attendais que notre relation soit solide pour le faire. Il faut croire qu'elle ne l'était pas tant que ça, après tout, dit-il avec amertume.

Doyle s'approcha de son fils et posa une main réconfortante sur son épaule.

— Tu crois vraiment qu'elle a rompu parce que tu ne peux pas avoir d'enfants ? demanda-t-il avec douceur.

— Oh, papa ! Ce qui me fait le plus mal, c'est que je la croyais différente des autres ; je pensais vraiment qu'elle m'accepterait tel que je suis. Je ne veux pas croire qu'elle soit pareille à Nancy qui m'a abandonné en me donnant l'impression d'être un homme fini.

— Conall, le fait d'être ton père ne fera pas de moi un expert en matière de psychologie féminine, mais les rares fois où j'ai vu Vanessa, elle m'a semblé être une femme intelligente, sensible et compréhensive.

— Ce qui fait de moi un idiot ? demanda Conall avec un brin d'exaspération.

— En quelque sorte.

— Merci, papa, dit Conall d'une voix sarcastique. Je me sens vraiment mieux !

— Ce n'est pas le but. J'essaie juste de te faire voir les choses différemment. Oublie Nancy, oublie les autres femmes, celles qui t'ont fui. Et surtout, mon fils, commence par accepter ta différence. À mes yeux, comme à ceux de Vanessa, tu seras toujours un homme, alors bats-toi pour la récupérer.

Après une dernière tape affectueuse sur le dos de son fils, Doyle alla rejoindre le palefrenier. Conall resta un moment immobile, se repassant en boucle les paroles de son père.

S'était-il montré trop dur avec lui-même au cours de ces dernières années ? Ce qui était certain, c'était qu'il avait fait de son mieux pour tenir son rôle d'aîné, celui du fort, du dur qui n'échouait jamais et voulait être un exemple parfait pour ses jeunes frères.

Et s'il avait vécu l'annonce de sa stérilité comme le plus gros des échecs, il n'en avait jamais rien laissé paraître car, même dans l'épreuve, il fallait qu'il colle à l'image que l'on avait de lui. Il n'y avait donc rien d'étonnant à ce que Vanessa ne l'ait pas cru puisqu'il avait passé sa vie à faire semblant.

Il se frotta les yeux et regarda en direction de la chaîne de montagnes, là où habitait Vanessa. S'il voulait avoir la moindre chance de la reconquérir, il fallait qu'il aille la voir, qu'il s'ouvre à elle afin qu'elle voie ce qu'il y avait au fond son cœur.

C'est à grandes enjambées et le cœur gonflé d'espoir qu'il regagna son bureau. Avec un peu de chance, et s'il n'avait pas de contretemps, il pourrait être chez elle dans vingt minutes. Il était tellement absorbé dans ses pensées qu'il ne vit pas la Ford garée sur le côté du bâtiment. Lorsqu'il pénétra à l'intérieur, ce ne fut pas sa mère qu'il trouva à son bureau mais Vanessa, occupée à trier une pile de courrier, aussi à l'aise que si elle n'était jamais partie.

— Vanna !

Il ne saurait jamais s'il avait crié ou murmuré son nom. Ce qu'il savait, c'est qu'elle était comme un rêve merveilleux qui prenait vie devant ses yeux.

À son arrivée, elle releva la tête et chercha son regard qu'elle soutint sans ciller.

— Bonjour Conall, dit-elle avec le plus grand calme.

— Où est maman ? demanda-t-il bêtement.

Elle esquissa un petit sourire, troublée de le voir aussi pâle et nerveux.

Ne voyait-elle donc pas qu'elle tenait son sort entre ses mains, qu'il était au comble de la fébrilité ?

— Lorsqu'elle a vu que j'étais là, elle est rentrée chez elle.

Elle reposa les papiers qu'elle avait en mains et croisa les bras sur sa poitrine, son regard toujours rivé au sien.

— Comme tu ne m'as pas officiellement licenciée, j'ai pensé que tu serais heureux que je reprenne ma place.

— Comment as-tu pu en douter un instant ? lui dit-il, son cœur bondissant de joie.

— Je… je ne savais pas trop. Tu es parti si vite et…

— C'était stupide de ma part, je te l'accorde.

Elle se leva lentement de son fauteuil pour lui murmurer dans un filet de voix :

— J'ai honte de t'avoir blessé. Je n'aurais jamais dû te dire toutes ces horreurs.

Rapide comme l'éclair, il se précipita sur elle et l'enveloppa de ses bras.

— Vanna, moi aussi j'ai honte. J'ai tout fait de travers et…

Elle lui interdit de poursuivre d'un doigt posé sur sa bouche.

— Tout ceci n'a plus d'importance maintenant, n'est-ce pas ?

En guise de réponse, il prit ses lèvres dans un baiser qui eut l'effet d'un baume apaisant sur son cœur malmené.

— Ma chérie, lui murmura-t-il, je venais prévenir ma mère que j'allais chez toi pour voir si tu voulais bien m'écouter.

— T'écouter ? Tu n'as rien à expliquer, Conall. Je…

Sans lui laisser le temps de terminer, il la prit par la main et l'entraîna dans son bureau. Après avoir refermé la porte derrière eux, il la conduisit vers le canapé où tous deux prirent place, doigts entrelacés.

— Au contraire, Vanessa, j'ai besoin de t'expliquer beaucoup de choses. J'ai autant besoin de les formuler que toi de les écouter.

Elle acquiesça d'un hochement de tête.

— D'accord. Mais d'abord, je veux juste te dire que je t'aime et que je t'aimerai toujours.

Cette déclaration le porta au comble du bonheur.

— J'ai eu tort de ne pas te dire la vérité avant que notre

relation n'aille trop loin. Mais je suppose que je voulais me convaincre que, avec toi, cela n'aurait pas d'importance.

Elle aussi au comble de l'émotion, elle lui sourit à travers ses larmes.

— Je te confirme que cela n'a pas d'importance, mon chéri. Je voulais simplement que tu m'épouses par amour, pas pour les jumeaux. Et je regrette d'avoir tiré des conclusions hâtives. Mais en fait, j'ai compris que le problème venait de moi et pas de toi. Je pense que je ne m'estimais pas assez bien pour mériter ton amour, je ne pouvais croire que tu m'aimais au point de vouloir que je devienne ta femme.

Il secoua la tête, touché par cette confession spontanée.

— Oh Vanna, c'est affreux ! Comment as-tu pu te sous-estimer ainsi ? Tu es la femme la plus précieuse que j'aie jamais connue.

— Je crois que Jeff y est pour beaucoup. Il a sacrément sapé mon ego en ne voyant en moi qu'un tiroir-caisse. J'ai réussi à me persuader que, toi aussi, tu ne voyais en moi qu'un moyen d'accéder à ton rêve.

Il poussa un profond soupir et, d'un geste infiniment tendre, repoussa une mèche de cheveux qui lui balayait le visage.

— Et moi qui croyais que tu me rejetais parce que j'étais stérile ! Vois-tu, lorsque j'ai épousé Nancy, je l'ignorais. Lorsque nous avons cherché à avoir un enfant, il a bien fallu se rendre à l'évidence, cela ne marchait pas. Nous avons donc subi toute une série de tests médicaux et lorsque la sentence est tombée, Nancy a changé au point que je ne reconnaissais plus la femme que j'aimais.

— Vous n'avez jamais envisagé l'adoption ?

— Pour elle, c'était hors de question. Elle voulait porter son enfant et était bien déterminée à faire tout ce qu'il fallait pour ça.

Vanessa fronça les sourcils.

— Mais quelles options vous restait-il ?

— L'insémination artificielle. Même si je conçois

qu'on puisse avoir recours à une telle méthode, cette idée me révoltait. J'étais jeune, viril et je ne pouvais imaginer ma femme enceinte d'un autre homme que moi. J'ai eu beau expliquer que je me sentirais trop exclu de ce qui était pour moi la plus belle aventure d'un couple, elle ne voulait pas comprendre.

— Peut-être n'a-t-elle même pas essayé ?

— Elle m'a accusé d'être un sale égoïste qui ne cherchait qu'à la priver de son droit d'être mère. Une « vraie » mère, selon ses propres termes.

Écœurée par ce qu'elle venait d'entendre, elle posa une main sur son bras en signe de compréhension.

— Si je comprends bien, pour elle, un enfant adopté ne peut pas être un véritable enfant. Eh bien moi, je pourrais lui certifier le contraire et lui affirmer que je considère les jumeaux comme mes propres enfants.

Sa révolte le fit fondre de tendresse.

— Oui. Mais tu n'es pas Nancy. Il m'a fallu ces quelques jours horribles sans toi pour en prendre conscience.

Il marqua une pause, fixant un point invisible sur la baie vitrée derrière son bureau.

— Je suppose que j'ai ma part de responsabilité dans l'échec de notre mariage, dit-il d'une voix devenue pensive. Peut-être que, en effet, je me suis montré égoïste en lui refusant ce qu'elle désirait tant. Nous voulions des choses différentes et aucun de nous n'a pu satisfaire les besoins de l'autre.

Elle se mit à lui caresser le bras, cherchant les mots justes.

— C'est le problème dans tous les couples, lorsque chacun a un point de vue et des valeurs différentes, Conall. Cela ne peut pas marcher, à moins que l'un des deux ne se sacrifie.

— Tu sais, lorsque j'ai épousé Nancy, je l'aimais profondément, mais il ne m'a pas fallu longtemps pour découvrir que, en fait, je ne la connaissais pas vraiment.

— Si cela peut te réconforter, j'ai vécu la même expérience avec Jeff. Que s'est-il passé ensuite ? Vous avez engagé une procédure de divorce ?

— J'aurais aimé que les choses se passent aussi simplement, répondit-il sur un ton sinistre.

— Que veux-tu dire ?

— Avoir un enfant est devenu une idée obsessionnelle. Elle voulait absolument être enceinte. Plus elle me harcelait, plus je refusais.

— Mais pourquoi n'a-t-elle pas demandé le divorce ? Elle tenait à toi et ne voulait sans doute pas te perdre.

Il accueillit cette supposition par un rire cynique.

— Elle m'a probablement aimé au tout début. Du moins voulais-je m'en persuader. Mais j'ai vite compris qu'elle m'avait épousé par intérêt. Elle raffolait du luxe dans lequel elle se vautrait et, pour rien au monde, elle n'aurait abandonné ses privilèges et son statut social à une autre. Bref, fatigué de ses exigences, j'ai fini par lui proposer que nous allions consulter un psychologue, spécialisé dans les problèmes de couple.

— Et alors ? Elle a accepté ?

Comme si ce qu'il s'apprêtait à dire était encore trop douloureux, il quitta le canapé et alla se poster à la fenêtre qui donnait sur un corral.

— Elle m'a ri au nez, reprit-il d'une voix blanche. Et si Liam ne m'en avait pas parlé lui-même, je ne l'aurais jamais su.

— Liam ? Mais que vient-il faire là-dedans ?

Il se retourna lentement vers elle et riva son regard au sien.

— Elle l'a supplié de lui faire un enfant. Dans son esprit tourmenté, elle s'imaginait que je finirais par accepter le bébé. Après tout, cela restait en famille, il serait un Donovan, non ?

— Mais cette femme était folle ! Et comment comptait-elle justifier sa grossesse ?

— Par un miracle. Elle pensait pouvoir me convaincre que le corps médical avait fait erreur et que l'enfant était bien de moi. Dans le cas où je ne l'aurais pas cru, elle misait sur le fait que je n'aurais pas le cœur de rejeter l'enfant de mon propre frère.

— Toute cette histoire est terriblement triste, dit-elle pensivement en le rejoignant. J'ignorais que tu avais traversé une épreuve aussi terrible, mon chéri. Maura ne m'a jamais dit pourquoi tu avais divorcé et d'ailleurs, je ne me suis pas permis de le lui demander. Tout cela a dû être traumatisant pour toi mais aussi pour ton frère, j'imagine.

— En fait, curieusement, cette histoire nous a rapprochés. Mais c'est bien le seul élément positif que j'en ai tiré, dit-il avant d'effleurer ses lèvres d'un baiser. Pendant des années, je me suis fermé à tout sentiment, craignant qu'on ne découvre la faille en moi. Je ne voulais pas que quiconque sache que je ne pouvais pas avoir d'enfants, que j'étais une moitié d'homme. Il faut croire que j'y suis parvenu, sans quoi tu aurais vu à quel point je t'aime.

— En fait, dit-elle humblement, c'est papa qui m'a ouvert les yeux. Il m'a fait comprendre que je m'entêtais dans mon erreur. Et de ce que les enfants et moi allions perdre si je n'allais pas te parler.

Tout sourire, il frotta tout doucement son nez contre le sien.

— Alors, nous pouvons remercier nos pères. Il y a moins d'une heure le mien m'a tenu plus ou moins le même discours.

— Je suis si heureuse que les enfants aient un père comme toi ! Et s'ils ne suffisent pas à ton bonheur, nous en adopterons autant que tu veux.

Extrêmement ému, il l'enveloppa de ses bras et la serra étroitement contre lui.

— Tu ferais ça pour moi ?

— Seulement si tu promets de toujours faire face à ton double devoir.

— Mon double devoir ? répéta-t-il en fronçant les sourcils d'incompréhension.

Un sourire béat aux lèvres, elle se pelotonna un peu plus dans l'abri rassurant de ses bras.

— Celui qui consiste à toujours m'aimer autant que tu aimes les enfants.

En guise de réponse, il picora sans fin son épaule de baisers sensuels.

— Tu vas vite apprendre, ma chérie, que je ne me dérobe jamais à mes devoirs, lui susurra-t-il à l'oreille.

Un mois plus tard, l'automne cédait la place à l'hiver. L'air était vif et clair et il n'allait pas falloir longtemps avant que le givre matinal ne recouvre les roses du jardin de Kate.

Pourtant, ce jour-là, personne ne se préoccupait du temps qu'il faisait. Famille et amis s'étaient réunis pour fêter le mariage de l'aîné des Donovan.

Deux semaines plus tôt, Conall et Vanessa avaient décidé qu'ils étaient trop pressés de s'unir pour prendre le temps d'organiser un mariage grandiose. Ils s'étaient donc envolés pour Las Vegas et s'étaient mariés, pour le meilleur et pour le pire, dans une adorable petite chapelle, non loin de l'endroit où ils avaient échangé leur premier baiser.

À l'initiative de Vanessa, ils avaient passé leur lune de miel à Del Mar, où ils avaient profité du soleil et de l'océan, mais où ils avaient également assisté à la première victoire de Red Garland au grand prix des Débutantes.

Le fait que son épouse se soit souvenue de l'attachement particulier qu'il portait à la jument, au point de l'entraîner à Del Mar plutôt que vers une destination exotique et romantique à souhait, l'avait touché à l'extrême.

À présent, ils valsaient dans les bras l'un de l'autre, irradiant d'un bonheur tout neuf.

— Lorsque ta mère m'a confié qu'elle organisait une petite fête sans prétention en notre honneur, je ne m'attendais pas à une telle réception. Tout est si parfait !

Il lui pressa la main, heureux de la joie qu'elle manifestait si librement. Il n'y avait pas un jour où il ne remerciait le ciel de l'avoir placée sur sa route. Il ne se lassait pas de la regarder et s'émerveillait sans fin de sa beauté, même au réveil, lorsqu'elle lui offrait un visage dénué de tout artifice.

Mais ce soir-là, il la trouva particulièrement belle dans la robe de soie bleu nuit qu'elle portait et qui moulait joliment ses courbes voluptueuses.

— Et moi, je ne pensais pas apprécier autant cette soirée. Avant, lorsque mes parents organisaient ce genre de fête, je n'attendais que le moment favorable pour pouvoir m'esquiver le plus rapidement possible. Mais ce soir, je danserais jusqu'au bout de la nuit.

Une lueur de désir chargée de promesses se mit à danser au fond des prunelles claires de Vanessa.

— Danser ? Vraiment ? demanda-t-elle d'une voix enjôleuse.

— Tu verras bien, lorsque nous monterons l'escalier qui mène à notre chambre.

Depuis leur mariage, la petite famille s'était installée au ranch, investissant un appartement contigu à l'ancienne chambre de Conall. Quant à la petite maison des Valdez, c'était Alonzo qui l'occupait, trop heureux d'avoir enfin quitté le centre de convalescence et de renouer avec ses vieilles habitudes. Généreux, comme de coutume, Conall avait pris à sa charge les soins médicaux à domicile dont il ne pouvait encore se passer.

Mais pour l'heure, le vieil homme semblait bien profiter de la soirée tout en couvant du regard sa fille chérie et son gendre.

Elle profita d'une pause de l'orchestre pour demander :

— Conall, que dirais-tu d'aller voir si les jumeaux dorment bien ?

— Tu as lu dans mes pensées, jolie sorcière. Et puis, il est temps de laisser Hannah profiter un peu des festivités, non ?

Main dans la main, ils se frayèrent un chemin parmi

les nombreux invités et gagnèrent leurs appartements. Hannah, étendue sur un canapé, les attendait en lisant.

— Ne me dites pas que la fête est déjà finie, dit-elle.

— Non et elle n'est pas près de s'achever, répondit Conall. Nous sommes juste venus voir si les enfants et vous faisiez bon ménage.

— En clair, vous voulez prendre la relève.

Vanessa répondit par un éclat de rire joyeux.

— La dernière fois que je suis allée les voir, ils dormaient comme des bienheureux, dit la précieuse nounou en délaissant son livre.

Sa main serrant toujours celle de sa femme, Conall se dirigea vers la chambre des bébés.

— Allez donc vous amuser, dit-il par-dessus son épaule. Nous prenons le relais.

Hannah baissa les yeux sur la tenue pour le moins décontractée qu'elle portait avant de décider :

— Je ne suis pas habillée comme il faudrait mais ce n'est pas grave, je vais aller faire un tour en cuisine goûter à tous ces mets délicats que j'ai entraperçus en venant.

— Venez me prévenir lorsque vous voudrez que je vous raccompagne chez vous, dit Conall. À n'importe quelle heure.

Ils la remercièrent tandis qu'elle refermait doucement la porte derrière elle.

Immobile au pied du lit, Conall lutta contre le flot d'émotion qui le submergeait.

— Quand je pense que je rêvais d'avoir un enfant et que j'en ai deux, dit-il, la gorge nouée.

Le bras de Vanessa s'enroula autour de sa taille et, comme chaque fois qu'elle le touchait, elle sentit l'homme fort et rassurant qu'il était. Mais surtout, elle se sentait aimée d'un amour inconditionnel.

— Lorsque nous sommes allés à l'orphelinat la première fois, dit-elle, tu m'as dit que tu étais certain de ne jamais avoir d'enfants. J'ai pensé que c'était parce que tu n'en voulais pas. Mais cela ne collait pas avec l'image que j'avais de toi, du Conall que je connaissais et que j'aimais. Je suis tellement heureuse de ne pas m'être trompée !

Touché par le discours de sa femme, il prit dans la sienne la petite main de Rick qui reposait sur la couverture, essayant d'imaginer la main d'homme qu'elle deviendrait.

— Moi aussi, je suis heureux de m'être trompé, ma chérie. J'étais tellement persuadé de ne plus pouvoir aimer de nouveau.

Après avoir déposé sur la joue des bébés un baiser aussi léger qu'un battement d'ailes de papillon, il entrecroisa ses doigts à ceux de Vanessa et l'entraîna vers une baie vitrée qui donnait au sud-ouest.

— Tu vois cette clairière dans la montagne ? demanda-t-il en désignant au loin un point précis.

— Oui, je la vois, répondit-elle en suivant son doigt du regard.

— Eh bien, j'aimerais t'y amener afin que tu me donnes ton avis. Car si la vue et l'endroit te plaisent, je voudrais que nous y fassions construire notre maison.

Elle rejeta légèrement la tête en arrière et le fixa avec adoration.

— Une nouvelle maison ? Mais je croyais que tu aimais vivre au ranch avec toute ta famille.

— Je les adore, en effet, mais la famille Donovan s'agrandit. Je soupçonne Brady et Lass d'attendre un autre enfant et, qui sait, Liam voudra peut-être se marier un jour. Sans compter Bridget et Dallas. Un jour ou l'autre, cette vieille maison ne pourra plus nous contenir tous.

Il s'interrompit pour la serrer plus étroitement contre lui.

— Par ailleurs, dit-il, je tiens à ce que nos enfants aient leur propre maison, à transmettre un jour à leur descendance.

— Toujours ce sens aigu de la tradition, n'est-ce pas, mon chéri ? dit-elle, espiègle. Je suis d'accord, mais à une condition : que notre maison soit simple et chaleureuse. Et qu'il y ait un grand jardin où tous nos enfants pourront s'ébattre en liberté.

— Comment résister ? dit-il en prenant ses lèvres.

Elle répondit de bonne grâce à son baiser avant de se dégager légèrement de son étreinte.

— Combien de temps va s'écouler avant que nos invités ne remarquent que nous nous sommes éclipsés, crois-tu ? demanda-t-elle d'un ton lourd de sous-entendus.

— Suffisamment pour ce que nous avons à faire, répondit-il amoureusement.

Retrouvez en juin 2018,
dans votre collection

*Passions*

**Un père pour ses triplets, de Janice Maynard - N°725**

Simone n'en revient pas. Si elle refuse de le laisser s'installer chez elle, le Dr Hutchinson menace de la retenir à l'hôpital jusqu'à la fin de sa grossesse. Porte-t-il vraiment un tel intérêt à sa santé, lui qui n'a pas hésité à l'abandonner cinq ans plus tôt pour une lointaine mission humanitaire ? Mais, pour le bien de ses bébés, Simone est prête à tout, même à vivre, jour et nuit, aux côtés de l'homme qui lui a brisé le cœur…

**Mariage à Thunder Ridge, de Wendy Warren**

*Willa, veux-tu m'épouser ?* Comme tous les jours, quand il vient lui rendre visite dans la pâtisserie où elle travaille, Derek Neel lui fait la même demande. Et, comme tous les jours, Willa refuse de lier son destin à celui du séduisant shérif de Thunder Ridge. Car, si elle n'a aucun doute sur les sentiments que Derek lui inspire et sait qu'il fera, un jour, un père aimant et attentionné, elle porte en elle un terrible secret. Jamais elle ne pourra lui offrir la famille qu'il mérite…

---

**Par regret, par amour, de Sarah M. Anderson - N°726**

Doux comme une brise d'été, le visage de Christine, qu'il distingue au loin, est encore plus beau que dans ses souvenirs. Et pourtant Daniel n'a rien oublié de leur première rencontre. Ni du mal qu'il a fait à cette femme qu'il a sacrifiée à sa carrière politique. Une trahison qu'il n'a jamais pu se pardonner. Aujourd'hui, il est bien décidé à se racheter. Mais, face à la lueur de colère qui brille dans les yeux de Christine quand elle l'aperçoit, Daniel comprend que ce sera bien plus compliqué qu'il ne le pensait…

**Une éternité pour s'aimer, de Brenda Novak**

Impétueux, délicieux… le baiser que vient de lui ravir Elijah Turner – son si intimidant patron au ranch de Silver Spring – laisse Cora aussi étourdie que bouleversée. Car, si elle a souvent rêvé de ce moment, elle sait aussi qu'elle n'a plus d'autres choix que d'avouer la vérité à Elijah. Comment réagira-t-il quand il apprendra qu'elle lui ment depuis le premier jour de leur rencontre et que, si elle s'est fait embaucher sous un faux prétexte, c'est uniquement pour faire la connaissance de sa mère biologique ? Et, surtout, pourra-t-il lui pardonner et donner une chance à leur amour ?

**Pour le bonheur de Lily, de Cat Schield - N°727**

*Qui est le père ?* Quand Kyle Tailor – l'homme qu'elle aime plus que tout et dont elle vient d'apprendre qu'elle porte l'enfant – prononce ces terribles paroles, Melody sent le sol se dérober sous ses pieds. Comment peut-il l'accuser d'infidélité, pour un simple bouquet de roses envoyé par un admirateur secret ? Terriblement blessée, Melody sait qu'elle doit partir. Sa priorité est à présent de protéger ce bébé, et elle ne le laissera pas grandir auprès d'un père qui n'est visiblement pas prêt à lui offrir l'amour qu'il mérite. Pourtant, la seule idée de quitter Kyle lui brise le cœur…

**Le frisson d'une rencontre, de Judy Duarte**

Dès qu'Anna Reynolds – l'assistance sociale envoyée par le Centre médical de Brighton Valley – se présente à lui, Nate perd toute notion du raisonnable. Il veut se perdre dans son regard ambré, goûter au délice de ses lèvres, l'étreindre passionnément… Mais, bien vite, les pleurs de Jessie – l'enfant pour la garde duquel il se bat – le ramènent à la réalité de sa nouvelle condition. Il doit désormais faire passer le bonheur de sa fille avant tout le reste. Et surtout avant cette attirance qu'il ressent pour Anna. Car, si la jeune femme s'est installée dans le ranch où il travaille, c'est pour l'évaluer dans son rôle de père…

---

**Troublante escapade, de Teri Wilson - N°728**

SÉRIE : PASSION À MANHATTAN 2/3

Si Son Altesse la princesse Aurélie Marchand a fui à New York, c'est pour échapper à ses obligations royales quelques jours. Manger un hot-dog, se promener sous la neige dans Central Park, lire un livre emprunté à la bibliothèque, voilà tout ce à quoi elle aspire. Une existence normale. Mais sa rencontre avec Dalton Drake la bouleverse tout entière. Les moments passés auprès de lui, ses baisers exquis, ont un goût de bonheur. Un bonheur impossible, hélas ! Car dans un mois, et bien malgré elle, Aurélie devra en épouser un autre…

**Une union interdite, de Karen Booth**

Sawyer Locke – l'homme qui lui a offert une folle nuit d'amour cinq semaines plus tôt – est son nouveau client ? Kendall sent un trouble inconnu la gagner. Mais, si le vertige des retrouvailles ébranle sa concentration, le regard d'acier de sa patronne ne manque pas de la rappeler à l'ordre : interdiction formelle de mélanger plaisir et travail, sous peine de renvoi immédiat. Et, pour Kendall, il est impensable de renoncer à la promotion qui l'attend à l'issu de ce dossier. Elle a travaillé trop dur pour risquer de tout perdre aujourd'hui. Même si elle doit pour cela traiter Sawyer comme un parfait inconnu…

## Le secret d'une grossesse, de Joss Wood - N°729

SÉRIE : DEUX HÉRITIERS POUR UN EMPIRE 1/2

Face au regard azur de Jaeger Ballantyne – l'homme qui n'a jamais daigné répondre à ses appels depuis la brûlante nuit d'amour qu'ils ont partagée –, Piper se sent gagnée par la colère. Car, non content de ne pas la reconnaître, le célèbre gemmologue, chez qui elle vient faire expertiser des saphirs familiaux, tente de la séduire. Dans ces conditions, Jaeger – ce goujat – mérite-t-il vraiment qu'elle lui révèle la vérité au sujet de Ty, le fils de neuf mois qu'elle tient dans ses bras ?

## Surprise à New York, de Joss Wood

SÉRIE : DEUX HÉRITIERS POUR UN EMPIRE 2/2

Monter à New York pour faire carrière dans la publicité, c'est le plan de Cady. Et, même si elle doit passer un entretien avec Beck Ballantyne, pour décrocher le poste de ses rêves, qu'importe ! Elle est déterminée à conquérir Manhattan. Mais, à la seconde où elle se retrouve face à cet homme qu'elle a profondément aimé, elle sent le doute l'envahir. Car, loin de le détester comme elle le devrait, c'est bien du désir qui renaît dans son cœur… Un désir qu'il lui faudra combattre, car elle n'oublie pas que Beck l'a abandonnée sans la moindre explication dix ans plus tôt.

---

## Mariage à Isla Sagrado, d'Yvonne Lindsay - N°730

Lorsque Loren reconnaît le ténébreux Alexander del Castillo sur le pas de sa porte, elle sent un frisson la parcourir. Ainsi, celui à qui elle est promise depuis sa naissance a traversé la planète pour venir lui rappeler son devoir et la ramener sur l'Isla Sagrado ? Jamais elle n'aurait imaginé qu'il chercherait, dix ans après leur dernière rencontre, à honorer le pacte archaïque conclu par leurs pères respectifs. Hélas, alors que la raison lui dicte de refuser d'épouser cet homme qui ne l'aime pas, son cœur, qui n'a jamais battu que pour Alex, la pousse bientôt à accepter cette union aussi insensée que follement exaltante…

## Un tendre rival, de Cindy Kirk

Devenir mère : deux mots si doux aux oreilles de Meg… Pourtant, avant qu'elle ne soit officiellement la maman du petit Charlie, elle va devoir se battre pour l'enfant. Car Cole Lassiter a été nommé, tout comme elle, tuteur de Charlie. Et il semble résolu à obtenir la garde exclusive du petit garçon. Une situation d'autant plus pénible pour Meg que son rival n'est pas un étranger pour elle. Autrefois, ils ont même été très proches, trop proches. Avant que Cole ne la quitte le lendemain de la nuit passionnée qu'ils ont passée ensemble, sans un au revoir.

# OFFRE DÉCOUVERTE !

Vous souhaitez découvrir nos collections ? Recevez **votre 1er colis gratuit* avec 2 cadeaux surprise !** Une fois votre colis de bienvenue reçu, si vous souhaitez continuer à recevoir nos livres, cela se fera automatiquement. Vous recevrez alors vos livres inédits** en avant première.

Vous n'avez aucune obligation d'achat et cette offre est sans engagement de durée !

*1 livre offert + 2 cadeaux / 2 livres offerts pour la collection Azur + 2 cadeaux.
**Les livres Ispahan, Sagas, Hors-Série et Allegria sont des réédités.

**☛ COCHEZ la collection choisie et renvoyez cette page au**
**Service Lectrices Harlequin – CS 20008 – 59718 Lille Cedex 9 – France**

| Collections | Références | Prix colis France* / Belgique* |
|---|---|---|
| ❑ **AZUR** | Z8ZFA6/Z8ZF6B | 6 livres par mois 28,19€ / 30,19€ |
| ❑ **BLANCHE** | B8ZFA3/B8ZF3B | 3 livres par mois 23,20€ / 25,20€ |
| ❑ **LES HISTORIQUES** | H8ZFA2/H8ZF2B | 2 livres par mois 16,29€ / 18,29€ |
| ❑ **ISPAHAN** | Y8ZFA3/Y8ZF3B | 3 livres tous les deux mois 23,02€ / 25,02€ |
| ❑ **HORS-SÉRIE** | C8ZFA4/C8ZF4B | 4 livres tous les deux mois 31,65€ / 33,65€ |
| ❑ **PASSIONS** | R8ZFA3/R8ZF3B | 3 livres par mois 24,49€ / 26,49€ |
| ❑ **SAGAS** | N8ZFA4/N8ZF4B | 4 livres tous les deux mois 33,69€ / 35,69€ |
| ❑ **BLACK ROSE** | I8ZFA3/I8ZF3B | 3 livres par mois 24,49€ / 26,49€ |
| ❑ **VICTORIA** | V8ZFA3/V8ZF3B | 3 livres tous les deux mois 25,69€ / 27,69€ |
| ❑ **ALLEGRIA** | A8ZFA2/A8ZF2B | 2 livres tous les mois 16,37€ / 18,37€ |

N° d'abonnée Harlequin (si vous en avez un) ___________

Mme ❑ Mlle ❑ Nom : ___________

Prénom : ___________ Adresse : ___________

___________

Code Postal : ___________ Ville : ___________

Pays : ___________ Tél. : ___________

E-mail : ___________

Date de naissance : ___________

❑ Oui, je souhaite recevoir par e-mail les offres promotionnelles des éditions Harlequin.
❑ Oui, je souhaite recevoir par e-mail les offres promotionnelles des partenaires des éditions Harlequin.

**Date limite : 31 décembre 2018.** Vous recevrez votre colis environ 20 jours après réception de ce bon. Offre soumise à acceptation et réservée aux personnes majeures, résidant en France métropolitaine et Belgique, dans la limite des stocks disponibles. Prix susceptibles de modification en cours d'année.Conformément à la loi Informatique et libertés du 6 janvier 1978, vous disposez d'un droit d'accès et de rectification aux données personnelles vous concernant. Par notre intermédiaire, vous pouvez être amenée à recevoir des propositions d'autres entreprises. Si vous ne le souhaitez pas, il vous suffit de nous écrire en nous indiquant vos nom, prénom et adresse à : Service Lectrices Harlequin CS 20008 59718 LILLE Cedex 9. Service Lectrices disponible du lundi au vendredi de 8h à 17h : 01 45 82 47 47 ou 33 1 45 82 47 47 pour la Belgique.

Composé et édité par HarperCollins France.

Achevé d'imprimer en avril 2018.

CPI
BLACK PRINT

Barcelone

Dépôt légal : mai 2018.

Pour limiter l'empreinte environnementale de ses livres, HarperCollins France s'engage à n'utiliser que du papier fabriqué à partir de bois provenant de forêts gérées durablement et de manière responsable.

*Imprimé en Espagne.*